L'ALLIANCE

DU MÊME AUTEUR

Retour au paradis
Flammarion, 1954

Sayonara
Presses de la Cité, 1964

La Source
Robert Laffont, 1966

Pacifique Sud
Flammarion, 1970

Les Dériveurs
Stock, 1972

Colorado Saga
Flammarion, 1975
« Le Livre de poche », 1977

Chesapeake
Seuil, 1979
et « Points Roman », n° R 38

La Course aux étoiles
Mazarine, 1983

Pologne
Seuil, 1984
et « Points Roman », n° R 281

Texas
Seuil, 1987
et « Points Roman », n° R 342 et R 343

James A. Michener

L'ALLIANCE

tome 2

ROMAN

Traduit de l'américain
par Guy Casaril

Éditions du Seuil

TEXTE INTÉGRAL

TITRE ORIGINAL
The Covenant

ÉDITEUR ORIGINAL
Random House, New York

ISBN original : 0-394-50505-0

ISBN 2-02-025375-5, tome 2
(ISBN 2-02-025376-3, édition complète)

(ISBN 2-02-006172-4, édition brochée)
(ISBN 2-02-009263-8, 1re publication poche, tome 2)

Les Anglais

Vers le milieu du XIXe siècle, un enchaînement d'événements invraisemblables inspira à la reine Victoria de conférer le titre de chevalier au major Richard Saltwood de De Kraal, colonie du Cap. Lorsque cela se produisit, les dessinateurs humoristiques d'Afrique du Sud et d'Angleterre ne manquèrent pas de le brocarder, d'ailleurs sans méchanceté, et le surnommèrent Sir Cupidon. C'était un héros, et son anoblissement fut une occasion efficace de resserrer les liens de la colonie avec la mère patrie.

La chance personnelle de Saltwood commença en 1856, quand il monta soudain à l'avant-scène des affaires nationales à la suite d'une catastrophe qui attira l'attention du monde entier. Cela commença un matin d'automne, en mai 1856, lorsqu'une fillette noire de quatorze ans, frêle et menue, qui se promenait près d'un bassin naturel creusé par un ruisseau à l'est de la Grand-Poisson, aperçut au fond de l'eau un groupe fantomatique de silhouettes entourées d'un brouillard tourbillonnant.

Cela n'aurait eu aucune conséquence si la fillette, Nongqausé, n'avait pas été la nièce du rusé prophète Mhlakaza, que Tjaart avait failli tuer en 1836. Et, après vingt années de chicanes et de scélératesses, cet homme sournois vit dans la découverte de sa nièce une occasion de s'imposer comme le grand prophète du peuple xhosa.

Mhlakaza interrogea longuement l'enfant, mais trouva ses réponses confuses et vagues. Elle se lança dans un récit incohérent de sa promenade jusqu'au bassin, en faisant constamment allusion à un corbeau cornu qui s'était envolé près d'elle — « présage certain de désastre, car il apporte la sécheresse » —, mais Mhlakaza ne l'interrompit qu'au moment où elle raconta une chose étonnante :

— C'étaient des inconnus, mon oncle. Certains avec la peau noire comme les Xhosas. Mais les autres dans la brume... J'ai peur.

— Quels autres ? lui demanda-t-il d'une voix rassurante.

— Des hommes blancs s'élevant de la brume, mon oncle.

Mhlakaza ne la pressa pas de questions. Il posa doucement sa main sur l'épaule de la fillette et lui dit :

— Rentre dans ta case, Nongqausé, et ne parle de cela à personne.

Il la suivit des yeux jusqu'à ce qu'elle disparût dans l'entrée basse de la demeure de ses parents, puis il se glissa hors du village pour jeter un coup d'œil à ce bassin.

Il ne revint que quatre heures plus tard. Le moindre de ses mouvements était épié, surtout par les vieillards et les femmes qui s'intéressaient à ce genre de choses. Depuis des mois, il promettait que les Xhosas entendraient de sa bouche des paroles importantes et, maintenant, son comportement mystérieux indiquait que le prophète était prêt.

Quand il pénétra, sans un mot, dans sa case, le bruit se répandit que personne ne devait s'approcher de lui pendant deux jours et deux nuits : les esprits lui avaient ordonné de faire certaines choses. On ne devait jamais poser de questions aux devins et les jeunes ne devaient pas se demander ce que serait sa prochaine révélation. S'ils le faisaient, leur bavardage risquait d'interrompre sa communication avec ceux-qui-résident-dans-le-ciel.

Seul dans sa case, Mhlakaza brûla des herbes et des simples pour déclencher ses pouvoirs de sorcier, puis il s'assit, nu, tandis que la fumée âcre imprégnait tout son corps, faisant pleurer ses yeux. Il avala des émétiques puissants pour se purger, enduisit sa peau d'ocre rouge et d'argile et se lança dans de longues incantations, implorant les esprits de libérer les forces qui le prépareraient pour le grand rôle qu'il allait jouer.

Le troisième jour, il sortit de sa réclusion et, avec tout le village sur ses talons, il partit pour le kraal du bétail, où il choisit la plus belle bête de son propre troupeau. D'un coup de sagaie, il perça la peau de l'animal, qui meugla de rage. Il aimait ce son : il indiquait que les esprits lui parlaient. Puis, d'un élan violent, il lança la pointe acérée de son arme dans la nuque de l'animal. Ensuite, il arracha l'estomac et la vésicule biliaire pour oindre son corps avec leurs contenus — puis, à la grande joie de l'assistance, il ordonna que le taureau soit rôti et mangé. Mhlakaza était purifié.

Le quatrième jour, Mhlakaza revint tout seul près du ruisseau longtemps avant les premiers rayons du soleil. Sa veille s'acheva quand il poussa un cri puissant, comme si des choses au plus profond de lui s'étaient libérées. Là, dans l'aube grise, se dressait l'un de ses frères aînés, mort en 1835 au cours de la guerre contre les Anglais.

— Approche-toi, Mhlakaza, mon bon frère élu pour de grandes actions, lui dit la voix. Notre enfant Nongqausé est choisie avec toi pour conduire notre peuple à la victoire. A vous deux, les membres de ma famille, vous sera montrée la puissance des Xhosas.

Ensuite, exactement comme Nongqausé avait vu les inconnus dans le bassin, il les vit ! Les héros xhosas, par régiments entiers, ressuscités des morts, marchaient triomphants vers une grande vallée où l'on ne voyait aucun visage anglais ou boer. Mais avec les légions noires cheminaient aussi des étrangers blancs, venus d'outre-mer aider les Xhosas.

Mhlakaza, étourdi, les yeux exorbités, rentra au village en titubant. Ses partisans ne furent pas déçus, car il leur annonça qu'il avait vu lui aussi les inconnus qui s'étaient d'abord montrés à Nongqausé. Ils lui avaient, leur dit-il, ordonné de se purifier avant d'aller leur parler, et tout le monde l'avait vu le faire, n'est-ce pas ?

— Nous l'avons vu ! Nous l'avons vu ! La fumée chaque nuit. Pendant la journée, les prières.

— Ceux qui attendaient près du bassin m'ont dit ceci : « Il y a une vallée de désolation, avec les ossements de nombreux animaux, avec les paniers vides de grain. »

Un cri de frayeur s'éleva de l'assistance, puis des gémissements et des plaintes devant une vision aussi lugubre.

— « Mais regardez plus loin, mes amis. Ouvrez les yeux. Cette terre de mort commence à fleurir comme un paradis. Le bétail grandit et grossit. Les champs se couvrent du plus beau mil. »

— Ah ! Mhlakaza ! Comme c'est merveilleux !

— Ceux du bassin m'ont dit : « Tout ceci est à vous si vous nous obéissez. » J'ai vu un million de Xhosas prêts pour la bataille. Et avec eux est venu un régiment d'étrangers qui combattront à nos côtés comme nos frères. (Des filets de bave écumaient aux commissures de ses lèvres tandis qu'il révélait ces visions stupéfiantes.) Ils massacreront les Anglais ! Ils écraseront les Boers !

Il se trouvait que Mhlakaza avait récemment voyagé dans plusieurs régions de frontière, toujours à la limite des installations des colons, comme il l'avait fait à De Kraal le jour où Van Doorn avait failli le tuer. Et, au cours de ses déplacements, il écoutait tous les bruits qui couraient.

— Dans les terres au-delà de la mer, il y a une armée de guerriers appelés « les Russes ». Ils sont comme les Xhosas, sauf qu'ils ont la peau blanche ; mais, comme nous, ils combattent les Anglais.

— Ils ont peur de ces Russes, murmurait un serviteur. Dans une seule bataille, ils ont écrasé le meilleur commando des Anglais. Ils en ont tué six cents quand les Anglais les ont chargés à cheval, avec des épieux.

Il réunit tous les renseignements qu'il put sur la charge désastreuse de la brigade légère à Balaklava et une idée commença à germer dans son esprit : son ennemi l'Angleterre avait un autre ennemi, les Russes.

Mhlakaza prit Nongqausé à part et lui expliqua le mystère de ses visions.

— Les Xhosas recevront les renforts des étrangers blancs que tu as vus, les Russes. Nous devons nous hâter d'aller près du ruisseau pour recevoir d'autres instructions.

Et quand ces paroles furent bien ancrées dans l'esprit puéril de la fillette, il l'emmena au kraal du grand chef Kréli et il se présenta devant les conseillers de la région.

— Pour prouver votre foi dans les ancêtres qui m'ont parlé, vous devez faire deux choses. Tuer tout votre bétail. Brûler tout votre mil. C'est seulement quand vous vous serez purifiés ainsi que les fantômes viendront nous aider.

Le chef Kréli, décontenancé par ces instructions, se tourna vers la fillette.

— Avance, petite, et montre-nous avec qui nos ancêtres ont parlé.

Poussée par son oncle, Nongqausé s'approcha timidement de Kréli et ses grands yeux noisette croisèrent le regard du grand chef.

— Dis-leur que les soldats sont prêts à attaquer avec nous, souffla Mhlakaza.

— C'est vrai.

— Ils sont venus depuis l'autre côté de la mer pour combattre pour nous ? demanda Kréli.

— Oui, répondit-elle d'une voix ferme.

Et elle se mit à décrire en détail l'héroïsme des Russes au cours de leur bataille contre les Anglais. Tandis qu'elle parlait, un murmure parcourut la foule, car, si Mhlakaza se portait garant de la fillette, elle était une véritable Mère de Grandeur et il fallait l'écouter.

« Le bétail doit être tué, répéta-t-elle. Les greniers vidés. La terre dénudée. Et, quand ce sera fait, les Russes et les Xhosas repousseront les Anglais et les Boers dans la mer.

L'idée d'abattre tout le bétail était si infâme — car elle menaçait l'existence même des Xhosas — que les plus âgés des conseillers se moquèrent de Nongqausé et de sa prophétie. Un des anciens aux cheveux blancs demanda :

— Et où a été vue cette idiotie ?

— Au bassin du ruisseau, répondit Mhlakaza. Elle l'a vue la première. Et moi ensuite.

— Ces récits du jour où tous les hommes, morts et vivants, se rassembleront, n'est-ce pas une de ces fables que l'on raconte à la mission chrétienne de Golan ? N'est-ce pas là que vous l'avez entendue ? demanda le vieillard.

— C'est la parole de nos ancêtres, insista Mhlakaza.

— Vous nous apportez des idées de missionnaires, s'obstina le vieux conseiller. Les tribus des morts revenant sur terre en apportant le paradis avec elles...

— Nos ancêtres me l'ont dit. Près du bassin.

Le chef Kréli, meneur d'hommes habile et résolu, cherchait depuis longtemps une tactique susceptible d'unir ses Xhosas et il se demanda si les visions de cette fillette ne lui offraient par une réponse. Il organisa un pèlerinage au bassin, ce qui permit à ses conseillers de voir de leurs yeux Nongqausé parler avec les chefs défunts et avec les Russes qui attendaient. Lorsqu'elle répéta les commandements des fantômes concernant la destruction de toutes les réserves alimentaires, il commença à croire que, si c'était fait, les Russes arriveraient par bateau et s'uniraient aux ancêtres des Xhosas pour refouler les Blancs du pays.

— Nous le ferons, annonça Kréli.

Pendant neuf mois, Nongqausé et son oncle paradèrent, de l'orient au couchant, parmi les Xhosas et toutes les tribus voisines, assurant à tout le monde que le jour de la révélation était proche et le miracle sur le point de se produire : il leur suffisait d'abattre leur bétail et de laisser leurs champs en friche.

— Les fantômes attendent derrière les nuages : tous les guerriers du passé, impatients de nous aider à reconquérir nos pâturages. Mais vous devez faire ce qu'ils ordonnent.

C'était une doctrine puissante et qui devint encore plus contraignante quand Mhlakaza prédit sans vergogne le jour exact où le miracle se produirait :

— Le dix-huitième jour de février 1857, les fantômes reviendront, ils conduiront devant eux des millions de bœufs gras et ils nous apporteront d'innombrables paniers de mil.

Lorsque la nouvelle du massacre du bétail parvint aux représentants du gouvernement à Grahamstown, personne ne crut tout d'abord qu'un peuple entier puisse être pris ainsi d'hystérie collective — surtout sur la parole d'une fillette qui ne pouvait absolument pas savoir où se trouvait la Russie, ni même ce que représentait ce mot. Mais toute la colonie se mit à trembler : deux fois déjà des prophètes fanatiques avaient soulevé les masses xhosas, les kraals s'étaient pris de folie et cela s'était soldé par des catastrophes. Au cours de la première attaque contre Grahamstown, un prophète avait garanti la victoire à son peuple et, peu de temps auparavant, un autre prophète avait convaincu ses guerriers que les balles des Blancs ne seraient pas plus puissantes que des gouttes de pluie si les Xhosas tuaient tout leur bétail de couleur crème.

Et maintenant le gouvernement obtenait la preuve indiscutable que des villages entiers se lançaient dans une orgie de massacre de bétail ! Il fallait prendre des précautions. Cela faisait deux générations que les gens de Grahamstown vivaient au contact des Xhosas et ils savaient à quel point les tribus vénéraient leur bétail.

— S'ils ont vraiment décidé de les tuer, cela signifie qu'une action désespérée se prépare, dit un des nouveaux fonctionnaires de district.

Et l'on fit venir le major Saltwood de De Kraal pour consultation.

— Que se passe-t-il ? demanda-t-il en arrivant.

— Un prophète fou nommé Mhlakaza prêche aux Xhosas d'abattre leur bétail.

— Mhlakaza ? dit Saltwood. N'est-ce pas ce type qui nous a fait tant d'histoires à propos de l'accès à l'une des rivières ? Il y a dix ou quinze ans ?

— C'est lui. Cette fois, il prétend que sa nièce, une fillette stupide de quatorze ou quinze ans... Je l'ai vue. Un visage de travers. Elle ne pèse même pas trente-cinq kilos. Elle raconte qu'elle a été visitée par tous les chefs xhosas morts — Hintsa, Ndlambé, tous, quoi. Elle prétend qu'ils lui ont ordonné d'abattre tout le bétail, de brûler toutes les récoltes et qu'ils reviendront sur terre pour nous refouler, nous, à la mer.

— Et cette histoire de Russes ? demanda Saltwood.

Il avait soixante-huit ans. Haute taille, mince, cheveux blancs, il faisait très officier anglais à la retraite. Et, comme il avait servi sur la frontière afghane, il s'intéressait toujours aux manigances des Russes.

— Oh, Mhlakaza semble avoir appris de vagues idioties sur la guerre de Crimée. Tout ce qu'il sait, c'est que la Russie se bat contre nous. A cause de notre défaite de Balaklava, il s'est imaginé que la Russie a triomphé et qu'elle veut envahir Grahamstown pour parachever sa victoire. Il pagaie dans le vide.

— Ne sous-estimez pas leurs prophètes, conseilla Saltwood. Ils sont capables de soulever le pays et de le rendre fou.

— A quelle fin ?

— Ils sont de mèche avec tous les intrigants et tous les comploteurs de leur nation. Des hommes comme Kréli. J'ai survécu à deux guerres lancées par des fanatiques. C'est une affaire très grave. S'ils tuent vraiment tout leur bétail, il faudra qu'ils en trouvent d'autre. Je n'ai pas besoin de vous dire *où* ils chercheront en premier.

— Mais la fillette ?

— Ce doit être une sorte de mystique. Elle entend des voix. Mhlakaza l'exploite.

— Aussi simple que ça ?

— Carson est le seul à l'avoir vue de ses yeux. Qu'en dites-vous, Carson ?

Ce jeune diplômé d'Oxford, dont le premier poste avait été Grahamstown, s'était fait un petit nom sur la frontière en apprenant la langue des Xhosas et en étudiant la politique intérieure de la tribu. Les Xhosas avaient confiance en lui et, au cours d'un de ses récents voyages au cœur du pays, ils lui avaient permis de parler à Nongqausé.

— Elle est illettrée, elle ignore tout de notre gouvernement au Cap et il est impossible qu'elle ait la moindre idée de ce qu'est la Russie. Mais elle a toujours été remarquablement cohérente dans ses visions et son récit est très clair : « Tuez tout, brûlez tout et les esprits viendront nous libérer. »

— Parle-t-elle précisément contre nous ? demanda Saltwood.

— Pas à ma connaissance. Elle parle d'un ennemi en général, mais je n'en vois pas d'autre que nous.

— Elle ne prêche pas la rébellion armée ?

— Ce sont les esprits qui s'occuperont de ce côté de la question. Mais, bien entendu, les Xhosas vivants doivent être prêts à les suivre. Je suppose donc qu'en fin de compte il faut nous attendre à une invasion armée.

— Bon Dieu ! dit de nouveau le responsable de district.

— Vous prenez tout cela au sérieux ? demanda l'un des fonctionnaires à Saltwood.

— Oui. N'oubliez pas, messieurs, que ces hommes dont vous parlez n'ont cessé de nous combattre depuis près d'un demi-siècle. Ils connaissent toutes les ficelles. Ils sont courageux et, quand leurs prophètes prêchent une guerre sainte, ils peuvent devenir vraiment fanatiques. Je crois que nous allons avoir des ennuis.

L'observation pertinente de Saltwood sur le mélange caractéristique d'héroïsme et de fanatisme se répandit largement et le gouvernement lui demanda d'étudier ce qu'on pourrait faire pour réduire au minimum ou même interrompre les massacres de bétail. Le major quitta donc Grahamstown avec deux Xhosas qui travaillaient pour lui à De Kraal et il pénétra dans les régions où les prêches de Nongqausé avaient le plus d'effet.

Il ne s'attendait guère à ce qu'il vit. Des champs entiers étaient parsemés d'animaux morts et toute personne connaissant les Xhosas ne manquait pas d'être épouvantée à la vue de ce sacrifice gratuit. En deux occasions différentes, ses compagnons xhosas eurent les larmes aux yeux devant cet énorme gâchis, mais, quand Saltwood parla avec les hommes qui avaient massacré ce bétail, il les trouva dans un état d'euphorie — souriants, heureux, comptant les jours jusqu'au 18 février, où tous les animaux morts reviendraient — multipliés par cent.

— Dites-leur que c'est impossible, ordonna Saltwood à ses hommes.

Mais quand ceux-ci s'efforcèrent de persuader les autres Xhosas de ne plus tuer de bétail, les hommes de la tribu sourirent d'un air entendu et répondirent :

— Vous ne comprendriez pas.

Le massacre se poursuivit.

Au bout de cinq jours, Saltwood avait vu plus de vingt mille animaux morts. Il envoya aussitôt un de ses compagnons à Grahamstown avec le message suivant : « Les rumeurs que nous avions entendues étaient le dixième de la réalité. Je crains sincèrement que tout le bétail soit abattu et que des milliers d'hommes soient acculés à la famine. Commencez immédiatement à réunir des vivres. »

Accablé, désemparé, il décida de se rendre dans un village où vivait l'un de ses anciens pâtres, un nommé Mpédi, brave serviteur digne de confiance. Il espérait grâce à lui parvenir au nœud du problème. Mais, quand il parvint à la case de Mpédi, il trouva l'homme — âgé de plus de soixante ans et intelligent — complètement hypnotisé par l'événement glorieux qui allait se produire.

— Baas, tu ne peux pas savoir ce que nous allons faire. Tous les grands chefs reviennent pour nous aider. Cent, mille guerriers attendent dans les rivières : ils se lèveront et nous conduiront dans nos domaines.

— Mpédi, réveille-toi ! supplia Saltwood. Tu crois que ton bétail mort sera remplacé ? Tu crois que la nourriture viendra du ciel ?

— Elle viendra, baas.

— Tu ne comprends pas que tu vas crever de faim ?

— Il y aura de quoi manger pour tous, baas.

— Nom de Dieu ! cria Saltwood, fou de rage. Ouvre les yeux !

— Ils sont ouverts, baas. Et, le 18 février, les tiens s'ouvriront aussi.

Saltwood secoua son ancien vacher, qui adorait le bétail.

— Mpédi, si tu abats le reste de ton bétail, tu mourras de faim.

— Baas, lui répondit le pâtre avec une affection profonde. Je veux que tu quittes ce village et que tu repartes de l'autre côté de la Grand-Poisson, où tu demeures. Va à De Kraal et prends ta famille. Descends vite à Port Elizabeth, monte à bord du premier bateau et va-t'en. Parce que les chefs ressuscités vont se lancer à l'assaut des quartiers généraux et tuer tous les Blancs qui nous ont volé notre terre. Je ne veux pas que tu meures, baas, parce que tu as été bon pour nous.

Saltwood était si troublé par son incapacité à faire entrer un peu de bon sens dans la discussion qu'il essaya une nouvelle tactique.

— Mpédi, je ne suis pas ici en ami. Souviens-toi de toutes les fois où je suis parti en commando contre ton peuple.

— Oh, répondit le vacher avec un large sourire. C'était la guerre, baas. Je tire sur toi, tu tires sur moi. Est-ce que ça compte ? C'est dans la paix que tu as été très bon pour nous. Et maintenant, je t'en prie, va-t'en.

Saltwood ne bougea pas, et Mpédi, dont toute la vie avait été centrée sur la constitution et l'élevage d'un petit troupeau bien à lui, repartit dans ses champs et se remit à abattre les créatures dociles dont l'existence représentait la seule chance de survie du village au cours de la période terrible qui s'annonçait.

Au cours des deux premières semaines de février, Saltwood parcourut la plupart des villages des Xhosas de l'ouest et ce qu'il vit le bouleversa tellement qu'il retourna au village de Mpédi — dépouillé de toute nourriture, excepté ce qu'il y avait dans les pots pour les quelques jours qui restaient avant le miracle.

— Peux-tu me conduire près de Nongqausé ? demanda-t-il à son ancien employé.

— Pas bon, baas. Elle est près du bassin, elle attend que les généraux sortent des eaux.

— Il faut que je lui parle.

— Pas bon, baas. Elle attend, là-bas.

— Bon Dieu, Mpédi. J'essaie de sauver assez d'animaux pour maintenir en vie les idiots que vous êtes.

— Pas bon, mais si tu veux entendre de ses propres lèvres...

Il conduisit Saltwood à une journée de marche vers l'est, près de la rivière Gara, où une foule de Xhosas en délire s'étaient rassemblés pour être près de la prophétesse quand les chefs ressusciteraient pour la saluer. Assez de Xhosas connaissaient la bonne renommée de Saltwood pour qu'il puisse traverser la multitude et parler avec la fillette. Elle avait le visage hâve, sans beauté, et de grands yeux humides. Elle était complètement indifférente au tumulte qu'elle suscitait. Au bout de quelques minutes en sa présence, Saltwood se convainquit qu'elle avait réellement des visions. Quand il lui parla, elle ne répondit pas avec cohérence mais d'un air absent, comme dans un rêve, car elle savait que le jour de la révélation était proche.

— Nongqausé, il est encore temps, on peut encore sauver assez de bétail pour nourrir tout le monde pendant l'hiver prochain. Fais cesser le massacre. Je t'en supplie.

— Quand ils seront tous morts, les nouveaux arriveront.

— Ne vois-tu pas que tu apportes la désolation aux Xhosas ?

— Quand tout le grain sera brûlé, le nouveau arrivera.

— Nongqausé, tu es en train de détruire ton peuple.

— Quand les chefs se lèveront, c'est l'ennemi qui sera détruit.

Elle tendit le doigt vers la surface calme, sombre, des eaux, comme si elle s'attendait que Saltwood voie ce qu'elle voyait : le bétail attendant le moment de remplir les pâturages, les réserves inépuisables de mil, les grands chefs parés de leurs costumes de bataille, avec les Russes quelque part derrière eux.

— Sais-tu où est la Russie ? demanda Saltwood.

Dès qu'il eut prononcé ce mot, un vieil homme vint s'interposer entre la petite prophétesse et l'intrus anglais. C'était Mhlakaza, mais ni lui ni Saltwood ne se doutaient qu'ils s'étaient déjà rencontrés par un matin fatidique de 1836, sur la colline de De Kraal, le jour où Theunis Nel avait empêché Tjaart Van Doorn de tirer.

— Pourquoi êtes-vous venu ici ? demanda-t-il en bon anglais.

— Je suis venu supplier la fillette de faire cesser le massacre du bétail.

— Les esprits l'exigent.

— Qui êtes-vous ? demanda Saltwood.

— Mhlakaza, celui qui parle pour les esprits.

— Ne comprenez-vous pas que vous allez tous mourir de faim ?

— Il y aura deux cents têtes de bétail pour chaque Xhosa.

— Ne faites pas l'idiot, les prairies ne pourraient pas les contenir.

— Il y aura de quoi manger pour tous.

Saltwood était si écœuré par l'attitude de cet homme dément qu'il essaya de se tourner vers la fillette, mais Mhlakaza ne le lui permit pas. Il demeura face à face avec l'Anglais et le repoussa de plus en plus loin de l'eau. Perdant tout espoir, Saltwood demanda :

— Mhlakaza, savez-vous qui je suis ?

— Êtes-vous le Saltwood de De Kraal ?

— Oui. Et Mpédi, ici même, vous assurera que je suis un ami des Xhosas. Je me suis battu contre vous en combat loyal. J'ai travaillé avec vous. Dis-le-lui, Mpédi.

Mpédi hocha la tête et Saltwood demanda :

« Mhlakaza, savez-vous où est la Russie ?

— Les bateaux sont déjà sur la mer. Ils viennent se joindre à nous.

— Mais savez-vous ce que c'est ? Une ville ? Un village ? Un groupe de kraals ?

— C'est la Russie, répondit le prophète. Ils seront ici la semaine prochaine.

— Et que ferez-vous ?

— Nous irons les accueillir à la côte. Puis nous marcherons sur Grahamstown.

Sur ces paroles, il parla en xhosa à Mpédi.

— Emmène cet homme. Veille à ce qu'il arrive chez lui sain et sauf.

Et il ajouta en anglais :

« Saltwood, dépêchez-vous de rentrer à De Kraal et de quitter le pays. Nous n'avons pas envie de vous tuer quand les Russes viendront.

Déçu, désespéré, Saltwood quitta les bords de la Gxara et son bassin magique. Partout où il passa en pays xhosa, il vit le bétail abattu, les tas de grain en train de brûler. Il calcula qu'environ vingt-cinq mille Noirs mourraient de faim dans les mois à venir — et ce chiffre ne concernait que les districts de l'ouest qu'il avait parcourus. Dans l'est, où les Blancs pénétraient rarement, il y aurait (supposa-t-il) environ cinquante mille morts de plus. Mpédi mourrait certainement, ainsi que Nongqausé, la cause innocente, et Mhlakaza, la cause réelle. La nation xhosa serait si accablée qu'elle ne s'en relèverait jamais — et cela se passait en l'an 1857, à une époque où les nations évoluées auraient dû être capables d'arrêter une pareille folie.

A son retour à Grahamstown, il envoya des rapports au Cap et à Londres, pour prévenir les gouvernements que, dès la première semaine de mars, la famine régnerait — il fallait s'attendre à au moins cinquante mille morts. Il demanda d'envoyer immédiatement à Grahamstown toutes les réserves de nourriture disponibles et il suggéra qu'on les répartisse lentement, car la période de famine durerait au moins un an et demi.

Fatigué, affaibli par le manque de nourriture et de sommeil, il était très abattu, à la fois par son âge avancé et par l'effroyable tragédie sur le point de se déchaîner sur sa région. Il avait grande envie de se hâter de rentrer à De Kraal et de préparer sa ferme à recevoir les squelettes ambulants qui ne tarderaient pas à se déverser sur le pays. Pourtant, il se sentit contraint de retourner parmi les Xhosas et, le soir du 17 février 1867, il était au village désolé de Mpédi. C'était une de ces nuits d'été calmes et douces où les oiseaux se répondent et où la terre semble impatiente de voir revenir l'aurore.

Le 18 fut une journée ensoleillée, avec une visibilité si pure que l'on distinguait la cime de chaque montagne. S'il existait un jour à miracles, c'était bien celui-là. Le soleil se leva sans un nuage pour voiler sa face; l'air était immobile, pas un soupçon d'orage; s'il y avait eu du bétail vivant dans les vallées, on l'aurait entendu meugler à des lieues.

Dix heures du matin, le soleil monta vers son zénith, de plus en plus violent. Comme, en général, on croyait que les morts ressusciteraient à midi précis, des foules commencèrent à se rassembler, regardant en tous sens : chacun voulait être le premier à apercevoir les armées en marche et le bétail.

Midi vint et toujours le silence. Lentement, le soleil passa à son apogée et commença sa longue descente vers l'horizon. A chaque heure qui s'écoulait, les doutes augmentaient : ni les chefs ni le bétail n'arrivaient. A cinq heures, les ombres commencèrent à s'allonger presque à vue d'œil. Mpédi s'approcha de Saltwood.

— Viendront-ils dans le noir ? Ils ne nous feront pas ça, hein ?

— Ils ne viendront pas du tout, répondit Saltwood, les larmes aux yeux.

— Vous voulez dire que...

— Je veux dire que, quand la famine frappera, mon vieil ami, reviens à De Kraal...

A six heures, alors qu'il restait juste assez de lumière si les chefs et les Russes voulaient tenir leurs promesses, tout le monde commença à s'impatienter et, à sept heures, ce fut la panique. Puis le soleil disparut, la journée fatidique était terminée. Ce fut le début des gémissements et des plaintes et, à minuit, la consternation régnait dans tous les petits villages. Toutes les réserves de nourriture avaient disparu ; les Russes n'étaient pas venus ; et lentement les Xhosas comprirent qu'au matin du 19 ils allaient avoir à affronter des problèmes plus terribles qu'aucun d'eux n'avait pu en imaginer jusque-là.

Les deux mois suivants furent une période d'horreur. Les rapports qui parvenaient au quartier général de Grahamstown faisaient frémir les vétérans les plus endurcis de la frontière. « J'ai traversé six villages et je n'ai rencontré que sept survivants. » Des bassins fluviaux entiers, y compris les petits affluents, n'avaient plus une seule personne en vie sur leurs rives. Les carcasses des hommes pourrissaient dans le veld à côté des carcasses plus anciennes de leur bétail. La terre était dévastée comme si une Plaie avait tout fauché.

Une grande partie de ceux qui survécurent durent leur existence à Richard Saltwood. Il géra de façon remarquable les réserves insuffisantes mises à sa disposition, tirant le meilleur parti possible des céréales. Il organisa des équipes de secours, se rendit personnellement dans les régions les plus touchées et obtint de ses voisins qu'ils acceptent sur leurs fermes autant de Xhosas errants qu'ils pouvaient en nourrir.

Il s'endurcit en face de la mort. Il lui fallut souvent prendre des décisions horribles : tel village survivrait et tel autre mourrait. Pour d'innombrables Xhosas de l'arrière-pays, rien, absolument rien, ne pouvait être fait. La mort était universelle.

Fin avril, au cours d'une tournée dans les régions occidentales, il constata que ses estimations de la tragédie avaient été à peu près justes : au moins vingt-cinq mille cadavres gisaient sans sépulture ; et il ne se trompait pas en pensant que la mort avait frappé encore plus sévèrement dans la partie orientale où il ne pouvait pas se rendre. Soixante-dix à quatre-vingt mille hommes et femmes appartenant à l'une des plus belles ethnies noires d'Afrique étaient probablement morts, environ deux cent mille têtes de bétail avaient été abattues — parce qu'une fillette avait eu des visions qu'un oncle sans scrupule avait exploitées pour atteindre des objectifs qu'il n'était même pas capable de comprendre.

Au milieu de cette désolation, Saltwood ne cessait de songer à son vieil ami Mpédi ; le pâtre ne s'était pas présenté à De Kraal, où une cinquantaine de Xhosas s'étaient réfugiés (aux frais de Saltwood) ; le vieux major partit donc à sa recherche, à supposer qu'il eût survécu.

Le voyage jusqu'au village de Mpédi fut une des choses que, par la suite, il aurait voulu pouvoir chasser de son esprit : des cadavres épars sous le soleil comme des fleurs mortes à l'automne ; des pâturages abandonnés, vides du bétail qui aurait dû être en train de produire des veaux ; puanteur, poussière et solitude. Mais, au village même, l'horreur ultime : six adultes avaient survécu, dont Mpédi, seul dans une case, tremblant et sur le point de mourir de faim.

— Mon vieil ami ! cria Saltwood.

Les larmes lui montèrent aux yeux, bien qu'il ait vu des milliers d'autres mourants. Mais, pour lui, Mpédi était une personne, un bon vacher qui s'était occupé fidèlement du bétail de De Kraal. Sa mort serait pour le major un chagrin personnel.

« Mon vieil ami, répéta Saltwood, pourquoi n'es-tu pas venu partager la nourriture avec les autres ?

Tremblant de terreur, le vieux pâtre se recula. Il ne faisait même plus confiance en son vieux baas. Il n'avait plus qu'un seul désir : mourir.

« Mpédi ! dit Saltwood, irrité par cette rebuffade. Pourquoi restes-tu tout seul ici ?

— Ils mangent leurs enfants, répondit le vieillard.

Saltwood se précipita hors de la case et renversa le pot sur les braises : il vit des os humains.

Mpédi mourut de faim, ainsi que Mhlakaza le fou, responsable de tout. Nongqausé survécut ; enfant malingre, elle avait besoin de peu de nourriture et ses admirateurs lui en donnèrent en suffisance. Elle vécut encore pendant quarante et un ans, curiosité dont on parla beaucoup mais que l'on vit peu, car les Xhosas survivants comprirent vite qu'elle avait été l'instrument de leur perte. Au milieu d'une famine ultérieure, elle n'eut la vie sauve qu'en prenant la fuite quand on apprit son identité. Mais, parmi ses intimes, elle se plaisait à évoquer la grande époque où le monde entier écoutait ses prêches et elle ne semblait pas avoir conscience de ce qu'elle avait fait. Quelques années plus tard, elle prit un nouveau nom, qu'elle jugeait plus approprié à sa position. Elle se fit appeler Victoria Regina.

La guerre de Crimée avait été en partie responsable de l'agitation des esprits en suggérant à Mhlakaza l'idée insensée que la Russie envahirait sous peu la colonie du Cap. Un an plus tard, elle fut directement responsable du surnom de Richard Saltwood : Cupidon.

Quand les Russes résistèrent obstinément aux Anglais devant Sébastopol, provoquant la charge de la brigade légère — de sinistre mémoire — à Balaklava, une crise grave s'empara de l'armée britannique. En Angleterre, la rareté des engagements ne permit plus de fournir assez de nouveaux soldats pour remplacer ceux que tuaient les balles russes et les erreurs anglaises. On proposa plusieurs solutions pour combler les vides, mais, en fin de compte, la seule chose rationnelle était le retour à un système qui avait fait ses preuves en 1776 contre les rebelles américains et en 1809 contre Napoléon : l'armée anglaise envoya des agents recruteurs en Allemagne et engagea à prix d'or une légion de mercenaires de premier ordre.

Les Allemands devaient avoir moins de vingt-cinq ans d'âge, plus d'un mètre cinquante-huit de taille (soixante-deux pouces) et être célibataires. Ce fut une troupe magnifique et ils se seraient certainement très bien comportés en Crimée si la paix n'était pas survenue avant qu'ils ne quittent les côtes anglaises. Cela créa un sérieux problème : les Anglais avaient une armée entraînée et payée, sans aucune guerre pour l'utiliser.

La reine Victoria, d'origine allemande elle aussi, et son époux le prince Albert de Saxe-Cobourg-Gotha se souciaient tout naturellement de ce qu'il allait advenir de leurs jeunes compatriotes. Un des projets qu'on leur présenta les ravit : tout le contingent serait envoyé au Cap à titre de colons militaires, ils établiraient leurs demeures et tiendraient des postes le long de la frontière xhosa, récemment troublée. Une stratégie du même ordre, mais avec des colons anglais, avait été utilisée avec succès en 1820 ; pourquoi ne pas renouveler l'opération en 1857 avec des Allemands ?

On lança un vaste programme : neuf mille mercenaires, plus autant de jeunes épouses qu'ils pourraient en trouver, seraient envoyés au port que les Anglais avaient utilisé pour leur débarquement. Mais il y eut un problème. Les Allemands avaient une excellente réputation de soldats et plusieurs autres pays ne demandaient qu'à les engager : ils reçurent des propositions du roi de Naples, des Hollandais de Java, du gouvernement d'Argentine et de sept juntes révolutionnaires en Europe persuadées qu'en engageant ces soldats d'élite elles pourraient renverser les gouvernements réactionnaires. Il ne resta pour émigrer au Cap qu'environ le quart des recrues : 2 350 hommes, en comptant les officiers.

Comme la reine Victoria et le prince consort désiraient que cette entreprise coloniale connaisse le succès, ils écrivirent en Afrique du Sud pour demander au major Saltwood — qui s'était distingué dans l'affaire du massacre du bétail — de venir à Londres superviser l'émigration. Le major, enchanté d'avoir l'occasion de revoir son frère Peter, ne se fit pas prier : deux jours après avoir reçu l'invitation, il était en route.

A sa vive surprise, dès qu'il mit pied à terre à Tilbury, on le conduisit à Buckingham Palace, où la reine elle-même discuta de l'émigration avec lui. C'était une femme de petite taille, rondelette, sans menton, et, quand elle rencontrait des inconnus, elle aimait toujours prendre l'avis de son mari ; ils s'intéressaient beaucoup aux colonies d'Afrique du Sud — Le Cap et Natal — et les anecdotes sur la vie de la frontière que leur raconta Saltwood les enchantèrent. Ils dirent au major de se hâter de gagner Southampton pour s'assurer que l'embarquement des Allemands se faisait sans heurt et Victoria précisa qu'elle tiendrait Saltwood personnellement responsable.

Elle était en train d'ajouter qu'elle préférait envoyer uniquement des émigrants mariés, car cela assurerait une stabilité familiale, lorsqu'un enfant charmant de treize ans entra en coup de vent dans la pièce, puis s'arrêta, gêné, et voulut se retirer.

— Alfred, venez, dit la reine. Ce monsieur vient du pays des lions et des éléphants.

L'enfant se retourna et s'inclina comme un officier prussien.

— Je suis enchanté de faire votre connaissance, monsieur.

Le major tendit la main, prit celle du prince et l'entraîna dans la pièce.

— Il faudra que vous veniez dans ma ferme un jour, pour voir les animaux.

— J'aimerais beaucoup.

Et l'on en resta là.

Les autorités rassemblèrent à Southampton les mercenaires qui partaient au Cap. Ils avaient là un groupe solide de jeunes gens robustes, mais, du côté des femmes, on ne pouvait pas parler d'un succès. Ce point inquiéta Saltwood, car la reine avait bien précisé qu'elle préférait envoyer des familles complètes dans ses colonies et il se rendit personnellement dans toutes les villes voisines pour trouver des femmes à ces jeunes Allemands. Sa tentative échoua et, quand le dernier bateau fut sur le point de prendre la mer — c'était le vieux *Alice-Grace*, bien près de rendre l'âme —, il ordonna au capitaine de différer le départ tant qu'un dernier effort pour trouver des épouses ne serait pas accompli.

— Pour qui me prenez-vous ? demanda le capitaine. Pour Cupidon ?

— Non, répliqua Saltwood d'un ton égal, mais vous avez une mission à remplir.

— Ma mission est de commander ce bateau, répliqua le capitaine, non de trouver des épouses.

Et l'aventure se serait très mal terminée si Saltwood n'avait pas été un homme de ressource, doublé d'un homme de cœur.

— Vous avez plus de deux cents braves jeunes gens à bord de ce bateau, dit-il au capitaine. Je les veux tous sur le pont. Tout de suite !

Quand ils furent rassemblés sur le gaillard d'arrière, il leur dit carrément :

« Messieurs, ce serait une erreur grave de vous rendre au Cap sans femmes, aussi le capitaine a-t-il accepté de retarder le départ de ce bateau de deux jours. Débarquez en ville et trouvez-vous des femmes. Vous serez mariés avant de prendre la mer.

Saltwood ajouta sa touche personnelle à cette recherche. N'étant qu'à peu de distance de Salisbury, il sauta dans le train, arriva en coup de vent aux Sentinelles et cria :

— Je peux placer toutes les femmes libres de la ville.

Son frère était absent, retenu au Parlement, mais Lady Saltwood était là : elle organisa une chasse qui débusqua cinq jeunes femmes n'ayant que de maigres perspectives sur place.

Une gamine aux traits ingrats, nommée Maggie, se mit à pleurnicher :

— Je ne veux pas aller en *Aferquie,* moi...

— C'est pourtant là-bas que vous partez, répliqua le major d'une voix ferme.

Et il fit monter ses recrues dans le train, qui les effraya tout autant que la perspective du voyage en mer.

Sur le bateau, ces deux journées de bousculade furent l'occasion d'une frénésie de fiançailles, mais, comme la plupart des Allemands et une bonne partie des femmes étaient ivres, quand le soleil se leva le troisième jour, les passagers se rendirent compte en s'éveillant des choix détestables qu'ils avaient faits dans le noir. Il s'ensuivit une révolte.

Tel homme n'entendait nullement passer le reste de sa vie avec telle femme, et telle autre femme, qui ne comprenait pas un mot d'allemand, avait l'impression que, dans la confusion générale, on lui avait glissé un mari qu'elle n'avait pas choisi. Les deux pasteurs allemands à bord ne purent venir à bout des scènes de violence et tout le projet était apparemment en train de partir à vau-l'eau quand Saltwood saisit un sifflet, souffla de toutes ses forces et ordonna aux hommes de se mettre en rang d'un côté du bateau et aux femmes d'en faire autant de l'autre. Puis il s'adressa à eux :

— Messieurs, avez-vous envie de passer toute votre vie tout seuls ?

Quand l'interprète répéta sa question, la plupart des hommes répondirent « non » et Saltwood continua :

« Eh bien, si vous ne trouvez pas une femme aujourd'hui, vous n'en trouverez pas d'autre, là-bas, avant trois ou quatre ans, et peut-être trois fois quatre ans. Est-ce ce que vous désirez ?

L'interprète transmit ce message avec une franchise brutale et les hommes baissèrent les yeux sur le pont et se turent.

Ensuite, Saltwood se tourna vers les femmes anglaises.

« Vous n'avez pas eu la belle vie, ici. Je peux le constater de mes yeux. Vous avez l'occasion de partir dans un nouveau pays, qui est très beau, avec un bon mari. Il faudrait avoir perdu la raison pour ne pas le comprendre.

Avant que son auditoire contrit ne puisse se répandre en excuses, il ordonna aux hommes et aux femmes de rester en rang et de se faire face. Puis il siffla trois fois et tendit l'index en disant :

« Vous, au bout de la file, voici votre femme !

Et ce couple avança d'un pas.

— Vous ! répéta l'interprète en allemand. Voici votre femme.

Il descendit le long des rangs, décidant arbitrairement qui serait marié à qui et, sur son signal, le révérend Johannes Oppermann s'avança et maria tout le monde en une seule cérémonie gigantesque. Les deux cent quarante couples passèrent trois mois ensemble à bord du vieux *Alice-Grace* et, quand ils arrivèrent à destination, ils comptèrent parmi les familles les plus solides établies en Afrique du Sud.

La presse de Londres fut ravie de voir le frère du vertueux membre du Parlement Sir Peter Saltwood aux prises avec une mission royale si romantique, et un caricaturiste du *Punch* donna à Richard un certain embonpoint, gonfla ses joues, lui ôta ses vêtements (tout en ajoutant un bandeau discret), l'affubla d'un arc et de flèches et le baptisa « Cupidon ».

Quand les officiels du Cap implorèrent la reine Victoria d'envoyer dans la colonie un membre de la famille royale pour rehausser les couleurs et fouetter le patriotisme dans les cœurs du secteur anglais de la population, elle se trouva fort embarrassée. Il était impensable qu'elle quitte l'Angleterre et le prince Albert venait de tomber malade. Cinq de ses neuf enfants étaient des filles et donc jugées inaptes à voyager à l'étranger au milieu des lions et des éléphants. Restaient quatre fils, mais les deux plus jeunes n'avaient que dix et sept ans — à exclure pour une mission diplomatique —, tandis que l'aîné, le prince de Galles, se rendait aux États-Unis et au Canada cette année-là. Restait le second fils, Alfred. Il n'avait que seize ans, mais l'Afrique du Sud était une colonie de paysans et de boutiquiers, pas un vrai pays comme le Canada, et le jeune Alfred ferait bien l'affaire.

C'était un jeune homme populaire et, au sein de la famille royale, il était entendu que ce serait le prince Marin — les journaux avaient monté en épingle le fait que, lorsqu'il était aspirant de marine, il marchait pieds nus sur le pont. Il n'était pas très intelligent (ce qui n'était jamais un handicap dans le système anglais), mais il adorait les armes ; l'un dans l'autre, il semblait une solution raisonnable pour le problème de l'Afrique du Sud et la reine écrivit à son ami le major Richard Saltwood de De Kraal pour lui demander de veiller sur son fils et « d'organiser à son intention une grande battue, si c'était possible ».

Ce serait possible. Richard connaissait un fermier anglais près de Bloemfontein qui pouvait engager assez de Noirs pour mettre sur pied une vraie battue digne du jeune prince. Tout fut mis au point. Saltwood était sur les quais du Cap quand le jeune homme accosta et, après une tournée de réceptions, il fit voile avec lui le long de la côte jusqu'à Port Elizabeth, où le cortège royal débarqua et monta en selle pour une aventure dans l'arrière-pays qui leur ferait parcourir près de deux mille kilomètres à cheval, sur des pistes très difficiles.

Quand il vit l'escorte qui se proposait d'accompagner le prince, Saltwood fut effrayé par le nombre : le prince, son écuyer Friddley, un groupe de quatorze personnes du bateau, un groupe de vingt-six dignitaires du gouvernement local, plusieurs vingtaines de serviteurs pour s'occuper des chevaux de secours, vingt-sept chariots avec leurs conducteurs pour transporter le matériel et un photographe professionnel, M. Yorke, pour fixer les événements grâce à un énorme appareil qui exigeait un chariot à lui seul. Tout cela pour offrir à un gamin de seize ans le plaisir d'une battue.

Mais c'était une expédition sérieuse, comme l'apprirent les cavaliers dès le premier jour : ils chevauchèrent trente-cinq kilomètres sans faire une seule vraie halte. Le lendemain, il leur fallut en couvrir soixante-treize et, à leur arrivée à De Kraal — où ils se reposeraient pendant deux jours avec les Saltwood —, ils étaient épuisés et couverts de poussière.

Ce fut un répit magnifique et le prince fut enchanté de ce premier contact avec une ferme africaine. De Kraal s'était beaucoup amélioré au cours des récentes années, où la fortune des Saltwood avait prospéré. Tous les bâtiments de pierre datant des années 1780 avaient été agrandis et embellis ; les alentours s'ornaient de jardins d'agrément et l'on avait refait les clôtures. Mais le charme de l'endroit, comme le fit observer le jeune Alfred, était toujours le site merveilleux au sein des collines et les méandres du ruisseau qui coupait le domaine en diagonale.

En superficie, la ferme avait sensiblement diminué depuis l'époque où Tjaart Van Doorn l'exploitait : les trois mille six cents hectares entre les collines en faisaient toujours partie, mais il n'y avait plus que mille six cents hectares au-delà.

— Ce qui me plaît le plus, dit le jeune prince à Saltwood, c'est le mélange de terrains clos et de terrains ouverts.

Il apprécia également la chasse et fit honneur à sa réputation en tirant plusieurs petites antilopes.

Le premier soir, au dîner, le jeune homme fut très gêné quand une des servantes noires apporta un bébé blanc qui braillait et le présenta à l'hôte royal.

— C'est mon petit-fils, expliqua Saltwood. Sept mois et seigneur du manoir.

— Comment s'appelle-t-il ? demanda le prince en prenant maladroitement le bébé.

— Frank.

— Frank, je te baptise Sir Braillard.

Et cela devint le surnom de l'enfant.

En quittant De Kraal, tout le groupe partit vers l'est jusqu'à Grahamstown, où Friddley s'écria :

— Quel endroit merveilleux. Tellement anglais. Même les Hollandais qui vivent ici ressemblent à nos hobereaux du Surrey.

Friddley était pour Saltwood une découverte. En tant que neveu d'un duc, il se sentait le droit de dire tout ce qui lui passait par la tête et il le faisait dans un torrent d'émotion patriotique qui filait parfois plus vite que sa syntaxe. A la réception d'accueil à Grahamstown, il porta un toast de grande envergure :

— Aux citoyens loyaux de cette brave ville frontière dont le cran bien anglais et la persévérance héroïque, qui animera à jamais notre noble race, et qui aiment la reine avec une dévotion sans précédent, et la remercient de partager avec vous son fils, le vaillant prince Marin... (Il laissa tomber cette phrase mal partie et se lança avec ferveur dans une autre.) Je l'affirme, c'est votre loyauté à notre reine bien-aimée et à son bien-aimé consort, le père de notre bien-aimé prince Marin qui nous fait tant d'honneur par cette visite opportune à la plus loyale des colonies de Sa mère, et je l'ai vu pieds nus sur le pont de son bateau, accomplissant ses corvées comme n'importe quel autre marin au sang rouge, dont dépend la sécurité de notre nation... (Il parut à bout de souffle, mais il cria tout de même :) Je bois aux braves cœurs anglais qui ont protégé cette ville contre les sauvages féroces.

— Bravo, bravo ! cria la foule.

Mais Saltwood demanda à son voisin, Carleton le charron, devenu maire de la petite ville :

— Et les Boers ?

— Ce soir, les Boers ne comptent pas.

— Sans eux, sourit Saltwood, le prince ne serait pas ici aujourd'hui.

A chaque occasion, Friddley se lançait dans de beaux discours, exaltant la noblesse de la reine qui avait permis à son jeune fils de venir si loin recevoir les applaudissements de la colonie ; il remplissait le même rôle que les flatteurs officiels à la cour du roi Dingané et ses propos étaient aussi vides de sens. Mais le prince ne se laissait pas détourner de son but par ces éloges constants.

— Quand commence la battue ? demandait-il sans cesse.

Et, après Grahamstown, il resta en selle quatre-vingts kilomètres chaque jour.

Derrière lui, la suite chevauchait dans des nuages de poussière, les chariots grinçaient, les valets d'écurie traînaient les chevaux qui boitaient, et M. Yorke, héroïque, maintenait son encombrant chariot photographique à bonne distance de la caravane. La nuit, quand tout le monde se couchait dans des lits de camp, sous les tentes, il dormait en chien de fusil dans son chariot.

Après une dernière chevauchée de quatre-vingt-dix kilomètres en un seul jour, ils arrivèrent enfin dans une vaste ferme à l'est de Bloemfontein, sur une immense plaine de cent soixante kilomètres de circonférence, bordée de collines basses de toutes parts. Plusieurs jours auparavant, à toutes les passes où le gibier risquait de s'échapper, on avait posté des Noirs, mille en tout. Et, le 23 août 1860 en fin d'après-midi, ces batteurs commencèrent à s'avancer lentement vers la zone centrale où se trouverait le prince le lendemain matin. Devant eux, dans toutes les directions de la rose des vents, ils poussaient un troupeau monstrueux de zèbres, de blesboks, d'élans du Cap, de gnous, de bubales, de koudous, d'autruches et de quaggas — espèce qui allait disparaître peu après. De combien d'animaux ce troupeau se composait-il ? Peut-être de deux cent mille, peut-être moins, car nul n'aurait pu compter les bêtes qui s'avancèrent vers le centre, puis vers le périmètre. Certaines s'échappèrent dans des vallées mal gardées, la plupart restèrent prises dans les mailles de la multitude des batteurs.

A l'aurore, le prince, accompagné de vingt-quatre autres fusils, arriva sur le terrain de chasse et Friddley indiqua la règle du jeu :

— Je me tiendrai à la gauche du prince, la major Saltwood à sa droite. Nous ne tirerons pas. Notre travail consistera à tendre au prince des armes chargées quand il tirera le gibier. Altesse royale, vous prendrez d'abord mon arme, à gauche, puis celle de Saltwood, à droite. Maintenant, il me faut six bons fusils à cheval derrière nous en demi-cercle. Messieurs, vous pouvez tirer le gibier à l'occasion, mais votre principale tâche est de protéger le prince au cas où un animal se jetterait sur lui. Est-ce bien compris ?

Les vingt-cinq chasseurs prirent position juste au lever du

soleil — plus Friddley et Saltwood pour tendre les armes, plus quatre-vingt-dix serviteurs noirs (une grande partie avec des fusils), plus dix-huit factotums blancs, plus mille batteurs dans les plaines, pour que tout soit prêt pour « la plus grande chasse de l'histoire ». Alors seulement Friddley donna le signal et la grande battue commença.

Les batteurs les plus proches firent un énorme tintamarre, et les animaux de cette partie de la plaine, effrayés, se précipitèrent dans la direction générale des chasseurs. D'abord une vingtaine de zèbres, puis un peloton dispersé de springboks bondissants, puis le gros du troupeau. Par centaines, par milliers, des bêtes de toutes espèces se pressèrent en une fantastique bousculade. Au début, ils s'écartèrent, mais, quand la cohue devint un véritable chaos, elles galopèrent jusqu'à dix pas des chasseurs, immense concentration de grands animaux en fuite, terrorisés.

Le feu ne cessait jamais.

— Voici, Votre Altesse ! criait Friddley.

Il prenait le fusil vide du prince pour en glisser un autre, chargé, dans ses mains. Après avoir tiré, presque à bout portant, sur le flanc d'un zèbre, le prince tendait l'arme dans la direction de Saltwood et, sans même regarder, en prenait une autre, qu'il déchargeait sur les animaux, à dix pas de lui.

Les vingt-quatre autres chasseurs étaient entourés eux aussi d'animaux en fuite ; les sabots leur lançaient de la poussière au visage. Eux aussi tiraient le plus vite qu'ils pouvaient, droit dans les côtes des bêtes affolées.

Au bout d'une heure de massacre ininterrompu, le troupeau se mit à tourner, pris de confusion. Aussitôt, les factotums partirent à cheval en divers points des plaines et encouragèrent les batteurs à accélérer le mouvement — ce qui lança vers le prince qui attendait une fabuleuse cohue d'animaux en fuite. En fait, les grandes bêtes passaient si près que tirer sur eux n'avait plus de sens : on pouvait à peine épauler tant la pression des animaux était forte.

— Votre Altesse, cria Friddley, ravi, prenons les lances !

Il jeta le fusil du prince et lui mit dans la main un épieu à sanglier, au manche court, si pointu que Friddley l'avait appelé la « lance Paget », d'après le nom du chirurgien de la reine Victoria et de sa famille. Le jeune prince s'en servit avec adresse, chargeant les bêtes prises de folie, les lardant de coups au passage. En quelques minutes, Friddley et le prince furent éclaboussés de sang — et toujours les animaux tombaient.

Les deux hommes se servirent de leurs lances pendant presque une heure — avec toujours les six tireurs d'élite rangés derrière eux par précaution, pour faire feu au cas où une bête affolée se serait retournée contre le royal chasseur. Saltwood, sans fusil ni épieu, regarda avec une sorte d'horreur détachée les grands animaux tomber l'un après l'autre sur leurs genoux en dégorgeant leur sang. Bien souvent il aurait pu, en tendant la main, toucher les antilopes qui passaient, terrorisées. Même un enfant n'aurait été en danger dans cette chasse démente que s'il était tombé par mégarde sous les sabots des animaux en fuite — ou dans la ligne de mire des chasseurs.

— Ça suffit ! cria enfin une voix.

Saltwood s'avança pour prendre l'épieu du prince — tout couvert de sang, comme un mauvais boucher de campagne. Au cours de la petite fête qui suivit, une personne de l'endroit se cassa le bras en tirant une salve en l'honneur de l'héroïque jeune prince et Friddley prononça un émouvant discours de remerciements aux centaines d'habitants de Bloemfontein qui avaient organisé la battue.

— En ce jour, nous avons inscrit à notre tableau six cent quarante animaux plus gros qu'un cheval et des milliers de petites bêtes dont nous ne nous soucierons pas de faire le compte. Notre glorieux prince Marin a démontré qu'il est aussi brave sur terre que sur mer et nous pouvons assurer à la reine que nous avons observé avec une fierté virile l'extrême courage dont il a fait preuve en face du tonnerre de ces animaux enragés. Nous sommes désolés que Son Altesse royale ait été privée de son lion, mais nous sommes certains qu'elle aura l'occasion de l'affronter et de le tuer avant de quitter ces parages.

Comme pris d'une arrière-pensée, il ajouta :

« Ce massacre grandiose n'a pas été un gaspillage gratuit de créatures de Dieu. Nos fidèles Cafres n'auront pas faim cette nuit...

Et, comme Friddley ne savait pas s'arrêter une fois qu'il était lancé, il poursuivit :

« Ce fut une journée absolument passionnante, et je ne crois pas que Son Altesse royale, dût-elle vivre cent ans, puisse revoir une scène pareille, car le gibier disparaît très vite dans ces régions, à ce que l'on m'a dit.

Le prince Alfred fit à sa mère un compte rendu si élogieux de l'hospitalité de Richard Saltwood que, le jour où le Premier ministre de Sa Majesté souleva une question importante concernant à la fois l'Inde et le Natal, elle proposa le nom du maître de De Kraal.

— Saltwood connaît les deux colonies, fit-elle observer. Chargez-le de cela.

Ce qui donna à Cupidon une nouvelle occasion de décocher ses traits.

Le gouvernement du Natal proposa donc à Richard, alors âgé de soixante et onze ans, de mener une négociation exigeant un certain doigté.

— Le Natal est un pays magnifique pour le sucre, mais nous ne pouvons faire que très peu de chose sans main-d'œuvre.

— Vous avez les Zoulous, répondit Richard. Faites-les travailler.

— Les Zoulous ne s'apprivoisent pas facilement, mon cher. Pas comme vos Xhosas après ce désastreux massacre du bétail. Aucun Zoulou ne veut travailler la terre ; ni d'ailleurs travailler de ses mains pour quoi que ce soit. Ils disent que c'est indigne. Des travaux à peine bons pour les femmes. Nous avons fait venir quelques Chinois, mais ces diables de Jaunes ne veulent pas travailler pour les dix shillings par mois que nous leur offrons. Ils cherchent à économiser de l'argent pour ouvrir une boutique à eux.

— Vous songez donc à des Hindous ?

— Quelques milliers, à dix shillings par personne, et nous ne saurons plus que faire de tout notre sucre. Ils ont très bien réussi à l'île Maurice et dans nos Antilles. Pourquoi pas au Natal ?

— Que dois-je faire ?

— Les lois nécessaires ont été votées. Il nous reste à aller aux Indes et à les ramener en bon ordre. Vous avez fait un excellent travail avec ces Allemands et nous sommes sûrs que vous pourrez faire de même avec les Hindous.

A son âge, Richard aurait préféré demeurer près de De

Kraal avec son petit-fils, mais il avait encore assez d'énergie pour accepter cette mission difficile et, lorsqu'il apprit que la reine en personne l'avait recommandé, il ne put qu'accepter.

Plus de quarante années s'étaient écoulées depuis qu'il avait combattu en Inde et, quand son bateau arriva à Madras, il fut frappé par les changements, car il débarqua dans ce port dix-huit mois à peine après la terrible mutinerie. Cette insurrection sanglante avait pris fin, non sans de lourdes pertes dans les deux camps, mais la paix qui régnait demeurait précaire.

— Des soldats que nous avions entraînés ! lui expliqua un haut fonctionnaire de la résidence. Ils se sont retournés contre nous. Incendies, pillage, meurtres. Et savez-vous pourquoi ? A cause de ces maudites balles, à Dum-Dum.

Voyant le regard surpris de Saltwood, il ajouta :

« Les nouvelles cartouches des Enfield étaient graissées d'un côté et il fallait les prendre dans la bouche — le temps d'ouvrir la culasse, n'est-ce pas. Le bruit courut que la graisse était du lard de porc et les musulmans refusèrent d'y toucher. Ils disaient qu'on avait fait ça pour rabaisser leur religion.

— Notre problème était la terre rouge, murmura Saltwood à part soi.

— Pardon ?

— Nos Cafres nous ont combattus parce qu'ils avaient besoin, pour leurs cérémonies, de la terre rouge d'une de nos fermes. Des centaines sont morts pour de la terre rouge.

Plus significative encore aux yeux de Saltwood était la disparition de la John Company. Avant même que la mutinerie ne fût écrasée, la reine Victoria avait signé l'acte qui transférait le sous-continent à la Couronne. Après deux siècles de rivalité mortelle avec les Hollandais, la compagnie anglaise était morte.

— Peut-être les hommes d'affaires auraient-ils dû conserver le pouvoir, lui dit le haut fonctionnaire.

— Pourquoi ?

— Ils auraient traité avec les rebelles sur d'autres bases.

L'amertume du vieux responsable colonial se fit jour.

« Les meneurs, une poignée, les plus dangereux de ceux qui tuaient nos hommes, ont été pendus. Mais nous sommes entourés de centaines d'autres qui ont du sang anglais sur les mains. Ils appellent notre vice-roi « Canning le Clément ». Par Dieu, son père, le vrai Canning, leur aurait fichu la clémence au bout d'une corde. Notre Canning a prétendu que cela ferait d'eux des martyrs. C'est plus grave que des cartouches graissées, n'est-ce pas? Saltwood, j'ai vu nos femmes et nos enfants, à Allahabad, tués à coups de hache ou jetés vivants dans des puits. « Canning le Clément ! » Qu'il aille au diable !...

Saltwood devait entendre sans fin le même genre de plaintes.

Son séjour à Madras fut très actif. Il fallait arrondir les angles des contrats de travail, consulter les agents de recrutement, etc. Mais il put remplir sa mission dans de bonnes conditions et, une après-midi, il se rendit dans un vaste terrain vague en bordure de la ville, où neuf cents Indiens accroupis par terre attendaient en priant leurs dieux d'être choisis pour l'une des deux cents places disponibles qui leur permettraient d'échapper à la misère de l'Inde. En moins de deux heures, Saltwood avait fait son choix, mais, à l'instant où il quittait les lieux, les trois frères Desai le prirent par le bras.

— Je vous en prie, Sahib Grand Maître, nous allons dans ton pays, nous aussi.

— Toutes les places sont prises. Il vous faudra attendre le prochain bateau.

— Je vous en prie, Grand Sahib !

Et, jusqu'à l'heure du départ, les Desai ne lâchèrent pas le major d'une semelle — parcourant des dizaines de kilomètres au pas de course derrière sa voiture, attendant aux portes de la résidence, faisant l'impossible pour le croiser. Ils s'inclinaient devant lui, lui ouvraient un chemin dans la foule, lui répétaient leurs noms, s'accrochaient à ses basques.

« Je vous en prie, Grand Sahib, c'est une question de vie ou de mort.

Et toujours ils souriaient, montrant leurs dents très blanches. Ils finirent par lasser Saltwood, qui demanda au capitaine du *Limerick* :

— Vous avez de la place pour trois de plus ?

— Mais, mon cher, quelle question ! Je ne commande pas un bateau d'esclaves.

— Capitaine, capitaine ! crièrent les trois Desai en bêlant comme des moutons qu'on égorge. Vous êtes un très grand capitaine. Vous pourrez sûrement arranger...

— Euh... Peut-être pourrais-je...

Les Desai lui embrassèrent les mains et se précipitèrent vers Saltwood en pleurant.

— Vous ne le regretterez pas, lui affirmèrent-ils.

Et deux cent trois Hindous se virent accorder le passage jusqu'au Natal avec des contrats de dix ans, après quoi ils retourneraient chez eux. Mais, quand Saltwood se rendit à bord du *Limerick* pour assister au départ, il trouva cinq ou six cents personnes prêtes à prendre la mer — des femmes pour la majorité. Les trois frères Desai, riant jusqu'aux oreilles, avaient cinq femmes très belles en remorque.

— Nos femmes, expliquèrent-ils.

— Vous n'êtes pas musulmans, répliqua Saltwood. Vous n'avez pas plus d'une femme.

— Ces deux-là, dirent les Desai, les sœurs de nos femmes.

— Elles ne peuvent pas partir avec vous. Uniquement des hommes. Vous travaillez dix ans, puis vous revenez trouver vos femmes.

Il n'y eut pas de torrents de larmes. La vie aux Indes, surtout depuis la mutinerie, était très difficile et, si ces hommes devaient gagner leur riz ainsi, pourquoi s'en plaindre ? Mais, ce soir-là à la résidence, Saltwood souleva la question auprès d'un haut fonctionnaire, qui toussa dans sa main et dit :

— Eh bien, à vrai dire, il y a dans la loi je ne sais quelle sottise à propos des femmes à emmener au Natal. Mais vous n'en voulez pas, je suppose ? Si vous laissez partir les femmes, chaque homme aura dix enfants dans dix ans.

— Vous voulez que ces hommes vivent sans femmes pendant dix ans ?

— Cela fait du bien à certains.

— Nous nous sommes aperçus en Afrique du Sud qu'il est inhumain de séparer les hommes de leurs femmes et je ne veux pas de ça.

Ses arguments triomphèrent : le gouvernement décida qu'à l'avenir les femmes accompagneraient leurs hommes pour travailler avec eux dans les plantations de canne à sucre. Un farceur envoya aussitôt au *Punch* le récit détaillé des nouvelles aventures de Cupidon Saltwood et bientôt des caricaturistes publièrent une nouvelle série de dessins montrant Saltwood et son chaste bandeau planant avec son arc et ses flèches sur des couples d'Hindous travaillant dans les champs de canne à sucre du Natal.

Le succès de sa mission en Inde et le débarquement de plusieurs milliers de jeunes *coolies* indiens en bonne santé avec leurs femmes donnèrent une touche finale à l'embrouillamini racial de l'Afrique australe : Bochimans, Hottentots, Xhosas, Zoulous, Afrikaners, Anglais, « hommes de couleur » et maintenant Hindous.

Quand les travailleurs sous contrat avec les plantations de sucre furent bien en place, d'autres Hindous payèrent leur passage jusqu'au Natal pour s'installer comme commerçants, et ces deux groupes réunis, au bout d'un siècle, constitueraient une population de sept cent cinquante mille personnes. On leur offrit à maintes reprises des primes substantielles et un billet de retour gratuit aux Indes, mais très peu commirent la sottise d'accepter. Ils trouvaient la vie trop belle au pays de Shaka pour songer à le quitter.

Richard Saltwood avait donc réussi au-delà de toutes les espérances. Les Hindous étaient heureux de se trouver au Natal et les planteurs blancs étaient tous ravis de les avoir à leur disposition. Pour son esprit d'entreprise dans l'organisation de cette migration et notamment pour l'intuition dont il avait fait preuve en emmenant également des femmes, il reçut une lettre personnelle de la reine, qui constitua le point culminant de sa vie.

« En raison de vos services généreux à la Famille royale et au Trône, et de vos si nombreuses capacités, nous désirons que vous veniez à Londres recevoir le titre de chevalier. »

Quand les cérémonies de la cour s'achevèrent, Sir Richard Saltwood de De Kraal prit le premier train et se rendit à Salisbury. Près de l'ancienne demeure aux murs de tuiles verticales, sous les chênes et les châtaigniers-sentinelles, il s'assit avec son frère aîné Sir Peter et il regarda, de l'autre côté de la rivière, la cathédrale toujours aussi merveilleuse. Les deux hommes abordèrent plus d'un sujet. Sir Peter n'était plus au Parlement, il avait abandonné son siège à son fils, mais, comme tous les Saltwood, il s'intéressait à tout.

— Dis-moi, Richard, que faut-il faire avec les Hollandais, là-bas.

— Tu veux dire les Boers, ou les Afrikaners comme on les appelle parfois. C'est une race à part. Un vrai Hollandais est arrivé là-bas il y a quelque temps, un pasteur d'Amsterdam qui avait l'intention de passer sa vie en Afrique. J'ai fait sa connaissance. Au bout de six mois, il est venu chez moi et il m'a dit : « Je rentre dans un pays civilisé. Ces gens ne parlent même pas correctement le hollandais. Ils rendent leur culte d'une façon que nous avons éliminée depuis deux siècles. Aucun d'eux ou presque n'a lu autre chose que la Bible — et encore : seulement l'Ancien Testament. » Et il est reparti en Hollande.

— Que disent les gens de l'endroit ?

— C'est là que les choses se compliquent. Comprends-moi bien : ce Hollandais en visite parlait des paysans émigrés, ceux qui ont fait le Grand Trek — environ quatorze mille. Mais n'oublie pas que des milliers d'autres sont restés sur place. Ils constituent encore la majorité dans la colonie et ils ne savent pas s'ils doivent aimer ou détester leurs frères du nord. Le pasteur d'Amsterdam dont je te parlais essayait de changer les Boers du Grand Trek, mais ils sont bien ancrés dans leurs façons de vivre. Il faudra autre chose qu'un prédikant hollandais pour faire entrer ces gens-là dans le XIXe siècle !

— Leurs vues sont si dépassées que cela ?

Sir Richard demeura immobile, le front posé sur le bout de ses doigts, hésitant à répondre. En effet, ce qu'il dirait déterminerait la nature de sa réplique à la question essentielle de Sir Peter sur l'avenir probable de la colonie — et Peter avait encore beaucoup de poids à Londres. Il mesura ses paroles.

— Les principes des Boers sont vraiment très dépassés. Et les méthodes des Anglais sont très modernes. Tôt ou tard, il y aura conflit.

— Une guerre ?

— Je ne sais pas. Si nous pouvions, d'une manière ou d'une autre, garder le contact avec eux, le fossé pourrait éventuellement se combler. Mais regarde ce qui s'est passé dans le cas de Tjaart Van Doorn, l'homme qui m'a vendu sa ferme. Peter, tu devrais venir la voir en Afrique du Sud. Pas de cathédrale à l'horizon, mais c'est un endroit fantastique.

— Et ce Van Doorn ?

— Même âge que moi. Même énergie. Un type formidable — nous avons combattu au coude à coude dans une quarantaine d'escarmouches contre les Cafres.

— Et ensuite ?

— Quand il a quitté notre région... il a écrit une lettre remarquable pour expliquer ses raisons. Il a combattu Mzilikazi, puis il est descendu au Natal et il a aidé à détruire Dingané. Ensuite il est parti vers je ne sais quelle vallée reculée. Il vit là-bas avec des Cafres et quelques familles comme la sienne. Ni livres, ni journaux, ni idées. Aucun de ses enfants ne sait lire. Perdu. Perdu.

— Mais, s'il est retourné dans la brousse, pourquoi le craindre ?

— Parce que le Tjaart Van Doorn que j'ai connu était un homme fort. Il n'y a pas d'hommes comme ça en Angleterre. Taillé dans le roc. Peter, si ton gouvernement insulte cet homme ou le met en rage, il le lui fera chèrement payer.

— Que veux-tu que nous fassions ?

— Un compromis.

— Tu plaisantes...

Sans en parler ouvertement, les frères savaient qu'ils ne se reverraient probablement jamais, et ils décidèrent de faire l'excursion familiale traditionnelle à Stonehenge et de pousser peut-être même jusqu'au collège Oriel à Oxford, où le petit-fils de Sir Richard serait un jour étudiant comme les trois petits-fils de Sir Peter. On organisa les emplois du temps et on dit aux valets d'écurie de tenir les chevaux prêts. Un matin, Peter dit :

— Montons en selle et allons voir les Pierres.

— Parfait.

Et, une heure plus tard, ils prenaient la route avec une petite suite de serviteurs.

Ils s'arrêtèrent à l'orme de l'Élection de Vieux-Sarum. Sous ses branches, Sir Peter dit :

— J'ai été le dernier membre du Parlement à représenter cette circonscription merveilleuse. C'était en 1832, je crois. Quand Sir John Russell a proposé la loi supprimant les bourgs pourris, j'ai étonné tout le monde en lui donnant mon appui. L'époque de ce genre de privilèges est révolue. (Il poussa un soupir.) Mais ce vieil arbre a envoyé des hommes de premier plan au Parlement — ne serait-ce que notre père. (Il rit.) Sais-tu comment j'ai obtenu le siège ?

Il raconta que le Proprietor l'avait accompagné sous l'orme en grommelant tout le long du chemin, puis lui avait tendu le bulletin avec son nom inscrit.

— Il redoutait, m'a-t-il dit, que je sois un de ces jeunes radicaux. Je devais avoir quarante ans, mais il aimait les septuagénaires — il disait que c'est l'âge où l'on commence à avoir du bon sens.

Les deux frères arrivèrent à Stonehenge fatigués et décidèrent de ne pas continuer jusqu'à Oxford.

— C'est un endroit qui m'est cher, dit Sir Peter. C'est à Oriel que j'ai reçu toutes mes idées. Sincèrement, elles n'étaient pas très bonnes, mais elles ont suffi. Mon fils a les mêmes sentiments que moi et il en sera de même pour ton petit-fils. Quel âge a-t-il ?

— Deux ans.

— Est-il brillant ?

— Moyen, comme nous tous.

Après ces paroles de Richard, les deux frères gardèrent le silence. Puis Peter demanda, avec des larmes dans les yeux :

— As-tu jamais eu des nouvelles de David en Amérique ?

— Il a disparu quelque part dans l'Indiana.

Le silence se prolongea, tandis que les deux frères fixaient les pierres tombées sur lesquelles leur mère et leur grand-mère s'étaient assises au cours des pique-niques de la famille.

— Parle-moi d'Hilary, dit Peter enfin.

Mais, avant que Richard ne prenne la parole, il ajouta :

« Tu sais, je pense que sa visite ici avec cette Négresse... Un désastre.

— Un désastre jusqu'à la fin, Peter, répondit Richard. Le pauvre garçon... On les a égorgés tous les deux une nuit. Personne n'a jamais su qui c'était.

— Deux frères morts. Et nous deux, chevaliers du royaume. Je crois que Mère aurait été satisfaite. Elle était horriblement réaliste, tu sais.

Il regarda les pierres anciennes, tant aimées par sa famille, et il répéta ce qu'il avait dit à Richard, presque soixante ans plus tôt.

— Ce sera toujours ton foyer. Je veux dire, ici et les Sentinelles. Reviens...

Mais chacun d'eux savait que pour eux cette visite serait la dernière. Mais pour les enfants de leurs enfants, Sentinelles et Stonehenge demeureraient un pôle d'attraction.

Au cours des années 1879-1881, lorsque Frank Saltwood, le petit-fils de Sir Richard, fit ses études à Oriel, il se trouva au centre de discussions théologiques élevées ; mais, tout comme ses ancêtres, il évita toute conversation intellectuelle profonde. Ce fut au cours du premier trimestre de sa dernière année qu'il commença à remarquer un curieux personnage qui faisait de brèves apparitions à Oxford, suivait quelques cours, discutait dans les cafés, puis disparaissait pendant des mois. Frank ne put déterminer à quel « collège » ce personnage appartenait, ni s'il était maître de conférences ou simple étudiant comme lui.

Comme il semblait beaucoup plus âgé, Frank supposa qu'il s'agissait d'un professeur itinérant attaché temporairement à un « collège » prestigieux comme Balliol ou Christ Church, un de ces intellectuels de famille pauvre dont les vêtements ne correspondent jamais à la situation, dont la redingote est toujours boutonnée jusqu'au menton et dont le pantalon est invariablement coupé dans un tissu que personne ne porte plus. Il avait les cheveux châtain clair presque roux, un corps trapu et des yeux bleus humides, qui évitaient tout regard direct.

Quand le moment des derniers examens — et du départ d'Oriel — approcha, Frank eut soudain envie de profiter au maximum de la beauté unique d'Oxford, et, souvent, au lieu d'étudier, il se promenait le long de la Tamise pour écouter des oiseaux qu'il n'avait pas connus en Afrique du Sud. Il passait des heures à admirer la silhouette de la ville, ses dômes et ses tours qui se dressaient aussi fièrement que quatre cents ans plus tôt. Il était oppressé par la dignité antique de ces lieux, comparée à la jeunesse fruste de sa patrie, et il commença à éprouver les sentiments ambivalents que connaissaient tous les Sud-Africains venus faire leurs études dans la métropole.

En fait, il se sentait pris d'une sorte de trac. La résolution précise qui l'avait orienté jusque-là s'émoussait sous le coup de ses hésitations entre Oxford et De Kraal. Pendant des journées entières, il se promenait dans les rues d'Oxford, abandonnant ses classes d'Oriel pour visiter, sans but, les « collèges » voisins — non point pour y trouver un enrichissement intellectuel en vue de ses examens, mais pour simplement *regarder* ces vastes pelouses, comme s'il allait quitter, sans le moindre espoir de le revoir, un endroit qui lui était très cher.

Il franchissait le seuil de tel ou tel « collège » dont il n'avait jamais suivi un seul cours et il demeurait là, comme un touriste venu de Londres, admirant les belles façades des bâtiments qui encadraient la cour, imaginant les grands hommes qui avaient vécu dans ces dortoirs ou étudié dans ces amphithéâtres. Il n'était pas très bon en histoire politique et littéraire et il n'était certes pas capable d'associer à chaque « collège » ses diplômés célèbres, mais, dans plus d'une conversation avec son père et depuis qu'il était à Oriel, il avait tout de même appris que de grands hommes anglais avaient fait leurs études dans cette ville : Samuel Johnson, le cardinal Wolsey, Charles James Fox et les deux William — Penn et Pitt — qui avaient quitté Oxford pour représenter Vieux-Sarum au Parlement.

A son retour à Oriel, quand il franchit les portes et vit la silhouette basse, trapue, des bâtiments usés par le temps, il ne parvint pas à croire que des hommes célèbres soient sortis de leurs murs. La légende affirmait que Sir Walter Raleigh avait étudié là, mais Frank en doutait. Certains professeurs faisaient toute une histoire d'un ancien d'Oriel nommé Gilbert White, mais Frank n'avait pas la moindre idée de qui il était et de ce qu'il avait fait. Non, ce qui sortait de ce « collège », c'était une procession sans fin de Saltwood — des hommes solides et sûrs, qui ne parvenaient jamais au premier rang, mais qui avaient un penchant certain à faire *ce qu'il fallait*. Ils avaient bien géré leurs affaires à Salisbury et les avaient étendues à divers domaines avantageux ; ils avaient servi au Parlement quand Vieux-Sarum était un bourg pourri et, après l'abolition, ils s'étaient présentés honnêtement aux élections ; ou bien, de même qu'Hilary, le frère de son grand-père, ils avaient suivi Dieu en d'étranges et tragiques vocations.

Trois semaines avant le début de ses examens, Frank fut pris d'une profonde mélancolie, obsédé par la pensée d'Hilary Saltwood — et il se demanda pourquoi. Hilary était mort la gorge tranchée, Frank le savait, et l'image du vieillard (il supposait qu'Hilary était vieux, car il avait vécu longtemps auparavant), oui, le fantôme du vieillard le hantait avec une telle insistance qu'il commença à se demander si ce n'était pas le signe d'une vocation religieuse. Dieu était-il en train de lui parler ? De solliciter son aide dans quelque mission lointaine ?

Il serait devenu complètement neurasthénique et aurait échoué à ses examens si le curieux personnage n'était pas revenu brusquement à Oriel pour préparer fiévreusement son propre diplôme. Il était aussi bizarre que jamais, avec ses yeux bleus humides toujours aussi fuyants : ils semblaient somnoler, comme ceux d'un serpent, mais, aux rares occasions où ils vous fixaient directement, ils brûlaient d'un feu incandescent.

Tout se passa une après-midi, à l'heure du thé, quand un ami de Frank lui dit en plaisantant :

— Saltwood, tu commences à ressembler à un missionnaire.

Frank rougit, mais l'étudiant fantôme lui épargna l'embarras d'une réponse, car il se pencha en avant, regarda Frank dans les yeux et lui demanda d'une voix douce, haut perchée :

— Pourquoi auriez-vous envie d'être missionnaire dans je ne sais quel pays étranger, alors qu'il y a tellement de choses importantes à accomplir dans votre pays natal ?

— Que voulez-vous dire ? balbutia Frank.

— L'Afrique du Sud, voyons. Ne vivez-vous pas là-bas ?

— Je... Oui. Mais quel est le rapport ?

L'inconnu posa sa tasse, se leva d'un geste gauche et sortit à grands pas de la pièce sans prononcer un mot de plus.

— Qui est-ce ? demanda l'un des étudiants d'Oriel.

— Un drôle de bonhomme. Il a commencé ses études ici en 1873.

— Huit ans pour trois années d'études ? Est-il idiot ?

— Je ne sais pas. C'est la première fois que j'entends des mots tomber de ses lèvres.

Un étudiant plus jeune intervint.

— Il n'est pas idiot du tout, malgré les apparences.

Un autre le contredit :

— Il a essayé d'entrer dans un vrai « collège », Balliol je crois, mais il n'a pas pu passer les examens. Alors Balliol l'a envoyé ici et notre prévôt a dit : « C'est toujours la même chose, tous les " collèges " m'envoient leurs cancres. » Et

Oriel l'a accepté. (Le jeune homme sourit.) C'est ce qui s'est passé pour moi.

— Il vit en Afrique du Sud, reprit le premier étudiant, et c'est pour cette raison qu'il passe ses examens au petit bonheur la chance.

— Je ne comprends pas, dit Frank.

— Il a une mauvaise santé. Les poumons. Notre climat d'Oxford lui est très néfaste et il doit retourner chez lui pour se remettre. Il a fait ses études en dents de scie, quoi.

— Je n'appelle pas ça faire des études, répondit un étudiant avec mépris. Mais dites donc, Saltwood, vous êtes d'Afrique du Sud. Vous connaissez ce type ?

— C'est la première fois qu'il m'adresse la parole.

— Il possède des mines de diamants là-bas, et la vraie raison de ses allées et venues, c'est qu'il s'occupe d'elles.

Trois jours plus tard, Frank rencontra de nouveau l'inconnu et se sentit contraint de lui parler.

— Vous m'avez dit que je ne devrais pas devenir missionnaire...

— Ce que je voulais dire... Écoutez, cessez donc de broyer du noir et de faire l'imbécile. Conduisez-vous en homme, passez vos examens.

Le ton de l'inconnu était si péremptoire qu'on eût dit le conseil d'un père et Frank se rebiffa.

— On me dit qu'il vous a fallu huit ans pour passer les vôtres.

L'homme ne fit preuve d'aucune colère. Un large sourire se peignit sur ses traits et il prit Frank par le bras.

— Vous avez passé trois ans et vous allez décrocher un diplôme. J'ai passé huit ans et je vais rentrer chez moi avec un empire.

— Quel genre d'empire ?

— Tout ce que vous pouvez imaginer. La politique, les affaires, les mines, mais avant tout : le pouvoir.

L'homme s'éloigna d'un pas, puis se retourna et saisit de nouveau le bras de Frank.

« Pour l'amour de Dieu, mon vieux, enfermez-vous, finissez votre boulot et passez vos examens. Après, vous aurez le temps de réfléchir à l'avenir.

Il parlait avec tant de force et de conviction impérative que Frank eut la curiosité de rechercher par quel itinéraire étrange cet homme en était venu à passer sa dernière semaine d'études à Oriel. Aucun des amis de Frank n'était au courant. Ils ne savaient même pas si l'inconnu était anglais de naissance ou né en Afrique du Sud. Plus tard, quand tout le monde se mit en rang devant la vénérable salle des examens proche de la bibliothèque Bodléienne — en tenue d'apparat : complet noir, nœud de cravate carré, souliers noirs, coiffure et robe d'Oxford —, l'inconnu était là, plus âgé que tous les autres candidats, plus âgé même que la plupart des surveillants. Pendant une semaine entière, il écrivit avec rage, sans jamais lever les yeux, et, quand l'ordalie s'acheva, il disparut.

A la suite de l'intervention énergique de cet homme, Frank s'était repris et il réussit exactement le même exploit que tous les Saltwood avant lui : un diplôme sans mention honorable d'aucune espèce. A proprement parler, il n'avait pas « reçu une éducation » à Oxford, il avait été sacré chevalier dans l'ordre des hobereaux de campagne anglais — pas assez brillant pour être un chef, mais assez solide pour *suivre* à la satisfaction de tous.

Son diplôme à la main, Frank loua un cheval et une voiture et entreprit le long voyage jusqu'à Stonehenge, puis Vieux-Sarum au sud et enfin la magnifique ville évêché où se trouvait sa paisible demeure ancestrale, près de la rivière. Pendant plusieurs générations, les Saltwood rapporteraient leurs diplômes à la maison de la même manière, car, tant qu'ils ne s'étaient pas présentés aux Sentinelles, devant la famille admirative, avec la belle aquarelle de John Constable qui rehaussait le salon de sa splendeur, ils n'étaient pas véritablement diplômés ni prêts à se consacrer à l'œuvre de leur vie, dans la lointaine colonie.

Frank était enchanté par la maison des Saltwood et il adorait la vie civilisée, le thé sous les grands chênes... Toutes ses velléités de devenir missionnaire s'estompèrent. Mais il parla cependant à son cousin, Sir Victor Saltwood (membre du Parlement), de l'étrange expérience qu'il avait vécue : sa crise de cafard et son « sauvetage » par l'énergique inconnu.

— Je lui dois beaucoup. Il m'a sauvé la vie, vous savez.

Il fut donc surpris et ravi quand il découvrit en montant à bord de son bateau, à Southampton, qu'une des cabines de première classe était occupée par ce diplômé tardif d'Oxford.

Avec une hardiesse qui n'était pourtant pas dans son caractère, il se présenta devant l'inconnu et lui dit :

— Je tiens à vous remercier de m'avoir sauvé la vie.

L'homme le reconnut sur-le-champ et se souvint de leur brève conversation.

— J'ai remarqué que vous vous étiez mis à bûcher pour vos examens. Cela m'a fait plaisir.

— Puisque nous devons faire un aussi long voyage ensemble, ne vaudrait-il pas mieux que je connaisse votre nom ? Je m'appelle Saltwood.

— Je sais. De Kraal. Sir Richard, ce vieux fou d'Hilary. Je suis C.J. Rhodes.

— Merci pour ce que vous avez fait, monsieur Rhodes.

L'homme aux manières brusques n'invita Frank ni à l'appeler autrement que M. Rhodes ni à faire quelques pas avec lui, et la conversation en resta là. Comme la cabine de Frank était à l'autre bout du bateau, il ne vit pas son étrange condisciple de toute la première semaine. Au cours de la semaine suivante, des hommes plus âgés réunis dans un salon et lancés dans un conversation passionnée virent passer Frank et l'un d'eux l'appela.

— Dites-moi, Saltwood, vous vivez à De Kraal, hein ?

— Oui.

— Venez avec nous un instant.

On lui fit place et, dès qu'il fut assis, l'homme qui l'avait invité lui demanda :

« Considérez-vous l'Afrique du Sud comme un pays riche ou pauvre ?

Pendant un moment, Frank compara les images de la campagne anglaise, qu'il connaissait bien maintenant, à celles du veld.

— Je pencherais plutôt du côté des pauvres, dut-il avouer.

— Il a raison ! s'écria une voix haut perchée, pleine de passion. Je vous le dis, l'Afrique du Sud est un pays appauvri. Seul un travail acharné et beaucoup d'imagination peuvent le sauver.

M. Rhodes avait un atlas sur les genoux et il se mit à développer sa thèse devant son public attentif, en tapant de ses doigts courts sur les cartes chaque fois qu'il exposait un argument.

— Regardez la carte, messieurs. Regardez ce que la nature a fait.

Et de son index carré il montra que l'Afrique du Sud se terminait à un degré de latitude où les continents les plus favorisés ne faisaient que commencer.

« La nature nous a volés. Cruellement.

Et il montra que l'Afrique était le continent le plus tassé autour de l'équateur, comme si elle avait peur de s'aventurer dans des eaux plus froides.

« Nous sommes le seul continent n'ayant pas un pourcentage important de ses terres dans la zone tempérée, où l'agriculture est florissante et l'industrie prospère. Regardez, à côté, l'Amérique du Sud, avec qui nous partageons les mêmes océans. Elle s'étend vers le sud jusqu'au cinquante-sixième parallèle. Nous ne descendons pas au-delà du trente-cinquième ! Mesurez sur l'échelle. Ils ont au moins deux mille kilomètres de bon climat de plus que nous.

A mesure que sa passion s'enflammait, sa voix s'élevait jusqu'à devenir une sorte de plainte. Étalant les cartes, il invita ses compagnons à voir par eux-mêmes à quel point leur continent avait été volé.

« C'est seulement quand vous nous comparez à l'Asie, à l'Europe et à l'Amérique du Nord que notre appauvrissement devient flagrant. Si ces continents avaient été tronqués comme nous le sommes, regardez toute la civilisation qu'ils auraient perdue !

Tandis que les hommes suivaient son doigt de près, il démontra que l'Asie aurait dû se priver de Kyoto, de Tokyo, de Pékin, de Téhéran et de la majeure partie de la Turquie.

« Toutes les bonnes choses de ces civilisations perdues à jamais ! Mais regardez l'Europe...

Il montra que le continent tout entier aurait été perdu s'il avait été tronqué comme l'Afrique du Sud.

« Et quand on passe à l'Amérique, c'est la même histoire.

Avec soin, il tira le trait qui passait au sud de Chattanooga, Memphis, Oklahoma City, Amarillo et Albuquerque.

« Ces villes et tous les endroits du nord dont vous avez tous entendu parler — Saint Louis, Seattle, Detroit, New York, Boston... Rien de tout cela n'aurait existé.

Il tendit son atlas à ses voisins et, tandis qu'ils étudiaient ces faits, il dit d'un ton solennel :

« Si le reste du monde était aussi privé que nous le sommes, la civilisation se réduirait à Los Angeles, Mexico, Jérusalem et Delhi. Nos cathédrales n'auraient pas été construites, nos tragédies n'auraient pas été écrites, ni Beethoven ni Shakespeare n'auraient existé.

Il reprit son atlas et l'ouvrit à la page de l'Afrique du Sud pour lancer ses derniers arguments.

« Nous avons été gravement dupés par la nature...

— Pourquoi avez-vous peur de dire que c'est Dieu qui nous a dupés ? demanda un homme.

— Dieu ? dit Rhodes en faisant pivoter sa main droite sur elle-même comme s'il marchandait. Je Lui accorde cinquante-cinquante. Peut-être existe-t-Il. Peut-être n'existe-t-Il pas. Je ne me bats jamais avec Lui et, si vous avez envie de dire « Dieu » quand je dis « la nature », à votre guise.

Il se pencha de nouveau sur la carte.

« Nous ne pouvons pas avancer vers le nord-ouest parce que le désert du Kalahari nous en empêche. Et nous ne pouvons pas aller vers le sud parce que notre pays s'arrête. Ce que nous pouvons faire, c'est tirer le meilleur parti de ce que la nature nous a donné.

Et quand il esquissa les promesses de l'Afrique du Sud, il devint presque poétique :

« Nous avons un peuple d'une vitalité merveilleuse. Des forêts, avec des terres comptant parmi les plus fertiles de la terre. Nos fleurs sont sans pareilles. Et nos troupeaux d'animaux sont inépuisables. En une semaine de voyage, on peut apercevoir des hippopotames et des rhinocéros, des lions et des éléphants. J'ai vu la terre couverte de zèbres, d'élans et de gemsboks à perte de vue. C'est un trésor sans limites.

Ensuite, il braqua le doigt sur la région autour de Kimberley, où se trouvaient ses intérêts miniers.

« La nature est rarement injuste. Si elle a triché sur l'étendue, elle nous dédommage en nous permettant de creuser en profondeur. Elle nous a donné la plus belle concentration de diamants du monde. Et on a déjà trouvé également de l'or. Mais l'or véritable est ici.

Et, sur ces mots, il montra les terres vides au nord du Limpopo — du moins vides sur sa carte : un vague « Matabéléland » gouverné par un fils du fameux Mzilikazi...

« Et puis ici, ajouta-t-il gravement en indiquant le pays au nord du Zambèze.

D'un geste brusque de sa main droite, il recouvrit de sa paume toute cette partie de l'Afrique.

« Cette carte devrait être entièrement rouge.

(L'Empire britannique était alors figuré en rouge sur toutes les cartes.)

— Comment serait-ce possible ? demanda un des hommes.

— C'est à vous de le rendre possible, répondit Cecil Rhodes.

Les semaines qui suivirent déterminèrent la vie de Frank Saltwood. Son intention était de ne rester en Afrique du Sud que le temps d'une brève visite à ses parents, puis de revenir à Londres faire des études de droit. Mais, tandis qu'il allait et venait sur le bateau, il s'aperçut que M. Rhodes gardait un œil sur lui. Ils discutèrent à plusieurs reprises et, un jour, Rhodes lui demanda à brûle-pourpoint :

— Pourquoi voulez-vous étudier les lois quand vous pourriez exercer votre pouvoir de façon directe ?

— Que voulez-vous dire ?

— Quand vous étiez à Oxford, avez-vous jamais lu le discours de John Ruskin aux jeunes hommes de l'université ? Non ? On aurait dû exiger que vous l'appreniez par cœur. Attendez-moi.

Il courut à sa cabine — d'un pas agile pour un homme de sa corpulence — et revint quelques instants plus tard avec un opuscule corné du célèbre discours d'Oxford de Ruskin, datant de 1870, quelques années avant l'entrée de Rhodes à l'université.

« Lisez ceci, dit-il d'un ton péremptoire, et nous en parlerons après dîner.

Dans le fauteuil de M. Rhodes, sur le pont, Frank lut ce texte exaltant.

> Voulez-vous, jeunes d'Angleterre, faire de nouveau de votre pays un trône digne de rois, une île couronnée, une source de lumière pour le monde entier, un axe de Paix ; une maîtresse de la culture et des Arts, gardienne fidèle de principes éprouvés par les ans ? C'est ce que l'Angleterre

doit être — ou elle doit périr. Elle doit fonder des colonies aussi vite et aussi loin qu'elle en est capable, avec ses hommes les plus énergiques et les plus valeureux ; en s'emparant de tout morceau de sol fertile désert sur lequel elle pourra poser le pied et en enseignant aux colons de ces terres que leur première vertu doit être la fidélité à leur pays, et leur premier objectif, le progrès de la puissance de l'Angleterre sur terre et sur les mers. Tout ce que je vous demande, c'est d'avoir un but précis, quel qu'il soit, pour votre pays et pour vous-mêmes — peu importe son envergure, du moment qu'il est inébranlable et généreux.

Quand M. Rhodes revint après le dîner, le soleil s'était couché derrière l'horizon, mais son disque invisible envoyait encore des rayons d'or illuminer les nuages qui montaient la garde au-dessus de l'Afrique, transformant l'océan Atlantique, vers l'est, en une scène de gloire.

Il ne posa qu'une seule question :

— Saltwood, avez-vous découvert votre but inébranlable ?

— Pas vraiment, monsieur.

— N'est-il pas temps de le faire ?

— Comme vous le savez, je songeais au barreau.

— Vous *songiez !* (Il cracha ce mot avec dégoût.) A Oriel, vous songiez à être missionnaire. Et la semaine prochaine vous songerez à autre chose. Pourquoi ne pas saisir à bras-le-corps les problèmes réels ?

— Que voulez-vous dire, monsieur ?

— Venez travailler pour moi. Il y a tellement à faire et si peu de temps pour le faire.

Les ténèbres tombaient sur le bateau, qui faisait voile plein sud vers le domaine d'étoiles que Frank connaissait bien.

« J'ai besoin d'aide, Saltwood, insista Rhodes. J'ai besoin de l'énergie d'hommes jeunes.

— Quel âge avez-vous, monsieur ?

— Vingt-neuf ans. Mais j'ai l'impression d'en avoir trente-neuf. Avez-vous une idée, Saltwood, de l'empire que je contrôle ?

— Non, monsieur.

— J'en ai peu parlé à Oxford. J'étais gêné. Mais j'ai l'intention de contrôler tous les diamants dans le monde.

— Dans quel but ?

— La carte, Saltwood. La carte. Je veux qu'elle devienne

toute rouge. Oui, tous ces endroits que nous n'avons jamais vus, vous et moi, je veux les faire entrer dans l'Empire britannique.

— Est-ce possible ?

— Ne posez jamais une question pareille ! explosa Rhodes. Tout est possible si des hommes de bons principes décident que cela doit être fait. Avez-vous le courage de viser des objectifs immortels ?

Dans les ténèbres de minuit, Frank n'avait absolument aucune idée des limites de son courage et il l'avoua franchement.

« Alors il vous faut venir travailler pour moi, dit Rhodes, et je vous montrerai le degré de courage auquel un jeune homme peut parvenir.

Toute la nuit, ils parlèrent du Limpopo, du Zambèze et des Matabélés ; puis, quand la lune s'abaissa sur les vagues, Rhodes avança un autre nom :

« Zimbabwe. Vous en avez entendu parler ?

— Oui.

— Une cité de légende. Certains imbéciles commencent à prétendre qu'elle a été construite par des Noirs, mais ceux qui savent sont convaincus qu'il s'agit de l'Ophir de la Bible. C'est peut-être la reine de Saba qui l'a construite, ou les Phéniciens. Un jour, il nous faudra aller à Zimbabwe, pour montrer au monde que c'est bien la ville de la reine de Saba.

Et aussitôt il élargit le sujet.

« Le pays matabélé, les villes anciennes, les mines d'or... Ce n'est rien, Saltwood. Le vrai devoir de l'humanité, c'est d'améliorer la société, et aucun peuple qui a posé le pied sur cette terre n'est mieux qualifié pour cette tâche que les Anglais bien nés. Voulez-vous travailler avec moi ?

La nuit s'était enfuie, le soleil se levait sur l'Afrique — et le jeune Saltwood était complètement décontenancé.

— Il faut que je parle de ces problèmes avec mes parents.

— Saltwood ! Un homme forge son destin en lui-même — et non à partir des désirs de ses parents. Si j'avais écouté mon père...

Il s'arrêta brusquement, puis reprit :

« Un type parfait. Pasteur de village. Neuf enfants. Très aimé de ses paroissiens, et vous savez pourquoi ? Aucun de ses sermons n'a jamais duré plus de dix minutes.

— Vous avez huit frères et sœurs ?
— Oui, et une demi-sœur.
— Tous mariés ?
— Un seul.
Et il prononça ces mots avec un ton pour ainsi dire farouche, définitif, comme si le jeune homme avait touché une corde sensible. Frank ne s'étonna pas de le voir s'éloigner à grands pas. Puis il se souvint que pas une seule fois pendant le voyage il n'avait vu Rhodes parler avec l'une des passagères, ou simplement remarquer leur existence.
Au cours des jours qui suivirent cette conversation, Rhodes passa son temps avec un groupe de passagers ne discutant que d'un seul sujet : l'Angleterre et sa gloire.
— Joignez-vous à nous, dit-il un jour à Saltwood.
Dès que Frank s'assit au milieu des hommes, il fut bombardé de questions sur l'Afrique du Sud, l'avenir de l'élevage à De Kraal et l'éventualité de voir les guerriers zoulous défier de nouveau les armées anglaises.
Ses réponses plurent à Rhodes et, quand les autres s'éloignèrent, il garda Saltwood près de lui.
« Vous êtes le seul à voir juste, dit-il.
Puis il s'enflamma. Il ne parlait pas, il faisait un discours — de sa voix haut perchée qui devenait plus aiguë à mesure que son enthousiasme s'emballait. Il était assis, les mains sous ses cuisses, et il se balançait d'avant en arrière. Toujours, il revenait au sujet de l'Afrique et de l'expansion de l'Empire.
« L'Allemagne vient vers nous de l'ouest et le Portugal s'incruste à l'est. Il nous appartiendra de nous glisser entre eux. Poussons nos forces vers le nord. Toujours vers le nord, jusqu'à ce que nous parvenions au Caire. Le monde ne peut être sauvé que par des Anglais, la main dans la main. Saltwood, j'ai besoin de votre aide.
— Et les Boers ? esquiva Frank. Peut-on également les utiliser ?
— Les Boers sont l'un des peuples les plus remarquables de la terre. Unis à eux, nous pourrions former une nation d'une force incomparable.
— Pourquoi ne les invitons-nous pas à se joindre à nous ?
M. Rhodes se rembrunit.
— Vous savez, dit-il en se frottant le menton, je suis membre du Parlement. Et dans quel genre de circonscription

ai-je été élu, je vous prie ? En majorité des Boers. J'ai obtenu leurs votes — mais bon Dieu ! je ne les connais pas mieux qu'au premier jour. Et ceux qui ont émigré vers le nord, je les comprends encore moins.

— Y a-t-il un mystère boer ?

— Oui. Ils se regroupent dans leurs petites républiques et refusent de se joindre au grand courant de la race humaine. Ils se tiennent à part dans leurs fermes et nous abandonnent la gestion des affaires.

— Vous parlez comme si vous aviez l'intention de régner sur le monde.

— Rien de moins.

Et il ajouta aussitôt :

« Si cela vous paraît présomptueux, disons autre chose : l'empire que je rassemblerai pour l'Angleterre devra régner sur le monde.

Il baissa la voix.

« Et votre tâche sera d'enrôler les Boers avec nous.

Pris de passion soudaine sur ce point particulier, il demanda à Saltwood d'attendre près du bastingage et, alors que les autres passagers se dirigeaient vers la salle à manger, il courut à sa cabine et revint avec une feuille de papier froissée. C'était son testament olographe et, quand Saltwood le lut, il demeura bouche bée : C.J. Rhodes donnait tous ses biens à deux fonctionnaires mineurs du gouvernement anglais en les chargeant d'intégrer à l'Empire britannique des pays aussi divers que les États-Unis, la côte orientale de la Chine et tout le continent africain, sans exclure les républiques des Voortrekkers.

— Est-ce réalisable ? demanda Frank.

— Il faut que cela soit fait, répliqua Rhodes, et vous y participerez.

Quand cet homme si étrangement passionné disparut dans sa cabine, Saltwood réfléchit à son comportement : il offrait à un jeune diplômé d'Oriel qu'il connaissait à peine une part dans le gouvernement du monde, mais il ne l'invitait jamais dans sa cabine ou à sa table, ou à tout autre événement auquel il participait. Et, une après midi, en voyant Frank bavarder avec une jolie fille qui rentrait au Cap, il fronça les sourcils et se détourna avec mépris. Pendant plusieurs jours, à la suite de cette rencontre, il ne parla pas à Frank et, quand il s'y résolut enfin, il lui murmura :

— J'espère que vous ne faites pas de promesses stupides à je ne sais quelle petite idiote.

Et il attendit que Saltwood lui eût affirmé le contraire pour lui accorder de nouveau son amitié.

Quand le bateau accosta à Port Elizabeth, Frank se dirigea aussitôt vers la ferme de sa famille et il supposa qu'il ne reverrait plus C.J. Rhodes de toute sa vie. Mais, une après-midi, alors qu'il prenait le thé avec ses parents sous une véranda dominant les prairies et la rivière, une voiture couverte de poussière s'arrêta près de l'entrée et M. Rhodes s'élança à grands pas vers le porche. Après avoir salué les parents de Frank d'un geste distrait, il demanda carrément au jeune homme :

— Eh bien, Saltwood, êtes-vous prêt à venir avec moi ?

— En fait, je n'ai pas...

— Vous n'êtes pas en train de rêvasser de droit, hein ? Alors qu'il y a tellement de travail à faire.

Frank essaya d'éviter une réponse grossière qui écarterait M. Rhodes de son chemin à jamais et, tandis qu'il hésitait, Rhodes lui sauta dessus comme un tigre :

« Parfait ! Nous partirons à Kimberley demain matin.

Il parut se rendre compte de la présence des membres plus âgés de la famille.

« Je veillerai sur lui. Il sera au centre de tout et, quand vous le reverrez, ce sera un homme.

Le lendemain, ils se rendirent à Graaff-Reinet en voiture, pour prendre la diligence de Kimberley — dont les secousses étaient légendaires. Frank n'oublierait jamais son premier contact avec les mines de diamants ; comme il l'écrivit à sa mère, il n'y avait rien de semblable sur toute la terre :

> Chaque prospecteur a droit à un carré de cette précieuse terre, d'environ dix mètres de côté, trente et un pieds exactement, mais il doit laisser une sente étroite pour le passage des autres. Comme le mineur A a creusé sa concession jusqu'à douze mètres de profondeur et le mineur B seulement à six mètres, le pauvre mineur C qui

n'a pas encore commencé se retrouve sur un carré aux pentes si à pic que la moindre chute lui sera fatale. De plus, la nuit, des irresponsables creusent sous les sentiers de passage — ils s'effondrent et c'est le chaos.

Mais, ce qui frappe le plus le regard, c'est un énorme nid de toiles d'araignée, donnant l'impression que dix mille mygales sont en train de tisser. Ce sont les câbles et les cordes allant de la limite de la mine au fond de chaque concession individuelle. Les seaux contenant le sol diamantifère sont entraînés par cet immense embrouillamini de fils, et ces seaux qui montent et descendent sont le symbole d'une mine de diamants à Kimberley...

M. Rhodes espère avec ferveur que nous pourrons mettre un peu d'ordre dans cette folie. A cette fin, il a acheté sans bruit des concessions ici et là, en s'efforçant de les consolider en une sorte de concentration raisonnable. S'il y parvient, il contrôlera cette industrie et deviendra encore plus riche et puissant qu'il ne l'est déjà. Mon travail consiste à mettre au même niveau toutes les concessions qu'il achète et je trouve de nombreux diamants dans le sol laissé pour les sentiers. Mais pour l'instant le chaos continue, avec une parcelle à quinze mètres dans les airs et la parcelle voisine à quinze mètres en dessous. Aucun ordre ne règne, sauf dans les concessions qu'il détient. C'est une course entre la raison et l'anarchie, mais il m'affirme que, lorsque le problème se pose entre personnes de bon sens, la raison triomphe toujours. Il a bien l'intention, en tout cas, de la faire triompher.

Frank ne raconta pas à sa mère les deux éléments d'information les plus intéressants. Dans la maison occupée par M. Rhodes, il régnait à peu près le même chaos que dans les mines. C'était une cabane recouverte de tôle ondulée, très spartiate, sans le moindre ornement pour l'embellir : des vêtements traînant partout, de la vaisselle sale, des meubles sur le point de rendre l'âme. Aucune femme n'avait jamais accès à la maison, que Rhodes partageait avec un jeune homme très doué, plus jeune que lui de quelques années. Frank s'aperçut qu'il n'était pas le seul garçon de vingt ans choisi pour faire progresser les nombreux intérêts de M. Rhodes ; toute une escouade de recrues brillantes et avides avaient fusionné leurs intérêts personnels à ceux de ce grand rêveur, qui voyait déjà un drapeau anglais sur tous les territoires africains, du Cap au Caire.

Invariablement, il appelait ses jeunes gens par leurs prénoms : Neville, Sandys, Percival, Bob, Johnny, et souvent il les encourageait à faire des frasques, comme au temps de leurs études. Ils avaient la liberté de s'amuser avec toutes les femmes qu'ils pouvaient trouver dans la ville des diamants. Une loi non écrite spécifiait que l'on pouvait flirter et même batifoler avec ces dames, mais à condition de les oublier très vite. En effet, de plus grandes causes étaient réservées à « mes jeunes messieurs », ainsi que Rhodes les appelait — et tout comme Shaka il voulait que ses régiments conservent leurs cœurs pour les vastes tâches qui les attendaient et non pour les rondeurs de leurs épouses.

Frank remarqua que, jusqu'au moment de son enrôlement effectif, Rhodes s'adressait à lui avec un « Saltwood » assez sec, mais, une fois sa mission acceptée, il devint « Frank » — et il le resterait : perpétuellement jeune, perpétuellement souriant... Comme tous les autres « jeunes messieurs », il était bien payé.

Le second renseignement important concernait le principal rival de M. Rhodes dans le commerce des diamants. C'était un homme extraordinaire qui ne cessait jamais d'étonner les jeunes messieurs et l'ensemble du public. Il semblait aussi différent de M. Rhodes que deux hommes peuvent l'être, mais il était aussi impitoyable que lui quand il s'agissait de saisir une bonne affaire. Et il était le seul obstacle entre Rhodes et la véritable fortune.

Barnett Isaacs avait un an de plus que Rhodes. C'était un juif né dans l'un des pires taudis de Londres et, au beau milieu d'une carrière banale de comique troupier et de danseur de claquettes, il avait décidé, sur un coup de génie, d'aller faire fortune dans les mines d'Afrique du Sud. Avec pour tout bagage son courage et quelques boîtes de cigares bon marché achetées près des docks du Cap, il se débrouilla pour gagner Kimberley en colportant ses crapulos à six sous et il gagna une vie misérable en amusant les mineurs avec des calembours éculés, des acrobaties ridicules et tout ce qui lui passait par la tête quand il se présentait devant eux dans tel ou tel bouge ou tapis franc.

Mais Barnett Isaacs n'avait pas les oreilles dans sa poche et, tout en faisant ses clowneries, il recueillit un certain nombre de renseignements négociables : qui allait être ruiné, qui voulait rentrer à Londres, qui avait volé la concession de qui. Il mit tout cela bout à bout, acheta un cheval et une carriole et commença à rôder autour des excavations comme un charognard, vautour affamé d'argent cherchant à mettre la patte sur les reliefs et les rebuts tombant des tables des autres. Il s'empara bientôt de concessions de valeur et, un beau matin en s'éveillant, Kimberley découvrit qu'Isaacs était l'un des hommes les plus riches des champs de diamants.

Aussitôt, il changea son nom et devint Barney Barnato, acheta plusieurs complets élégants et s'offrit une fantaisie qui aurait donné l'eau à la bouche à plus d'un ancien comique troupier.

A prix d'or, il réunit une compagnie théâtrale de qualité moyenne, acheta de sa poche un lot de costumes élizabéthains et offrit à l'Afrique du Sud sa première représentation d'*Othello*, avec lui-même dans le rôle principal. Frank arriva aux mines trop tard pour assister à la première de gala, mais, quand tous les jeunes messieurs prirent des billets pour une représentation ultérieure, il les accompagna. Le théâtre, un hangar de tôle où régnait une chaleur d'enfer, était peuplé par un public bruyant qui hurlait de plaisir chaque fois que « notre Barney » entrait en scène. Sa Desdémone, hélas, avait bien quinze centimètres de plus que lui et, chaque fois qu'ils s'embrassaient, on avait l'impression qu'elle se battait avec lui. En outre, le maquillage du Maure était si épais que, lorsqu'ils se touchaient, Desdémone se tachetait de noir tandis qu'Othello perdait son teint par plaques.

— Mais… il est assez remarquable ! murmura Frank à ses voisins.

— Attendez le dessert !

— Quel dessert ?

— Vous n'en croirez pas vos yeux.

Quand tomba le rideau du dernier acte, avec Desdémone morte et déjà gangrenée, le jeune acteur qui jouait Cassio parut à l'avant-scène pour annoncer qu'à la demande générale et à titre tout à fait exceptionnel M. Barnato, dont on avait applaudi l'excellent *Othello*, donnerait maintenant son interprétation classique du monologue de Hamlet — sur quoi la foule se mit à rugir et à siffler. Au bout de quelques minutes,

M. Barnato parut dans un nouveau costume, le visage démaquillé.

— Regardez ça ! murmurèrent les jeunes messieurs.

Frank en resta bouche bée. M. Barnato, sans effort apparent, fit un saut périlleux arrière, retomba sur ses mains et se posa sur sa tête. Conservant un équilibre parfait pendant un temps incroyablement long, il se mit à déclamer le monologue. Aux plus beaux vers, il faisait des gestes expressifs de ses mains — des coups de poignard à « dague nue » et des au revoir frénétiques à « fuir vers d'autres que nous ne connaissons pas ». Sur les derniers mots — « et perdre le nom d'action » —, il fit un saut périlleux étonnant et atterrit sur ses pieds. Les applaudissements furent assourdissants. Comme M. Rhodes le reconnut d'un ton aigre-doux au retour de ses jeunes messieurs :

— Le plus remarquable, ce n'est pas qu'il puisse le faire, c'est qu'il parle avec tant de puissance la tête en bas et qu'il fasse des gestes aussi convaincants. Jamais je n'ai vu un meilleur Hamlet.

Ces deux Titans, Rhodes le calculateur taciturne et Barnato le comique troupier, se battirent l'un contre l'autre pendant des années. Puis, un soir, ils se retrouvèrent face à face dans la demeure d'un homme destiné à être célèbre dans l'histoire de l'Afrique du Sud : le Dr Leander Starr Jameson. A quatre heures du matin, après dix-huit heures de marchandage agressif, un marché fut enfin conclu. Othello abandonnait toute sa puissance à Mars en échange d'un chèque dont la photographie serait publiée dans le monde entier : 5 338 650 livres sterling. Lorsqu'il capitula, épuisé et les yeux hagards, Barnato s'écria :

— A chacun son fantasme. Vous, Rhodes, votre fantasme, c'est de construire un empire. Je suppose que je dois vous laisser la voie libre.

Mais il refusa de le faire sans la promesse de Rhodes de le parrainer personnellement pour qu'on l'accepte au Kimberley Club, extrêmement exclusif, où aucun Othello juif de Whitechapel n'aurait eu normalement accès.

Si le monologue de *Hamlet* de Barney était surprenant, sa campagne électorale pour le Parlement fut stupéfiante. Il acheta toute une gamme de complets venant de Paris, un landau impérial traîné par quatre chevaux pommelés, des uniformes européens dorés pour six laquais, un beau costume pour un postillon qui chevauchait à l'avant en soufflant dans une longue trompette et une fanfare de dix-huit musiciens qui suivait à l'arrière.

— J'ai voté pour lui, dit Frank aux jeunes messieurs.

Il fut ravi d'apprendre qu'ils l'avaient imité et il soupçonna M. Rhodes d'avoir fait de même. En effet, il lui dit un jour :

— Peu d'hommes dans ce monde parviennent à réaliser tout ce qu'ils désirent. Barney Barnato est l'un d'eux. Il a joué *Othello* avec succès. Il a déclamé *Hamlet* debout sur sa tête. Il a gagné dans sa catégorie le championnat de boxe des mines de diamants. Il a eu sa garde impériale. Il a été élu au Parlement. Et c'est le juif le plus riche de ce pays, membre à part entière du Kimberley Club. Que pourrait-il désirer de plus ?

Les jeunes messieurs furent désolés d'apprendre que cet homme, après avoir conquis le monde par son courage et son audace, s'était suicidé au milieu de l'Atlantique en se jetant du pont du *Scot* qui l'emmenait en Angleterre.

Quand Cecil Rhodes contrôla les mines de diamants, il eut le champ libre pour les plus vastes objectifs de sa vie. L'argent, dont il possédait maintenant des quantités prodigieuses, ne l'intéressait guère en soi — uniquement comme moyen d'accès au pouvoir. Au cours des années où il fut l'un des hommes les plus riches du monde, il continua de vivre avec ses jeunes messieurs dans un cadre austère.

— Chaque homme a son prix, affirmait-il à Saltwood, et souvent c'est un désir de luxe. Avec de l'argent en suffisance, on peut acheter n'importe quel homme. Par exemple, au pays matabélé, dans le nord, le roi veut des fusils. Plus que de toute autre chose, il a eu envie de fusils. Nous allons les lui donner.

Il choisit une équipe parmi ses hommes de Kimberley et entreprit de suborner le roi.

« Frank, dit-il un jour, à notre extrémité du continent, nous avons un pays magnifique partagé entre trois races : les Anglais — qui devraient gouverner ; les Boers — qui ne savent pas gouverner ; et les Cafres — à qui l'on ne devrait jamais permettre de gouverner. Que faut-il faire ?

Il laissa Frank étudier ce problème éternel pendant quelques jours, puis il donna sa réponse personnelle :

« Il est manifeste que l'Angleterre a été destinée à gouverner toute l'Afrique. Nous sommes un peuple d'idéal, de droiture et d'honneur. Nous savons gouverner et nous rendons meilleurs ceux que nous administrons. Nous devons donc prendre le pouvoir.

« Les Boers ? continua Rhodes. Je les aime beaucoup. A certains égards, ils sont plus solides que les Anglais, mais ils manquent d'imagination. Jamais ils ne seront capables de bien gouverner. Les républiques qu'ils occupent doivent s'intégrer à notre entreprise et je crois connaître un moyen d'y parvenir. Quand ils se joindront à nous, nous devrons leur accorder une grande considération, car nous avons besoin d'eux. Mais ils doivent se joindre à nous.

« Les Cafres ? Je suis prêt à offrir toutes les prérogatives d'un citoyen à n'importe quel homme, quelle que soit la couleur de sa peau, mais à condition que cet homme soit civilisé. Est-il normal qu'ils aient droit à la parole tant qu'ils demeurent à l'état barbare ? Je dis, moi, que nous devons les traiter comme des enfants et que nous devons nous efforcer de développer les esprits et les cerveaux que le Tout-Puissant leur a donnés.

Et il ajouta :

« Nous devons régner sur eux jusqu'à ce qu'ils accèdent à la civilisation. Et surtout, Frank, ne jamais les laisser toucher à l'alcool.

Après réflexion, Frank estima que toutes les croyances de base de M. Rhodes étaient contestables : à Majuba, les armées boers avaient fait passer un très mauvais quart d'heure aux troupes régulières britanniques ; l'Allemagne avait pris pied (prudemment) en Afrique australe et annexé les Territoires du Sud-Ouest, le long de l'océan Atlantique, battant les Anglais à leur propre jeu ; dans les mines, les travailleurs cafres se révélaient au moins aussi capables que les Blancs. Mais M. Rhodes avait plusieurs millions de livres sterling pour appuyer ses objectifs et Saltwood rien du tout. Ce furent donc les vues de M. Rhodes qui triomphèrent.

Pour Rhodes, les diamants étaient le feu de sa vie, les fondements chatoyants de sa fortune. Rien d'étonnant à ce qu'il se fût montré assez tiède quand on avait découvert de l'or, deux ans plus tôt, sur la Witwatersrand (la Crête-des-Blanches-Eaux), à huit cents kilomètres vers le nord, au cœur des républiques boers. Mais il voulut tout de même avoir sa part de métal jaune et il lança une grande compagnie qui fit de lui un Crésus, avec un pouvoir sans limites lui permettant de saper la puissance des Boers, de maintenir les Noirs dans la soumission et de lancer l'axe de son empire jusqu'au cœur de l'Afrique.

Ce qui se passa ensuite fut inexplicable. Au Parlement du Cap, Cecil Rhodes soutenait invariablement la pleine égalité des droits pour tous les Afrikaners résidant dans la province et ils lui rendaient la politesse en l'élisant au Parlement — ils continueraient jusqu'à sa mort. Ils aimaient son courage et admiraient ses capacités. Et, pourtant, il décida de détruire les républiques boers du nord, parce que, comme il l'expliquait à Saltwood, « elles doivent se joindre à nous ».

— Mais si elles ne veulent pas ?

— Nous les y forcerons.

Son raisonnement était simple... Les mines de diamants de Kimberley se trouvaient sur des terres agricoles que les Anglais avaient intégrées à leur colonie à la suite d'ignobles chicaneries : la loi anglaise régnait donc sur les mines de diamants. Mais les mines d'or étaient situées sur le sol de l'une des républiques boers : c'était la loi boer qui prévalait et cela soulevait des problèmes.

Dans les mines d'or, qui se développaient à un rythme plus forcené encore que celles d'Australie ou de Californie, il y avait surtout des Anglais, des centaines d'Australiens, beaucoup de Français, d'Italiens et de Canadiens, et un certain nombre de citoyens américains. Dans tous les ports du monde, les aventuriers s'entassaient sur les bateaux en partance pour Le Cap. Ils étaient bruyants, indisciplinés et une menace pour les Boers, dont le seul désir était qu'on les laisse en paix dans leurs fermes. Les chercheurs d'or plongèrent sur Witwatersrand comme des vautours découvrant une carcasse dans le haut veld. Ils suscitèrent des conflits, de la violence et menacèrent à tous égards le style de vie paisible et nonchalant des Boers.

Les Boers indépendants réagirent par les plus imprudentes des lois : un *uitlander* (étranger) ne pouvait voter pour le Volksraad qu'après quatorze années de résidence ; avant cet « apprentissage », il demeurait un citoyen de deuxième ordre, autorisé à mettre son bulletin dans l'urne uniquement pour une assemblée distincte, soumise au veto des Boers ; la dynamite nécessaire au travail des mines était fabriquée par un trust contrôlé par les Boers et les prix devinrent prohibitifs ; toute infraction à des vingtaines de lois tatillonnes devait être jugée par des tribunaux de langue hollandaise, selon des lois dont aucun texte anglais n'existait. L'investissement des capitaux, les déplacements des personnes et l'extraction de l'or tombaient sous la loi boer, sans jamais la moindre concession à la raison.

Rhodes, constamment résolu à ramener sous la loi britannique tous les éléments disparates de l'Afrique, comprit aussitôt que l'attitude arrogante des Boers était une erreur : si rien ne changeait, il y aurait tôt ou tard une révolte. Rhodes décida donc d'intervenir personnellement auprès de l'austère homme fort des Boers, Stephanus Johannes Paul Kruger, un véritable volcan en éruption qui gouvernait son petit monde depuis le stoep d'une demeure sans prétention, dans une rue bordée d'arbres de Pretoria.

— J'irai le voir à titre privé, cette fois, dit-il à ses jeunes messieurs, et je l'inviterai à se joindre à nous en gentilhomme.

— Que lui offrirez-vous en retour ? demanda une voix.

— Le titre de membre de l'Empire britannique, répondit Rhodes sans la moindre hésitation. Que peut désirer de mieux le souverain d'un État minuscule ?

Avant que l'un des jeunes messieurs ait le temps de faire remarquer que de nombreux pays du monde désiraient davantage, Rhodes continua :

« J'irai voir le président Kruger la semaine prochaine et nous parlerons comme deux adultes. Frank, vous m'accompagnerez. Apprenez donc tout ce qu'il y a à savoir sur lui.

Au cours des journées qui suivirent, Saltwood interrogea à Kimberley tous ceux qui connaissaient de près ou de loin le Titan que Cecil Rhodes allait affronter. Le magnat du diamant avait déjà rencontré le chef boer, en qualité d'homme politique de la colonie du Cap ; cette fois, il irait le voir à titre de citoyen privé, non point pour des affaires locales, mais dans la perspective de l'empire du monde.

— Avant tout, dit l'un des jeunes messieurs à Saltwood, il est Oom Paul, Oncle Paul. Il a vingt-huit ans de plus que M. Rhodes et il exigera le respect qui lui est dû. Il est très fier, vous savez.

— Et aussi laid que l'Enfer, ajouta un autre. Son visage a toutes les crevasses d'une montagne sans en avoir la grandeur. Il a des loupes sur le nez et ses yeux sont couverts de taies. Il se tient toujours la tête très en arrière, le ventre projeté en avant. Mais à cause de sa taille... Il est beaucoup plus grand que M. Rhodes et il le traitera comme un gamin.

— Il a participé au Grand Trek, vous savez, reprit le premier interlocuteur. Il a tué plus d'un guerrier de Mzilikazi. Une force hors du commun. Une bravoure extraordinaire. Il a participé à toutes les guerres.

— Mais n'oubliez pas que, de toute sa vie, il n'est allé à l'école que trois mois et il s'en vante : « Le seul livre que j'aie jamais lu est la Bible, mais, comme elle contient tout ce qui mérite d'être connu, cela me suffit. »

— Surtout, aucune réaction s'il se met à parler de la Terre, conseilla le jeune homme.

— Je ne comprends pas, répondit Frank, désorienté par ce portrait du président boer.

— Oom Paul croit que la Terre est plate. La Bible l'affirme. Et, s'il s'aperçoit que vous pensez qu'elle est ronde, il quittera aussitôt la pièce. Il est également convaincu que les Boers ont reçu leurs républiques de Dieu Lui-même et M. Rhodes devra lui prouver que se joindre à notre Empire est ce que propose Dieu — et non pas M. Rhodes.

— La seule chose à votre avantage, Frank, c'est que, même si Kruger déteste les Anglais de la colonie, il méprise encore plus ses uitlanders. Ils sont à ses yeux la racaille athée qui lui vole sa terre. Il tient les mineurs anglais, australiens et américains pour immoraux et impies, et il ne leur fera aucune concession. Mais si M. Rhodes peut insinuer qu'il éprouve les mêmes sentiments que lui à l'égard des uitlanders...

— Il faudra le faire avec tact, avertit le plus âgé des deux hommes. Oom Paul est adoré par ses Boers. C'est un dictateur, parce qu'il sait qu'il a leur soutien total, quoi qu'il fasse. Il sera impérieux, de mauvaise foi, insultant et énervant. Mais il s'est toujours montré plus malin que les uitlanders chargés de traiter avec lui. Il manœuvre de façon remarquable. Vous n'allez pas rencontrer un homme ordinaire.

— Et souvenez-vous, ajouta le plus jeune, la Terre est plate.

Ce jeudi-là, Frank se coucha avec trois épithètes se bousculant dans sa tête : *obstiné, imbu de ses principes, inspiré par Dieu.* Et il conclut que, dans son affrontement avec Oom Paul, M. Rhodes allait avoir du fil à retordre. Mais aussitôt, les épithètes qui dépeignaient M. Rhodes se mirent à résonner dans sa tête à leur tour : *acharné, sûr de lui, inspiré par sa vision d'un empire,* et il commença à se demander si le plus mal loti ne serait pas le président Kruger. Avant de s'endormir, il se rappela le portrait physique de Kruger : « aussi laid que l'Enfer », et il se dit que le portrait moral de M. Rhodes pouvait être tracé avec les mêmes mots.

Le vendredi après-midi, ils arrivèrent à Pretoria dans la voiture personnelle de M. Rhodes et ils se retirèrent tôt pour être frais et dispos au moment de leur rencontre capitale. Frank remarqua que M. Rhodes se rasait avec un soin particulier, comme s'il allait voir une princesse. Il arrangea sa cravate et sa redingote à col haut pour avoir belle allure. Ils traversèrent en voiture cette ville extrêmement boer de caractère, jusqu'à une demeure sans prétention située dans une belle rue. C'était une maison de style vaguement oriental, avec un vaste stoep où trônait un fauteuil confortable. Sur ce fauteuil, pour que tout Pretoria puisse le voir s'entretenir avec ses hôtes, se trouvait Oom Paul en personne, une sorte de géant massif aux épaules légèrement voûtées, le ventre lancé en avant, les jambes largement écartées, le regard impénétrable. Il tenait lit de justice pour toute personne qui passait. Une barbe encadrait son visage carré.

Rhodes arrêta la voiture à distance respectueuse de la maison.

— C'est un homme difficile, Frank. Allez préparer le terrain. Soyez courtois.

Quand Frank se rapprocha du stoep, ce qui le frappa le plus fut la masse énorme et la laideur de Kruger. On eût dit la caricature même du fermier boer illettré. Mais, lorsque Frank prit son tour d'attente et vit de ses yeux comment Kruger manœuvrait ses *burghers,* il put constater le fantastique magnétisme de cet homme, sa force d'âme et sa résolution.

— Qu'est-ce qui vous amène ? demanda brusquement le président.

— M. Cecil Rhodes attend dans sa voiture. Il demande la permission d'échanger quelques mots avec vous, monsieur.

Sans même lever les yeux dans la direction de la voiture, Kruger grommela :

— C'est le Nachtmaal.

— Je l'ignorais, monsieur.

— Mes burghers ne l'ignorent pas. Depuis des années, ils savent qu'ils peuvent me parler à l'occasion du Nachtmaal. Shalk Wessels que voici a parcouru cent quatre-vingts kilomètres pour me parler, n'est-ce pas, Shalk ?

L'homme hocha la tête.

« C'est un jour sacré pour les burghers, reprit Kruger. J'aurai quelques minutes de liberté lundi.

— Lundi, M. Rhodes a d'autres rendez-vous. N'est-ce pas possible aujourd'hui ? Ou peut-être demain ?

Le président Kruger se leva, avec la grande dignité dont il faisait preuve dans les cas semblables. Il expliqua aimablement :

— Aujourd'hui est le samedi du Nachtmaal, jour réservé aux burghers. Demain est dimanche, jour réservé au Seigneur. Quelle que soit l'importance des problèmes de M. Rhodes, ils peuvent attendre jusqu'à lundi. Et lui aussi.

Sans réfléchir, Frank répondit avec la même courtoisie que Kruger :

— M. Rhodes n'attend personne.

Il fit demi-tour et quitta le stoep.

Mais, quand il arriva à la voiture, ce qu'il venait de faire l'alarma. Il demanda à M. Rhodes :

« Dois-je revenir présenter des excuses ?

— Jamais. Vous vous êtes comporté avec à-propos. Je voulais donner une chance à ce vieux démon, mais je refuse de ramper à ses pieds. Nous agirons sans lui.

De retour à ses bureaux, M. Rhodes fit si souvent allusion à « ce Boer obstiné qui n'a que la Bible à la bouche » que Frank se demanda comment l'Anglais allait réagir à l'humiliation reçue. Puis il découvrit que M. Rhodes faisait de nombreuses enquêtes discrètes sur les divers aspects de la puissance des Boers. Comme il le disait à ses jeunes messieurs :

— Un homme ne doit jamais agir avant d'avoir évalué toute la force de son adversaire.

— Vous espionnez l'ennemi ? demanda l'un des plus jeunes.

— Je n'ai pas d'ennemis, s'écria Rhodes. Uniquement des

adversaires. Dès que nos différends seront résolus, nous deviendrons des amis.

Frank se rappela plus de dix exemples où Rhodes avait appliqué cette règle. Pendant trois ans, Rhodes s'était battu contre Barney Barnato, mais, une fois le conflit résolu, il l'avait accueilli dans son conseil d'administration. Et Rhodes de promettre :

« Le lendemain du jour où le président Kruger acceptera nos plans, je me proposerai comme son assistant pour gouverner nos territoires réunis.

Soudain, un matin, Rhodes se retourna et fixa Saltwood de ses yeux humides, qui pouvaient lancer des éclats sauvages quand il le désirait.

— Zimbabwe ! Frank, j'ai toujours voulu savoir qui a construit Zimbabwe. Je suis convaincu au fond de mon cœur que c'est la reine de Saba, comme le dit la Bible. Je veux que vous organisiez une expédition pour rechercher cet endroit. Vous me ferez un rapport sur vos découvertes. Il nous faut enfoncer le clou avant qu'un de ces aventuriers allemands ne démontre qu'il s'agit d'une ville cafre. Quelle idée affreuse !

Comme Frank ne parvenait pas à concevoir ce que M Rhodes avait derrière la tête, il lui demanda :

— En quoi est-ce lié à vos plans ?

— Il y a, loin vers l'est, près d'une ferme portant le nom de Vrymeer, un homme qui est allé, paraît-il, à Zimbabwe étant enfant. Il a vu les tours de près. Je veux que vous interrogiez cet homme et vous vérifierez s'il est digne de foi...

Rhodes hésita avant d'ajouter :

« Prenez sa mesure.

— Qui est-ce ?

— Paulus de Groot.

Frank demeura impassible, mais les intentions de M. Rhodes devinrent aussitôt aussi lumineuses qu'un éclair dans la nuit.

— J'irai voir le général de Groot et je le sonderai.

Paulus de Groot était un géant de plus d'un mètre quatre-vingt-dix, aux épaules voûtées et à la barbe rousse très fournie. En 1881, à Majuba, quand les Boers avaient défait les meilleures troupes de l'Empire britannique, il était à la tête de l'une des charges. C'était un homme capable d'obtenir le soutien de beaucoup de monde, un homme sans vanité, car, au lendemain des grandes batailles, il était retourné dans sa ferme où il vivait, disait-on, d'une façon extrêmement simple. Les hommes politiques boers de Pretoria l'avaient supplié de se joindre au gouvernement, mais il leur avait répondu :

— Lancer un cheval à l'assaut d'une colline ne rend pas un homme plus sage.

Et il était resté fermier.

Ce que M. Rhodes voulait savoir, c'était si le général de Groot avait le potentiel militaire et la puissance de feu lui permettant de contrer une tentative anglaise de s'emparer des républiques boers.

— On dit qu'il a plus de soixante ans. Il est beaucoup trop vieux pour conduire des troupes. Mais on dit aussi que c'est un homme très actif. Excellent pour les chevaux et les armes. Découvrez tout sur lui.

— Donc, vous ne vous intéressez pas à Zimbabwe ? Je veux dire, en réalité…

M. Rhodes changea complètement d'attitude. Il prit Saltwood par l'épaule et lui dit à mi-voix :

— Frank, je m'intéresse à tout. Je veux aller jusqu'au bout de tout. Partez pour Zimbabwe demain. En passant par Vrymeer.

Ce fut cette diversité d'intérêts qui faillit détruire les relations agréables entre M. Rhodes et Frank, parce que, ce soir-là, un câble de Londres parvint en Afrique du Sud pour informer M. Rhodes qu'un homme d'affaires important de ses amis envoyait sa nièce en vacances au Cap et profitait de ce voyage pour lui confier une série de documents qu'il désirait soumettre à Rhodes. Quelqu'un devait se rendre au-devant de la jeune femme, Maud Turner, non seulement pour recevoir les documents, mais pour veiller à ce qu'elle soit convenablement installée.

On ne savait rien de Mlle Turner, sauf que son oncle était puissant, mais on présuma qu'elle devait être plutôt laide — sinon pourquoi son oncle l'aurait-il envoyée au Cap ? Depuis des années, les familles anglaises avaient contracté l'habitude délicate et prudente d'envoyer, sous un prétexte ou un autre, leurs filles impossibles à marier aux Indes ou en Australie, selon le principe que, « si elles ne pouvaient pas se marier à un endroit où la concurrence était si faible, elles n'y parviendraient jamais ». Et une nuée de créatures hâves et sans attrait étaient donc dispersées à intervalles réguliers dans les colonies lointaines, dans l'espoir que la plupart ne reviendraient jamais — ou, en tout cas, pas avant d'avoir des fils en âge de fréquenter Eton ou Harrow.

— Il faut que vous vous occupiez d'elle, Frank, ordonna Rhodes.

— Mais je pars à Zimbabwe...

— Zimbabwe peut attendre. Zimbabwe attend depuis trois mille ans...

Et Frank Saltwood, qui venait de dépasser la trentaine, net et bien élevé, avec le côté affecté que donne une éducation à Oxford, monta dans le petit train enfumé de Kimberley et partit vers le sud à travers les espaces vides du Grand Karroo.

Il comprit dès le départ que ce serait peut-être une mission plus dangereuse que la piste du nord, vers Zimbabwe, à cause de la règle inviolée qui présidait au destin des jeunes messieurs de M. Rhodes : dès qu'un homme montrait un intérêt soutenu pour une jeune femme, il était mis en quarantaine pour toutes les décisions d'importance et, s'il l'épousait, il risquait d'être renvoyé sur-le-champ. En fait, Frank se demanda si M. Rhodes ne l'avait pas désigné pour recevoir Mlle Turner dans le but de lui signifier que son séjour dans les diamants et l'or touchait à sa fin. Comme Frank aimait son travail et avait envie de continuer, il décida de traiter la jeune dame avec une réserve de bon aloi, de prendre ses documents, de l'installer à l'hôtel Mount-Nelson et de revenir au plus tôt à Kimberley où un travail plus important l'attendait. Il n'allait sûrement pas risquer une place qu'il appréciait depuis tant d'années en se laissant prendre dans les rets d'une femme.

C'était compter sans la duplicité de son cousin de Salisbury, Sir Victor Saltwood. Sachant que le jeune Frank était encore sans épouse et sans perspective de ce côté-là, il s'était rendu chez l'oncle de Maud Turner et lui avait proposé d'envoyer sa nièce — vingt-trois ans, absolument charmante et pourvue de tous les dons — en vacances au Cap avec des papiers pour Cecil Rhodes. C'était lui qui avait expédié le câble reçu par Rhodes. Les familles d'importance veillaient à ce que leurs jeunes gens et leurs jeunes filles rencontrent des époux en puissance du même milieu. Et, s'il fallait envoyer les filles en Australie ou au Cap, il n'était pas question d'hésiter. Sir

Victor ne pouvait pas être sûr que Frank irait lui-même attendre Mlle Turner au bateau, mais il était certain que les deux jeunes gens se rencontreraient tôt ou tard.

Il était en droit d'espérer des résultats favorables, car il avait envoyé l'une des plus belles femmes de la région de Salisbury, membre d'une famille solidement établie, héritière d'une fortune modeste, mais pourvue de l'éducation la plus pratique qui soit : on lui avait permis d'écouter les conversations animées de ses aînés, qui s'intéressaient à la politique, à la morale, aux affaires et à l'Empire. Elle était raisonnablement belle, mais avait la langue déraisonnablement bien pendue. A ses yeux, partir au Cap était une aventure d'une séduction irrésistible, une chose à faire à tout prix avant de s'enterrer à Salisbury.

Elle se douta que Sir Victor et son oncle conspiraient d'une manière ou d'une autre pour la mettre en présence de tel ou tel jeune homme — ils étaient toujours en train de conspirer, pour des décrets du Parlement ou des réformes de l'Église —, mais cela ne signifiait nullement qu'elle se laisserait circonvenir par leurs stratagèmes cousus de fil blanc. Elle remettrait les papiers, irait à une chasse à l'éléphant et rentrerait en Angleterre pour épouser qui lui plairait. Tout en accomplissant ses devoirs, elle verrait autant d'Afrique du Sud qu'elle pourrait, en prenant autant de bon temps que possible.

A la fin du voyage aller, elle aurait pu épouser l'un des trois hommes assez quelconques qui lui avaient fait la cour et elle avait confiance : pendant le trajet de retour, elle trouverait sûrement mieux. Elle n'était donc pas pressée d'accepter l'inconnu que son oncle lui avait choisi. Pourtant, en apercevant sur les quais le jeune homme plein de charme et de vitalité qui l'attendait, elle ne fit pas la moue.

— Hello ! cria-t-elle d'un ton très peu « grande dame ». C'est vous l'envoyé de M. Rhodes ?

— Oui. Je m'appelle Saltwood.

— Venez par ici, Saltwood.

Et, refusant l'assistance de ses galants, elle se lança sur l'échelle de coupée. Elle fut parmi les premiers passagers qui débarquèrent.

Frank la regarda se faufiler sur les planches glissantes et comprit aussitôt que c'était une femme remarquable. « Elle semblait tout d'une pièce, écrivit-il à sa mère. De ses bottines à boutons jusqu'au mouvement de sa jupe, de la large ceinture de toile qu'elle portait à la taille jusqu'à la perfection de son corsage, tout était harmonie ; mais, ce qui me plut surtout, ce fut la façon dont elle frisait ses cheveux. Aucun homme ne saurait concevoir sa méthode. Ils étaient auburn et brillaient sous le soleil. »

Il aurait peut-être résisté à la belle allure de la jeune fille, n'eût été la séduction supplémentaire que représentait l'hôtel Mount-Nelson. Cet édifice splendide s'élevait en bordure des jardins créés par Jan Van Riebeeck deux cent quarante ans plus tôt. C'était la gloire du Cap, une auberge spacieuse avec des pelouses magnifiques, de grandes salles décorées, des cuisines excellentes et des serviteurs muets qui semblaient malais ou « hommes de couleur ». Un vin de Trianon frappé — du vignoble des Van Doorn —, un peu de bobotie épicé pour hors-d'œuvre, suivi par un duiker rôti et un soufflé à l'orange, dans le cadre du mount Nelson, pouvaient troubler le jugement de n'importe quel jeune homme. Mais, s'il partageait ce dîner avec une jeune femme pétillante comme Maud Turner, aux reparties enchanteresses, cela devenait un festin de Lucullus. Frank télégraphia à M. Rhodes : COMPLICATIONS AFFAIRES NÉCESSITENT TROIS JOURS DE PLUS.

Au cours de ces trois jours, l'intérêt témoigné par la jeune fille et la compréhension dont elle faisait preuve séduisirent Saltwood. Il constata qu'elle était vraiment « tout d'une pièce », comme il l'avait écrit, un être merveilleusement équilibré, à la personnalité aussi attachante que son intelligence était vive. Curieusement, à certains égards, elle ressemblait à M. Rhodes, car elle s'intéressait absolument à tout.

— Comment les Noirs apprendront-ils un jour, s'il n'y a pas assez d'écoles pour eux ?

Elle se prit de sympathie pour les Afrikaners du Cap et rechercha leur compagnie.

« Frank, comment pouvez-vous avoir vécu ici si longtemps et savoir si peu de chose sur eux ? Ils sont beaucoup plus intéressants que vos amis anglais... Pour l'amour de Dieu, qu'avez-vous fait pendant tout ce temps ?

— J'ai travaillé avec M. Rhodes.

— Non, Saltwood. Je veux dire : les Anglais d'Afrique du Sud. Dans dix ans, il y aura un siècle que vous êtes ici, et qu'avez-vous accompli ? Vous avez poussé les Boers à fonder leurs propres républiques. Et ceux qui restent, ici au Cap, parlent d'un *Afrikaner Bond*, ou je ne sais quoi. Qu'avez-vous à montrer, vous, les Anglais ?

Frank éclata de rire.

— Ma chère Maud, presque tout ce que vous avez vu est le résultat de l'effort anglais. Le port où vous êtes arrivée. Le chemin de fer qui vous a amenée à Stellenbosch. Les routes par-dessus les montagnes. Les écoles, les hôpitaux, la presse libre. Tout est d'inspiration anglaise.

— C'est peut-être vrai, avoua-t-elle (fière en son for intérieur des réalisations qu'elle continuait de dénigrer). Mais les Afrikaners que j'ai rencontrés au café ne semblent pas le reconnaître.

— Ils n'ont pas reconnu non plus ce qu'Hilary essayait de faire.

— Votre grand-oncle, n'est-ce pas ? Le missionnaire avec la...

— Femme noire ?

— Ce n'est pas ce que je voulais dire, Frank.

— Je comprends... Mais ne vous étonnez pas si un jour vous en venez à croire que la tentative d'Hilary était la voie à suivre. Il estimait que ce serait le salut de ce pays.

— Considérez-vous que c'est votre pays ? De la même manière que les Boers ?

— Je suis né ici. J'en ai fait ma demeure, même si vos amis afrikaners ne reconnaissent pas mes droits de propriété conjointe. Ce n'est pas parce qu'ils étaient ici en premier que Dieu leur a accordé ce pays par je ne sais quel marché. C'est ce que prêchent les Boers dans le nord, mais retenez mes paroles : le progrès anglais qu'ils méprisent les rattrapera et les dépassera. Peut-être très bientôt.

— Vous devenez trop sérieux, Frank Saltwood. Parlez-moi de la chasse à l'éléphant. Est-ce dangereux ?

Elle avait vraiment envie d'aller à une chasse à l'éléphant et, si cela s'avérait impraticable, un lion ferait l'affaire. Quand il apprit à la jeune fille que ces deux espèces avaient abandonné ces régions depuis plusieurs générations, elle répondit simplement :

« Alors, allons où ils sont. J'ai un petit pécule, mais je crois que cela devrait suffire.

Il la découragea en lui expliquant qu'il ne pouvait pas s'éloigner de Kimberley.

« Soit. J'ai toujours voulu voir comment on trouve les diamants. Des cailloux idiots — jamais je n'en porterai...

Il lui fit observer que ce serait très inconvenant qu'elle se rende à Kimberley, avec lui ou toute seule.

« Sottises ! s'écria-t-elle. Je porte des lettres aux familles les plus respectables des mines de diamants.

Elle organisa le transport de ses deux malles à la gare et retint un wagon-lit pour Kimberley. Frank était libre de l'accompagner, s'il le désirait.

Le voyage vers le nord fut aussi agréable que Frank aurait pu le rêver — une révélation de ce que représente une femme dans la vie d'un homme. Elle n'était ni flirteuse ni pudibonde. Chaque fois qu'un sujet intéressant tombait dans la conversation, son visage expressif révélait ses pensées ; et elle recherchait les conversations animées. Le premier soir, au wagon-restaurant, elle invita un couple plus âgé à se joindre à eux. Avec une franchise charmante, elle expliqua qu'elle n'était pas mariée à Frank et elle continua en disant qu'il jouait un rôle important dans l'industrie du diamant. Elle apprit d'eux qu'ils avaient un neveu employé dans les mines d'or ; ce jeune homme croyait qu'il y aurait du travail pour un tailleur dans la nouvelle ville de Johannesburg. Normalement, ils n'auraient pas pu s'offrir des billets de première classe dans le train, mais leur neveu leur avait envoyé tellement d'argent qu'ils avaient décidé de faire de l'épate.

— Êtes-vous juifs ? demanda Maud à brûle-pourpoint.

— Oui. D'Allemagne. Nos parents sont venus il y a des années.

— Envisagez-vous de retourner en Allemagne ?

— Non. C'est bon pour d'autres, pas pour nous.

— Croyez-vous que l'Allemagne essaiera de nous prendre l'Afrique du Sud ?

— L'Allemagne essaiera de prendre tout, dirent-ils.

Le deuxième jour, elle invita à dîner avec eux un couple australien et, de nouveau, elle expliqua qu'elle n'était pas mariée à Frank, sur quoi la femme demanda :

— N'est-ce pas un peu risqué ? Je veux dire voyager avec un jeune homme...

— Pas si c'est un jeune homme gentil, comme Frank,

répondit-elle en lui prenant la main. Mais, bien entendu, il n'est pas si jeune que ça en réalité. Quel âge avez-vous, Frank ?

— Trente ans passés.

— Il est temps de faire le plongeon, dit l'homme.

Et Frank rougit jusqu'aux oreilles.

— Il fera ce qu'il faudra au moment où il le faudra, répondit Maud à sa place.

— Avec vous ? demanda l'Australienne.

— Grands dieux, nous nous connaissons à peine.

Et, lorsque le train arriva à Kimberley, tous les passagers savaient que cette charmante jeune femme voyageait avec un jeune homme qu'elle ne connaissait même pas.

M. Rhodes jeta un coup d'œil au couple et comprit qu'il fallait envoyer le jeune Saltwood en mission sur-le-champ, sinon il tomberait dans une erreur irréparable. A peine les présentations étaient-elles achevées qu'il dit :

— Saltwood, votre escorte vous attend. Il vaudrait mieux que vous partiez... cette après-midi.

— Je partirai après-demain, répondit Frank d'un ton énergique.

Et ce fut le commencement de la brouille, car M. Rhodes s'aperçut avec dégoût que l'un de ses jeunes messieurs s'était sérieusement laissé circonvenir par une femme.

Frank profita du répit volé à M. Rhodes pour exprimer ses sentiments profonds à l'égard de Mlle Turner. Il déposa ses malles à l'hôtel local, puis l'accompagna à travers Kimberley et lui montra l'immense trou dans la terre, où il avait travaillé, et les petits chevaux qui pompaient l'eau. Il la conduisit dans la campagne, puis à l'église de la ville et, à la fin de la deuxième journée, il lui demanda :

— Êtes-vous fiancée à quelqu'un ?

— Non, répondit-elle.

— Acceptez-vous de rester libre jusqu'à mon retour de Zimbabwe ?

— Et où est-ce donc ? esquiva-t-elle.

Quand il le lui expliqua, elle voulut participer à l'expédition. Il refusa avec la dernière énergie.

« Je comprends, dit-elle d'un ton taquin. M. Rhodes n'apprécierait pas...

— Les conditions sont beaucoup trop dures, Maud.

— Je sais, je sais : M. Rhodes édicte des conditions très strictes pour ses employés. Pas de femmes.

Elle s'attendait qu'il réplique, mais il se tut. Elle ajouta, hardiment :

« Mais, si je vous attends, M. Rhodes ne va-t-il pas vous congédier ?

— Si. Quand nous serons mariés, il faudra que je trouve un autre emploi.

— Vous pourrez ?

— Je suis jeune. Je peux travailler. Je connais bien les diamants et l'or.

D'un ton résolu, elle dit :

— J'annulerai mon voyage de retour.

— Qu'allez-vous faire ?

— J'irai à une chasse à l'éléphant.

— Avec qui ? demanda-t-il stupéfait.

— Avec trois messieurs de l'hôtel.

— Mon Dieu, Maud !

— J'ai dit que je vous attendrai, Frank, mais je n'ai pas promis de rester assise derrière la fenêtre.

— Mais... mais, trois hommes de l'hôtel !

— Mon oncle a envoyé des lettres à deux d'entre eux.

Puis elle l'embrassa. Non pas un baiser furtif sur la joue, mais le baiser passionné, sans réserve, d'une jeune femme libérée qui a trouvé l'homme qu'elle a envie d'attendre.

A Pretoria, Frank prit le nouveau train descendant à Lourenço Marques, sur la baie Delagoa. Après une journée entière de voyage, il débarqua à la petite gare de Waterval-Boven, où un chariot l'attendait. Il partit vers le sud, pour un trajet de vingt-cinq kilomètres, avec un homme qui se présenta sous le nom de Micah Nxumalo. Le premier nom venait de la Bible, expliqua-t-il en mauvais anglais, et le second de son grand-père, monté du pays zoulou au moment des troubles.

— M. Van Doorn était déjà propriétaire de la terre ?

— Non. C'était notre terre.

— Mais comment M. Van Doorn l'a-t-il acquise ?

Le mot était trop complexe pour Micah et il en demanda le sens.

« Obtenue. Eue. Comment Van Doorn a-t-il eu la terre ?

Un regard d'incompréhension se peignit sur les traits du Noir.

— D'abord elle était à nous et après elle était à lui.

Quand ils arrivèrent au village de Venloo, Frank croyait que le Noir allait le faire descendre dans une auberge avant de se rendre à Vrymeer, mais Micah lui apprit qu'il logerait près du lac.

— Chez qui ? demanda Saltwood. Les de Groot ou les Van Doorn ?

— Personne ne loge chez les de Groot, expliqua Micah. La maison est toute petite.

Et, quand les chevaux parvinrent sur la crête qui séparait Venloo du lac, Frank comprit : vers le nord se dressaient quelques bâtiments de fortune au milieu de champs en friche, alors que vers l'est s'étendait une ferme bien entretenue où voisinaient harmonieusement les étables et les kraals du bétail, une solide demeure aux murs blanchis et au toit de tôle ondulée, avec à quelque distance un bel ensemble de cases pour les Nxumalo et les autres Noirs qui cultivaient la terre.

La ferme, manifestement prospère, avait un air engageant, mais, ce qui séduisit le plus Saltwood, ce fut le ruisseau nonchalant qui débouchait des collines, courait au milieu des bâtiments, puis s'élargissait en un beau lac où les flamants et les canards rivalisaient en nombre. Ce que Saltwood ne pouvait pas voir en arrivant par cette route-là, c'étaient les deux éminences arrondies qui donnaient au site son cachet remarquable. Quand elles apparurent peu à peu, tandis qu'ils descendaient vers le lac, Micah tendit le bras vers elles et dit :

— Les Tétons de Sannie.

— Qui est Sannie ?

— Une fille qui vivait ici. Du temps de mon père. Elle aimait un jeune homme. Il est mort. Elle est morte.

Les petites cases du nord étaient occupées par le général de Groot, la grande ferme par les Van Doorn, et c'est vers cette dernière que Micah conduisit les chevaux.

— Holà ! cria une voix rude du fond de la grange. C'est vous l'homme de M. Rhodes ?

Les mots anglais avaient du mal à sortir et l'accent était à couper au couteau.

— Oui. Frank Saltwood.

— Nous n'aimons pas beaucoup ce M. Rhodes. C'est un mauvais homme. Mais vous êtes le bienvenu.

Le fermier tendit une grosse main et dit :

« Jakob Van Doorn. Maman !...

De la maison sortit non pas une vieille femme, mais les trois plus jolies filles que Frank eût jamais vues. Elles se précipitèrent jusqu'au bord du stoep comme une flèche, puis se comportèrent de façon très différente. La plus âgée, environ quinze ans, s'arrêta timidement en voyant l'inconnu et resta près d'un pilier. La lumière jouait dans ses nattes blondes. Les deux plus jeunes, qui semblaient du même âge, sept ou huit ans, nullement intimidées par l'étranger, se précipitèrent droit sur lui pour l'embrasser, queues-de-cochon volant au vent.

« Les jumelles ! dit Jakob fièrement. Anna et Sannah, mais on ne sait jamais de laquelle il s'agit.

Les fillettes ne firent pas les coquettes ni ne jouèrent à changer de noms. Elles prirent Frank par la main et l'entraînèrent vers le stoep, où Mevrou Van Doorn apparut. Elle avait un peu moins de quarante ans et elle portait un bébé sur sa hanche.

« Ma femme, Sara, et le coq de la basse-cour, le petit Detlev.

Les deux jumelles ravies prirent leur petit frère et le promenèrent sous le stoep.

— Entrez, dit Mevrou Van Doorn. Votre télégramme nous a intrigués.

— Oui. Je suis venu voir le général. On m'a dit qu'il est allé à Zimbabwe autrefois.

— Oui. Mais il était encore enfant.

— Se souvient-il ?

— Le général se souvient de tout, répliqua Mevrou Van Doorn.

— Mon père y est allé aussi, dit Van Doorn. Il était à la tête d'un groupe de Voortrekkers et ils sont montés au nord du Limpopo. Ce sont les mouches tsé-tsé qui les en ont chassés.

— Je trouverai des tsé-tsé là-haut ?

— Oh oui.

Les Van Doorn l'entraînèrent dans leur maison et lui montrèrent où il dormirait Les jumelles l'aidèrent à défaire ses bagages et leur mère servit du café et des biscuits. Puis Jakob ouvrit une bouteille de Witblits (Éclair blanc), un alcool râpeux fait à la maison.

— Nous buvons à votre arrivée. Vous parlez hollandais ?

— Hélas, très peu. J'ai été élevé dans la région de Grahamstown, vous savez. Il y a très peu de Boers.

Et, avant qu'ils ne puissent répondre, il ajouta :

« Notre famille a acheté De Kraal.

— C'est vrai ? s'écria Mevrou Van Doorn.

La famille avait vaguement entendu parler de colons anglais dignes de confiance qui avaient acheté la ferme, mais leur nom s'était perdu.

— Êtes-vous de la famille qui a touché l'argent de Londres pour les esclaves de mon père ? demanda Van Doorn.

— Oui. J'ai entendu parler de cette histoire.

Il secoua la tête avec dégoût.

« Le gouvernement de Londres s'est conduit de façon honteuse à votre égard dans cette affaire des esclaves, dit-il.

— Une *affaire ?* demanda Van Doorn. Que voulez-vous dire ?

— Le peu d'argent qu'on vous a donné. Ou qu'on ne vous a pas donné.

— C'était une triste époque, dit Van Doorn.

Mais il ajouta aussitôt d'un ton léger :

« Vous voulez voir le général tout de suite, je pense ?

Frank acquiesça.

« Venez, les enfants ! cria Jakob.

Et la procession contourna le lac.

Saltwood ne s'attendait nullement à voir un grand général, héros des républiques boers, vivre dans des conditions aussi primitives. Mais, quand de Groot s'avança pour lui souhaiter la bienvenue, toute idée de pauvreté ou de privation le quitta. C'était un géant, mais voûté comme un montagnard de conte de fées germanique. Quand il prit Saltwood par l'épaule, ses doigts lui parurent d'acier.

Puis il éclata d'un rire généreux et dit :

— Il faut que vous fassiez la connaissance de ma femme.

Une petite femme de soixante ans passés, bien droite, aux cheveux blancs et aux yeux bleus, sortit de la cabane grossière. Elle avait dû être très belle dans sa jeunesse et elle demeurait d'une dignité étonnante.

« Mevrou de Groot, dit le général.

Il lui prit la main et ils firent face à leur visiteur.

Mais, presque aussitôt, les trois filles Van Doorn arrivèrent et Sibylla de Groot se pencha pour embrasser les jumelles, tandis que le général s'inclinait galamment devant Johanna.

— Je vous présente Frank Saltwood, dit alors Jakob. C'est son grand-père qui nous a fait payer nos esclaves. Il a pris nos documents, il les a envoyés à Londres et il a obtenu ce à quoi nous avions droit jusqu'au dernier sou. Pas tout ce que nous aurions dû avoir, mais ce que l'on nous a alloué.

De Groot donna une grande claque sur la cuisse de Frank et lui dit :

— Je me souviens de ce jour-là, à Thaba Nchu. Un smous est monté de Graaff-Reinet avec deux paquets. Un pour Van Doorn, un pour mon père. Mais mon père avait été tué par Mzilikazi. Alors on m'a donné le paquet. Je m'en souviens : je l'ai déchiré et j'ai vu les billets neufs, des billets anglais, et ils ne m'ont pas plu. Et savez-vous ce que j'ai fait de cet argent, jeune homme ?

— Aucune idée, répondit Frank.

— Je l'ai gardé. Pendant des années et des années, je l'ai gardé et, en 1881, quand nous avons combattu contre les Anglais à Majuba, j'ai tout dépensé pour équiper mon commando. De l'argent anglais pour combattre des soldats anglais. Ça m'a plu.

— Le combat a été dur, à Majuba ?

— Combattre est toujours dur, surtout contre vous, les Anglais. Vos officiers sont stupides, mais vos hommes héroïques.

— Vous commandiez les forces boers ? demanda Frank.

Et, avant que le vieil homme ne réponde, il ajouta :

« Tout le monde parle de vous comme de l'un des héros de Majuba.

De Groot braqua un gros index vers son hôte :

— Personne ne commande jamais les Boers. Chaque homme est son propre général.

— Mais, pour tout le monde, vous êtes le général…

— Oui. J'avais réuni le commando. Et le soir, je demandais s'il ne valait pas mieux attaquer comme ci ou comme ça. Mais, si j'avais donné un ordre, quelqu'un m'aurait demandé : « Et pour qui vous prenez-vous donc ? » Et cette question, dit-il en ponctuant sa remarque d'un geste du doigt, aurait été…

Il hésita sur un mot et appela Van Doorn à son aide, en hollandais.

— Justifiée ? proposa Van Doorn.

— Oui, cette question aurait été justifiée. « Et pour qui vous prenez-vous donc pour donner des ordres ? »

— Comment avez-vous livré bataille ?

— Notre Bible nous dit qu'un seul Boer peut vaincre mille Cananéens. Alors nous l'avons fait, voilà tout.

— Je ne me souviens pas d'avoir entendu parler de Boers dans ma Bible, dit Frank.

Sur quoi de Groot répliqua :

— C'est *votre* Bible.

Pendant neuf jours, Frank étudia les deux familles et, tout en les regardant vivre, il ne put s'empêcher de penser que des êtres comme ceux-là ne se conformeraient jamais aux plans que M. Rhodes avait conçus pour eux. Quand son départ fut proche, les Van Doorn annoncèrent que les de Groot viendraient pour le dîner d'adieu, avec une surprise à la fin. Frank, installé sous le stoep, cherchait à reconnaître qui était Anna et qui était Sannah, quand les deux fillettes s'écrièrent soudain :

— Voilà Ouma !

Frank leva les yeux vers le lac. Les de Groot arrivaient.

Ils s'avançaient dans une vieille carriole tirée par un cheval fatigué. Le général Paulus était à l'avant, grand patriarche barbu usurpant à lui seul tout le siège, tandis que Sibylla, déférente, occupait l'arrière — grosse bonne femme coincée dans un espace minuscule. Elle n'était pas assise sur un siège mais dans le fond de la carriole, sur une pile de peaux d'animaux, et Saltwood ne put retenir un sourire, car on eût dit une reine Victoria du veld, impériale, décatie et triomphante.

Quand il s'approcha de la carriole, cette impression ne fit que se renforcer, car elle lui dit d'une voix paisible :

— Comme nous sommes heureux d'être de nouveau avec vous.

Il l'aurait aidée à descendre, mais le général de Groot s'interposa. Il tendit le bras comme si le privilège d'aider cette femme n'appartenait qu'à lui.

Ce fut un dîner copieux, dominé par l'énorme ragoût d'agneau de Mevrou Van Doorn. Et, lorsqu'il se termina, les quatre enfants — mais aussi les aînés — commencèrent à faire preuve d'une certaine nervosité, qui atteignit son point culminant quand Jakob se rendit dans la cuisine. Il réapparut avec un moule de terre brun doré dont débordait un gâteau croustillant orné de zestes de citron, de cerises et de raisins secs.

— Le gâteau de pain style Van Doorn, annonça Johanna.

Et quand Frank le goûta, il complimenta Mevrou Van Doorn.

« Pas moi ! Mon mari !

Et elle désigna Jakob d'un hochement de tête, tout en posant sur le vieux pot de céramique une main pleine de déférence.

« Oui, dans notre famille, ce sont les hommes qui font les gâteaux. Ce moule date peut-être de 1680. Il a été fait en Chine, sans aucun doute. Il est passé par-dessus les montagnes. Deux fermes ont été incendiées, mais il est resté sur son étagère. Vous avez entendu parler de Blaauwkrantz ? Eh bien, il a survécu au feu là-bas aussi.

— Nous sommes un vieux peuple, dit le général de Groot. Nous sommes ici depuis longtemps.

Après le repas, la famille se tut et Van Doorn sortit une Bible encore plus ancienne que le moule.

« Amsterdam, je crois. Peut-être 1630. Les premières pages ont été brûlées.

Et il se mit à prier avec la main sur le Livre.

Frank, qui ne perdait rien de vue, commença à se demander si ces deux familles n'essayaient pas de le prévenir de quelque chose et cette impression se confirma quand le vieux général prit la parole.

« Nous étions ici depuis plus de cent cinquante ans quand vous êtes arrivés, Saltwood. Plus de deux cents ans avant Rhodes. Les discontinuités ne nous plaisent pas.

Il peignait sa longue barbe avec ses doigts en fixant le jeune Anglais dans les yeux, sans admettre un seul instant que Frank puisse faire partie de l'Afrique au même titre que lui.

Le dernier jour, Frank demanda à Jakob une petite place libre sur la table et se mit à rédiger un long rapport à son employeur — avec les jumelles regardant par-dessus son épaule. En voici le paragraphe essentiel :

> Il est impossible de parler à ces gens sans se convaincre qu'ils reprendront les armes dans l'instant, s'ils jugent leur

liberté en danger. Van Doorn a probablement plus de cinquante ans, mais, si on le convoque, il partira en commando demain. Le général a la soixantaine bien sonnée et je pense qu'il ne participerait pas personnellement aux combats, mais je suis sûr qu'il prêterait tout son concours. Un soir, nous sommes allés dans la petite ville de Venloo, où nous avons rencontré quarante autres Boers, qui se sont déclarés prêts à monter un commando dans les délais d'une heure. Je ne saurais trop vous mettre en garde. Je vous le répète : ne permettez à aucun de vos partenaires de lancer des aventures à la légère ou sur un coup de tête. Je n'aimerais pas voir la racaille des mines d'or attaquer ces hommes solides comme le roc et qui se battraient pour leur indépendance. Je peux vous entendre dire aux autres : « Le jeune Frank a peur. » Ce n'est pas exact, parce que je suis terrifié. Je suis terrifié, car une action imprudente ou hâtive nous vaudrait une catastrophe. Je vous assure qu'à lui seul Paulus de Groot vaut plus de onze prospecteurs australiens ou américains, qui ne se soucient de ce pays que pour le saigner, et je suppose qu'il réglerait également le compte de cinq ou six Anglais.

Je pars à Zimbabwe. Le général de Groot y est allé il y a plus de cinquante ans, mais il dit qu'il peut encore en voir toutes les murailles, tous les édifices. J'aimerais qu'il soit dans notre camp.

Tels sont les hasards de l'histoire : Frank Saltwood allait suivre en 1895 le même itinéraire que le jeune Nxumalo avait pris en 1457. Il quitta Vrymeer et se dirigea vers le Limpopo, sur les rives duquel la mine de cuivre était encore florissante. Encore une fois, une crue retarda sa traversée et, lorsqu'il parvint sur la rive nord, les baobabs exercèrent sur lui la même magie… « Je ne m'attendais pas du tout à ça, écrivit-il à sa mère. Ces arbres semblent plantés la tête en bas par quelque force mystérieuse, avec leurs racines en l'air, garnies d'oiseaux. Par deux fois nous avons dormi à l'intérieur de ces arbres. »

Comme Nxumalo, il arriva auprès des grandes dalles de granit dont les couches s'effeuillaient en pierres de taille parfaites — seule différence, il n'eut pas besoin de porter pour le roi plusieurs de ces lourdes briques. Puis il parvint en haut des collines d'où l'on apercevait la ville ancienne et il s'arrêta. Il voulait se faire une idée par lui-même, sans se laisser influencer par des préjugés physiques ou historiques : que représentait au juste cette étrange cité perdue ? Il étudia les ruines de loin. Elles étaient envahies depuis longtemps par les arbres et les lianes. Elles avaient dû être imposantes autrefois, mais elles se trouvaient maintenant dans un état lamentable. Rien dans leur profil majestueux et triste ne trahissait leur origine.

Il descendit dans une vallée conduisant aux ruines et rencontra bientôt un groupe de Noirs misérables ayant à sa tête un certain Chef Mugabé, qui ne parlait ni le zoulou ni la langue sotho des porteurs. On trouva bientôt un Noir de la tribu qui était descendu jusqu'aux mines de diamants et qui parlait une sorte de *lingua franca*.

— Zimbabwe ?

Il n'en avait jamais entendu parler.

« Qui gouverne à présent ?

Personne, mais Chef Mugabé avait son kraal sur le flanc de la colline où se dressait la citadelle.

« Qui a construit les tours ?

Ils s'étaient souvent posé la question eux aussi.

« Pouvons-nous les visiter ?

Pourquoi pas ?

Pendant deux semaines, Frank parcourut les ruines sans découvrir un seul indice indiquant leur origine. Les gravures de la Bible que ses parents lui avaient offerte pour son vingt et unième anniversaire lui vinrent à l'esprit, mais elles ne ressemblaient en rien à cela. Il se dit que les gravures représentaient peut-être des bâtiments juifs. Et si ces ruines étaient l'ancienne capitale de la reine de Saba ?... Les maîtres d'œuvre de son royaume construisaient sûrement de façon différente... Et pourquoi pas des ruines phéniciennes ? Les Phéniciens devaient avoir eux aussi leur style particulier de construction. D'ailleurs, dans quelle mesure les gravures de sa Bible faisaient-elles autorité ? N'étaient-elles pas de simples rêveries d'artistes ?

Chaque fois qu'il se lançait dans ce genre de réflexion, il s'arrêtait avant de parvenir à la conclusion logique. Parce qu'il gardait toujours à l'esprit le fait que son employeur, M. Rhodes, désirait à toute force que ces ruines fussent l'Ophir antique — non parce que cela démontrerait la véracité de la Bible, mais pour une raison plus subtile : pour justifier ses propres méfaits.

N'aboutissant à rien avec le président Kruger pour son projet d'occupation conjointe anglo-boer des terres au nord du Limpopo, Rhodes avait sauté par-dessus les républiques boers et lancé sa colonne de pionniers jusqu'au cœur du pays matabélé, où le fils de Mzilikazi avait été renversé aussitôt. Quand des résistances se firent jour, Rhodes envoya une armée privée pour les écraser, puis il annexa toute la région. Dès ce moment-là, les impérialistes de Londres reconnaissants proposèrent de donner à cette nouvelle colonie britannique le nom de « Rhodésie ».

Si donc Rhodes pouvait démontrer qu'aucune société noire n'avait été assez évoluée pour construire Zimbabwe, son usurpation du pays matabélé serait plus facile à faire admettre. Avoir volé un royaume « pour lui apporter la civilisation » manquerait d'élégance si ce royaume avait *déjà* été civilisé.

Frank Saltwood était donc obligé de prouver que Zimbabwe avait été construit dans la plus haute antiquité à l'époque de l'Ancien Testament et il passa ses trois dernières journées sur le site à rédiger un autre rapport à M. Rhodes :

> Tout à Zimbabwe démontre l'origine phénicienne de la ville. La conception grandiose, la forme de la tour, la construction de la citadelle haute, la façon dont les maisons de la ville, aujourd'hui disparues, devaient être groupées et surtout la technique des maçons — tout concourt à prouver une provenance méditerranéenne. Je n'ai pas pu trouver l'ombre d'une preuve en faveur de certaines théories affirmant que ces murailles ont été dressées par des Noirs primitifs et toute discussion à ce sujet paraît futile.
>
> Je situe ces édifices vers la fin de la période phénicienne, ce qui signifie qu'ils ont très bien pu être construits par des artisans de ce pays, importés par la reine de Saba à l'époque où le roi Salomon régnait à Jérusalem. Comme nous possédons par ailleurs des témoignages valides affirmant que de grandes quantités d'or sont venues de Zimbabwe, je crois que nous pouvons affirmer en toute certitude qu'il s'agit de l'Ophir de la Bible. C'est à Zimbabwe que la reine de Saba a recueilli l'or qu'elle a

emmené au cours de son voyage pour rencontrer Salomon. Le problème est résolu.

Mais une fois les chariots chargés, la dernière photographie prise et l'antilope tuée pour les provisions du voyage, Frank revint tout seul au milieu des ruines, écœuré par l'acte honteux qu'il venait de commettre et qui profanait tout ce qu'il avait appris à Oriel : « L'homme doit être fidèle aux faits et, si les faits s'inscrivent en faux contre ses principes, il doit changer ses principes, non les faits. »

Avec précaution, il grimpa sur une plate-forme proche de la tour pour examiner une fois de plus l'appareil de la construction, qui lui parut soudain très primitif, très différent de tout ce que les Phéniciens ou les juifs de l'époque de Salomon auraient pu construire. Après tout, à cette époque, les techniques de construction de Rome avaient déjà vu le jour et les maçons grecs connaissaient déjà les grands principes. Jamais des hommes formés à ces écoles n'auraient pu construire des édifices aussi frustes.

Mais il ne trouva la preuve qu'au dernier instant : après avoir quitté la tour, il se trouva devant un angle où deux murs se rejoignaient et il s'aperçut, stupéfait, que les pierres n'étaient pas croisées, comme elles l'auraient été dans n'importe quel bâtiment méditerranéen — les pierres d'angle du mur est-ouest n'étaient pas posées par-dessus les pierres du mur nord-sud, ce qui aurait multiplié la force de chaque mur. Les murs étaient simplement appuyés l'un contre l'autre de façon primitive, ce qui n'augmentait guère leur solidité, et Saltwood savait qu'aucun maçon n'avait employé cette technique puérile, à Rome, en Grèce, en Phénécie, en Terre sainte, en Perse ou en Arabie depuis plus de quatre mille ans !

— Mon Dieu ! murmura-t-il. Ils ont raison. Ces bâtiments ont été édifiés par des Noirs qui n'avaient jamais entendu parler d'Ophir ou de la reine de Saba !

Il courut à tous les angles où des murs se rejoignaient et, chaque fois, les murs s'appuyaient simplement les uns contre les autres. Aussitôt, il se précipita vers la colline abrupte où se dressait la citadelle. Il courut, à bout de souffle, jusqu'à la terrasse déserte où les orfèvres avaient travaillé et où le grand mhondoro conversait avec les esprits. Là aussi les murs étaient simplement appuyés l'un à l'autre et l'appareil de construction était primitif, sans aucune trace des techniques sophistiquées de la Méditerranée. Ces bâtiments avaient été construits eux aussi par les ancêtres des Xhosas et des Zoulous. Toutes les sottises sur la reine de Saba n'étaient que rêveries vides d'hommes qui n'avaient jamais vu ces pierres, des fantasmes maintenus en vie par des visionnaires qu'enchantait l'image de la royauté antique, au mépris des faits : Zimbabwe avait été construite par des Noirs.

Au moment où il quittait la citadelle, il vit, en partie caché par les pierres tombées, un objet qui ne lui avait pas sauté aux yeux lors de ses premières explorations : une pierre étroite d'environ un mètre quatre-vingts de haut, sculptée avec élégance et dont la base avait été taillée en carré pour entrer dans l'orifice d'un socle. En haut se trouvait un oiseau étonnant, un faucon peut-être, ou un aigle. Pas une seule ligne ne trahissait une influence méditerranéenne ; c'était l'œuvre d'art d'hommes noirs. Il appela des serviteurs pour descendre l'objet de la citadelle et le livrer à M. Rhodes, et il songea : « J'ai été forcé d'écrire que Zimbabwe est phénicien, mais cet oiseau proclamera la vérité. »

De retour sous sa tente, que l'on s'apprêtait à ranger, il regarda son rapport et fut tenté de le détruire. Il y renonça, car M. Rhodes l'apprécierait sous sa forme présente et serait au désespoir si son « jeune monsieur », Frank Saltwood, le modifiait en fonction de ses toutes dernières découvertes. Je connais la vérité, se dit-il. Ce que pense M. Rhodes peut-il nuire à quelqu'un ?...

Il classa avec soin les papiers qui allaient déterminer la vérité scientifique pendant les quatre-vingts années suivantes. Zimbabwe venait d'être volée aux Noirs.

Quand il se rapprocha de la civilisation, il entendit courir des bruits de révolte, mais sans pouvoir en préciser la nature. Les Noirs de son expédition parlaient d'une bataille, mais les Blancs ne purent rien en conclure de valable jusqu'au jour où un mineur anglais terrifié, qui fuyait manifestement pour sauver sa vie, leur apporta la nouvelle stupéfiante que M. Rhodes avait, peu de temps auparavant, déclaré la guerre aux républiques boers. Son armée de bric et de broc, commandée par l'inconstant Dr Leander Starr Jameson, avait essayé de prendre le pouvoir. Elle avait été battue à plate couture.

Saisi d'angoisse, Frank interrogea le fugitif, qui lui confirma tout en détail : M. Rhodes avait fait tout ce que Frank lui avait déconseillé et les conséquences étaient aussi désastreuses que le jeune hommme l'avait prédit.

Quand l'expédition arriva aux environs de Pretoria, elle fut interceptée par un commando boer en armes, dont le chef cria en anglais :

— Avez-vous un homme nommé Saltwood ?

Frank fit un pas en avant. Trois Boers se saisirent de lui, lui prirent ses papiers et le conduisirent en prison.

— Sous quelle accusation ? protesta Frank.

— Vous l'apprendrez. Juste avant qu'on vous pende.

On le jeta dans une cellule déjà occupée par un Australien des forces révolutionnaires de M. Rhodes, deux Anglais et un ingénieur des mines américain, jovial et pondéré, du nom de John Hays Hammond, qui avait participé à l'organisation de cette aventure ridicule.

— Que s'est-il passé ! lui demanda Frank.

— Très simple, expliqua Hammond. Nous avions cinq cents hommes triés sur le volet sous les ordres du Dr Jameson et un nombre plus important en réserve à Johannesburg, mais sans système de communication entre les deux groupes. Nous avons avancé pour nous rendre maîtres du pays, mais, soudain, des cavaliers boers ont surgi de partout, conduits par cette espèce de grande brute barbue, le général de Groot, sur un petit cheval basuto. Il a dit : « Parfait, les enfants, jetez vos armes. » Nos hommes ont jeté leurs armes et nous voici en prison…

— Vous voulez dire que de Groot a vaincu toute votre armée ?

— Vous l'avez déjà vu ?

— Oui. On l'appelle le héros de Majuba.

— C'est un homme redoutable, dit Hammond.

— Mais qu'est-ce que je fais là, moi ? J'étais au nord du Limpopo quand c'est arrivé ?

Dans les cellules des uitlanders, qui s'étaient baptisés *reformers*, personne ne put expliquer pourquoi Saltwood avait été arrêté. Mais, après plusieurs jours dans la prison surpeuplée, il en apprit suffisamment de la bouche des conspirateurs pour comprendre qu'ils étaient vraiment coupables d'insurrection et que leur aventure avait été lamentablement sabotée.

— Comment M. Rhodes a-t-il pu se laisser entraîner dans une chose pareille ? demandait-il sans cesse.

Et l'Australien lui répondit :

— Parce qu'il méprisait les Boers. Comme nous tous, d'ailleurs.

— Après ce que je lui ai écrit ? lança Frank.

Dès que ces paroles retentirent sur les parois de la cellule, tous les détenus se tournèrent vers lui.

— Oh ! dit un des Anglais. Alors c'est vous l'espion dont ils ne cessent de nous bassiner les oreilles ?

— L'espion ? répéta Frank.

Il comprit soudain que sa visite indiscrète au général de Groot, ses questions insistantes et les notes qu'il avait prises, avaient pu être interprétées comme de l'espionnage.

Et, lors du procès, le général de Groot et Jakob Van Doorn témoignèrent tous les deux, à regret, qu'il s'était rendu chez eux en ami, quelques mois avant le raid, et qu'il avait posé une série de questions révélatrices, liées à la rébellion. Van Doorn, en particulier, put attester que Frank avait écrit un long rapport et reconnu qu'il l'enverrait à Cecil Rhodes. Van Doorn avait pu constater que ce rapport évoquait le potentiel militaire des Boers.

— M. Saltwood est-il arrivé dans votre ferme en uniforme militaire ?

— Non, monsieur, il est venu comme un espion.

— Vous a-t-il informé qu'il était un agent de la rébellion ?

— Non, monsieur, il a agi comme un espion.

A la fin de l'audience, le juge au visage austère posa sur sa tête un morceau de tissu noir. L'un après l'autre, les prisonniers furent conduits devant lui.

— John Hays Hammond, la cour vous reconnaît coupable et, pour vos trahisons, vous serez retiré de la prison et pendu.

Frank sentit ses genoux trembler quand Hammond, le visage gris comme cendre, repartit vers la prison. Si l'Australien ne l'avait pas soutenu, il se serait écroulé. L'Australien fut jugé à son tour, puis les deux Anglais, et enfin Saltwood. Mais, à l'instant où on le conduisit dans le box, une sorte de brouhaha se produisit au fond de la salle d'audience : deux agents de police tentaient de barrer la route à un vieux Boer qui traînait un objet très lourd.

Ils le conduisirent devant la barre et le juge le toisa sévèrement :

— Lang-Piet Bezuidenhout, qu'est-ce que c'est que ce scandale ?

— Pardonnez-moi, Votre Honneur. Mais j'apporte quelque chose pour aider Votre Honneur à punir ces hommes.

— Lang-Piet, ceci est une cour de justice et non le prétexte de basses vengeances. Sortez avant que je ne me mette en colère.

— Mais, Votre Honneur, les hommes de mon commando sont restés plusieurs jours en selle pour vous apporter ça.

— Pour m'apporter quoi ?

— *Die balk van Slagter's Nek, Oom Gideon.*

Et c'était la vérité. Lang-Piet Bezuidenhout et ses hommes étaient descendus à cheval jusqu'à Graaff-Reinet pour acheter les poutres des potences de Slagter's Nek à une famille qui conservait ces sinistres reliques depuis quatre-vingts ans.

« Il faut pendre les rebelles à ces poutres ! cria le vieillard.

Et ses amis hurlèrent :

— Justice ! Justice !

Le juge, Oom Gideon de Beer, répondit d'un ton calme :

— Lang-Piet, de nos jours nous rendons la justice de manière plus équitable. Asseyez-vous et faites silence.

Puis il accorda son attention à l'homme qui attendait dans le box.

« Pour vos crimes, vous serez retiré de prison et pendu.

Ce fut en ces circonstances extrêmes que Maud Turner se porta au secours de Frank. Des barreaux la séparaient de l'homme qu'elle considérait comme son fiancé, mais elle écouta attentivement le récit détaillé de tout ce qu'il avait fait depuis qu'ils s'étaient séparés à Kimberley. Quand il expliqua ce qu'il avait indiqué dans son rapport à Rhodes sur Vrymeer, elle s'écria :

— Mais cela vous innocente !

Et lorsqu'il lui parla de son rapport sur Zimbabwe, que le commando boer lui avait pris, elle ne dissimula pas sa joie :

« Cela prouve que vous faisiez en toute honnêteté un travail scientifique. Cela justifie vos questions sur Vrymeer.

Mais comment entrer en possession de ces deux documents ? Le premier était entre les mains de Rhodes, qui serait encore plus sévèrement accusé si son contenu était révélé. Et le second avait été saisi par les Boers, qui refuseraient probablement de le rendre. Il ne semblait y avoir aucun moyen d'obtenir ces rapports.

N'ayant aucun autre secours, voyant la mort de son fiancé imminente, Maud Turner prit la décision hardie de s'adresser directement au président des Boers. Elle le trouva assis sous son stoep, avec son haut-de-forme, à la disposition de tout citoyen ayant une réclamation à présenter. Au début, Kruger la terrifia : ce visage d'une laideur monumentale, cette voix profonde qui grondait comme un volcan, la barbe grisonnante qui encadrait ses traits, sa redingote noire ajustée... Mais, après avoir écouté toute son histoire, il lui répondit en anglais avec une chaleur qui la surprit :

— Vous voulez que je sauve la vie de ce jeune homme ?

— Oui ! s'écria-t-elle.

— Asseyez-vous là. Vous avez dit qu'il existe deux documents ?

— Oui.

— Et, si je pouvais les voir, ils l'innocenteraient ?

— Certainement, monsieur.

— Alors pourquoi ne les avez-vous pas apportés ?

Elle prit une respiration profonde.

— Parce que M. Rhodes possède l'un d'eux. Et que vous détenez l'autre. Et que vous êtes tous les deux des hommes très obstinés.

Il interrompit l'interrogatoire pour demander à sa femme d'apporter du café. Mevrou Kruger apparut sous le stoep, une grosse bonne femme au souffle court, qui ressemblait plus à une brave grand-mère qu'à la première dame d'une république. Sa servante « de couleur » tendit à Maud une tasse grossière et une soucoupe, puis une deuxième soucoupe garnie de biscuits. A son mari, Mevrou Kruger donna une double portion de biscuits, puis s'assit à ses côtés et croisa les mains sur ses genoux.

— Vous dites que vous êtes Mlle Maud Turner ? demanda le président.

— Oui.

— Et vous aviez l'intention d'épouser ce jeune homme ? Avant qu'il ne soit arrêté comme espion ?

— Il n'a jamais été espion, monsieur.

— Mais vous m'avez dit vous-même que dans son premier rapport il donnait à M. Rhodes des renseignements sur nos forces.

— Oui, mais si vous vous souvenez, il mettait également M. Rhodes en garde contre toute aventure militaire.

Mevrou Kruger intervint :

— Vous avez encore envie de l'épouser ?

Avant que Maud n'ait pu répondre, le président Kruger la stupéfia en éclatant d'un rire énorme.

— Ma chère jeune dame ! Vous croyez que les Boers ont envie d'offrir aux Anglais un motif de vengeance, comme ils nous en ont donné un à Slagter's Nek.

Il s'arrêta un instant.

« Avez-vous déjà entendu parler de Slagter's Nek ? dit-il.

— J'y suis allée. Deux fois. Vous savez quel rôle y a joué l'ancêtre de Frank, Hilary Saltwood le missionnaire ? N'a-t-il pas essayé de mettre fin aux pendaisons ?

— Nous, les Boers, nous ne citons pas les missionnaires en référence, dit Kruger en éclatant de rire de plus belle. Mlle Turner, cette après-midi, j'ai commué toutes les peines.

Il tendit la main et lui tapota le genou, tandis que Mevrou Kruger offrait d'autre café à son mari et à son invitée.

« Oui, dit Kruger, tandis que Maud se frottait les yeux. Il est libre s'il peut payer son amende.

— Combien ?

— Vingt mille livres.

Elle en eut le souffle coupé. Jamais elle n'avait imaginé une somme pareille, mais elle redressa le menton et dit :

— De toute façon, je les trouverai.

— Inutile. M. Rhodes nous a déjà fait savoir qu'il paierait.

— Alors, Frank est libre ?

— Oui.

Tout son courage l'abandonna. Elle se mit à trembler. Elle posa les soucoupes et enfouit son visage dans ses mains. Au bout de quelques instants, Mevrou Kruger s'approcha d'elle et l'aida à se lever.

— Il était libre quand vous êtes arrivée, dit-elle. Mais mon mari aime bavarder avec les jolies femmes.

Quand il apprit que Frank avait résolu d'épouser Mlle Turner, M. Rhodes fut profondément déçu. La perte par mariage d'un de ses jeunes messieurs était toujours une calamité, mais renoncer à Frank alors qu'il allait avoir si désespérément besoin de lui était intolérable. Il convoqua Mlle Turner dans ses bureaux de Kimberley et lui déclara sans ambages qu'elle allait briser la vie du jeune homme en insistant pour l'épouser.

— C'est vous qui le brisez, il me semble, s'écria-t-elle.

— Ne soyez pas impertinente, mademoiselle.

— Ce n'est pas moi qui l'ai envoyé en prison, répliqua-t-elle.

Et la discussion se poursuivit. Rhodes fit valoir que, si Frank restait avec lui, il aurait toujours une bonne place au cœur des événements et contribuerait à prendre des décisions dont les conséquences seraient immenses.

« Il a décidé de choisir la façon dont il serait pendu, rétorqua-t-elle.

— Je l'ai sauvé, dit Rhodes.

Et il se mit à dépeindre l'avenir éclatant qui attendait ce garçon brillant...

— Il n'est pas brillant, coupa-t-elle. Se laisser impliquer dans vos fantasmagories, si vous voulez mon avis, n'est pas un signe d'intelligence.

Sans tenir compte de son interruption, Rhodes exposa le sort épouvantable qui attendait Frank s'il se mariait et perdait son travail. Sur quoi Maud demanda :

« Et pourquoi perdrait-il forcément son travail ? En épousant la femme de son choix, il montre qu'il est raisonnable.

— Parce qu'aucun homme ne peut être mon assistant personnel et partager mes ambitions tout en s'occupant aussi d'une femme.

— Vos ambitions, M. Rhodes, sont plutôt troubles et j'emmène Frank loin de vous avant qu'il ne perde la tête lui aussi.

La menace était plus facile à lancer qu'à exécuter, car, lorsque Frank entra dans la pièce, Rhodes supplia le jeune homme de continuer de l'aider, surtout en cette période de crise.

— Il faut que vous veniez à Londres avec moi. M'aider à affronter les inquisiteurs.

Il expliqua le bourbier juridique dans lequel il se trouvait à la suite de la rébellion et son appel fut si convaincant que Saltwood, une fois de plus, se laissa prendre au piège de cet homme.

— Maud, je ne pars que pour peu de temps. Il a besoin de moi.

— J'ai besoin de vous, répliqua-t-elle. Et si vous partez, ne comptez pas sur moi pour vous attendre éternellement.

— Maud !

Mais elle n'entendit pas son cri, car elle avait déjà quitté le bureau : à la place de la jeune fille, Frank avait à la main une liasse de papiers juridiques qu'il lui fallait étudier avant de quitter Le Cap.

La patience de Maud fut mise à rude épreuve, car non seulement Rhodes mobilisa Frank avec ses procès et ses réunions incessantes, mais il l'entraîna dans une autre série de négociations intensives en vue de renforcer son empire. Au terme de tous ses ennuis, il se retrouvait avec plus de pouvoir et d'argent que jamais : il s'était lancé dans des actes criminels contre les républiques boers et son propre gouvernement, mais il s'en sortait sans une égratignure ou presque. Il avait dû démissionner de sa charge de Premier ministre de la colonie du Cap, mais il conservait toujours son siège au Parlement.

Et il retourna de nouveau à son grand dessein. Il fallait que la carte de l'Afrique soit toute rouge. La Rhodésie devait s'agrandir dans toutes les directions. Il fallait endiguer l'infiltration allemande et surveiller la Belgique. Il avait mille projets, plus un très spécial, plus cher à son cœur que les autres : il en discuta avec Saltwood, qu'il considérait, tout bien pesé, comme le meilleur de ses dix-huit « jeunes messieurs ».

— Qu'en pensez-vous ? demanda-t-il à Frank un matin au cours de leur deuxième séjour à Londres.

Il lui tendit une feuille froissée couverte de ratures. C'était la première rédaction d'un nouveau testament — le septième — qui exposait son projet de Fondation perpétuelle. La Fondation recevrait des milliers de livres sterling, qui seraient offertes à des jeunes gens intelligents des colonies britanniques et d'Amérique pour leur permettre de faire leurs études à Oxford et de s'imprégner de l'éducation anglaise, qui les encouragerait à poursuivre la mission de Rhodes : « britanniser » le monde.

M. Rhodes proposait quatre critères généraux pour sélectionner les candidats : succès scolaires ; succès dans les sports virils ; force morale et esprit d'initiative ; et ce qu'il appelait « qualités viriles » — sincérité, courage, sens du devoir, sympathie pour les faibles, gentillesse, générosité et esprit d'équipe. Les jeunes gens faisant preuve de ces qualités seraient royalement dotés de bourses d'études et bénéficieraient de tous les avantages d'un bon départ dans la vie.

« Eh bien ? demanda Rhodes, impatient.

— Vous définissez des normes très élevées, monsieur.

— Vous étiez à leur hauteur. Tous mes jeunes messieurs de Kimberley répondent à ces critères.

Cette allusion permit à Frank de mieux comprendre ce que M. Rhodes espérait réaliser grâce à ses largesses : il voulait un recrutement éternel de jeunes hommes comme ceux qui le servaient si bien — Neville, Richard, Edgar, Elmhirst, Gordon, Mountjoy, Johnny, etc. — à perpétuité, des hommes réduits à un prénom, qui ne s'intéressaient pas aux filles mais seulement aux devoirs de l'Empire. Les attributs énumérés par M. Rhodes étaient les mieux à même de produire ce genre d'hommes, on aurait toujours besoin d'eux et il y aurait toujours une place pour eux.

Mais, tout en examinant ce portrait de lui-même, Frank remarqua un détail incongru et ne put s'empêcher de sourire.

« Qu'y a-t-il de drôle ? demanda Rhodes avec humeur.

— Vos critères, répondit Frank en riant ouvertement. M. Rhodes, vous ne vous seriez qualifié d'aucun d'eux. Vous détestez les sports et vous vous moquez de nous quand nous nous entraînons. Il vous a fallu presque dix ans pour décrocher votre diplôme. Vous aviez peu de sympathie pour les Matabélés avant qu'on ne les écrase. Quant à la sincérité, je vous ai souvent entendu donner des explications fausses à vos actes. Vous avez peut-être du courage, mais vous n'étiez pas en première ligne quand votre révolution a éclaté. Et, Dieu me pardonne, vous n'avez montré aucune gentillesse à l'égard de Maud. Non seulement vous n'obtiendriez pas une de vos bourses, mais on refuserait d'examiner votre dossier.

Rhodes rit de bon cœur, saisit son testament et le brandit sous le nez de Frank.

— Ces critères ne sont pas faits pour découvrir des hommes comme moi, dit-il. Nous, qui faisons avancer le monde, ne sommes pas des gens agréables, mais nous avons besoin de gens agréables, neutres, pour nous assister. Ces bourses permettront de les sélectionner.

Frank ouvrit la bouche, mais Rhodes le coupa.

« Restez avec moi et nous réaliserons les rêves. Vous êtes le plus précieux de mes jeunes messieurs. C'est vous qui administrerez les bourses, vous savez...

Il se dirigea vers la porte, puis se retourna pour ajouter :

« Vous me trouverez une provision inépuisable de types parfaits comme vous. Réfléchissez, dit-il en rendant le testament à Frank.

Pendant quelque temps, Frank demeura les yeux baissés, songeant aux belles années qu'il pourrait passer à Oxford, comme administrateur des bourses. Mais tout changea soudain après les visites de deux personnes dans sa chambre d'hôtel.

Le premier visiteur fut son cousin, Sir Victor Saltwood, membre du Parlement pour Salisbury. Il fut bref et cassant :

— Vous vous êtes conduit comme un idiot, Frank. Je vous ai envoyé l'une des meilleures jeunes femmes du monde et qu'avez-vous fait ? Vous l'avez abandonnée pour aller voir je ne sais quel tas de cailloux dans cette espèce de Rhodésie, comme on dit. Et, à votre retour, vous avez failli vous faire pendre. Cette fille vous a sauvé la vie, mais vous l'abandonnez de nouveau...

— M. Rhodes avait besoin de moi. Vous avez vu ce qui s'est passé à Londres.

— Besoin de vous, oui. Mais pourquoi vous dicter la façon dont vous devez vivre votre vie ? Si vous aviez un grain de bon sens, vous l'enverriez au diable, vous prendriez la premier bateau en partance et vous épouseriez Maud Turner.

— J'ai peur de l'avoir perdue, Victor. Je l'ai à peine vue depuis plus d'un an.

— Vous ne l'avez pas vue du tout ! Mais elle comprend à quel point vous avez été accablé de soucis. Après votre départ, la première fois, elle s'est occupée d'écoles dans les régions agricoles et elle a fait un travail formidable. Son père m'a dit qu'elle a rendu visite à vos parents, à De Kraal. Elle les aime beaucoup et elle est prête à attendre que vous retrouviez vos esprits. Mais ce n'est qu'un être humain, Frank. Elle n'a que l'embarras du choix pour se marier. Elle vient de m'écrire qu'elle vous accordait deux mois.

— C'est vrai ?

Le monde se mit à tourbillonner de nouveau. Frank n'envisageait plus pour lui que des abîmes de solitude. Il croyait avoir perdu Maud et il ne voyait dans l'avenir qu'une continuation sans fin du présent. Mais maintenant que son cousin lui disait qu'il était resté en communication...

— Il faut que j'envoie un câble ! s'écria-t-il brusquement.

Et, au dos du projet de testament de M. Rhodes, il griffonna : *Maud. Je rentre sans délai. Épousez-moi le jour de mon arrivée, je vous en prie, je vous en prie, et sauvez-moi la vie.*

Il était en train de le signer quand M. Rhodes revint dans la pièce chercher son testament. Avant même qu'il tende la main, Frank le lui mit sous les yeux, le texte de son câble tourné vers le haut.

— Monsieur, je crois que vous devez être le premier à l'apprendre.

Sans trahir la moindre émotion, le grand financier lut le texte du câble, sourit et dit à Sir Victor :

— C'est très clair.

Il sonna un groom et lui demanda d'appeler le directeur de l'hôtel.

— Veillez à ce que ce télégramme parte sur-le-champ, je vous prie, lui dit Rhodes. Et retenez-nous les deux meilleures cabines du *Scot*, qui prend la mer vendredi.

— Non, monsieur, protesta Frank avec une fermeté qui enchanta son cousin. Je ne veux pas que vous discutiez avec moi pendant tout le trajet jusqu'au Cap. Ma résolution est prise.

— Bien entendu, et c'est très bien. Mais je désire être présent à la noce.

Se tournant vers Sir Victor, il ajouta :

« Le meilleur, je pense. Ce garçon était le meilleur de tous.

— Était ? répéta Sir Victor.

— Oui. Il ne travaillera plus avec moi. J'avais des projets pour lui, mais les temps changent, les projets changent.

Et il accompagna Sir Victor dans le couloir. C'était un homme fatigué... Il n'avait que quarante-six ans, mais son cœur affaibli ne pouvait plus battre au rythme de ses rêves.

Le deuxième visiteur de Frank fut le directeur général de l'*Union Line*, la ligne maritime régulière de l'Afrique du Sud. Il semblait étrange qu'un homme occupant un poste aussi élevé ait apporté les billets en personne, même dans le cas d'un client aussi important que M. Rhodes.

— Je sais qu'il fait l'aller et retour au moins une fois par an, monsieur, lui dit Frank, mais c'est extrêmement courtois de votre part. Je le lui dirai.

— Non ! Non ! répliqua le directeur, pris de panique. Ma rencontre avec vous doit rester strictement confidentielle.

— De quoi s'agit-il ? demanda Frank.

— La princesse. La princesse polonaise.

— Pardon ?

— Une dame de haut rang. Berlin. Varsovie. Saint-Pétersbourg.

— Qu'a-t-elle à voir avec M. Rhodes ?

— Ah, c'est ce que nous ignorons.

Sur un ton mal assuré, il se mit à révéler une histoire incroyable.

« Je ne sais pas si c'est une plaisanterie ou quoi. Je ne sais pas si M. Rhodes est en danger ou non. Je ne sais même pas ce que je sais.

— Peut-être pouvez-vous me dire ce que vous croyez savoir.

— La princesse Radziwill — une vraie princesse portant le nom d'une grande famille polonaise — est venue nous voir il y a quelque temps au sujet d'un vague projet de voyage au Cap. Elle dit qu'elle a des intérêts là-bas. Mais nous nous sommes aperçus que son seul intérêt était M. Rhodes. Elle n'a jamais pris de billet. Elle ne s'intéresse qu'à la date de départ de M. Rhodes.

— Cela me paraît inoffensif.

— Oui, mais hier, quinze minutes à peine après que vous eûtes sollicité les deux billets pour Le Cap…

— C'est M. Rhodes qui les a demandés en personne.

— Encore plus sujet à caution ! Quelqu'un a averti la princesse Radziwill. Et, comme je vous le disais, quinze minutes plus tard, elle était dans mon bureau : elle voulait connaître le numéro de sa cabine et obtenir la cabine voisine.

— Effectivement, cela pose un problème, avoua Frank. Qui est cette femme ? Jeune ? Une aventurière ?

— Pas du tout. C'est la vraie princesse Radziwill. Très bien traitée dans l'*Almanach de Gotha*. Pas jeune du tout. Entre quarante et cinquante ans. Et elle les paraît. Peut-être très belle autrefois, mais beaucoup trop de cuisine polonaise et russe. Cheveux bruns, pas une mèche grise. Elle parle un anglais convenable, mais aussi français, allemand et, bien entendu, polonais et russe.

— Des capitaux ?

— C'est le problème, monsieur Saltwood. Je n'ai absolument aucune preuve, mais cela fait des années que je vends des billets de paquebot et je vous assure que la princesse Radziwill correspond dans le moindre détail à la passagère type qui va nous créer des ennuis. Pourquoi ça ? En fait, je n'en sais rien. Mais cette femme a des difficultés financières.

— Serait-il possible que je la voie avant notre départ. Sans lui parler, vous comprenez. Juste la voir. Parce que nous ne voulons pas de scandale, n'est-ce pas ?

Le directeur général pensait qu'il pourrait la convoquer à son bureau à trois heures pour confirmer son passage ou sous un autre prétexte. Si Frank se trouvait là par hasard pour prendre *ses* billets…

— Vous ne viendrez pas à ma porte, vous comprenez. Simplement dans le bureau extérieur, comme un passager ordinaire. Vous pourrez la voir quand elle sortira.

Tout fut convenu et, du seuil d'une boutique en face des bureaux de l'*Union Line*, Frank aperçut une femme brune, jolie, de petite taille, qui descendait d'un cab et entrait pour confirmer sa cabine. Il traversa la rue d'un pas nonchalant et se mit à discuter avec un jeune employé d'un éventuel passage en Australie. De l'endroit où il se trouvait, il voyait très bien le bureau du directeur et il put examiner à loisir la princesse Radziwill de Pologne.

Elle semblait aimable, très bien éduquée et elle s'intéressait à tous les détails de son voyage imminent. Elle parlait avec animation et le visage qu'il entrevit lui parut vraiment agréable. Si elle participait à une conspiration contre M. Rhodes, elle le dissimulait bien.

Elle se leva plus tôt qu'il ne s'y attendait, traversa le bureau d'un pas vif, repéra Frank au premier coup d'œil et s'avança droit sur lui.

— Frank Saltwood, lui dit-elle sans hésitation, je suis la princesse Radziwill. Et vous êtes le cousin de mon bon ami Sir Victor, parti libéral, Salisbury. Je crois que nous serons ensemble sur le *Scot*, ce vendredi. Très sympathique.

Elle inclina légèrement la tête et s'en fut.

Les responsables de la compagnie maritime et le jeune Saltwood jugèrent préférable de tenir M. Rhodes au courant de cette affaire étrange. Il se gaussa de leurs appréhensions.

— J'adore ces *grandes dames*. Je leur parle durement, en multipliant les grossièretés à mesure que la conversation avance. Au bout d'un certain temps, elles me laissent tranquille.

Frank avait le pressentiment que ce genre de traitement cavalier ne réussirait pas avec une altesse aussi résolue que la princesse Radziwill et il monta à bord du *Scot* le cœur battant. Ses craintes se révélèrent justifiées dès le premier repas à bord, quelques heures plus tard.

Il mit M. Rhodes en garde :

— Nous arriverons en retard, quand elle aura choisi sa table.

C'est ce qu'ils firent. Mais, en passant près du salon, il aperçut du coin de l'œil une silhouette en noir qui attendait dans l'ombre. A peine Rhodes eut-il choisi sa table — avec des chaises supplémentaires pour pouvoir inviter des relations d'affaires pendant le long voyage — que la princesse Radziwill entra en coup de vent dans la pièce et s'écria d'une voix douce et pleine d'élégance :

— Oh, mon Dieu ! Où vais-je m'asseoir ?

Sans un regard pour le maître d'hôtel qui se précipitait pour l'aider, elle jeta son dévolu sur une des chaises de la table de Rhodes et demanda aimablement :

— Est-ce libre, par hasard ?

Frank voulut répliquer que la place était prise, mais, avant qu'il n'ait pu terminer sa phrase, M. Rhodes répondit galamment, mais sans dissimuler ses réticences :

— La chaise semble libre, madame.

Et la princesse s'assit d'un air résolu, indiquant clairement que ce serait sa place pour la durée du voyage.

C'était une femme pleine de charme et d'esprit, beaucoup plus jeune que son âge, au courant de tout et toujours prête à lancer des jugements définitifs sur les politiciens, les écrivains, les musiciens et la situation mondiale. Quand M. Rhodes tenta de la bâillonner avec son numéro classique de grossièretés, elle répliqua par des discussions animées sur son système digestif, ses problèmes intestinaux et certains épisodes de sa vie sexuelle. Très vite, M. Rhodes battit en retraite vers des sujets de conversation plus anodins.

Dès le départ, elle ne dissimula pas son antipathie extrême à l'égard de Frank Saltwood : elle le considérait à juste titre comme un obstacle à ses desseins, quels qu'ils fussent. Elle se moqua de tout ce qu'il disait, tourna en ridicule son côté Oxford et railla son comportement. Par exemple, elle voulut savoir pourquoi il n'était pas marié et, quand il tenta de la contrer avec des questions sur sa propre situation, elle lui cloua le bec en répliquant carrément :

— Je suis la fille d'un grand seigneur polonais, mais nous nous sommes toujours considérés avant tout comme russes, mon père et moi, et polonais en second. J'ai épousé un Radziwill, l'un des plus grands noms de Pologne, mais il m'a traitée de façon abominable et j'ai demandé le divorce aussitôt. J'ai quarante et un ans.

Elle laissa également entendre qu'elle était un auteur célèbre :

« Cinq ouvrages très appréciés.

Frank posa des questions à d'autres passagers et découvrit qu'elle était effectivement un écrivain estimé pour ses écrits politiques et qu'elle connaissait tout le monde dans la haute société européenne. Sentant qu'il mettait en doute son affirmation sur ses talents littéraires, la princesse apparut au bar du promenoir, un jour à midi, avec deux de ses ouvrages, des essais bien documentés sur la vie des cours européennes et leurs intrigues politiques. Quand elle vit que Frank et, indirectement, M. Rhodes étaient suffisamment impressionnés, elle dit d'un ton naturel :

— Vous savez, bien entendu, que ma tante Evelina Rzewuska a été l'épouse et le salut financier d'Honoré de Balzac.

— Qui est-ce ? demanda un jeune homme de Kimberley, invité à se joindre au cercle de Rhodes.

— Oh, mon Dieu !

Elle avait crié si fort que les passagers des autres tables se retournèrent. Cela lui plut et elle les prit à témoin.

« Ce jeune benêt me demande qui est Honoré de Balzac ? C'est comme demander à un Anglais qui est William Shakespeare.

Et elle se mit aussitôt à déclamer, avec de grands gestes, tout un sonnet :

Quand aux séances de douces pensées muettes
Je convoque le souvenir de choses du passé...

Lorsqu'elle parvint au milieu, Frank se demanda : « Qu'est-ce que cette créature a donc derrière la tête ? » Et aux derniers vers il comprit : la princesse Radziwill baissa soudain la voix, lança à M. Rhodes un regard langoureux et murmura :

Mais dès que je pense à toi, ami cher,
Toutes les pertes sont guéries et les chagrins s'achèvent.

Après quelques scènes de ce genre, Frank fut si écœuré qu'elle put passer par-dessus sa tête quand elle voulait s'adresser à M. Rhodes. De même qu'elle rabaissait systématiquement le jeune homme, elle exaltait le plus âgé en l'accablant de louanges extravagantes. Chaque fois qu'elle montait sur le pont, c'était pour se mettre sur le chemin de M. Rhodes. Quand il s'installait dans une chaise longue, il découvrait aussitôt qu'elle avait retenu la chaise voisine et, lorsqu'il désirait se reposer, à cause de ses troubles cardiaques, elle surgissait, prête à discuter politique avec lui.

— Qu'est-ce que cette femme veut de moi ? demanda Rhodes à Frank au bout du cinquième jour.

Il était complètement déconcerté.

— Je crois qu'elle désire vous épouser, monsieur.

— Elle est déjà mariée. Elle ne l'a pas caché.

— Elle a demandé le divorce. Elle ne l'a pas caché non plus.

Rhodes sentit l'ironie de la réponse de son jeune ami et éclata de rire.

— Je vous charge d'une dernière mission, Frank. Protégez-moi de cette femme.

Le premier stratagème de Saltwood tourna court.

— Nous prendrons nos repas dans votre cabine. Abandonnons-lui la table.

Mais, avant la fin du premier déjeuner, la princesse se précipita dans la cabine, les yeux émus, pour s'assurer que « le cher M. Rhodes » n'était pas « souffrant ». Elle manœuvra habilement pour chasser Frank de la cabine, fit gonfler les oreillers et s'assit près de M. Rhodes pour l'aider à prendre son repas.

Un cri angoissé retentit :

— Frank ! retentit un cri angoissé. Vous m'avez promis le dossier !

Saltwood prit le premier classeur qui lui tomba sous la main et revint dans la cabine.

« Asseyez-vous près de moi, Frank, ordonna l'homme assiégé.

Et la princesse fut repoussée.

Le lendemain après-midi, sur le pont, dans leurs chaises longues, elle reprocha à M. Rhodes son manque de galanterie. Et, à l'instant où elle se levait pour étendre une couverture sur lui, elle tomba soudain en une douce pâmoison et glissa doucement dans ses bras.

— Frank ! hurla-t-il.

Quand Saltwood arriva, il trouva son maître tenant dans ses bras le corps inerte de la princesse polonaise.

Pendant tout le voyage, le petit jeu se poursuivit. Quelle que fût la manœuvre conçue par les deux hommes, la princesse trouvait le moyen de la déjouer. Et, le soir où elle surprit, au bar, des personnes en train de chuchoter : « Je suis sûr que M. Rhodes, le misogyne, a une aventure avec la princesse », elle se borna à sourire.

Ce fut la veille de l'arrivée du *Scot* au Cap que Cecil Rhodes commit la deuxième grande erreur de sa vie. En présence de Frank Saltwood et de deux invités à sa table, il dit le plus simplement du monde à ces deux relations d'affaires :

— Quand nous serons au Cap, venez me voir à Groote Schuur.

— J'en serai ravie ! répondit la princesse.

A peine avait-il défait ses bagages qu'un télégramme arriva de l'hôtel Mount-Nelson annonçant que la princesse viendrait dîner le soir même. Au cours de ce repas, auquel assistaient les responsables politiques de la colonie, elle s'attribua d'office la place de maîtresse de maison. Peu après, des « papiers » ambigus commencèrent à paraître dans les journaux du Cap — ils les recevaient sans signature, mais l'écriture était féminine :

> Le puissant Colosse, dont l'armure avait émoussé toutes les flèches de Cupidon, semble avoir été blessé par ce rusé chasseur et nous apprenons que des cloches de noces pourraient bientôt sonner. Qui sera l'honorable compagne ? Nous ne saurions encore le révéler, mais l'on parle d'une noble dame titrée, familière des cercles royaux de Berlin, Varsovie et Saint-Pétersbourg.

Qui était cette femme cyclone qui avait tout risqué sur un passage de bateau vers l'Afrique du Sud, à la poursuite du plus riche célibataire du monde ? La princesse Radziwill était tout ce qu'elle prétendait être — et une chose de plus. Elle était la fille d'une des plus nobles familles de Pologne ; sa tante avait effectivement sauvé Honoré de Balzac ; elle avait écrit des livres très populaires ; et elle divorçait de son mari, procédure qui prendrait de nombreuses années. Mais le fait saillant, c'était qu'elle se trouvait à peu près sans le sou.

Son comportement excentrique, à quarante et un ans, avait pour origine son expulsion des cours d'Europe. Plusieurs pays avaient refusé de la laisser revenir. Commère impénitente, elle avait mené une vie très brillante jusqu'au jour où des membres de ses deux familles, extrêmement riches, avaient décidé de ne plus la voir. Elle aurait très bien pu vivre de sa plume et ses livres lui auraient rapporté un revenu respectable. Mais elle avait également abusé de ce talent et ses éditeurs s'étaient lassés de ses promesses non tenues et de ses contrats rompus. De même que ses dons, sa beauté avait commencé à s'estomper ; elle comprenait que le nombre de ses belles années était compté et elle voulait en tirer le meilleur parti.

Il est étonnant qu'au nadir de sa carrière elle ait conçu un plan aussi audacieux, avec des risques aussi fantastiques.

Mais, un jour, dans ses très modestes appartements de Paris, l'idée magnifique lui était venue : pourquoi ne pas épouser Cecil Rhodes ?... Elle n'était pas libre de se marier par suite des lenteurs de son divorce, elle était sans ressources, avec moins de belles robes qu'elle n'en avait jamais eu dans sa vie, mais elle s'était pourtant lancée à l'assaut. Et maintenant, à Groote Schuur, la belle demeure hollandaise du Cap qui deviendrait un jour l'équivalent de la Maison-Blanche pour l'Afrique du Sud, elle se conduisait comme la première dame de la colonie et ne dissimulait pas qu'elle avait l'intention d'assister M. Rhodes dans le gouvernement de la nation.

— J'ai besoin d'aide, gémit le grand homme une après-midi. Suppliez Frank Saltwood de revenir.

Pendant la période enfiévrée où la princesse Radziwill tentait de s'emparer de Groote Schuur, Frank vivait les moments les plus tendres de sa vie. A peine débarqué du *Scot*, il présenta ses adieux à Cecil Rhodes — pour la dernière fois, croyait-il, puisqu'il avait été démis de ses fonctions —, il prit un cab et se précipita à l'hôtel Mount-Nelson, où Maud Turner était venue à sa rencontre. Il demanda sa chambre à la réception, traversa le hall en courant, se lança dans l'escalier de chêne et frappa à sa porte. Aussitôt, la porte s'ouvrit. Aussitôt il tomba à genoux — et tout le monde dans le corridor put le voir.

— Maud, pouvez-vous me pardonner ?

— Levez-vous, idiot.

— Alors, vous voulez bien de moi ?

— Pas si vous vous conduisez ainsi.

Elle tendit brusquement la main, lui prit le poignet, l'entraîna dans la chambre et referma la porte d'un coup de talon.

« Je suis si heureuse que nous nous soyons retrouvés, lui dit-elle.

Elle manœuvra Frank jusqu'au lit et quand l'intermède passionné prit fin :

« Et maintenant, par Dieu ! lui dit-elle, vous êtes obligé de m'épouser !

Ils traversèrent le Karroo dans le train, puis descendirent vers le sud jusqu'à une petite gare desservant De Kraal : un simple hangar de tôle et une rampe pour charger le bétail, avec un poteau indicateur planté par le père de Frank, portant en lettres creusées dans le bois le nom HILARY. Au cours du long voyage, Maud avait discuté sérieusement de la façon dont ils devaient orienter leur vie.

— Oublie complètement M. Rhodes, Frank. Nous n'aurons plus rien à faire avec lui. Quel genre de travail peux-tu faire ?

— Je connais le monde des affaires. Les banquiers, les diamants, le Parlement.

— Pourrais-tu devenir une sorte de directeur financier ?

— Je crois. Mais où nous installerons-nous ?

Elle avait eu plus de deux ans pour y songer et tous ses désirs personnels la poussaient à répondre : Le Cap, car c'était la plus belle ville qu'elle ait vue, un endroit incomparable, avec son océan, sa montagne, ses baies profondément découpées, la luxuriance fantastique de ses fleurs. C'était une ville qu'elle aurait aimée, mais son sens des affaires lui disait que l'industrie sud-africaine se concentrerait forcément dans le nord, près des diamants et de l'or. C'était là-bas, et non au Cap, qu'un jeune homme pouvait faire son chemin.

— Je crois que nous devrions aller à Johannesburg.

— Quel endroit sinistre ! Tu y es déjà allée ?

— Sinistre à présent, mais nous devons songer à l'avenir. Il faut choisir Johannesburg.

— Mais ne pourrions-nous...

Il hésita, se frotta le nez et lui demanda :

« Ne pourrions-nous pas... peut-être... ouvrir aussi un bureau au Cap ?

Elle réfléchit comme si l'idée ne lui avait jamais effleuré l'esprit, puis elle chatouilla le menton de Frank du bout de l'ongle et lui dit :

— Je crois que c'est une idée capitale.

Dans le cabriolet envoyé de De Kraal à leur rencontre à la petite gare d'Hilary, ils définirent le cadre général de leur avenir : un investissement agricole sûr dans la campagne ; un bureau d'affaires à Johannesburg pour s'occuper de banque, d'assurances, de commerce et de bourse — que les Boers négligeaient, parce que les complexités de la finance ne les intéressaient pas ; une tête de pont politique au Cap pour protéger les investissements ; et un contact permanent avec le « pays », cette Angleterre peuplée de souvenirs.

— Nous ne devons jamais oublier nos familles à Salisbury, dit Maud.

— Bien entendu. A quoi songes-tu ?

— J'aimerais revenir là-bas aussi souvent que possible. Je tiens beaucoup à mon univers anglais.

— Cela me paraît raisonnable.

Les décisions que venaient de prendre Maud et Frank Saltwood étaient typiques de la majorité des Anglais d'Afrique du-Sud à l'époque. A leurs yeux, telle ou telle ville évêché comme Salisbury était leur « pays », Stonehenge leur terrain de jeux, Oxford ou Cambridge leur univers culturel normal. Malgré tout le soin avec lequel Frank gérerait ses finances à Johannesburg ou ses marchandages politiques au Cap, Maud et lui seraient toujours attirés par Salisbury, sur le plan spirituel, sinon sur le plan physique. A chaque occasion de « remonter » en Angleterre, ils renouvelleraient avec joie ce cordon ombilical.

Les Van Doorn, à l'inverse, ne revenaient jamais en Hollande. Aucun d'entre eux n'aurait su retrouver son chemin dans le dédale des canaux d'Amsterdam ; souvent, ils ne savaient même pas qui gouvernait le pays et quelle était sa tendance politique. S'ils étaient repartis en Hollande, ils n'auraient compris ni la religion du pays ni sa langue. Il en était de même pour les descendants des huguenots : aucun membre de la famille Du Préez ne se souvenait de l'Oudezijdsvoorburgwal et de son importance pour ses ancêtres — ni à plus forte raison du village français de Caix où commençait leur histoire. Ils ne parlaient plus français. Les Hollandais Van Doorn et les huguenots Du Préez étaient maintenant afrikaners et fiers de l'être.

Les Saltwood étaient des Européens ; les Boers, un peuple d'Afrique. Les Saltwood auraient toujours un refuge où se précipiter en cas de troubles ; les Boers, non. Si un Saltwood se conduisait à peu près bien, la reine anglaise pouvait le rappeler à Londres pour le faire chevalier, mais si un de Groot se comportait en héros, aucune altesse, à Amsterdam, n'entendrait parler de lui — ni ne songerait à l'anoblir. Prudemment, les Saltwood conservaient un pied à Salisbury ; les Van Doorn gardaient les deux pieds en Afrique et ne connaissaient aucun autre refuge possible. Ils s'élevaient ou s'abaissaient, vivaient ou mouraient, en fonction de ce qui se passait en Afrique. Entre ces deux groupes de personnes — les Européens et les Afrikaners —, le fossé ne cesserait de se creuser.

Maud prêta une oreille attentive aux bruits insensés qui venaient du Cap au sujet de M. Rhodes et de la princesse polonaise. Elle prit un malin plaisir à la déconfiture du grand homme.

— On raconte qu'il lui a refusé la porte de Groote Schuur et lui a fait dire de repartir en Europe.

Lorsque le scandale s'aggrava, Frank ne put fermer les yeux et, quand les journaux racontèrent que la princesse avait imité la signature de Rhodes sur des effets bancaires pour toucher 23 000 livres sterling, il devint soucieux.

— Écoute ceci, Maud : « Elle semble avoir copié sa signature sur une carte postale vendue en librairie. » C'est tellement absurde !

— Qui est cette femme ? demanda Maud.

— Une menteuse. La plus extraordinaire menteuse que j'aie jamais rencontrée, sauf que tout ce qu'elle m'a dit était la vérité.

A la plus grande joie de la jeune femme, il lui raconta brièvement toute l'affaire, expliquant comment la princesse avait manœuvré pour embarquer sur le *Scot* et pour tomber dans les bras étonnés de M. Rhodes. Puis il devint sérieux :

« Si elle prétend qu'elle a des lettres compromettant Rhodes, je le croirai. Si elle prétend que ces documents bancaires ne sont pas des faux mais lui ont été donnés par M. Rhodes, j'hésiterai à la traiter de menteuse devant les juges. Cette femme est...

Il hésita entre plusieurs épithètes, puis se décida :

« Fantastique.

Et il ajouta que, si l'accusation de faux devait être examinée au tribunal, il fallait que la ville du Cap se prépare à subir un ouragan.

— Vas-tu lui offrir ton concours, Frank ?

— A qui ?

— A M. Rhodes, bien sûr ! s'écria-t-elle.

— Mais il m'a mis à la porte.

Il éclata de rire et se laissa tomber dans un fauteuil en entraînant sa femme. Elle se blottit sur ses genoux.

« Bien entendu, dit-il, tu sais qu'il n'a jamais de sa vie permis à un homme marié d'être son secrétaire personnel. Tu m'as fait mettre à la porte et le jeu en valait la chandelle.

— Pourtant, s'il a besoin de toi...

Maud Turner fut la première des fameuses femmes Saltwood. Elles constituèrent une longue lignée de filles à la volonté farouche, qui quittaient une vie de sécurité dans la campagne anglaise et emmenaient en Afrique du Sud une bonne éducation, une culture musicale, des talents pour le dessin et une conscience morale élevée. C'est à elles que l'on doit les hôpitaux de charité, les petites écoles au creux des vallées perdues, les bibliothèques, les collèges (insuffisants) et les livres de souvenirs qui compteraient tant pour les générations suivantes. Dès les premiers temps de son séjour au Cap, Maud Turner avait lancé le Lady Anne Barnard Bowls Club et, près de De Kraal, elle avait, avec son propre argent, restauré les ruines de la mission Golan. Les femmes de sa trempe regardaient le monde autour d'elles, retroussaient leurs manches et tentaient de l'améliorer.

Maud se comporta naturellement avec sa charité coutumière. Elle n'avait pas oublié que M. Rhodes l'avait rabaissée et avait retardé son mariage de plusieurs années, mais elle dit à Frank :

« Si cet homme a besoin de ton aide dans le malheur, nous devons la lui proposer.

Ils étaient déjà à Grahamstown, en route pour Le Cap, lorsqu'un télégramme les joignit : AI BESOIN DE VOTRE ASSISTANCE. RHODES.

A leur arrivée à Groote Schuur, ils ne trouvèrent qu'un cordon de serviteurs et de collaborateurs.

— Cette femme le pourchasse en tout temps, leur apprit l'un d'eux. Il a fui à Muizenberg.

Le grand homme s'était séquestré dans ce petit village du bord de mer, au sud du Cap. Il occupait une petite masure de tôle ondulée adossée à de grands arbres. De l'extérieur, elle semblait ne contenir que quelques misérables pièces sans aucun confort. Ce n'était guère un décor digne de ce qui allait devenir une grande tragédie.

Maud s'attendait à travailler dans la cabane, à lui apporter autant de confort que possible, mais, quand elle remonta le sentier étroit, deux jeunes gens parurent à l'entrée de la demeure, visiblement résolus à lui en interdire l'accès.

— Pas de femmes à l'intérieur.

— Mais il nous a adressé un télégramme.

Elle leur montra le message.

— Il s'agissait de Frank, non de vous. M. Rhodes serait aux cent coups si vous entriez de force.

— Je ne m'impose jamais, répondit-elle d'un ton égal.

Les deux hommes demeurèrent intraitables.

— Pas de femmes.

Elle repartit vers Le Cap et son mari entra.

Il fut bouleversé. M. Rhodes, qui n'avait pas encore cinquante ans, s'affaissait de partout. Ses joues mal rasées tombaient ; sa moustache, sans élégance d'habitude, l'était encore moins faute de soins ; ses cheveux roux, non coiffés, étaient collés en touffes par la transpiration ; ses bras et ses jambes gisaient inertes ; mais c'étaient ses yeux qui semblaient le plus alarmants : ils étaient bouffis, les paupières tombaient et ils semblaient incapables d'accommoder. Tout le comportement de Rhodes était celui d'un octogénaire accablé de souffrances, abandonné de tous et désespéré. Il était encore entouré de jeunes messieurs brillants — la réserve semblait inépuisable... « Oui, M. Rhodes. Oui, M. Rhodes » — mais ils ne lui apportaient qu'un soutien limité.

— Est-ce vous, Frank ?

— Oui, M. Rhodes. Que puis-je faire pour vous aider ?

— Vous avez déjà fait beaucoup. Vous voyez l'oiseau phénicien dans l'angle ? Il veille sur moi.

A quoi bon lui dire à présent que ce chef-d'œuvre de pierre n'était pas phénicien...

Des sons rauques montèrent du lit. Rhodes essayait de faire une déclaration importante.

« Frank, pour protéger mon honneur, il faut que je me défende contre cette maudite femme.

Ce n'était pas le moment de faire des courbettes ou des flatteries.

— Monsieur, je dois vous mettre en garde avec la plus grande fermeté : dans la bonne société anglaise, un gentleman ne fait jamais un procès à une dame.

— Je me suis toujours soucié de la société anglaise comme

d'une guigne. Je ne suis pas un gentleman. Et cette princesse n'est certainement pas une dame. Voyez le procureur général, Frank, et pressez-le de préparer le dossier.

— Oh, mon Dieu ! s'écria un des jeunes messieurs. La voici de nouveau.

Et tout le monde dans la maison se tourna vers la route, au bout de l'allée : une femme élégamment vêtue de noir, portant une ombrelle, faisait les cent pas en regardant la masure où agonisait l'homme qu'elle avait voulu épouser.

— Chassez-la !

Le jeune homme expliqua qu'ils avaient essayé, mais que la police les avait avertis qu'elle avait le droit de se promener sur la voie publique.

— Mais non de me regarder ! gémit Rhodes.

— Elle a le droit de se promener et, si elle peut se promener, elle peut regarder, dit l'un des jeunes gens. Tout ce que nous pouvons faire, c'est prier pour qu'il pleuve.

Cette tragi-comédie se poursuivit pendant des semaines. Dans la maison, Rhodes, alité, faisait des projets, tandis que son avocat et Frank Saltwood aidaient les services du procureur général à mettre sur pied l'accusation contre cette femme escroc sans vergogne. Elle publiait des communiqués de menace dans les journaux et, au crépuscule, elle venait du Cap pour faire les cent pas, sans un mot, devant la maison.

Un soir, Maud vint parler à la princesse pendant son manège sur la route.

— Pourquoi le tourmentez-vous ?

— Parce qu'il m'a tourmentée. Il veut m'envoyer en prison.

— Avez-vous falsifié les sept effets ?

— J'ai été le partisan le plus acharné de M. Rhodes. Il me doit des sommes énormes.

— N'a-t-il pas payé votre note d'hôtel quand le Mount-Nelson a menacé de vous mettre à la porte ?

Et, sans laisser à la princesse le temps de répondre, elle ajouta :

« Et, quand vous avez accepté l'argent, n'avez-vous pas promis de quitter l'Afrique du Sud ?

— Je suis partie, protesta-t-elle comme si on la blessait dans son innocence. Mais je suis revenue.

— Princesse, que cherchez-vous à obtenir par ce comportement ridicule ?

— La prison, je suppose. Mais les hommes qui ignorent les femmes, ou qui les traitent mal, doivent recevoir une leçon. Quand j'en aurai terminé avec Cecil Rhodes, il sera devenu la risée du monde entier.

— Vous êtes déjà la risée de tous. Avez-vous vu les dessins humoristiques ?

— Ils seront oubliés demain, répliqua-t-elle, piquée. Moi, je songe à l'histoire.

Maud n'aboutit à rien et, quand elle repartit, la princesse continuait de faire les cent pas dans l'ombre, comme pour lancer un charme maléfique à cette maison et à ses occupants.

Malgré tout ce que les deux Saltwood tentèrent pour apporter un peu de bon sens dans cette affaire démente, le procès criminel suivit son cours, compliqué par des procédures civiles sur des problèmes connexes. Le jour vint où les deux protagonistes comparurent devant un juge. Il siéga avec ses collaborateurs à Groote Schuur, car Rhodes était trop malade pour se présenter dans une salle d'audience du Cap. La rencontre fut amère, les dépositions amères et Rhodes affirma catégoriquement qu'il n'avait jamais signé d'effets au profit de la princesse et que, si elle avait escompté des billets à ordre auprès de banquiers ou de prêteurs du Cap, il s'agissait de faux.

Sa déposition, inélégante et peu charitable, condamnait la femme à la prison. La déposition de la princesse, malicieuse et mordante, le condamnait à passer pour un sot. Pire, elle le condamnait à mort.

Après avoir comparu devant le juge, Rhodes se retira dans la misérable maison de Muizenberg. Frank ordonna qu'on fasse un trou dans le mur de la chambre pour que Rhodes puisse respirer. L'air lui manquait à tout instant. S'il s'allongeait, il étouffait ; s'il s'asseyait, il ne pouvait pas se reposer. Et toujours la princesse allait et venait, montant sa garde funèbre. Sachant qu'elle ne pouvait éviter la prison, elle se montrait sans pitié. Elle hanterait cet homme implacable jusqu'à ce qu'il en meure.

— Partez, je vous en prie, supplia Frank un soir.

— C'est mon unique liberté.

— Vous reste-t-il de l'argent ? Pas du tout ?

— Je suis dans la misère. Je n'ai rien à manger. J'accueillerai la sécurité de la prison avec joie, car tous mes amis m'ont abandonnée, moi, une princesse de la cour de Russie !

Elle prononçait *Rrrousshie.*

Il lui donna deux livres sterling et lui dit d'aller à l'auberge de Muizenberg prendre un repas, mais elle continua sa veille.

Le souffle d'air auquel Rhodes aspirait en ce mois de mars horriblement chaud ne parvint jamais jusqu'à lui. Sentant que la mort allait le saisir avant que le procès criminel ne s'achève, il chassa complètement la princesse de son esprit. Il demanda l'atlas qu'il aimait tant et parla à Frank des éléments de ses projets qui restaient encore à réaliser.

— Vous devez faire en sorte que cette carte soit rouge. Regardez tout ce que nous avons obtenu jusqu'ici...

Quand sa main glissa sur la Rhodésie, il leva les yeux. Il faisait pitié.

« On ne change jamais le nom d'un pays, n'est-ce pas ?

— Jamais, répondit Frank. Ce sera toujours la Rhodésie. Votre monument.

Mais, ensuite, les yeux de Rhodes ne purent éviter les espaces qui représentaient ses cuisantes défaites. L'Afrique du Sud-Ouest était échue aux Allemands ; le Mozambique demeurait aux mains des Portugais ; les maudits Belges avaient prouvé qu'ils avaient des cœurs de béton. Mais, pis que tout, tandis que Rhodes était tourmenté par la princesse, des souffrances beaucoup plus déchirantes venaient d'éclater autour de lui : les Boers et les Anglais se lançaient dans un combat fratricide sur le veld sud-africain. Son objectif de toujours, l'union de ces deux groupes, semblait plus impossible que jamais et ses dernières paroles à Frank évoquèrent ce problème :

— Cher ami, quand cette guerre sera finie, passez votre vie à essayer d'unir les Boers et les Anglais.

Le jour où Rhodes mourut, Frank était au Cap, en train de déposer pour le procès. En apprenant la triste nouvelle, il éprouva un sentiment accablant d'échec. Il avait essayé de protéger ce grand homme de ses erreurs et de ce dernier fiasco avec la princesse, mais il avait abouti à très peu de chose. Rhodes mourut au crépuscule du 26 mars 1902, consumé, à l'âge de quarante-neuf ans, par le feu volcanique qui l'avait animé toute sa vie. Il prononça en mourant sa propre épitaphe ironique : « Si peu de fait, et tant à faire. »

Quand la princesse Catherine Rzewuska-Radziwill apprit la mort de Rhodes, elle n'avait que quarante-quatre ans. Elle était déshonorée, sans le sou, à la veille de subir une peine de deux ans de détention dans une des plus horribles prisons du Cap. Elle dit de Rhodes : « Je ne voulais qu'aider cet homme solitaire et malheureux. S'il s'était soucié de moi, il aurait sûrement été sauvé. »

En prison, elle se procura un code civil et pénal et elle l'assimila si vite qu'elle devint un célèbre « avocat de cellule », défendant les droits de toutes les autres détenues. Longtemps avant la fin de sa sentence, le directeur de la prison demanda à la cour sa levée d'écrou :

— Chaque fois que je la vois se diriger vers moi avec son code à la main, je suis pris de convulsions.

L'insupportable princesse n'accepta la liberté que si le gouvernement lui offrait un billet de première classe pour l'Angleterre et l'argent nécessaire pour vivre six mois dans un hôtel respectable de Londres. Comme les hauts dignitaires de la colonie étaient, eux aussi, pris de convulsions à sa vue, ils accédèrent à ses exigences, puis réquisitionnèrent un remorqueur pour être sûrs qu'elle monterait à bord. A l'avocat afrikaner qui l'avait défendue avec enthousiasme contre le Colosse, ils dirent :

— Ne lui donnez pas un sou de l'argent. Remettez-le dans une enveloppe cachetée au capitaine du bateau, avec l'ordre de ne rien donner à la princesse tant qu'elle ne sera pas en pleine mer.

Elle écrivit d'autres livres, trente en tout ; elle fit des conférences ; quand le prince Radziwill, toujours son mari, mourut enfin, elle épousa aussitôt un noble suédois que personne ne vit jamais ; elle fut condamnée à l'exil perpétuel par la Russie ; et, à la suite d'un étrange concours de circonstances, elle débarqua à New York, qu'elle adora. Sous le nom de princesse Radziwill, elle devint la coqueluche des Américains épris de royauté et elle vécut à leurs crochets de cent façons ingénieuses. Personne, au cours de son long séjour aux États-Unis, ne découvrit qu'elle avait passé presque deux ans dans une prison sud-africaine à la suite d'une escroquerie.

Finalement, elle écrivit son autobiographie, dont aucun chapitre ne disait la vérité ; elle fit les délices des nouvelles générations de la bourgeoisie new-yorkaise ; et, en 1941, à l'âge de quatre-vingt-trois ans, assise dans son lit au milieu de ses coussins, elle écrivit de longues lettres aux souverains d'Europe pour leur donner des conseils sur la meilleure façon de mener la Seconde Guerre mondiale. Elle signait ses déclarations : Princesse Catherine Radziwill. Quand elle mourut, elle était entourée par trois dames de compagnie américaines.

Le commando Venloo

Des gorges d'une centaine de Boers, jeunes et vieux, aux visages pâles ou basanés, jaillissait un chant joyeux dont les échos retentissaient très loin de la vaste grange de Vrymeer où ils faisaient la fête. L'air était celui d'une chanson de la guerre de Sécession américaine — *Just Before the Battle, Mother* —, mais la version afrikaner, populaire au cours des années 1880, parlait d'amour et non de batailles :

Quand nous marierons-nous, Gertjie ?
Pourquoi ne dis-tu rien ?
Nous sommes fiancés depuis longtemps, Gertjie,
Il est temps de nous épouser.

Allez, viens donc, Gertjie. Pas question
De me faire languir plus longtemps.
Tu me crois peut-être immortel,
Mais je sens les années qui passent.

Paulus de Groot, le guerrier à la crinière grise, ne se souvenait pas d'avoir vu, une seule fois dans sa vie, autant de couples heureux.

— Ce soir, Jacob, cria-t-il au propriétaire de la grange, plus d'un cœur se perdra sous les étoiles de Vrymeer.

Van Doorn lui lança un large sourire, à travers le nuage de fumée et de poussière.

Le général de Groot — comme tout le monde l'appelait — était l'invité d'honneur de la fête et ce n'était que justice, car, en 1881, pendant cette même semaine de février, il s'était lancé à l'assaut de Majuba Hill pour écraser les Anglais. Et, cette année-là, à quatre-vingts kilomètres à la ronde, comme pour un Nachtmaal, les Boers avaient chargé leurs chariots et rassemblé leurs familles pour se rendre à Vrymeer.

Les femmes Van Doorn, avec Ouma Sibylla trônant à la table de cuisine, avaient préparé de quoi nourrir tout un commando. On avait rôti un bœuf à la broche, en face de la grange ; non loin se dressaient des tables entières de petits pains, de légumes et de plats sucrés : des tartes, des *koekies*, des galettes de citrouille, des *konfyts*, et la contribution de Jakob, le gâteau de pain dans son moule — avec deux pleins paniers de ses frères. Bien entendu, un groupe résolu d'amateurs loua très haut le gâteau de pain, mais lui préféra tout bas le petit fût d'alcool de pêche...

Ce fut une journée que personne à Vrymeer n'oublierait jamais : les enfants bondissaient au septième ciel comme une harde de babouins déchaînés. Rien n'était plus excitant pour les douzaines de robustes petits Boers que leur rencontre avec la nouvelle génération de la famille Nxumalo. Ensemble, ils explorèrent les secrets de Vrymeer et coururent en criant depuis la grange jusqu'à la grotte où les rhinocéros des Bochimans continuaient leur galop immobile. Toujours hurlant, ils se précipitèrent vers le lac, se débarrassèrent de leurs vêtements et plongèrent.

A la tombée de la nuit, on alluma les chandelles de suif le long des murs de la grange, le sol de terre de fourmilières brilla et un trio bruyant — guitare, violon et accordéon — se mit à l'œuvre. Parfois le piano à bretelles jouait tout seul. Johanna Van Doorn avait passé plusieurs jours de calvaire sur son costume, mais ses efforts étaient vraiment couronnés de succès : elle portait une jupe longue dont elle avait garni l'ourlet de grains de maïs pour lui donner du poids. Elle volait à chacune de ses pirouettes.

— Attention à ta meule, jeune homme ! cria de Groot soudain. Ton moulin, ton moulin va trop fort...

Le cavalier de Johanna la faisait danser si vite que sa robe remontait parallèle au sol et que des grains de maïs s'envolaient.

Après minuit, quand l'accordéon se mit à jouer avec un peu moins de fougue, des groupes commencèrent à bavarder à mi-voix ou à fredonner de vieux airs — et Jakob posa la seule question sérieuse de ce jour de fête :

— Depuis combien de temps nos familles vivent-elles ici, Paulus ?

Le général réfléchit.

— Cinquante-huit ans.
— Nous pouvons être reconnaissants.
— De quoi ? demanda le vieux lutteur.
— De bien des choses, Paulus. Et surtout, nous avons pu conserver notre façon de vivre... Empêcher les Anglais de nous changer. Mais avec l'afflux actuel des uitlanders...
— Oom Paul surveille les Anglais — c'est son affaire. S'il désire te voir, comme le dit le télégramme, ce doit être important.
— *Ja,* mon *generaal !*

Plus tôt dans la semaine, Jakob avait été convoqué à Pretoria pour une entrevue avec le président Kruger ; il prendrait le train lundi matin, car il devinait que quelque chose de grave se tramait.

Jakob trouva le grand homme sous un stoep — visage aux rides profondes, chapeau haut de forme noir perché sur sa tête, redingote boutonnée très serré recouvrant son énorme bedaine. Il ne se leva pas pour accueillir l'un de ses plus fidèles burghers, mais il ne dissimula pas tout le plaisir que lui faisait cette visite.
— Jakob, tout va mal. Des dangers que nous ne pouvons pas refuser de voir, dit-il en indiquant un siège.
— Les Anglais, Oom Paul ?
— Toujours les Anglais. Ils veulent nous voler nos républiques, eux et les uitlanders.
— Pas tant qu'un Van Doorn comme moi respire encore. Nous ne le permettrons jamais.
— De belles paroles, Jakob. De belles paroles. (Il cracha par-dessus le muret du stoep.) J'ai une mission pour vous, *broeder*. Vous avez de la famille au Cap ou par là-bas... Les Van Doorn de Trianon. Je veux que vous leur rendiez visite. Écoutez ce qu'ils ont à dire. Comment réagiraient-ils si les Anglais prenaient les armes ?
— On a beaucoup parlé de révolte, dans le sud, répondit Jakob. Contre le gouvernement anglais.
— Ja, ja. Mais que pensent en réalité les gens ? (Il se mit à se balancer d'avant en arrière.) Parler ne suffit pas. De quel côté se rangeront les Van Doorn, les Du Préez, les Hofmeyr le jour où nous serons contraints de défendre nos vies ?

— Nous aurons besoin d'eux, dit Jakob.

— Vous allez rendre visite à vos cousins du sud. Comprenez-moi bien : vous n'êtes pas l'envoyé officiel d'Oom Paul. Parlez avec qui vous voudrez, mais évitez les gens du gouvernement. Nous avons déjà assez d'ennuis avec eux.

— Je comprends, Oom Paul.

— Ja, c'est parfait, Jakob. Prenons donc un café pendant que vous me parlez de Paulus de Groot. Comment se porte ce vieux démon, ces temps-ci ?

Jakob avait cinquante-cinq ans en ce mois de février. C'était un homme de taille moyenne, solidement charpenté, aux gestes brusques. La perspective de faire le voyage du Cap en première classe et aux frais du gouvernement l'enchantait, car il n'avait jamais vu le Trianon de ses ancêtres et il se faisait une joie de rencontrer ses habitants.

Il commença son enquête dans la ville du Cap et il fut ravi de découvrir que les riches Du Préez n'avaient pas oublié leurs liens avec sa famille. Ils évoquèrent non sans émotion l'époque où les premiers de Pré partageaient les vignobles de Trianon avec les Van Doorn — « Nous avons fait les uns et les autres beaucoup de chemin... » Mais, quant à leur attitude dans le cas d'une guerre éventuelle, Jakob apprit que, malheureusement, ils n'avaient pas le moindre désir de prendre les armes pour défendre les Boers.

— Comprenez-nous bien, Van Doorn. Nous avons beaucoup de sympathie pour les républiques, mais pas pour la guerre. Regardez ce que nous possédons ici. Tout date de l'arrivée des Anglais. Je conçois que vous n'aimiez pas avoir des uitlanders à votre porte, mais bon Dieu, mon cher, vous ne sauriez pas, vous, les Boers, exploiter convenablement l'or. Même pas avec tous les Hollandais et les Allemands que vous appelez pour faire marcher votre gouvernement.

Jakob tenta d'expliquer que le conflit mettait en cause non seulement la liberté des Boers du nord, mais celle des Afrikaners du sud.

— Je veux dire, en cas de guerre. Vous, les Afrikaners du Cap, vous serez certainement...

On le coupa :

— Nous avons toute la liberté dont nous avons besoin, ici au Cap. Davantage que vous ne semblez en avoir dans le nord.

Vous ne le croyez peut-être pas, mais nous aimons notre vie ici. Nous ne nous engagerons pas dans vos armées.

Un maître d'école du nom de Carolus Marais invita Jakob à visiter avec lui divers établissements afrikaners de la région : des écoles, de vastes églises, des demeures solides bâties sur les pentes de Table Mountain.

— Nos aïeux, du temps des Hollandais, n'ont jamais été aussi bien. Nous élisons nos représentants au Parlement, nous nous protégeons des Anglais. Nous ne voulons pas la guerre.

— Nous non plus ! explosa Jakob. Mais supposez que les Anglais nous y contraignent. Si vous avez un peu de décence et de courage, vous soutiendrez les républiques.

— Vous seriez prêt à vous lancer dans une guerre stupide ? Voyons, Van Doorn, à votre âge !

— Bien sûr. Et tous les autres burghers de Venloo. Si on nous appelle, nous partirons avec notre commando. Nous perdrions tout si nous ne le faisions pas.

— Ce serait une sottise. Des hommes comme vous et moi peuvent obtenir tout ce qu'ils veulent des Anglais sans tirer un seul coup de fusil. Ils font des lois, Van Doorn. C'est un très grand peuple pour ramener tout à des lois. Et quand ils les ont faites, ils leur obéissent.

— Mais ce sont toujours eux qui dictent les conditions.

— Jakob, soyez raisonnable ! Nous, les Afrikaners du Cap, nous livrons aussi notre propre combat, mais pas avec des fusils allemands et avec des commandos boers. Avec les lois que les Anglais nous donnent. Allez écouter nos grands hommes politiques à la Chambre et vous apprendrez comment on tient en respect l'autorité britannique.

Au bout de huit jours de discussions du même genre, Jakob dut se rendre à l'évidence ; les espoirs de Pretoria étaient sans fondements, il n'y aurait pas de soulèvement afrikaner au Cap. Ces gens terre à terre, avec leurs écoles, leurs cafés et leur politique, ne fomenteraient jamais une rébellion.

— Attendez une minute ! protesta Du Préez quand Jakob exprima sa déception. Vous nous avez demandé : « Est-ce que vous soutiendrez les républiques ? Bien entendu, nous les soutiendrons. Nous défendrons votre cause au Parlement. Nous prendrons parti en votre faveur dans toutes les réunions publiques. Nous vous appuierons en envoyant des lettres à nos journaux.

— Mais est-ce que vous nous soutiendrez avec des armes ?

— *Good Heavens,* non !

Il trouva trois jeunes Afrikaners qui se proposèrent comme volontaires, mais, quand il prit des renseignements sur eux, il découvrit que c'étaient des vauriens incapables de conserver un emploi dans n'importe quelle entreprise anglaise respectable. M. Marais, le maître d'école, lui dit :

— J'ai eu la malchance d'avoir deux d'entre eux dans ma classe. Ils étaient aussi sauvages que le vieux Rooi Van Valck.

— C'est peut-être ce qu'il nous faut.

— *Good Heavens,* non ! Il y a ici beaucoup d'Afrikaners bien-pensants désireux de vous aider à conserver votre indépendance. Certains se joindront même sûrement à votre combat. Peut-être les Boers, près de vos frontières. Mais n'y comptez pas trop. Et les trois voyous que vous avez dénichés n'aideront pas beaucoup votre armée.

— Nous n'avons pas d'armée. Uniquement des commandos.

— Alors, vous perdrez la guerre. Parce que les Anglais auront une armée, c'est certain. Et cela fait une sacrée différence.

Jakob fut ravi de quitter Le Cap. Les Afrikaners de cette ville semblaient s'intéresser davantage à leurs jeux politiques qu'à combattre pour leurs libertés. Des petits détails l'avaient également irrité — par exemple la façon dont Du Préez et Carolus Marais disaient *Good Heavens!* comme de bons Anglais. Il avait perçu d'autres manifestations de l'influence anglaise envahissante et il estimait que les Afrikaners de la capitale s'étaient corrompus faute de contacts avec les Boers du nord. Il était impossible d'imaginer un Paulus de Groot dans le décor du Cap, pas plus que son propre père le bouillant Tjaart Van Doorn. Apparemment, il existait désormais deux groupes d'Afrikaners et celui du sud était tombé aux mains de l'ennemi.

Le train le conduisit à travers les plateaux du Cap jusqu'à Stellenbosch, au-delà de la haie d'amandes amères : il passa au milieu d'arrière-cours banlieusardes, de petits villages et de nombreuses fermes. Jakob avait quitté Le Cap sans promesses, mais il était presque sûr qu'en arrivant à Trianon, au berceau de sa famille, l'accueil serait différent. En effet, ces

Afrikaners vivaient en dehors des influences débilitantes de la ville et il pourrait parler avec eux sans mâcher ses mots.

Dans les belles rues bordées d'arbres de Stellenbosch, à la vue des bâtiments blancs, il eut l'impression d'arriver dans une ville qu'il connaissait depuis toujours. Il descendit dans une petite auberge blanchie à la chaux d'une propreté exemplaire, où on lui offrit une chambre donnant sur la place centrale. Il n'avait pas pris un aussi bon repas depuis longtemps. Trois autres voyageurs partageaient sa table, des fermiers des environs de Swellendam et ils voulurent connaître ses occupations. Quand Jakob leur apprit qu'il était fermier lui aussi, mais à Venloo, dans la *Zuid-Afrikaansche Republiek*, ils se penchèrent tous en avant.

— Que fait Oom Paul, là-haut ?

— Il résiste aux Anglais. Et il fait bien, sinon vous perdriez tous vos libertés.

— Je ne saurais pas quoi faire d'un supplément de liberté, si on me le donnait, dit l'un des fermiers.

— Je pense à la liberté de célébrer le culte comme vous le désirez. D'apprendre le hollandais à vos enfants.

— Nous avons obtenu tout ça, à présent.

Un autre prit la parole :

— Vous dites que vous vous appelez Van Doorn ? Vous êtes parent de nos Van Doorn de Trianon ?

— Mais oui.

— Vous n'allez pas leur parler de se joindre à la guerre ridicule de Kruger, hein ?

— Tout bon Afrikaner a le devoir de soutenir Oom Paul.

— D'accord, admirent les trois autres aussitôt.

Et l'un d'eux ajouta :

— Ça m'a plu quand il a flanqué une bonne correction à ces milords de Johannesburg et à leurs uitlanders impudents. Mais la guerre... Contre l'Angleterre... Avec la marine anglaise ? Avec l'Empire anglais ? Vous n'y pensez pas sérieusement, hein ?

— Et vous ? demanda Jakob.

— *Good Heavens*, non !

De nouveau, cette expression anglaise qui trahissait la corruption de ces braves gens ; ils vivaient si loin du cœur de leur *Volk**, où se prenaient les grandes décisions, qu'ils étaient incapables de comprendre les problèmes à affronter. Jakob se leva pour quitter ce groupe déprimant, mais, comme il s'éloignait, l'un des fermiers le prévint :

— N'allez pas parler de rébellion à ceux de Trianon. Ils vendent leur vin à Londres.

L'avertissement était justifié. Le lendemain matin, Jakob partit vers l'ouest dans une voiture de louage et, dès qu'il vit l'importance et l'ancienneté des vignobles, il comprit que leur propriétaire, quel qu'il fût, était forcément un homme prudent. Puis le cocher décrivit un large cercle pour s'avancer vers la maison du côté de l'ouest : Jakob aperçut pour la première fois l'entrée magnifique, avec les deux bras tendus en signe de bienvenue, et la grande demeure dans son antique beauté. Il en eut le souffle coupé.

— Voici donc les Van Doorn de Trianon, murmura-t-il avec respect.

L'endroit ressemblait à un palais qu'il avait vu jadis dans un livre pour enfants — herbe verte et collines bleues, murs blancs d'une société d'autrefois. La voiture s'approcha de la grande maison. Le cocher souffla dans un petit sifflet, qui attira aussitôt tout le monde sous le stoep.

— C'est Jakob qui arrive du nord ! cria le maître de la maison à ses enfants.

Il quitta le stoep d'un bond, se précipita vers la voiture et embrassa ce cousin presque oublié.

« Je suis Coenraad Van Doorn, dit-il en repoussant Jakob à bout de bras pour mieux le voir. Et voici ma femme, Florrie. Les deux garçons sont Dirk et Gerritt, et le bébé, Clara. Entrez donc.

Avec un enthousiasme sincère, le jeune maître des vignes, âgé seulement de trente ans, entraîna Jakob vers la porte d'entrée puis dans l'enfilade de pièces spacieuses qui constituait la barre de devant du H. Au centre de cette enfilade se trouvait le vestibule de réception ; sur la droite, la chambre des invités, où Jakob avait son lit. Mais, quand il eut déposé ses bagages, on le conduisit dans la barre transversale du H,

* Les termes en langage *africaans* sont orthographiés en italique et suivis d'un astérisque. Pour leur signification, voir le glossaire en fin de volume.

dans la pièce chaude, vivante, où l'on prenait les repas. Les chambres de la famille se trouvaient au-delà. Le trait le plus agréable du plan de cette maison, c'était la luxuriance des jardins dans les deux carrés, si bien que toutes les pièces étaient entourées de fleurs. Tout avait une élégance d'allure qui s'imposa aussitôt à Jakob.

Le jeune Coenraad était un homme tout à fait capable.

— Mon père est mort trop tôt et il fallait bien que quelqu'un prenne les rênes en main. Je suis vraiment submergé. Je n'ai jamais mis les pieds en Europe, vous comprenez, et la plupart de nos affaires se traitent là-bas. Il faut que je fasse confiance à l'opinion d'autrui.

— L'entreprise est prospère ?

— Elle se porte à merveille. Mais je suis inquiet. Si les bruits de guerre continuent…

— Je crois qu'ils ne s'arrêteront pas. Dans le nord, la plupart des gens jugent la guerre avec l'Angleterre inévitable.

— Les mauvaises décisions, Jakob, ne sont jamais inévitables. Un homme sage peut toujours tourner le dos à un précipice.

— Êtes-vous en train de me dire — vous, un Van Doorn — que les Boers ne doivent pas se battre quand un ennemi veut voler leurs terres et les opprimer ?

— Quelle oppression ?

Coenraad riait presque.

Jakob n'eut pas l'occasion de poursuivre sur ce sujet, car le jeune Coenraad, jugeant que la visite de son cousin était une occasion unique de tirer au clair les mystères des Van Doorn en Afrique du Sud, avait étalé sur la table une grande feuille de papier blanc, portant des noms et des lignes correspondant au divers membres de la famille.

« Willem et Marthinus au XVIIe siècle, c'est clair. C'est la génération suivante qui nous tracasse, n'est-ce pas, Florrie ?

Sa femme vint s'asseoir avec les deux hommes et expliqua sur l'arbre généalogique que les deux fils de Marthinus s'étaient séparés : l'un avait engendré les vignerons de Trianon, l'autre était parti dans le veld constituer la lignée de Vrymeer.

« Mais quel était le nom de votre ancêtre ? demanda Coenraad.

Sans la Bible familiale sous les yeux, Jacob n'était pas capable de remonter dans le passé jusque-là.

— Mon arrière-grand-père était un trekboer nommé Mal Adriaan. On raconte... qu'il a découvert Vrymeer. Son père est peut-être celui qui a quitté Trianon, mais je ne me rappelle plus son nom.

— Ce devait être Hendrik. Et qui était votre grand-père ?

— Un fameux combattant. On l'appelait Lodevicus le Marteau. Il a eu deux ou trois femmes. L'une d'elles se nommait Wilhelmina, je crois. Ma mère n'est morte que l'an dernier — Aletta, elle avait quatre-vingt-un ans ; son nom de jeune fille devait être Probénius.

Avec soin, Coenraad traça les lignes, en mettant des points d'interrogation pour les générations oubliées. Ils construisirent une généalogie en pointillé, détaillée pour les Van Doorn de Trianon, approximative pour les trekkers.

— Mais nous sommes cousins, dit Coenraad avec feu. Pas de doute.

Quand Jakob essaya de ramener dans la conversation la question d'un soutien armé au cours de la guerre imminente, le vigneron le coupa avec un rire aimable.

— Personne à Trianon ne désire la guerre. Nous n'avons aucun sujet de querelle avec les Anglais.

Jakob tenta de discuter : aucun Afrikaner ne serait jamais libre sur le plan spirituel tant que les Anglais ne seraient pas vaincus, mais Coenraad fit venir ses enfants de son côté de la table pour qu'ils puissent étudier le diagramme de leur famille et il dit d'une voix ferme :

« Ce sera votre guerre, Jakob. Pas la nôtre.

Et il ne permit aucune autre discussion.

En septembre 1899, l'Angleterre commença à faire monter des troupes au nord de l'Orange et à appeler des régiments de la métropole et des unités stationnées dans d'autres colonies pour renforcer les garnisons du Cap et du Natal. Les deux républiques boers étoffèrent leurs arsenaux elles aussi, en important des mausers de chez Krupp et des canons à longue portée pour l'artillerie nationale — leur unique organisation militaire régulière. A la fin du mois, on passa le mot d'ordre aux commandos :

— *Opsaal, burghers !*

Et, quand on demandait aux Boers de monter en selle, ils savaient que le danger était imminent.

A Vrymeer, l'un des premiers à réagir fut Micah Nxumalo :

— Baas, les Cafres de Groenkop possèdent des chevaux. Vous voulez que j'aille voir s'il y en a de bons ?

Jakob acquiesça.

— Que feront ces Cafres pendant la guerre ?

— Rien, baas. Ils resteront dans leurs kraals et ils parleront.

Les Noirs de Groenkop étaient un petit groupe occupant une vallée, loin dans le nord ; certains travaillaient pour les Boers, mais ils n'avaient jamais entièrement renoncé à leurs racines tribales, comme Nxumalo. Bien entendu, ils faisaient partie des républiques boers, mais personne ne se souciait de ces poches de Noirs du moment qu'ils « se tenaient bien ». Ce ne serait pas non plus leur guerre.

— Ton fils aîné partira avec nous ? demanda Van Doorn.

— Non. Il reste avec sa mère. Je partirai avec vous, baas.

Jamais Micah n'avait songé qu'il puisse avoir le choix en la matière : s'il y avait la guerre, il partirait tout naturellement avec le commando Venloo. Son affection pour Van Doorn et son respect pour le vieux général le lui imposaient.

Le lendemain matin, Paulus de Groot vint à Vrymeer. Sibylla et lui quitteraient leur masure et demeureraient avec les Van Doorn jusqu'à ce que les décisions soient prises. Il ne s'inquiétait que d'une seule chose : les hommes de Venloo allaient-ils le maintenir à la tête de leur commando ?

— Bien entendu, lui dit Jakob. Vous étiez général à Majuba.

Mais il répliqua, non sans une certaine anxiété :

— Avec un commando, on ne sait jamais, les burghers de Venloo en décideront.

Dans chaque district, on élisait un nouveau commandant tous les cinq ans et, à cause de ses exploits héroïques de Majuba, de Groot avait obtenu le poste à chaque fois. Mais, en dehors de quelques razzias de Cafres et de la déroute des envahisseurs du Dr Jameson, on venait de vivre dix-huit années de paix, et des dizaines de jeunes gens se prétendaient plus capables pour faire la guerre aux Anglais.

De Groot et Van Doorn partirent à Venloo rejoindre les

deux cent soixante-sept autres hommes qui constituaient le commando. C'étaient de rudes gaillards, des burghers âgés de trente ans pour la plupart, mais avec un éventail allant de seize à soixante. (De Groot était le plus âgé et il refusait de compter les sept années qu'il avait en plus de l'âge de la retraite.) Ils se rencontrèrent près de l'église — pas à l'intérieur, car ils étaient trop nombreux et chacun voulait dire son mot. Ce fut à l'ombre des grands arbres que ces citoyens de la nation boer discutèrent de la guerre qui menaçait.

— Nous les avons battus à Majuba, dit de Groot, impatient de faire valoir ses lettres de créance, et nous les écraserons de nouveau. Avec ça !

Il brandit un mauser. Un chariot de fusils était arrivé de Pretoria et on les distribua.

Les nouvelles armes provoquèrent beaucoup d'enthousiasme et l'on tira tellement à tort et à travers que la guerre faillit s'achever avant d'avoir commencé pour trois burghers qui se trouvèrent par hasard dans l'axe des fusillades. Mais le problème du chef restait en suspens et c'était extrêmement important pour un commando. Ce soir, il avait deux cent soixante-neuf membres ; demain, il en aurait peut-être quatre cents ou, si les choses tournaient mal, il pourrait s'effilocher en une escouade de moins de cent combattants. Tout dépendait de la façon dont la guerre progresserait, des conditions à Venloo, et de ce que penseraient les burghers de leur chef.

La loi disait que tout citoyen mâle devait prendre les armes en cas d'appel, à moins d'en être officiellement exempté. Le général commandant en chef, les généraux qui l'assistaient et les commandants de combat définissaient les règles, mais les Boers n'avaient rien perdu de l'esprit indépendant des Voortrekkers ni de leur mépris de toute autorité envahissante. On pouvait leur ordonner de se joindre à un commando et Oom Paul pouvait décréter une loi condamnant à la prison ceux qui refusaient, mais, une fois en selle, ils ne reconnaissaient comme leur chef que le premier entre des égaux.

S'il commettait une seule erreur grave, la moitié de ses troupes pouvait très bien quitter le commando, par simple mépris. Et même s'il se montrait continuellement remarquable, ses burghers risquaient toujours de rentrer chez eux s'ils en avaient assez de la guerre ou s'ils en redoutaient l'issue. De plus, chaque combattant se considérait libre de quitter le commando où il se trouvait et de passer à un autre, si son style de combat lui plaisait davantage ou s'il jugeait son chef plus capable de gagner ses batailles.

Il était donc crucial de choisir au départ l'homme de la situation.

— Naturellement, de Groot, dit un des burghers, nous aimerions beaucoup que vous restiez encore notre commandant. Un ancien général comme vous, et tout... Seulement, vous êtes un vieillard à présent et j'ai bien peur que vous ne teniez pas le coup, pour les charges.

— Il monte à cheval mieux que moi, répondit Jakob.

— Il nous faut quelqu'un qui pense rapidement, dit un autre. Les Anglais vont lancer leurs meilleurs généraux dans cette campagne. C'est certain...

On ne savait pas si l'orateur était partisan du vieux Paulus ou contre lui et, avant qu'il n'ait pu préciser sa pensée, un autre s'écria avec chaleur :

— Puisque de Groot a fait ce que nous savons tous, à Majuba et quand les uitlanders ont attaqué...

— Je crois qu'il est trop vieux.

Sans qu'un vote ait eu lieu, il semblait que les intentions se partageaient à peu près en deux tiers / un tiers, en faveur du vieil homme. Mais l'un des opposants s'écria avec force :

— Ce ne sera ni Majuba ni des uitlanders sans entraînement. Il nous faut quelqu'un de jeune. Et de solide sur sa selle.

Le commando décida ne pas voter ce soir-là, mais de réfléchir encore un peu sur ce problème très sensible. Chaque burgher était convaincu que la guerre contre l'Angleterre commencerait dans quelques jours, qu'elle serait difficile et qu'il fallait choisir le meilleur chef possible.

Certains hommes voulurent s'entretenir avec Jakob, sachant qu'il était allé au Cap et à Pretoria.

— Quelle est votre impression sur les Boers du Cap ?

— J'ai trouvé trois garçons qui doivent nettoyer leurs fusils ce soir. Mais nous ne pouvons compter sur aucune aide réelle du sud. Ils ne prendront pas les armes. Ils disent qu'ils gagneront leur guerre sous le plafond de leur Parlement et que nous perdons notre temps avec nos commandos.

— *Verdomp !* Nous allons le leur montrer ! Dieu m'en est témoin : nous allons le montrer au monde entier !

— Dites-moi, Van Doorn, demanda un burgher hésitant. Qui désirez-vous comme commandant ?

— Nous en avons déjà un — Paulus. C'est un vrai chef.

Ils se séparèrent sur ces paroles et, ce soir-là, de Groot dormit chez les Van Doorn.

— J'aimerais être nommé, Jakob, dit-il avec ferveur avant d'aller se coucher. J'ai des idées sur la façon dont nous devons manœuvrer contre les Anglais.

— Attendons... Un grand nombre pense que vous êtes trop âgé.

— C'est un fait, avoua de Groot aussitôt. Mais je suis le seul à avoir des idées.

Le lendemain matin, les burghers reprirent la discussion et les intentions se cristallisèrent en faveur d'un jeune homme vigoureux qui tenait une ferme à l'est de Vrymeer. Mais quelqu'un fit observer qu'il ne cessait de vanter l'intelligence des Hollandais de Pretoria et de dire que les Boers avaient beaucoup à apprendre d'eux. Cela ruina ses chances : en effet, si la plupart des Boers soutenaient Oom Paul en tout ce qu'il faisait, ils se méfiaient énormément de la « clique d'Amsterdam » de son entourage — les centaines de fonctionnaires importés de Hollande pour servir dans le gouvernement boer. Certains hommes de Venloo s'écrièrent :

— Ces maudits Hollandais sont presque aussi mauvais que les uitlanders.

On vota dans l'après-midi et le vieux Paulus de Groot fut nommé commandant par 201 voix contre 68. Certains avaient voté à regret, en ronchonnant :

— Nous préférerions un plus jeune. Mais nous vous donnons une chance.

Il dit simplement :

— Préparez vos selles !

A Vrymeer, le vieillard rassembla tout le monde dans la cuisine de la ferme, puis posa les deux mains sur la vieille Bible des Van Doorn.

— Quand Dieu choisit un peuple pour accomplir Son œuvre, dit-il, Il impose à ce peuple de nombreuses exigences, mais, lorsque nous répondons à Son appel, Il veille sur nous et nous apporte toujours la victoire. Sibylla, es-tu prête ?

La vieille femme, les cheveux tirés en arrière, hocha la tête.

— Sara, voudras-tu garder la ferme et les enfants ?

La femme de Jakob acquiesça et attira son jeune fils tout près d'elle.

— Les filles ? demanda Paulus. Défendrez-vous cette maison contre les Anglais s'ils viennent ?

— Oui, répondirent gravement les jumelles, mais Johanna, l'aînée, se borna à hocher la tête.

— Alors, votre père et moi pouvons partir à la guerre le cœur léger. Prions.

Et, dans cette ferme si éloignée du conflit, les huit paysans et paysannes inclinèrent la tête et joignirent les mains.

> Dieu tout-puissant, nous savons que Tu nous as appelés pour ce combat. Nous savons qu'étant Ton peuple élu, nous devons obéir à l'Alliance que tu nous as proposée. Nous sommes Ton instrument pour que Ton règne arrive sur cette terre et nous nous remettons à Tes soins. Donne-nous la victoire comme Tu nous l'as accordée dans le passé.

Le matin du 7 octobre, Venloo reçut l'ordre d'envoyer son commando immédiatement sur la frontière du Natal, mais sans la franchir avant le commencement officiel des hostilités.

— Placez les pattes de devant de vos chevaux à la limite du territoire ennemi.

Le commando Venloo se rassembla et partit vers le sud. Il était constitué par deux cent soixante-neuf Boers, tous montés sur de robustes chevaux légers, qu'ils fournissaient. Comme chacun portait les vêtements qu'il estimait convenir le mieux à un séjour prolongé en plein air, le cortège ressemblait davantage à une bande de brigands qu'à une armée en campagne. Certains hommes avaient de gros pantalons de velours marron, d'autres étaient en noir, quelques-uns même en blanc. La plupart portaient des vestes déboutonnées et à peu près la moitié transpiraient sous de lourdes redingotes et des capotes de tout acabit. Ils étaient tous chaussés de *veldskoen*, gros souliers de campagne en cuir souple, qu'ils fabriquaient eux-mêmes. Le seul élément du costume ou de l'équipement trahissant une vague normalisation était le chapeau : la plupart des hommes préféraient le grand chapeau mou des Boers, qui leur donnait un air de chiens de berger en rogne. Mais même les chapeaux n'étaient pas uniformes, car certains arboraient des melons et des casquettes de tweed, et presque toutes les coiffures imaginables étaient représentées... Derrière eux venaient environ quarante Noirs, tous à cheval, tenant à la bride une trentaine de chevaux de réserve.

Ce qui faisait du commando Venloo un spectacle inoubliable, c'étaient ses éléments de l'avant et de l'arrière. A la tête de ses troupes chevauchait le général Paulus de Groot, soixante-sept ans, immense, fort de poitrine et de tour de taille, barbu, portant l'uniforme qui le distinguait de tous à Majuba : redingote noire de cérémonie à boutons d'argent et grand chapeau haut de forme noir. Le côté de ce chapeau s'ornait d'un petit drapeau de la république, sur lequel Sibylla avait brodé les mots : VIR GOD ! VIR LAND ! VIR JUSTISIE ! Son rang officiel était commandant, mais personne ne l'appelait autrement que général.

A l'arrière-garde, derrière les Noirs et les chevaux de remonte, suivaient les chariots contenant les seize femmes qui accompagnaient leurs maris au front. Leur chef incontesté était Sibylla de Groot, soixante-quatre ans, qui avait dit simplement :

— Il faut bien que j'aille avec mon homme dans cette guerre contre cette femme de l'autre côté de l'océan.

Oui, le commando Venloo était caractéristique de l'armée des Boers — peu disciplinée, encore moins organisée, pas du tout payée, mais capable de vivre sur le pays pour lequel elle combattait, avec un mauser et six jambes pour chaque homme, car tout le monde était à cheval. Son objectif : vaincre les armées combinées de l'Empire britannique.

Le monde entier crut savoir sans ambiguïté qui était responsable de la guerre anglo-boer de 1899. Le 9 octobre à cinq heures de l'après-midi, les républiques boers rédigèrent un ultimatum qui lançait au visage du gouvernement britannique des exigences d'une nature si excessive qu'aucune grande puissance ayant un peu d'amour-propre ne pouvait les accepter.

Le 10 octobre 1899 dans la matinée, ces exigences furent

présentées officiellement au conseil des ministres à Londres, qui réagit avec un mélange de surprise et d'allégresse :

— Ils l'ont fait ! Ils nous ont donné un prétexte inattaquable ! Aux yeux du monde entier, ils vont passer pour les agresseurs...

Le soir même, le gouvernement britannique rejeta l'ultimatum et, lorsque la nouvelle de cette réaction parvint à Pretoria, le 11 octobre dans l'après-midi, la guerre commença officiellement et les troupes des deux camps passèrent à l'action. Une poignée de Boers campagnards avait eu l'impudence de défier un empire.

Mais la cause réelle de la guerre était beaucoup plus complexe qu'un échange de câbles sur des demandes d'arbitrage et de retrait de troupes. Il fallait remonter aux forces qui avaient poussé le général de Groot à prendre Majuba d'assaut en 1881 et à celles qui avaient incité Cecil Rhodes à soutenir l'invasion du Transvaal en 1895. Les Anglais voulaient dominer toute l'Afrique du Sud, rassemblée en une vaste union d'États et de peuples ; les Boers voulaient la liberté de se gouverner eux-mêmes sans l'intervention de Londres dans leurs affaires. Les Anglais soutenaient les uitlanders des mines d'or. Les Boers considéraient ces aventuriers comme une menace pour leur style de vie. Ces intérêts s'opposaient, des animosités virent le jour et, inévitablement, acculèrent les deux nations à se combattre.

Si les Boers n'avaient pas déclaré la guerre le 11 octobre, les Anglais l'auraient probablement fait quelques jours plus tard. Le jugement le plus raisonnable que l'on puisse porter sur la genèse de ce conflit horrible entre deux groupes amis, c'est qu'il fut le résultat de l'autoritarisme du camp anglais et de l'intransigeance des Boers.

Comme des ruisseaux serpentant à travers une plaine avant de se réunir pour former enfin un fleuve, les divers commandos en route vers le Natal se rassemblèrent pour créer une armée boer. Bientôt, cette armée compta dix-sept mille hommes et, quand ils firent leur jonction pour envahir le territoire britannique, le vieux général en chef Joubert, qui était à sa tête, ordonna une grande revue en l'honneur de l'anniversaire d'Oom Paul, pour élever le moral des troupes et leur inspirer un cadre d'esprit militaire. Il demeura à cheval pour rendre les honneurs et les commandos galopèrent devant lui, chaque homme exécutant un salut dans le style qui lui tenait le plus à cœur. Certains agitaient leurs grands chapeaux, d'autres se bornaient à en toucher le bord avec un seul doigt ; d'autres encore hurlaient des cris de guerre boers ; certains inclinaient la tête ; quelques-uns se serraient la main en l'air en souriant ; d'autres ne faisaient qu'un simple clin d'œil. Mais chacun, à sa manière, disait qu'il était prêt...

Ils entrèrent dans le Natal au galop, prêts à s'élancer glorieusement jusqu'à l'océan Indien, à prendre Durban au terme de leur cavalcade et à priver les Anglais d'un port qui leur permettait d'amener sur le terrain les renforts déjà embarqués à Londres. Le général de Groot, avec son commando Venloo, essaya de demeurer près de la première ligne en marche, car il voulait être en tête de la grande chevauchée jusqu'à la mer.

Deux villes aux garnisons importantes barraient la route des Boers à leur entrée dans le Natal : Dundee et Ladysmith. De Groot estimait qu'il fallait absolument les laisser de côté.

— Donnez-moi une poignée de commandos, nous filerons droit sur Durban.

Si on l'avait laissé faire, il aurait empêché les bateaux anglais de débarquer des renforts. Ensuite, comme il le soutenait :

« ... sans approvisionnement, les garnisons s'épuiseront et nous pourrons les cueillir à notre guise.

Mais, aux yeux du général en chef, la logique exigeait qu'on capture d'abord ces deux places fortes.

— Nous ne pouvons pas laisser des milliers de soldats anglais sur nos arrières, n'est-ce pas ?

De Groot insista : son raid sur le port de mer pouvait gagner la guerre. Mais un ordre précis le réduisit au silence :

— Lancez vos burghers contre Ladysmith. Vous vous battrez là-bas.

Et des milliers de Boers partirent à l'attaque de Dundee, où le général en chef anglais devait recevoir une blessure mortelle, tandis que ses troupes s'enfuyaient vers le sud. Le commando Venloo, en revanche, repartit vers l'ouest, abandonna l'idée brillante d'une campagne éclair vers la mer et gravit les hauteurs dominant Ladysmith.

La ville portait ce nom remarquable en raison des exploits d'un jeune officier étonnant, Sir Harry Smith, célèbre pour sa chevauchée historique du Cap à Grahamstown en 1855. Il avait enflammé l'imagination des populations locales. Plus tard, à son retour au Cap comme gouverneur, il avait été accueilli avec enthousiasme par « mes enfants », comme il appelait les Boers et les Noirs. Mais, au cas où les Xhosas auraient encore rêvé de lui causer les mêmes ennuis que dans le passé, il en avait convoqué deux mille, avec leurs chefs. Monté sur son cheval, Aliwal, il tenait dans sa main droite une canne à pommeau de cuivre, symbole de paix, et, dans sa main gauche, un bâton de sergent, représentant la guerre.

Les chefs reçurent l'ordre de s'avancer et de toucher la canne ou le bâton, pour indiquer la voie qu'ils désiraient suivre. La paix triompha, mais à un certain prix :

— Maintenant, pour montrer que vous vous soumettez à moi et à ma Grande Reine blanche, vous me baiserez les pieds.

Ils le firent. Sur quoi, Sir Harry leur serra la main, puis écrivit dans son rapport : « Nous avons assuré une paix permanente. » Hélas, trois ans plus tard, « ses enfants » xhosas envahirent de nouveau la frontière et de nouveau il dut les repousser.

Sir Harry avait également eu des ennuis avec les Voortrekkers qui traversaient l'Orange, mais le brillant gouverneur et sa ravissante épouse espagnole continuèrent de jouir d'une telle adulation que les gens baptisèrent de leur nom toute une série de villes : Harrismith, Aliwal (pour honorer une victoire qu'il avait remportée en Inde contre les Sikhs, dans un village de ce nom) et deux Ladysmith — dont l'une allait être attaquée par Paulus de Groot et ses Boers.

La seconde après-midi de la chevauchée vers Ladysmith, assez tard, un violent orage éclata. Les burghers de De Groot trempés jusqu'aux os se mirent à pester sous le déluge. Le général chevauchait à l'avant avec Van Doorn, la tête baissée contre sa poitrine, le visage assombri par la colère et l'amertume.

— Chaque pas de ce cheval, grommelait-il, nous éloigne de la mer. Vraiment, Jakob, même si nous arrivons à Ladysmith en bon ordre, il nous faudra attendre que les autres nous rattrapent avant de pouvoir attaquer.

Puis il exprima la vraie raison de ses plaintes :

« Nous allons passer à côté des batailles !

Il se trompait. Deux éclaireurs boers arrivèrent au galop en criant à travers la pluie battante :

— *Die Engelese!* Ils se battent contre nos hommes à la sortie de ces gorges.

— Allons les rejoindre ! cria de Groot en éperonnant son cheval.

Le commando plongea sur les pentes érodées. Les chevaux glissèrent et dérapèrent dans les fondrières, puis usèrent toutes leurs forces à remonter le versant opposé. Ils débouchèrent à l'orée d'une vaste plaine, mais la pluie coupait toute visibilité. Même avec sa petite lunette, de Groot eut du mal à distinguer une compagnie de Boers dans le lointain. A sa profonde stupeur, ils semblaient battre en retraite.

— Mais où vont-ils donc ? Au Transvaal ?

Sans attendre de réponse, il s'élança vers le combat.

Les burghers de Venloo furent projetés ainsi dans une aventure qui influencerait beaucoup les décisions que le général de Groot allait prendre par la suite. Pour commencer, les éclaireurs avaient manqué de précision : les deux jeunes gens envoyés en avant-garde s'étaient mépris sur les effectifs de l'ennemi, ce qui avait encouragé les Boers à avancer trop rapidement, mal préparés pour le choc qu'allaient porter les Anglais. Les pertes des Boers étaient déjà lourdes et la retraite semblait générale.

De Groot jugea qu'un mouvement rapide de sa part pouvait arrêter la déroute. Mais, tandis que ses hommes se rapprochaient, le commandant anglais lança à l'attaque une unité qu'il avait tenue jusque-là en réserve. Quatre cents lanciers se précipitèrent sur la plaine, déployés vers les Boers désemparés. Dès que les Anglais repérèrent l'arrivée du commando Venloo, la moitié des lanciers se détacha et se lança sur cette nouvelle cible.

Les Boers chargeaient rarement l'ennemi à cheval. En général, ils mettaient pied à terre, entravaient leurs montures et combattaient au sol. Et l'idée qu'un Blanc essaie d'abattre un autre Blanc à coups de baïonnette et de lance n'avait pas leur faveur ; pour eux, toute guerre civilisée se faisait uniquement avec des balles : les lances étaient une tactique de sauvages, à laquelle se livraient les Zoulous et les Xhosas... Et voici que surgissait la cavalerie anglaise, galopant comme des diables en terrain découvert, lances scintillantes sous le soleil qui perçait maintenant à travers les nuages.

Ce fut une échauffourée terrible : chevaux énormes se précipitant vers les Boers, longues lances acérées pointant vers les burghers désorganisés, saisis à l'improviste en terrain découvert. Van Doorn échappa de justesse à la mort : une lance heurta sa selle, bloquant son cheval mortellement blessé, et il se retrouva à terre. Par bonheur, il put gagner à pied l'abri de quelques rochers, mais il vit une vingtaine de ses compagnons abattus. En raison de la nature même d'une charge de cavalerie — quinze, vingt, quarante cavaliers lancés en file indienne sur le même parcours —, tout soldat boer frappé par une seule lance pouvait être touché par douze autres : les cadavres étaient souvent criblés de coups.

Le commando Venloo fut brisé et dispersé, ce qui encouragea les Anglais à lancer une deuxième et une troisième charge. Sans cesse ils revenaient, criant, hurlant et crachant des obscénités. Van Doorn entendit un jeune officier crier :

— Quelle fantastique chasse au cochon !

Son uniforme était éclaboussé de sang. C'était la Grande Battue qui recommençait, toujours le même massacre sauvage, insensé.

Hormis le groupe de rochers où Jakob se cachait avec cinq autres hommes, il n'existait aucun autre abri pour les Boers qui avaient perdu leurs chevaux ; les lances, aussi acérées que des rasoirs, pouvaient les embrocher tout à loisir tandis qu'ils couraient en hurlant dans le veld. Une partie du commando parvint à fuir à cheval et les hommes se regroupèrent autour de De Groot. Leur tir rapide, sans mettre pied à terre, empêcha la cavalerie anglaise d'exterminer les hommes pris au piège comme Van Doorn, mais rien ne pouvait arrêter la boucherie des hommes de Venloo.

Enfin, les lanciers victorieux se retirèrent. Ils n'avaient perdu qu'une poignée d'hommes. Mais, quand Van Doorn, le visage gris comme de la cendre, inspecta les buissons tachés de sang, il trouva plus de soixante-dix Boers abattus, la majorité avec plus de six blessures dans le corps. Un jeune homme pris dans l'axe de la première et de la troisième charge avait été touché dix-huit fois. Quand de Groot vit ce garçon — celui qui avait osé faire danser Sibylla, celui qui avait embrassé Johanna Van Doorn dans la grange —, quand il constata la façon répugnante dont il avait été déchiqueté, il se redressa au-dessus de son jeune soldat et jura solennellement :

— Je détruirai la cavalerie anglaise.

La première occasion se présenta au cours de la bataille pour Ladysmith qui suivit ce premier combat. Ayant appris sa leçon, il utilisa les meilleurs éclaireurs à sa disposition : Micah Nxumalo et deux autres Noirs, qui lui rendirent compte de façon précise de tous les mouvements de la cavalerie anglaise. Il fit avancer son commando aussi près qu'il put de la position des lanciers, priant pour qu'ils mordent à l'appât qu'il allait leur lancer.

— Jamais plus ils ne nous prendront en terrain découvert. Mais laissons croire à ces porcs qu'ils pourront nous manger comme l'autre fois.

Comme une vieille araignée habile, il tissa soigneusement sa toile. Cinq jours de suite, il releva sa garde une heure avant l'aurore en donnant à ses hommes l'ordre de quitter leurs postes lentement, comme si la chaleur de novembre les accablait. La relève devait arriver en retard et se montrer imprudente. On devait apercevoir six ou sept hommes entre les tentes et il devait y avoir une agitation désordonnée. Tout devait donner l'impression d'un camp boer allant à la dérive. Et, pendant cinq jours, absolument rien ne se passa. Il prolongea l'exercice, inventant de nouvelles activités susceptibles de renforcer l'illusion. Et, le onzième jour, la cavalerie anglaise attaqua, avec près de deux cents hommes.

Les rôles distribués aux acteurs de l'avant-scène étaient vraiment dangereux, car on laissa la charge de la cavalerie pénétrer au cœur du campement, avec un assez grand nombre de Boers s'enfuyant en détresse pour maintenir l'illusion — et il fallut qu'ils se montrent fort adroits pour échapper aux lances meurtrières. Deux n'y parvinrent pas et, avec des grands cris de triomphe, les cavaliers les déchiquetèrent à mort.

Mais, quand l'escadron eut traversé le camp, il se trouva sous le feu croisé des survivants du commando Venloo, augmenté d'une trentaine de burghers empruntés pour la circonstance au contingent de Carolina. Les Boers ne visèrent pas les lanciers, mais leurs chevaux. Puis, une fois les animaux écroulés ou rendus fous par la douleur, les tireurs d'élite boers abattirent calmement tous les cavaliers survivants. Seuls ceux qui se rendaient sur-le-champ étaient épargnés, et encore pas tous.

Les Anglais qui parvinrent à traverser la fusillade se regroupèrent à l'autre bout du camp et voulurent s'élancer de nouveau pour sauver leurs camarades sans monture. Quelques cavaliers audacieux le tentèrent. Ils furent fauchés par le tir concentré des Boers, et leurs compagnons comprirent que la bataille était terminée pour la journée. Ils s'éloignèrent du laager à la débandade et rentrèrent à Ladysmith décimés.

Une autre mauvaise nouvelle attendait les Anglais. Après la chute de Dundee, plusieurs milliers de cavaliers boers avaient été détachés pour se joindre à l'assaut de Ladysmith et, quand l'infanterie anglaise sortit pour leur livrer bataille, elle fut douloureusement écrasée. Les Boers firent plus de neuf cents prisonniers. Cela signifiait que, désormais, les troupes de la ville devraient rester sur la défensive. Les Anglais pourraient tenir, mais ils seraient incapables de contre-attaquer.

Cela représentait pour les Boers une victoire décisive, mais, au moment même du triomphe, une faiblesse fatale se manifesta : les généraux boers commencèrent à se chamailler. Paulus de Groot, l'exemple même du chef de commando audacieux, renouvela sa requête : il fallait ignorer Ladysmith neutralisée et galoper vers le sud en de vastes raids offensifs et attaquer Durban avant le débarquement des renforts attendus. Mais les autres commandants, effrayés à la perspective de laisser une redoute aux mains des Anglais, obligèrent le téméraire de Groot à rester avec eux, à les aider à monter un siège en règle et à livrer aux défenseurs anglais une guerre d'usure.

— Il faut frapper tant que nous sommes libres de manœuvrer ! supplia de Groot.

— Paulus, lui répondit le vieux général en chef, Dieu nous a donné un doigt dans cette grande victoire, mais nous ne devons pas saisir toute Sa main. Il n'aimerait pas nous voir galoper sur Durban.

De Groot reçut l'ordre de rester, de creuser des fossés et d'observer passivement les Anglais à Ladysmith.

Ce soir-là, il réunit ses veldkornets.

— Je suis gravement inquiet. Les commandos sont conçus pour le mouvement, nous devrions galoper vers le sud.

Personne ne répondit et des larmes lui montèrent aux yeux.

« Je nous vois en train de fondre sur Durban. Nous prenons le port. Nous jetons les Anglais à la mer...

Nouveau silence.

« Une fois qu'ils auront débarqué, ils seront comme des bouledogues. Ils ne lâcheront jamais.

Les hommes de Venloo savaient qu'il avait raison, mais ils avaient des ordres, ils ne pouvaient rien dire. De nouveau, des larmes glissèrent dans la barbe du général.

« En restant ici ce soir, nous perdons la guerre.

Puis arriva une nouvelle exaltante qui permit aux Boers de croire que la victoire était encore à leur portée. Sur tous les autres fronts, les Boers avaient remporté des triomphes fracassants. Cela encouragea de nouveau de Groot à proposer un raid jusqu'à la mer, qui mettrait fin aussitôt à la guerre. Cette fois, la permission lui fut accordée, mais il allait être devancé par précisément ce qu'il avait craint : des milliers de soldats anglais venaient de débarquer à Durban et se préparaient déjà à partir vers le nord. Ce contingent puissant serait en mesure de forcer rapidement les Boers à lever le siège de Ladysmith et la guerre pourrait s'achever en quelques semaines...

Très vite, le rapport de forces devint accablant — cinq, parfois dix soldats de métier bien armés contre un combattant boer, dix canons lourds contre un. La guerre anglo-boer se terminerait probablement longtemps avant Noël. Tous les experts militaires étrangers étaient d'acccord sur ce point.

A cette époque, la coutume voulait que toute armée en campagne invite des observateurs militaires de nations amies à accompagner ses mouvements, à observer ses exploits et à rendre compte à leurs propres quartiers généraux de la qualité des combattants de l'armée en question. Des officiers allemands chevauchaient avec les Boers, ainsi que des Français, des Russes et quelques Sud-Américains. Les mêmes nations envoyaient d'autres officiers dans le camp anglais.

A la fin de 1899, ces experts avisés conclurent que, malgré les victoires initiales des Boers, les Anglais du front du Natal lèveraient rapidement le siège de Ladysmith, puis, en bonne logique, débarqueraient suffisamment de troupes à Durban pour assurer la victoire. Mais, au début de 1900, après avoir eu l'occasion de jauger le général étonnant que Londres avait envoyé pour mener la guerre, des incertitudes se firent jour.

L'observateur allemand écrivit dans son câble à Berlin : « Avec cet homme, les Anglais auront de la chance s'ils gagnent dans quatre ans. »

Pourtant, le colonel français télégraphia en code à Paris : « C'est le genre d'homme qui donne à l'ennemi beaucoup de fil à retordre — le bouledogue anglais classique, qui tient bon avec chaque muscle de son corps. »

Le Russe écrivit : « Si cet homme est ce que le ministère de la Guerre d'Angleterre considère comme un général, je propose que vous mettiez fin à nos propositions de traité militaire avec ce pays. »

Mais l'Américain assura : « Ne le sous-estimons pas. Ce sont des généraux comme lui qui maintiennent la cohésion de l'Empire britannique. Les Boers le vaincront six fois de suite, puis s'apercevront avec stupeur qu'il a gagné la septième — et dernière — bataille. »

Sir Redvers Buller, descendant de la noble famille qui avait donné au roi Henri VIII deux de ses reines, Anne Boleyn et Catherine Howard, avait soixante ans, plus de cent vingt kilos et n'avait pas quitté son bureau de l'état-major général depuis onze ans. Sa nomination comme commandant en chef de l'effort anglais en Afrique du Sud s'était faite, malgré l'opposition acharnée d'une faction du ministère de la Guerre et du conseil des ministres, grâce à l'appui sans ardeur d'une autre faction, qui désirait avoir sur place un homme qui ne plaisanterait pas. Lui-même, en apprenant sa désignation imminente, avait voulu l'éviter, se jugeant mal choisi du fait qu'il n'avait jamais commandé une armée entière en campagne. Mais il avait fini par accepter, pour la meilleure des raisons (souvent citée par d'autres hommes appelés à assumer des responsabilités majeures) : « Après tout, je ne suis pas plus mauvais que n'importe quel autre. »

Avant d'embarquer pour sa grande aventure, il avait eu la malchance de faire une remarque qui allait le hanter :

— Je me demande si j'aurai le temps de livrer bataille aux Boers. Ma seule crainte est que tout soit terminé avant que j'arrive là-bas.

Mais, quand son bateau parvint non loin du Cap, un vaisseau qui en venait se rapprocha et, sans s'arrêter, afficha sur un grand tableau noir des nouvelles alarmantes sur la confusion au Natal. Quand Buller débarqua sur les côtes d'Afrique, il avait donc la tête froide et il était bien déterminé à jouer son rôle de bouledogue, au mieux de ses talents.

Le transport de troupes accosta au Cap le 30 octobre 1899, une heure environ après le crépuscule, sous une pluie battante. Comme il était trop tard pour une réception en fanfare, les passagers dormirent paisiblement à bord, tandis que la ville se préparait à accueillir l'homme sur lequel on comptait pour se protéger des Boers enragés.

Le lendemain matin, Le Cap bourdonnait d'enthousiasme : des milliers de citoyens s'étaient rassemblés sur les quais pour saluer leur héros. Des passerelles décorées de rubans descendaient du pont du bateau où un énorme appareil cinématographique était manœuvré par quatre hommes en casquettes de toile : l'arrivée du grand homme serait immortalisée sur celluloïd. Des orchestres jouaient ; des petites filles portaient des fleurs, tous les officiers étaient là et l'évêque proposa une prière.

A neuf heures précises, les trompettes sonnèrent, les tambours battirent et Sir Redvers Buller se présenta pour prendre le commandement de l'effort de guerre en Afrique. Il était de taille moyenne, avec un ventre énorme, et il avait une tête si extraordinaire qu'après l'avoir vue un seul instant on ne pouvait l'oublier. On aurait dit une aubergine, large d'un triple menton vers le bas, remontant presque en pointe vers le haut. Ses petits yeux touchaient presque l'arête d'un très gros nez, gardé par une large moustache en broussaille qui étouffait sa lèvre supérieure assez mince. Comme s'il désirait accentuer la forme étrange de son visage, il avait adopté une petite casquette militaire trop juste avec une longue visière qui limitait sa vision.

Mais, quand il parlait, son seul atout apparent se manifestait : sa voix grave grondait avec une autorité virile. Pourtant, il était rare que l'on comprit ses paroles, car un cheval rétif lui avait brisé d'une ruade toutes les dents de devant. Un habitant irrévérencieux du Cap, médusé par l'allure de Buller, murmura à son voisin :

— On dirait un morse en détresse.

Mais un officier de réserve qui connaissait de réputation la bravoure extrême de Buller répliqua :

— Vous avez tort, monsieur. Il ressemble à John Bull.

Le général Buller se rendit directement au siège du

gouvernement, où on lui exposa les perspectives déplorables qui s'offraient aux forces anglaises.

— Nous sommes menacés sur deux fronts, lui expliqua l'officier d'état-major. A l'ouest, nos troupes sont assiégées à Mafeking et à Kimberley, la ville des diamants. A l'est, elles ne peuvent pas sortir de Ladysmith. Et le bruit court que les Afrikaners du Cap sont sur le point de se révolter.

Et au lieu de demeurer dans le confort du Cap et d'ordonner aux généraux sous ses ordres de se rendre ici ou là pour soumettre les Boers turbulents, Buller se voyait obligé de diviser son armée en deux parties et de prendre le commandement de l'une d'elles, sur le terrain même...

— Il faut que je réfléchisse, dit-il.

Et il établit son quartier général provisoire dans une petite maison d'une rue latérale. Pour sa résidence, il choisit des chambres à l'hôtel Mount-Nelson et, un matin très tôt, un bel homme de grande taille, vêtu d'un uniforme de major flambant neuf du corps d'armée local, frappa à sa porte.

Désireux d'offrir à Buller un appui maximal, le gouvernement de Sa Majesté au Cap s'était mis en quatre pour trouver comme agent de liaison pour l'intendance un jeune homme ayant une vaste expérience des affaires. Sur le conseil de plusieurs parlementaires, Frank Saltwood avait été désigné.

Les hommes qui l'avaient choisi pour ce poste important lui conseillèrent :

— Trouvez le plus de choses que vous pouvez sur Buller. Il est toujours utile de savoir comment fonctionne l'esprit d'un homme.

Et Frank s'y était attaché au cours des deux semaines précédentes. Comme les observateurs militaires sur le front, il avait obtenu des rapports contradictoires.

— Avant toute chose, lui dit un haut fonctionnaire anglais, il appartient à une noble lignée. Duc de Norfolk, et tout le reste. Un vrai gentilhomme, mais de l'espèce plutôt rugueuse.

Un militaire, anglais lui aussi, lui apprit :

— Il a la confiance absolue de l'état-major général. Le « bon vieux Buller », on l'appelle. Il a ses entrées à la cour et la reine Victoria a un faible pour lui.

Mais ce fut un Sud-Africain de souche huguenote-hollandaise qui lui apporta le premier élément d'information important :

— N'oubliez jamais qu'il a gagné la Victoria Cross, contre les Zoulous en 1879. Une bravoure au-delà de toute louange. Il a serré les dents et il s'est élancé à pied au milieu du feu ennemi pour porter secours à un groupe d'hommes blessés. Oui, une bravoure extrême. Il l'a également prouvé en Égypte.

Les éloges se succédèrent, justifiant son choix et dessinant le portrait du général anglais classique. Ce fut seulement le quatrième jour que des détails discordants firent surface.

Un soldat anglais dit à Saltwood :

— N'oubliez pas que, depuis onze ans, ce type-là n'a fait que du travail de bureau.

Un autre soldat, qui avait vu Buller au ministère de la Guerre à Londres, renchérit aussitôt :

— Il a soixante ans passés, je crois, et il est gras à faire peur. La dernière fois que je l'ai vu, il devait peser cent trente kilos.

Un major arrivé depuis peu apprit à Frank :

— Ce ne sont que des on-dit, mais je crois que l'état-major était très divisé sur sa nomination. Certains auraient choisi des meneurs d'hommes plus jeunes et plus durs, comme Kitchener ou Allenby. D'autres auraient préféré des généraux plus âgés, des hommes de confiance comme Lord Roberts. Beaucoup craignaient que Buller ne soit pas à la hauteur de l'enjeu.

— Alors pourquoi l'a-t-on choisi ? demanda Saltwood, tout en prenant des notes rapides pour ne rien perdre du flot de paroles.

— Tout le monde a eu le sentiment que c'était un brave homme qui méritait qu'on l'essaie à un poste de haut commandement, répondit le nouveau venu.

Il toussa puis ajouta :

« Il n'a jamais été à la tête d'une armée, vous savez.

— Alors pourquoi confier à un homme comme lui une mission aussi importante ?

— Eh bien, il attendait depuis longtemps et c'était son tour.

Un jeune Anglais, qui connaissait très bien le système militaire de son pays et que la nomination de Buller laissait manifestement perplexe, ajouta d'un ton rêveur :

— Savez-vous à quoi je viens de songer ? Prenez tous les

grands généraux assignés à cette campagne : aucun n'a jamais conduit ses troupes contre un ennemi portant des chaussures.

Cette observation extraordinaire provoqua un silence surpris. Saltwood le rompit :

— Que voulez-vous dire ? demanda-t-il, toujours le crayon à la main.

— Ils se sont battus contre des Afghans pieds nus, contre des Égyptiens pieds nus, contre des gens du Sind pieds nus. « Au coude à coude les gars, et repoussez-moi ces sacrés païens dans les collines ! » Je ne connais absolument pas les Boers, mais je crois qu'ils portent des chaussures.

— Oui, concéda un Sud-Africain. Mais, fondamentalement, c'est de la racaille. Buller ne devrait en faire qu'une bouchée.

— Mais de la racaille avec des godasses, avertit le jeune Anglais.

Ce fut un autre Anglais, un officier plus âgé, qui donna à Saltwood le renseignement le plus précieux.

— Je l'ai connu en Angleterre après son époque de gloire dans l'Empire. Il n'avait que deux objectifs : former la meilleure armée possible, faire tout pour préserver le bon état des troupes. J'ai appris par des lettres récentes que son choix n'a pas fait l'unanimité de l'état-major et du conseil des ministres, mais c'est un bon choix. Il a eu de nombreux Boers dans son unité quand il s'est battu là-haut, contre les Zoulous. Il a appris à les respecter.

C'était avec cet éventail d'opinions contradictoires que Frank Saltwood s'avançait vers la chambre de Buller en cette matinée d'octobre, mais, avant même d'avoir passé deux minutes avec le général, il se rendit compte que toute son enquête préliminaire était vaine...

Le problème majeur de Frank fut de comprendre ce que le général disait, car l'absence d'incisives rendait la plupart de ses paroles incompréhensibles — et les autres se perdaient souvent dans la moustache. Frank se demanda s'il avait bien entendu la première phrase :

— Heureux de vous avoir, jeune homme. Ce que je veux dire... Ahmmph... Vous devrez me trouver une baignoire de fer.

— Vous avez dit « baignoire de fer », monsieur ?

— Ce que je veux dire, si j'ai à aller au front moi-même... Un homme doit prendre son bain, quoi !

— Vous pensez à une baignoire à emporter avec vous, monsieur ?

— Tudieu, oui. Ce que je veux dire, un homme ne peut pas rester sale au bivouac, vrai ?

Il voulait également une cuisine mobile si vaste qu'elle exigeait un chariot entier et huit mules. Et il lui fallait un lit de plumes avec des couvertures de réserve.

« Nous ne voulons pas que le froid nous arrête, n'est-ce pas, hhmnph ?

Après toute une matinée passée ainsi — Saltwood avait noté assez d'articles pour garnir une petite boutique —, le général demanda brusquement :

« A quelle distance, Stellenbosch ?

— Le train pourra vous y amener et vous ramener dans la journée. Mais il n'y a pas de troupes, ni d'ennemi, ni...

— Tudieu. Ma foi, vous savez, à Londres et tout ça...

Saltwood fut complètement perdu jusqu'à ce que Buller bafouille :

« Trianon, n'est-ce pas. Un des vins vraiment bons du monde. Je veux cinquante douzaines de leur meilleur mousseux.

— Cela ferait six cents bouteilles, monsieur ?

— Six cents, c'est ce que je veux, oui.

Il faudrait un chariot et huit chevaux de plus, mais, quand Frank souleva de nouveau des objections, Buller se mit en fureur contre lui, déchaînant la violence qui avait fait de lui un général à redouter.

« Tudieu, monsieur, cria-t-il, c'est une campagne, vous n'êtes pas au courant ? Dans la brousse. Des mois entiers peut-être. Un homme a besoin de son confort.

Saltwood découvrit vite que cette phrase avait un sens très large pour Buller, car, dès la fin de la deuxième journée, il avait encouragé son état-major à remplir les chambres vides du Mount-Nelson avec les plus élégantes jeunes personnes « libres » du Cap. Et, avec leur entrée en scène, les bombances se succédèrent. Le troisième jour, Saltwood dit au général :

— Monsieur, les officiers désirent s'entretenir avec vous.

Vous êtes conscient, je présume, que les combats ne se passent pas très bien.

Ce qui se produisit alors laissa Frank bouché bée. Comme si un magicien l'avait touché d'un coup de baguette militaire, ce gros bonhomme bafouilleur se métamorphosa en un rude guerrier. Buller se raidit et, du bout de la cravache qu'il conservait dans ses appartements, il montra un classeur ultra-secret.

— J'ai mes ordres. Avant que je quitte Londres, les grands manitous ont dressé le plan de toute ma campagne. Tout ce que je dois faire, mot par mot.

Il donna deux petits coups secs au document, sans arrogance, mais d'un geste de refus.

« Et tout ce qu'ils ont prévu est erroné. Ça ne convient pas. Pas avec ces sacrés Boers... Ma parole, ils peuvent se déplacer vite, ces Boers.

— Qu'allez-vous faire, monsieur ?

Buller se leva, fit les cent pas dans sa suite, puis s'arrêta et regarda par la fenêtre ce pays troublant qu'il était censé conquérir. Se tournant brusquement pour faire face à son nouvel aide de camp, il s'écria :

— Me préparer à passer une longue période en brousse. Il faut que je fasse exactement le contraire de ce qu'ils ordonnent. (Il repoussa les directives du ministère de la Guerre.) Je divise mes troupes. La moitié sur Kimberley pour sauver les gens là-haut. Vous et moi vers Ladysmith.

Il fit ce mouvement hardi pour relever le moral des troupes, mais, comme un membre de la clique de ses adversaires le fit remarquer :

— Il a effectivement relevé le moral des troupes — mais pas des nôtres.

A Londres, un plaisantin fit courir le bruit que le haut commandement boer avait décrété l'ordre : « Tout soldat qui tuera le général Buller passera en cour martiale. C'est notre meilleur allié. »

Et Frank Saltwood, qui observait de près toutes les décisions qu'il prenait, put croire au début que les critiques et les railleurs avaient raison et que Redvers Buller n'était qu'un âne.

La Tugela est la belle rivière qui marquait autrefois la limite méridionale du pays zoulou du roi Shaka. C'était sur ses rives que les Voortrekkers de Piet Retief avaient campé, pendant qu'avec ses hommes il marchait vers la mort qui les attendait à Kraal-de-Dinganė. Quand les femmes et les enfants avaient été massacrés quelques jours plus tard, leur sang avait coulé dans la Tugela. Maintenant loin en amont, près d'une petite éminence qui portait le nom de Spion Kop (colline de guetteur), le général Redvers Buller était sur le point de lancer une campagne suggérant que l'observateur allemand ne s'était pas trompé lorsqu'il avait ajouté à son premier rapport : « De prime abord, quand on rencontre Buller, on l'apprécie d'instinct. C'est un vrai soldat. Mais, quand on constate ce qu'il fait en réalité au moment du combat, on ne peut s'empêcher de frémir. »

La ville de Ladysmith était encore assiégée. Des Anglais résolus, sans vivres, sans médicaments, sans puissance de feu, sans chevaux et sans un instant de sommeil défendaient la place contre les forces qui l'encerclaient. Toute l'Angleterre, qui recevait directement des télégrammes de la ville, désirait voir ces courageux défenseurs secourus. Quand le général Buller rejoignit le gros de son armée près de la Tugela, il se trouvait à moins de vingt-cinq kilomètres de Ladysmith, avec une supériorité numérique écrasante : vingt et un mille hommes contre quatre mille cinq cents. Il envoya aux troupes assiégées un malencontreux télégramme : « Nous vous sauverons dans moins de cinq jours. »

Il y avait deux obstacles sur sa route : il lui fallait franchir la rivière ; et, quand ce serait fait, ses hommes devraient traverser un défilé étroit dans une chaîne de montagnes basses. Comme le signala un observateur allemand par la suite :

— Il aurait pu accomplir l'un ou l'autre de ces objectifs séparément, mais les affronter tous les deux à la fois posait un problème si complexe qu'il parut tout à fait incapable de le résoudre.

Buller demeura cinq jours sur la rive méridionale de la Tugela, soupesant les difficultés.

— Une attaque de front serait tout à fait impossible, dit-il enfin à Saltwood. On ne passerait jamais, hein, Frank ? Nous allons vers une guerre longue et dure.

— Vous disiez en Angleterre que ce serait terminé avant votre arrivée.

— Ce serait fini si tout le monde avait fait son travail. Maintenant, il nous faut réparer les pots cassés.

Il travaillait des nuits entières, révisant sans relâche ses plans, mais dès qu'il avait englouti les trois quarts d'une bouteille de Trianon, ses yeux qui déjà se touchaient presque semblaient ne faire plus qu'un. Dès lors, il chassait les problèmes de son champ de bataille et se mettait à exposer ses théories de combat comme à la parade :

— Épaule contre épaule, avancer en ligne, ne pas tirer trop tôt, et ces fichus salopards ne tiendront jamais le coup contre l'infanterie anglaise.

— Avec les Boers, c'est surtout la cavalerie, monsieur, lui rappela Saltwood.

— Je n'aime pas la cavalerie. On ne sait jamais ce que ces diables vont faire ensuite. Ne me donnez jamais que des fantassins.

Parfois, tard dans la nuit, quand il était bien parti, il devenait sentimental.

— La pire chose qui soit arrivée au soldat anglais, c'est qu'on lui ait donné cette foutue tenue « olive ». Il paraît qu'il offre une cible plus difficile. Moi, je dis que ça a tué l'esprit. En Égypte, quand on avait six cents de ces braves en rouge clair défilant sous le soleil, tudieu, cela frappait de terreur, voilà ce que ça faisait. Cela frappait de terreur.

Jamais il ne faisait allusion à sa propre bravoure, qui avait été considérable, sur tous les théâtres de la guerre, mais, si quelqu'un le pressait de questions sur sa Victoria Cross, il disait :

— Quand il y a un travail à faire, on va de l'avant. Pas besoin de distribuer des médailles au soldat. C'est son travail.

Après toutes ses palabres justifiées sur la démence d'une attaque de front simultanée d'une rivière et d'une chaîne de montagnes, le général Buller changea d'avis la veille de la bataille et décida de faire justement cette folie.

— Nous allons repousser les Boers et lever le siège de Ladysmith, dit-il à Saltwood d'un ton de triomphe.

Et, comme si l'exploit était déjà accompli, il envoya un autre héliogramme assurant aux assiégés qu'il arriverait là-bas avant cinq jours — en apportant beaucoup de vivres.

Avec une carte de la région scandaleusement imprécise et des patrouilles de reconnaissance insuffisantes, il lança ses hommes contre les Boers en position au nord de la rivière — et qui attaquèrent l'un après l'autre les petits groupes dispersés. L'artillerie légère de Buller, séduite par la perspective d'un assaut éclair en face de l'ennemi, prit trop d'avance sur l'infanterie de soutien et se retrouva isolée. Les tentatives pour la sauver échouèrent et les canons tombèrent aux mains de l'ennemi — plus de la moitié de l'artillerie de campagne de l'armée. A la tombée de la nuit, cent quarante soldats anglais étaient morts (contre quarante dans le camp des Boers) avec plus de mille blessés ou portés disparus. Dans la consternation et la confusion, le général Buller ordonna sa première retraite de la Tugela et envoya ensuite l'un des télégrammes les plus honteux de l'histoire militaire.

Il fit appeler l'héliographiste sous sa tente et griffonna le message. Saltwood le supplia de ne pas l'envoyer.

— Il va briser tous les espoirs des défenseurs de Ladysmith, monsieur.

— Ce sont des soldats. Il faut qu'ils soient au courant du pire.

— Mais laissez-leur l'apprendre lentement. Je vous en supplie. Pas de la bouche de leur propre commandant en chef.

— Envoyez ce message ! tempêta Buller, comme s'il était impatient de passer pour un imbécile aux yeux du monde entier.

Et le message fut envoyé — d'un commandant en chef ronchon à un homme très brave qui faisait l'impossible pour défendre une position difficile :

> Il semble que je ne peux pas délivrer Ladysmith pendant encore un mois et, même alors, uniquement par une opération de siège prolongée. J'ai besoin de temps pour me fortifier au sud de la Tugela. Quand je serai en position, je propose que vous brûliez vos chiffres, détruisiez vos armes et vos munitions et obteniez les meilleures conditions possibles avec les Boers.

Un général en chef conseillait à l'un de ses subordonnés les plus courageux de se rendre, alors qu'il restait encore une chance de tenir les armes à la main ! Buller lui-même, après un effort qui n'en finissait pas pour rassembler ses troupes, essaya de nouveau de franchir la rivière et se vit contraint à une deuxième retraite en désordre. En désespoir de cause, il dit à Saltwood :

— Il doit bien y avoir un moyen de traverser cette rivière. Je vais trouver quelque chose.

Il ne pouvait faire autrement, car le général commandant la place de Ladysmith avait refusé de se rendre et il était impératif que Buller essaie de le secourir une fois encore. Au lieu de cela, dans son rapport à Londres, il se plaignit d'avoir été repoussé par les Boers sur la Tugela à cause de leur supériorité numérique : « Ils étaient quatre-vingt mille en campagne contre moi. » A quoi Londres répliqua vertement : « Nous vous suggérons de vérifier population totale des républiques boers, hommes, femmes et enfants. »

Cette rebuffade mit Buller en rage !

— Tudieu, Saltwood, ils ne connaissent pas ces Boers, là-bas. Ce que j'essayais de leur dire, c'est que nous ne combattons pas une armée. Nous combattons une nation. Hommes, femmes et enfants.

Une fois Buller pris au piège, le général de Groot demanda la permission de conduire son commando en une vaste razzia à l'est de Ladysmith et au cœur du Natal.

— Nous pourrons couper les axes de ravitaillement des Anglais.

On refusa la permission et des cavaliers comptant parmi les meilleurs du monde furent immobilisés pour se battre comme des fantassins, alors que l'armée n'en avait nul besoin. Lors des deux batailles de la Tugela, ils s'étaient comportés de façon honorable, dans les tranchées et derrière les rochers, mais lentement leur nombre diminuait. Sur les deux cent soixante-neuf hommes partis de Venloo, cent étaient morts, et l'attente avait tellement irrité les autres que certains commençaient purement et simplement à rentrer chez eux. Le commando se réduisait à cent cinquante et un combattants et de Groot savait que, s'ils ne remportaient pas rapidement quelques succès, ce nombre diminuerait encore et que les ennuis graves commenceraient.

Vers Noël, comme toutes les troupes des Boers demeuraient inactives, dix hommes de Venloo grommelèrent : « Au diable tout ça ! » et rentrèrent chez eux s'occuper de leurs fermes. De Groot se trouva réduit à cent quarante et un hommes mécontents. Il reçut pourtant un immense encouragement lorsque trois jeunes gens d'un autre commando se présentèrent à lui en lui déclarant simplement :

— Nos pères ont combattu avec vous à Majuba. Nous aimerions nous joindre à vous.

Ce seraient des recrues comme celles-ci qui maintiendraient le commando de Groot en nombre pour les grandes batailles à venir.

Le général Buller avait été humilié autant qu'ait pu l'être un général dans toute l'histoire. Son héliogramme conseillant à Ladysmith de se rendre parce qu'il n'avait trouvé aucun moyen rapide de sauver la ville, était parvenu au conseil des ministres, provoquant un tel scandale que l'état-major général dut intervenir. On retira à Buller son titre de commandant suprême et on le remit à un homme extraordinaire : Lord Roberts de Kandahar, presque septuagénaire, le héros de l'Afghanistan, un mètre soixante-deux, soixante-deux kilos, et borgne. Son chef d'état-major serait Lord Kitchener de Khartoum et l'on convint que ces deux hommes combattraient les Boers pour de bon, tandis que le bon vieux Buller, laissé à lui-même, continuerait de se battre avec la Tugela qu'il n'avait pas encore réussi à traverser après deux tentatives.

Pour arranger ses problèmes, l'état-major général lui donna comme commandant en second un général qu'il haïssait et à qui il préférait ne pas parler : Sir Charles Warren. Pour cet homme de près de soixante ans, ce serait son dernier commandement et, s'il ne se comportait pas de façon brillante, il ne pouvait espérer aucun honneur supplémentaire — ce qui, d'ailleurs, ne le préoccupait guère, car il avait d'autres amours, en particulier l'archéologie et les secrets de Jérusalem. Il s'était également lancé dans une tentative infructueuse de se faire élire au Parlement et il avait réussi à se faire nommer à la tête de la police de Londres, charge qu'il avait occupée trois ans, ne la perdant que pour n'avoir pas découvert le mystère du siècle : l'identité de Jack l'Éventreur. Sans fracas, il avait réintégré l'armée et, quand la guerre avait éclaté, il avait rappelé à tout le monde qu'il avait beaucoup servi en Afrique du Sud : n'avait-il pas aidé à résoudre la question épineuse de la propriété des mines de diamants ? En plus, il connaissait « une ou deux choses » sur les Boers.

Warren méprisait Buller, le tenait pour un imbécile, mais il était néanmoins obligé de rester tout près du vieux général : en effet, il avait dans sa poche un morceau de papier fort dangereux, que l'on appelait « commission en sommeil ». Il y était stipulé que, si quoi que ce soit arrivait à Buller, ou s'il s'effondrait, comme il semblait probable, Warren devait assumer le commandement. Par conséquent, Warren avait tout intérêt à voir Buller échouer — et réciproquement.

Déchargé de ses responsabilités sur les autres fronts d'Afrique du Sud, le général Buller fut libre de reporter toute son attention sur la Tugela et, tout en chevauchant en tous sens le long de la rive sud pour réfléchir au meilleur moyen d'atteindre la rive nord, il commença à se rendre compte que ses tentatives précédentes avaient été condamnées à l'échec parce qu'il tentait de se diriger tout droit sur Ladysmith par des routes solidement défendues. Voilà ce qu'il allait faire : il partirait vers l'ouest, prendrait les Boers de flanc et reviendrait sur Ladysmith par la gauche. Avec les troupes de Warren, il avait de nouveau plus de vingt mille soldats de premier ordre pour affronter une force boer de moins de huit mille hommes. Mais il avait Sir Charles Warren haletant dans son dos et la Tugela n'était pas encore franchie.

Un mouvement circulaire comme celui qu'il projetait exigeait vitesse et ruse. Malheureusement, Buller renonça à ces deux avantages en confiant la partie la plus importante de la manœuvre à l'« ancien policier », comme il appelait Warren avec mépris. Envoyant le difficile et peu sûr général Warren sur sa gauche, il déplaça sa propre tente de sybarite à une trentaine de kilomètres au nord et, quand son lit de plumes et sa baignoire de fer furent en position, il stupéfia Saltwood et ses autres aides de camp en scrutant la rive opposée avec sa lunette française.

Il fit cela en se couchant sur le dos et en appuyant son appareil d'optique sur son énorme ventre et ses orteils, le déplaçant lentement sur l'arc que permettait cette position — tout en criant ses observations à Saltwood. Ce jour-là, tous les journaux du monde apprirent que « le général Buller songeait de nouveau à traverser la Tugela ».

Ce qu'il vit, allongé ainsi, en regardant entre ses orteils, ce fut trois collines perchées de façon menaçante au-delà de la rive nord de la Tugela : la colline *un*, la plus proche ; la colline *deux*, au centre ; et la colline *trois*, beaucoup plus à l'ouest. Le plan était le suivant : Warren devait passer tout à l'ouest de la colline *trois* et couper la ligne des Boers — s'il parvenait à faire traverser la rivière à sa flotte terrestre composée d'innombrables chariots et de quinze mille bœufs de trait. Cette incroyable caravane avait plus de vingt kilomètres de long et mettait deux jours à défiler devant un endroit donné, même à l'allure la plus rapide. Ensuite, Buller attaquerait la colline *un* et effectuerait sa jonction avec Warren, ouvrant le passage vers Ladysmith. Un fabuleux travail d'état-major prépara les forces anglaises à ces manœuvres prudemment calculées.

Au point où Warren traverserait la rivière, on avait mis en position quatre énormes tracteurs à vapeur alimentés au bois, haletant, ahanant et crachant le feu. Ils tiraient les chariots dans de petites crevasses du terrain, tandis que des sous-officiers du génie cherchaient des points bas de la rivière pour construire des ponts flottants. Ils repérèrent trois endroits convenables et leurs officiers les essayèrent tour à tour, les abandonnant dès qu'une difficulté se présentait. Le retard fut énorme.

Saltwood se souvint longtemps, comme d'une expérience rare, du spectacle de ces deux vieux généraux, Buller et Warren, faisant leurs préparatifs pour cette bataille cruciale, tout en sachant qu'en raison de leur jalousie extrême aucun ne soutiendrait l'autre. Chacun gardait ses cartes maîtresses contre sa poitrine sans permettre à son collègue de les voir. Un des jeunes aides de camp les plus ambitieux de Buller dit à Frank :

— Nous allons assister à trois grandes batailles. Nous contre les Boers. Buller contre Warren. Et Warren contre Buller.

— Drôle de façon de faire la guerre !

— Oh, mais les deux dernières batailles seront très équilibrées, parce que nos deux généraux sont d'intelligence égale — un peu plus élevée qu'une mule, mais nettement inférieure à un bon chien de chasse.

— Buller m'a dit hier que nous serions prêts à attaquer demain.

— Cela ne se produira pas. Le général Warren a une idée fixe très curieuse, vous savez : il croit que des armées doivent rester en position face à face pendant trois ou quatre jours. Pour bien sentir le climat du conflit.

— Cela fait plus de deux mois que nous sentons le climat du conflit, dit Frank. Et ces pauvres diables, à Ladysmith...

— Ils ne s'inquiètent de rien, voyons. Pas plus tard qu'hier, Buller les a avertis de nouveau qu'il serait là-bas dans moins de cinq jours.

— Y a-t-il une chance ? demanda Frank.

— Si Warren passe à l'ouest, à travers la ligne des Boers, je suis sûr que nous pouvons réussir. Mais, s'il se lance sur la colline *deux*, au milieu, nous aurons de graves ennuis.

— Peut-il faire une chose pareille ?

— Avec ces deux vieilles badernes, tout peut arriver.

— Ce soir, il nous faudra prier, dit Saltwood.

Et il pria.

Ce fut en vain. Pendant des jours, Warren fit le pied de grue, jusqu'à ce que Buller (qui l'observait, impuissant, depuis qu'il lui avait accordé un commandement indépendant) ne soit plus capable de contenir sa colère. Il partit à cheval au quartier général de Warren et lui cria d'un ton bourru :

— Avancez, nom de Dieu !

— Il y a des milliers de Boers qui nous attendent.

— Ils n'étaient que des centaines quand vous avez commencé.

— J'ai décidé d'attaquer la colline *deux*, dit Warren.

Les craintes du jeune officier étaient justifiées : les deux généraux allaient gaspiller leur grande occasion. L'« ancien policier » se détournait sur sa droite pour se lancer sur Spion Kop... Les directives aux troupes impliquées n'étaient pas précises, tous les grands plans étaient abandonnés et des bataillons entiers recevaient l'ordre de marcher à droite alors qu'ils étaient prévus pour avancer à gauche. Surtout, ce qui parut incroyable à l'époque, et qui le demeure encore plus aujourd'hui : on allait attaquer une colline d'assez grande importance sans la moindre reconnaissance et en ne possédant du terrain que des cartes tout à fait grossières. Cette erreur aurait pu être facilement corrigée si le général Buller avait autorisé son aéronaute à utiliser son ballon, car cet homme était un observateur expérimenté et, d'une hauteur de quatre cents mètres — son altitude optimale d'observation —, il aurait informé le général de ce qui l'attendait. Mais Buller ne pouvait pas supporter les ballons et toutes ces bêtises, et cet engin précieux ne fut pas utilisé. Les troupes allaient marcher sur Spion Kop sans avoir la moindre idée de l'endroit où elles allaient ni de ce qu'elles affronteraient à leur arrivée là-bas.

Pire — bien pire en fait —, le général Warren conserva son quartier général très à l'ouest, ce qui aurait été rationnel s'il avait continué sa percée dans cette direction, tandis que le général Buller maintenait le sien très à l'est, à l'écart de tout. Quand le major Saltwood s'éleva contre la grande distance entre les postes de commandement — près de douze kilomètres de chemins difficiles —, Buller ronchonna dans son énorme moustache :

— C'est son affaire. C'est lui qui commande les troupes.

— Mais vous êtes le commandant en chef, monsieur.

— Je ne me mêle jamais de la bataille d'un autre.

— Mais c'est votre bataille, monsieur.

— C'est la journée de Warren. Il a les meilleures troupes anglaises pour remporter la victoire.

Frank eut envie de crier : « Que Dieu sauve l'Empire ! », mais il se retint. Il franchit à cheval les douze kilomètres le séparant du quartier général de Warren et il arriva à temps pour assister à un spectacle incompréhensible.

Warren avait sous ses ordres un jeune officier de cavalerie, brillant et cabochard, du nom de Lord Dundonald, personnage charismatique en qui les généraux plus âgés n'avaient pas confiance. Quand ce soldat farouche, à la tête de quinze cents cavaliers des meilleures troupes montées, fut livré à lui-même sur le flanc gauche, il lança une charge glorieuse qui neutralisa complètement la colline *trois*, ouvrant l'accès d'une route non surveillée par laquelle l'infanterie de Warren pouvait avancer directement jusqu'à Ladysmith. Quand Frank arriva au quartier général, les jeunes officiers exultaient.

— Dundonald a réussi ! Comme il l'avait annoncé !

Mais aussitôt Warren entra en action. Blême de fureur, il se précipita dans la pièce où les jeunes gens péroraient, enthousiastes, et il cria :

— Ramenez-moi ce fichu cinglé en arrière. Nous avons besoin de cavalerie pour protéger nos bœufs. Qu'il laisse quelques hommes sur cette maudite route, mais je veux tout le reste ici, au camp !

Et il désigna sur-le-champ le major Saltwood et deux autres aides de camp pour rattraper la cavalerie à bride abattue et les ramener en arrière.

« Ces maudits jeunots ! Dès qu'on les laisse sur un cheval, ils croient tout savoir.

N'étant pas membre de l'état-major de Warren, Saltwood n'eut aucun scrupule à s'opposer à lui :

— Monsieur, je crois que Lord Dundonald devrait être autorisé à tenir la route et nous devrions lui envoyer des hommes pour bien nous assurer qu'il la tienne.

— Il reviendra ici et il obéira à mes ordres. Par Dieu, je retirerai ses cavaliers de sous ses ordres. Pour insubordination.

Et Frank Saltwood se vit donc confier la mission désolante de partir à l'ouest informer le jeune et vaillant Lord Dundonald de battre en retraite avec le plus gros de ses hommes. Ce jour-là, Dundonald avait défait toute une série de patrouilles boers au cours de rencontres sauvages. Il avait remporté une victoire remarquable et voici qu'il devait battre en retraite !... Les burghers gagneraient ce segment de la bataille sans tirer un seul coup de feu.

Le soir du 23 janvier 1900, le général Warren envoya ses hommes à l'assaut de Spion Kop. A leur tête se trouvait un major général, mais il avait cinquante-cinq ans, des jambes faibles et il montait mal les pentes raides : ses troupes durent le hisser. Le pauvre homme mourut bientôt d'un éclat d'obus.

Ce qui suivit devait avoir été orchestré par un malin génie, parce que Warren et Buller, de leurs quartiers généraux séparés, nommèrent chacun un officier différent pour remplir le poste laissé vacant par le major général. Malheureusement, les liaisons étaient défaillantes et personne ne savait qui commandait en fait. Résultat, deux officiers anglais dirigèrent le combat, chacun ignorant la nomination de l'autre et se croyant commandant suprême.

Toujours faute de coordination, Buller d'un côté et Warren

de l'autre envoyèrent un autre officier prendre le commandement et de nouveau chacun se crut seul en charge. La colline contenait donc maintenant quatre commandants, à la tête de mille neuf cents des meilleurs soldats de l'Empire, tandis que dix-huit mille hommes restaient en réserve. On allait avoir un urgent besoin d'eux à mesure que la terrible bataille se développerait — mais personne ne leur ordonnerait d'intervenir.

Grand seigneur, le général Buller s'installa sous sa tente comme un Achille boudeur, sans le moindre contact avec l'évolution de la bataille et ne faisant rien pour aider son « ancien policier » à sortir ses hommes du bourbier où il les avait lancés.

— C'est la bataille de Warren, répéta-t-il quand Saltwood revint au galop du camp de l'autre général, pour le supplier de mettre un peu d'ordre dans la situation.

En revanche, Buller ne montrait aucune répugnance à intervenir chaque fois qu'une idée particulièrement brillante lui passait par la tête et il lança des ordres qui auraient frappé de stupeur des généraux à l'esprit alerte, comme Hannibal ou Napoléon. Quant à Warren, ce n'était qu'un imbécile avançant à l'allure d'un escargot et s'engageant dans un combat de nuit sur une colline qu'il ne connaissait pas. Pas une seule fois il n'alla à Spion Kop, pas une seule fois il ne tenta de se rendre compte par lui-même de l'effroyable massacre qui se passait là-bas.

Il envoya une vingtaine d'ordres décisifs, la moitié à l'un de ses commandants sur la colline, l'autre moitié à d'autres qui s'efforçaient de l'atteindre. Un observateur allemand présent lors de cette bataille surprenante écrivit : « L'armée anglaise est composée de simples soldats qui sont des lions de bravoure, commandés par des officiers qui sont des ânes de stupidité. »

Et c'était avant que les deux généraux aient eu l'occasion de déployer tous leurs talents.

Le général de Groot rongeait son frein. Contre tous ses désirs, son commando tronqué avait été tenu en réserve derrière Spion Kop.

— Nous vous lancerons dans la bataille au moment décisif, lui avait-on dit.

Mais deux autres de ses hommes, avides d'action, s'étaient esquivés... A l'arrière de la colline, la scène était extraordinaire. Des rangées sans fin de petits chevaux nerveux attendaient, entravés à des arbres ou à des rochers, tandis que leurs maîtres combattaient à pied sur les pentes raides. Cinq cents chariots formaient une masse compacte dans le lointain. Au milieu d'eux des ambulances de campagne et des unités de la Croix-Rouge. Les bœufs, paisiblement, broutaient. Non loin attendaient les femmes qui avaient accompagné leurs maris et, sous l'une des tentes, Sibylla de Groot soignait tous les blessés que l'on traînait sous son hôpital improvisé. D'autres femmes aidaient leurs serviteurs à faire la cuisine et, de temps en temps, tout le monde s'arrêtait pour écouter la bataille furieuse qui se déroulait à moins de quatre cents mètres de là.

Vers midi, quand le général de Groot revint à travers le nuage de poussière pour parler à son épouse, les femmes apprirent que les soldats anglais avaient pris la crête de la colline, mais qu'ils avaient disposé leurs tranchées de façon si stupide que les Boers avaient de grandes chances de la leur reprendre.

— Il y aura beaucoup de morts ? demanda Sibylla.

— Un très grand nombre, répondit le vieillard.

— Tu monteras là-haut ?

— Dès qu'on me laissera partir.

— Fais attention, Paulus, dit-elle tandis qu'il repartait aussitôt vers la colline.

Ce furent les hommes du commando Carolina (une petite ville à l'est de Venloo) qui méritèrent tous les honneurs ce jour-là, pour leur bravoure. A leur tête se trouvait le commandant Henrik Prinsloo et un petit veldkornet trapu du nom de Christoffel Steyn, presque aussi large (au niveau du ventre) que haut. Quand Steyn s'élançait en se dandinant comme un canard, les hommes pensaient : « S'il peut le faire, je le ferai », et ils le suivaient. Ce jour-là, il courut tout droit à travers un tir de barrage serré, jusqu'en haut de la colline *trois*, un *kopje** en face du sommet de Spion Kop. Puis il plaça ses hommes derrière des rochers pour qu'ils puissent tirer directement dans les ouvertures latérales des tranchées anglaises. Ce gros bonhomme qui n'avait jamais combattu de sa vie ne parvenait pas à croire que les officiers anglais très bien entraînés du camp adverse aient pu lui laisser occuper cette colline fatale — mais il accepta sa chance et ordonna à ses hommes de redoubler leur feu sur les rangs exposés des Anglais.

Des tranchées entières, prises en enfilade, furent anéanties sans un seul survivant. Et, sur dix soldats morts, neuf balles avaient frappé non point sur le devant du corps, mais sur le côté de la tête. Les hommes de Christoffel Steyn avaient fait la différence — mais depuis une crête qu'on n'aurait jamais dû leur permettre d'occuper si longtemps.

Le fait que l'on ait laissé cette misérable ligne de burghers tenir ce kopje stratégique est l'un des incidents les plus honteux de cette bataille. Alors que dix-huit mille soldats d'élite restaient en réserve sans pouvoir aider leurs frères tombant par centaines sur Spion Kop, le commandant des King's Royal Rifles, de sa propre initiative, envoya ses deux meilleurs bataillons avec l'ordre d'investir une autre colline en face de celle occupée par Steyn. S'ils réussissaient, ils seraient en position de tirer sur Steyn et pourraient le déloger — ce qui sauverait les hommes de Spion Kop.

C'était une ascension impossible, presque à la verticale, dans la chaleur de la journée, avec les Boers tirant d'en haut. Mais ces hommes courageux, et encouragés par des officiers énergiques, parvinrent au sommet, attirèrent sur eux une partie du feu qui accablait leurs camarades exposés et commencèrent à rendre la pareille aux burghers de Carolina. Ce fut un triomphe de courage et de cran, qui donna aux Anglais leur première victoire de la journée.

Saltwood, témoin de cet exploit, se hâta d'en informer Buller, mais, quand le général en chef, complètement dépassé, apprit qu'un simple commandant d'unité avait agi de sa propre initiative, et surtout divisé ses hommes en deux groupes, il se mit en fureur et traîna son subordonné dans la boue. Au même instant, un message apprit à Buller que les Boers exerçaient une telle pression que, si les King's Royal Rifles tentaient de traverser jusqu'à Spion Kop, ils seraient annihilés.

— Faites-les redescendre ! fulmina Buller.

— Monsieur ! objecta Saltwood. Ils ont accompli un miracle. Permettez-leur de rester.

— Jamais ils n'auraient dû se séparer en deux groupes.

Devant l'obstination aveugle de son général, le commandant d'unité perdit toute confiance dans l'action audacieuse qu'il avait lancée et ordonna à ses hommes de redescendre : « Quittez la colline ! Revenez immédiatement ! » Au début, les hommes refusèrent de croire qu'un ordre aussi stupide leur était donné et un colonel refusa d'obéir.

— Qu'ils aillent tous au diable ! cria-t-il.

Une balle boer le frappa en pleine poitrine et il mourut sur le coup. La retraite commença.

La nuit tombait. Les soldats assiégés sur Spion Kop regardèrent, consternés, les King's Royal Rifles abandonner la colline voisine. Pendant quelques heures encore, des officiers sur Spion Kop tinrent leurs positions, puis l'un des meilleurs commandants ordonna la retraite. Cet homme héroïque, le colonel Thorneycroft, fut nommé général sur le champ de bataille. Il pesait cent quarante kilos, presque tout en muscles, et il n'avait peur de rien. Seul son courage avait maintenu les tranchées aux mains des Anglais, malgré le massacre effroyable. Mais maintenant, il avait perdu tout espoir.

Il conduisit ses hommes courageux en bas de la colline, acceptant la défaite, juste au moment où l'un des autres commandants montait avec quelques troupes fraîches, espérant encore une victoire. Ils se croisèrent sans un mot.

Quand le nouveau commandant atteignit la crête de Spion Kop dans le noir, il trouva une situation stupéfiante : les Boers, qui avaient subi un feu forcené ce jour-là, avaient décidé, un quart d'heure avant que le général Thorneycroft ne commence à évacuer ses troupes, que Spion Kop ne pourrait pas être pris. La pression constante des fusiliers anglais était plus que les Boers ne pouvaient supporter et ils avaient déserté la colline. Ils se jugeaient vaincus.

En d'autres termes, deux armées héroïques, qui avaient combattu aussi courageusement que des hommes peuvent se battre, avaient décidé à quinze minutes d'intervalle que la bataille était perdue. Les deux retraites se produisirent au même moment. Après une hécatombe, Spion Kop était désert.

L'Anglais qui grimpait au moment où Thorneycroft descendait fut le premier à s'en rendre compte ; c'était l'un des quatre commandants en chef de cette journée confuse et il avait maintenant l'occasion de sauver la bataille pour les Anglais. Il lui suffisait de redescendre aussitôt de la colline, de rendre compte à son supérieur, le général Warren, et de le convaincre d'envoyer davantage de troupes pour occuper le sommet. La victoire totale serait aux mains des Anglais si seulement cet officier pouvait entrer en liaison avec le général Warren.

Ce fut impossible. L'officier rédigea un message excellent, demandant des renforts rapides pour occuper la colline abandonnée et expliquant comment la victoire était assurée. Mais, quand il appela l'homme des transmissions et lui dit d'utiliser sa lanterne de nuit pour envoyer la bonne nouvelle au quartier général de Warren, l'homme lui répondit :

— Je n'ai pas de pétrole.

— Essayez d'allumer la mèche. Elle brûlera. Il n'y en a que pour une minute.

L'homme des transmissions tenta d'allumer la mèche. Elle refusa même de rougeoyer. Faute d'un verre de pétrole, le message crucial ne fut pas envoyé. La bataille de Spion Kop était perdue pour l'Angleterre.

Pendant tous ces efforts futiles pour faire remonter des soldats anglais sur Spion Kop, à quelques centaines de mètres de là au nord de la colline, une poignée de Boers vaincus discutaient de leur sort. Il était deux heures du matin et, comme l'on entendait de temps en temps quelques coups de feu dans le lointain — sûrement des soldats nerveux —, ils chuchotaient dans les ténèbres.

— Général de Groot, que pensez-vous de la bataille ? Aurions-nous pu gagner ?

— On ne m'a pas permis de participer. On n'a jamais appelé notre réserve.

— Nous avons subi de lourdes pertes, général. Mais rien de comparable à celles des Anglais. Vous avez appris, pour le commando Carolina ? Ils étaient juste dans l'enfilade des tranchées anglaises. Ils ont tué tout le monde.

Un autre jeune soldat, un enfant en fait, posa la question qui décida de l'issue de la bataille — en faveur des Boers.

— J'étais sur la colline de l'est quand les Anglais l'ont prise. Pourquoi l'ont-ils abandonnée ?

Dans le noir, le général de Groot demanda :

— Tu les as vus redescendre ?

— Oui. Ils étaient très braves. Un officier...

— Mais ils sont descendus ?

— Oui. Ils nous ont repoussés en bas. Nous avons perdu seize ou dix-sept hommes. Jack Kloppers, debout à côté de moi. Une balle en plein front.

De Groot prit le gamin par les épaules et l'attira vers la lueur vacillante d'un petit feu de camp.

— Tu dis qu'ils tenaient la colline, puis qu'ils l'ont abandonnée ?

— Oui. Oui. J'ai couvert Jack Kloppers avec une couverture et je suis revenu au sommet. Ils sont redescendus et nous ne leur avons même pas tiré dessus.

Pendant quelques minutes, le général de Groot garda le silence, les yeux posés sur Spion Kop. D'une voix très basse, il dit enfin :

— Petit, je crois que nous devrions remonter sur cette colline, toi et moi. Je crois que Dieu a dû me tenir en réserve pour cet instant.

Il demanda un volontaire et, bien entendu, Jakob Van Doorn se proposa.

Ainsi donc, à deux heures et demie, au plus obscur de cette nuit de désespoir, trois Boers fatigués se mirent à gravir la colline de l'hécatombe. Devant, marchant d'un pas plus vif que les autres, Paulus de Groot en chapeau haut de forme et en redingote de cérémonie. Sur ses talons, le gamin qui était à l'origine de cette expédition. Et derrière, soufflant comme un phoque, Jakob Van Doorn — qui avait été on ne peut plus satisfait de voir son commando gardé en réserve, car la mort le terrifiait.

Ils montèrent lentement, car il n'y avait pas de lune. De temps en temps, ils posaient le pied sur le visage d'un camarade tombé. En arrivant près de la crête où les combats avaient fait rage, ils marchèrent sur de nombreux cadavres. Puis le vieux général, avec son chapeau toujours sur la tête, se profila sur l'horizon — dernier pas qui aurait été fatal si des troupes anglaises avaient encore occupé la colline. Lentement, les deux autres le rejoignirent et, comme des éclaireurs en reconnaissance sur quelque effroyable champ de la mort, ils avancèrent jusqu'aux tranchées où les soldats anglais étaient entassés, chaque crâne percé, sur le côté, d'une balle. Ils traversèrent jusqu'à l'autre bord du plateau, d'où ils purent observer le camp de l'ennemi, plongé dans le silence.

Courant au centre du champ de bataille muet, pour bien s'assurer que le miracle avait eu lieu, Paulus de Groot ôta son chapeau, le plaça sur son cœur et tomba à genoux dans la poussière et le sang.

— Dieu tout-puissant des Boers, Tu nous as accordé la victoire et nous ne le savions pas ! Dieu tout-puissant des Boers... Cher Dieu fidèle des Boers.

Le ciel commençait à se teinter de gris lorsqu'il se releva. Il se rendit au bord de la pente pour alerter ses camarades, au-dessous :

— Boers ! Boers !

Dans leur bivouac, les commandants attendaient que le soleil perce, ne sachant trop ce qu'il leur faudrait affronter ce jour-là sur cette maudite colline.

Un spectacle incroyable leur était réservé. Au sommet, se détachant sur le ciel, se dressait un vieil homme, le vainqueur de Majuba dix-neuf ans plus tôt... Il agitait son chapeau en signe de triomphe.

Le général Paulus de Groot avait pris Spion Kop.

En ce vingt-quatrième jour de janvier 1900 se trouvaient près de la mémorable colline trois jeunes hommes de caractère radicalement différent. Aucun d'eux ne vit les deux autres, mais ils allaient jouer dans l'histoire future de leurs pays respectifs des rôles tout à fait remarquables.

Le plus âgé était un officier boer de trente-sept ans seulement, qui s'était donné pour tâche de rallier les troupes quand tout semblait perdu et de soutenir le moral quand les généraux plus âgés faisaient des faux pas. Si un jeune colonel anglais de capacité comparable était parvenu à s'imposer de la même façon à la place des vieux généraux tremblotants et à l'esprit lent, le camp britannique aurait probablement gagné cette bataille décisive ; le hasard voulut au contraire que les

Boers agissent intelligemment. Ce génie militaire splendide était Louis Botha, qui deviendrait le premier Premier ministre boer de la nouvelle nation qui allait naître de cette guerre. A Spion Kop, le jeune Botha, qui termina la journée en commandant en chef de fait, se convainquit que les Boers et les Anglais auraient intérêt à travailler ensemble. Dans la fureur de la bataille, il comprit que cette guerre meurtrière, fratricide, n'avait aucun sens et que l'Afrique du Sud serait forcément déchirée tant que les deux races blanches ne s'uniraient pas autour d'intérêts communs et d'une volonté de civilisation commune. Il devint le grand conciliateur, le conseiller prudent, le chef de l'État. Peu de noms peuvent être placés au-dessus du sien dans l'histoire de son pays.

Le plus jeune des trois hommes était un journaliste chahuteur que personne ne pouvait discipliner. Reporter pour un journal de Londres, il écrivait des articles pénétrants (et irrévérencieux) sur des hommes comme Warren — et, chaque fois qu'ils le voyaient apparaître, les militaires tremblaient. Il était grand et mince à l'époque et il parlait d'un ton précieux, zézayant, qui faisait sourire les soldats. Il avait fait des études secondaires médiocres et esquivé complètement l'université. On le considérait comme une sorte de phénomène dans son genre. Toujours téméraire, il avait été fait prisonnier par les Boers, mais il s'était enfui, jouant d'impudence. On avait mis sa tête à prix. Était-ce sérieux ? Peut-être pas, mais, s'il avait été repris à Spion Kop, il aurait sûrement eu du mal à s'en sortir. Malgré cela, il grimpa trois fois jusqu'à la crête de la colline, où la confusion et l'inefficacité le révoltèrent. C'était Winston Churchill, vingt-cinq ans, déjà auteur de plusieurs bons livres et avide d'obtenir un siège au Parlement. A peine quatorze ans après cette journée de Spion Kop, le jeune Churchill se retrouverait au milieu d'une guerre beaucoup plus vaste et, au sein du « cabinet de guerre », chargé des opérations navales. A Gallipoli, il interviendrait dans les décisions militaires d'une façon si honteuse qu'on le tiendrait pour responsable de la défaite tragique d'une opération anglaise majeure — son nom devint même synonyme de l'incompétence des civils. A Spion Kop, ce jour-là, la défaite lui enseigna une leçon. En effet, quand la bataille fut désespérément perdue, le général Buller prit enfin les choses en main et il rallia ses hommes de façon superbe : en homme obstiné, au courage d'airain, il regarda la catastrophe en face et dit à ses hommes : « Nous gagnerons cette guerre. » Et ses hommes lui accordèrent leur confiance. De Buller, Churchill a écrit : « C'est l'amour et l'admiration du troufion qui font sa force. » En 1941, cette leçon de ténacité conférerait à Winston Churchill, cet autre « bouledogue », une immortalité méritée.

Le troisième jeune homme était un curieux personnage, malingre, de petite taille, aux jambes arquées, très sombre de teint, avec des cheveux plus noirs encore ; ce jour-là, il conduisait une ambulance. Si Louis Botha l'avait vu, il l'aurait ignoré : ce n'était qu'un immigrant indésirable. Si Winston Churchill l'avait remarqué en train de fourrager parmi les morts pour s'assurer qu'il ne restait pas de blessés à sauver, il ne se serait pas arrêté à lui : un personnage sans conséquence. Né en Inde, il avait parcouru ce pays appauvri et conclu qu'il n'offrait aucune promesse d'avenir pour un jeune avocat. Il avait donc émigré d'un cœur léger en Afrique du Sud, où il avait l'intention ferme de passer le reste de sa vie. Il se nommait Mohandas Karamchand Gandhi et il était brancardier volontaire des forces anglaises. Conscient du fait que les classes dirigeantes — Boers et Anglo-Saxons — n'éprouvaient que mépris pour les Indiens, il avait persuadé ses amis hindous de Durban de se porter volontaires pour le service le plus dangereux de la guerre — afin de démontrer publiquement leur valeur. Ce jour-là, il échappa vingt fois à la mort et deux de ses compagnons furent tués. A Spion Kop, Mohandas Gandhi apprit que la guerre était d'une stupidité inexprimable, qu'elle ne résolvait aucun problème et qu'une fois les morts comptés et les médailles distribuées les belligérants se trouvaient confrontés avec les mêmes questions insolubles. N'aurait-il pas mieux valu qu'ils évitent la voie de la violence et qu'ils aient recours à la non-résistance pacifique ?

Il y avait un quatrième homme à Spion Kop ce jour-là, ou plutôt cette nuit-là. Mais personne ne fit attention à lui et, dans les années qui suivirent, il ne s'éleva pas jusqu'à la tête d'une nation. Pourtant, sur ce champ de bataille désert, il apprit la première et la seule de ses grandes leçons. Quand le général de Groot, à deux heures et demie du matin, le lendemain de la bataille, remonta sur Spion Kop, deux hommes l'accompagnaient : le jeune garçon à l'origine de l'aventure et Jakob Van Doorn, le compagnon de toujours du général. Il y avait un quatrième homme, mais, comme il était noir, il ne comptait pas. C'était Micah Nxumalo — qui ne s'éloignait jamais beaucoup du vieux général pendant ces journées de guerre. Il n'était pas tenu de participer et il n'avait pas de fusil pour se défendre. Il restait là simplement parce qu'il aimait bien le vieux général et l'avait toujours servi, de toutes les façons possibles. Il pouvait s'occuper des chevaux, rafler des vivres, aider les femmes, servir d'éclaireur quand la situation devenait plus tendue et même soigner les malades. A Spion Kop, Micah Nxumalo commença à prendre conscience d'une grande vérité, qu'il transmettrait plus tard, sans tapage, à son peuple. Au cours de ses allées et venues, pendant cette journée sanglante, en voyant les troupes qui semblaient si vastes, il remarqua que toutes ensemble elles étaient beaucoup moins nombreuses que sa tribu des Zoulous, ou que les Xhosas, ou que les Swazis, ou les Basutos, ou les Betchouanas, ou les Matabélés. Il vit que les Anglais et les Boers jouaient un jeu tout à fait fantastique, mais qu'au terme des batailles ils deviendraient frères — une poignée de Blancs au milieu d'une vaste marée de Noirs. Oui, se dit-il, quand les jeux s'achèveront et que les puissants canons se tairont, le vrai conflit commencera et ce ne sera pas Anglais contre Boers. Ce sera Blancs contre Noirs — et à la fin nous triompherons.

Pendant toute la durée de cet épisode de l'histoire, Nxumalo continuerait du côté des Boers ; ils étaient ses amis et ils l'avaient prouvé. Il espérait que, cette fois, ils gagneraient. Mais un fait le frappa : à peu près le même nombre de Noirs combattaient dans le camp anglais, espérant sans doute une victoire anglaise...

Quand s'acheva le désastre de Spion Kop, avec la flotte de terre de nouveau au sud de la Tugela et les quinze mille bœufs de trait en train de ramener les chariots à leur point de départ, Frank Saltwood réfléchit à cet extraordinaire « exploit », dont il avait été le témoin depuis le quartier général de Buller : il n'avait guère eu l'occasion de s'en éloigner après son algarade avec Warren. Quel homme stupide ! La bataille aurait pu être gagnée de quatre façons différentes et il les avait toutes écartées ! Mais, aussitôt, une nouvelle question se posa :

pourquoi Buller n'avait-il pas relevé Warren de son commandement ? Il était son supérieur.

Plus il y songeait et plus il comprenait qu'un Sud-Africain comme lui, étranger à la tradition militaire anglaise, ne pouvait estimer à sa juste valeur la réticence qu'éprouve un général à projeter un autre général sous les feux de la critique : il existe une sorte de fraternité entre vieux militaires, ils se soutiennent mutuellement et veillent de très près aux traditions de l'armée. Perdre une bataille est beaucoup moins important que perdre sa position relative dans la hiérarchie.

Mais même Saltwood était forcé d'admettre que l'on ne pouvait accabler Warren de tous les reproches. Buller avait participé lui aussi à des erreurs grossières : il avait confié la direction des opérations à Warren, puis il était intervenu au moins vingt fois. Après tout, c'était Buller qui avait harcelé le commandant des King's Royal Rifles jusqu'à ce que ces hommes courageux reçoivent l'ordre de battre en retraite.

Quand Saltwood eut énuméré dans son esprit tous les pour et les contre, un fait subsista : les fantassins de Buller le considéraient comme le meilleur général sous lequel ils aient servi. Il avait posé la question à des vingtaines d'entre eux et avait toujours reçu la même réponse : « J'irai n'importe où avec le vieux Buller. Il prend soin de ses hommes. » Saltwood se rendit compte soudain que la plupart des décisions effarantes qu'il avait vu Buller adopter avaient pour but de protéger des vies. Peut-être buvait-il trop de mousseux de Trianon et mangeait-il, comme l'écrivit un correspondant de guerre, des repas gargantuesques. Mais, en ce qui concernait les vies humaines, il était spartiate.

— Entraînement dur, avait-il dit à Saltwood. Il faut les mener tambour battant. Mais il faut aussi les ramener en bon état.

Frank lui demanda de s'expliquer.

« Le facteur le plus important d'une guerre, lui répondit le vieil homme, conserver son armée vivante. Perdre la bataille, mais garder l'œil fixé sur la victoire finale.

Mais personne sous les ordres de Buller ne pouvait ignorer les attaques dont il faisait l'objet de la part de tous les experts européens. Les journaux de Londres commencèrent à l'appeler le « maître passeur de la Tugela ». Au Parlement, on l'avait baptisé Sir Revers — et non Redvers — Buller. Après la dernière débâcle, il avait grommelé :

— Tudieu, quelles troupes splendides. Ils ont battu en retraite sans perdre un seul affût de canon.

— C'est bien normal, monsieur, lui répliqua Saltwood. Ils ont eu beaucoup de répétitions...

Le général Buller le regarda de ses petits yeux pincés, puis éclata de rire.

— Oui, oui. C'est ce que je veux dire, oui. Ce sont des troupes magnifiques.

Il envoya un autre héliogramme fulgurant aux héros assiégés de Ladysmith, leur assurant qu'il les libérerait dans moins de cinq jours et, avec une force d'âme exemplaire, il retraversa de nouveau la Tugela — pour recevoir de nouveau un direct sanglant dans le nez, qui l'envoya une fois de plus sur la mauvaise berge de cette malheureuse rivière. A Ladysmith, les rations diminuaient et, en douze semaines, Buller n'avait pas avancé d'un pas vers la ville. Il eut pourtant le front d'envoyer un nouvel héliogramme annonçant qu'il libérerait les assiégés d'un jour à l'autre.

Devant le flot des critiques, Saltwood se demandait parfois pourquoi les autorités britanniques ne relevaient pas le vieux général de son commandement. Il y avait une raison, tragique et purement accidentelle. Au cours de la première tentative de Buller pour traverser la Tugela — chef-d'œuvre de stupidité s'il en fut jamais —, un jeune officier courageux se porta volontaire pour ramener certaines pièces d'artillerie lourde sur le point de tomber entre les mains des Boers. Ce jeune homme fut tué et il se trouvait être le fils de Lord Roberts, nommé peu après commandant suprême, et donc supérieur direct de Buller. Pour ne pas être accusé de se venger de la mort de son fils (dont Buller n'était nullement responsable), Roberts refusa d'intervenir, alors que normalement il aurait recommandé l'éviction du général.

Mais un jeune officier anglais offrit à quelques observateurs français et allemands une explication plus subtile.

— L'état-major général aime bien les généraux comme Buller. Ces messieurs de Londres ne sont jamais à leur aise avec des types imprévisibles comme Kitchener ou Allenby. Buller est toujours le même — ce qui leur plaît — et pas trop malin — ce qui les enchante encore plus. Quand il était jeune, il suivait les ordres et il plongeait la tête la première. Il fallait le voir, m'a-t-on dit, foncer sur les Égyptiens. Bille en tête. Et ces messieurs sont ravis qu'il ne puisse pas parler distinctement et qu'il postillonne à tout va. C'est comme ça que tout bon général doit se conduire, scron-gneu-gneu ! Regardez Raglan et Cardigan à Balaklava.

— Mais pourquoi ne le limogent-ils pas, bon Dieu, alors que le monde entier est au courant de ses déficiences ? demanda l'Allemand.

— Oh ! C'est parce que nous sommes anglais. Et c'est la raison pour laquelle vous ne nous comprendrez jamais. Qui a nommé Buller ? La hiérarchie en place. Les vieux généraux. Les vieux hommes politiques. Un ou deux archevêques ont dû, probablement, y mettre leur nez — c'est ce que l'on découvrirait si toute la vérité était faite. Ces gens-là aiment Buller. Ils ont confiance en lui. Il est l'un des leurs. La famille, vous comprenez...

— Mais il détruit l'armée, il la déshonore, protesta le Français.

— L'armée ! Qu'est-ce que l'armée ? Le plus important, c'est que des hommes comme Buller soient protégés. Car c'est lui qui est l'Angleterre — pas un de ces idiots de lieutenants qui se font faucher les jambes.

— En Allemagne, il ne durerait pas une semaine.

— En Angleterre, il durera toujours.

— Vous parlez comme si vous adoriez cette vieille baderne.

— Je l'adore, avoua le jeune homme. C'est un âne gâteux et je l'adore. Parce que la plupart des gens que j'adore, en Angleterre, sont exactement comme lui. Et, sans qu'on sache jamais comment, ils font toujours ce qu'il faut. Vous verrez, quand la bataille décisive de cette guerre sera livrée, Buller sera là — bille en tête, exactement comme avec les Égyptiens.

— J'aimerais qu'il ait quarante ans de moins, dit l'Allemand.

— Pourquoi ?

— Lorsque notre guerre contre l'Angleterre éclatera — et elle éclatera —, j'aimerais qu'il soit commandant suprême.

— Il le sera, répondit le jeune homme. Sous un autre nom, mais il le sera. Et prenez garde à lui.

Et il leur montra, sur la planche des communiqués, un ordre du jour de Lord Roberts, sur l'autre front : le texte citait ses principaux officiers subordonnés, les grands noms de la guerre en Afrique du Sud : Douglas Haig, John French, Julian Byng, Edmund Allenby, Ian Hamilton. Ce seraient les « général Buller » que les Allemands affronteraient en 1914.

La tête pleine de ces jugements contradictoires, le major Saltwood vit non sans fierté le général Buller trouver enfin un moyen de traverser la Tugela et, ce soir-là, il écrivit à Maud — très occupée à organiser des œuvres charitables pour les femmes du Cap dont les maris servaient dans les forces armées anglaises :

> Ce fut une opération très brillante, vraiment. Le vieux Buller a fait avancer son artillerie lourde (les canons que nous a donnés la marine, tu sais), il les a mis en batterie sur les flancs et il a lancé un tir de barrage infernal, juste à l'avant de nos troupes qui attaquaient. Il a balayé les Boers d'un seul coup de torchon. Et nous sommes enfin de l'autre côté de cette maudite rivière — mais ma plume ne peut pourtant pas se résoudre à écrire : « Nous dégagerons le siège de Ladysmith dans cinq jours. » Nous l'avons déjà annoncé trop souvent. Je crois tout de même que c'est pour bientôt.

Le 28 février 1900, quatre-vingt-quinze jours après que Buller se fut assigné la mission de libérer Ladysmith, le siège de la ville était enfin levé. Trois incidents mémorables marquèrent cet événement.

Lord Dundonald, toujours impatient de recueillir des louanges, envoya une unité de cavalerie en avant pour entrer dans la ville avant tout le monde. Il suivit son détachement et arriva presque un jour entier avant le général Buller. Winston Churchill l'accompagnait.

Plus tard, quand le général Buller voulut faire son entrée en grande pompe, il se trompa dans ses cartes et se présenta à la mauvaise poterne : les héroïques défenseurs, militaires et civils, l'attendaient à l'autre bout de la ville. On lui fit observer que, comme ses hommes et lui étaient frais, et sur des chevaux reposés, il pourrait accorder à toute la ville la grâce de faire le tour de l'autre côté.

— J'entre ici, répondit-il.

Et la multitude dut prendre ses jambes à son cou, à travers les rues de la ville, pour lui souhaiter la bienvenue.

Enfin, comme les Boers vaincus battaient en retraite, certains officiers de cavalerie estimèrent que c'était une bonne occasion de les poursuivre et de les anéantir. Quand ils quittèrent la ville, certains des soldats qui avaient soutenu le siège voulurent se joindre à eux, mais ils n'en avaient pas les moyens.

— Nous n'avons plus de chevaux. Nous les avons mangés.

— Mais où vont ces cavaliers ? demanda Buller à Saltwood.

— Poursuivre l'ennemi.

— Poursuivre un ennemi qui s'est fait battre dans l'honneur ? Tudieu, rappelez ces hommes. Laissons à ces pauvres diables au moins le temps de lécher leurs blessures.

— Mais, monsieur, nous luttons contre ces maudits Boers depuis des mois. C'est notre meilleure chance de les éliminer.

Le général Buller fixa son aide de camp sud-africain par-dessous la visière de sa petite casquette trop étroite.

— Monsieur, vous n'avez aucun des instincts qui font un gentilhomme.

Frank voulut protester, Buller posa son bras pesant sur ses épaules :

« Mon petit, dans la guerre, perdre l'honneur c'est perdre tout.

Et il contremanda la poursuite.

Le général de Groot était complètement désorienté. Pendant quatre mois, son commando avait été utilisé à contresens et il n'y pouvait rien. Au lieu de fondre sur des objectifs limités, selon la tactique des razzias — frapper très dur puis se cacher — à laquelle ses cavaliers eussent excellé, on l'avait obligé à ronger son frein ou à participer à des batailles rangées. Après la défaite de Ladysmith, tandis qu'il discutait avec Sibylla, il s'aperçut qu'en quatre mois de guerre il n'avait presque jamais lancé son cheval au galop, et rarement au trot.

— Tu sais, Sibylla, nous perdons des hommes tous les jours. Nos burghers ne peuvent pas admettre cet état de choses.

— Ils reviendront quand commencera ton genre de combat.

— On ne peut pas faire un commando avec neuf hommes.

Puis, une nouvelle bouleversante du front de l'ouest leur

rappela qu'au cours de cette guerre tout était possible : le général Cronje, un homme obstiné dans sa conviction que le meilleur moyen de défense contre les armes anglaises était un laager, venait de se rendre.

— Mais qu'avait-il dans la tête ? demanda de Groot à Jakob. Avec quatre mille hommes, nous pourrions prendre Durban, toi et moi.

— La guerre n'est pas la même, là-bas. Le général Roberts est un homme pressé. Pas comme Buller.

Cette nouvelle douloureuse, survenue en même temps que la défaite de Ladysmith, provoqua un grand désarroi dans les rangs des Boers qui battaient en retraite. Le commando Venloo se réduisit à cent vingt hommes. Quand vint le moment de la répartition des missions, les responsables se tournèrent vers de Groot avec une sorte de gentillesse tolérante et chagrine :

— Que pouvez-vous faire, Paulus, avec si peu d'hommes ?

— Nous pouvons attaquer le campement de la cavalerie, répliqua-t-il avec l'animosité pleine d'amertume qu'il nourrissait à l'égard des lanciers anglais.

— Ils vous massacreront.

— Nous ne les attaquerons pas de front.

Il se montra si convaincant qu'on lui accorda la permission de se lancer dans ce qui ne pouvait être qu'une attaque suicide — sauf que le vieux général n'avait nullement l'intention de la laisser se terminer ainsi.

Il réunit tous ses hommes, y compris bien entendu Van Doorn. Ils traverseraient discrètement l'État libre d'Orange jusqu'à l'endroit où les généraux Roberts et Kitchener avaient stationné leurs troupes après leur grande victoire sur Cronje. Ils s'avanceraient le plus près possible des cantonnements de la cavalerie, comptant sur la confusion naturelle d'un vaste rassemblement de chevaux pour dissimuler leur approche. Ils mettraient pied à terre, attendraient trois heures du matin pour que la surveillance soit le plus relâchée possible, puis ils attaqueraient. Ils disperseraient les chevaux et combattraient tous les hommes qui leur feraient obstacle. Dans la confusion, ils pourraient s'échapper jusqu'à leurs chevaux et s'enfuir vers le nord — direction où les Anglais ne les poursuivraient pas, car c'était celle de leurs propres lignes de front. De Groot avait un plan pour ce qui se passerait ensuite.

— Cela paraît possible, répondit Van Doorn.

— Et il vaut mieux ne pas être plus nombreux que nous ne sommes, s'écria de Groot enthousiaste.

— Il nous faudra des reconnaissances précises.

— J'y ai songé. Nous devons savoir exactement où sont les troupes anglaises. C'est là que Micah intervient.

Micah avait fait ses preuves. C'était un bon éclaireur qui se déplaçait toujours avec prudence. Un matin, il entrava son cheval très loin derrière les lignes anglaises, se faufila entre les sentinelles et entra hardiment dans la petite ville où les Anglais étaient cantonnés. Il se déplaça librement, estima l'importance et la nature des forces et évalua, selon divers indices, combien de temps les soldats comptaient rester dans ces lieux favorables.

Il demeura deux jours en ville, se fondant au milieu de la population noire. Si plusieurs Noirs se doutèrent de son identité, nul ne le dénonça : peu leur importait quel camp gagnerait la guerre et, si l'un de leurs frères devait être bien récompensé pour sa mission, ils en étaient ravis.

Après avoir bien étudié le dispositif de l'infanterie, il retrouva son cheval et partit vers le sud, puis vers l'ouest, à l'endroit où la cavalerie était stationnée. Il eut à résoudre un problème beaucoup plus délicat. De nouveau, il laissa son cheval à l'écart et s'avança vers le camp à pied. Mais, cette fois, il n'y avait aucune petite ville où il aurait pu s'infiltrer pour se perdre au milieu des Noirs. Il dut se déplacer de colline en colline, courant à tout instant le risque de voir un escadron du camp sortir dans le veld pour une corvée ou une manœuvre d'entraînement. Et si on le découvrait en train d'espionner…

Il s'avança donc avec des précautions extrêmes jusqu'à deux cents mètres environ des lignes où étaient attachées les montures, de gros chevaux d'Argentine. Il y avait plus de chevaux qu'il n'en avait jamais vu, une masse énorme. « Les Boers vont avoir des ennuis, se dit-il en étudiant la pente du terrain, mais le général de Groot sait ce qu'il fait. »

Il eut des doutes sur sa propre sagesse quand un contingent de jeunes gens, quittant leurs tentes, se dirigèrent vers leurs chevaux et les montèrent. Ils resserrèrent les sangles, puis attendirent l'arrivée de leur officier, qui survint sur un cheval feu étonnant, beaucoup plus haut que les autres. « Quel bel animal ! », se dit Micah sans perdre des yeux ce qui allait se transformer manifestement en un danger considérable.

— Heh ! entendit-il le jeune officier crier.

Les quarante-six cavaliers formèrent la ligne derrière lui. Levant sa main droite nue, au lieu du sabre qu'il avait au côté, l'officier indiqua dans quelle direction se ferait la sortie. Et Micah découvrit, épouvanté, que la main se tendait à peu près vers lui. Il s'aplatit entre deux rochers qui lui offraient un couvert précaire.

Une trompette sonna et les hommes s'avancèrent. Ils passèrent à moins de trente mètres de l'endroit où il se cachait. Pas un ne regarda à gauche ou à droite (comme il s'agissait d'un exercice, ils n'avaient aucune raison de se tenir sur leurs gardes), mais soudain ils s'arrêtèrent, regardèrent dans la direction de Micah et éclatèrent de rire. Pendant un instant d'angoisse, il crut que les cavaliers se disposaient à le prendre pour cible fixe de leurs lances, mais il entendit bientôt un grattement léger à quelque distance. Trois petits meerkats venaient de sortir de leurs trous pour regarder les cavaliers. L'un des hommes lança un coup de pointe vers eux et ils décampèrent.

— Bravo, Simmons, cria un des cavaliers. Embroche trois petits Boers comme ça et tu recevras une médaille.

Ils continuèrent leur petit trot tout droit vers l'endroit où Micah avait laissé son cheval et il s'attendit à entendre bientôt des cris. Rien ne se passa et, après une longue sortie, les cavaliers rentrèrent dans le camp au galop. Micah respira beaucoup mieux : ils ne ramenaient pas son cheval avec eux.

Les reconnaissances soigneuses de Micah permirent à de Groot d'apprendre avec précision la nature des deux corps d'armée.

— Les fantassins resteront longtemps. Les chevaux de la cavalerie sont au bord du veld et les tentes des hommes par-derrière. Ils s'attendent à une attaque de l'autre côté, où les Boers sont censés se trouver.

Le commando Venloo ne forma pas la ligne lorsqu'il partit pour sa mission : les cavaliers se dispersèrent sur le veld en une formation lâche permettant à chaque homme de s'élancer en avant ou de battre en retraite selon sa propre appréciation. Ils s'étaient engagés dans une entreprise périlleuse et ils savaient qu'une mobilité maximale serait essentielle. Lentement, ils parcoururent le terrain neutre et ils redoublèrent de prudence et d'attention dès qu'ils se rapprochèrent des positions occupées par les deux contingents anglais. Ils atteignirent enfin un endroit propice, à environ six cents mètres du camp de la cavalerie, et ils mirent pied à terre.

— Gardez les chevaux, ordonna le général de Groot à ses Noirs.

Tous restèrent en arrière avec les montures, à l'exception de Micah Nxumalo, qui rampa avec le commando pour guider son général jusqu'aux chevaux de l'ennemi.

Le soleil se couchait. Sans jamais se redresser, ils bondissaient de rocher en rocher puis s'accroupissaient, zigzaguant dans le veld jusqu'aux abords immédiats du campement anglais. Ils demeureraient dans cette position pendant au moins six heures au cours de cette belle nuit d'été — sans parler ni fumer. Les insectes les harcelaient et on se grattait beaucoup, mais les hommes observaient un silence absolu.

Des étoiles apparurent, puis la lune. Au loin, une hyène gronda puis éclata de rire. Les constellations familières montèrent à leur zénith puis commencèrent leur descente paresseuse. Dans le camp, tout était muet. Vers minuit, plusieurs cavaliers sortirent d'une tente servant de mess, bavardèrent pendant un moment puis se séparèrent en se souhaitant une bonne nuit.

— Psstt !

De Groot fit un signal et les six hommes qui l'accompagnaient rampèrent en avant. Leurs missions ne laissaient pas de troubler plusieurs d'entre eux, car la boucherie qu'ils projetaient allait contre l'instinct des bons paysans qu'ils étaient. Mais une série de défaites récentes les avait profondément marqués. Ils se savaient engagés dans une lutte qui ne pouvait s'achever en une simple trêve : un camp ou l'autre serait forcément vaincu à plates coutures et il valait mieux que ce ne fût pas les Boers. Le prix en serait très lourd : perte de la liberté et même effondrement de leurs républiques. Il fallait faire ce qui devait être fait.

Quand ils parvinrent tout près du camp, de Groot toucha le bras des hommes à ses côtés et leur fit comprendre sans un mot ce qu'il attendait d'eux. Certains d'entre eux lui serrèrent la main, d'autres se bornèrent à hocher la tête dans le noir.

Quand ils furent à dix pas du corral des chevaux, Paulus bondit hardiment et ses hommes le suivirent.

Trois d'entre eux abattirent les barrières, libérant des centaines de chevaux, d'autres prirent par la bride sept chevaux sellés en cas d'urgence et les conduisirent au-dehors. Le général de Groot et Jakob longèrent la ligne où étaient entravées les montures de choix des officiers et abattirent méthodiquement les bêtes, l'une après l'autre. Celles qui ne mouraient pas sur le coup étaient immobilisées de façon permanente.

Il n'y eut aucune panique, aucune hâte parmi les Boers quand la trompette se mit à sonner l'alarme. Ils continuèrent d'entasser la paille et les branches, puis ils craquèrent les allumettes. Avant que le premier cavalier anglais parvienne aux magasins, ils étaient en feu et des silhouettes sombres sautaient sur les chevaux sellés. Ce qui fit le plus enrager les Anglais lorsqu'ils se précipitèrent vers la scène du désastre, incapables de riposter car leurs chevaux avaient disparu, ce fut de voir, à la lueur des flammes bondissantes, les Boers galoper au milieu du troupeau en fuite et abattre les chevaux libres autour d'eux.

— Mon Dieu ! cria un jeune officier. Ils tirent sur les chevaux !

Fou de rage, il braqua son arme vers les Boers qui s'éloignaient. Tout le monde savait qu'ils étaient hors de portée, mais le contingent de cavalerie se mit à tirailler dans leur direction en leur lançant des insultes. Et sans cesse leurs belles montures tombaient... Quand vint l'aurore, les Anglais et les Boers comprirent tous que le reste de cette guerre n'allait pas être très joli.

— Un acte inhumain, s'écria le général Kitchener à la vue des chevaux morts. Aucun homme civilisé n'aurait commis un acte pareil.

Il était mal placé pour donner des leçons sur ce que des hommes civilisés devaient faire ou ne pas faire. Au cours de la bataille acharnée qui avait abouti à la reddition du général Cronje et de ses quatre mille Boers, il s'était produit un moment critique où toute la ligne anglaise semblait flancher. La situation ne pouvait être stabilisée que par une action radicale qui forcerait l'attention et le respect de tous. Kitchener vit aussitôt la solution.

— Cavalerie ! Chargez le centre et, même si vous n'atteignez pas le laager des Boers, tiraillez sur eux.

— Monsieur, protesta le commandant écossais des cavaliers, ce serait un suicide.

Kitchener se raidit. Il savait que, selon les normes ordinaires, l'ordre qu'il donnait était déraisonnable, mais cette vaste bataille n'avait rien d'ordinaire.

— Je vous ordonne de charger ce laager.

L'Écossais salua sèchement.

— Très bien, monsieur.

Il se rendait compte que, s'il désobéissait, il passerait en cour martiale et serait peut-être fusillé. Mais il savait aussi que, s'il obéissait, deux cents de ses meilleurs hommes seraient abattus. Il résolut ce dilemme d'une manière héroïque. Il se tourna vers son escadron et ordonna :

« Reculez de vingt pas et regroupez-vous.

A ses quatre officiers, il dit :

« Retournez au camp nous chercher d'autres munitions.

Quand tous furent loin derrière lui, il se tourna vers l'ennemi lointain et se mit à avancer lentement vers le laager, comme il en avait reçu l'ordre.

Il avança sans hésitation, très loin devant ses hommes, sur un grand cheval blanc qui semblait regarder où il posait ses sabots. Soudain, il éperonna et se mit à charger vers les fusils ennemis, bien cachés derrière les levées de terre. Les Anglais et les Boers n'eurent plus de doutes sur ce qu'il était en train de faire : il obéissait à ses ordres. On lui avait dit de charger et il chargeait. Mais son obéissance ne signifiait pas qu'il devait entraîner ses hommes à la mort. Il y eut un grand silence, puis il brandit son épée, la projeta dans le bon axe et, tandis que son bel animal allongeait l'allure, il cria à pleins poumons :

« Chargez !

Les Boers, qui le voyaient galoper vers les canons de leurs fusils, ne purent se résoudre à ouvrir le feu. Mais un burgher qui avait lu Walter Scott comprenait les traditions de la chevalerie : il savait qu'après une charge pareille il ne pouvait y avoir de retraite. Ni de place possible dans une vie anglaise après une telle insubordination.

— Feu ! cria cet homme.

Nul ne réagit.

« Feu ! cria-t-il de nouveau, nous devons l'aider...

Mais, une fois encore, ce fut le silence. Puis, quand le cavalier parvint presque au bout de leurs armes, les burghers ouvrirent le feu et l'Écossais tomba mort.

Pour le général Kitchener, envoyer un officier écossais et ses hommes à une mort certaine « faisait partie de la guerre ». Et cette conception du devoir lui avait permis de détruire le général Cronje. Mais le fait que Paulus de Groot abatte deux cents chevaux argentins était, selon les propres termes de Kitchener, « une preuve de barbarie, un acte inhumain et dément, étranger à toutes les règles de la guerre civilisée ».

Dès lors, la guerre allait être marquée par de nombreux actes inhumains — mais cela dépendrait beaucoup de ce que chaque camp tenait pour inhumain. Le général Kitchener résuma très bien l'attitude anglaise :

— C'est une question de raison, voilà ce que je dis. Pourquoi ne s'habillent-ils pas en kaki comme une armée convenable, pour qu'on puisse les reconnaître ? Pourquoi ne descendent-ils pas de leurs sacrés petits chevaux pour se battre comme des hommes ? A quoi ça rime de tirer sur un homme et de s'enfuir ensuite — sont-ils lâches ou quoi ? Ces sacrés Bicots se battaient mieux que ces gars-là, à Khartoum. Ils ont besoin d'une bonne raclée, voilà tout.

Le général Roberts, de tempérament plus posé, reprochait aux Boers trois choses :

— Ils n'obéissent pas à leurs chefs ; il est donc impossible de conclure un cessez-le-feu avec eux. Ils manquent de discipline ; on ne sait donc jamais ce qu'ils sont capables de faire à la seconde suivante. Et... je n'aime pas évoquer ce problème, mais ils sont sans vergogne, tout à fait sans vergogne, vraiment, en ce qui concerne l'utilisation du drapeau blanc.

Le correspondant d'un journal de Paris lui demanda ce qu'il entendait par là. Roberts fit la sourde oreille et tenta d'éviter la controverse en gardant le silence, mais d'autres journalistes insistèrent, le crayon levé.

« Ils avancent vers vous avec le drapeau blanc, répondit-il carrément. Vous cessez de tirer. Et, quand ils sont assez près, ils laissent tomber le drapeau et reprennent le combat.

— Tout de même pas, monsieur !

— Je l'ai vu de mes propres yeux. J'avais reçu plusieurs rapports. Je ne parvenais pas à le croire. Après tout, ce sont des êtres humains normaux. Mais, à la bataille de Driefontein, je les ai vus agir ainsi.

Kitchener s'élevait également, avec une vigueur extrême, contre l'habitude des Boers de piller les cadavres des soldats anglais morts pour s'approprier les vêtements dont ils avaient besoin.

— Ces vautours nous attaquent avec nos propres uniformes. A cinquante pas, on ne peut pas dire si ce sont des ennemis ! C'est contre toutes les règles de la guerre civilisée.

Les chefs anglais montèrent en épingle ces règles de la guerre civilisée. Ils avaient le sentiment que tout ennemi devait se comporter comme les Indiens et les Égyptiens aux pieds nus : se mettre debout en ligne avec leurs fusils rouillés ; attendre que la phalange des Tuniques rouges marche sur eux ; tirer ; s'enfuir quand la cavalerie chargeait ; se rendre et retourner à leurs champs quand la guerre était déclarée finie. Voir des hommes de civilisation européenne faire la guerre comme combattaient les Boers était déconcertant : ruse, vitesse et cette sale habitude de se dissoudre dans le paysage au lieu de se rendre. Et le fait que les Boers étaient équipés avec les meilleurs fusils allemands et français — les mausers et les martin-henris — était sincèrement désolant.

Mais les Boers avaient eux aussi leurs récriminations. Comme le général de Groot, ils trouvaient inhumain et étranger à tous les principes de la guerre civilisée d'utiliser des gros chevaux — comme ceux des fermes d'Amérique du Nord et d'Argentine — pour charger des commandos en sabrant à tort et à travers. Des centaines de Boers qui, au début de la guerre, n'éprouvaient pour les Anglais qu'un vague ressentiment en étaient venus à les haïr de tout leur cœur à cause des charges de la cavalerie lourde. Quand de Groot et ses hommes avaient détruit les chevaux argentins, ils avaient applaudi.

Pis encore, ils déploraient l'habitude anglaise de tirer à deux cents mètres, puis à cent mètres, puis à cinquante mètres, pour finir en chargeant à la baïonnette — arme que les Boers n'utilisaient jamais.

— Se précipiter sur un homme avec une arme blanche au bout de son fusil est inhumain, disait de Groot.

Plus d'un Anglais qui aurait été fait prisonnier sans une

blessure avait perdu la vie parce qu'il se battait avec une baïonnette — car jamais un chrétien n'aurait fait une chose pareille !

Entre combattants, il existait réellement une sorte d'esprit chevaleresque, fondé sur le respect : les Anglais étaient des ennemis redoutables, prêts à accepter des pertes colossales ; les Boers avaient souvent l'audace d'accepter les combats les plus incroyablement déséquilibrés et ces rudes paysans furent les auteurs des gestes de courtoisie les plus inouïs de la guerre. Mais, sur deux points, ils demeuraient intraitables. Quand les Anglais refusaient des concessions à cet égard, il en résultait une amertume profonde — et, dans chaque camp, les prisonniers étaient alors torturés et même tués.

La divergence la plus profonde, peut-être, concernait les troupes noires. Chaque camp utilisait des éclaireurs africains, mais de plus en plus les éclaireurs du camp anglais pris par les Boers avaient des armes à la main et la nouvelle parcourut les républiques conquises comme une traînée de poudre :

— Les Anglais arment les Cafres !

C'était intolérable, car, malgré la violence avec laquelle les deux armées blanches s'affrontaient, au fond de leur cœur le véritable ennemi restait les Noirs, qui, pour l'instant, assistaient au spectacle depuis la touche.

Les commandants anglais étaient parfaitement conscients des sentiments des Boers sur ce point. Mais cela ne les empêcha nullement de recruter et d'armer des unités « de couleur », originaires du Cap. Jamais les Boers ne le leur pardonneraient.

En outre, le recrutement de ces « hommes de couleur » par les Anglais remuait le couteau dans la plaie pour les Boers, blessés par le refus des Afrikaners du Cap d'accourir à leur aide. De nombreux Boers espéraient encore une rébellion massive contre les Anglais dans les deux colonies du Cap et du Natal, mais pas plus de treize mille hommes passèrent dans le camp des républiques. Et, plus douloureux encore, des milliers de citoyens du Cap d'origine hollandaise se joignirent à des hommes d'ascendance anglaise dans les régiments coloniaux combattant contre les Boers au sein des armées britanniques. Un grand nombre d'hommes du nord ne pardonneraient jamais cette trahison à leurs frères du sud.

Le deuxième reproche des Boers était moins complexe. A

cause de leur rigorisme religieux, ils essayaient d'éviter toute activité le dimanche. Un jour, au cours d'un engagement qui traînait en longueur, au moment où le général de Groot conduisait la prière dominicale de ses soldats — fusils muets —, un des hommes de Venloo se précipita au milieu du service en criant :

— Ils sont en train de jouer au cricket !

De Groot partit à grands pas jusqu'à un poste de guet et braqua sa lunette sur le terrain verdoyant où les officiers anglais s'amusaient sans penser à mal. Ce sacrilège l'horrifia et il ordonna d'envoyer aussitôt un héliogramme exigeant que le jeu cesse sans délai, pour respecter le sabbat. Les Anglais répliquèrent en lui adressant le score : « Quatre-vingt-sept pour trois *wickets*. » Le vieux général, pris d'une rage noire, courut vers un gros canon.

— Tirez-leur dessus.

On chargea le monstre du Creusot. Quand on le pointa, il recommanda :

« Mais pas trop près.

L'obus atterrit bien au-delà du terrain de cricket et ne tua personne. Flegmatiques, les officiers continuèrent leur partie. Il fallut tirer un deuxième obus et il tomba si près que les jeunes gens s'enfuirent à la débandade. Des émissaires, drapeau blanc à la main, vinrent protester contre cette rupture d'un cessez-le-feu tacite. De Groot répliqua :

— Le dimanche, vous devez prier comme nous. Non jouer au cricket comme des païens.

Ce problème de religion intriguait beaucoup de Groot et Van Doorn. Ils se considéraient, bien entendu, comme des hommes voués à Dieu et sur qui Dieu veillait avec des égards particuliers. Ils savaient aussi que Dieu devait mépriser les Anglais puisque ceux-ci étaient indifférents à la Bible. Pourtant, il y avait des contradictions, comme de Groot le souligna dans un de ses rapports au Conseil :

> Je ne peux pas le comprendre. Les Anglais ont ce qu'ils appellent un aumônier attaché à chaque unité et jamais je n'ai vu d'hommes plus courageux. Pour aider un camarade blessé ou dire les dernières prières à un agonisant, ils traversent sous le feu des terrains découverts avec une telle force d'âme que parfois nos hommes les applaudissent,

admiratifs. Mais nous, les Boers, qui vivons et mourons de par une Alliance spéciale avec Dieu, nous avons des prédikants qui font des bonds de trois mètres au moindre coup de revolver. Notre bien-être spirituel reposait entre les mains des prédikants Nel et Maartinus, mais cela n'a pas duré longtemps. Au premier coup de canon, les deux dominees se sont aperçus que la vie de commando ne leur convenait point. Aucun membre de mon commando n'a déploré leur départ et nous dirigeons nos prières nous-mêmes.

Un point douloureux ne fut jamais évoqué en public. Aucune dépêche du front n'en fit jamais état, mais il provoqua des animosités très vives, comme le constata le général de Groot un matin où son commando avait fait prisonniers six Anglais. Leur officier, un jeune homme frais émoulu du « collège » d'Oriel et qui en était à son premier commandement, protesta vertement :

— Monsieur, pourquoi vous abaissez-vous au point d'utiliser des balles dum-dum ?

— Nous utilisons des dum-dum ?

Le visage de De Groot était impassible.

— Oui ! Oui ! s'écria le jeune homme, emporté par sa rage. Chalmers a été touché à la mâchoire : ce n'aurait été qu'une vilaine blessure, mais la dum-dum a explosé et a réduit son crâne en bouillie. Atkins a été touché au ventre. Normalement, la balle aurait traversé sans plus, la dum-dum lui a mis toutes les tripes à l'air.

Comme de Groot ne répondait pas, le jeune officier cria : « C'est monstrueux, Meneer !

Très calme, de Groot fit un signe à Van Doorn :

— Montre-lui-en trois.

Jakob sortit trois balles dum-dum d'une sacoche et les lança sur les genoux du jeune Anglais. Il les examina et devint blême. Il se tourna vers de Groot, consterné, et demanda :

— C'est vrai, Meneer ? Notre propre arsenal de Woolwich ?

— Dis-lui où nous les avons trouvées, répondit de Groot en se tournant vers Jakob.

— Vous avez entendu parler de notre raid contre votre cavalerie ? demanda Van Doorn. Les sept gros chevaux que nous avons gardés ? Les trois balles que vous avez à la main viennent de cette sacoche, fixée à l'une des selles.

Le jeune Anglais s'excusa.

— Elles étaient destinées à la frontière afghane. Pas pour une guerre civilisée.

A l'automne de 1900, tous ces incidents devinrent moins importants, car la puissance énorme des Anglais commença à se faire sentir. Ils avaient à ce moment-là presque deux cent cinquante mille hommes en campagne contre un maximum de soixante-trois mille Boers — et le petit nombre, si vaillant qu'il fût, n'avait aucun moyen de contenir plus longtemps la masse britannique. Au cours d'actions audacieuses mais soigneusement préparées, les généraux Roberts et Kitchener lancèrent leurs meilleures troupes à travers le veld vers Johannesburg et Pretoria. L'une après l'autre, les villes tombèrent aux mains des Tommies et, le 17 mai, même la petite colonie de Mafeking fut libérée après un siège interminable. Le général Roberts Baden-Powell, qui avait appliqué la tactique des éclaireurs (*scouting*) pour maintenir la ville en vie fut salué dans le monde entier comme un authentique héros — et son comportement plein de noblesse donna aux troupes anglaises un surcroît de courage pour leur attaque de Johannesburg, qu'ils prirent le 30 mai 1900.

Ce fut alors que connut le succès la plus populaire de toutes les chansons de la guerre et, à bien des égards, la meilleure : *We're Marching to Pretoria*. Des milliers d'hommes chantèrent ce refrain en avançant vers la capitale des Boers et l'on pouvait entendre leurs voix triomphantes quand le dernier train quitta Pretoria pour sa descente épique vers le Mozambique et Lourenço Marques — c'était l'unique voie ferrée que les Boers contrôlaient encore et, dans la voiture 17, en cette journée sombre, se trouvait Oom Paul Kruger, désespéré, en fuite.

Les Anglais prirent Pretoria en cinq jours. La ville tomba entre leurs mains le 5 juin 1900 : la grande guerre anglo-boer était presque finie. En Angleterre, la joie fut telle que la police craignit des émeutes. Les familles qui avaient encore des fils en Afrique — et elles étaient nombreuses — pleuraient dans les rues à la pensée que leurs héros rentreraient bientôt dans leurs foyers.

Il y avait un petit travail de nettoyage à accomplir. Le

général Roberts ne voulait pas rentrer à Londres tant que la dernière voie ferrée n'était pas entre ses mains. Sans cette voie, toute résistance ultérieure serait impossible — même de la part d'unités de guérilleros comme le commando, de plus en plus réduit, de Paulus de Groot. En bon soldat qu'il était, le petit génie borgne se garda bien d'annoncer la victoire avant que le président Kruger ne soit complètement repoussé hors d'Afrique du Sud. Pour y parvenir, il proposa de marcher avec Kitchener vers l'est, le long de la voie ferrée, tandis que le général Buller remonterait du sud pour refermer la dernière tenaille.

Il existe une cinquantaine de télégrammes où Roberts, depuis le nord, supplie Buller, au sud, d'accélérer son avance. Et, à chaque télégramme, le « maître passeur de la Tugela » répliqua avec une logique sans faille, expliquant pourquoi il ne pouvait agir plus vite. Roberts envoya un colonel anglais découvrir quel obstacle pouvait bien ralentir ce foudre de guerre ; ce fut le major Saltwood qui l'accueillit et l'escorta. Les deux officiers inspectèrent ensemble les dispositions prises par Buller, et Frank se rendit compte à cette occasion que son opinion sur le vieux général avait beaucoup évolué.

Par exemple, le visiteur explosa en voyant le nombre de chariots que traînait l'armée.

— Mais, bon Dieu ! Nous en sommes aux dernières phases d'une guerre. Il devrait abandonner quatre chariots sur cinq et galoper vers le nord pour nous aider.

— Une minute ! répliqua Saltwood sur la défensive. Buller se déplace lentement, mais j'ai remarqué qu'il accomplit ses missions avec un minimum de pertes d'hommes. Aucun général ne protège ses troupes aussi bien que le Vieux.

— Mais à quel prix ! Il refuse de prendre des risques.

— Je l'ai cru moi aussi. Au début. Mais je l'ai vu dans l'action...

— Quelle action ? Vous savez comment on l'appelle au QG ? Sitting Bull. Taureau assis, comme le chef indien.

Et le colonel éclata de rire à cette blague de popote. Saltwood se raidit.

— Monsieur, nous lui avons donné des dizaines de surnoms très drôles, mais savez-vous comment ses hommes l'appellent ? John Bull. Le symbole même de l'Angleterre.

Cela ne fit aucun effet sur le colonel, mais, quand il affronta

Buller au sujet des chariots en excès, il n'obtint qu'un grognement.

— Tudieu, mon cher, un soldat ne peut pas marcher avec le ventre vide.

— Le général Roberts dit que vous pensez trop à vos hommes.

— Aucun général n'a jamais perdu une bataille parce qu'il économisait ses hommes.

— Quand vous avez commencé cette campagne, fit remarquer le colonel grossièrement, vous avez promis qu'elle serait terminée à Noël. C'était Noël dernier, monsieur.

Buller ne se mit pas en colère. Il plissa ses petits yeux sous sa visière tombante et il répondit simplement :

— C'était une déclaration stupide. Faite avant que j'aie rencontré les Boers au combat. Ils sont redoutables, monsieur, et si Roberts se figure...

Le reste de sa réplique se perdit dans sa monstrueuse moustache.

La rencontre officielle n'aboutit donc à rien, mais, quand Buller se retira en ronchonnant, Saltwood demeura avec le colonel.

— Au cours de notre marche vers le nord, je l'ai vu à l'œuvre. C'est un homme remarquable. Victoire sur victoire, presque sans pertes. Il semble avoir la science infuse de ce que ses hommes peuvent faire, de l'endroit où ils doivent frapper.

— A Spion Kop, il a été lamentable.

— A Spion Kop, il s'est appuyé sur le général Warren. Maintenant, il ne compte plus que sur lui-même.

— Vous défendez Lord Redvers ?

— Oui. Ce n'est pas Roberts, papillonnant partout. Ce n'est pas Kitchener, explosant comme un canon. C'est un général âgé qui a un sens aigu de la guerre et une dévotion pour ses hommes.

Buller le démontra le jour même d'une façon très embarrassante, car, à la fin de l'entrevue avec le colonel en visite, il s'écria :

— Saltwood, nous en sommes à la poussée finale. Descendez donc à Trianon me chercher cinq cents bouteilles de leur meilleur mousseux. Ce n'est peut-être pas du champagne, mais il a bon goût après une longue marche. Et ramenez de la bière pour les hommes.

Quand les deux jeunes officiers furent seuls, le visiteur dit :

— Il n'a jamais fait une longue marche de toute sa vie.

— Je peux vous garantir une chose, répliqua Saltwood. Le jour de la victoire, le vieux Buller sera au premier rang. Il n'avance pas vite, je vous l'accorde, mais toujours au même pas.

Et, quand le colonel s'éloigna en ricanant, Frank s'aperçut, à son propre étonnement, qu'il avait fini par aimer le « maître passeur de la Tugela », car Redvers Buller, avec ses yeux clignoteurs, sa tête en aubergine et son télescope entre les orteils, savait ce qu'était la guerre. Comment combattre et comment gagner.

A son arrivée aux vignobles de Trianon pour commander le meilleur de la réserve en bouteilles, Saltwood retrouva sa femme, venue du Cap pour partager avec lui ces quelques journées de répit. Ce fut de sa bouche qu'il apprit une nouvelle étonnante, qui n'était pas parvenue jusqu'au quartier général de Buller : la guerre avait pris un tour nouveau — et dramatique.

Maud était très inquiète.

— Frank, crois-tu que la décision du général Roberts est justifiée ?

— C'est un homme remarquable. Les deux armées se concentrent sur la dernière voie ferrée des Boers. Cela terminera la guerre.

— Je ne songeais pas à la voie ferrée. Je pensais à la terre brûlée.

Il n'oublierait jamais la beauté de la jeune femme à l'instant où elle prononçait ses paroles : le soleil de Trianon jouait sur ses cheveux auburn, soulignant ses boucles et ses frisons. Ses yeux brillaient de la même intensité que lors de leur première rencontre. Il se pencha vers elle pour l'embrasser, oubliant la guerre et ses tactiques. Mais, après quelques instants de tendresse soumise, Maud laissa de nouveau percer son inquiétude :

« Oui, il a ordonné aux burghers : « Déposez les armes, sinon nous brûlerons vos fermes et dévasterons vos champs. Si vous combattez, vous mourrez de faim. »

Elle respira à fond :

« Sincèrement, Frank, est-ce faire la guerre de façon convenable ?

— Eh bien... Les Boers sont un ennemi difficile. On les bloque ici, ils ressortent là. Je n'étais pas au courant de cette nouvelle mesure...

Elle lui montra un communiqué, signé par le général Roberts. Elle l'avait interprété de façon correcte.

« Cela me paraît rationnel. Nous les avons vaincus, tu sais. Complètement vaincus. Et ces règlements ne s'appliquent qu'à des rebelles dispersés.

— Mais c'est tellement barbare. Ce n'est pas du tout mon Angleterre. On dirait Gengis Khan.

— Ce sont les jours de nettoyage qui marquent la fin de la guerre, Maud. Nous glanons les derniers épis.

— Dans ce cas, pourquoi acheter ces quantités de vin pour ton idiot de général ?

— Maud, il n'est pas idiot. Il sait exactement ce qu'il fait, malgré tout ce que j'ai pu croire au début.

— Mais pourquoi le vin ?

Elle lançait le menton en avant, très dure soudain comme chaque fois qu'elle se heurtait à la sottise. Irrité par son insistance, Frank explosa :

— Parce qu'il aime la bonne chère, même en temps de guerre. Parce qu'il est le neveu d'un duc qui lui donne de l'argent pour le dépenser comme il le juge bon. Et il juge bon d'acheter du champagne, voilà tout.

C'était une réponse stupide et il s'en aperçut à l'instant même où les mots sortaient de ses lèvres.

« Je viens de vivre une année longue et épuisante, dit-il. Mais je me suis pris d'affection pour Buller et tu aurais honte de moi si je ne le défendais pas à présent.

— Je regrette d'avoir parlé si durement, répondit-elle avec une innocence si tendre qu'il la serra tendrement contre lui.

Mais, alors même qu'il l'embrassait, elle en revint à son propos :

« Le général Buller va-t-il brûler des fermes ?

— Jamais de la vie. C'est impossible. Il se bat contre des armées, non contre des femmes ou des enfants.

— Mais c'est un ordre. Un ordre de Roberts, son supérieur.

Frank éclata de rire.

— J'ai appris de Buller une leçon splendide : « Quand un ordre est stupide, il faut l'ignorer. »

— Mais va-t-il brûler des fermes ?

— Chérie, c'est un vieux fou merveilleux, toujours en train de ronchonner et qui a davantage le sens de la guerre que tous les autres réunis. Il mènera sa guerre à sa façon, avec une table bien garnie, du mousseux de Trianon et beaucoup de repos pour ses hommes. Et veux-tu savoir ce que je pense ? A la fin, c'est lui qui gagnera.

De son côté du front, le général de Groot vivait des moments difficiles. En dehors de quelques sorties brillantes comme son attaque de la cavalerie anglaise, il était condamné à une telle routine que d'autres membres de son commando le quittèrent pour s'amalgamer à des unités plus nombreuses, engagées dans les grands combats de la guerre. Le commando Venloo n'était plus constitué à présent que du général lui-même et de quatre-vingt-dix cavaliers, plus leurs Noirs. Le maintenir en existence plus longtemps était ridicule et, un après-midi, le Conseil le signifia au vieux lutteur.

Debout devant ses hommes avec son haut-de-forme et sa redingote noire — en haillons et élimée, sans le moindre bouton d'argent —, ce n'était plus qu'une silhouette du passé : un vieillard de soixante-huit ans abandonné du monde.

— Le commandant en chef dit que nous devons nous joindre au commando de Tobias Brand.

— Nous sommes quatre-vingt-dix hommes, protesta Van Doorn. Nous pouvons encore combattre en tant qu'unité séparée.

— Non. Nous devons suivre les ordres. Notre commando n'existe plus.

— Mais quelle humiliation ! Prendre les ordres de quelqu'un d'autre, quand on a été général...

— Pas pour moi, répondit de Groot. Peu importe où je combats.

Il fit venir Sibylla et, en présence de ses hommes, il lui dit : « Ma vieille compagne, on me dit de rendre mon commandement et de combattre sous les ordres de Tobias Brand.

— C'est un brave homme, répondit-elle. Je vais chercher le chariot.

Quand ils arrivèrent au campement de Brand avec Van Doorn et leur chariot, le jeune général dit à Paulus :

— Vous savez qui commande ?

— C'est vous, Tobias, répondit de Groot.

Brand s'opposa à la présence de Sibylla, car elle était beaucoup plus âgée que les femmes de son commando, mais Paulus insista :

« Ce méchant chariot est son seul foyer. Nous avons combattu côte à côte pendant soixante ans.

Et elle reprit sa place en queue de colonne — une colonne commandée maintenant par un inconnu. Par les journées de chaleur, si elle pouvait tuer une antilope, elle faisait du biltong pour les longues errances qui les attendaient.

Un simple coup d'œil à la carte de l'Afrique du Sud dictait ce que serait, forcément, la stratégie des troupes anglaises et de Groot écouta les généraux expliquer ce qu'il fallait faire pour maintenir les républiques boers en vie.

— La voie ferrée de Lourenço Marques est notre seul lien avec le monde extérieur. Il faut la maintenir ouverte. Nous l'avons perdue à l'est de Pretoria, mais nous devons absolument conserver cette partie-là.

D'un geste rapide du doigt, il parcourut le dernier tronçon qui restait : la zone entre Middleburg et la frontière portugaise, comprenant notamment les deux villages remarquables de Waterval-Boven (Cascade-Dessus) et Waterval-Onder (Cascade-Dessous), car ce fut là, sur quelques kilomètres, que changea la face de l'Afrique.

La rivière des Élans, en descendant du haut plateau, a creusé une gorge profonde dans de la roche tendre, créant une magnifique cascade en escalier dont les deux villages ont tiré leur nom. Mais ce ne fut pas la cascade qui rendit cet endroit célèbre. Waterval-Boven, perché au bord du haut plateau, était une colonie typique du veld : paysage rude, vastes étendues de terres presque nues, décor peu accueillant. Puis venait la descente plongeante et, à Waterval-Onder, on se trouvait dans les basses terres luxuriantes : degré élevé d'humidité, lianes et plantes grimpantes, une herbe riche et des arbres étonnants.

Au cours de l'hiver 1900, alors que la république du

Transvaal s'écroulait, les regards du monde entier se tournèrent sur les deux Waterval, car dans celui d'en haut venait d'arriver Oom Paul Kruger, soixante-quinze ans, voûté, épuisé, un président en train de perdre son pays. Depuis ses wagons de chemin de fer, il tentait de regrouper sa nation, tressaillant de douleur chaque fois qu'il apprenait la chute d'un district sur lequel il comptait. Il avait quitté Pretoria bien à contrecœur et il souffrait beaucoup d'avoir dû abandonner sa vieille épouse. Il était presque au bout de la voie ferrée.

Les chefs des commandos venaient le voir et parlaient avec déférence de ses grandes réalisations du passé.

— Oom Paul, nous étions près du parc que vous avez établi pour les animaux. Les lions et les girafes vous envoient leurs remerciements.

— Vous ne m'aviez pas beaucoup aidé, bandes d'hommes voraces, quand j'ai voulu instituer cette réserve naturelle, hein ? Vous ne vous intéressiez qu'à une chose : tuer les éléphants pour leurs défenses...

Quand le général de Groot vint lui présenter ses respects :

— J'ai appris que vous avez gardé Sibylla avec vous, lui dit Kruger. Une idée splendide, Paulus. Les femmes boers sont merveilleuses dans la bataille.

— Nous sommes les deux seuls survivants du Grand Trek, Oom Paul, lui dit Paulus.

Et ses yeux s'emplirent de larmes au souvenir de ces jours passés.

— Ce Mzilikazi était un ennemi redoutable, hein ? dit Kruger. Il se battait contre nous toute la journée, tuant et massacrant, puis il priait avec les missionnaires anglais toute la nuit en leur racontant combien son cœur saignait pour son peuple.

Le président épuisé secoua la tête, puis ajouta :

« Je dois l'avouer, les missionnaires ne m'ont jamais plu. Comment la Bible peut-elle produire une engeance aussi mauvaise ?

— Ils se servent d'une autre Bible, dit de Groot.

Kruger lui donna une claque sur la cuisse.

— Je suis d'accord, Paulus. La Bible en anglais a un air différent. Ils lui ont fait quelque chose.

— Qu'allez-vous décider, Oom Paul, si les Anglais descendent le long de la voie ferrée ?

— « Ils » veulent que je parte en Europe. Pour réveiller les nations. Pour nous trouver des alliés dans notre combat.

Et, tandis que les deux Paul discutaient, un groupe d'officiers se présenta près du wagon pour leur annoncer une nouvelle troublante.

— Nous vous conduisons à Waterval-Onder. Ce sera plus sûr, en bas.

Au nouveau quartier général, de Groot fut chargé d'une mission agréable : il devint une sorte d'agent de liaison entre les Boers du veld et le président Kruger installé dans une petite maison blanche, en bas, au milieu de la végétation tropicale, où l'air était doux et chaud. Mais, quelques jours plus tard, les nouvelles de la guerre devinrent alarmantes.

— Oom Paul, le général Roberts vient vers nous le long de la voie. Le général Buller arrive du sud.

Alors, Paul Kruger démontra avec quelle foi profonde il croyait en l'Alliance que son peuple avait faite avec Dieu.

— De Groot, je veux que vous m'aidiez à rédiger un dernier message à vos burghers de Venloo.

Laborieusement, mais non sans quelque grandeur, les deux vieillards, anciens combattants du Grand Trek pour la liberté, écrivirent ce message, dont les hommes de Venloo, quand ils le lurent, n'oublieraient jamais certaines phrases.

> Burghers, à tous les âges, la Bête lâche a eu le pouvoir de persécuter le Christ. En ce jour, où la nation de Dieu, envoyée ici par le Seigneur pour défendre Sa Parole, est assaillie par Ses ennemis, tout homme qui aime Dieu doit s'insurger pour Le défendre. Le moment est venu où le peuple de Dieu doit subir l'épreuve du feu et tous ceux qui resteront fidèles à la foi et combattront au nom du Seigneur seront reçus au Ciel et connaîtront une Gloire éternelle. A ceux qui parlent de se rendre, je dis que c'est se détacher de Dieu. A ceux qui sont forcés de déposer les armes et de prêter serment, je dis : « Reprenez le combat à la première occasion. » Et à tous, je dis que nous combattons du côté de Dieu et qu'Il nous protégera sans le moindre doute. Lisez ce message aux officiers et aux burghers à toute occasion.

Quand le général de Groot apporta le message sur le plateau pour le faire copier et le distribuer, il apprit que Waterval-

Boven était mis en péril par des forces anglaises toutes proches. A son retour près de la petite maison d'Oom Paul, il s'arrêta un instant au milieu des arbres pour observer par la fenêtre le vieil homme barbu qui était sur le point de perdre la république à laquelle il avait consacré tant d'efforts. Des larmes lui montèrent aux yeux, mais il les ravala : *Nou is nie de die tyd*, de Groot ! (« Ce n'est pas le moment. »)

En entrant dans la pièce qui servait de bureau à Kruger, il lui dit d'un ton brusque :

— Oom Paul, il faut que vous partiez. Un bateau vous attend à Lourenço Marques.

— Je ne peux pas, dit le vieillard.

Mais il partit.

En agissant ainsi, il créait un problème moral douloureux pour les historiens boers. Ils auraient beaucoup de mal à avouer carrément qu'en cet instant de crise profonde leur président avait fui son pays, l'abandonnant à l'ennemi. Ils avanceraient toutes sortes d'explications et de justifications : « Il partait embrigader des alliés. Il partait nous représenter dans les capitales étrangères. Il allait mettre notre or en sûreté. Nous l'avons envoyé, il n'a pas fui. » Mais un fait demeure : l'histoire est pleine d'exemples d'autres chefs d'État acculés qui refusèrent de quitter leur sol natal en période de crise — il y en a même tellement que c'est devenu une tradition honorable. Quand Guillaume le Conquérant a envahi l'Angleterre, Harold le Saxon a jugé qu'il lui incombait de résister jusqu'à la mort et c'est ce qu'il a fait. Quand les musulmans ont envahi l'Espagne, les rois castillans ont tenu bon et contre-attaqué depuis leurs réduits. Quand Pizarre a mis à sac l'Empire inca, l'Inca ne s'est pas enfui et, quand Cortez a attaqué le Mexique, Montezuma est resté défendre son pays. Même dans l'histoire de l'Afrique du Sud, quand le colonel Gordon a livré Le Cap aux envahisseurs anglais, il a jugé nécessaire, selon la tradition de l'honneur militaire, de se donner la mort ; et quand Marthinus Steyn, le président de l'État libre d'Orange, fut confronté à une défaite imminente, il envoya aux Anglais un télégramme : « Nous ne nous rendrons jamais », et il a continué le combat avec ses commandos. On a beaucoup de mal à trouver un autre grand exemple de souverain élu qui ait abandonné son pays, son épouse âgée et ses compagnons de combat. Mais Oom Paul

Kruger l'a fait et les explications qu'il a données pendant qu'il errait en Europe, d'une cour à l'autre, sonnent vraiment très creux.

On peut à la rigueur trouver une justification politique à ce comportement étrange : il tentait de maintenir sa nation en vie et une aide de l'Europe était peut-être l'unique solution pratique. Mais comment expliquer qu'un vieil homme comme lui ait abandonné sa compagne de tant d'années ? Quand il apprit, en Europe, qu'elle était morte à Pretoria, il éclata en sanglots.

Les services de renseignements des Boers, en général excellents parce qu'ils connaissaient bien mieux le terrain du conflit, virent clairement où voulaient en venir les généraux anglais.

— Roberts avance vers l'est le long de la voie ferrée. Kitchener consolide ses arrières. C'est cet axe que nous devons défendre.

— Et Buller, qui remonte du sud ?

— Jamais il n'arrive nulle part à temps. Nous pouvons l'oublier.

Ainsi donc, près de la ferme Bergendal, les Boers fortifièrent une grande colline rouge dont dépendrait la sécurité de tout leur front. Si cette colline était prise, l'artillerie anglaise pourrait détruire les lignes des Boers et la guerre serait terminée.

C'était un objectif formidable — des pentes assez vives conduisant à un plateau d'un peu plus d'un hectare, parsemé d'énormes rochers, évoquant le terrain de jeu abandonné par quelque géant de légende. Il était tenu par l'une des unités les plus solides des Boers — un groupe de policiers de Johannesburg, les combattants les plus féroces de la nation, tous prêts à mourir.

Avec son instinct obscur pour trouver une solution simple à des problèmes complexes, le général Buller, arrivé très en retard au moment où la bataille était presque engagée, vit aussitôt que la grosse colline rouge constituait le verrou de la défense boer et que, si elle tombait, toute la position de l'ennemi s'effondrerait.

— Ça ressemble à Spion Kop, dit-il tandis que son

artillerie lourde prenait position. Mais cette fois, c'est moi qui commande.

Et, tandis que Roberts et Kitchener s'avançaient de l'ouest avec des tactiques tirées du manuel, Buller fonça tout seul, la tête la première, et investit la colline.

Cette fois, sa tactique fut impeccable et, sous les yeux de Roberts et de Kitchener ébahis, la horde de canons de marine de Buller arrosa la colline de lyddite pendant trois heures terribles, déchiquetant les énormes rochers. Puis ses hommes chargèrent la redoute, égorgèrent la plupart des policiers de Johannesburg et brisèrent les lignes des Boers.

Ce fut la dernière bataille rangée de la guerre et, quand elle fut terminée, Buller écrivit à son épouse : « Me voici heureux comme un cochon... J'ai reçu aujourd'hui un télégramme très gentil de la reine... J'ai battu l'armée boer... pendant que l'armée de Lord Roberts, arrivée avant moi, avait manqué l'occasion. Ils ont dû se contenter d'assister au spectacle. Quel animal je suis ! »

Redvers Buller avait gagné la guerre.

A Londres, il y eut des cérémonies fantastiques. La vieille reine, qui venait de fêter son soixantième jubilé, décida de son propre chef que son ami personnel Lord Roberts était responsable de la victoire. Elle insista pour qu'il soit élevé au rang de comte, qu'il soit reçu dans l'ordre de la Jarretière et promu commandant suprême de l'Empire. Devenu le maréchal Lord Roberts, il reçut de la nation reconnaissante une vaste propriété et un don en espèces de cent mille livres sterling — une fortune énorme à l'époque. Il avait mis fin à la guerre et l'Angleterre se réjouissait.

Mais le général Buller ne fut pas oublié. Dès la fin des combats, il s'embarqua pour l'Angleterre. On lui accorda un poste prestigieux dans la hiérarchie militaire et une vingtaine de dîners officiels fabuleux : toutes les villes, l'une après l'autre, lui offrirent comme témoignage de leur admiration un bâton de maréchal en argent massif ciselé, dans le style de la Rome antique, comportant le tableau d'honneur de ses grandes victoires : « conquérant de la Tugela, sauveur de Ladysmith, héros du haut veld ». Sa photo, avec sa petite casquette étroite, était affichée partout et tout le monde estimait que c'était peut-être le meilleur soldat que l'Angleterre ait jamais eu.

Bien entendu, quelques années plus tard, quand les faits de Spion Kop remontèrent à la surface, l'enfer se déchaîna. Des généraux de la hiérarchie se jetèrent sur lui à bras raccourcis, l'accusant de manque d'autorité. On le traîna devant des commissions d'enquête où ses dépositions firent très peu d'effet. Ces attaques de rivaux envieux ne semblaient guère l'inquiéter et le fait est qu'il conserva toujours l'estime du public — à laquelle il tenait avant tout. Sa maison à la campagne devint un lieu de pèlerinage incessant où les hommes qui avaient combattu sous ses ordres en Afrique du Sud faisaient la queue pour lui assurer qu'il était le meilleur général qu'ils aient jamais connu. Comme le déclara un conscrit à la presse : « Quand on combattait sous Buller, les choses allaient plus lentement, mais on mangeait vraiment bien. »

Le matin même où Lord Roberts s'agenouilla devant sa souveraine pour devenir comte et chevalier de la Jarretière, un groupe de Boers fatigués, aux chapeaux tombants, se réunit en secret dans une ferme à l'ouest de Pretoria. Il y avait Louis Botha, Koos de La Rey, le brillant improvisateur, Paulus de Groot, le bouledogue, et un jeune homme brillant, tout de glace et d'acier, Jan Christiaan Smuts.

Ils n'avaient pas de gouvernement établi, pas de voie ferrée pour les relier au monde extérieur, pas d'approvisionnements assurés en armes et en munitions, pas de chevaux de remonte, pas de système de conscription pour remplir leurs rangs et pas d'argent. Ils étaient aussi vaincus qu'aucun groupe d'hommes ait pu l'être au cours de l'histoire militaire ; ils avaient été pourchassés et presque chassés du continent — mais pas un seul d'entre eux n'était prêt à se rendre « les mains en l'air ».

— Voici la situation, dit Louis Botha. Lord Kitchener commande en ce moment deux cent mille hommes en armes. Et il peut en obtenir deux cent mille de plus. Nous avons peut-être vingt mille burghers en tout. Cela fait un rapport de forces de vingt contre un en sa faveur, sans parler de ses bateaux, de son artillerie lourde, du soutien de l'Empire. Mais nous avons deux atouts : notre connaissance de ce pays et notre détermination.

La discussion se prolongea plusieurs heures et aucun chef

ne se prononça contre la poursuite de la lutte. Ils définirent des plans que seul un fou aurait acceptés et ils se félicitèrent de leur audace. Une voix s'écria :

— La seule chose raisonnable, c'est attaquer la colonie du Cap. Cela encouragera les Hollandais de là-bas à se joindre enfin à nous.

Quatre commandants se proposèrent aussitôt pour cette mission impossible.

— Le plus gros des forces de Kitchener devra faire la police, prédit Botha. Il lui faudra cent mille hommes, peut-être deux cent mille, simplement pour conserver ce qu'ils croient posséder déjà.

La discussion démente se poursuivit et un auditeur aurait pu croire qu'il s'agissait de vainqueurs préparant leur nouvelle campagne. Mais, tandis qu'ils parlaient et s'encourageaient mutuellement, la détermination farouche de ces Boers s'exprima de plus en plus clairement.

Paulus de Groot n'échafauda pas de plans et ne participa guère à la discussion, mais, à la fin de la réunion, il enfonça sur sa tête son haut-de-forme cabossé, referma sa redingote avec les deux épingles de nourrice qui remplaçaient ses boutons d'argent et dit simplement :

— Les batailles sont terminées. Maintenant, la guerre commence.

Elle commença par une action dont les échos retentirent dans le monde entier. L'aventure n'aurait pas été moins remarquable si le général de Groot avait été seul, mais il se trouva que deux journalistes l'accompagnaient. Ces deux hommes, un Français et un Américain, apprenant la dissolution des commandos puisque la guerre était finie, recherchèrent le vieux de Groot, persuadés qu'il leur offrirait le sujet d'un article pittoresque : l'ancien lutteur du Grand Trek qui avait combattu comme général puis comme simple soldat. Et, comme il avait été, des années plus tôt, l'un des héros de Majuba, son retour à la vie civile intéresserait sûrement les lecteurs d'un certain âge.

Mais, quand ils trouvèrent de Groot et lui posèrent leur première batterie de questions sur la reddition imminente, le vieux Boer leur adressa un regard stupéfait.

— Est-ce que vous montez à cheval ? dit-il.
— Oui.
— Vous avez peur des balles ?
— Comme tout le monde.
— Bien. Parce que je n'aime pas les héros. Venez avec moi, vous verrez comment nous nous rendons.

Il avait réuni quatre-vingt-dix hommes, la plupart de l'ancien commando Venloo, mais aussi seize burghers plus âgés d'autres districts, qui n'avaient plus d'endroit où aller et qui désiraient saisir l'occasion de « tirer la queue » du vieux Kitchener. Ils avaient de bons chevaux légers et, bien entendu, leur complément habituel de serviteurs noirs. Ils avaient aussi deux chariots transportant trois de leurs femmes. En voyant Sibylla de Groot, soixante ans passés, les reporters restèrent bouche bée.

— Que fait-elle ici ?
— Je ne vais pas à la guerre sans ma femme.
— Mais la guerre est finie.
— Seulement les préliminaires.

Quand les journalistes comprirent quel était le plan d'action, ils furent stupéfaits de son audace. Comment un homme de près de soixante-dix ans avait-il pu concevoir une chose pareille ?

« Nous voulons montrer au vieux Kitchener que cette guerre continue de plus belle. Il croit qu'il va recevoir des saluts et briser les camps. Mais il va avoir des difficultés énormes et nous voulons que vous le lui disiez clairement.

— Si vous faites ce dont vous parlez, répliqua le Français plein d'admiration, il n'aura pas besoin que nous le lui racontions.

De Groot se proposait de contourner Pretoria et Johannesburg par l'ouest, de descendre à trente-cinq kilomètres environ au sud de cette dernière ville et de faire sauter la voie ferrée du Cap. Ensuite, au milieu des soldats anglais, il galoperait vers le nord comme il l'avait déjà fait, au cœur même de leurs forces, dans le district de Johannesburg, et il ferait sauter la ligne de nouveau. Puis, après un nouveau galop de soixante-quinze kilomètres vers le sud, il couperait une troisième fois la ligne de chemin de fer, loin de la première attaque. Trois nuits, trois directions différentes, trois assauts. Le simple exposé de l'action vous faisait tourner la tête ; pour un général anglais se pavanant dans sa victoire, ce serait une gifle épouvantable.

Ils laissèrent les chariots et les chevaux de remonte loin au milieu du veld. Au moment de monter en selle pour cette folle aventure, le vieux de Groot ôta son chapeau, embrassa sa femme et lui dit :

— Un jour, vieille compagne... Un jour, tout cela finira.

Sans hâte, les Boers et les deux journalistes s'élancèrent vers l'ouest. Leur chevauchée était si bien calculée qu'ils arrivèrent exactement à deux heures du matin, quand les sentinelles étaient endormies. Ils firent sauter la voie de Johannesburg-Le Cap — une seule éruption sauvage, violente, qui emplit la nuit —, puis ils galopèrent à bride abattue vers Johannesburg, ne se mettant à couvert que juste avant l'aurore.

Toute la journée, ils virent des soldats anglais se précipiter en tous sens.

— C'est la panique, on dirait, remarqua de Groot.

Au crépuscule, ils ne bougèrent pas, mais, avant minuit, de Groot, Van Doorn et Micah remontèrent vers la voie avec une douzaine de burghers, le dos courbé sous le poids de la dynamite, qu'ils fixèrent aux rails pour la faire détoner de loin. L'explosion éventra toute la levée de la voie, mais, avant même que les décombres ne touchent terre, tout le commando Venloo galopait vers le sud, sur des petites pistes, pour son troisième rendez-vous. De nouveau, ils passèrent la journée à observer les troupes déconcertées. Au coucher du soleil, ils reprirent la piste et, cette fois, ils galopèrent presque jusqu'à l'aurore.

— Ils ne nous attendent pas aussi loin, dit de Groot.

Avec la même équipe, le vieux combattant fit miner cent mètres de rails et, quand les premiers instants de l'aurore furent secoués par l'énorme explosion, lançant des rails entiers vers le ciel, les Boers battirent en retraite dans le veld, vers l'endroit où Sibylla attendait avec les chariots, loin au nord.

L'article du reporter américain parut en première page dans tous les États. « LA GUERRE NE FAIT QUE COMMENCER », DÉCLARE DE GROOT. Il exposait les faits tels quels et il expliquait la stratégie audacieuse des Boers avec tant de détails que le lecteur ne manquait pas d'être impressionné.

Quand l'article du journaliste parvint en Angleterre, toute la nation frémit et les journaux titrèrent froidement : AVONS-NOUS CRIÉ VICTOIRE TROP TÔT ?

Mais ce fut l'article du journaliste français qui captiva l'imagination du monde : il parla de Sibylla attendant dans le veld, de Paulus ôtant son chapeau avant de l'embrasser, de la témérité incroyable de ces hommes chevauchant au milieu des forces anglaises et de la froideur avec laquelle de Groot et ses burghers manipulaient leur dynamite. Mais, ce qui frappa le plus les lecteurs, ce fut le titre ciselé par le Français — et qui qualifiait parfaitement de Groot et son commando : LE VENGEUR DU VELD. Et l'article s'achevait sur ces phrases :

> Au cours d'une de ces longues chevauchées nocturnes, le général de Groot m'a dit : « Maintenant que les batailles tapageuses sont finies, la vraie guerre commence. » L'ayant vu à l'œuvre au cours de ces trois nuits de légende, je le crois volontiers.

Le vieux général avait maintenant un nouveau problème. Tous les aventuriers voulaient se joindre à lui et le nom du commando Venloo était en train de faire le tour du monde. Il frappait dans le nord. Il surgissait du néant aux confins de l'État libre d'Orange... Les journaux se battaient pour obtenir des photos de Sibylla de Groot conduisant son vieux chariot, ou de son mari debout près d'elle, son haut-de-forme à la main.

Il eut quatre-vingt-dix hommes, puis cent quinze et enfin le maximum qu'il puisse normalement commander, avec l'aide de Van Doorn : deux cent vingt. C'étaient tous des cavaliers de premier ordre, des hommes capables de charger leur fusil et de tirer en plein galop, des hommes n'ayant aucune raison de s'arrêter ici ou là, car ils ne pouvaient plus rentrer dans leurs foyers.

Quand Kitchener découvrit, stupéfait, que les Boers n'avaient pas l'intention de se rendre — comme toute racaille vaincue devait en toute logique le faire —, il perdit la tête. Il ordonna que toutes les fermes des membres des commandos dissidents soient incendiées, leurs champs ravagés et leur bétail dispersé.

— Qu'ils combattent donc, mais ils ne mangeront pas.

Avant de quitter l'Afrique du Sud, Lord Roberts avait pratiqué cette politique de la terre brûlée, mais avec un certain discernement, n'incendiant que les fermes collaborant ostensiblement avec les commandos. Mais, quand le major Frank Saltwood fut muté de l'état-major dissous de Buller à celui de Kitchener, la pratique s'était répandue :

— Je ne crois pas que cela puisse exercer une pression réelle sur les burghers, le prévint Saltwood après avoir étudié les chiffres.

Mais Kitchener se montra intraitable et, pour la première fois, Saltwood comprit que cet homme était d'acier. Toujours rasé de près, mis à part sa célèbre moustache, cet homme rigide, net, refusant de s'en laisser conter par quiconque, semblait un bon choix pour la mission désagréable de « nettoyer » les quelques rebelles récalcitrants comme le vieux Paulus de Groot.

— Brûlerons-nous sa ferme ? demanda son aide de camp anglais.

Avant que Kitchener puisse répondre, Saltwood s'avança :

— Ce serait une faute, monsieur. Cet homme est déjà un héros. Cela ne fera que lui attirer un surcroît de sympathie.

A ces paroles prudentes, Lord Kitchener fixa du regard son officier de liaison sud-africain comme s'il le jaugeait : cet homme faisait-il passer l'intérêt de l'Angleterre avant tout ou bien était-il contaminé par le patriotisme local ? Cette fois-là cependant, sa réaction fut raisonnable.

— Ne brûlez pas la ferme de Groot, ordonna-t-il.

Pour quelque temps, elle fut épargnée. Mais, quand le vieux général obstiné continua de frapper de façon imprévisible, ridiculisant les Anglais en toute occasion, Kitchener fut saisi d'une rage froide. Il n'incendia pas encore la ferme de Groot, mais il ordonna de faucher une longue travée de désolation de chaque côté de la voie ferrée de Lourenço Marques. A peine était-ce terminé que le commando Venloo attaqua et fit sauter les rails en quatre endroits, aux plus grandes délices du correspondant français qui accompagnait le raid.

Ce fut décisif, car la presse du monde entier, notamment les dessinateurs humoristiques, se retournèrent sans pitié contre la Grande-Bretagne et la brocardèrent, ainsi que Kitchener, traité d'assassin et de bourreau. Tous les jours ou presque, les journaux influents d'Amsterdam, de Berlin et de New York crucifiaient Kitchener, sous les traits d'un tyran brûlant la nourriture que mendiaient les femmes et les enfants boers affamés. Un aide de camp anglais du noble lord, en voyant les pires de ces caricatures, grommela :

— Du diable si ces grosses Hollandaises meurent de faim !

Mais la propagande corrosive continua et on eut bientôt l'impression que le monde entier s'opposait à l'action de l'Angleterre en Afrique du Sud — et c'était bien la réalité, en dehors de pays comme le Canada, l'Australie et la Nouvelle-Zélande, qui conservaient des liens très étroits avec la métropole anglaise.

Le héros de ce tir de barrage incessant de la propagande pro-boer était bien entendu le général de Groot — le Vengeur du veld —, un vrai festin de roi pour les caricaturistes : un vieil homme en redingote de cérémonie et haut-de-forme, accompagné par une femme dont l'égalité d'âme en toute circonstance avait forcé l'admiration de tous les journalistes. Ensemble ils formaient un couple irrésistible — surtout quand un photographe américain les surprit main dans la main près de leur chariot usé jusqu'aux moyeux. A Londres, un petit marchand de journaux effronté acheta une poignée d'enveloppes blanches, inscrivit dessus : PORTRAIT DU GÉNÉRAL DE GROOT, et les vendit six pence. Quand l'acheteur ouvrait l'enveloppe et ne trouvait rien, le Cockney s'écriait, à la plus grande joie de tous les spectateurs dans la connivence :

— Crédié, patron, il a encore fichu le camp !

Qui pourchassait de Groot, pendant ces huit mois décourageants de 1901 ? Au lieu de rentrer en Angleterre pour Noël 1900, comme Lord Roberts l'avait promis, deux cent mille soldats durent rester. Et deux cent quarante-huit mille autres hommes vinrent s'ajouter à eux, à un moment ou un autre. Bien entendu, tous n'étaient pas en campagne en même temps. De Groot, quant à lui, avait deux cent vingt burghers sous les armes et d'autres commandos opéraient parallèlement, de façon aussi insolente. Le rapport de forces était énorme et irritant. Les troupes anglaises, en nombre considérable, auraient dû être capables de se saisir des commandos. Ce ne fut pas le cas : le vieux de Groot et sa femme trottaient paisiblement entre les pièges tendus pour les attaquer.

Au beau milieu de l'été, alors que la chaleur incommodait le plus les troupes importées, mal préparées pour le haut veld, le commando Venloo était pourchassé, entre autres, par les unités suivantes :

— d'Angleterre : les Coldstream Guards ;
— d'Écosse : les Argyll and Sutherland Highlanders ;
— d'Irlande : les héroïques Royal Inniskilling Fusiliers ;
— du pays de Galles : les Royal Welsh Fusiliers ;
— du Canada : les Lord Strathcona's Horses ;
— d'Australie : les Imperial Bushmen ;
— de Nouvelle-Zélande : les Rough Riders ;
— de Tasmanie : la Mobile Artillery ;
— d'Inde : les Lumsden's Horses ;
— de Ceylan : la Mounted Infantry ;
— de Birmanie : les Mounted Rifles ;
— de Gibraltar : les First Manchester ;
— de l'île Maurice : la King's Own Yorkshire Light Infantry ;
— d'Égypte : les First Royal Fusiliers ;
— et de Crète : la Second Rifle Brigade.

Plus tôt, au cours de la guerre, les Boers avaient bénéficié d'aides extérieures. Des aventuriers de tous les pays, persuadés qu'ils allaient combattre pour la liberté contre l'agression, s'étaient précipités en Afrique du Sud et un colonel français réputé devait mourir dans les rangs des Boers. Il y avait un régiment d'Irlandais — toujours prêts à foncer tête baissée contre l'Angleterre —, un contingent allemand et un contingent hollandais. Une unité de volontaires scandinaves composée de cent vingt et un idéalistes, en majorité norvégiens, devait connaître un destin tragique : la compagnie fut presque entièrement exterminée au cours d'une des premières batailles de la guerre.

Les événements furent relatés de façon magistrale, surtout dans la presse anglaise. Outre Winston Churchill, Rudyard Kipling partit en Afrique pour écrire sur le conflit et défendre la cause britannique en prose et en vers. Edgar Wallace se montra frénétique et Conan Doyle d'un patriotisme enflammé. H.W. Nevinson fit preuve d'une retenue aristocratique, et Richard Harding Davis, du contraire. Banjo Patterson, qui deviendrait le grand poète populaire de l'Australie avec sa ballade *Waltzing Matilda*, signa des reportages excellents. Et, sur la fin, le calme et mystérieux John Buchan regarda au fond des choses... Toute une étrange cohorte de visiteurs s'infiltrèrent au titre d'observateurs. Le prince Kuhio, héritier du trône d'Hawaii, se présenta un jour ; en tant qu'héritier d'une famille de tout temps pro-anglaise, il fut invité sur le front : il tira sur la ficelle d'un gros canon et lança lui aussi son obus contre les Boers invisibles.

En août 1901, la pression anglaise s'accrut et le commandement boer décréta que les femmes ne devaient plus accompagner leurs maris. Sur une colline dénudée, Paulus de Groot dut notifier la décision à sa compagne de toutes les heures depuis l'enfance. Elle devait le quitter. Elle refusa. La petite ferme de Vrymeer offrait beaucoup moins d'attraits pour elle que les chevauchées avec son mari de bataille en bataille. Elle ne craignait pas les rigueurs de la guerre ; elle voulait tout partager avec Paulus, que leur destin fût une mort soudaine ou une lente désillusion. Mais Paulus resta ferme.

— Tu es ma vie, dit-elle, inconsolable.

— Ce sont les autres qui ont pris la décision. Il faut que tu rentres à la maison.

— Ma maison, c'est là où tu es.

— Les raids vont devenir de plus en plus difficiles. Le filet se resserre.

Elle se dit qu'elle ne le reverrait probablement jamais et elle comprit qu'il ne fallait pas qu'elle pleure. Elle éclata d'un rire nerveux.

— Tu te souviens, quand nous nous sommes mariés ? Après la dernière bataille contre les Zoulous ? Avec le dominee demandant à voix forte : « Quelqu'un a-t-il une objection à présenter au mariage de cet homme et de cette femme ? »

— Bon Dieu, quel moment ! s'écria le général en éclatant de rire à son tour.

— Et Balthazar Bronk, toujours trouble-fête, qui crie que ce mariage était interdit. Parce que nous avions été élevés comme frère et sœur.

Ils demeurèrent silencieux dans le crépuscule du veld. Puis Sibylla lui prit la main :

« Tu n'as jamais été mon frère, Paulus. Depuis la nuit de Blaauwkrantz, je t'ai toujours aimé d'amour. Et je t'aimerai toujours ainsi.

De Groot essaya de parler, mais aucun mot ne vint.

« Dors toutes les fois que tu pourras, dit-elle.

Ensuite, ils se dirigèrent vers le vieux chariot. Il l'embrassa et l'aida à monter, puis elle s'éloigna au milieu des collines.

Paulus demeura le chapeau à la main jusqu'à ce qu'elle franchisse la crête. Il ne s'attendait pas qu'elle regarde en arrière — et elle ne se retourna pas. Mais, quand elle eut disparu, il pria : « Dieu tout-puissant, oublie les batailles pour un instant et veille sur cette femme. »

Quand de Groot vit le premier, il frémit. Telle était donc l'invention de Lord Kitchener pour mettre fin à la guérilla ! Il se trouvait près d'un tronçon vulnérable de la voie ferrée et c'était un « engin » d'une simplicité admirable. Il était fait de tôle ondulée et il ressemblait à l'un de ces greniers espagnols tout ronds appelés silos, sauf qu'il était plus bas sur le sol. Il était constitué par deux cylindres d'acier emboîtés l'un dans l'autre, avec assez de place au milieu pour loger des soldats armés. Dans l'espace étroit entre les deux cylindres, on avait enfoncé des rochers et des gravois, pour assurer la protection et l'isolation. Le haut était recouvert d'un toit conique et, de loin, l'ensemble évoquait un gros cigare enfoncé dans la terre.

Comme le nouvel « engin » était manifestement mortel et destiné à mettre un terme aux dépradations des commandos, de Groot voulut en savoir aussi long que possible sur cette invention. Un homme du commando Carolina, qui en avait examiné un de près après l'avoir fait sauter à la dynamite, expliqua à tous les burghers :

— Très difficile à détruire. Occupé par sept soldats, Trois couchettes. Un endroit pour la cuisine. Et certains sont reliés par téléphone au blockhaus suivant.

Le commando inspecta la voie qu'ils comptaient dynamiter : ils virent six autres de ces blockhaus, peu coûteux à construire, faciles à mettre en place et efficaces pour quadriller le haut veld en secteurs de superficie limitée où un commando à cheval aurait du mal à se déplacer.

— Regardez ! s'écria Jakob. Kitchener construit une clôture en travers de l'Afrique.

A l'extrémité de la ligne des blockhaus, des soldats déroulaient des fils de fer barbelés d'un poste à l'autre.

Ulcéré d'être tourné en ridicule, le commandant en chef

avait donné l'ordre de protéger le réseau ferroviaire par ces blockhaus d'un style nouveau. Les cent premiers furent un succès et il en commanda huit cents de plus. Certains étaient de vrais fortins de pierre. Quand un commando poursuivi était bloqué contre l'une de ces barrières fortifiées, il n'avait plus de retraite possible et sa capture semblait inévitable.

Pas pour Paulus de Groot. La première fois qu'il se trouva pris au piège, dans le Transvaal méridional, il n'y avait pas d'issue ; les barbelés s'épanouissaient partout — mais il fallait encore que les troupes anglaises trouvent le commando. A l'heure la plus sombre, il dit à Van Doorn :

— Aucune armée au monde n'a jamais inventé un moyen de garder tous ses hommes éveillés. Il y a quelque part un blockhaus entièrement endormi.

Il envoya Micah à la recherche d'un point faible de la ligne, mais à son retour l'éclaireur zoulou rapporta :

— Des hommes partout. Tous éveillés.

— Essaie encore, grogna de Groot.

Et cette fois l'éclaireur repéra un fortin de tôle où les sept hommes semblaient endormis. A une vitesse qui étonnait même les membres de leur commando, de Groot, Van Doorn et Nxumalo rampèrent jusqu'au blockhaus, se frayèrent un chemin sous les barbelés, bondirent sur les meurtrières (à un mètre vingt du sol) et déversèrent un feu d'enfer à l'intérieur, tuant tous les occupants. Quelques minutes plus tard, le commando Venloo coupait les barbelés qui l'avaient arrêté et gagnait le veld. De Groot déclara à un journaliste :

— Les maisons de poupée de Lord Blockhaus ne nous inquiètent absolument pas.

Quand les dessins humoristiques des journaux du monde entier montrèrent le noble lord jouant avec des cubes pendant que le vieux général de Groot se faufilait dans son dos, le QG de Pretoria, fou de rage, ordonna :

— Emparez-vous de cet homme coûte que coûte.

Les régiments de onze nations exercèrent une pression de plus en plus formidable et de nouveau le vieux Boer se trouva pris dans un piège de barbelés. Des Canadiens, des Irlandais, des Australiens et des Gallois se rapprochaient. Cette fois, il adopta une tactique plus simple : il rassembla tout le bétail qu'il trouva dans les fermes non incendiées et il le poussa au galop entre deux blockhaus. Les animaux affolés se précipitèrent sur les barbelés et les emportèrent. Le commando Venloo se glissa à leur suite, libre une fois de plus.

Cette fois, les caciraturistes furent sans pitié. COMME ULYSSE..., titrèrent-ils, et ils montrèrent de Groot et ses hommes accrochés aux ventres de taureaux qui galopaient devant un Polyphème endormi — ressemblant trait pour trait à Lord Kitchener de Khartoum.

— Tous ! tonna-t-il. Je les veux tous enfermés dans des camps.

Et ses hommes commencèrent à rassembler les femmes et les enfants des Boers combattants. Ils furent parqués dans des camps de concentration pour les empêcher de nourrir et d'aider leurs maris et leurs pères. On fit remarquer à Kitchener qu'il y avait déjà plus de cinquante mille réfugiés dans ces camps, une grande partie d'ailleurs à la demande des Boers eux-mêmes, car les femmes ne parvenaient pas à survivre dans les fermes sans leurs maris.

— Peu m'importe qu'il y en ait cinquante mille de plus ! hurla Kitchener.

Quand l'opération contre les familles des rebelles fut bien lancée et que les territoires boers se dénudèrent encore plus de femmes, de fermes et de bétail, pour se réduire à des ruines fumantes, Kitchener commença à obtenir de bons résultats. Trois commandants, incapables de survivre à la famine et aux barbelés, se rendirent d'eux-mêmes — mais leurs meilleurs hommes les avaient déjà quittés pour se joindre au général de Groot, dont les forces atteignirent le maximum de quatre cent trente hommes aguerris, cent chevaux de remonte et cinquante Noirs. Ce serait l'armée de la fin, conduite par un homme de près de soixante-dix ans.

Ravi de l'efficacité apparente des camps de concentration, Lord Kitchener convoqua le major Saltwood un matin et lui donna l'ordre de brûler Vrymeer et de conduire les femmes au camp de Chrissie Meer.

— Êtes-vous certain de vouloir cela, monsieur ?

— Oui, répondit le général aux yeux d'acier. Et j'estime préférable que vous preniez la tête du détachement, plutôt qu'un Anglais.

— Je me considère comme un Anglais, monsieur, et je n'ai aucun goût pour les missions de ce genre.

— Je vous considère comme un enfant du pays, Saltwood. Cela aura meilleure allure.

Ainsi donc, avec un détachement mixte de soixante-dix hommes comprenant des soldats de plusieurs colonies, Saltwood partit vers l'est par le train de Lourenço Marques, débarqua ses chevaux à Waterval-Boven et s'éloigna lentement plein sud, vers le lac — un voyage qu'il avait accompli en des jours moins sombres. Quand il arriva à Venloo, il put constater le prix payé par le village au cours de cette guerre. Toutes les fenêtres étaient brisées. Un sentiment de désespoir l'envahit et il se rappela ce que Maud lui avait dit à Trianon : « On dirait plutôt Gengis Khan. »

Puis il obliqua à l'ouest sur le joli chemin de campagne conduisant au lac et, du haut de la côte, il aperçut les deux fermes où il avait été si bien reçu, au cours d'un séjour si heureux... La pensée que ces bonnes gens aient pu le considérer plus tard comme un espion lui faisait de la peine, mais il supposait, en y réfléchissant bien, que c'était au sens le plus général. Il n'avait guère envie de continuer, mais derrière lui les hommes arrêtaient leurs montures... Il poussa un soupir et se dirigea vers les bâtiments branlants de la ferme de Groot.

— Ce ne sera pas une grosse perte ! dit un Gallois.

Sibylla était dans la cuisine. Dès qu'elle vit les soldats, elle comprit ce qui allait se passer. Sans un mot, elle réunit quelques affaires, prit son bonnet de soleil et sortit sous le stoep.

— Ordre du général Kitchener, dit un soldat. Mettez le feu.

En un sens, les flammes étaient charitables, elles rasaient des bâtiments de ferme qui avaient depuis longtemps fait leur usage. Les supprimer était un acte de bonne gestion. Mais, tandis que le feu se répandait, Saltwood prit conscience de voix derrière lui. Il se retourna : les quatre enfants Van Doorn étaient là — les filles, Anna, Sannah et Johanna, et le beau petit garçon, Detlev.

— Monsieur, monsieur ! Que faites-vous ? cria l'une des jeunes filles.

A cet instant précis, les yeux du major Saltwood, qui n'était pas descendu de cheval, croisèrent le regard de la fille aînée, Johanna, âgée de vingt et un ans, et il y vit une telle haine qu'il faillit frissonner. Mais, derrière cette animosité farouche, il sentit qu'elle l'examinait comme si elle l'avait déjà vu. Elle parut ne pas le reconnaître et il en fut soulagé.

— Je suppose que vous brûlerez aussi la nôtre, dit-elle entre ses dents serrées. Mon père est avec le général.

— Soyez gentils avec la vieille dame ! cria Saltwood à ses hommes qui installaient Sibylla dans un chariot. Rassemblez les enfants.

Les soldats soulevèrent les trois plus jeunes et les déposèrent près de la grand-mère. Le détachement remonta en selle et partit vers la ferme Van Doorn. Johanna marchait dans la poussière, les yeux baissés.

Ce n'était pas une collection de cabanes hors d'usage, mais l'une des fermes les plus solides du Transvaal oriental, des bâtiments de pierre et d'excellentes cases pour les Noirs. La brûler revenait à détruire le cœur d'une riche région agricole.

— Brûlez-la ! dit Saltwood.

Mais, avant que les torches puissent enflammer les parties de bois, une femme apparut à la porte de la cuisine.

— Que faites-vous ? demanda-t-elle.

— Ordre de Lord Kitchener, madame. Vous devez monter dans le chariot.

— Sûrement pas, répondit Sara Van Doorn.

Et, comme les Australiens gardant le chariot relâchaient leur attention, Johanna courut rejoindre sa mère. Les deux femmes bloquèrent l'entrée de la maison.

— Emmenez-les ! commanda Saltwood.

Un détachement de cavaliers irlandais s'avança vers les femmes, mais elles s'enfuirent dans la maison. Quand les soldats les entraînèrent dehors de force, elles portaient dans leurs bras les principaux trésors de la famille Van Doorn : Mevrou Van Doorn tenait la Bible reliée de cuivre et Johanna le pot de céramique où son père cuisait son gâteau de pain.

Le hangar était déjà en feu et l'un des soldats essaya d'arracher le Livre pour le jeter dans les flammes. Mevrou Van Doorn se débattit pour l'en empêcher, Saltwood vit ce qui se passait.

— Bon Dieu, soldat ! C'est une Bible. N'y touchez pas !

Mais il était trop tard pour sauver le moule que tenait Johanna : un soldat, une espèce de brute, l'avait brisé d'un moulinet de son fusil. Une dizaine de morceaux tombèrent à grand bruit sur les planches du stoep. Avec de la colle, une personne habile pourrait peut-être reconstituer le vieil objet précieux et Johanna se baissa pour ramasser les fragments. Cela mit le soldat en rage, il bouscula la jeune fille et écrasa à coups de botte les morceaux qui restaient.

— Recule, espèce d'imbécile ! lui cria Saltwood.

De nouveau, son regard croisa celui de la jeune fille au cœur amer et cette fois elle le reconnut.

— Maman ! C'est l'espion...

Dans le chariot, Sibylla leva les yeux pour examiner l'homme qui dirigeait cette destruction et elle le reconnut elle aussi.

— L'espion !

Les jumelles passèrent la tête sous la toile, le reconnurent à leur tour et se joignirent aux lamentations.

— L'espion ! C'est Saltwood l'espion.

Quand Frank mit pied à terre pour réconforter les deux femmes Van Doorn sous le stoep, Johanna lui cracha au visage.

— Ils auraient dû vous pendre ! dit-elle.

— Ils auraient dû vous pendre ! crièrent les jumelles à leur tour.

Et Detlev, trouvant des bouts de bois dans le chariot, se mit à les jeter sur le traître. Déjà l'incendie faisait rage.

Il n'y avait guère plus de soixante kilomètres, de Vrymeer au groupe de grands lacs que les Anglais appelaient Chrissie Meer. C'était là que l'on avait établi le camp de concentration. Au cours de ces soixante kilomètres, la colonne du major Saltwood recueillit cinq autres chariots pleins de femmes et d'enfants pris dans les fermes en chemin. Comme tous les bâtiments avaient été brûlés, les femmes étaient couvertes de suie et pleuraient. Au dernier tournant, elles regardèrent leur destination avec de grands yeux. Leur camp se trouvait sur la rive de l'un des lacs les plus adorables de l'Afrique : un plan d'eau calme qui scintillait sous le soleil. Des collines s'élevaient doucement depuis la berge, partout des bosquets de fleurs et quelques animaux que l'on devinait embusqués dans les gorges...

Saltwood se tourna vers un des Welsh Fusiliers :

— Est-ce vraiment un camp de prisonniers ?... L'air pur... Le soleil...

Dans les mois à venir, quand le nom de Chrissie Meer devint un symbole de honte, il se souviendrait que c'était en tout cas un décor d'une extraordinaire beauté. Il y déposa Sibylla de Groot et Sara Van Doorn avec ses quatre enfants ; et, en s'éloignant, par le plus grand des hasards, il aperçut sous une tente trois jeunes enfants qu'il crut endormis ; en s'avançant, il constata qu'ils étaient bien éveillés mais trop faibles pour répondre quand il leur parlait.

Il se précipita au bureau du commandant, un médecin major des English Midlands.

— Monsieur, cria-t-il, les enfants sous la tente au fond de la rangée 18... Monsieur, ces enfants sont en train de mourir de faim.

— Personne ne meurt de faim ici, répondit le docteur sèchement comme s'il défendait son hôpital devant un comité d'inspection de village.

— Mais ces enfants ! Ils ont des jambes comme des allumettes !

— Nous sommes tous comme des allumettes, cria le docteur.

Sa voix s'élevait presque en un hurlement, comme si l'attitude qu'il avait affectée plus tôt était devenue soudain trop fragile.

« Et vous savez pourquoi ?

Il lança un chapelet d'obscénités comme Saltwood n'en avait pas entendu depuis des années — elles n'avaient pas cours aux quartiers généraux des officiers.

« C'est votre foutu Lord Kitchener, voilà pourquoi. Allez donc lui dire ce que vous avez vu.

— Je ne peux pas laisser ces femmes ici...

— Vous avez raison, colonel... Comment vous appelez-vous ?

— Saltwood et je suis major.

— Anglais ?

— Du Cap. Et je vous saurais gré de me dire où emmener ces femmes.

— Où ? Oui, où ?

— Docteur, baissez la voix. Vous êtes comme fou.

— Je suis fou ! hurla le petit homme avec un accent du Lancashire. Je suis fou de honte.

Saltwood détendit soudain son bras droit, projeta le médecin agité contre la cloison, puis le releva et le déposa sur son fauteuil, derrière le bureau.

— Et maintenant, expliquez-moi tout sans beugler. De quoi s'agit-il ?

— Il s'agit de la thyphoïde. Il s'agit de la rougeole. Et de la dysenterie. Il s'agit de la dysenterie.

Il s'effondra et se mit à sangloter de façon si pitoyable que Saltwood dut se détourner pour dissimuler sa compassion.

— Racontez-moi tout dans l'ordre, dit-il en posant la main sur l'épaule du docteur. Je constate que c'est horrible. Mais que pouvons-nous faire ?

Le docteur se frotta les yeux, fouilla dans un tas de papiers, trouva un rapport et posa la main à plat sur la couverture pendant un instant.

— Nous sommes au bout de la ligne de ravitaillement, colonel. Le quartier général ne nous envoie pas assez de nourriture. La ration alimentaire suffirait tout juste à maintenir un état de survie — même s'il n'y avait pas sans cesse des maladies.

Il répéta sa litanie de mort :

« Typhoïde, rougeole, dysenterie. Nous pourrions lutter contre elles, mais les corps déjà affaiblis par la sous-alimentation n'ont pas la force de résister. Les chiffres parlent d'eux-mêmes.

Il fit glisser le rapport vers Saltwood.

« Des morts par milliers. En février et en mars, sept cent quatre-vingt-trois.

— Mon Dieu ! s'écria Frank.

— C'étaient de mauvais mois. La moyenne de Chrissie Meer est en général inférieure à trois cents.

— Mais cela représente une personne sur trois !

— Oui, répondit le docteur. Sur les trente-sept femmes et enfants que vous avez amenés ici aujourd'hui, peut-être quinze ou vingt seront morts dans six mois, si la dysenterie se déclare de nouveau ou si les vivres diminuent encore.

— Docteur, vous êtes vous-même très mal en point. Je crois que je devrais vous ramener à Pretoria.

En entendant cette proposition, une infirmière s'avança. Elle était elle aussi d'une maigreur extrême.

— Le Dr Higgins maîtrise ses sentiments la plupart du temps. Comme nous tous. Et, quand nous recevons des légumes frais et de la viande de la campagne, nous maintenons beaucoup de monde en vie. Mais sans médicaments... (Elle haussa les épaules.) Le Dr Higgins est un homme très fort sur le plan spirituel. Il fait ce qu'il faut.

— De quoi avez-vous besoin ? demanda Saltwood.

Elle hésita, regarda le Dr Higgins et vit qu'elle n'obtiendrait aucune aide de ce côté-là. Il s'était retiré de la discussion.

— Nous avons besoin de tout. De lits d'hôpital. De médicaments. Nous manquons de papier hygiénique. La dysenterie fait rage et, comme vous l'avez vu, les enfants ont l'air prêts à mourir de faim. Si nous ne recevons pas des secours très vite, au moins des vivres en grande quantité, tous les enfants que vous nous avez amenés mourront.

Deux jours plus tard, à son retour à Pretoria, il découvrit qu'il n'y avait aucun approvisionnement supplémentaire prévu pour Chrissie Meer, tout au bout de la ligne : ni vivres frais, ni médicaments, ni matériel sanitaire. Il eut soudain sous les yeux l'image de « ses » enfants, ceux qu'il avait conduits au camp, en train de mourir. Il se retira dans sa chambre, incapable de surmonter sa tristesse — et il écrivit une lettre d'amour :

> Ma chère, très chère Maud,
>
> Jamais je ne t'ai adressé dans le passé une lettre comme celle-ci, parce que je n'étais pas vraiment conscient de l'intensité de mon amour. Je ne savais pas à quel point j'avais besoin de toi. Je suis allé à Chrissie Meer, le grand camp de concentration, et j'en suis revenu brisé. Tu dois faire tout ce que tu peux pour alléger la condition de ces pauvres gens. Des vivres, des couvertures, des médicaments, du personnel qualifié. Maud, dépense toutes nos économies, porte-toi volontaire, mais, pour l'amour de Dieu et pour la réputation de notre peuple, il faut que tu fasses quelque chose. De mon côté, je ferai tout ce qui est en mon pouvoir. Ce pays est submergé par un brouillard de Mal et, si nous ne le dissipons pas rapidement, il contaminera toutes les relations entre les Anglais et les Boers à l'avenir.

En revenant de Chrissie Meer, il m'est apparu que les trois hommes ayant souillé cette terre, Shaka, Rhodes et Kitchener, étaient tous des hommes sans femme. Je crains que les hommes sans femme soient capables de méfaits terribles et je désire te demander pardon d'avoir permis à M. Rhodes d'avoir retardé si longtemps notre mariage. En me conformant à cette attitude détestable, j'étais aussi mauvais que lui et, ce soir, je te bénis pour l'humanité que tu as apportée dans ma vie.

Ton mari très aimant,
Frank.

Au quartier général, quand le bruit courut que Maud Saltwood créait des troubles — « Pas des émeutes, vous comprenez, mais de vrais ennuis : des questions et tout ça, vous voyez... » —, Lord Kitchener devint fou de rage. Il n'admettait pas qu'un de ses propres aides de camp fût incapable de mettre sa femme à la raison et lui permît de faire tout un scandale au sujet de ces camps, où, comme il le soulignait sans cesse, « les femmes et les enfants étaient bien mieux lotis que dans leurs propres maisons ».

— Faites venir Saltwood ! tonna-t-il.

Quand le major parut, il lui montra de sa badine une liasse de documents.

« Qu'est-ce que tout ceci, hein ? Ces rapports... Sur votre femme, Saltwood.

— Elle fait ce qu'elle peut pour soulager les conditions...

— Soulager ? Il n'y a rien à soulager.

— Monsieur, sauf votre respect, avez-vous vu le taux de mortalité...

— Par Dieu, monsieur, ne soyez pas insolent avec moi !

Le noble lord avait tout l'air de vouloir dépecer Saltwood à belles dents et il l'aurait sans doute fait avec plaisir.

« Asseyez-vous et écoutez quelqu'un qui est au courant.

Il fit venir un certain Dr Riddle, de Londres, qui venait de rentrer d'une tournée d'inspection dans les quarante et quelques camps. C'était un bon vivant, visiblement bien nourri et qui semblait déborder d'enthousiasme. Il saisit avec empressement le rapport que Lord Kitchener lui tendait.

— C'est moi qui l'ai écrit, vous comprenez, Saltwood. Sur le terrain même.

Et il en lut les principales conclusions.

> Les femmes et les enfants boers sont sensiblement mieux que si on les laissait dans leurs fermes abandonnées. Ils reçoivent en quantités convenables la nourriture la plus saine, qui semble leur profiter très bien, et si...

— Êtes-vous allé à Chrissie Meer ? coupa Saltwood.

— Écoutez le rapport ! jappa Kitchener.

— Je n'ai pas pu me rendre si loin à l'est, répondit le Dr Riddle.

> Les maladies qui apparaissent dans ces camps sont dues avant tout aux femmes boers elles-mêmes. Ayant été élevées dans des fermes sans hygiène, elles semblent incapables d'adopter les mesures sanitaires qui permettraient d'éviter les épidémies. Et, quand la maladie les frappe, elles s'entêtent à appliquer des remèdes de bonnes femmes abandonnés dans toutes les nations civilisées depuis plus de soixante ans. Elles enveloppent leur enfant atteint de rougeole dans la peau d'une chèvre abattue depuis peu. Elles cherchent dans la campagne des simples d'autrefois qu'elles croient capables de faire tomber la fièvre. Elles récitent des incantations comme des sorcières. Et elles refusent de se laver les mains.

— Je songe sérieusement à entamer des poursuites pénales contre certaines de ces mères indignes, dit Kitchener dans un état d'irritation extrême. Elles devraient être jugées pour meurtre. Tout est de leur faute, vous savez.

> Et je suis en mesure de conclure que les autorités anglaises font tout ce qui est humainement possible pour les femmes et les enfants placés sous notre responsabilité. Je les ai trouvés en bon état de santé et raisonnablement heureux. Selon toute probabilité, ils quitteront les camps dans de meilleures conditions qu'à leur entrée.

— Que répondrait à cela votre précieuse épouse ? demanda Lord Kitchener en rivant son regard dur sur Saltwood.

Frank avait déjà dénigré sa femme une fois en présence

d'un homme puissant et il n'avait nullement l'intention de recommencer.

— Je crois qu'elle dirait, monsieur, que ce rapport vous fait faire, ainsi qu'au roi, une injustice.

Après une explosion sans paroles précises, Kitchener rugit :

— Mettez-vous en doute l'intégrité du Dr Riddle ?

Saltwood respira à fond avant de répondre.

— Je dis que le rapport ne fait pas état de la situation à Chrissie Meer et, j'en suis à peu près sûr, dans de nombreux autres établissements que je n'ai pas vus.

— Mais votre femme les a vus ?

— Monsieur, vous serez peut-être éternellement reconnaissant un jour de l'intervention de ma femme en ces moments sinistres.

— Des moments sinistres ? Vous êtes fou ! Nous sommes vainqueurs sur tous les fronts.

— Pas dans les camps, monsieur. Et ce qui s'y passe risque de salir toute votre réputation...

— Montrez-lui, Riddle ! cria Kitchener. Montrez-lui l'autre page.

— Je vais la lire, répondit le bouillant docteur, soucieux que cette partie secrète de son rapport ne tombe pas en d'autres mains, même pour un instant.

> Certains Boers se sont plaints d'un taux de mortalité excessif de leurs femmes et de leurs enfants, mais les statistiques de nos services le démentent. A cette date, 19 381 Boers sont morts dans les camps, mais il ne faut pas oublier que, pendant la même période, 15 849 de nos soldats sont morts dans les mêmes circonstances. Ce n'est pas notre prétendue barbarie qui tue, ni la famine due à une insuffisance des rations que nous fournissons ; c'est la nature même des camps et des hôpitaux et des épidémies incessantes de dysenterie et de typhoïde. Elles frappent les Boers et les Anglais de façon égale.

— Alors, que dites-vous de ça ? s'écria Kitchener.

Mais Frank avait trop honte de la duplicité de ce rapport pour exprimer le fond de sa pensée : les soldats anglais entraient dans leurs hôpitaux à la suite des blessures, ou presque morts de maladie. La plupart des femmes et des enfants boers arrivaient dans les camps en parfaite santé. Tous mouraient selon des proportions équivalentes, mais non pour les mêmes raisons...

« Eh bien ? demanda Kitchener. C'est la même chose, non ?

— Dans la guerre, des femmes et des enfants sans armes ne sont pas la même chose que des hommes en uniforme.

— Sortez d'ici ! Vous êtes cassé de mon état-major. Je ne veux pas autour de moi d'un homme incapable de contrôler sa propre femme.

Comme Saltwood restait au garde-à-vous, Kitchener répéta :

« Rompez ! Vous êtes cassé avec blâme. Jamais plus vous ne servirez dans une unité anglaise. Vous n'êtes pas digne de confiance, monsieur. Vous êtes une honte pour votre uniforme.

Avec un calme intérieur comme il n'en avait pas connu depuis qu'il avait pris ses fonctions auprès du général Buller, Frank Saltwood baissa les yeux vers Lord Kitchener, assis à son bureau en train de classer des rapports démontrant que l'Angleterre gagnait la guerre.

— Permission de parler, monsieur ?

— Accordée. Et disparaissez ensuite.

— Si vous continuez la guerre selon ces principes, on se souviendra de vous comme du général qui a perdu la paix.

Il salua, quitta la pièce et prit le train pour Johannesburg.

En arrivant au Cap, avide de retrouver la chaleur humaine de sa femme, il se précipita dans leur appartement. Elle n'était pas là.

— Elle est partie inspecter les camps, monsieur Saltwood, lui dit la servante.

Quand la jeune fille eut quitté la pièce, il inclina la tête et murmura :

— Merci, mon Dieu, d'avoir au moins montré à l'un de nous la voie du devoir.

Le lendemain matin, il s'informa de l'endroit où elle se trouvait et alla la rejoindre.

Quand Sibylla de Groot et les Van Doorn arrivèrent dans leur camp de concentration, on leur assigna une petite tente en cloche qui abritait déjà une famille de quatre personnes —

dont les deux plus jeunes étaient sur le point de mourir. Sibylla, cheveux blancs et toute voûtée, entra dans la tente, vit ce qu'il fallait faire et dit calmement aux Van Doorn :

— Ça ira.

Elle tira les grabats des enfants mourants vers un coin où ils pourraient bénéficier d'une petite brise et elle fit ce qu'elle put pour encourager les femmes à dénicher un petit supplément de nourriture pour leurs fillettes. A sa stupéfaction, elle s'aperçut que les femmes manquaient non seulement des forces nécessaires, mais aussi de la volonté. Saisie de terreur, elle laissa les trois plus jeunes Van Doorn sous la tente et entraîna Sara et Johanna dehors. Elle les prit toutes les deux par la main et serra jusqu'à ce que ses doigts lui fassent mal.

— Nous ne devons pas renoncer. Les enfants ne vivront que si nous vivons. Nous ne devons jamais nous avouer vaincues. (Elle regarda, l'une après l'autre, ses deux amies.) Vous jurez ?

Elles jurèrent de ne jamais abandonner.

Quand le premier des deux enfants mourut, dans un état de maigreur affreuse provoqué par une combinaison de typhoïde, de dysenterie et de nourriture inadaptée, Sibylla essaya de le dissimuler à Detlev, âgé seulement de six ans, mais il savait ce qu'était la mort et il dit :

— La petite fille est morte.

Toute la tente — c'est-à-dire ceux qui pouvaient marcher — assista aux funérailles. Des employés du camp, qui semblaient en bonne santé, descendaient le long de l'allée entre les tentes pour ramasser les cadavres. Dans la tente de Sibylla, ils soulevèrent le petit corps, puis s'avancèrent vers l'autre enfant qui gisait, inanimé.

— Celui-là n'est pas encore mort, dit Detlev.

Et les hommes passèrent à la tente suivante.

Ils transportaient les corps sur une petite charrette, jusqu'à un cimetière très actif, où un charpentier de Carolina s'était porté volontaire pour construire des cercueils grossiers avec tous les bouts de planches qu'il parvenait à rapiner. C'était Hansie Bronk, un descendant du Balthazar Bronk qui avait protesté contre le mariage de Sibylla et de Paulus de Groot. Lourd, les épaules voûtées, doté d'un sens de l'humour paysan, il était un des éléments positifs de la communauté — sa contribution la plus appréciée n'était pas ses cercueils, mais le talent qu'il avait de ramener de temps en temps de la viande et des légumes de la campagne.

Quand Detlev apparut près du cimetière, Hansie le prit par le menton :

— *Nou moenie siek word nie, my klein mannetjie* (Ne tombe pas malade, petit bonhomme).

Ce jour-là, il y avait quatre cercueils et, près des tombes peu profondes, se tenait le Dr Higgins, une Bible à la main. Il détestait le service religieux en cet endroit sinistre, mais il se sentait obligé de présider à tout ce qui se produisait, comme s'il était à la fois la cause et le participant. Il tenait à ce que les enterrements se fassent de manière décente. Detlev écouta le docteur prier.

L'enfant était sous la tente trois jours plus tard quand l'autre fillette mourut (ses bras étaient comme des fils de fer) et il accompagna les employés pendant leur tournée des cadavres de ceux qui étaient décédés de fièvres au cours des heures précédentes. Il assistait toujours aux enterrements et toujours Hansie Bronk lui disait :

— *Nou moenie siek word nie, my klein mannetjie.*

Son œil attentif remarqua le moment où l'aînée de ses sœurs jumelles — Anna, qui se vantait toujours de sa préséance — commença à s'affaiblir. Mais il ne s'attendait nullement à ce qui se passa quand il dit à sa mère :

— Anna a besoin de médicaments.

En effet, Mevrou Van Doorn poussa un cri perçant et se mit à courir vers le bureau du docteur. Il n'y avait pas de médicaments.

— Mon Dieu ! cria Sibylla.

Elle courut derrière elle, la gifla par deux fois et la ramena à la tente.

— Nous avons fait serment, Sara. Nous devons protéger les enfants.

Lors des distributions de nourriture, en quantités bien maigres, les femmes affamées en donnèrent une bonne partie aux jumelles. Cela ne les empêcha pas de baisser, jour après jour.

— Est-ce qu'Anna va mourir ? demanda Detlev.

— Ne dis pas ça ! cria sa mère.

Et de nouveau la vieille Sibylla la força à s'asseoir et à se calmer.

Le temps passa et Anna mourut, exactement comme Detlev s'y était attendu. Lors de l'enterrement, il regarda attentivement Hansie Bronk placer le corps fluet de la fillette dans l'un de ses cercueils. Ce jour-là, il y avait quatre autres enfants à enterrer et, quand le Dr Higgins voulut lire la Bible, il ne put maîtriser sa voix. Sibylla lui prit le Livre des mains et finit la lecture du Psaume. Detlev écouta le bruit de la terre tombant sur les cercueils.

La mort de sa fille eut sur Sara un effet si débilitant qu'elle parut se flétrir comme une fleur sous le soleil intense. La nuit, il faisait un froid extrême et les écarts de température très élevés aggravaient toutes les maladies contractées par les détenus — mais, dans le cas de Sara, c'était simplement une défaite de la volonté.

Une semaine plus tard, la ration des Boers augmenta de façon sensible et tout le monde dans la tente reçut une portion supplémentaire — mais cela ne fit aucun bien à l'une des femmes dont la fillette était morte. Elle mangea peu, sourit à Detlev et mourut. Lors de son enterrement, pour la première fois, il pleura.

Mais, si Lord Kitchener croyait qu'en emprisonnant les femmes boers il briserait le moral de leurs hommes, il se trompait du tout au tout sur la nature de ce peuple, car, une fois jetées ensemble, les femmes devinrent plus acharnées que jamais : avec davantage de fermeté que les hommes, elles résolurent de tout faire pour que la guerre s'achève par une victoire. Après le quatrième décès dans sa tente, Sibylla de Groot écrivit une lettre que des centaines de journaux devaient publier :

Chrissiesmeer, Transvaal, Noël 1901

Général Paulus de Groot,

Ne vous rendez jamais. Même si vous devez vous battre à pied, à un contre cinq cents, ne vous rendez jamais. Mettez tout le pays à feu, mais ne vous rendez jamais. Parce qu'ils nous ont jetées ici et parce qu'ils refusent à nos enfants de quoi manger, ils s'imaginent que nous vous presserons d'arrêter. Ils se trompent. Du fond de nos cœurs, nous vous crions : ne vous rendez jamais. Nous vous envoyons nos baisers et notre amour, et nous prions pour votre victoire. Courez, cachez-vous, battez en retraite, brûlez, dynamitez ! Mais, Paulus, ne vous rendez jamais.

Sibylla de Groot,
Sara Van Doorn,
et 43 autres.

Les pressions sans répit de Lord Kitchener commencèrent à produire certains résultats. Des hommes épuisés, malgré les vœux de leurs femmes, se rendirent. On les appela avec mépris les « mains-en-l'air ». Au début de la guerre, on les aurait envoyés en prison à Ceylan ou dans la Sainte-Hélène de Napoléon. Mais, maintenant, la guerre touchant à sa fin, on jugea plus économique de les incarcérer dans le pays même. Leurs fermes étaient brûlées, leurs familles dispersées, la seule solution raisonnable était de les envoyer dans les camps de concentration. C'était une erreur terrible : quand deux de ces hommes arrivèrent à Chrissiesmeer, Sibylla, Sara et les autres femmes détenues marchèrent sur le bureau du docteur et le prévinrent :

— Débarrassez-nous de ces « mains-en-l'air », sinon ils vont se faire assassiner.

— Une minute, ce ne sont pas des choses à dire. Ces hommes...

— Sortez-les d'ici ! crièrent les femmes à l'unisson.

— Mesdames ! Écoutez la voix de la raison... répondit le docteur pour tenter de calmer les esprits.

La mort par maladie est une chose, le meurtre de sang-froid une autre.

— S'ils passent la nuit ici, dit Sibylla lentement, je les tuerai de mes mains.

Le docteur en demeura sans voix. Ce n'était pas une phrase en l'air lancée dans le feu de la colère, mais une menace calme, dans la bouche d'une vieille femme résolue sur qui l'on pouvait compter : elle tiendrait parole.

— Nous les enverrons ailleurs, dit-il, et les femmes se retirèrent.

Ce fut le dernier geste dont Sara Van Doorn fut capable. La fièvre continuelle l'avait tellement affaiblie qu'un matin, par une journée de chaleur effrayante, elle n'eut pas la force de se lever. Detlev courut chercher Sibylla, qui était toujours debout dès l'aurore pour essayer de dénicher un supplément de nourriture.

— Tante Sibylla, cria l'enfant. Je crois que maman va mourir.

— Tu ne dois pas prononcer ce mot-là !

— Elle ne peut pas soulever la tête.

— Allons voir ce que c'est, dit la vieille femme.

Elle ramena l'enfant jusqu'à la tente. Il ne s'était pas trompé. Sa mère était sur le point d'expirer. La longue épreuve d'une famille à nourrir sans mari, puis la détention sans nourriture suffisante et sans médicaments l'avaient usée. Toute sa force s'était épuisée. Sibylla et Johanna la supplièrent, lui rappelèrent sa promesse... Elle fut incapable de répondre. Vers midi, dans la chaleur suffocante, elle mourut.

Cinq personnes étaient mortes dans la tente et, quand les employés enlevèrent le cadavre, ils firent venir une nouvelle famille de quatre personnes pour occuper les places. Detlev observa avec le même intérêt le départ de sa mère et l'arrivée des quatre autres femmes condamnées. Mais, bientôt, il se rendit compte qu'il ne reverrait plus sa mère et, avec une sorte de plainte étouffée, il courut derrière elle et s'accrocha à la main de Johanna. On déposa le corps dans l'un des cercueils de Hansie. Quand Detlev s'avança vers l'aimable charpentier, en quête de consolation, Hansie dut se détourner, car il pleurait.

— Dieu tout-puissant, psalmodia le docteur épuisé, recueille Tes enfants dans Ton sein.

Il avait l'air prêt à basculer dans la tombe avec eux.

Sur les quatre nouvelles venues, deux moururent très vite et Johanna, qui surveillait son frère de très près, commença à s'inquiéter : l'enfant avait été le témoin de sept enterrements de personnes avec qui il partageait la tente, dont deux de sa propre famille. Elle demanda à Sibylla quelles pouvaient en être les conséquences.

— Les enfants peuvent supporter n'importe quoi, du moment qu'une personne les aime, dit-elle en se rappelant les jours de Blaauwkrantz. Nous devons aimer cet enfant toi et moi, Johanna.

— Et Sannah ? demanda la jeune fille.

— La mort est sur elle, répondit Sibylla d'un ton âpre.

Et elle survint à une vitesse effarante. Son corps frêle — elle avait quatorze ans et elle atteignait la plus parfaite beauté — se consuma si vite que même Sibylla, qui l'avait prévu, en fut déconcertée. Un jour elle riait, désinvolte, le lendemain elle ne pouvait plus bouger.

— Oh, Sannah ! pleura son petit frère. J'ai besoin de toi.

— J'ai besoin de toi, Detlev, mon chéri...

Elle étendit mollement la main, il la tint serrée tout au long de la nuit, mais, juste avant l'aurore, il rampa vers l'endroit où Sibylla dormait et lui murmura :

— Je crois qu'elle est morte.

— Oh, mon Dieu... soupira Sibylla.

— Je préviens Johanna ?

— Non, elle a besoin de sommeil.

Elle se leva péniblement, la faim lui faisait tourner la tête. Elle se dirigea vers le matelas où gisait la fillette morte et elle s'assit près d'elle. Elle prit la tête de l'enfant sur ses genoux. Detlev s'approcha d'elle, sans pleurer, immobile dans le noir. Il prit une des mains de sa sœur. Il ne sentit pas de chair, uniquement des os. Il la serra entre les siennes. Déjà elle devenait froide.

— Tu comptes beaucoup pour moi, Detlev, murmura Sibylla. Tu es mon seul fils et aussi le fils du général de Groot. Lui et ton vrai père combattent pour nous et, dans les années à venir, tu devras combattre pour nous, toi aussi. Tu dois te rappeler ces nuits que nous vivons, Detlev. Ne jamais, jamais oublier Sannah dans tes bras cette nuit. Ce sont des nuits comme celle-ci, Detlev, qui font un homme.

Ils étaient encore ainsi quand les employés arrivèrent. Lorsque Johanna, encore à moitié endormie, les vit se baisser vers le corps de sa jolie sœur, elle se mit à crier :

— Non ! Non !

Et Detlev dut lui expliquer qu'elle était vraiment morte. Cette fois, devant la tombe, il ne put se contenir et, quand on déposa le corps dans la caisse de bois, il se mit à frissonner, comme sous le coup d'une souffrance nouvelle. Sibylla le prit dans ses bras.

Trois des Van Doorn étaient mortes et Johanna et Detlev s'affaiblissaient chaque jour davantage. Sibylla de Groot comprit que le salut de ce camp dépendait de ce que les femmes comme elle-même accompliraient dans les jours dangereux qui s'annonçaient. Si leur détermination flanchait, les morts par désespoir pouvaient se répandre dans le camp comme une épidémie, mais, si elles maintenaient l'espérance, si elles encourageaient la discipline et le courage, des vies pourraient être sauvées — et cela représentait une valeur énorme. Elle prit le petit Detlev comme symbole et révélateur : si je peux le sauver, je peux sauver les républiques boers.

Si faible qu'elle fût, si proche de la mort elle-même, elle rassembla autour d'elle tous les enfants du camp.

— Je suis la femme du général de Groot, dit-elle aux parents, et, pendant qu'il est en commando dans le veld, vous et moi sommes en commando dans ce camp de prisonniers. J'ai besoin de vos enfants.

Avec une force indomptable, elle organisa un système permettant aux enfants d'obtenir une ration légèrement supérieure à celle des adultes. Elle persuada Hansie Bronk de voler un petit peu plus de nourriture, non sans le taquiner au sujet de son célèbre grand-père. Mais, surtout, elle consacra le plus clair de son temps aux enfants, à qui elle apprit les légendes de leur peuple.

— J'étais à Blaauwkrantz, leur raconta-t-elle. Je n'étais pas plus vieille que toi, Grietjie, quand les hommes de Dingané sont venus sur nous. Et savez-vous ce que j'ai fait ?

Les yeux creux des enfants, comme des yeux de fantômes, la fixaient tandis qu'elle revivait cette nuit-là.

— Mon père m'a posée sous un arbre, aux heures les plus sombres de la nuit. Et que croyez-vous qu'il m'a dit ?

Elle regardait, sans rien dire, les enfants qui réfléchissaient et toujours l'un d'eux, enchanté par l'histoire, devinait que son père lui avait dit de ne pas faire de bruit. Alors elle se tournait vers cet enfant et lui souriait.

Elle leur raconta les longues années de batailles qu'elle avait livrées avec Paulus de Groot, et puis Majuba, où elle avait assisté à la charge de la colline, et Spion Kop, plus près d'eux, où une poignée de Boers avait forcé à reculer toute l'armée anglaise. Avec les petits, elle chantait des chansons et elle jouait à des jeux faciles, n'exigeant aucun effort, car ils étaient trop faibles, mais toujours elle revenait au thème de l'héroïsme et des choses simples qu'un homme et une femme peuvent accomplir ensemble.

— La bataille était perdue, sans le moindre doute, mais le général de Groot a vu un point faible dans leur ligne de front : il a lancé ses hommes droit dessus et nous avons triomphé.

— Tu avais peur ? demanda une fillette.

— J'ai toujours peur, répondit Sibylla. J'ai peur de ne pas être assez brave. Mais, quand vient l'heure de l'épreuve, nous pouvons tous être braves.

A un moment ou un autre, lors de chaque réunion, elle parlait directement à Detlev, dont le salut était essentiel pour ses plans. Elle lui disait comment les enfants boers devaient agir, comment parfois, la nuit, ils allaient prévenir les villages, et elle évoquait les joies qu'ils avaient connues au cours des longs treks. Jour après jour, elle enfonçait dans cette âme les vertus du patriotisme, de la dignité et de l'obstination. Et chaque jour elle le voyait s'affaiblir.

Quand Jakob apprit que sa femme et les jumelles étaient mortes, que son fils Detlev était sur le point de mourir et que sa ferme était entièrement détruite, il fut pris d'une démence taciturne. Plus que jamais il soutint les projets les plus fous de son général. Le jour où de Groot proposa que le commando fasse une incursion rapide de l'autre côté des lignes anglaises et s'enfonce dans la colonie du Cap, il fut le premier à se porter volontaire.

— Je ne veux pas plus de quatre-vingt-dix hommes, dit de Groot. Quarante chevaux de remonte et nos meilleurs éclaireurs. Il y a peu de chances que nous revenions. Huit cents kilomètres aller, huit cents kilomètres retour.

— Qu'allons-nous faire ? demanda un jeune homme.

— Incendier Port Elizabeth.

La foule poussa des cris de joie et, une minute plus tard, le vieillard avait ses quatre-vingt-dix hommes. L'enthousiasme baissa d'un ton quand le plan de campagne révéla qu'il faudrait traverser le Vaal et l'Orange — deux fois. Certains voulaient savoir si c'était possible.

— Il le faudra, répondit-il sèchement.

Le plus petit des deux fleuves, le Vaal, présenterait plus de dangers, car tous les passages étaient sévèrement gardés par des blockhaus supplémentaires et des détachements mobiles qui patrouillaient constamment sur les rives. Lord Kitchener, après avoir enfermé les divers commandos dans des poches, ne voulait pas qu'ils puissent faire leur jonction. Au cours d'une reconnaissance très dangereuse, Micah Nxumalo repéra un endroit où la garde semblait moins attentive, mais, comme il l'expliqua à de Groot :

— C'est parce que la berge est très raide. Difficile à passer à gué.

— On ne peut pas tout avoir, répondit de Groot.

Toujours soucieux de ses hommes, il voulut voir le terrain par lui-même ; il accompagna Micah et constata que le Noir ne s'était pas trompé : défense faible, mais traversée périlleuse. Pendant toute une nuit, les deux hommes fouillèrent la région et conclurent finalement que malgré tout l'endroit repéré par Micah était le meilleur.

— Allons-y ! dit de Groot.

Ce serait un engagement violent : couper les barbelés, prendre deux blockhaus d'assaut, tuer tous les gardes, faire galoper les petits chevaux par-dessus la berge raide et plonger dans le Vaal, en comptant sur la chance pour qu'aucune patrouille anglaise ne soit dans les parages. Ils agiraient à minuit trente-cinq — heure étrange et arbitraire.

— A Port Elizabeth ! murmurèrent les quatre-vingt-dix hommes, riant déjà de la surprise des habitants lorsqu'ils découvriraient que leur ville était en feu.

Le fait que leurs chances de réussir étaient de l'ordre d'un contre cinq mille ne les tourmentait nullement.

A minuit, ils se rapprochèrent des blockhaus, chacun occupé par sept soldats : deux postes ordinaires parmi les huit mille établis par Kitchener. A minuit et demi, aucune patrouille armée n'était apparue et, à minuit trente-cinq, les Boers se précipitèrent. Les coupeurs de barbelés se mirent à l'œuvre et les hommes atteignirent les silos de tôle ondulée avant que les soldats, à l'intérieur, aient tiré un seul coup de feu. Les quatorze hommes furent abattus avant d'avoir pu donner l'alarme au blockhaus suivant de la ligne.

Mais, dans les blockhaus voisins, les soldats comprirent que quelque chose se passait et ils téléphonèrent pour demander des renforts. Une patrouille armée qui se trouvait dans le district demanda des précisions et partit au galop sur le veld.

Quand ils arrivèrent dans la zone menacée, ils ne virent que des croupes de chevaux en train de nager dans les eaux noires. Il y eut quelques coups de feu, mais sans conséquence — et, à Pretoria, Lord Kitchener fut réveillé par la nouvelle que le général de Groot s'était libéré une fois de plus.

— Les journalistes le savent ?

— Tout le monde le sait.

Comme Lord Kitchener l'avait dit a plusieurs reprises : « J'aimerais faire fusiller tous ces fichus journalistes. Ils font de ces bandits boers les chouchous de la presse européenne. »

Deux jours de galop, puis une semaine de petit trot à travers les paysages les plus charmants de l'État libre d'Orange. Ils bivouaquèrent quelque temps près de Thaba Nchu et ils écoutèrent de Groot leur raconter sa première grande bataille — où les hommes de Mzilikazi avaient tué toute sa famille.

— Et moi, j'étais caché comme un lâche dans les chariots du père de cet homme.

Il donna à Van Doorn une claque dans le dos.

Ils chevauchèrent dans un monde de rêve. Le veld s'étendait dans toutes les directions. Jamais un arbre à l'horizon, uniquement des vallons à perte de vue et les collines étranges aux sommets aplatis, avec de temps en temps un troupeau d'antilopes dépassant la course lente des cavaliers. Des milliers de soldats de métier pourchassaient cette poignée d'hommes, mais ils avançaient pourtant dans une relative sécurité — les distances étaient si vastes. Quand les meerkats les espionnaient, de Groot leur criait depuis son cheval :

— Dépêchez-vous d'aller dire à Lord Kitchener que vous nous avez vus. Et demandez-lui une augmentation.

Le ciel, tout seul, et les collines lointaines avec les doux vallonnements de la terre nue...

— Nous devons conserver ce pays, dit de Groot à ses hommes tandis qu'ils avançaient sans hâte, un seul pied dans l'étrier.

— Nous pourrions chevaucher ainsi à jamais, confia Van Doorn à un ami.

Il n'y avait plus ni guerre, ni poursuite, ni mort soudaine.

La traversée de l'Orange ne fut pas particulièrement difficile, parce que personne ne songeait qu'un commando boer tenterait une action aussi absurde que l'invasion de la colonie du Cap. Mais, quand la nouvelle se répandit que Paulus de Groot avait passé le fleuve entre Philippolis et Colesburg, le monde entier prêta attention et diverses réactions se firent jour. Ceux qui voulaient du bien à l'Angleterre étaient navrés qu'on ait encore laissé le Vengeur du veld se dégager ; et ceux qui espéraient voir l'Angleterre humiliée (la majorité) étaient ravis de cette nouvelle escapade. On prédit que le général se dirigerait vers l'ouest pour prendre une ville comme Swellendam, mais, au lieu de cela, il tourna brusquement vers l'est pour éviter Graaff-Reinet, qui serait bien défendu. Il arriva enfin dans la ferme de Groot des origines, que possédait maintenant une famille anglaise.

— Que chacun de vous prenne deux chevaux, dit-il à l'Anglais.

— Qu'allez-vous faire ?

— Prenez deux chevaux et tout ce qui a de la valeur pour vous. Partez à Grahamstown.

— Mais qu'allez-vous faire ?

— C'était ma ferme. La ferme de ma famille. Et je vais la brûler jusqu'au sol.

— C'est de la folie !

— Je vous donne trente minutes pour ramasser tout ce que vous voulez. Vous, les femmes, rassemblez vos affaires.

Et, comme l'Anglais protestait, il lui dit d'un ton froid :

« C'est plus que votre Lord Kitchener n'a accordé à ma femme.

Une fois ces gens dehors, il incendia tout, ajoutant de la paille quand les flammes menaçaient de s'éteindre. Quand la ferme fut réduite en cendres, il partit vers la suivante, puis vers une autre. Enfin, il dit à Van Doorn :

— Au-delà de cette colline, si je me souviens bien...

Ils atteignirent la crête, mais il n'y avait rien.

« Je n'étais qu'un enfant à l'époque, dit de Groot. Et j'avais peur... Mais regarde ces traces ? Ce sera la colline suivante.

Du haut de la quatrième colline, Jakob Van Doorn vit, pour la première fois de sa vie, la ferme splendide construite par ses ancêtres.

« Je crois qu'elle remonte à l'époque de Mal Adriaan, dit-il. La maison a été construite par Lodevicus le Marteau. Ces agrandissements datent de Tjaart, que Dieu bénisse ce lutteur... Il comprendrait.

« Quand cette ferme flambera, dit de Groot avec un sursaut d'enthousiasme, tous les Boers de la colonie du Cap se rallieront à nous. Il y aura une nouvelle guerre...

— Tous ceux qui avaient l'intention de se joindre à nous chevauchent déjà avec nos commandos, répondit Jakob. Il n'y en aura plus.

— Comment ! Sûrement pas. Ce sont des patriotes...

— Ils ont de l'argent, Paulus, et non du patriotisme. Je suis venu ici, souviens-toi.

— Dans cette ferme ?

— Non, mais au Cap. Ils parlent de politique, pas de guerre.

Le commando descendit la colline et les hommes se mirent à crier. Tout le monde sortit des bâtiments.

— Préparez-vous à partir, avertirent les burghers de Venloo en allumant leurs torches.

Mais, avant que le général de Groot ait donné le signal, une femme en robe grise parut à la porte de la maison principale.

— Que désirez-vous ? demanda-t-elle aux hommes qui s'avançaient.

— Je suis le général de Groot, du commando Venloo, et nous allons incendier votre ferme.

— J'ai vu votre femme à Chrissie Meer, répondit la femme d'une voix calme. Et n'êtes-vous pas Van Doorn ? J'ai vu votre fils et votre fille.

Il y eut un long silence. Les deux hommes fixèrent cette femme dénuée de peur et de Groot demanda enfin :

— Est-ce vous, la femme des camps ?

— Je suis Maud Turner Saltwood.

Les deux Boers parlèrent en même temps.

— Le traître ?

— L'homme qui a quitté Lord Kitchener parce qu'il ne pouvait tolérer l'existence des camps.

— Vous êtes cette femme ? répéta de Groot.

Elle acquiesça. Il hésita, puis il fit pivoter son cheval et entraîna ses hommes, les torches enflammées encore à la main. Pendant deux jours, il continua vers le sud. Il comprit alors que toute tentative de gagner l'océan Indien serait vouée à l'échec. De jeunes éclaireurs boers lui rapportèrent la présence de troupes ennemies dans trois directions. Et Micah Nxumalo, qui était parti vers Grahamstown, lui apprit qu'un détachement d'Anglais et de coloniaux du Cap était en train de se rassembler. Le troisième jour, à l'aube, de Groot dit à son commando :

— Nous ne pourrons jamais atteindre Port Elizabeth. Rentrons chez nous.

Ils laissèrent un sillage de gloire et d'émerveillement — le commando qui avait failli atteindre la mer, les hommes de la petite ville de Venloo qui avaient chevauché jusqu'au cœur du pays de leur conquérant, puis étaient revenus, indemnes, entre les mailles d'un filet de quatre cent mille hommes.

Quand Maud Saltwood revint à Chrissie Meer compléter sa documentation sur les camps de concentration, elle voulut étudier, sans se laisser aller aux passions, les conditions réelles du camp et elle rechercha Sibylla de Groot, dont elle connaissait la sagesse. Elle la trouva si amaigrie par la dysenterie qu'elle se demanda comment elle pouvait tenir debout et mener une conversation sensée.

— Frank Saltwood était-il un espion ? demanda la vieille femme.

— Nous n'en avons jamais discuté.

— Nous savons que Lord Kitchener est un monstre.

— Ce n'est pas un monstre. C'est un homme qui s'obstine dans une mauvaise voie et qui n'a pas de cœur. Mais nous allons vous faire donner des médicaments.

— Il n'y en a pas, dit la vieille femme.

Elle avait raison. Les Anglais avaient amené, dans ce petit coin de terre, quatre cent quarante-huit mille soldats, mais ils n'avaient pas trouvé assez de place dans leurs bateaux pour les médicaments et la nourriture capables de sauver quelques femmes et quelques enfants squelettiques. Ils avaient pu importer cent mille chevaux pour leur cavalerie, mais non trois vaches pour leurs camps de concentration. Ils pouvaient traîner dans le désert des canons plus gros que des maisons, mais non de l'équipement hospitalier. C'était dément. C'était horrifiant. Et Maud Saltwood l'écrivit dans ses rapports.

— Cette femme devrait être fusillée.

Telle fut la réaction de Lord Kitchener à cette affaire. De sang-froid ! Plusieurs membres du Parlement étaient du même avis que lui, et le cousin de son mari, Sir Victor, essayait de se faire oublier, car cette femme avait souillé son nom. Mais elle continua, faible et solitaire, à exposer au monde entier l'erreur monstrueuse de ces camps. Au Cap, de nombreuses familles anglaises cessèrent d'adresser la parole à son mari. D'autres le prenaient en pitié pour la mauvaise conduite de sa femme — sans se rendre compte qu'il la soutenait d'enthousiasme. Leurs revenus, que Maud dépensait sans compter, maintinrent en vie trois cents femmes qui, sans cela, seraient mortes. Frank en serait éternellement reconnaissant à son énergique épouse.

Tandis que Kitchener enrageait, Maud continua paisiblement d'interroger les femmes de Chrissie Meer, passant également beaucoup de temps dans le camp associé, où les Noirs étaient détenus. Elle parla avec les femmes de la famille Nxumalo, qui souffraient le même martyre que les Blanches.

— Pourquoi sommes-nous ici ? se plaignit l'une d'elles en lui montrant ses bras décharnés.

— Est-ce que votre père ne se bat pas avec les Boers ? demanda Maud.

— Votre mari se bat avec les Anglais. Est-ce qu'on vous a jetée en prison ?

Les conversations les plus fécondes furent celles qu'elle eut avec Sibylla de Groot, car la vieille femme sentait sa mort prochaine et désirait que ses opinions soient communiquées au monde.

— Comme c'est le cas pour beaucoup de mauvaises choses, ces camps sont entièrement mauvais. Jamais ils n'auraient dû être créés.

— Certains prétendent que les camps ont été une planche de salut pour vous, les femmes. Ils vous ont apporté une sécurité.

Si Sibylla avait eu de la force, elle se serait mise en rage et aurait sûrement arpenté la tente de long en large. Elle était si faible qu'elle devait rester assise, mais elle montra l'entrée.

— Huit morts sont sortis d'ici. Detlev les compte pour moi. Quel genre de sécurité est-ce donc ?

Quand Maud parla des conditions sanitaires, la vieille femme dut faire certaines concessions.

« Nous sommes des familles de la campagne, loin des villes. Nous n'avions pas de cabinets comme nous aurions dû, paraît-il. Nous n'avions pas non plus ces nouveaux médicaments.

Mais, libres dans le veld, nous n'étions jamais malades. Sous ces tentes, dans ces baraquements sales, nous mourons. Huit, déjà. Et bientôt moi.

Elle se balança d'avant en arrière, des larmes coulaient de ses yeux.

« C'est pourquoi je dis que c'était mauvais dans le principe. Complètement mauvais.

— Avez-vous eu suffisamment à manger ? demanda Maud.

Sibylla tendit le bras pour que l'Anglaise l'examine.

— On ne mange pas assez. On s'affaiblit. Et on tombe malade. Ensuite, quoi qu'on puisse manger, rien n'y fait.

Elle montra l'endroit, non loin de la tente, où les femmes et les enfants, torturés par la dysenterie, étaient accroupis, en train de vider leurs entrailles.

« Complètement mauvais, répéta-t-elle.

Maud aurait voulu pouvoir maintenir en vie cette femme remarquable. Elle serait le symbole de l'effort des femmes anglaises pour sauver une femme boer, bien que celle-ci fût l'épouse du principal ennemi de leur pays. Elle échoua.

En avril 1903, quand les armées impériales se resserrèrent de plus en plus sur Paulus de Groot, le bloquant contre les barbelés mais sans jamais pouvoir se saisir de lui, Detlev, un matin à son réveil, trouva sa tante Sibylla en train de haleter. C'était une belle journée d'automne, l'air semblait un peu plus frais que d'habitude et il comprit que la vieille femme était perdue. Il voulut réveiller Johanna, mais sa sœur était profondément endormie, abattue par la fraîcheur de l'aurore. Il se rendit donc tout seul vers la couche de Sibylla.

— Tu es réveillée ?

— J'espérais bien que tu viendrais.

Elle tourna la tête, très faible. Il vit ses bras, aussi minces que les roseaux près de leur lac. Il comprit qu'elle ne pouvait plus remuer.

« Va chercher Johanna, dit-elle.

— Elle dort encore.

— Laisse-la se reposer.

— Tu vas bien, Tannie ?

— Je me repose, moi aussi.

— Je peux m'asseoir près de toi ?

— Oh, cela me ferait plaisir.

Elle gisait, paisible, la main de l'enfant entre les siennes. Puis, dans un regain de vitalité, elle le serra plus fort.

« Il paraît que la guerre est presque finie, Detlev. Pour toi, elle ne fait que commencer. N'oublie jamais ces journées que nous venons de vivre. N'oublie jamais que ces choses-là ont été faites par les Anglais. Il te faudra lutter, Detlev. Lutter...

Il voulut lui répondre qu'il n'avait pas de cheval, mais elle poursuivit :

« Detlev, peut-être ne reverras-tu jamais le général. Souviens-toi : il ne s'est pas rendu. Même quand ils l'ont attaqué de tous les côtés...

Elle parut s'endormir, puis elle se réveilla en sursaut.

« Johanna... Il faut que je lui parle. Endormie ou non.

Il réveilla sa sœur, puis la vieille femme lui dit d'un ton brusque :

« Maintenant, va jouer dehors.

Il s'éloigna lentement de la tente, mais il ne joua pas. Il y avait plus de soixante-dix jeunes enfants dans le camp ce matin-là, mais aucun ne jouait. Ils restaient assis sous le soleil et ils respiraient. Comme s'ils n'avaient plus la force de faire autre chose.

Sur son lit de mort, Sibylla dit à Johanna :

« Si je meurs avant midi, ne le dis à personne. Comme ça, on te donnera ma ration de la journée. Et puis, Johanna, maintenant c'est à toi de veiller à ce que Detlev survive. Les femmes sont plus fortes que les hommes. Tu dois le maintenir en vie pour qu'il puisse continuer la lutte. Même si tu dois mourir de faim toi-même, garde-le en vie. Ne te rends jamais.

Cet effort l'épuisa et elle était sur le point de mourir quand, soudain, tout son visage s'anima et non plus seulement ses yeux. Elle s'accrocha à Johanna et s'écria :

« Et s'ils conduisent d'autres « mains-en-l'air » dans ce camp, tue-les. Il faut que cela reste un camp de héros, non de lâches.

Elle était morte. Johanna appela Detlev, car elle savait que son frère aimait profondément Sibylla. Elle lui demanda de garder le secret et il comprit pourquoi. Ils passèrent toute la matinée sur le lit, à lui parler, et ils reçurent sa ration. Quand les employés vinrent enfin la chercher, Detlev ne pleura pas. La plupart des enfants du camp ne pleuraient jamais. Mais, vers le soir, quand Johanna partagea la ration volée, il se passa une chose qu'il n'oublierait jamais. Des années plus tard, des générations plus tard, il se souviendrait de cet instant : Johanna rompit le pain en deux morceaux égaux, les soupesa dans ses deux mains frêles, puis prit un peu de l'un d'eux et le posa sur l'autre, pour faire la part plus grosse.

— C'est la tienne, dit-elle en la lui tendant.

Quand les généraux boers qui restaient se rencontrèrent pour étudier ce qu'ils devaient décider étant donné la pression écrasante exercée par Lord Kitchener, ils comprirent que toute discussion raisonnable impliquait que l'on réduise Paulus de Groot au silence d'une manière ou d'une autre. Ils savaient qu'il hurlerait : « Pas de reddition ! », et ils voulaient bien le laisser crier une fois, pour libérer sa conscience, mais ils ne désiraient pas l'entendre répéter sa litanie toutes les dix minutes, au détriment de toute réflexion constructive.

— Nous ne sommes pas vaincus, dit l'un des plus jeunes. Les Anglais ont eu six mille hommes de tués au combat. Seize mille soldats de plus sont morts dans leurs hôpitaux. Et ils ont vingt-trois mille blessés plus ou moins graves.

— Et quelles sont nos pertes ? demanda un homme très âgé.

— Peut-être cinq mille, mais c'étaient nos meilleurs hommes.

— Combien d'enfants sont morts dans les camps ? insista le vieillard.

— Vingt mille.

Au fond de la salle, Van Doorn, venu soutenir son général, baissa la tête.

— Davantage que tous les combattants tués dans les deux camps... Nous avons perdu nos enfants.

— Nous ne pouvions rien faire, dit un jeune général.

— Il y a une chose que nous pouvons faire maintenant, dit un autre homme. Nous pouvons nous rendre.

C'était la réplique que de Groot attendait.

— Nous ne nous rendrons jamais, dit-il d'une voix calme. Nous pouvons continuer la lutte pendant encore six ans.

— Nous le pouvons, dit l'un des plus jeunes généraux. Mais nos enfants le peuvent-ils ?

Et le débat se poursuivit.

A la fin du mois d'avril, il se produisit au camp de Chrissiesmeer un événement qui envenima encore les relations des Anglais et des Boers. Detlev Van Doorn était sur le point de manger une cuillerée de bouillie de maïs quand sa sœur Johanna se précipita sous la tente et renversa le bol d'un revers de la main.

— N'y touche pas ! cria-t-elle.

Il avait tellement faim qu'il s'agenouilla machinalement et prit une poignée de bouillie par terre.

« N'y touche pas ! répéta-t-elle.

Et, malgré la faim qui la tenaillait elle aussi, elle enterra la nourriture dans la poussière.

— Johanna ! supplia l'enfant déconcerté par son geste.

— Ils ont mêlé du verre brisé à notre nourriture. Mme Pretorius en a mangé et elle est morte.

Il y avait seize bonnes raisons médicales pour que Mme Pretorius meure ce jour-là — et la dix-septième était plus radicale encore : la typhoïde. Mais les détenus crurent qu'elle était morte pour avoir mangé du verre pilé et aucun raisonnement logique ne put les en faire démordre. Ce fut ainsi que l'horrible légende se répandit.

Le petit médecin, dont la voix s'élevait si souvent en plaintes angoissées dans ce charnier, vint jurer aux femmes sur son honneur sacré que jamais les Anglais ne feraient une chose pareille. Il avait mangé un bol de bouillie. Il proposa d'en manger un autre pris au hasard, en leur présence.

— Les Anglais ne mettent pas de verre pilé dans la nourriture des gens, répéta-t-il.

— Kitchener en est bien capable ! cria une femme.

Et tous les efforts du docteur furent vains. Comme Johanna le dit ce soir-là à son frère affamé :

— N'oublie jamais, Detlev, quand nous mourions de faim, les Anglais ont essayé de nous tuer avec du verre broyé dans la bouillie de maïs.

Lors de la réunion finale, on convint de tenir Paulus de Groot à l'écart. Ils avaient entendu à satiété son discours sur l'honneur et la lâcheté. Ils respectaient son héroïsme, mais le moment fatal était venu : toute résistance ultérieure serait futile. Les Boers étaient prêts à se rendre.

Une fois la douloureuse décision acquise, ils envoyèrent Jan Christiaan Smuts, le jeune avocat, en informer le général. Smuts avait été lui aussi un chef de commando courageux, l'un des plus jeunes, et sa réputation était alors sans tache. Quand il apparut, de Groot devina sa mission.

— C'est fini, Paulus. Vous pouvez rentrez chez vous.

— J'aurais aimé combattre une dernière fois, Jan Christiaan.

— Comme nous tous... Mais les enfants...

— Les enfants comprendraient. Plus que les autres...

— Vous devez rentrer chez vous.

— Soit... Je vais prendre mes hommes de Venloo et nous rentrerons...

— Non ! répondit Smuts en riant. Pas de ça, vieux brigand. Nous avons renvoyé les hommes de Venloo en avance. Nous ne pouvions pas vous faire confiance, n'est-ce pas ?

— Je pourrais assister à la reddition ? J'aimerais écrabouiller ce Kitchener.

— Non, il vaut mieux rentrer chez vous.

— Peut-être, dit le vieil homme.

Sans adieu, il appela Van Doorn et partit avec lui à la recherche de Micah Nxumalo. Les trois vieux lutteurs se dirigèrent vers le nord. Quand ils parvinrent sur la colline d'où l'on apercevait le lac, leurs regard ne rencontrèrent qu'un spectacle de désolation. De la ferme de Groot, aucune trace en dehors des piliers calcinés soutenant le parquet, à quinze centimètres au-dessus du sol. De Vrymeer ne restaient plus que les murs nus des bâtiments édifiés par Tjaart Van Doorn. A l'endroit où se dressaient les cases de Micah Nxumalo, de la terre battue et des cendres.

Les deux Blancs ne parlèrent pas. Sibylla était morte. Et Sara. Et les jumelles. Johanna était perdue quelque part et Jakob pria pour que le petit Detlev soit avec elle. Il se tourna dans la direction du camp de concentration, comme pour appeler ses morts, et il vit les deux crêtes des Tétons de Sannie. Cela lui rappela les jumelles — des filles d'une étonnante beauté... Il baissa la tête. Il n'avait pas le courage de descendre la colline vers cette ferme ruinée, vers ces espoirs envolés.

Le général de Groot le tira par le bras.

— Viens, Jakob. Il y a beaucoup à faire.

Et, tandis que les chevaux dévalaient la pente, le vieux lutteur ajouta, avec une résolution farouche :

« Nous avons perdu les batailles. Nous avons perdu la guerre. Maintenant, nous devons gagner d'une autre façon.

L'éducation d'un puritain

L'éducation de Detlev Van Doorn commença le jour où il franchit la colline avec sa sœur, au retour du camp de concentration de Chrissiesmeer, quand il vit sa maison dévastée. Son père et le vieux général de Groot attendaient dans les ruines et, après un très bref accueil, ils le conduisirent vers la prairie en pente douce où s'élevaient autrefois les cinq cases de Nxumalo. Là, l'enfant vit, plantées en terre à intervalles réguliers, quatre « pierres tombales » de bois, portant en lettres mal dessinées les noms : SIBYLLA DE GROTT, SARA VAN DOORN, SANNAH, ANNA.

— N'oublie jamais, dit le général. Ces femmes ont été assassinées par les Anglais, qui leur ont fait manger du verre pilé.

Detlev avait sept ans. C'était un petit garçon au visage fermé comme celui d'un vieillard et qui avait la sagesse prudente d'un homme de quarante ans.

— Elles ont été enterrées dans le camp. Elles ne peuvent pas être là, dit-il.

— Leurs pierres tombales, répondit de Groot. Pour le souvenir.

— Ce ne sont pas des pierres, dit Detlev.

— Plus tard, quand nous aurons de nouveau une ferme, répondit son père, nous poserons de vraies pierres.

— Bois ou pierre, dit de Groot, tu ne dois jamais oublier.

— Où dormirons-nous ? demanda Johanna.

— Nous avons arrangé le vieux chariot, répondit son père.

Il conduisit ses enfants vers la relique précaire avec laquelle son père, Tjaart Van Doorn, avait conduit sa famille à travers le Drakensberg, puis au nord du Limpopo et enfin à Vrymeer. Van Doorn et le général avaient bloqué les roues et formé une sorte d'abri de planches par-dessus le lit du chariot.

De toute évidence, ce serait insuffisant pour une jeune femme comme Johanna, un enfant et deux adultes. Remarquant le regard perplexe de sa nièce, de Groot éclata de rire :

— Vous dormirez tous les deux en haut et nous coucherons dessous, entre les roues.

Elle vit que son père avait disposé des planches par terre. C'est là qu'il ferait son lit, avec le général.

La première nuit d'hiver qu'ils passèrent ensemble tous les quatre — sans oreillers ni couvertures —, Jakob s'éveilla à l'aube et, dans la lumière indécise, il distingua au-dessus de sa tête, sculptée dans la traverse maîtresse du châssis, l'inscription TC-43. Il se demanda ce qu'elle voulait dire et, dès que de Groot s'éveilla, il lui posa la question.

— Que crois-tu que cela signifie ?

Le vieux général plissa les yeux, étudia la marque et garda le silence, comme s'il ruminait des pensées.

— Un des deux seuls Anglais convenables que j'aie jamais connus, grommela-t-il. Thomas Carleton. Il a construit ce chariot et Richard Saltwood et lui l'ont donné à ton père. Oui, donné.

Il réfléchit. N'était-ce pas extraordinaire ? Leur seul refuge était un chariot anglais ! Puis il ajouta :

« J'ai parcouru plus de trois mille kilomètres dans ce chariot... en marchant à côté la plupart du temps.

Detlev, qui était déjà éveillé, cria depuis en haut :

— Comment pouvais-tu être dans le chariot et marcher à côté en même temps ?

Le général de Groot passa la main dans le chariot, en sortit le petit bonhomme et le lança en l'air. En le reposant à terre, il lui dit :

— On fait ce qu'on a à faire. Une fois, j'ai aidé à porter ce chariot en pièces détachées, dans le Drakensberg.

— Comment dormirez-vous là-dessous s'il pleut ? demanda l'enfant.

— J'empêcherai la pluie de tomber, promit de Groot.

Et, pendant les quatre semaines qu'il fallut pour arranger une espèce de toit sur l'une des pièces de la ferme en ruine, la pluie ne tomba pas.

Un jour de la deuxième semaine, Detlev cria :

— Quelqu'un vient !

Ils s'arrêtèrent de travailler. Au loin sur le veld, s'avançait une file de silhouettes. Jakob prit son fusil.

— Des Cafres ! dit-il en faisant signe à son fils de se cacher derrière lui.

Dans le chaos qui succédait à la guerre, des bandes de Noirs affamés, sans foyers, s'étaient mis à attaquer les fermes boers de la région, volant ce qui leur tombait sous la main et tabassant les fermiers qui essayaient de protester. Mais Vrymeer n'avait rien à craindre du groupe qui s'approchait.

— C'est Micah ! cria Detlev.

En ne voyant que trois Van Doorn et un seul de Groot, Micah ne put retenir ses larmes, car il savait que l'absence des autres ne pouvait avoir qu'un seul sens. Il revenait d'un camp, lui aussi, un camp pour les Noirs où sa famille et ses amis avaient été parqués. De ses quatre épouses, deux seulement avaient survécu. Sur ses neuf enfants, il n'en ramenait que trois.

Les souffrances de ces « Boers noirs » étaient destinées à l'oubli. Même Maud Turner, qui avait fait tant de choses pour les femmes et les enfants des Boers, dut reconnaître dans son rapport final que la situation des détenus noirs avait été sans espoir : « Hormis quelque soulagement aux malades dans les rares camps où je me suis rendue, nous n'avons pu rien faire. » Plus de cent mille Noirs et « hommes de couleur » avaient été parqués derrière des barbelés. On ne saura jamais combien en ressortirent en vie.

Quand de Groot apprit la lourde perte de Nxumalo, il fut accablé. Dans un geste du fond du cœur, il tendit les bras vers son compagnon de selle et le serra contre lui.

— *Kaffirtjie*, mon petit Cafre, aussi vrai qu'il y a un Dieu dans le ciel, nous n'oublierons jamais ce qu'ils nous ont fait. Reste ici, un jour nous reprendrons nos chevaux.

Nxumalo acquiesça.

« C'est tout ce qui reste de ta famille ? demanda le général.

Et quand Nxumalo hocha de nouveau la tête, le vieil homme fit un pas en arrière pour parcourir des yeux l'endroit où se dressaient autrefois les belles cases.

« Il va falloir tout recommencer à zéro. Mais cette fois, par Dieu, ils ne pourront pas brûler ce que nous construirons.

Ce fut ainsi que Nxumalo et son peuple retournèrent à leur sécurité de Vrymeer. Il dessina au milieu des ruines comment ses femmes devaient construire les nouvelles cases et, tôt le lendemain matin, il conduisit au bâtiment de ferme des Van Doorn les hommes qui l'accompagnaient depuis le camp. Ils se mirent au travail. Ils ne demandèrent pas quelles seraient les conditions de leur emploi. Ils continuaient, tout simplement, comme autrefois.

Au bout du premier mois, le vieux général surprit les Van Doorn · puisqu'ils étaient maintenant protégés des intempéries, il aimerait commencer à reconstruire sa ferme.

— Mais vous devez vivre avec nous, protesta Johanna avec beaucoup de chaleur.

— Non. Je veux un endroit à moi.

— Et qui fera la cuisine ? Comment vivrez-vous ?

Une des épouses de Nxumalo fournit la réponse.

— Il est vieux, dit-elle. Il a besoin d'aide. Nous irons avec lui.

Micah était du même avis : la femme et une fillette accompagneraient le vieux guerrier dans sa demeure détruite.

Sur les fondations de ce qui avait été, au mieux, une maison misérable, ils dressèrent une sorte de cabane-bubale, hutte misérable sans fenêtres. Un matin, les yeux posés sur cette masure étonnante, Jakob songea : « Dans notre barbarie, nous avons reculé de plusieurs siècles. Il y a cent ans, nos ancêtres vivaient mieux que cela. Il y a deux cents ans, ils construisaient sûrement de meilleures huttes. »

S'il avait pu revenir en arrière à l'année où Mal Adriaan, Dikkop et Swarts avaient vécu au même endroit, près du lac, il les aurait trouvés dans un abri plus simple mais meilleur que celui-là. Et, assurément, à l'époque du tout premier Nxumalo, le village de belles cases qui se trouvait au même endroit était supérieur à la demeure du vieil homme. « Les siècles passent, songea Jakob, et les hommes restent à peu près au même point. »

Les pluies vinrent tard cette année-là ; la sécheresse fut si sévère que de nombreux fermiers de la région, confrontés à la nécessité de reconstruire tout en luttant contre la rigueur du climat, renoncèrent et partirent à Johannesburg, où ils pourraient à tout le moins trouver un emploi dans les mines.

— Je n'aime pas ça ! se plaignit le général en apprenant que quatre familles avaient levé le camp et se dirigeaient vers la ville. Les Boers sont des fermiers. Comme notre nom l'indique. Nous ne sommes pas à notre affaire dans les villes. Ces maudites mines, c'est bon pour les Anglais et Hoggenheimer.

— Qui est Hoggenheimer ? demanda Detlev.

— Le juif qui possède les mines.

Il sortit un journal que l'on se passait avidement de ferme en ferme. Il contenait deux caricatures mordantes d'un artiste talentueux, du nom de Boonzaaier, montrant un juif bouffi, les doigts couverts de bijoux, la panse gigantesque serrée dans sa veste, le cigare en bataille, coiffé d'un *derby,* en train de se gorger de nourriture sous les yeux des Boers mourant de faim qui l'imploraient en vain. C'était Hoggenheimer — et l'on rejeta sur lui le blâme de tous les maux dont souffraient les républiques conquises.

— Si tu t'en vas un jour à Johannesburg, dit le vieil homme, tu rencontreras Hoggenheimer.

Le vieux général passait très souvent à la ferme Van Doorn, toujours à cheval, avec sa redingote noire et parfois son haut-de-forme. Il ne venait ni pour la nourriture ni pour la compagnie, mais pour surveiller l'éducation du jeune Detlev.

— Tu dois te souvenir que ton arrière-grand-père, un des meilleurs hommes qui aient jamais vécu, a été traîné devant un tribunal anglais, où un Cafre a eu le droit de témoigner contre lui...

Soir après soir, il évoquait avec Detlev les crimes immenses perpétrés par les Anglais à Slagter's Nek et à Chrissiesmeer, où ils mettaient du verre pilé dans les aliments.

— Ne fais jamais confiance à un Anglais, répétait de Groot. Ils nous ont volé notre pays.

— Mais Mme Saltwood était anglaise, disait Detlev. Elle nous a apporté la nourriture qui nous a gardés en vie.

De Groot se souvenait de sa rencontre avec Mme Saltwood sous le stoep de De Kraal et concédait à regret que « quelques rares dames anglaises, oui, avaient du cœur ». Mais cela posé, il reprenait aussitôt sa litanie : Slagter's Nek... Kitchener... le verre dans les aliments.

Cette éducation se révéla remarquablement efficace et aboutit exactement à ce que de Groot espérait.

— Detlev, ton père et moi avons livré nos batailles et nous avons perdu. Tu livreras d'autres combats et tu gagneras.

— Je tire droit au but.

— Tous les enfants boers tirent au but.

Il faisait alors une digression pour raconter à l'enfant comment ses hommes, toujours inférieurs en nombre, se cachaient derrière les rochers et cueillaient les Anglais un par un.

— Avec dix balles, il fallait au moins avoir huit Anglais.

— Je pourrais tuer un Anglais, affirmait Detlev.

Alors le vieillard lui agrippait le bras et murmurait :

— Prions Dieu que tu n'en aies pas besoin. Tu gagneras tes batailles d'une façon plus intelligente..

— Comment ?

De Groot tapait du doigt sur le front de l'enfant.

— En apprenant. En devenant malin.

Ce fut le fondement de l'éducation proprement dite de Detlev, qui commença le jour où arriva à la ferme du lac un homme remarquable : grand, mince, avec de très grosses mains dont il se servait maladroitement et des genoux qui faisaient des bosses à ses gros pantalons. Il avait des cheveux jaunes, qui n'allaient pas du tout à un homme de son âge, et un des visages les plus doux que Detlev ait jamais vus.

— Je m'appelle Amberson, dit-il aux Van Doorn. Jonathan Amberson, et le nouveau gouvernement m'a envoyé ouvrir une école à Venloo. Je serais très heureux d'avoir votre fils dans ma classe.

— Il ne peut pas aller à cheval à Venloo tous les jours, répliqua Jakob.

— Il n'y sera pas forcé. Mme Scheltema va tenir un hôtel et...

— Vous êtes anglais ? coupa Johanna.

— Bien entendu. C'est la nouvelle école, le nouveau gouvernement.

— Nous ne voulons pas d'Anglais ici, dit-elle d'une voix pleine d'amertume.

— Mais...

— Dehors. Sortez de cette maison et de cette ferme.

Detlev, qui observait tout, crut que sa sœur allait frapper le grand étranger, mais non. Il baissa la tête, recula hors du stoep et s'en fut.

Deux ou trois jours plus tard, quand le général de Groot fut mis au courant, il s'insurgea.

— Non, non ! Tu ne devais pas du tout faire ça.

— Il était anglais, lança Johanna. Vous voulez donc que notre garçon apprenne les façons anglaises...

— Absolument. Exactement. C'est ce qu'il faut.

Pour la première fois, Detlev entendit exposer ce que serait la stratégie de sa propre vie — et il en comprit le moindre mot.

« Le problème est celui-ci, dit le vieux général tandis que Detlev s'asseyait sur ses genoux. Les Anglais savent gouverner le monde. Ils comprennent les banques, les journaux et les écoles. Ce sont des gens très capables... en tout, sauf pour la guerre. Et tu sais pourquoi, Detlev ?

— Au camp, le Dr Higgins pleurait beaucoup.

— Qui est le Dr Higgins ?

— L'homme qui aurait dû nous garder tous en vie. Quand nous mourions, il pleurait souvent. Les hommes ne font pas ça.

— Réponds à ma question. Pourquoi les Anglais sont-ils si intelligents, alors que les Boers sont si bêtes ?

— Mon père n'est pas bête, s'écria Detlev, et tu n'es pas bête non plus, Oupa.

— Je veux dire pour les livres, les banques, les choses comme ça.

— Je ne sais pas.

— Les Anglais sont intelligents parce qu'ils savent des choses que nous ignorons.

— Quelles choses ?

Detlev était l'attention même.

— Les livres. Les chiffres. Les grandes idées.

Ces mots tombèrent dans la petite cuisine comme des obus de Krupp. Tout le monde se tut. Detlev regarda les trois grandes personnes. Elles hochèrent la tête chacune à son tour. Jamais il n'oublierait ce moment de silence.

« Alors, ce que tu vas faire, mon petit malin, c'est aller à l'école anglaise et découvrir tout ce qu'ils savent.

Detlev acquiesça et le vieillard poursuivit :

« Il faut que tu sois l'élève le plus brillant que ce maître ait jamais rencontré. Il faut que tu apprennes tout.

— Pourquoi ? demanda l'enfant, réticent.

— Parce que, quand tu en sauras autant qu'eux, tu pourras leur déclarer une guerre d'un nouveau genre.

Les mains du vieillard se mirent à trembler.

« Tu seras la génération qui regagnera ce pays. Tu gagneras la guerre que ton père et moi avons perdue.

Le général de Groot en était si fermement persuadé qu'il conduisit lui-même Detlev à Venloo. Les efforts pour améliorer la vieille demeure qui servait maintenant d'école et d'hôtel lui firent une forte impression et il apprécia le soin avec lequel M. Amberson avait arrangé les choses. Il y avait des livres, des ardoises et des tableaux sur les murs... Quand il vit à la place d'honneur le portrait en couleurs du roi Édouard VII, il se détourna.

— C'est un honneur pour nous de vous avoir ici ce matin, dit Amberson dans un hollandais hésitant. Un grand héros de ce pays, le général Paulus de Groot, le vainqueur de Majuba, le Vengeur du veld. Nous ne vous avons jamais pris, n'est-ce pas, général ?

Ces paroles, dans la bouche d'un Anglais, stupéfièrent de Groot. Et quand les dix-neuf enfants applaudirent, il lâcha la main de Detlev et partit à reculons.

A la fin de la première quinzaine, quand de Groot revint chercher Detlev, il ne lui posa aucune question pendant le trajet, mais le soir, à la fin du repas, les trois adultes assirent l'enfant dans un fauteuil, se placèrent devant lui et lui demandèrent :

— Que s'est-il passé ?

Il aimait bien l'école, et surtout M. Amberson, qui était patient avec ses jeunes écoliers.

— Il explique tout, dit Detlev avec enthousiasme, mais parfois je ne comprends pas ce qu'il dit.

— Il enseigne en hollandais ? demanda Johanna.

— Bien sûr. Nous ne savons pas l'anglais.

— Qu'est-ce qu'il vous apprend ?...

— Que le roi Édouard est notre roi...

Johanna quitta la pièce en claquant la porte.

— Il vous apprend à compter ? demanda de Groot.

— Oh oui !

Et le petit garçon se mit à réciter la table de multiplication par deux — mais en anglais.

— Qu'est-ce que tu dis ? cria de Groot.

— *Two times*, répliqua l'enfant.

— Mais dans quelle langue ? rugit le vieillard.

— En anglais. M. Amberson dit que, quand il saura notre

langue et que nous saurons la sienne, toutes les leçons seront en anglais.

De Groot était si agité qu'il se mit à arpenter la pièce. Mais il se calma bientôt, souleva l'enfant et le prit sur ses genoux.

— Bien sûr, bien sûr, dit-il. Il faut que tu apprennes l'anglais le plus vite possible. Toutes les semaines, il faut que tu saches davantage d'anglais, parce que c'est dans cette langue qu'ils font leurs affaires.

Or, à la fin du semestre, quand le général de Groot alla chercher Detlev, il trouva l'enfant bouleversé, mais peu désireux de s'épancher. Sur le chemin du retour à Vrymeer, il se garda de poser des questions, mais, le soir, quand tout le monde fut réuni, Detlev éclata soudain en sanglots.

— Qu'est-ce qu'il y a ? demanda Johanna avec beaucoup de tendresse.

Elle permettait au vieux général de diriger l'éducation de son frère, mais elle se jugeait responsable de son bien-être et, quand il pleurait ainsi, elle savait que quelque chose de très grave avait dû se produire — c'était un enfant qui ne faisait jamais de caprices.

— Qu'y a-t-il, Detlev ?

— J'ai dû porter le *dunce's cap*.

Il ne connaissait le mot qu'en anglais et, quand les trois adultes lui demandèrent une explication, il imita avec ses mains le bonnet de papier, long et mince, qu'il avait été obligé de porter quatre fois pendant la semaine.

— Pourquoi donc ? explosa le général.

— Parce que je disais des mots hollandais.

— Tu, quoi ?

— Oui. C'est le nouveau règlement. Chaque fois qu'un garçon ou une fille parle hollandais et non anglais, il doit aller au coin avec le grand bonnet et un écriteau dans le dos disant : « J'ai parlé hollandais aujourd'hui. »

— Mais M. Amberson parle hollandais. C'est toi qui nous l'as dit.

— Plus maintenant. Il dit que cela fait six mois que nous sommes en classe à présent et que nous ne devons plus jamais parler hollandais.

— Quel monstre ! lança Johanna.

A vingt-trois ans, c'était une jeune femme farouche, dure à

la tâche, et si ce maître d'école maltraitait son frère, elle lui donnerait une leçon.

— Non, dit Detlev à mi-voix, à travers ses larmes. Ce n'est pas un mauvais homme. Il est très gentil et il m'aide pour mes additions. Mais il dit que notre pays est anglais, à présent — c'est la guerre qui l'a voulu —, et que nous devons oublier que nous avons été hollandais autrefois.

— Mon Dieu ! s'écria Johanna.

A son extrême surprise, ce fut le général de Groot qui calma sa colère.

— Nous ne devons pas oublier que c'est encore la guerre, dit le vieillard.

Il prit le journal dans sa poche : une nouvelle série de caricatures « Hoggenheimer » montrait que les juifs volaient le pays. Il y avait également une déclaration du haut-commissaire anglais, qui exposait sans s'en rendre compte la nature de la bataille insidieuse qu'affrontaient maintenant les Boers.

> Si, dans dix ans, il y a trois hommes de race anglaise contre deux de race hollandaise, ce pays sera sûr et prospère. S'il y a trois Hollandais et deux Anglais, nous aurons éternellement des difficultés.

Froidement, de Groot expliqua la phase suivante de la stratégie.

— Les Anglais font tout ce qu'ils peuvent pour attirer ici davantage des leurs. Ils les font venir et ils nous noient sous une marée de livres anglais, de jeux anglais, d'éducation anglaise.

— Mais tu disais que tu voulais que j'apprenne l'anglais.

— Oui. Oui, Detlev. Je veux que tu apprennes tout, dans toutes les matières. Chaque fois que le maître t'offre un mot anglais nouveau, prends-le et dis-toi : « C'est un couteau dont je me servirai contre lui. »

— Quand ?

— Chaque jour de ta vie à partir de cet instant. Quand tu auras douze ans, sers-toi de ton savoir contre les enfants anglais de ton âge. A dix-huit ans, contre les jeunes gens de l'université. A trente ans, contre les Hoggenheimer à Johannesburg. A cinquante ans, contre les gens du gouvernement à

Pretoria. Même quand tu seras vieux comme moi, continue de t'en servir. L'ennemi ? Ce sont les Anglais et ils ne pourront être vaincus que par l'intelligence.

Johanna, mise en fureur par la brimade psychologique imposée à Detlev sous forme de bonnet d'âne et d'écriteau dans le dos, voulait partir sur-le-champ à Venloo toucher deux mots à ce M. Amberson. Mais le vieux général avait autre chose à dire.

« Accepte l'anglais dans ton esprit, mais conserve le hollandais dans ton cœur. Car, si un conquérant parvient à te faire accepter sa langue, il fait de toi son esclave. Nous avons été vaincus...

Jamais il n'avait fait un tel aveu. Il disait : « Nous avons perdu les batailles » ou « Nous avons perdu la guerre ». Jamais il n'avait concédé à qui que ce fût une défaite. Et, en prononçant ces paroles terribles, il quitta son fauteuil et se mit à arpenter la petite cuisine.

« Nous avons été vaincus — ton père, moi, Oom Paul, le général de La Rey, le général Smuts...

Il s'arrêta de parler, car les mots lui brûlaient la gorge. Puis, dans une sorte de rugissement douloureux, il cria :

« Mais la prochaine guerre, nous la gagnerons. La guerre des idées. Toi et moi verrons le jour où le hollandais sera la seule langue dans ce pays — la seule langue qui compte. On ne parlera plus anglais dans les lieux où les hommes de pouvoir se rassemblent.

Il se dressa de toute sa taille au-dessus du petit Detlev et braqua un long doigt vers lui.

« Et ce sera toi le responsable.

Mais Johanna avait, elle aussi, conscience de ses responsabilités. Le lundi matin très tôt, quand le général de Groot vint chercher l'enfant pour le ramener à l'école, elle dit d'une voix ferme :

— C'est moi qui l'accompagne aujourd'hui.

Elle arriva à l'école avec une demi-heure d'avance et trouva M. Amberson en train de ranger son matériel. La première chose qu'elle vit, attendant dans le coin, fut le bonnet d'âne, à côté de l'écriteau : J'AI PARLÉ HOLLANDAIS AUJOURD'HUI, en lettres élégantes. Elle marcha droit vers eux et s'écria :

— Comment osez-vous vous servir de ces choses-là !

— Le bonnet d'âne me sert tous les jours : quatre erreurs de calcul, quatre fautes d'orthographe...

— Mais ceci ? demanda-t-elle en brandissant l'écriteau.

— Nous sommes au milieu de l'année maintenant, Mlle Van Doorn. Les enfants doivent commencer à apprendre sérieusement la langue sous laquelle ils vivront le restant de leurs jours.

— Ce ne sera pas l'anglais, M. Amberson.

Cette affirmation le stupéfia, car jamais il ne lui était venu à l'esprit que le hollandais puisse subsister en concurrence avec la langue du vainqueur. Mais il surprit à la fois Johanna et Detlev par la manière très respectueuse dont il réagit.

— Asseyez-vous, dit-il aimablement.

La jeune femme exposa sa plainte en détail et il l'écouta de toute son attention, en s'efforçant de bien comprendre le sens de toutes ses paroles, car elle ne parlait que la langue de son peuple — l'adaptation du hollandais faite par ses ancêtres de génération en génération.

« Il faut tenir compte d'autre chose, dit-il courtoisement, comme s'il raisonnait avec un enfant. On m'a dit que le hollandais parlé dans cette région et dans tout le pays... n'est pas en fait du bon hollandais et ne devrait pas être perpétué.

— Qui vous a dit ça ?

— M. Op t'Hooft, qui vient d'Amsterdam et travaille au ministère de l'Éducation.

— Encore un de ces Hollandais de Hollande ! Qu'ils soient tous maudits. Ils viennent ici, ils prennent des bonnes places et ils nous regardent de haut.

— Mais M. Op t'Hooft a l'intention de devenir citoyen. Il préfère ce pays.

— Nous ne voulons pas de lui.

L'allusion à l'un de ces Hollandais qui accablaient les Boers de mépris avait mis Johanna en rage et la détournait de son principal sujet de récrimination.

— Mlle Van Doorn, je suis sûr que le gouvernement du président Kruger aurait préféré faire venir beaucoup moins de Hollandais de Hollande, mais il y a été contraint parce que votre peuple, dans ses fermes...

Il sentit qu'il se lançait sur un terrain périlleux et il fit marche arrière.

« Les Boers étaient magnifiques pour la guerre, peut-être

les meilleurs combattants de la terre. Mon père a combattu contre le général de Groot, vous savez. Dans les King's Own Royal Rifles...

Johanna le fixa comme s'il n'était qu'un imbécile et il termina d'une voix hésitante.

« Les Boers refusent d'étudier les techniques des affaires, alors le président Kruger a été obligé d'appeler des Hollandais de Hollande pour faire marcher le gouvernement. C'est absolument essentiel.

— Ils peuvent rentrer chez eux à présent, dit-elle d'un ton acerbe.

Puis elle changea de sujet :

« M. Amberson, je veux que vous cessiez d'accrocher cet écriteau au cou de mon frère.

— Il doit cesser de parler hollandais en classe. Sincèrement, il le faut.

— Pourquoi ? Puisque ce pays sera un pays hollandais.

— Oh, mais il sera anglais ! (Il hésita.) Pour la langue, je veux dire.

C'était sans issue. A son retour à la ferme, Johanna alla trouver le général et lui demanda si le hollandais parlé par les gens de Venloo était vraiment aussi corrompu que ce M. Op t'Hooft semblait le croire.

— Oui. Nous avons une langue différente à présent. Une langue à nous. C'est ton père et le mien qui l'ont forgée. Elle est plus simple et meilleure.

— Faut-il permettre à ces Hollandais de Hollande de rester ? Ils mettent la main à tout.

— Tous dehors ! cria le général. Ils nous méprisent. Et Dieu sait que nous le leur rendons bien. Sous prétexte que nous ne parlons pas comme des bourgeois d'Amsterdam, ils se prennent pour des seigneurs et des grandes dames. Moi, je dis : « Dehors. Et à coups de pied au cul ! »

Il s'excusa pour sa grossièreté et la répéta.

Mais la plupart de ces Hollandais insolents repartirent très vite, écœurés par la vie « barbare » à laquelle ils devaient se plier dans des villes comme Pretoria et Bloemfontein. Toutes les inquiétudes à ce sujet disparurent quand la véritable menace se fit jour. Le bruit de la décision catastrophique parvint jusqu'à Venloo et, à son retour de l'école, Detlev stupéfia ses parents en leur annonçant :

— Ils ont fait venir soixante mille travailleurs chinois.

— Quoi ? cria le général.

— Oui. Les propriétaires des mines disent que, depuis la guerre, ils ne peuvent plus avoir de Cafres, alors des bateaux de Chinois sont arrivés à Durban.

— Qui a fait ça ? tonna le vieillard.

Malgré toutes ses questions passionnées, il ne put découvrir de réponses rationnelles. Aussi décida-t-il de prendre le peu d'argent qu'il possédait et d'aller, par le train, à Johannesburg, voir par lui-même les conditions de cette crise.

— Tu viendras avec moi, dit-il à Detlev.

L'enfant protesta : il ne devait pas manquer l'école, mais le général lui répliqua :

« Il est plus important que tu voies l'ennemi.

Ils sellèrent leurs chevaux et se rendirent à la gare de Waterval-Boven.

Ce fut pour Detlev une aventure étonnante — voyageurs prenant leurs repas dans les wagons roulant à pleine vitesse vers l'ouest, les vastes étendues du veld, les fermes reprenant tant bien que mal leur production, puis, tout à l'horizon, pour la première fois de sa vie, la silhouette d'une grande ville. De Groot fut bien reçu partout où il se rendit, par ses anciens compagnons boers, mais aussi par les Anglais, qui le tenaient en haute estime pour sa conduite héroïque au cours des deux guerres. Ses amis lui apprirent qu'effectivement le gouvernement avait décidé de faire venir soixante mille Chinois pour travailler dans les mines et il entendit également des rumeurs troublantes sur le comportement de ces *coolies*.

Le gouvernement et les Anglais qui dirigeaient les mines croyaient sérieusement qu'il était possible d'importer soixante mille jeunes gens vigoureux de moins de trente ans et de les faire travailler au fond des mines d'or sans qu'ils réclament de distraction, de compagnie féminine ou toute autre détente raisonnable pendant une période de dix ou vingt ans. Quand ces jeunes gens se mirent à jouer gros jeu, l'Église hollandaise réformée fut horrifiée. Quand ils commencèrent à avoir des liaisons avec des femmes noires ou « de couleur » et même avec des Blanches de basse classe, les prédikants, du haut de leurs chaires, tonnèrent que Dieu flagellerait ce pays si une chose pareille était tolérée. Et, lorsqu'un coolie en tua un autre dans un accès de colère, les Anglais se joignirent au chœur des Boers pour protester : les Chinois n'étaient qu'une harde de bêtes.

Aucune décision du gouvernement anglais au cours des dix premières années après la victoire britannique ne révolterait autant les Boers que cette importation de main-d'œuvre chinoise. Et, quand Paulus de Groot vit de ses yeux les Jaunes descendre dans les mines, il ressentit une colère que rien ne put calmer. Il était littéralement révolté et, à son retour dans son logement en ville, un ami boer qui partageait son émotion lui proposa d'aller voir le général Koos de La Rey, qui avait harcelé les Anglais pendant trois ans au cours de la guerre. Quand Detlev rencontra cet homme célèbre, moins grand que le général de Groot, mais au visage plus avenant, il comprit qu'il était en présence d'un des grands hommes de l'histoire de sa nation. Un peu plus tard, le général Christian Beyers se joignit à eux et Detlev eut en face de lui un remarquable triumvirat.

Ils discutèrent des moyens susceptibles de contraindre le gouvernement à révoquer la loi autorisant l'importation des Chinois.

— Le plus important, dit de La Rey, c'est de savoir comment débarrasser le pays de ceux qui y sont déjà.

On convint que tout le monde devait intervenir pour faire rapatrier les Chinois, puis la conversation s'orienta vers un sujet encore plus grave.

— Je suis écœuré par les erreurs de ce gouvernement, dit carrément de Groot. Savez-vous ce qu'ils font avec nos enfants ? Raconte-leur, Detlev... Le bonnet d'âne.

L'enfant s'expliqua. Les généraux écoutèrent sans réagir.

« L'écriteau, dit de Groot. Parle-leur de l'écriteau.

Au récit de cet incident humiliant, ils hochèrent la tête. Après un long silence, de Groot dit d'une voix ferme :

« Un de ces jours, nous reprendrons nos chevaux. Contre les Anglais, car ils ne savent pas gouverner.

Les autres généraux ne réagirent pas, mais de Groot répéta sa prophétie :

« Vous remonterez en selle, tous les deux. Et savez-vous pourquoi ? Parce que l'Allemagne s'agite : l'Allemagne est en marche et, tôt ou tard, nous verrons un corps expéditionnaire débarquer dans le Sud-Ouest africain. Que feront-ils ? Ils marcheront jusqu'ici pour faire la jonction avec leur colonie d'Afrique orientale. Et que ferons-nous ? Nous nous joindrons à eux. Et nous chasserons alors les Anglais pour toujours.

Detlev se souviendrait souvent de cette heure sombre : de Groot, de La Rey et Beyers tirant des plans sur les détours imprévus et les hasards de la guerre. Oui, se dit-il, chacun d'eux espérait que, le jour où l'Allemagne se mettrait à jouer un rôle crucial en Afrique méridionale, tous les hommes dignes de ce nom se rangeraient derrière elle contre les Anglais détestés.

— Si cela devait se produire, demanda le général Beyers prudemment, les autres se joindraient-ils à nous ?

De Groot était certain que de Wet, le grand héros, soutiendrait l'Allemagne et que la majorité le suivrait.

— L'homme que nous devons craindre est ce jeune prétentieux et arriviste de Jan Christiaan.

— Qui ? demanda Detlev.

— Smuts, répondit de Groot. Un général courageux, mais je méprise sa politique.

Après cette réunion amicale, de Groot visita Johannesburg avec l'enfant, lui montrant les grands bâtiments où régnaient les capitaines d'industrie anglais. Devant un important immeuble de bureaux, il fit lire à Detlev tous les noms des avocats, des agents d'assurance et des intermédiaires commerciaux. Quand l'enfant arriva à FRANK SALTWOOD, COURTIER, il dit :

— C'est l'espion qui a incendié nos fermes, n'oublie jamais.

Et, de nouveau, l'enfant exprima les contradictions où se trouvent souvent les nations et les peuples, car il répondit :

— Mme Saltwood m'a sauvé la vie.

La leçon la plus importante que le général de Groot enseigna à Detlev ne vint pas de ses paroles, mais de ses actes. Quand le gouvernement anglais libéra les prisonniers boers détenus hors du pays, dans des endroits aussi lointains que Ceylan, les Bermudes et Sainte-Hélène, arriva de cette dernière île un géant immense, plus grand que de Groot, dont les épaules tombantes avaient supporté un très lourd fardeau. C'était le général Pieter Cronje, qui, en 1900, s'était rendu avec toute son armée à Paardeberg : près de quatre mille hommes hors de combat, la défaite la plus importante de la guerre.

Un photographe avait pris un instantané étonnant de la reddition, dont un dessinateur travaillant pour l'*Illustrated London News* avait tiré une sépia très évocatrice. La gravure avait fait le tour du monde et elle était devenue le symbole même des relations entre les Boers et les Anglais. Cronje s'avançait — il semblait mesurer deux mètres — en pantalon de paysan fripé, avec gilet, veste et capote, barbu, sale, coiffé d'un énorme chapeau à larges bords. En face, le petit Lord Roberts l'attendait, borgne, soixante-trois kilos, moustache frémissante, bottes et baudrier cirés à miroir, sa casquette du corps expéditionnaire exactement à l'angle qu'il fallait. On appelait parfois la gravure : « Le Géant se rend au Nain. »

L'exemplaire que le général de Groot avait accroché au mur de sa cabane portait des traces de crachats, ainsi que plusieurs trous : le vieil irréductible lui avait lancé une fourchette. Cette version était intitulée : « Cronje rencontre son maître » et, quand de Groot expliqua sa signification à Detlev, il ajouta :

— Un homme devrait préférer mourir avec six balles dans le ventre plutôt que vivre un moment pareil. Ne te rends jamais.

Detlev fut donc surpris, en sortant un matin de la ferme de son père, de voir la silhouette de colosse du général Cronje, qui attendait sous le stoep. Ce ne pouvait être que lui.

— *Waar is die generaal ?* gronda la voix profonde.

— Il vit chez lui, repondit Detlev.

Il conduisit Cronje à la ferme de Groot et il assista à l'entrevue des deux généraux. Ils ne se donnèrent pas l'accolade à la manière française, mais s'inclinèrent légèrement en signe de respect mutuel.

— Entrez, Cronje, dit de Groot en le faisant passer devant lui dans la pièce unique, meublée à la spartiate. Comment était Sainte-Hélène ?

— Napoléon y est mort. Moi, non.

— Que s'est-il passé à Paardeberg ?

Le général s'assit inconfortablement sur une caisse renversée et haussa les épaules.

— Depuis l'enfance, on nous avait appris : « En cas d'ennui, formez le laager. » J'ai eu des ennuis. Kitchener me tapait dessus comme un fou, Roberts était aux aguets. Alors, j'ai formé le laager. Seulement, les vieilles règles n'avaient plus cours. Pas avec des canons pour cerner le laager et tout détruire à l'intérieur du cercle.

— C'est étrange, dit de Groot. Ma famille a perdu la vie contre Mzilikazi parce qu'ils n'avaient pas formé le laager. Vous avez tout perdu parce que vous l'avez formé.

— Les temps changent.

Il hocha la tête puis passa aux affaires.

— Paulus, vous vivez comme un cochon. Les choses ne sont pas brillantes pour moi non plus. Mais nous avons tous les deux la chance de gagner beaucoup d'argent.

— Comment ?

— Avez-vous déjà entendu parler de Saint Louis ? La ville des États-Unis ?

— Non.

— Il paraît que c'est très grand. Plus important que Le Cap.

— En quoi cela nous concerne-t-il ? demanda de Groot, méfiant.

— Ils font une grande foire exposition internationale. La plus grande du genre.

— Ah bon ?

— Ils ont vu le dessin de Lord Roberts et moi. Ils ont envoyé un homme ici, avec des fonds à discrétion. Ils veulent que je réunisse un petit commando de Boers qui montent très bien et qui savent tirer en selle. Des cartouches à blanc, bien entendu. Ils vont habiller des soldats américains avec des uniformes anglais et il y aura une grande arène où nous entrerons tous les deux à cheval en tirant. Nous ferons un simulacre de combat, puis ce sera le tableau final.

— Quoi ?

— Tout le monde s'arrête... immobile. Et le public reconnaît que c'est la représentation de ma reddition à Lord Roberts.

De Groot ne bougea pas. Bras croisés, jambes écartées, il fixa son ancien compagnon. Cronje avait participé à l'assaut de Majuba en 1881. C'était incontestablement un héros, mais c'était aussi le vaincu de Paardeberg. Si un revers de fortune aussi tragique avait accablé de Groot, il se serait fait sauter la cervelle... Cronje, en revanche, proposait d'aller à Saint Louis ou Dieu savait où, d'entrer à cheval dans une arène en tirant des cartouches à blanc, puis de se rendre de nouveau, deux fois par jour, six jours par semaine, à un Lord Roberts d'opérette.

Lentement, le vieillard se leva, et Cronje fit de même. D'une main ferme, il entraîna le géant vers la porte de la cabane, puis il lui dit :

— Piet, mon cher compagnon d'armes, comme tu le vois, j'aurais bien besoin d'argent. Mais jamais de ma vie je n'ai tiré de balles à blanc et je suis trop vieux pour apprendre.

Cronje n'eut aucun mal à engager d'autres bons cavaliers, qui allèrent à Saint Louis et stupéfièrent les Américains. Ils en conçurent beaucoup d'estime pour les Boers. Mais, chaque fois, l'orchestre s'interrompait brusquement, deux petits canons tonnaient et, quand toutes les lumières se rallumaient, le général Cronje s'avançait dans le costume qu'il portait sur la photographie de Paardeberg et se rendait à un petit major détaché de Fort Sill qui portait une fausse moustache et une copie de l'uniforme anglais.

Quand des photos de ce « tableau final » parvinrent en Afrique du Sud, bien des rancœurs s'avivèrent. Mais, à Saint Louis, le succès fut tel que l'on augmenta le salaire de Cronje. Le général de Groot tomba sur un de ces clichés et le fixa au mur, à côté de la gravure originale.

— Remarquable, dit-il à Detlev quand l'enfant compara les deux versions. Comment ont-ils pu rendre avec autant de précision l'atmosphère de la reddition ?

Les muscles du cou du vieillard étaient si contractés que Detlev crut qu'il allait défoncer la cloison. Mais il se borna à tapoter les deux images doucement, comme si elles avaient une valeur extrême.

« Ne te rends jamais, Detlev, dit-il. Même pas pour rire.

Tout le monde à Vrymeer se souciait si manifestement de l'éducation de Detlev que M. Amberson prit l'habitude de venir de Venloo à cheval, de temps en temps, pour rendre compte des progrès du jeune garçon. Quand il prenait place dans la cuisine, à la ferme, Detlev remarquait deux choses. A l'inverse des fermiers boers trapus de la région, ce jeune homme svelte pouvait s'asseoir sur une chaise, passer sa jambe gauche par-dessus son genou droit, puis coincer son orteil gauche derrière sa cheville droite, comme s'il était en caoutchouc. Detlev parvenait à l'imiter, mais non les autres enfants, plus courtauds — et encore moins les adultes. En outre, M. Amberson s'intéressait à tout — et ce fut pour cette raison que Vrymeer acquit un surcroît de beauté qui la distingua de toutes les autres fermes.

— Ils ont eu une nouvelle idée, dit-il un jour avec enthousiasme. Ils les font venir d'Australie, presque tous.

— De quoi s'agit-il ? demanda le général soupçonneux.

Il n'aimait pas M. Amberson, mais Detlev remarqua qu'il survenait comme par hasard à chaque visite de l'Anglais : il adorait discuter avec lui.

— Les arbres. Le gouvernement importe des millions d'arbres pour embellir le veld.

— Qui paiera ?

— Je crois qu'ils sont gratuits. Des eucalyptus, il paraît, et d'autres qu'ils appellent *wattle*, une sorte d'acacia.

— Gratuits ?

— Mais vous devrez les planter. Ce n'est que justice.

C'était une expression que M. Amberson utilisait beaucoup. A ses yeux, bien des choses de la vie pouvaient être tranchées selon le principe : « Ce n'est que justice. »

— Ce n'est que justice d'obliger nos enfants à apprendre l'anglais ? demanda de Groot comme à chaque fois.

— J'ai appris le hollandais. (Il toussa avec modestie.) Et en tout cas tel qu'on le parle ici. Je l'ai fait par respect. Mais Detlev doit apprendre l'anglais pour une bien meilleure raison. Parce que le monde fonctionne en anglais, voilà pourquoi.

Sur ce point fondamental, il ne faisait jamais la moindre concession. L'anglais était la langue du vaste monde, et les Boers provinciaux, dans leur petit coin obscur, devaient absolument l'apprendre s'ils avaient la prétention de participer aux affaires mondiales. Sur tout le reste, il se montrait conciliant ; il admettait que les Boers avaient probablement gagné la guerre par leur héroïsme obstiné et il concédait que la cuisine hollandaise était bien supérieure à la cuisine anglaise. C'était en fait un garçon tout à fait aimable et, quand il s'asseyait, les jambes nouées, et se mettait à discuter sur des points abscons en se dandinant sur ses hanches, il apportait une touche d'agrément et de culture à une existence assez terne par ailleurs.

La ferme était de nouveau en bel état. Avec l'aide de Nxumalo et de ses amis, tous les bâtiments étaient désormais couverts. Le troupeau de herefords grandissait ; la tonte des brebis avait atteint un niveau satisfaisant ; et les travailleurs noirs avaient creusé deux petits lacs, ou plutôt réservoirs, en aval du grand lac, si bien que par les jours de soleil les trois étendues d'eau brillaient comme un collier de diamants. L'existence de ces trois plans d'eau plaisait beaucoup à Detlev, car ils permettaient d'utiliser l'eau descendant des collines derrière la ferme, trois fois et même quatre :

— Elle passe derrière la maison comme un torrent, puis elle forme notre grand lac, puis elle descend dans les deux petits bassins pour le bétail.

Ce fut sur les rives nord de ces beaux lacs que M. Amberson apporta les mille jeunes arbres lorsqu'ils arrivèrent d'Australie, via Durban. Comme il l'avait annoncé, c'étaient pour la plupart des eucalyptus, merveilleux arbres à l'écorce qui s'écaille et dont les feuilles, quand on les froissait, avaient un parfum de menthe. Mais il livra aussi deux cents acacias « wattles », arbres épineux dont les fleurs d'or orneraient le paysage au début de l'été.

— Une si grande quantité d'arbres représente un travail énorme, dit-il aux hommes.

Pour les aider à la plantation, il ferma son école un jeudi et un vendredi, et amena tous les enfants travailler près des lacs. Il appela cela « travaux pratiques » et il s'échina plus dur que tout le monde, courant partout à la fois pour s'assurer que les arbres étaient bien en ligne. Pour ce service inhabituel, les Van Doorn n'eurent à débourser qu'un immense festin pour les enfants.

Ce fut après le départ pour Venloo des jeunes planteurs et de leur maître que Detlev exprima pour la première fois ses soupçons. Son père et le général étaient assis dans la cuisine pendant que Johanna mettait de l'ordre et, quand elle quitta la pièce, Detlev dit d'un ton égal :

— Je crois que M. Amberson est amoureux de Johanna.

— Que racontes-tu ?

— Il se présente ici sous prétexte de discuter avec le général de Groot, mais en réalité il vient pour Johanna.

Et il imita la manière dont l'Anglais prononçait le nom de la jeune femme : non pas Yo-hon-na, comme un Boer, mais Johann-a, à l'anglaise.

Cette nouvelle était si effarante que le général de Groot murmura « Chut ! » de peur que Johanna surprenne le sujet de leur discussion indiscrète. A son retour dans la cuisine, six yeux l'étudièrent avidement. Quand elle ressortit, de Groot gronda :

— Impensable ! Une fille boer, amoureuse d'un Anglais.

— Je n'ai pas dit ça, protesta Detlev. J'ai dit que l'Anglais était amoureux d'elle.

— Une bonne fille comme Johanna, dit le général. Elle ne fera jamais une chose pareille.

Il prononça ces paroles avec un tel mépris qu'on aurait pu croire qu'il parlait de prostitution.

— Elle a vingt-six ans, dit Jakob d'un ton songeur. C'est une fille pleine de qualités et il faudrait qu'elle se trouve un mari.

— Tu as besoin d'elle ici, répondit de Groot (ce qui signifiait qu'il avait, lui, besoin d'elle).

— Tout de même, il ne faut pas qu'elle attende plus longtemps, répondit Jakob. Mais je suis d'accord sur une chose : pas d'Anglais dans ma famille.

Tout ce que virent les trois espions mâles au cours des semaines suivantes confirma leurs soupçons : Johanna Van Doorn était en train de tomber amoureuse d'un Anglais. Une fin de semaine, quand M. Amberson arriva à la ferme pour inspecter les jeunes eucalyptus, le général de Groot l'affronta.

— Jeune homme, êtes-vous venu voir les arbres ou bien êtes-vous venu voir Johanna ?

M. Amberson blêmit, puis devint tout rouge.

— Eh bien, je...

— Mieux vaudrait que vous vous absteniez de venir désormais.

Le jeune homme tenta de se défendre, mais Jakob intervint à son tour.

— Mieux vaudrait vous tenir à l'écart.

— Mais...

— A partir de maintenant, dit le général d'un ton ferme.

Les deux hommes encadrèrent Amberson et le reconduisirent vers son cheval.

— Nous ne voulons pas qu'un Anglais monte la tête à l'une de nos filles, dit le général. Partez, maintenant !

Et il cingla le cheval, renvoyant le maître d'école aux longues jambes dans la direction de Venloo.

Au déjeuner, quand il fut manifeste que M. Amberson ne se joindrait pas à la famille, Johanna demanda pourquoi et le général répondit carrément :

— Nous ne voulons pas le voir tourner autour des jupons d'une fille boer convenable.

Johanna rougit, mais ne s'avoua pas vaincue.

— Vous l'avez renvoyé ?

— Nous l'avons renvoyé, répliqua le général.

— Et pour qui vous prenez-vous pour renvoyer les gens, général de Groot ? Vous êtes un invité, ici.

— Je suis le protecteur de cette maison, dit-il d'une voix ferme.

— Je n'ai que faire de votre protection.

Elle avait envie de pleurer. Oui, comme elle aurait aimé éclater en sanglots ! Car il n'y avait pas d'autre parti pour elle à Venloo et M. Amberson s'était avéré généreux et plein de compréhension — humain. La guerre était finie ; les camps étaient finis ; elle sentait un besoin, une impatience, de se lancer dans la vie, de fonder sa ferme à elle, avec des enfants à elle… Et si personne d'autre ne se présentait, elle était prête à épouser un Anglais, si repoussante qu'en fût l'idée.

Mais les trois hommes de sa famille ne le lui permettraient pas. Detlev parla en leur nom.

— Johanna, tu peux attendre, dit-il.

Cette remarque la surprit.

— Mais tu l'aimes bien, toi. C'est toi qui l'as fait venir ici.

— Comme maître d'école, dit l'enfant. Oui, c'est un bon maître d'école.

— C'est impensable ! dit le général de Groot.

C'était le verdict final et l'on ne vit plus M. Amberson à Vrymeer.

A l'école, il ne trahit sa déception en rien. Peut-être traita-t-il Detlev avec un peu plus de considération — mais c'était naturel, car l'enfant se révélait l'un de ses meilleurs élèves. En calcul, en histoire et en écriture, il obtenait toujours de bonnes notes et M. Amberson l'encourageait beaucoup. Parfois, le soir, il s'arrêtait chez Mme Scheltema pour lui donner des devoirs supplémentaires qui lui permettraient de progresser.

Ce qu'il fit pour sublimer ses sentiments (très vifs) à l'égard de Johanna révolutionna Venloo. Après cette saison-là, le village ne serait plus le même. La métamorphose commença modestement quand Amberson apporta un ballon ovale à l'école et dit aux plus grands :

— Vous devez jouer au rugby. Et un jour, bien que vous veniez d'une petite ville, vous serez peut-être aussi célèbres que Paul Roos.

Jusqu'alors, les Boers de cette petite communauté connaissaient peu de chose sur ce jeu viril qui faisait fureur dans le pays. Avant la guerre, ils avaient entendu parler de tournées d'équipes anglaises, d'abord en 1891 — où les visiteurs avaient gagné tous les matchs, puis en 1896. Mais ce n'était alors qu'un jeu « étranger » joué principalement dans la colonie du Cap.

A travers le rugby, M. Amberson gagna le cœur de tous les citoyens de Venloo. Chaque jour, il se rendait au terrain, avec ses chaussures à crampons, ses chaussettes jusqu'au genou, son short et son maillot, pour entraîner les aînés de son école. Ils couraient en tous sens, formaient la mêlée et jouaient jusqu'à l'épuisement.

— Ma parole, disait-il souvent à la fin du jeu. C'était un bel effort. Les enfants, vous devenez excellents. La classe internationale...

Les vieux du village tournèrent évidemment le maître d'école en ridicule.

— C'est un homme avec les enfants, mais un enfant avec les hommes.

Pourtant, quand il proposa de former également une équipe avec les jeunes gens plus âgés qui ne fréquentaient pas l'école — en leur affirmant qu'il était prêt à jouer avec eux —, toute la population mâle de Venloo se déplaça pour admirer ces « jeux du cirque » modernes.

L'Anglais était étonnant. Grand mais assez frêle, il n'avait pas la moindre crainte quand il s'agissait de plaquer les plus gros et les plus durs des Boers du village. Un joueur s'emparait-il de la balle et partait-il marquer l'essai ? Chaque fois Amberson se détachait du paquet, traversait le terrain et plaquait la brute avec une précision démoniaque. Quand la mêlée ouverte se formait, c'était lui qui émergeait, fonçait la tête en avant, raffûtait, crochetait, perçait et courait jusqu'à ce qu'un Boer puissant l'écrase à terre.

A la fin de la partie, il s'asseyait en bord de touche, haletant, le corps moulu, la bouche en sang et tous les colosses s'approchaient pour lui lancer de grandes claques sur l'épaule en disant :

— Tu sais y faire.

Sur quoi il répondait :

— C'était formidable.

Mais son principal intérêt demeurait bien entendu les enfants de son école. Il fut ravi de voir que Detlev avait tout l'air de devenir un demi d'ouverture de premier ordre — l'homme qui contrôle la balle qu'il reçoit du demi de mêlée et qui doit à chaque instant orienter le jeu de toute l'équipe.

Detlev avait un don naturel pour ce jeu et, sans l'aimer avec la passion dont faisait preuve M. Amberson, il appréciait l'esprit d'équipe et considérait que le sport était un élément positif de la vie. L'Afrique du Sud était en train de devenir l'un des centres athlétiques du monde et, si un jeune garçon comme Detlev parvenait au niveau d'une équipe nationale, son avenir serait assuré.

Ce fut cette manie du sport qui obligea Frank Saltwood à définir un règlement qui devait déterminer dans une large mesure la structure de son pays. Comme tous les Anglais, il était passionné de sports d'équipe et il était devenu président du bureau qui régentait le cricket. C'était d'ailleurs un bon joueur et il avait fait partie autrefois du onze d'Oxford. En Afrique du Sud, il avait consacré ses loisirs — et quelques fonds — à encourager ce jeu. Chaque fois qu'on sélectionnait une équipe pour rencontrer une tournée venue d'Écosse ou du pays de Galles, il dirigeait les opérations et veillait à ce que ses hommes se comportent selon les grandes traditions.

— Le cricket, disait-il toujours, est un jeu de gentlemen et ses règles s'appliquent encore plus dans la vie elle-même que sur le terrain. J'aime voir des hommes extrêmement dynamiques, mais dans le cadre des règles établies.

Cela posa un dilemme dans les années qui suivirent la guerre, quand les grands clubs d'Angleterre invitèrent leurs anciens ennemis à venir dans la métropole jouer une série de matchs de gala ; plus que toute autre chose, cela ferait du traité de paix un point final pour les familles ayant perdu des fils au cours du conflit. Mais un problème grave se posa en la personne d'Abu Bakr Fazool, musulman « de couleur » du Cap, qui était probablement le meilleur « serveur » du monde. Quand C. Aubrey Smith, « serveur » de premier ordre et future vedette de cinéma, avait fait une tournée en Afrique du Sud avec l'équipe dont il était capitaine, il avait déclaré de Fazool : « Il a le coup de bras le plus rapide que j'aie jamais vu. Et, pour les feintes, il est bien meilleur que moi. » Il avait promis à Fazool que, si celui-ci venait un jour en Angleterre, il lui trouverait une place dans une des grandes équipes du pays.

Et maintenant, la question était : Abu Bakr devait-il être sélectionné pour la tournée en Angleterre ? Au début, tout le monde en Afrique du Sud supposa qu'il en ferait partie. Des enthousiastes prédisaient qu'il écraserait tous les « batteurs » anglais ; mais, peu à peu, dans les régions rurales, on commença à déplorer que l'Afrique du Sud soit représentée à l'étranger par un « homme de couleur ». Les meilleurs journaux publièrent des articles disant : « Le bureau a-t-il vraiment mesuré toutes les conséquences ? »

La responsabilité tomba évidemment sur les épaules de Frank Saltwood et, s'il s'était présenté devant son bureau en disant : « Nous passerons pour des idiots aux yeux du monde entier si nous évinçons Abu Bakr », ils en auraient tous convenu. Mais, après avoir étudié la question sous tous ses angles, il préféra se montrer prudent et donna aux membres du bureau un conseil timoré.

> Il est reconnu, ici et à l'étranger, qu'Abu Bakr Fazool est peut-être le meilleur « serveur » actuellement vivant. Comme l'a dit C. Aubrey Smith à la fin de sa tournée victorieuse : « Ce jeune homme est prêt pour le cricket au plus haut niveau. » Nous pourrions donc faire une faveur à notre équipe et à notre pays en le sélectionnant. J'y souscrirais d'enthousiasme. Mais nous devons tenir compte de certaines objections que soulèverait un tel choix. Les blessures de notre guerre se cicatrisent peu à peu grâce à la bonne volonté des deux camps et il serait presque criminel de faire, si tôt après, un geste susceptible de rouvrir ces cicatrices. Nos frères boers ont certaines traditions très vivaces sur la façon de traiter leurs voisins

cafres et « de couleur » et il serait mal venu de notre part d'offenser ces traditions. Le respect nous dicte donc de ne pas emmener Fazool en Angleterre avec nous.

Plus grave encore, à longue échéance : « Quel genre d'image de nous-mêmes désirons-nous donner à la métropole quand notre équipe paraîtra sur le terrain ? » Je sais que des Indiens à la peau sombre ont joué à Lords de façon remarquable, mais toute l'Angleterre sait que l'Inde est peuplée d'Indiens et il serait ridicule qu'aucun d'eux ne figurât dans l'équipe. De même, des Antillais très sombres ont représenté les colonies des Indes occidentales, mais, une fois encore, telle est la couleur de ces colonies. Pour l'Afrique du Sud, c'est très différent. Il est important que nous nous présentions à la métropole sous un aspect aussi proche d'elle-même que possible. Notre pays est un pays de Blancs et le sera toujours. Notre avenir dépend de la bonne opinion que la mère patrie aura de nous et, quand notre équipe s'avancera sur le stade sacré, mieux vaudrait qu'elle représente ce que nous désirons être : la colonie blanche de la Grande-Bretagne, la colonie sûre, inébranlable, bien élevée, loyale à la tradition européenne, la colonie de confiance. J'ai peur que la présence d'Abu Bakr Fazool au milieu de nos joueurs ne mette pas en valeur cette image.

Si, à ce moment de crise — très important, bien qu'il soit passé presque inaperçu —, Saltwood s'était prononcé en faveur du départ de Fazool en Angleterre et si cet athlète doué avait joué aussi bien qu'on pouvait s'y attendre, tout un système de tolérance raciale se serait peut-être mis en place. D'autres joueurs de cricket « de couleur » auraient pu participer à ces tournées et, quand leurs collègues blancs auraient constaté la qualité de leur jeu, auraient observé avec quelle facilité ils s'intégraient aux festivités de la métropole, une attitude d'approbation aurait probablement vu le jour dans toute l'Afrique du Sud. Et si des Noirs doués avaient été entraînés pour les équipes de rugby — écrasant leurs adversaires dans les mêlées et courant à l'essai comme des antilopes, la nation entière aurait constaté qu'ils étaient peu différents des Boers et des Anglais jouant à leurs côtés.

Mais les temps n'étaient pas mûrs pour ce genre de tolérance. Frank Saltwood convainquit son bureau et Fazool ne fut pas sélectionné. Il n'alla pas en Angleterre prendre place à côté des fabuleux « serveurs » des Indes et des immortels « batteurs » d'Australie. Il continua de jouer dans les quartiers noirs du Cap et, quand les règlements contre la compétition sportive interraciale se durcirent, il cessa complètement de jouer. On pouvait le voir souvent sur les quais, à la criée au poisson, en train de marquer non des points, mais des caisses de merlans.

Souvent dans les biographies de femmes ou d'hommes importants, on tombe sur la phrase : « Comme un trait de lumière, l'idée qui devait animer sa vie entière s'imposa à lui (ou à elle)... » Dans le cas de Detlev Van Doorn, ce cliché allait être littéralement vrai. Un rayon de lumière le frappa et le cours de sa vie se trouva fixé.

Cela se passa à cause d'un paquet d'entremets en poudre importé de France. Quand le général de Groot et son père interdirent à Johanna de voir M. Amberson, elle se retrouva l'esprit vide et, pour occuper ses moments de désœuvrement, elle se mit à tricoter et à broder. L'arrivée au magasin de Venloo de ces poudres importées l'intéressa vivement et elle offrit aussitôt à « ses trois hommes » des desserts parfumés à l'orange et au citron. Ils les aimèrent et en demandèrent d'autres. Elle retourna au magasin et acheta des paquets de grands modèles. A son retour à la maison, elle s'aperçut qu'elle avait désormais six ou sept parfums différents. Elle fit des essais avec chacun d'eux et les hommes leur trouvèrent si bon goût qu'ils l'encouragèrent à continuer.

C'était une jeune femme pleine de ressources, qui approchait maintenant la trentaine, et, un jour, tandis qu'elle versait son entremets dans ses coupes, elle eut l'idée de ne mettre qu'une petite quantité dans chaque verre, de laisser prendre la gelée, puis de verser par-dessus un autre entremets de couleur différente et de répéter l'opération jusqu'à ce qu'elle obtienne une coupe à plusieurs couches, qui non seulement aurait bon goût, mais serait belle à l'œil.

Lors de son premier essai, elle échoua parce qu'elle versa les couleurs successives alors que l'entremets était trop chaud : cela faisait fondre la couche déjà ferme et refroidie. En femme pratique, elle mélangea les entremets ratés en une seule mixture et décida d'essayer de nouveau un autre jour

Mais, quand elle servit aux hommes le mélange durci, Detlev protesta.

— Cette crème-là n'a pas belle allure, dit-il. Ni bon goût.

Elle en convint, mais ne donna aucune explication. Son expérience était un échec, voilà tout.

Mais, la fois suivante, quand le premier parfum fut bien pris et qu'elle prépara l'entremets suivant, elle le laissa refroidir presque jusqu'à ce qu'il ne coule plus, puis elle le versa. Sa tentative fut couronnée de succès. En fait, le résultat dépassait de beaucoup ses espérances. C'était vraiment joli : avec un goût artistique certain, elle avait placé au fond la couche de cassis, presque noire ; au-dessus, la couche marron clair de la pomme ; puis le rouge ; et enfin l'orange et le citron clair. Les coupes étaient presque des œuvres d'art.

Quand Detlev entra dans la cuisine, elles étaient perchées sur un appui de fenêtre, côte à côte ; les rayons du soleil qui les frappaient faisaient scintiller les couches et chaque couleur ressortait à son avantage, projetant sur le mur voisin un beau reflet noir, brun, rouge, orangé et jaune. A cet instant, Detlev comprit le grand dessein de sa vie.

— Regardez ! cria-t-il en entraînant le général et son père dans la pièce. Chaque couleur reste pure et isolée. Elle ne salit pas les autres. Elle brille comme un diamant.

Et, du bout du doigt, il montra la nature de l'humanité telle que Dieu l'avait déterminée.

— Ici, en bas, le noir. Puis le brun clair. Puis, ici, les Indiens... (Déjà il traduisait les couleurs en groupes raciaux.) Plus haut, les Anglais, c'est l'orangé. Et, enfin, au-dessus de tous les autres, les Afrikaners, clairs et...

— Tu es un Boer ! coupa de Groot.

— Ils ne cessent de nous dire, à l'école, que nous ne sommes plus des Boers. Et nous ne combattons plus personne...

— Nous combattons toujours contre les Anglais, dit de Groot. De toute ta vie, tu ne cesseras pas.

Detlev en revint aux entremets.

— Chaque couleur occupe son niveau. Ordre. Netteté. Et nous, les Afrikaners, cette belle couleur propre, tout en haut.

Il avait découvert le secret des choses.

« C'est comme ça que tout doit rester.

Cette semaine-là, de Groot lança sa campagne pour chasser

M. Amberson de l'école de Venloo. Il avait appris à aimer l'Anglais et il ne lui avait pas caché son estime, mais il sentait que l'éducation des enfants boers devait changer de mains.

— Les enfants afrikaners doivent avoir des enseignants afrikaners.

Il aimait beaucoup le mot « Afrikaner ». Il exprimait bien la véritable origine de son peuple. Ils n'étaient pas anglais et Dieu sait qu'ils n'étaient pas non plus hollandais. C'étaient des hommes et des femmes d'Afrique et le mot « Afrikaner » ne laissait planer aucun doute.

M. Amberson réagit comme on pouvait s'y attendre.

— Je pense que votre inquiétude est légitime, général de Groot. Vous auriez dû former plus tôt vos propres maîtres. Vous savez, on m'a offert deux postes dans les écoles anglaises de Grahamstown. Mon expérience d'entraîneur de rugby, vous comprenez...

Même quand l'on convoqua des réunions publiques pour discuter de son renvoi, il continua d'entraîner le quinze de Venloo et il consacra ses dernières semaines à instiller à ses élèves les principes immuables du sport.

— Ne pleurnichez pas... Une dent, ça se remplace. Soyez généreux dans la victoire et tendez la main à l'homme qui jouait contre vous... Combattez jusqu'à la toute dernière seconde, puis réjouissez-vous de la qualité du jeu... Soyez virils... Si l'adversaire est plus fort, montrez-vous plus malin... Le but est de gagner... Vous devez toujours gagner... Vous devez tout faire pour marquer... Mais il y a des règles que vous ne devez jamais transgresser, même pour marquer des points... Soyez humains...

Au cours du grand match qui précéda son départ, il joua demi d'ouverture et fit une partie remarquable, n'hésitant pas à se jeter au milieu des avants adverses. Une fois, il fut tellement sonné au cours d'un plaquage qu'il partit dans la mauvaise direction.

Dans son allocution d'adieu, il rendit un hommage vibrant au général de Groot.

— De même que ce noble capitaine a conduit ses hommes à travers tous les obstacles, de même notre équipe s'est battue sans désespérer contre des écoles plus grandes et des adversaires plus lourds. Au général de Groot, je donne toute mon admiration. Il est l'esprit de Venloo. A mes enfants, je donne le principe éternel : « Soyez des hommes. »

Tout le monde convint que la présence de cet Anglais sec et maigre avait été une chance inespérée pour la petite ville, en cette période de transition. Il avait contribué à transformer les enfants en hommes, les Boers en Afrikaners et les anciens ennemis en alliés détendus.

Le nouveau maître d'école arriva une semaine après son départ. C'était un jeune homme d'une autre trempe : Piet Krause, diplômé de la nouvelle université de Potchefstroom — qui allait devenir la plus afrikaner de toutes les universités. Dès le premier jour, il fit savoir que l'idiotie de l'enseignement en anglais prenait fin. A la plus grande joie des paysans de la région, le jeune maître aux cheveux en brosse annonça d'une voix tendue :

— L'esprit d'une nation s'exprime dans sa langue. Le destin de cette nation est d'être afrikaner. Donc sa langue doit être l'afrikaans.

C'était la première fois que ce mot parvenait à Venloo et Piet Krause lut une certaine confusion sur les visages de son auditoire.

« De même que nous avons créé dans ce creuset un nouveau peuple, dont les racines sont Slagter's Nek, le Fleuve-de-Sang et Majuba, de même nous sommes en train de créer une nouvelle langue, plus simple que l'ancienne, mieux adaptée, plus facile à utiliser. C'est notre langue, à présent, et c'est avec elle que nous triompherons. Un jour, nous remercierons Dieu de notre victoire en lisant notre Bible dans notre langue — la Bible afrikaans.

Le général de Groot applaudit tout, sauf la dernière phrase. Il n'était pas sûr que la Bible dût être lue dans une autre langue que le hollandais :

— C'est ainsi que Dieu nous l'a donnée. Ce sont les mots mêmes qu'Il a prononcés quand Il s'est adressé à nous. Il nous a accordé notre Alliance en hollandais et nous devrions la conserver ainsi.

Les hommes comme lui firent un tel tapage contre la publication de la Bible dans une autre langue que le hollandais d'autrefois que le projet fut abandonné sur le plan national — mais non pas à Venloo. Krause rendit visite aux habitants de Vrymeer et leur dit :

— Nous devons éliminer tous les domaines où nous sommes sous la dépendance d'autrui. Plus d'Anglais, sauf ce que la loi exige. Plus de Hollandais. Tous ces maudits Hollandais de Hollande en bateau ! Direction : Amsterdam ! Nous sommes afrikaners. Et que cela plaise ou non au général de Groot, un de ces jours nous aurons notre propre Bible.

Il parlait avec tant de violence et il défendait un programme si nécessaire à sa communauté que Johanna l'écouta avec une joie de plus en plus vive. C'était ce en quoi elle croyait. Son attachement à M. Amberson n'avait été que physique : sur le plan spirituel, tout son côté anglais lui déplaisait. Mais voici que se présentait un jeune homme farouche, dont les yeux se tournaient vers l'avenir, le seul avenir qui ait un sens pour l'Afrique du Sud.

Elle se remit à accompagner Detlev à l'école le lundi matin et elle arrivait même plus tôt que lors des premiers jours de tendresse avec M. Amberson. Elle acquit une fermeté et une volonté que Detlev ne lui connaissait pas. Ses yeux brillaient chaque fois qu'elle défendait le nouveau maître d'école — dans tout ce qu'il entreprenait. Trois fois, elle l'invita à Vrymeer pour de longues discussions et de bons boboties.

— Je crois que M. Krause a perdu la bataille, plaisanta Detlev un soir, après le départ du maître d'école.

Dédaignant cette taquinerie, Johanna ne répondit rien. Et, au cours de la visite suivante de Krause, Detlev lui-même tomba sous le charme de cet homme dynamique.

— Ce que nous devons établir dans ce pays, s'écriait-il avec un enthousiasme communicatif, c'est un système d'ordre. Les Indiens, les « hommes de couleur », les Noirs, chacun à sa place, soumis aux lois sages que nous promulguerons. Et je ne veux pas non plus que ce soient les Anglais qui décident. Je veux des Afrikaners à tous les postes clefs.

En attendant ces paroles, Detlev comprit qu'à partir de ses propres expériences M. Krause avait découvert le principe que lui, Detlev, avait vu dans les coupes d'entremets. Ils croyaient tous les deux dans la discipline et dans la préséance de l'*Afrikaner Volk*.

— Qu'est-ce que c'est que ça ? demanda le général de Groot la première fois que Detlev utilisa cette expression dans la cuisine de Vrymeer.

— M. Krause l'emploie tout le temps. Cela veut dire le

« peuple », la force secrète de la race, qui nous rend différents des Anglais et des Cafres.

— Ça me plaît, dit de Groot.

Et il commença bientôt à parler de « la mission de l'Afrikaner Volk ».

Detlev ne s'étonna pas de voir, au bout de seulement cinq semaines, M. Krause entrer d'un pas nerveux dans la cuisine et balbutier tout à trac :

— Johanna et moi, nous voulons nous marier. Je sais qu'elle a quatre ans de plus que moi, mais nous nous aimons. Nous avons une œuvre à accomplir. Je viens vous demander la permission.

Elle lui fut accordée — par le général, par le père et, avec plus d'enthousiasme encore, par le frère…

La cérémonie des noces fut célébrée par un nouveau venu dans la communauté, un homme qui devait faire beaucoup pour le développement de Venloo : le révérend Barend Brongersma, diplômé de Stellenbosch, la prestigieuse université de la colonie du Cap. Ce jeune homme excellent avait trente et un ans quand il prit en main l'église de Venloo. Il était plutôt grand, bien proportionné, avec des cheveux très noirs et des yeux enfoncés, presque aussi sombres. On remarquait surtout sa voix sonore, qu'il avait cultivée avec soin pour qu'elle passe sans transition de la supplique passionnée au tonnerre de l'accusation ou à la fermeté rassurante. Il suffisait de l'écouter en chaire pour se convaincre qu'il méditait beaucoup sur ses sermons — oui, c'était un jeune homme qui irait sûrement très loin dans la hiérarchie de l'Église sud-africaine. Il parlait avec beaucoup de conviction, en exposant ses arguments de façon que tout le monde puisse le suivre, et il les étayait si solidement que ses auditeurs étaient forcés de les accepter. C'était un aussi bon prédikant que l'Église hollandaise réformée pût en offrir à l'époque et on craignait que son séjour à Venloo ne soit bref, car on aurait besoin de lui dans des communautés plus vastes.

Sa femme lui ressemblait beaucoup : une belle allure, de la robustesse et de la vivacité, un sourire qui gagnait les cœurs ; elle n'avait jamais peur de dire le fond de sa pensée. Ils formaient un couple remarquable et les trois hommes de Vrymeer furent ravis de les voir à Venloo.

On parlait souvent maintenant des « trois hommes de Vrymeer ». Detlev était devenu un adolescent solide qui jouait dans la ligne d'avants du quinze, où son poids et sa force peu commune constituaient un atout important. Plusieurs fois, Jakob lui avait dit :

— Detlev, tu es bâti exactement comme ton grand-père Tjaart. C'était un homme fort.

Ils possédaient autrefois une photographie du vieil homme, avec sa ceinture et ses bretelles, sa barbe bien peignée des oreilles au menton, son chapeau noir à fond plat et son regard toujours fixé droit devant lui. Elle avait disparu dans l'incendie, mais Detlev s'en souvenait très bien et il espérait lui ressembler un jour.

Le temps passant, Venloo était devenue le prototype même d'une petite communauté afrikaner : en la personne du général de Groot, elle avait un héros des guerres passées ; avec Piet Krause, un maître d'école farouche qui avait l'ambition de refaire le monde ; avec le dominee Brongersma, un prédikant charismatique capable d'instruire et de censurer ; et, avec Detlev Van Doorn, un adolescent plein de promesses... Parfois, on avait l'impression que toutes les forces de cette communauté conspiraient pour rendre cet adolescent plus intelligent et plus appliqué.

A l'époque, son beau-frère, Piet Krause, exerçait sur lui une influence décisive, car Detlev avait tendance à regarder la société à travers les yeux de ce vibrant jeune homme. Un jour, en arrivant sur la crête de la colline, Piet arrêta leur voiture, se tourna vers la ferme misérable du général de Groot et se mit à pester :

— N'oublie jamais cette scène, Detlev ! Un homme qui nous a conduits au combat, vivre à la manière des porcs ! Oublié, mal aimé, comme un réprouvé !

— Il a envie de vivre ainsi, expliqua Detlev. Tous les ans, mon père lui demande de venir s'installer avec nous. Il dit qu'il aime sa vieille maison, la vie d'autrefois.

— Mais regarde-le donc... Un grand héros oublié.

Quand le maître d'école lui tint les mêmes discours, le vieux général éclata de rire.

— Detlev a raison. Je me plais ainsi. Vous auriez dû voir la vie que nous menions pendant le trek.

Il lui parla de ses parents, le dernier soir où il avait préféré rester avec les Van Doorn, évitant ainsi d'être massacré par les hommes de Mzilikazi.

« On arrête le chariot. On étale quelques couvertures. On prend une toile dans le chariot. Trois piquets pour former une sorte de tente. On s'endort et on a la gorge tranchée avant le matin. C'était ainsi que nous vivions.

— Général, dit Krause au comble de l'émotion, Johanna et moi... Venez vivre en ville avec nous.

— Oh non ! D'abord, vous discuteriez avec moi tout le temps. Non, je suis heureux où je suis. Si j'ai faim, je viens ici, chez Jakob.

La ferme Vrymeer, sans femme blanche à sa tête depuis que Johanna était mariée, connaissait des problèmes. Micah Nxumalo les résolut en quittant la demeure du vieux général avec deux de ses épouses. De Groot ne resta pas abandonné pour autant : deux femmes noires plus jeunes veillèrent sur lui. Il y eut de nouveau cinq cases à Vrymeer, très semblables à ce qu'elles étaient cinquante ans plus tôt. Vingt Noirs les occupaient, originaires du pays zoulou pour la plupart. Ils travaillaient à la ferme, mais c'était toujours Nxumalo qui les commandait.

Encouragé par Van Doorn, il avait patiemment réuni un troupeau de blesboks, plus de soixante, qui demeurait en permanence près des trois lacs. Un étranger en visite à la ferme, en apercevant ces beaux animaux en liberté, taches blanches sous le soleil, pouvait croire qu'ils venaient du veld ; mais, à la tombée du jour, en les voyant se rapprocher de la maison, il comprenait qu'ils vivaient toujours là. Comme la ferme Vrymer était belle, avec ses blesboks, ses herefords à l'engrais, ses eucalyptus formant déjà de hautes haies et le soleil tombant sur les lacs...

Quatre ou cinq fois par an, Van Doorn attrapait un ou deux blesboks âgés et donnait la viande aux épouses de Nxumalo pour faire du biltong. Cela semblait profiter au troupeau plutôt que lui nuire. En général, Van Doorn tuait les mâles délaissés et il le faisait avec tant de précautions que les autres membres du troupeau remarquaient à peine le coup de feu. Jamais il ne les faisait fuir, affolés, car il adorait ces bêtes et il sentait qu'elles faisaient partie du lien solide qui l'attachait, ainsi que de Groot, à la terre de leurs ancêtres. Nxumalo éprouvait les mêmes sentiments.

Piet Krause estimait qu'il avait le devoir de maintenir la ferme et Venloo au courant de tout ce qui se passait au Transvaal. Il forçait tout le monde à suivre les événements avec attention et il était toujours prêt à expliquer leur portée. Le jour mémorable de 1910 où les quatre colonies distinctes — les deux colonies « anglaises » du Cap et du Natal et les deux colonies « afrikaners » de l'État libre d'Orange et du Transvaal — furent réunies par l'acte d'Union en une seule nation, avec son gouverneur général, son Premier ministre et son Parlement, Krause exulta :

— Maintenant, nous sommes autonomes. Ce que nous accomplirons ne dépend que de nous. Songez-y, mes enfants ! Il y a peut-être dans cette classe le futur Premier ministre d'un pays entièrement libre.

Il regarda chacun des enfants, s'efforçant de leur inspirer sa fierté — mais il songeait surtout à lui-même.

— Nous ne sommes pas entièrement libres, avança un garçon d'une voix prudente. Nous sommes encore une Union qui doit allégeance à la Couronne.

Et, comme son maître fronçait les sourcils, il ajouta :

« Nous faisons partie de l'Empire britannique.

— N'utilisez jamais ces mots ! tonna Krause. Nous n'avons pas de querelle avec la Grande-Bretagne. Est-ce que nous combattons contre l'Écosse, le pays de Galles ou l'Irlande ? Pas du tout. Notre lutte est contre l'Angleterre.

Et, dès lors, ses élèves ne parlèrent plus d'empire.

— Devrons-nous toujours allégeance au roi ? demanda le même enfant.

— Cela changera, répondit Krause.

Mais il n'était pas encore prêt à entrer dans les détails. Pourtant, lors de sa visite suivante à la ferme, Detlev lui rappela cette conversation et lui demanda :

— Croyez-vous que nous romprons un jour avec l'Angleterre ?

A sa vive surprise, ce ne fut pas Krause qui lui répondit, mais Johanna. Avec une ardeur farouche, que Detlev ne lui connaissait pas, elle proclama :

— Jamais nous ne serons libres tant que nous n'aurons pas

rompu. Nous devons avoir notre drapeau, notre hymne, notre président et non un maudit Anglais comme ce gouverneur général Gladstone qui se prend pour notre roi.

Et elle poursuivit à n'en plus finir, esquissant tout un programme qui permettrait aux Afrikaners de prendre les rênes du pays en tant qu'hommes et femmes libres.

— A Pretoria, on ne parlera plus que l'afrikaans et seuls des Afrikaners occuperont les positions de pouvoir.

— Les Anglais le permettront-ils ? demanda Detlev.

— Nous trouverons des moyens de les y contraindre, répondit Johanna.

Le général de Groot applaudit.

— Il y a des moyens, dit-il en donnant une claque sur le genou de Detlev. Et ce jeune homme les découvrira.

Dans les conversations privées, c'était toujours Johanna Krause qui répliquait sur un ton farouche, mais, en public, comme toute bonne épouse afrikaner, elle laissait son mari prendre l'initiative. Un matin, à l'école, il enflamma sa classe en annonçant :

— Je veux que tous ceux qui le peuvent viennent avec leurs parents et leur chariot. Nous monterons à Waterval-Boven voir un spectacle magnifique.

Il ne leur dit pas quoi, mais, quand il insista pour que le général de Groot les accompagne, le vieil homme prédit :

— Il veut vous montrer l'endroit où le président Kruger a gouverné ce pays pendant les dernières journées.

A leur arrivée sur ces lieux vénérés, de Groot expliqua aux enfants :

— Le grand homme vivait sur cette voie ferrée, dans le wagon numéro 17, d'abord ici, au-dessus de la cascade, puis en bas, dans la petite maison près de l'hôtel. Et vous devez vous souvenir d'une chose, ajouta-t-il d'une voix qui tremblait de colère. Peu importent les mensonges que les journaux anglais ont imprimés : Oom Paul Kruger ne s'est pas enfui avec un demi-million de livres en or. L'or a quitté Pretoria nul ne sait comment, mais il ne l'a pas pris.

Ce n'étaient ni la cascade ni l'or perdu qui intéressaient Piet Krause. Il n'avait d'yeux que pour la pendule et, à trois heures, il rassembla tout le monde à la gare.

— Nous allons être témoins d'un moment glorieux de notre histoire nationale, dit-il.

Quand le train de Pretoria apparut, à la sortie de la dernière courbe, il fit applaudir tous les enfants, avec le concours de sa femme — sans leur dire encore pourquoi ils applaudissaient.

Piet s'était arrangé avec le chef de gare pour que le train s'arrête six minutes. Les trois premiers wagons passèrent lentement, c'étaient des voitures ordinaires sans voyageurs de marque, et le général de Groot dit à Detlev :

— Je ne comprends pas.

Mais, ensuite, quinze fourgons à bestiaux sans toit s'arrêtèrent dans un énorme bruit de ferraille et les enfants de l'école, stupéfaits, eurent sous les yeux les visages jaunes de sept cents coolies chinois. C'était le dernier contingent des travailleurs importés de Shanghai en 1904. Ils étaient tous expulsés du pays et, quand ce dernier train glissa lentement vers le Mozambique, l'Afrique du Sud fut libérée de cette menace.

— Ils s'en vont ! exulta Piet Krause devant les wagons immobiles sous le soleil de plomb. Une terrible erreur à été corrigée.

Les Chinois, désorientés à leur départ de Chine quelques années plus tôt, désorientés par la façon dont on les avait traités dans les mines et désorientés maintenant par cet exode forcé, regardèrent, impassibles, ces enfants qu'ils ne comprendraient jamais et ces adultes qu'ils n'avaient jamais compris. Un gamin ramassa un caillou et le lança à ces déportés détestés, mais Piet Krause ý mit le holà.

— Pas de méchanceté. Des bravos quand le train partira, c'est tout.

Le train s'ébranla, les fourgons s'éloignèrent, tout le monde applaudit. Le pays était débarrassé d'un grand poids.

— *Die Volk is nou skoon !* s'écria Piet Krause (Le Volk a été purifié.)

Quand les enfants rentrèrent à l'école, Krause leur dit :

— Notre prochaine tâche est le rapatriement de tous les Indiens. Gerrit, que signifie « rapatrier » ?

— Renvoyer une personne à l'endroit auquel elle appartient.

— C'est cela. Toute personne sur terre a un endroit auquel elle appartient. Elle doit y rester. Nous avons renvoyé les Chinois en Chine. Nous devons renvoyer les Indiens en Inde. Et les Anglais devraient retourner en Angleterre. Ce pays est la terre des Afrikaners.

— Et les Cafres ?

— Ils appartiennent à ce pays. Ils font partie de l'Afrique au même titre que nous. Mais ils sont inférieurs. Ils ne savent rien. Nous avons la responsabilité de les protéger et de leur expliquer qu'ils doivent obéir à nos lois. Les Cafres seront toujours avec nous et nous devons les traiter avec respect, mais aussi avec fermeté.

Chaque fois que Detlev entendait ces idées, il songeait au verre d'entremets en couches, chaque couleur à sa place et nettement démarquée de l'autre. Et, au souvenir de cet instant de révélation, il se rappelait l'expérience ratée de Johanna, la veille de son illumination, et les entremets mélangés. Le résultat n'avait été agréable ni à l'œil ni au goût : c'était une mixture sans caractère et il ne l'avait pas aimée. Quelle différence avec l'entremets réussi ! Il était beau à voir et, quand on enfonçait la petite cuillère, chaque couche conservait son propre goût. L'orange était comme doit être l'orange, le citron, au-dessus, avait le goût qu'il fallait, et même le cassis en bas conservait tout son parfum. Oui, les races devaient être ainsi.

Peu de temps après la disparition des Chinois, Piet Krause invita trois de ses meilleurs étudiants à l'accompagner à une réunion importante près de Johannesburg.

— Vous allez entendre le seul homme de ce pays qui sait ce qu'il fait.

C'était le général J.B.M. Hertzog, héros pendant la guerre boer, brillant avocat depuis. Il ne faisait pas une forte impression comme le général de Groot, il n'en imposait ni par la taille ni par le poids. Mais c'était un bel homme avec une moustache en brosse et des cheveux coiffés à la raie. Il portait des verres à monture d'acier et un complet d'homme d'affaires. Il justifiait, d'une voix douce, ses prises de position récentes :

> J'ai dit que l'Afrique du Sud devait être aux Sud-Africains et je ne présenterai pas d'excuses. Par « Sud-Africains », j'entends toutes les personnes, d'origine hollandaise ou anglaise, qui ont décidé de consacrer leurs vies à ce pays et qui ne considèrent aucun autre endroit au monde comme leur vraie patrie, leur *home* (il prononça ce mot avec mépris).

J'ai dit que je désirais que mon pays soit gouverné par des hommes totalement sud-africains de cœur et je ne présenterai pas d'excuses. J'entends par là que nous devrions avoir à notre tête uniquement des hommes qui comprennent ce pays et sa langue, des hommes qui œuvrent pour son bien-être et non pour le bien-être de quelque « empire ». (Il y eut ici à la fois des applaudissements et des huées.)

On m'a accusé de vouloir faire de l'Afrikaner le baas de ce pays et j'avoue que je suis coupable. Je n'ai certainement pas envie d'avoir pour baas un nouveau venu qui ne connaît rien de cette terre, de sa langue et de sa religion. Je veux que l'Afrique du Sud soit gouvernée par des Sud-Africains.

On m'a accusé de refuser la réconciliation et j'avoue encore que je suis coupable. Selon quel principe devrais-je me réconcilier et avec qui ? Je n'ai fait de tort à personne. D'autres m'ont fait du tort, en envahissant mon pays, et c'est d'eux que j'attends la réconciliation. Si réconciliation signifie que les Sud-Africains de langue hollandaise doivent toujours faire des concessions aux Sud-Africains de langue anglaise, je dis que nous ne sommes pas mûrs pour la réconciliation et je refuse de sacrifier sur cet autel l'avenir d'un seul enfant de la véritable Afrique du Sud.

On m'a accusé de faire passer les intérêts de l'Afrique du Sud avant ceux de l'Empire et, pour cette accusation, je plaide, très fièrement, coupable. J'ai toujours placé les intérêts de mon pays au-dessus de tout, car, si nous ne sommes pas forts, et bons, et capables de nous gouverner nous-mêmes, nous ne serons d'aucune utilité — ni à l'Empire ni à quiconque. (A ces paroles, Krause et plusieurs autres applaudirent.)

Enfin, de nombreuses personnes du gouvernement m'ont demandé de me dissocier de la déclaration frappante prononcée il y a quelques mois par un grand héros de notre pays, le général Paulus de Groot, du commando Venloo. Il a dit, debout sur un tas de fumier de sa ferme : « Je préfère me trouver sur ces immondices avec mon peuple que dans les palais de l'Empire. » Je dis la même chose. Ce pays est mon pays, tel qu'il est. C'est le pays de ceux qui aiment l'Afrique du Sud. (Krause lança une vague d'applaudissements frénétiques.) Avant tout et à jamais.

C'était la première fois que Detlev entendait un discours de ce genre, rationnel et minutieusement ordonné, tout en faisant appel constamment aux émotions de la foule.

— C'est l'esprit le plus pénétrant d'Afrique du Sud, murmura-t-il à Piet Krause quand les applaudissements se turent.

— Oui. Il nous conduira à la liberté.

— Que pense-t-il de l'acte d'Union ?

— Ce que j'en pense... Si nous l'utilisons intelligemment, ce sera une arme pour parvenir à l'indépendance.

— Est-il d'accord avec vous, pour les Cafres ?

— Absolument. L'Afrique du Sud doit toujours demeurer un endroit de suprématie blanche. (C'était la première fois que Detlev entendait l'expression.) Nous devons assumer une responsabilité paternelle à l'égard des Cafres, qui ne seront jamais capables de se gouverner. Nous avons le devoir de les diriger, car ce sont des enfants : c'est à nous de leur dire ce qu'il faut faire.

Tandis que Piet Krause répandait ces idées, personne ne remarquait que Micah Nxumalo quittait parfois Vrymeer pour une semaine entière. Ses épouses étaient si compétentes qu'elles s'occupaient de tout en son absence, expliquant à Jakob que leur mari était chez le général de Groot et à ce dernier qu'il travaillait dans des champs éloignés.

En fait, il partait à Waterval-Boven prendre le train pour Johannesburg. Là, il plongeait dans un dédale de venelles jusqu'à un bâtiment misérable... Pour ces expéditions, il portait un vieux complet sombre que Van Doorn lui avait donné, des souliers, une chemise blanche à col haut, une cravate-plastron et un feutre dur fabriqué en Angleterre. Il venait de dépasser la borne des quarante ans et n'avait rien de remarquable — hormis son costume. De taille et de corpulence moyennes, il ressemblait à n'importe quel Noir travaillant dans les bureaux à Johannesburg.

Les douze Noirs qui se réunirent avec lui en secret par cette soirée de 1912 avaient à peu près la même allure.

— Le révérend John Dube, déclara l'un d'eux en présentant le président, très éloquent, de l'*African National Congress*.

— Et voici Solomon Plaatje. Il a servi avec les forces anglaises pendant le siège de Mafeking.

Nxumalo inclina la tête vers le célèbre journaliste et dit :

— J'ai servi avec les Boers à Ladysmith.

Plaatje, un petit homme nerveux, éclata de rire.

— Deux affaires plutôt moches, non ?

Les dix autres hommes étaient aussi éminents dans les milieux noirs que Dube ou que Plaatje et Micah remarqua qu'ils parlaient anglais avec une belle aisance, sans accent particulier. Plaatje avait travaillé pour le *London Times* et sa maîtrise de la langue n'avait donc rien de surprenant, mais il était étrange que les autres parlent avec une telle perfection. Nxumalo n'avait qu'un vocabulaire restreint et il se sentit très désavantagé au début — mais non lorsque les discussions commencèrent, car, en écoutant le général de Groot et surtout le jeune Piet Krause, il avait acquis une solide compréhension de ce que signifiaient les nouvelles lois.

Plaatje avait pris la parole.

— Nous sommes dans la situation où se trouvait Thomas Jefferson en 1774, avant la révolution. Je veux dire par là que nous devons utiliser tous les moyens légaux qui nous sont offerts pour protéger notre position et obtenir autant d'avantages que nous pourrons.

Telles furent exactement les paroles qu'il prononça et, lorsque d'autres orateurs lui succédèrent, ils firent allusion, en des termes comparables, à des événements survenus en Angleterre, en France et en Allemagne.

Ils étaient amèrement blessés par les articles de l'acte d'Union qui refusaient le droit de vote aux Noirs et aux « hommes de couleur » dans trois des quatre provinces — ce droit ne leur était accordé que dans la province du Cap. Tout le monde estimait que ces dispositions devaient être attaquées, mais, comme le fit remarquer l'un des hommes :

— Le fait que nous soyons exclus des listes électorales a été l'une des clauses majeures du traité de paix qui a mis fin aux hostilités. Ce point n'est pas seulement défendu ici, en Afrique du Sud, mais à Londres. J'ai bien peur que nous ne puissions rien faire.

La discussion dévia vers une nouvelle loi, qui constituait aux yeux de ces hommes un pas en arrière très grave dans les relations entre les races. Le *natives land act* (loi agraire des indigènes) formulait le principe que certaines terres étaient réservées aux Noirs, certaines aux Blancs, et que la loi protégeait et assurait cette division.

— La terre devrait être à nous tous, soutenait Plaatje.

Et les autres se joignirent à lui avec tant de vigueur que l'on convint à l'unanimité d'envoyer une délégation de cinq hommes à Londres pour présenter au roi une requête de protection.

— Nous ne pouvons pas attendre des Afrikaners un traitement équitable, s'écria l'un des hommes, parce que leur coutume et leur Église nient que nous ayons des droits...

— Une minute! coupa un autre. Ils reconnaissent nos droits. Même Hertzog les reconnaît. Ce qu'ils veulent, c'est les restreindre.

Le premier orateur ignora l'interruption. Dans la petite pièce bondée, mal éclairée, il poursuivit :

— Nous ne devons donc compter que sur l'Angleterre et sur l'opinion libérale là-bas. Nous devons exercer sur eux une pression constante pour qu'on nous accorde les mêmes privilèges qu'aux Néo-Zélandais et aux Australiens indigènes.

— A longue échéance, prédit l'un des hommes, les Anglais de ce pays ne seront pas différents des Afrikaners.

Quand on eut mis au point les grandes lignes d'action de la délégation au roi, les membres voulurent apprendre de la bouche de Nxumalo la situation sur la frontière — dans les petites bourgades afrikaners où germaient les idées qui balayaient ensuite les villes. Il prit la parole, lentement, et tout le monde l'écouta. Il n'avait pas leur maîtrise de l'anglais et plus de la moitié de ses auditeurs aurait eu du mal à suivre son zoulou, s'il s'était exprimé dans sa langue maternelle; mais aucun ne voulait qu'il parle afrikaans, alors qu'ils le pratiquaient tous couramment.

— Nous avons un nouveau maître d'école, très actif. Il a emmené ses élèves voir l'expulsion des Chinois. A leur retour chez eux, certains avaient envie d'expulser aussi les Noirs. Mais il les a calmés. Il a emmené un autre groupe écouter le général Hertzog. Ils sont revenus avec les yeux brillants de patriotisme. Ils veulent de nouveau combattre les Anglais. Le général de Groot les encourage. Il dit que la guerre approche. Il parle beaucoup de l'Allemagne. Il est en relation avec d'autres généraux et ils pourraient bien provoquer des troubles un jour.

Il parla de bien des choses, avec une compréhension très vive de ce qui motivait les rudes Afrikaners du district de Venloo, mais ce fut quand il en arriva aux problèmes essentiels qu'il démontra son intuition remarquable des tendances probables :

— Le jeune maître d'école est comme le général. Il veut partir en guerre maintenant. Mais ses idées lui viennent de sa femme. Elle a quatre ans de plus que lui. Elle a été au camp de Chrissiesmeer. Elle est forte, elle a voulu épouser un Anglais, mais sa famille s'y est opposée. Elle ne lance pas de défis à la légère. Elle réfléchit.

« Mais le vrai pouvoir à Venloo est entre les mains du prédikant. Un homme très bon. Un esprit vif comme le vôtre, Plaatje. Il prêche des sermons prudents, très logiques. Il a une conception rationnelle de ce qui doit se passer et il ne prend pas de risques. Quand je conduis les Van Doorn à l'église, je reste dehors et j'écoute. Une voix puissante. Un homme bon. Mais complètement contre nous. Il se sert de la Bible pour nous taper dessus. Et, à la longue, il deviendra plus dangereux pour nous que tous ceux dont vous avez parlé.

— Quel mal pourrait-il nous faire, depuis Venloo ?

— Bientôt, on entendra sa voix dans tout le pays. Il est comme Jan Christiaan Smuts. Il suffit de le voir pour comprendre qu'il commandera un jour.

Les autres hommes notèrent son nom : Barend Brongersma, de Stellenbosch.

En 1913, Detlev reçut la première lettre qui lui ait jamais été adressée et ce fut une lettre qui le troubla profondément, comme il fallait s'y attendre. La réponse qu'il fit contribuerait beaucoup à déterminer une partie importante de sa vie. La lettre venait d'un comité de femmes de Bloemfontein et disait ceci :

> Nous avons dressé un noble monument en hommage aux femmes et aux enfants boers qui ont péri dans les infâmes camps de concentration de la seconde guerre de libération. Comme vous étiez dans un de ces camps et que

> vous y avez perdu votre mère et deux sœurs, et comme votre maître, M. Krause, nous a donné votre nom en soulignant la qualité de vos études, nous vous serions obligé de vous joindre à nous lors de l'inauguration d'un monument qui demeurera toujours un témoignage de l'héroïsme de votre mère et de la perte cruelle de vos sœurs.

La lettre précisait ensuite qu'il y aurait un groupe de douze survivants des camps, six filles et six garçons, qui resteraient au garde-à-vous pendant la cérémonie. Detlev avait dix-huit ans cette année-là ; les autres seraient plus jeunes.

Rouge d'orgueil, il montra la lettre à M. Krause.

— Il convient que le Volk honore son passé, lui dit le maître d'école. C'est pour toi un grand honneur et je suis sûr que tu te conduiras comme il faut.

Il ajouta qu'il n'aurait pas recommandé Detlev s'il n'avait pas été sûr de la loyauté et du patriotisme du jeune homme. Detlev avait l'air plus grand d'une bonne main quand il apporta la lettre à Vrymeer, où le général de Groot lui expliqua qu'il représenterait à la cérémonie tous les jeunes héros morts dans les camps.

— Tu as échappé au verre pilé dans les aliments. Eux, non.

Pour la première fois, Detlev prit le train tout seul. Il emportait quatre livres d'histoire de l'Afrique du Sud. Il les lut avec une telle assiduité qu'au moment où il s'interrompit pour manger une bouchée un jeune homme qui se rendait au Cap lui demanda :

— Qu'est-ce qui vous passionne tant ?

— Je lis le récit de la fondation de Grahamstown par les Anglais. C'était là-bas que ma famille vivait autrefois.

— Quelle période terrible, répondit le jeune homme en afrikaans. Si nous n'avions pas permis à ce contingent anglais de débarquer, ils n'auraient jamais été capables de nous voler notre pays.

— Un de ces Anglais, un nommé Saltwood…

— Un des pires. Vous ne connaissez pas cette famille ignoble ? Ils volent notre pays de façon éhontée. Ils ont des bureaux dans toutes les villes pour s'emparer de l'argent afrikaner.

— Mme Saltwood m'a sauvé la vie, je crois.

— Elle était très bien. Je vous l'accorde. Mais toutes les familles ont aux moins un membre qui sait se conduire. Tandis que son mari... Le sportif, vous savez ? Cricket et tennis. C'était l'un des pires « jeunes messieurs » de Cecil Rhodes. Un espion indigne, etc.

Après une longue tirade confuse, il demanda à Detlev où il se rendait. Quand il apprit que c'était à l'inauguration du Vrouemonument, son attitude changea du tout au tout.

— *Wonderlik, wonderlik !* Et vous allez nous représenter tous ! Comme c'est exaltant. Oh ! Comme j'aimerais vous accompagner !

— Pourquoi ?

Le jeune homme, si sûr de lui quelques instants plus tôt, fut incapable de répondre. Ses yeux s'emplirent de larmes et, quand il voulut parler, il suffoqua. Il se moucha, se tourna vers la fenêtre pour regarder le haut veld, resplendissant sous le soleil, puis tenta à nouveau de parler. Il y renonça et se laissa aller à ses larmes.

— Ma mère, murmura-t-il enfin. Mon frère. Toutes mes sœurs. Morts à Standerton.

Quand il retrouva son calme, il raconta à Detlev les dernières journées, où la nourriture manquait.

— Il y avait un hôpital anglais à côté. Des soldats blessés ou terrassés par les maladies intestinales. J'étais sûr qu'ils avaient de quoi manger, alors je me suis faufilé hors de notre camp et j'ai rampé jusque là-bas, mais ils étaient à l'agonie eux aussi. Cette guerre a été horrible, Detlev.

Il parlait avec un mélange tout à fait inhabituel d'émotion profonde et de connaissance objective et Detlev estima qu'il pourrait peut-être lui donner une bonne réponse à une question qui le tracassait.

— Vous ne croyez pas à ces histoires de verre pilé, n'est-ce pas ?

— Absolument faux. Je viens de vous le dire : les Anglais mouraient comme nous.

Et brusquement il demanda :

« Detlev, quel nom curieux. Que signifie-t-il ?

— C'est allemand. De la vallée du Rhin. Ma mère était une très belle femme qui avait un oncle allemand, ou je ne sais quoi.

— Detlev ! Ce n'est pas un nom hollandais, vous savez.

— Je vous ai dit que c'était allemand.

— Pourquoi le gardez-vous ?

— On garde le nom que Dieu vous a donné. Regardez le général Hertzog. Personne n'est plus afrikaner que lui...

— C'est un rude bonhomme, hein ?

— Vous savez comment il s'appelle ? Non ? James Barry Hertzog, voilà comment il s'appelle !

— Il devrait changer de nom. Avec ses idées, il devrait changer.

— C'est le nom que Dieu lui a donné.

— Et après ? C'est une saloperie de nom anglais, voilà ce que c'est.

Le jeune homme semblait avoir tellement d'idées bien arrêtées que Detlev eut envie de savoir ce qu'il faisait dans le train du Cap.

— Je vais travailler au Parlement. Je vais être employé aux écritures et, un jour, je serai chef de cabinet d'un ministre et je vous dirai, à vous les paysans, ce que vous devez faire.

— Comment avez-vous obtenu ce poste ? Quel âge avez-vous ?

— Vingt et un ans. Le pays a un urgent besoin de jeunes gens brillants parlant à la fois l'afrikaans et l'anglais. Vous pouvez être sûr que l'on m'attend au Cap...

Et il ajouta que son nom était Michael Van Tonder et qu'un jour il serait aussi célèbre que Jan Christiaan Smuts — mais Detlev n'entendit plus jamais parler de lui.

A Bloemfontein, il fut accueilli par un comité de femmes, écharpes en bandoulière ; c'étaient les responsables de l'organisation de la cérémonie et elles avaient également apporté les écharpes prévues pour les douze jeunes survivants des camps. Sur chacune d'elles, on lisait en lettres rouges : SURVIVANT DES CAMPS DE CONCENTRATION. Une femme tendit à Detlev son écharpe et lui dit :

— Attendez ici. Nous devons trouver une jeune fille qui descend de Carolina. Son père était un héros du commando et sa mère et ses deux frères sont morts à Standerton.

Il resta donc seul sur le quai avec son écharpe en bandoulière, tandis que le comité cherchait la jeune fille. Quand on la trouva, on lui donna un ruban identique, sauf que les lettres étaient bleues. On la présenta :

— Maria Steyn, de Carolina.

— Nous sommes voisins, lui dit Detlev, et elle hocha la tête.

Ils restèrent ensemble pendant trois jours, deux jeunes gens bouleversés par les souvenirs douloureux des camps et fiers de l'héroïsme de leurs mères et de leurs frères et sœurs frappés par la maladie et la faim, fiers surtout de leurs frères qui avaient servi dans de grands commandos.

— Mon père est Christoffel Steyn, dit Maria. Du commando Carolina. Bien des gens estiment que c'était la meilleure unité de la guerre.

— Nous connaissons tous Christoffel Steyn et ce qu'il a accompli à Spion Kop. Mon père était avec le général de Groot et le commando Venloo. Au début, ils n'ont pas fait grand-chose.

— Oh, mais ils ont été héroïques ! L'expédition vers Port Elizabeth…

— A ce qu'ils m'ont dit, elle n'a pas été très efficace.

— Mais quel cran !

Pendant la cérémonie, ils étaient face à face, Maria avec les jeunes filles, Detlev avec les jeunes garçons, et il remarqua qu'au moment où furent prononcées les paroles solennelles du souvenir Maria avait des larmes dans les yeux, comme lui.

— Je n'aimerais pas recommencer, dit-elle.

Mais, à ce moment-là, ils étaient déjà dans l'église, où un très vieux prédikant prononça une merveilleuse oraison prêchant le pardon et l'amour que Jésus-Christ accorde à tous ses enfants :

> Et à vous, jeunes gens qui portez sur votre poitrine l'écharpe qui nous rappelle votre séjour dans les camps, à vous je dis : Jésus-Christ a voulu personnellement que vous soyez sauvés pour que vous puissiez témoigner de la clémence qui caractérise notre nouvelle nation.

Le sermon qui allait suivre serait d'une étoffe différente, car, à la fin de la prière, il annonça l'un des plus brillants étudiants de Stellenbosch élevés au ministère de Dieu. Il évoquerait la nouvelle Afrique du Sud qui s'édifierait sur l'esprit du Vrouemonument. C'était Barend Brongersma, qui parla d'une voix profonde, maîtrisée, du dépôt sacré « que nous, les vivants, devons accepter des mains de ces morts ».

Que pas un jour ne passe sans que nous ne nous souvenions de ces morts héroïques, de ces épouses aimantes qui ne devaient plus revoir leurs époux, de ces beaux enfants destinés à une fin cruelle avant de pouvoir accueillir leurs pères au retour de la défaite.

Oui, ce fut une défaite, mais c'est à partir de défaites comme celle-ci que dans le passé sont nées de grandes nations. Oui, une grande nation se construira demain si vous avez le courage de le vouloir. Vous devez bâtir sur le sacrifice de vos bien-aimés. Vous devez garder dans vos cœurs l'Alliance que vos ancêtres ont reçue du Seigneur. Vous devez défendre et illustrer les convictions du peuple pieux qui a formé cette nation...

Sa voix résonna comme un coup de tonnerre quand il mit au défi chaque membre de la foule d'accomplir une grande chose pour son pays, afin que les martyrs représentés par le Vrouemonument ne soient pas morts en vain. Detlev regarda, de l'autre côté de l'allée centrale, la rangée des jeunes filles et vit que Maria sanglotait. Il sentit l'émotion patriotique le suffoquer : la péroraison du prédikant de Venloo avait enflammé tous les cœurs.

Au cours de la dernière manifestation, par une radieuse journée de printemps, Detlev se trouva constamment avec Maria, dans diverses circonstances. Que ce fût en prenant le petit déjeuner copieux offert aux jeunes ou bien pendant le trajet jusqu'à l'église, au centre de Bloemfontein, il eut l'occasion de l'étudier mieux, comme il faisait de toutes les personnes qui l'intéressaient. Elle avait trois ans de moins que lui, mais elle semblait pleine de maturité pour ses quinze ans. C'était une jeune fille assez lourde, manquant de beauté (elle avait d'adorables cheveux blonds qu'elle aurait pu mettre en valeur par une coiffure apprêtée, mais elle les tirait en arrière à l'ancienne mode). Aucun de ses traits n'était remarquable — sauf par une certaine rudesse rustique — et ses gestes n'avaient aucune grâce particulière. Mais elle ne faisait pas du tout petite paysanne lourdaude, car elle avait une vivacité d'esprit qui s'exprimait sans relâche. Pour tout dire, elle ressemblait beaucoup à Johanna Krause et, comme Johanna lui avait servi de mère pendant de longues années, Detlev se sentait attiré par ce type de femme. Pourtant, le trait de caractère essentiel de Maria, que même Detlev était assez âgé pour percevoir, semblait la gravité de toutes ses attitudes. C'était une jeune fille sérieuse, au bon sens du terme, et tout jeune homme qui entrait en contact avec elle sur le plan affectif ne pouvait qu'être fortement impressionné par sa rigueur morale. La tragédie des camps n'avait pas fait d'elle un être déchiré, desséché et contraint à un comportement adulte prématuré. Sa maturité d'esprit et de cœur demeurait naturelle.

Ainsi donc, quand les deux jeunes gens se rendirent au Vrouemonument pour le pique-nique d'adieu, ils firent la route ensemble et leur conversation prit inévitablement un tour assez grave.

— Comment avez-vous été choisie pour cet honneur, demanda Detlev tandis qu'ils se promenaient sur les pentes gazonnées. Je veux dire, je suis au courant pour votre père. On nous en a parlé à l'école. Mais qui vous a choisie ?

— Je crois que c'est le dominee.

— Pour moi, c'est le maître d'école. Il est marié à ma sœur, vous savez.

— Je n'étais pas au courant de cela. (Elle parlait d'une voix timide et avec des expressions d'autrefois.)

— Qu'entendez-vous faire après que nous serons rentrés ? (Quand on parlait avec Maria Steyn, on tombait très vite dans son style un peu emprunté.)

— Je continuerai de lire. Et je travaillerai à la reconstruction de la ferme. Mon père s'est remarié. Vous l'avais-je dit ?

— Non.

Il réfléchit un instant avant de poursuivre.

— J'aurais aimé que le mien se remarie aussi. Je crois qu'il est très seul.

— La guerre modifie les gens. Peut-être n'avait-il plus besoin de femme ?

— Tous les hommes ont besoin de femmes.

Il avait répondu si vite qu'il se sentit gêné. Il n'avait pas encore touché Maria, même pas par hasard — sinon lors de la poignée de main échangée à la gare —, et il avait soudain envie de lui prendre le bras... Mais, lorsqu'ils parvinrent au détour du sentier, ils tombèrent sur un autre jeune couple en train de s'embrasser avec fougue, enlacés (et même, comme le dit Detlev à part lui un peu plus tard, « sur le point de faire peut-être d'autres choses encore plus horribles »). Maria et lui firent demi-tour, profondément troublés. Le spectacle érotique de l'autre couple ne leur donna nullement envie de s'embrasser eux aussi ; d'autres jeunes gens auraient peut-être réagi ainsi — ils furent simplement choqués. Ils retournèrent vers le monument et ce fut dans son ombre austère qu'ils terminèrent leur conversation. En d'autres termes, ils étaient tous les deux puritains et d'une espèce particulièrement rigoureuse : des huguenots imbus de l'esprit de Jean Calvin et des tourments intellectuels et moraux qui accompagnent cette doctrine. Mais c'étaient aussi de joyeux paysans hollandais, proches de la terre, et, s'ils s'étaient embrassés une seule fois ce jour-là, ils se seraient épanouis en un grand amour heureux. Au lieu de cela, ils bavardèrent — avec pudeur et respect.

— Detlev, dit Maria. C'est un nom curieux.

Il lui expliqua l'origine allemande et elle répliqua avec force :

— Mais si vous devez être un Afrikaner et vous consacrer à ce que votre beau-frère... Comment s'appelle-t-il ?

— Piet Krause.

— C'est un vrai nom afrikaner. Vous devriez en avoir un vous aussi. Detleef. Ce devrait être Detleef ici, dans ce nouveau pays.

— Vous aimeriez Detleef ?

— Mais oui. Cela paraît convenable et responsable.

Chaque fois que leur conversation risquait de prendre un tour plus léger, l'ombre du monument retombait sur eux. Ils étudièrent les personnages sculptés et vécurent de nouveau les épisodes des camps, puis ils levèrent les yeux vers l'obélisque dressé à trente-huit mètres au-dessus de leur tête, qui semblait les contraindre à des sujets toujours plus graves.

— Si les Allemands arrivaient de l'ouest et de l'est, vous joindriez-vous à eux ? demanda Maria.

— Existe-t-il des raisons de croire ?...

— Oh oui ! Mon père est sûr qu'il y aura la guerre en Europe et que les Allemands masseront leurs forces du Sud-Ouest africain et du Tanganyika pour nous prendre en tenaille.

Elle hésita avant de répéter :

« Vous vous joindriez à eux, bien entendu ?...

Detlev ne savait que dire. Il avait souvent entendu des rumeurs de ce genre au cours des dernières années, quand les choses semblaient se gâter en Europe, mais jamais il n'avait cru que l'Allemagne frapperait en Afrique du Sud. Si elle le faisait, il bondirait dans son camp, « bien entendu », parce que tout ennemi de l'Angleterre était forcément son ami, mais il n'était pas prêt à s'engager ouvertement.

« Mon père sera le premier à se joindre à eux, dit Maria. Nous prions pour qu'ils viennent bientôt nous libérer.

Tout en comprenant son enthousiasme, Detlev garda le silence.

— Ce serait magnifique d'être de nouveau un pays libre, vous savez, reprit-elle. D'avoir nos dirigeants à nous, avec une Allemagne puissante de chaque côté pour nous protéger.

Comme Detlev ne répondait toujours pas, elle revint à un autre sujet.

— Vous changerez votre nom ?

— J'y ai déjà songé. Il ne me plaît pas beaucoup tel qu'il est.

— J'aime bien Detleef, répéta-t-elle.

— D'accord. Je préfère que tout soit afrikaans. Je suis désormais Detleef Van Doorn.

Il fut tenté de lui prendre la main ou même de l'embrasser pour marquer la solennité de ce nouveau baptême, mais la tristesse du monument l'en empêcha et ils passèrent le reste de cette journée importante à parler de sujets sérieux.

A son retour à la maison, il se retrouva dans la peau d'un héros, car on l'invita à se rendre dans plusieurs villages pour parler de ce monument splendide qui portait témoignage des heures sombres vécues dans les camps. On lui demanda même d'aller à Carolina ; invitation qu'il accepta d'enthousiasme, car il y voyait l'occasion de renouer avec Maria Steyn et de faire la connaissance de son père. Au cours de son allocution, lorsqu'il fit une allusion courtoise aux exploits héroïques de Christoffel Steyn et des hommes de Carolina, tout le monde applaudit.

Après la réunion, il dîna avec les Steyn. Il se souvint de cette soirée comme de l'un des plus importants moments de sa vie. Cela n'avait rien à voir avec Maria et c'était un détail presque ridicule, vraiment, mais, tout en observant Mme Steyn presque aussi rondelette que son époux, aller et venir avec diligence dans la cuisine et entourer d'amour toute sa famille, il se souvint que c'était une seconde épouse et non une première — et il se demanda si toute son enfance n'aurait pas été plus heureuse si son père s'était remarié. Il vit en Mme Steyn le modèle de la femme afrikaner aimante et c'était très important qu'il ait eu cette expérience.

A son retour chez lui, la tristesse du foyer vide le frappa et il se sentit déprimé. Bientôt, cependant, une série d'incidents mystérieux vint le tirer de ses pensées. Des cavaliers inconnus arrivèrent à Vrymeer, demandèrent où vivait le général de Groot, puis repartirent au galop dans le noir dès qu'on le leur eut expliqué. L'apparition d'une automobile provoqua plus d'excitation encore : elle était occupée par trois messieurs à l'air grave qui désiraient s'entretenir avec le général. Une après-midi enfin, le père de Maria Steyn, toujours aussi bedonnant, demanda à parler non seulement au général de Groot, mais à Jakob. Van Doorn avait maintenant soixante-neuf ans. Ses cheveux avaient blanchi et son dos s'était légèrement voûté, mais il avait toujours l'esprit alerte et il sortit de la réunion manifestement très troublé.

Un soir, à la fin du dîner, au milieu de l'hiver 1914, il repoussa son assiette et regarda son fils. Il ne dit rien, réfléchit quelques instants, puis sortit de la cuisine à grands pas. Detleef l'entendit marcher de long en large sous le stoep. Beaucoup plus tard, il rentra dans la cuisine et s'écria d'un ton brusque, comme si ses pensées étaient soudain très claires :

— Mon petit, l'Angleterre vient de déclarer une guerre injuste à l'Allemagne. Nous devons tous prendre des décisions. Allons voir de Groot.

Au clair de lune, ils partirent à pied vers l'autre ferme. Le vieux général était couché : c'était un vieillard usé, de plus de quatre-vingts ans, très mince, dont le visage émacié s'encadrait d'une longue barbe blanche. Il ne mangeait pas très bien et il semblait que ses draps n'avaient pas été changés depuis des semaines, voire des mois ; mais la flamme au fond de son regard était toujours aussi vive.

— C'est l'occasion de combattre encore l'Angleterre.

— Nous sommes venus te demander conseil, Paulus.

— Il n'y a qu'une seule chose à faire. Lancer ce pays dans

la guerre du côté de l'Allemagne. C'est notre seul moyen de regagner notre liberté.

— Mais Smuts essaie de nous convaincre de lutter dans les armées anglaises.

Le général de Groot sortit du lit et se mit à arpenter la petite pièce.

— C'est un homme que nous devons craindre. Ce maudit Jan Christiaan Smuts ! Il veut nous faire combattre du mauvais côté, parce qu'il adore tout ce qui est anglais. Les uniformes. Les médailles. Le roi. Les courbettes des gens. J'aimerais pouvoir le tuer ce soir. Cela nous éviterait beaucoup d'ennuis.

Ils évoquèrent les stratégies à suivre pour assurer que l'Afrique du Sud entre dans la guerre du côté allemand — et toutes les mesures qu'ils prendraient quand la victoire de l'Allemagne les libérerait de la servitude où ils croupissaient (en tout cas, ils en étaient convaincus). A l'aube, de Groot dit :

— Demain, je rassemblerai le commando et, s'ils me désignent pour chef, nous reprendrons le combat.

Sous un tas de vêtements en vrac dans un coin de la pièce, il trouva sa redingote de cérémonie et son haut-de-forme. Il s'en revêtit et partit à cheval à Venloo embrigader ses hommes.

Au cours des dernières semaines d'août, tandis que les canons géants se mettaient à tonner sur les fronts de l'Europe, le maître d'école Piet Krause battait le rappel de l'opinion publique à Venloo et il se montrait extrêmement convaincant.

— Il n'existe aucune raison sur la bonne terre de Dieu pour que les Afrikaners que nous sommes combattent du côté de l'Angleterre contre l'Allemagne, pays de nos frères, vers qui nous nous sommes toujours tournés en quête de délivrance. Nous devons dire à Jan Christiaan Smuts qu'il ne peut pas nous entraîner dans cette guerre du mauvais côté.

Il ne cessait de broder sur ce thème et il convainquit la plupart des Afrikaners de sa région de faire bloc avec les Allemands. Un vote à main levée dans sa classe indiqua que cinquante-deux jeunes sur soixante se porteraient volontaires pour se battre contre « l'Anglais ».

— Magnifique ! Cela prouve que l'esprit des grands commandos n'est pas mort.

— Que ferez-vous, monsieur Krause ? demandèrent les enfants.

— Comme tout homme qui se respecte. Je monterai en selle avec le commando.

En entendant cette réponse, Detleef songea : « Ils parlent tous de monter en selle avec le commando. Mais, cette fois, il ne s'agira pas de chevaux, mais d'automobiles et de camions. Et c'est le gouvernement qui les aura. Seul parmi ses amis, il appréhendait l'issue de tout cela. Il tenait Jan Christiaan Smuts pour un homme intelligent, qui défendrait efficacement la cause impériale ; mais, malgré ses réserves, il sentait aussi que, si les Afrikaners ne se rebellaient pas à présent, ils risquaient de ne jamais obtenir leur liberté. Quand M. Krause lui demanda :

« Et toi, Detleef, que feras-tu ?

Il répondit sur-le-champ :

— Je me battrai pour défendre l'Afrique du Sud.

— Quelle Afrique du Sud ?

— La patrie afrikaner pour laquelle mon père a combattu.

— Bien, bien.

Le nombre des visiteurs nocturnes du général de Groot s'accrut et Detleef fit ou refit la connaissance des grands héros de son peuple : le général de Wet, le général de La Rey, le général Beyers, Manie Maritz l'irréductible, fort comme un bœuf, féroce comme un léopard. Mais le héros qui lui fit l'impression la plus vive fut Christoffel Steyn, un homme au courage d'acier et au jugement sans passion. Au cours d'une réunion avec de Groot, il dit :

— Les marées de l'histoire sont d'une violence extrême. Ce pays a toujours été battu par les tempêtes et nous ne saurions prévoir l'endroit où les courants nous déposeront. Mais demeurer sur la côte à regarder les autres les affronter serait une honte. De Groot, vous avez mis le commando Venloo dans une condition excellente. Rendez visite aux autres. Préparez-les. Et, le moment venu, c'est vous qui conduirez nos cavaliers à la bataille. Cette fois, nous regagnerons notre liberté.

Jamais Steyn ne battit en retraite de cette position de force. Alors que d'autres hésitaient, soulignant les avantages considérables des armées du gouvernement, il s'accrocha à cette ligne de conduite ferme : la liberté. Il espérait que tout le monde autour de lui ferait de même. Mais Detleef remarqua que, même dans ses instants d'obstination extrême, Steyn recherchait l'appui du général de Groot et tenait absolument à l'approbation du vieil homme ; peut-être sentait-il qu'il lui manquait les qualités nécessaires pour prendre la tête d'une révolution. De Groot en revanche possédait ces qualités.

— Gardez Smuts à l'œil, prévint le vieillard. Christoffel, vous réussirez ou vous échouerez dans la mesure où vous pourrez vous montrer plus malin que *Slim Jannie*.

L'épithète *slim* dont se servait de Groot n'était pas le mot anglais qui signifie « mince » — bien que Jan Christiaan fût en fait très svelte, grand et bel homme. C'était l'homonyme afrikaans *slim*, qui signifie « malin, rusé, matois, retors et même fourbe, calculateur, tricheur et mensonger ». Un mot magnifique, dont on qualifiait souvent Smuts, à qui aucun Afrikaner républicain ne pouvait faire confiance.

— Méfie-toi de ce Slim Jannie, Christoffel.

C'était un bon conseil, car Smuts, peut-être le cerveau le plus pénétrant que l'Afrique du Sud ait jamais produit, était convaincu que le destin de son pays se jouerait du côté de l'Angleterre. Et il était prêt à repousser tout envahisseur allemand de l'extérieur et à mettre à la raison tout sympathisant de l'Allemagne désireux d'opérer clandestinement à l'intérieur. Il avait derrière lui tous les Sud-Africains d'expression anglaise et de nombreux Afrikaners du même avis que lui, prêts à oublier le passé et à unifier les deux tribus blanches du pays. Paulus de Groot ne se trompait pas : ses commandos ne livreraient pas bataille contre l'Angleterre, mais contre Slim Jannie. Ce serait une insurrection précaire et il ne le cacha pas.

Mais il en prit la tête sans hésiter. Il donna des rations supplémentaires à son petit cheval basuto, il graissa son fusil et s'entretint sans cesse avec les chefs des autres commandos. Il était à l'église de Venloo, grand et très droit sous les yeux de tous, le dimanche matin où le prédikant Brongersma prononça son célèbre sermon sur le patriotisme.

> La Bible est pleine d'exemples où des hommes ont été appelés à défendre leurs nations, où ils se sont élancés pour protéger les principes sur lesquels reposait l'existence de leur pays. Les Israélites en particulier durent se battre

contre les Assyriens, les Mèdes, les Perses, les Égyptiens et les Philistins. Chaque fois qu'ils combattirent en accord avec les principes de Dieu, ils furent victorieux. Lorsqu'ils brandirent leurs fausses bannières, ils furent vaincus.

Quels mots s'inscrivent sur le drapeau du Seigneur ? Justice, courage, obéissance, charité à l'égard de l'ennemi vaincu, piété, prière et, par-dessus tout, respect sacré pour l'Alliance par laquelle notre nation existe. Si, en un moment de crise, nous pouvons nous comporter en harmonie avec ces commandements, alors nous pouvons être assurés que nous combattons du côté de Dieu. Mais si nous nous montrons arrogants ou si nous convoitons ce qui appartient à autrui, ou bien si nous sommes cruels, si nous nous conduisons sans respect à l'égard de l'Alliance, alors nous méritons la défaite.

Comment un homme peut-il discerner, en temps de crise, s'il est en harmonie avec les commandements de Dieu ? Uniquement en sondant son propre cœur et en comparant ce qu'il se propose de faire aux instructions qu'il a reçues de la Bible. Oui, uniquement en se soumettant à cette comparaison en toute circonstance. C'est de la Bible que nous prenons nos ordres.

Après le sermon, quand de Groot lui demanda à brûle-pourpoint s'il accompagnait les commandos, le prédikant lui répondit que ses devoirs le retenaient auprès de la communauté pour aider à la guider, quelle que soit l'issue.

— Alors, vous avez peur que nous perdions ? demanda de Groot.

— Oui, dit Brongersma.

— Vous estimez donc que notre cause est injuste ?

— J'estime, général, que vous aviez raison de dire : « Nous avons perdu les batailles. Nous avons perdu la guerre. Maintenant, nous devons vaincre d'une autre manière. » Je vous l'ai entendu dire des dizaines de fois. Et voilà qu'à la première occasion vous prenez de nouveau les armes... Pourquoi ?

— Quand un clairon sonne contre les Anglais, qui peut rester chez lui ?

En posant cette question, le vieux lutteur fixa le prédikant droit dans les yeux, lui rappelant le fait stupéfiant que, dans les grands moments de sa vie — le trek, la frontière, les batailles —, jamais son Église ne l'avait soutenu. Il ne s'attendait pas qu'elle le fasse à présent.

Les deux premières semaines de septembre 1914 furent un grand moment de frénésie : Paulus de Groot envoyait des estafettes aux autres commandos, pour les aviser de se soulever dès que les grands généraux se déclareraient en faveur de l'Allemagne ; Christoffel Steyn avait rassemblé soixante-douze hommes sur quatre-vingt-dix possibles, chacun prêt à monter en selle et à prendre le veld. Piet Krause avait déjà rangé ses livres et ne rêvait que de combats ; Jakob Van Doorn, à soixante-dix ans, avait acheté une automobile, et son fils Detleef, dix-neuf ans, s'entraînait avec son mauser dans les collines derrière Vrymeer.

A partir du vendredi 12 septembre, de Groot tint une série de réunions de chefs de commando auxquelles assista un agent secret des forces armées allemandes dans le Sud-Ouest africain, qui assura que tout était prêt. Le soulèvement devait commencer le mardi 16 septembre ; Manie Maritz le Sauvage conduirait son commando de l'autre côté de la frontière, en territoire allemand ; le général Beyers démissionnerait de son poste au gouvernement après avoir prononcé une condamnation farouche de Smuts ; et le général de Groot réunirait les hommes dans le nord-est du Transvaal. On prendrait Pretoria, le gouvernement serait fait prisonnier et la puissance allemande s'étendrait de l'Atlantique à l'ouest jusqu'à l'océan Indien, au Tanganyika. Combinée à la victoire en Europe, cette campagne marquerait l'aurore de l'hégémonie germanique, au sein de laquelle le nationalisme afrikaner dominerait l'Afrique méridionale, sous l'aile protectrice du Reich.

Dans la soirée du dimanche 14 septembre, Detleef Van Doorn sella son cheval et partit sans hâte vers l'est, en direction de Venloo, où son beau-frère Piet Krause avait réuni vingt-deux hommes du commando local. Ils chevauchèrent dans la nuit étoilée vers un point de rencontre où d'autres se rassemblaient pour le soulèvement ; le matin venu, quand il vit les masses d'hommes prêts à se battre une fois de plus pour une Afrique du Sud républicaine, Detleef fut soulevé d'enthousiasme et il cria à Krause :

— Désormais, rien ne pourra nous arrêter.

En apprenant que Christoffel Steyn prendrait la tête de ces hommes, son assurance redoubla.

Puis les coups de malchance se succédèrent. Comme Barend Brongersma l'avait prévu, Dieu n'était pas du côté des Afrikaners cette fois. Le général sur lequel ils comptaient le plus, Koos de La Rey, soldat tout à fait remarquable, fut victime d'un hasard extraordinaire en quittant Johannesburg pour rejoindre son secteur de la rebellion : un policier, persuadé que la voiture passant devant lui à toute allure contenait une bande de gangsters ayant commis de nombreux délits, dont un meurtre de policier, tira un coup de feu dans les pneus de la Daimler. Jamais la balle n'aurait dû atteindre la voiture, mais elle ricocha sur un rocher et toucha de La Rey à la tête. Il mourut.

Un peu plus tard, Beyers, général très capable qui aurait pu prendre la place du mort, se noya en essayant de traverser le Vaal. Le solide Manie Maritz fut neutralisé de l'autre côté de la frontière et même le brave général de Wet, le plus noble de tous, fut encerclé et contraint de se rendre.

Slim Jannie Smuts ne commit pas une seule erreur. Quand l'insurrection parut puissante, loin de se laisser aller à la panique, il rassembla les troupes afrikaners loyales pour combattre leurs frères rebelles, en maintenant rigoureusement la section anglaise de la population en dehors du conflit. Et, quand la rébellion commença à perdre du terrain, il ne cria pas victoire. Il se borna à exercer la même pression constante et se trouva finalement victorieux sur tous les fronts : la force d'invasion allemande venant du Sud-Ouest africain fut repoussée ; les Allemands du Tanganyika immobilisés ; et, à l'intérieur du pays, seuls Paulus de Groot et Christoffel Steyn tenaient encore bon, coincés comme en 1902 dans un recoin minuscule du nord-est.

— Nous devons combattre jusqu'à la mort, dit de Groot à ses hommes.

Et, si l'un d'eux avait tendance à perdre l'espoir, de jeunes porte-flambeaux comme Piet Krause leur remontaient le moral.

— En Europe, l'Allemagne triomphe partout. La victoire est encore dans notre camp.

Mais ils allaient être écrasés par le coup du destin le plus funeste de tous. Un soir de novembre 1914, après une chevauchée épuisante sur le haut veld, le général de Groot dit à Jakob et à Detleef qui l'accompagnaient :

— Je me sens las…

On prépara un lit pour le vieil homme — le premier dans lequel il ait dormi depuis dix jours. Il avait du mal à respirer. Puis il dit une chose très curieuse.

« J'aimerais voir mon basuto.

On conduisit le petit cheval à l'endroit où il se trouvait. Seize, dix-huit, cinquante… Combien avait-il monté de ces animaux magnifiques ? De combien de pièges s'était-il tiré grâce à eux ? Il essaya de caresser la tête du cheval, mais il retomba aussitôt en arrière, trop épuisé pour aller au bout de l'effort.

— Emmène-le, dit Jakob à son fils, mais le vieillard protesta.

— Laisse-le avec moi.

Vers minuit, il reprit quelques forces et dit à Christoffel :

— Conduisez les hommes vers Waterval-Boven. Nous avons toujours bien combattu là-bas.

Il regarda Jakob avec étonnement, sans se souvenir qui il était. Puis il fixa Detleef.

« C'est toi, Detleef, avec le nouveau nom ?

— C'est moi.

Le vieillard voulut parler, tomba en arrière et mourut. Né en 1832, il avait été le témoin de huit décennies de feu et d'espoir, de défaites et de victoires.

Avec sa mort, le dernier commando commença à se dissoudre. Christoffel Steyn fit de courageux efforts pour maintenir les hommes unis et Piet Krause menaça d'abattre tous ceux qui déserteraient, mais même des hommes comme Jakob et Detleef finirent par désespérer. Comme le dit Van Doorn à son gendre :

— Piet, il est temps de rentrer à la ferme.

— Non ! supplia le jeune maître d'école. Encore une bataille, juste une grande victoire et les Allemands viendront du Mozambique à notre secours.

— Il n'y a pas d'Allemands au Mozambique, répondit Jakob.

Krause était si déterminé à aller jusqu'au bout de sa logique qu'il parvint à convaincre les hommes d'occuper une position dont ils ne pourraient se dégager sans livrer bataille. Au cours de l'action, Jakob reçut une rafale de 303 entre les yeux. Il resta très peu de chose de sa tête à enterrer avec son tronc déchiqueté et, quand les prières furent dites devant sa tombe improvisée, Detleef répéta :

— Piet, je crois que nous ferions mieux de rentrer.

Ils se félicitèrent de cette décision, car, le lendemain même, les troupes du gouvernement encerclèrent les restes du commando et arrêtèrent Christoffel Steyn.

Puis ce fut l'épilogue horrible de cette tentative avortée. En effet, Jan Christiaan Smuts découvrit que Christoffel, pendant les années de paix après la fin de la guerre des Boers, avait accepté dans l'armée sud-africaine un poste dont il n'avait jamais démissionné. Techniquement, c'était donc un traître et, alors que des centaines d'autres rebelles étaient traités avec clémence, Smuts s'obstina à poursuivre cet officier jusqu'au bout. Par une journée sinistre de décembre 1914, une cour martiale condamna Steyn à mort. Dans toute la communauté afrikaner, y compris parmi ceux qui n'avaient pas soutenu les insurgés, s'éleva un cri de protestation, exprimant le respect et l'admiration qu'inspirait cet homme courageux, qui s'était conduit avec une intégrité parfaite au cours des raids du commando Carolina. Smuts ne voulut rien entendre.

Piet Krause se rendit à Pretoria à la tête d'une délégation d'enseignants pour implorer la grâce de Christoffel et le révérend Brongersma prêcha quatre sermons extraordinaires, dont deux à Johannesburg, pour supplier le gouvernement de faire preuve de clémence. En vain. Quelques jours avant Noël, Steyn fut conduit devant un peloton d'exécution dans la prison centrale de Pretoria. Il se mit à chanter un vieil hymne hollandais : « Quand nous entrerons dans la vallée de la Mort, nous laisserons nos amis derrière nous. » Les soldats prirent position. Il refusa qu'on lui bande les yeux et continua de chanter jusqu'à ce que les balles le réduisent au silence.

Detleef fut déchiré par cette conclusion tragique de l'insurrection : de Groot mort sur le champ de bataille ; Jakob enterré loin de chez lui ; Christoffel, le plus chevaleresque de tous, exécuté par un beau matin d'été ; sa propre vie ébranlée. Ce soir-là, il écrivit à Maria, la fille du rebelle :

> J'ai combattu aux côtés de votre père. Je l'ai vu dans toute sa noblesse et son souvenir ne me quittera jamais. Il a

été exécuté injustement et, si jamais je vois Slim Jan Christiaan Smuts, je lui tirerai une balle dans la cervelle, s'il en a une, ce dont je doute.

Maria, toujours prudente, ne montra la lettre à personne. Si la police avait appris son contenu, le jeune homme qu'elle aimait aurait eu certainement de graves ennuis. Elle la plia avec soin et la rangea avec des souvenirs de son père : un mouchoir qu'il avait à Spion Kop, sa cartouchière, un livre de psaumes en hollandais ancien qui ne l'avait pas quitté au cours de toutes ses batailles de la guerre des Boers.

Christoffel Steyn était mort, mais son souvenir demeurerait vivant non seulement dans le cœur de sa fille, mais pour tout un peuple passionné de héros. Slim Jannie Smuts avait fait un martyr de ce petit chef de commando — et laissé une blessure cuisante dans l'âme de l'*Afrikanerdom*. Oui, le martyre de Steyn brillerait à côté des souvenirs vivaces de Slagter's Nek, de Blaauwkrantz et de Chrissiesmeer, héritage d'amertume sur lequel se fonderait l'histoire sacrée de la nation.

Detleef aurait sûrement épousé Maria Steyn peu après, mais le révérend Brongersma vint à la ferme avec une proposition qui l'entraîna dans une aventure toute nouvelle — et une nouvelle phase de son éducation.

— Je voudrais discuter avec vous d'une affaire tout à fait passionnante, Detleef. Il y a quelque temps, j'ai écrit à un groupe de professeurs de Stellenbosch pour leur dire deux choses : que vous étiez un étudiant brillant et un joueur de rugby exceptionnel. Ils aimeraient que vous alliez poursuivre vos études là-bas.

— Quelles études ?

— Je dirais... La philosophie et les sciences. Et je serais vraiment ravi de vous voir découvrir au fond de votre cœur le désir d'entrer dans le ministère de Dieu. Vous avez un tempérament puissant, Detleef, et je crois que vous seriez remarquable au service du Seigneur.

— Mais qui s'occupera de la ferme ?

— Piet Krause et Johanna. Je leur en ai parlé.

— Mais Piet ne peut pas vivre ici et enseigner à Venloo.

— Les événements récents l'ont beaucoup touché, Detleef. Il ne veut plus être maître d'école.

— Il ne fera pas un bon fermier.

— Non. Mais il s'occupera de tout jusqu'à votre retour. Ensuite, ma foi, nous verrons bien.

Il s'arrêta. Machinalement, il se frotta le menton.

« Vous savez, Detleef, reprit-il, Piet est un homme remarquable. Il peut se lancer dans n'importe quelle direction — si Dieu lui indique un jour la bonne. (Il rit.) Vous, vous avez trouvé votre voie…

— Quelle voie ? s'étonna le jeune homme.

— Acquérir une éducation. Pour servir Dieu et votre société.

En kilomètres, la distance de Vrymeer à Stellenbosch était grande ; sur le plan intellectuel et moral, plus grande encore. Cette ville paisible avec ses grands arbres et ses bâtiments blancs était devenue un centre universitaire plaisant et plein de charme, comme Cambridge en Angleterre, Sienne en Italie ou Princeton en Amérique, une ville à l'écart de tout, pour rappeler aux citoyens ce que peut être la beauté des collèges, des bibliothèques et des musées. C'était un endroit d'expression afrikaans, fortement imprégné de ferveur religieuse, mais également animé par des spéculations passionnées sur la politique en Afrique du Sud. Ses professeurs comptaient parmi les esprits les plus pénétrants de la nation.

Au début, Detleef ne fut qu'un gros lourdaud bégayant, tout juste débarqué de sa campagne, placé par la force des choses en concurrence avec des adolescents à l'esprit plus vif, mûris dans des villes comme Pretoria, Bloemfontein et Le Cap. Il s'installa chez la veuve d'un pasteur et passa un trimestre à patauger dans la trigonométrie supérieure et les premières leçons de philosophie et d'histoire de la Hollande au siècle d'or. Il s'en sortit très mal, mais se lança avec acharnement dans le second trimestre, trouva son rythme et put enfin mettre à profit les bases solides que lui avait données la bonne école secondaire de Venloo.

Il était surtout attiré par les plus âgés de ses professeurs, érudits formés en Europe, certains à Leyde, d'autres à Oxford, qui voyaient leur nation comme elle était en fait : un mélange de cultures qui cherchait à se donner une ligne générale. A son plus grand étonnement, il découvrit que les deux cours qu'il préférait à tous étaient donnés par des Anglais, et en anglais. Pourtant, il les appréciait comme on peut s'intéresser à un cours particulièrement passionnant en latin : ces hommes traitaient de matières historiques mortes depuis longtemps et, bien qu'ils le fissent de façon brillante, ils avaient cependant conscience de n'évoquer qu'un passé défunt — et Detleef le sentait.

Les hommes qui exerçaient à Stellenbosch l'influence la plus profonde étaient les professeurs plus jeunes qui discutaient de valeurs contemporaines, de l'avenir de l'Afrique du Sud et de sa crise actuelle. Il n'y avait évidemment aucun cours sur ces sujets, mais les meilleurs d'entre eux savaient très bien glisser des idées percutantes dans leurs conférences. En 1916, par exemple, on discuta beaucoup de la façon dont se terminerait la guerre en Europe. Certains professeurs étaient convaincus de la victoire finale de l'Allemagne, mais concédaient que cela ne modifierait guère de façon constructive la situation en Afrique du Sud, qui affronterait une nouvelle série de problèmes. L'un d'eux expliqua :

— Je ne peux pas imaginer que l'Allemagne nous livre Lourenço Marques, alors qu'elle l'a conquis sur le Portugal. Ce port sera le sien, non le nôtre et, en fait, les Allemands nous feront sûrement payer son utilisation plus cher que les Portugais.

Il ne se passait guère de jour sans que de nouvelles idées séduisantes s'expriment et l'esprit de Detleef, parfois péniblement, mais toujours prudemment, s'épanouissait dans ce nouveau cadre de son éducation.

Logé chez une veuve de prédikant et talonné par la pression constante du révérend Brongersma, depuis Venloo, il était naturel que Detleef tombe dans l'orbite des professeurs de religion. Ils virent aussitôt dans ce jeune homme capable un candidat probable pour la chaire. Il était d'un naturel dévot et il connaissait bien les sujets bibliques ; son père et le vieux général lui avaient souvent commenté les textes de la grosse Bible patinée par les ans, et les prédikants de Venloo avaient tous été des dominees solides qui prêchaient une version virile de l'Ancien Testament. Plus tard, Barend Brongersma lui avait fait sentir les subtilités des Évangiles — et, à la fin de sa première année à Stellenbosch, tout le monde supposa qu'il se destinerait au ministère de Dieu.

Comme c'était le cas depuis cent ans, l'une des voix les plus influentes du clergé hollandais réformé de Stellenbosch était un Écossais, un fidèle de John Knox nommé Alexander McKinnon, dont les ancêtres étaient des Afrikaners d'expression hollandaise depuis 1813. Ce fut lui qui orienta Detleef vers les enseignements convaincants du Premier ministre conservateur des Pays-Bas, Abraham Kuyper, qui avait énoncé de nouvelles théories sur les relations de l'Église et de l'État. Ce fut McKinnon qui exposa le premier à Detleef que l'Afrique du Sud devrait bientôt définir de nouveaux cadres pour les rapports entre les races. Sur ce sujet, McKinnon était extrêmement conservateur et il recourait au calvinisme rigoureux des débuts pour soutenir sa thèse que les races, comme les hommes, étaient prédestinées soit au salut, soit à la damnation.

— De toute évidence, les Bantous sont les fils de Cham, comme l'explique la Bible.

Detleef remarqua qu'à l'instar de la plupart des gens cultivés de son temps McKinnon évitait l'expression péjorative de *Kaffir* (Cafre), utilisant à la place, curieusement, le mot *Bantou,* qui en réalité désignait une langue et non une tribu ou une nation.

« De toute évidence, les Bantous en tant que groupe ne peuvent pas faire partie des élus, bien que certains individus bantous puissent s'élever à une éducation supérieure et être aimés de Dieu au même titre que le meilleur des Afrikaners. Des individus peuvent être sauvés, mais la race dans son ensemble est à coup sûr condamnée.

Mais, vers la fin de cette première année à Stellenbosch, tous ces problèmes passèrent soudain au second plan, car l'université découvrit qu'elle possédait en Detleef un joueur de rugby de naissance. Et, dans une nation de plus en plus passionnée de sport, cet attribut éclipsait toutes ses autres qualités... C'était un bloc de granit au cou épais, à l'épreuve de tous les combats et extrêmement rapide à devancer les mouvements de l'adversaire. Il jouait en première ligne et, au cœur des mêlées, ses épaules ébranlaient la résistance adverse. Il savait animer un regroupement pour fixer les balles chaudes et il demeurait intraitable en défense. S'il démarrait au pied, rien ne semblait pouvoir l'arrêter. Il attaquait jusqu'à la limite de ses forces et il pouvait absorber n'importe quelle correction sans flancher. C'était un avant « de devoir », joueur très précieux dans n'importe quelle équipe.

Le quinze de Stellenbosch était connu sous le nom de *Maties* (les petits copains) à cause de leur sens aigu de la fraternité du jeu. C'était une combinaison redoutable, capable de faire rendre gorge aux meilleures équipes régionales, mais leur grand délice serait toujours de battre les *Ikeys* (les youpins) du Cap, surnommés ainsi parce que l'université du Cap comptait un assez grand nombre de juifs — qui n'étaient pas précisément reçus à bras ouverts à Stellenbosch. Tous les matchs Maties-Ikeys étaient acharnés et, au cours du premier auquel Detleef participa, il fit un travail excellent. Dès lors, on le considéra comme un membre à part entière de la coterie sportive et ce fut pour lui l'occasion de déplacements dans de nombreuses régions du pays. Il jouerait souvent avec les hommes qui occuperaient plus tard des postes de haute responsabilité, car, en Afrique du Sud, il n'existait aucun passeport plus efficace pour une grande carrière que d'appartenir au quinze de Stellenbosch.

A l'époque, le jeu était dominé par une famille étonnante : les Morkel, et parfois Detleef joua contre une équipe comptant six joueurs de ce nom, et même sept. Vingt-deux Morkel jouèrent au rugby au cours de cette décennie : frères, cousins ou Morkel isolés, tous taillés comme des armoires. Chaque fois qu'en s'engageant dans la première mêlée Detleef voyait deux ou trois de ces rudes gaillards, il savait que la partie serait difficile. Une fois, il eut en face de lui, dans les deux premières lignes adverses, quatre Morkel et, à la fin du jeu, comme il le dit à l'entraîneur, il avait l'impression « d'être tombé sous un rouleau compresseur ». Quand un organisateur de matchs proposa d'envahir l'Europe avec une équipe composée uniquement de Morkel, Detleef ne s'étonna pas — c'était une idée redoutable.

Ce fut en tant que joueur de rugby que Detleef termina sa première année à Stellenbosch et ce fut sa réputation de rugbyman qui attira sur lui l'attention des Van Doorn du célèbre vignoble de Trianon. Une après-midi, un Bantou vint à la maison où il logeait apporter une invitation conviant M. Detleef Van Doorn à dîner ce soir-là avec ses cousins de Trianon. C'était le lendemain d'un match où cinq horribles Morkel lui avaient aplati l'échine en tous sens et il n'était pas particulièrement en forme ; mais il avait tellement entendu parler de Trianon qu'il accepta.

Comme plus d'un visiteur avant lui, il demeura bouche bée quand il aperçut pour la première fois, au bout de l'allée de l'ouest, les deux bras tendus et la façade ancienne du bâtiment qui semblaient lui souhaiter la bienvenue. La guerre avait été une bonne affaire pour Trianon. Le général Buller avait payé des prix élevés pour les vins les plus fins et les autres officiers avaient fait de même pour les qualités inférieures : les Van Doorn avaient vendu toutes leurs récoltes à des tarifs européens sans avoir à débourser de transport pour mettre leurs bouteilles sur le marché. A tous égards, la propriété s'était améliorée, elle avait l'allure qu'elle conserverait tout au long du vingtième siècle.

Sous le stoep, assis sur les bancs de céramique hollandaise construits deux siècles plus tôt par Paul de Pré, attendait Coenraad Van Doorn, le chef de famille, qui lui offrit le même accueil qu'à son père Jakob, en 1899, à la veille de la guerre des Boers. Il avait épaissi et il approchait de la cinquantaine. Ses manières étaient encore plus affables, car la vie avait été extrêmement généreuse à son égard. Il aimait le sport et il était fier de voir un membre de sa famille, même un cousin aussi éloigné que Detleef, briller dans le quinze de Stellenbosch.

— Ah ! Voici le héros dont j'ai lu les exploits, le Matie qui balaie tout sur son passage.

Il tendit les deux mains et attira Detleef vers lui ; ils traversèrent le stoep et passèrent la porte principale. Dans le grand vestibule, Detleef vit pour la première fois la fille de Van Doorn, Clara, âgée de dix-neuf ans et si jolie qu'il ne sut trouver ses mots. Elle avait un visage d'un bel ovale avec des pommettes à peine trop larges, encadré par des cheveux couleur ambre apprêtés avec soin en une sorte de coiffure hollandaise à la garçonne. Elle s'avança en souriant pour saluer son lointain cousin.

— Nous sommes si heureux de recevoir dans notre maison un joueur de rugby si merveilleux.

Au dîner, ses deux frères aînés, Dirk et Gerrit, diplômés de Stellenbosch tous les deux, posèrent mille questions sur l'université et les chances qu'avait l'équipe de battre de nouveau les Ikeys. Ce fut une des meilleures soirées que

Detleef ait jamais passées. Par bonheur, l'invitation lui était parvenue vers la fin de sa première année : ses succès au rugby avaient métamorphosé le paysan balourd en un étudiant sûr de lui, parlant posément et toujours intéressant. Quand la conversation tomba sur la guerre en Europe, il répéta certaines idées qu'il avait glanées en classe : il prédit une victoire allemande, mais sans changement significatif dans les pays voisins de l'Afrique du Sud.

— Exactement mon opinion, s'écria l'aîné des Van Doorn.

Et, quand Clara raccompagna Detleef jusqu'à l'automobile qui le ramènerait à son logement, elle lui dit :

— Vous avez beaucoup appris à l'université. Revenez nous faire partager vos connaissances.

Il protesta : en réalité, il savait très peu de chose, mais elle le coupa aussitôt.

— Non ! Mes frères sont allés à Stellenbosch et ils n'y ont presque rien appris.

Le souvenir de cet entretien charmant demeura si présent pendant tout le trajet que Detleef eut l'impression que Clara était restée près de lui dans la voiture...

Il passa deux semaines à inventer un prétexte quelconque pour revenir à Trianon, puis, un soir, le chauffeur revint avec un petit mot : « Le Dr Prétorius, de Paarl, vient dîner et il aimerait faire votre connaissance. Clara. »

Ce fut le début d'une expérience exaltante, car Prétorius était la cheville ouvrière d'un comité activiste pour faire accepter l'afrikaans comme l'équivalent du hollandais en matière juridique et il s'emballait très facilement sur ce sujet.

— Les lois du Parlement devraient être imprimées en afrikaans. Nos principaux journaux devraient passer à l'afrikaans sans délai. Je me suis entretenu avec les grands noms de notre clergé : je veux que notre Bible soit publiée dans notre langue.

— Sont-ils prêts à l'accepter ?

— Non. Sur ce plan, l'opposition est encore très forte. Mais réfléchissez : à la fin du Moyen Age, les gens parlaient la langue de leur pays et lisaient leur Bible en latin. Cela a duré trois siècles, mais ils ont été obligés de changer.

— L'Église catholique célèbre encore sa messe en latin.

— Elle changera, elle aussi. Le jour viendra... Votre fille, quand elle se mariera, verra un prédikant lire le service dans une Bible afrikaans.

— Si tôt, croyez-vous ? demanda Mme Van Doorn. J'ai bien peur que tu restes vieille fille, Clara, si tu dois attendre jusque-là.

Clara ne rougit pas. Mais Detleef rougit.

Après une envolée passionnée, le Dr Prétorius parcourut la pièce du regard comme pour réclamer une plus grande attention, puis il dit d'une voix plus douce :

— Je veux accélérer l'acceptation de notre vraie langue, parce qu'elle peut devenir le facteur clef qui unira les Afrikaners de ce pays et leur inspirera d'arracher le gouvernement des mains des Anglais.

— Nous avons déjà la majorité numérique, fit observer Coenraad.

— Mais sans une âme directrice le nombre n'est rien. Et qu'est-ce que l'âme d'un peuple ? Sa langue. Avec l'afrikaans, nous pourrons nous emparer de cette nation.

Lors d'une réunion ultérieure où il tint à ce que Detleef fût présent, Prétorius répondit à l'accusation majeure lancée par Coenraad, qui considérait l'afrikaans comme une langue paysanne de deuxième ordre :

— Tout juste. Et c'est la raison même de sa vitalité. Exactement comme l'anglais. Et pourquoi l'anglais est-il si efficace ?

Chacun offrit une raison. « Pas de déclinaison des noms », « Peu de verbes au subjonctif », « Ordre des mots strict qui assure le sens », « Beaucoup de petits mots brefs pour exprimer les circonstances », « Une orthographe simplifiée ».

Clara dit :

— Et quand les Anglais repèrent un mot valable dans une autre langue, ils le prennent… sans faire de chichis.

A chaque idée, le Dr Prétorius approuvait d'un signe de tête, puis il demanda la permission de lire quelques lignes d'un éminent érudit danois, qui avait étudié ce sujet.

— Il s'agit du Dr Otto Jespersen, une autorité mondiale. Il a dit : « La langue anglaise se caractérise par l'ordre et la cohérence… La simplification est de règle. » Et puis ceci, qui s'applique tout à fait à notre afrikaans : « Chaque fois que je songe à l'anglais et que je le compare à d'autres langues, il me semble positivement et expressément *masculin*. C'est la langue d'un homme adulte, qui conserve en elle très peu d'enfantin ou de féminin. »

Il demanda à Clara de distribuer des feuilles de papier. Quand tout le monde eut un crayon à la main, il leur demanda d'écrire en anglais la phrase : *We ourselves often took our dogs with us.*

— Quatre pronoms, dit-il, pour exprimer la première personne du pluriel. Regardons maintenant ce qui se passe quand nous écrivons la même phrase en afrikaans : *Ons onsself het dikwelf ons honde saam met ons geneem.*

— Un seul mot, *ons*, pour représenter cette première personne.

— Mais l'anglais n'est-il pas plus précis ?

— Assurément. De même que les cas du latin, *agricola* (par le paysan) et *agricolae* (du paysan), sont plus précis que *paysan*. Mais nous refusons de nous attacher à ces subtilités. Les prépositions sont beaucoup plus simples. Un seul mot, *paysan*, et soixante prépositions pour définir les relations.

Il sortit d'une autre poche plusieurs feuilles sur lesquelles des versets du chapitre VI de Matthieu (le début du *Notre Père*) avaient été imprimés en anglais :

9. *Our Father which art in heaven, Hallowed be thy name.*
10. *Thy kingdom come. Thy will be done in earth, as it is in heaven.*
11. *Give us this day our daily bread.*
12. *And forgive us our debts, as we forgive our debtors.*

Il fit observer à quel point l'anglais de la Bible était simple et direct. Puis il demanda aux Van Doorn d'étudier d'autres feuillets où les mêmes versets étaient imprimés dans le hollandais ancien de leur Bible d'Amsterdam, publiée en 1630.

9. *Onse Vader die daer zijt inde Hemelen : uwen name worde geheylicht.*
10. *Drijckje kome. Uwen wille ghejchiede op der Aerden gelijck inden Hemel.*
11. *Gheeft ons heden ons daghelijcks broodt.*
12. *Ende vergheeft ons onse schulden. Gelijch wy oock vergheven onsen schuldenaren.*

Il lut le texte à haute voix deux fois, mettant en valeur la beauté et la fluidité du hollandais qu'ils avaient appris dans leur enfance et dont ils se servaient encore pour leurs prières. De toute évidence, il était très attaché à cette version, mais il dit que la traduction en afrikaans serait encore meilleure et il en donna un exemple :

9. *Onse Vader wat in die hemele is, laat u Naam geheilig word ;*
10. *laat u konindryk kom ; lat u wil geskied, soos in de hemel net so op dis aarde ;*
11. *gee ons vandag ons daaglikse brood ;*
12. *en vergeef ons ons skulde, soos ons ook ons skuldenaars vergewe...*

— Ah ! cria-t-il, triomphant. Comme c'est mieux !

Et il revint sur la nouvelle traduction, verset par verset, en faisant ressortir sa supériorité.

« Voyez comme l'afrikaans est plus simple, purifié de toutes les vieilleries superflues. C'est la langue de l'avenir, croyez-moi.

Quand Coenraad Van Doorn et sa femme protestèrent qu'ils n'avaient pas envie qu'on tripatouille leur Bible, il leur répondit carrément :

« Quand la mutation se produira, les générations de plus de quarante ans connaîtront un calvaire de l'âme. Mais, ensuite, nous aurons un peuple nouveau.

Coenraad tenta d'exprimer ses doutes, mais le Dr Prétorius répliqua d'un ton doctoral :

— Croyez-moi, si Jean Calvin vivait de nos jours, il se servirait d'une Bible en afrikaans.

De retour dans sa chambre, Detleef compara les deux versions d'un mot qu'il aimait beaucoup. Le vieux *Nachtmaal* devenait *Nagmaal* et cela lui déplut. Le mystère de la nuit (*Nacht*) se perdait... Pour la première fois, il sentit qu'au cours d'une seule vie beaucoup de choses belles et bonnes du passé pouvaient disparaître : les femmes qu'il avait tant aimées dans le camp de concentration, les rudes vertus du général de Groot... Incapable de trouver le sommeil, il regarda la nuit, de l'autre côté de la fenêtre. Quand l'aube se leva, il se dit : « J'ai le devoir de sauver les bonnes choses d'autrefois. »

Tandis que Detleef s'abandonnait à la joie de ces expériences diverses, les jeunes gens des familles Saltwood poursuivaient leur éducation dans une salle de classe beaucoup moins gaie. Près de la ville d'Amiens, à l'ouest du grand champ de bataille de Saint-Quentin, se trouvait une réserve de chasse connue sous le nom de bois d'Ellville et les Alliés comme les Allemands avaient compris que ce bosquet d'arbres serait crucial pour l'issue de la fantastique bataille de la Somme.

Le haut commandement allemand donna l'ordre de prendre le bois d'Ellville coûte que coûte le jour même où le haut commandement allié décidait qu'il fallait le tenir à tout prix. Une bataille titanesque était devenue inévitable.

Le 14 juillet 1916, le colonel Frank Saltwood, cinquante-six ans et l'un des premiers volontaires du corps expéditionnaire de son pays, reçut l'ordre de prendre et de conserver le bois d'Ellville. Sous ses ordres se trouvaient quatre de ses neveux : Hilary et Roger, des Saltwood du Cap, et Max et Timothy, de De Kraal. Eux aussi comptaient parmi les premiers volontaires.

Pendant quatre journées, sans interruption, les deux armées combattirent. Tous les canons de la région tonnèrent, partout les explosions faisaient trembler les tranchées. Sans un instant de répit, sans un plat chaud, les cinq Saltwood défendirent leur terrain avec héroïsme, le colonel Frank allant d'une tranchée à l'autre pour encourager ses neveux.

Le deuxième jour, Hilary fut tué d'une balle dans la tempe. Le troisième jour, le jeune Max partit à la tête d'une charge courageuse, qui fut entièrement écrasée. Et, le dernier jour, le colonel Frank, qui se précipitait vers un poste en danger, fut fauché de plein fouet par sept balles allemandes. Sa mort mettait en péril la position des Sud-Africains.

Mais Roger prit aussitôt sa place. A vingt ans, il assuma le commandement de la bataille. Il n'aurait pas pu éviter la défaite si Timothy n'avait pas été saisi de folie soudain, comme il arrive parfois aux jeunes gens héroïques : à lui seul il contint toute une section d'Allemands, dont il tua la plupart. Les deux cousins, entourés de centaines de cadavres, y compris trois Saltwood, rallièrent les Sud-Africains. Ignorant la grêle des obus allemands, ils préparèrent leur attaque suivante, distribuèrent les responsabilités aux postes de commandement et conservèrent le bois qu'ils avaient occupé — avec quelle ténacité, mais aussi à quel prix !

Le cinquième jour de la bataille, quand on releva enfin les Sud-Africains, Roger Saltwood, en tant qu'officier commandant le régiment, rendit compte en ces termes : « Nous avons conduit 3 150 hommes dans le bois il y a cinq jours. Nous sommes revenus 143. »

Delville Wood, comme on baptisa la bataille en anglais, fut peut-être l'expression de courage la plus élevée de toute cette guerre. Les volontaires sud-africains avaient donné un nouveau sens au mot « héroïsme », mais le prix payé ne put même pas être évalué par les critiques, car il n'y en avait pas. Dans la tradition pompeuse de l'époque, le quartier général britannique publia simplement une déclaration qui était censée compenser les pertes terribles, comme s'il s'agissait d'un match de rugby : « Au cours de la prise de Delville Wood, la vaillance, la persévérance et la détermination de la brigade sud-africaine ont mérité les honneurs les plus élevés. »

Cette opération suicidaire avait été conçue et ordonnée par Sir Douglas Haig, l'un des jeunes généraux qui avait fait ses classes avec Redvers Buller pendant la guerre des Boers. Malheureusement, ils étaient rares à avoir acquis son souci et son respect du combattant.

Les deux Saltwood survivants, Roger du Cap et Thimothy (Victoria Cross) de De Kraal, prirent leur permission en même temps. Ils la passèrent aux Sentinelles, avec leurs cousins de Salisbury, et un jour où ils étaient assis sur la rive de l'Avon, les yeux fixés de l'autre côté sur la cathédrale intemporelle, ce fut Thimothy qui dit aux Saltwood réunis :

— Nous avons perdu trois d'entre nous, oui. Mais nous ne pouvions pas faire moins pour l'Angleterre.

Tandis qu'en Europe la guerre touchait à sa fin, Stellenbosch était en proie à une vive émotion. L'un des anciens diplômés les plus prometteurs de l'université avait annoncé une série de quatre conférences traitant des bases morales sur lesquelles devait se fonder tout gouvernement du pays. Detleef s'intéressait tout particulièrement à cet événement, car le conférencier n'était autre que son propre prédikant, le révérend Barend Brongersma. Le jeune homme invita Clara à assister aux conférences avec lui et les parents de la jeune fille voulurent venir, eux aussi, ainsi que l'un de ses frères.

A la demande de Brongersma, la foule se réunit non à l'université, mais dans la plus vaste des églises de la ville. Tous les sièges furent occupés. Brongersma avait maintenant trente-sept ans, il était au seuil de sa maîtrise et au meilleur de sa forme. C'était un homme mince, grand, aux cheveux foncés. Il semblait moderne à tous égards par rapport aux vieux théologiens hollandais et écossais qui occupaient normalement les chaires de l'université. Et il ne s'attaquait pas comme eux à des problèmes théologiques abscons, mais aux difficultés pratiques que rencontre un homme politique dans la gestion d'un gouvernement qui se respecte. Sa voix était à la hauteur de sa tâche. Les congrégations de l'Église hollandaise réformée appréciaient un prédikant capable de tonner et de tempêter — et il ne s'en privait pas.

Ce n'était sûrement pas un lâche. Au début de sa première conférence, il déclara que l'avenir du pays dépendait de la façon dont on définirait les relations entre les différents groupes raciaux. Et pour que ses auditeurs sachent de quoi il parlait, il les invita à prendre par écrit les chiffres qu'il allait énoncer.

— Ils concernent la population actuelle et les prévisions démographiques de ce pays.

Voici quelles étaient ces données :

Union sud-africaine

Groupe	*Population actuelle*	*Prévision 1950*	*Prévision 2000*
Afrikaners	800 000	2 700 000	4 500 000
Anglophones	400 000	900 000	1 500 000
« Hommes de couleur »	525 000	1 200 000	4 200 000
Indiens	150 000	366 000	1 250 000
Bantous	4 100 000	8 600 000	33 000 000

Sans commentaire sur les forces relatives des cinq groupes, il se lança dans une évocation des prises de position de l'Église hollandaise réformée sur la question raciale au cours des deux siècles et demi précédents, rappelant aux auditeurs des choses qu'ils avaient peut-être oubliées :

> Sous Jan Van Riebeeck, les Blancs et les Noirs assistaient aux services religieux ensemble, ce qui était logique, car il n'y avait pas d'autre solution. Dans les églises de la frontière, à Stellenbosch et à Swellendam, les mêmes conditions prévalurent.
>
> Les problèmes commencèrent avec le rite de la communion. De nombreux Blancs refusèrent de boire dans le même calice que les Noirs, mais on imagina divers moyens de contourner l'obstacle et, de manière générale, les services continuèrent d'être célébrés en présence de Blancs et de Noirs. C'était la coutume en particulier dans les missions éloignées où les Blancs étaient invités à fréquenter des églises dont les fidèles demeuraient en majorité des Noirs.
>
> Mais, lors du synode de 1857, des pressions en faveur d'un changement commencèrent à s'exercer. On proposa une solution fort curieuse. La hiérarchie de notre Église confirma que Jésus-Christ désirait que son peuple lui rende un culte dans l'unité et c'était jugé préférable; pourtant, « par concession aux préjugés et à la faiblesse de certains, il est recommandé, disait le texte, que l'Église serve une ou deux saintes tables à ses membres européens, après avoir servi les non-Blancs ». En outre, bien qu'il fût juste et en accord avec l'Évangile que tous célèbrent le culte ensemble, le synode recommandait : « [...] si la faiblesse de certains exige que les groupes soient séparés, la congrégation d'origine païenne jouira de son privilège dans un bâtiment séparé et dans le cadre d'une institution séparée. »
>
> Ainsi donc, des organisations ecclésiastiques séparées se sont établies dans certains districts, leurs membres ont célébré le culte dans des bâtiments religieux séparés et, avec le temps, cette coutume est devenue universelle. On s'est aperçu que la plupart des Blancs préféraient assister aux services avec d'autres Blancs, pour la raison logique que cela permettait de protéger la santé et d'éviter les dangers du mélange des races.
>
> A la suite de ces pressions, la politique des bâtiments séparés et des consistoires séparés pour chacun des groupes raciaux se généralisa et cela renforça sensiblement le mouvement chrétien, car les « hommes de couleur » et les Bantous eurent désormais des églises bien à eux qu'ils

pouvaient animer selon leurs propres goûts — tandis que tous restèrent unis dans la fraternité du Christ.

Bien entendu, il dit beaucoup d'autres choses au cours de cette conférence historique, mais toujours en donnant l'impression que l'Église chrétienne demeurait une et indivise, que les « hommes de couleur » et les Bantous préféraient avoir leurs propres églises de leur côté et que la division actuelle de l'Église en ses diverses composantes était voulue par Dieu, approuvée par Jésus et extrêmement pratique dans une société multiraciale. Il n'exprima aucun regret, aucun remords et il aurait été fort surpris de s'entendre demander s'il n'avait pas mauvaise conscience.

— Cet homme-là est un atout important dans une communauté, dit Coenraad Van Doorn quand sa famille et Detleef se réunirent à Trianon. Il parle avec une clarté que l'on a rarement l'occasion d'entendre.

— Il m'a appris des choses que j'ignorais, ajouta Clara.

Elle semblait avoir pleuré et Detleef lui demanda ce qui s'était passé. Sa mère répondit à sa place :

— Toutes ces morts horribles en Europe. Clara avait beaucoup d'amis là-bas, vous pensez...

— Je ne savais pas qu'il y avait beaucoup d'Afrikaners dans cette guerre stupide.

— Il y en a, s'écria Clara les dents serrées. Et ce n'est pas stupide.

— Les hommes d'ici doivent sûrement se battre du mauvais côté. L'Allemagne vaincra et c'est une bonne chose.

M. Van Doorn détourna la conversation de ce sujet délicat.

— Je me demande ce que nous dira Brongersma la prochaine fois.

— Il a annoncé qu'il traiterait du Nouveau Testament, dit le frère de Clara.

— Bravo. Aucun de nous ne connaît assez bien cette partie de la Bible.

— L'Ancien Testament suffit, vraiment, répondit Detleef, et de nouveau cela jeta un froid.

Mais, quand vint l'heure de se souhaiter une bonne nuit, Clara se proposa pour raccompagner le jeune homme à la voiture. Elle lui prit la main et la serra entre les siennes.

— Vous ne devez pas être si agressif, Detleef. Un salon n'est pas un terrain de rugby.

— Quand un homme a des opinions...

— Tous les hommes ont des opinions. Et ils tiennent souvent à leurs idées autant que vous tenez aux vôtres.

— Mais s'ils se trompent...

— Vous vous croyez obligé de corriger leurs erreurs ?

— Bien entendu.

A sa vive surprise, elle se pencha vers lui et l'embrassa.

— Je suis contente que vous soyez fort, Detleef. Vous allez en avoir besoin.

Il sentit qu'il tremblait ; il serra la main de Clara.

— Je ne veux pas me montrer obstiné, mais... Mais... même le révérend Brongersma peut se tromper parfois.

— Par exemple ?

— Eh bien, j'ai eu l'impression qu'il s'excusait pour la façon dont notre Église marque la séparation entre Blancs, « hommes de couleur » et Noirs. Mais c'est ce que Dieu a voulu. Même les Blancs se séparent : l'afrikaans pour les vrais croyants, l'anglais pour les autres.

— Detleef, comment pouvez-vous dire une chose pareille !

Il blêmit dans la pénombre. Il ne comprenait pas de quoi elle parlait et, quand elle s'en rendit compte, elle dit :

« Les Afrikaners et les Anglais ne sont pas différents sur le plan religieux.

— Ils le sont ! répliqua-t-il violemment. Leur foi est très différente de la nôtre. Ils ne se rattachent pas à Jean Calvin. A mon sens, ils sont presque catholiques.

De nouveau, il tremblait, mais cette fois c'était sous le coup de la violence de ses convictions.

« Et Dieu n'a sûrement conclu aucune Alliance avec eux.

A cet étrange corps de doctrine, Clara n'avait pas de réplique ; sa famille avait évolué dans un cadre religieux différent et ils étaient souvent allés à l'église d'Angleterre pour le culte dominical, quand c'était plus commode... Mais il était temps que Detleef rentre à l'université.

Il lui prit la main et lui demanda timidement :

« Puis-je vous embrasser ?

Elle se recula prestement.

— Non, non ! Que je vous embrasse est une chose. Mais que vous m'embrassiez en est une autre.

Sans lui laisser le temps de comprendre ce qui lui arrivait, elle effleura sa joue d'un baiser et s'esquiva.

La deuxième conférence du révérend Brongersma fut une révélation pour Detleef et une surprise pour d'autres qui croyaient connaître la Bible. Elle traitait presque exclusivement des enseignements du Nouveau Testament et de la nature de l'Église du Christ sur la terre. Elle était d'un niveau théologique élevé tout en restant très pratique pour ces Afrikaners obscurément conscients qu'avec une victoire allemande en Europe, et peut-être en Afrique, les relations entre les groupes prendraient de toute nécessité un tour différent. Le public écouta dans un silence religieux le vaste éventail d'idées qui caractérisait cette série d'entretiens.

> Je vous ai dit la dernière fois que l'évolution logique de notre Église depuis l'époque de Van Riebeeck jusqu'à ce jour était une bonne chose, approuvée par Dieu et en harmonie avec les enseignements de Jésus-Christ. Je vous ai dit aussi que nous devions toujours nous montrer fiers de la noble mission de notre Église. Mais, comme elle existe dans le sein du Christ, il nous appartient de savoir ce qu'Il a dit exactement, au sujet de nos responsabilités et de notre conduite.

Pendant une heure et demie, il se lança dans une analyse patiente des enseignements du Nouveau Testament basée sur les textes sublimes où le Christ a exprimé l'essence de sa pensée. Quand il présenta le texte crucial de Matthieu, il s'écria :

— Quand on vit dans un pays aux populations différentes, presque tous les problèmes soulèvent des difficultés que les nations plus homogènes peuvent éviter. Mais nous ne le pouvons pas et la façon dont nous résoudrons ces questions de race déterminera le caractère de notre existence.

Puis il lut le passage :

> « Maître, quel est le grand commandement de la Loi ? » Jésus lui dit : « Tu aimeras le Seigneur ton Dieu de tout ton cœur, de toute ton âme et de tout ton esprit. Tel est le premier et grand commandement. Et le second est très

voisin : Tu aimeras ton prochain comme toi-même. Sur ces deux commandements reposent toute la Loi et les Prophètes. »

Il cita un si grand nombre de passages de l'enseignement du Christ sur ce thème que Coenraad Van Doorn murmura à Clara et à Detleef, assis côte à côte :

— On dirait un missionnaire de la London Missionary Society.

Personne ne comprenait où le révérend voulait en venir.

> Car de même que nous avons plusieurs membres en un seul corps et que tous les membres n'ont pas le même rôle, de même nous sommes plusieurs dans le corps unique du Christ et chacun est un membre par rapport aux autres.

Et, au cas où certains auraient éprouvé des réticences à accepter cet enseignement, il leur lança un texte soulignant ce message. Il était tiré de l'Épître aux Colossiens :

> Il n'y a ni Grec, ni juif, ni circoncis, ni incirconcis, Barbares, Scythes, esclaves ou libres : mais Christ est tout et en tout.

Cela l'amena à présenter comme le texte clef de toute la série le noble verset sur lequel une nation craignant Dieu devait fonder ses normes. Il était extrait de l'Épître aux Éphésiens et il résumait, selon lui, tout l'enseignement de Jésus.

> Il y a un seul corps et un seul Esprit [...]. Un seul Seigneur, une seule foi, un seul baptême, un seul Dieu et Père de tout, qui est au-dessus de tout, à travers tout et dans tout.

— L'esprit de Jésus-Christ réside au sein de tout homme, femme et enfant vivant dans cette nation, dit-il en élevant la voix pour indiquer que ce serait la conclusion de cette conférence. L'esprit de Jésus-Christ ne reconnaît ni Blanc, ni Noir, ni Indien, ni « homme de couleur », ni femme, ni homme et il ne fait certainement aucune distinction entre l'Anglais et l'Afrikaner. Nous sommes tous un en Jésus. Il nous aime de façon égale. Il veille sur nous tous avec le même amour.

Cette doctrine révolutionnaire provoqua certaines réticences dans le public, car plus d'un estimait que même si ces préceptes se trouvaient incontestablement dans le Nouveau Testament leur application était une affaire beaucoup plus délicate que ne le jugeait le révérend Brongersma. Lorsqu'il conclut en tonnant solennellement que le christianisme exigeait de ses fidèles la mise en pratique de ces versets fondamentaux dans leurs vies publiques et privées, et notamment dans l'organisation de leurs sociétés et de leurs nations, il souleva un murmure sourd de protestations. Mais il quitta la chaire sans paraître s'en rendre compte.

Ce soir-là, il ne reçut aucune invitation chaleureuse à dîner dans les maisons bourgeoises de Stellenbosch et Coenraad Van Doorn et sa femme étaient si troublés qu'ils n'invitèrent pas Detleef à Trianon. Au moment où ils se séparèrent, M. Van Doorn dit au jeune homme :

— Votre prédikant n'a pas appris grand-chose dans le nord.

Et, sans chercher à le défendre, Detleef reconnut :

— Tout cela m'a paru très flou. J'aimerais davantage d'ordre dans une société.

Même Clara, qui avait aimé certains passages de la conférence, murmura :

— Il ne semble pas comprendre son public. Nous avons des problèmes réels à affronter dans ce pays et il parle de bâtons de guimauve.

Mais Barend Brongersma n'avait pas été brillamment diplômé à Stellenbosch parce qu'il était stupide. Il avait voulu créer délibérément cet effet au cours de sa deuxième conférence pour bien préparer son public à la troisième, qui serait, il en était certain, l'un des sommets de sa vie. Quand il monta en chaire d'un pas vif, pour la troisième fois, il dit aussitôt à son public pour quelle raison :

> Ce soir, je m'adresse aux jeunes gens qui gouverneront notre pays dans les années à venir. Regardez autour de vous, je vous prie. Le jeune homme à vos côtés sera peut-être votre Premier ministre un jour. Ce garçon, là-bas, prêchera dans l'église primatiale du Cap. Vous serez, vous,

doyen de cette université, et vous, peut-être, ambassadeur à Paris de notre pays indépendant. Il est important que vous réfléchissiez à l'avenir et que vous méditiez sur la nature d'une société libre.

Jésus a traité ce problème grave, ainsi que saint Paul et, avec le Nouveau Testament, ils nous ont accordé un guide. Pour gouverner bien, nous devons gouverner avec justice ; et, pour gouverner avec justice, nous devons gouverner avec sagesse. Que Jésus nous dit-il de faire ?

Avant de citer les textes déterminants, il posa au public une série de questions hypothétiques cinglantes, si bien que tout le monde dans la salle, intrigué, se tendit vers lui pour ne rien perdre des solutions qu'il allait proposer. Puis, sans élever la voix et avec une aimable patience, il se mit à exposer l'enseignement de Jésus... Le texte qu'il avait choisi était si peu connu et si arbitraire que toute personne, en dehors de l'Afrique du Sud, se serait perdue en conjectures sur ses possibilités d'application pratique. Mais le révérend Brongersma clama qu'il constituait le fondement même de la Loi, le texte le plus vital de tout le Testament en ce qui concernait le gouvernement des nations. Il était extrait du deuxième chapitre des Actes.

Le jour de la Pentecôte, ils étaient tous ensemble dans le même lieu, quand soudain vint du ciel un bruit, comme d'un violent coup de vent qui remplit toute la maison où ils étaient assis, [...] et tous furent remplis de l'Esprit-Saint et commencèrent à parler en d'autres langues, selon que l'Esprit leur accordait le don de les prononcer. [...] Chacun les entendit parler dans sa propre langue.

Qu'y avait-il donc de profond dans ces versets ? Comment pouvait-on construire la politique d'une nation sur une base aussi ésotérique ? Tandis qu'il commentait le texte, tout devint clair : Dieu avait créé tous les hommes frères, mais Il les avait très vite divisés en groupes distincts, chacun selon sa nature, chaque nation séparée et détachée des autres. Sur quoi il déclama la fabuleuse séquence de noms qui apparaît dans ce chapitre à ses yeux capital :

> Parthes et Mèdes, Élamites et habitants de Mésopotamie, de Judée et de Cappadoce, du Pont et d'Asie, de Phrygie et de Pamphylie, d'Égypte et des provinces de la Libye cyrénaïque, Romains en résidence, juifs et prosélytes, Crétois et Arabes, nous les entendons parler, dans nos langues, des grandeurs de Dieu.

Il leur expliqua que Dieu avait voulu cette diversité et se félicita de la variété qui existait parmi les nations. Il désirait que les tribus soient différentes et leurs qualités distinctives. Et Brongersma suggéra que, si l'Afrique du Sud avait existé à l'époque des Actes des Apôtres, la litanie se serait achevée ainsi :

> Afrikaners et Anglais, « hommes de couleur » et Asiatiques, Xhosas et Zoulous...

Detleef bondit comme un ressort, car ces noms étaient évoqués dans l'ordre exact où il les avait vus le jour où le soleil avait frappé sous ses yeux les coupes d'entremets. Son monde était en ordre, les races étaient distinctes et elles restaient séparées, chacune à la place qui lui convenait. Il entendit le reste de cette remarquable homélie dans une sorte de stupeur sublime. C'était une confirmation qui le marquerait jusqu'à la fin de ses jours. Et bien d'autres adolescents présents ce soir-là diraient de même, lorsqu'ils gouverneraient le pays (comme Brongersma le leur avait prédit) : « Une conférence m'a révélé l'avenir. »

Brongersma cita ensuite une quinzaine de textes à l'appui de sa thèse, dont l'un des plus efficaces était tiré d'un autre chapitre des Actes :

> Le Dieu qui a fait le monde et tout ce qui s'y trouve [...] a fait d'un seul sang toutes les nations et il les a fait habiter sur toute la face de la terre, après avoir établi le temps qui leur est prescrit et les limites de leur habitat, pour qu'elles cherchent le Seigneur [...] et le trouvent, encore qu'il ne soit pas loin de chacun de nous.

De ce passage, il déduisit le principe que Dieu voulait que chaque race ait ses propres limites et n'empiète pas sur le territoire des autres : cela s'appliquait aussi bien aux frontières physiques, comme l'endroit où vivaient les gens, qu'aux frontières spirituelles, et chaque race devait conserver ses propres coutumes et ses lois.

Ensuite, il fit observer que la religion demandait à tous les groupes d'accepter les limites qui leur étaient imposées, en insistant particulièrement sur les membres des groupes inférieurs :

> Le Seigneur a appelé chacun et que chacun s'avance. [...] Que chacun se soumette à l'appel par lequel il a été appelé. As-tu été appelé étant esclave ? Ne t'en soucie point, à moins que tu aies pu être libre. Profites-en plutôt. Car celui qui est appelé au Seigneur étant esclave sera l'homme libre du Seigneur ; et, de même, celui qui sera appelé étant libre sera l'esclave du Christ.

Il en vint ensuite à la question cruciale : « Tous les groupes sont-ils égaux aux yeux de Dieu ? » Il rappela à ses auditeurs ce qu'il leur avait dit au cours de sa deuxième conférence : sans conteste, tous les hommes étaient frères. Mais il poursuivit en précisant que tous les frères n'étaient pas égaux aux yeux de Dieu. A cet égard, le Nouveau Testament était tout à fait précis ; il y avait des bonnes nations et des mauvaises nations.

> Quand le Fils de l'homme viendra [...] Il siégera sur le trône de sa gloire ; et devant Lui se rassembleront toutes les nations ; et Il les séparera les unes des autres, comme le berger sépare ses brebis de ses chèvres ; et Il placera les brebis à sa droite, mais les chèvres à sa gauche. Puis le roi dira à ceux de sa droite : « Venez, vous qui êtes bénis de mon Père, hériter du royaume [...] » ; puis Il dira à ceux de sa gauche : « Éloignez-vous de moi, vous qui êtes maudits, dans le feu éternel... »

Il termina de façon grandiose, en fixant ses auditeurs d'un regard qui lançait des éclairs, comme s'il voulait mettre chacun d'eux, personnellement, au défi :

— Au jour du jugement, qui est aujourd'hui, Jésus-Christ placera-t-Il notre nation à Sa droite parmi les brebis ou nous rejettera-t-Il à Sa gauche parmi les chèvres ? Pour définir la nature de notre société, nous devons nous tourner vers l'Ancien Testament et c'est ce que je ferai dans ma dernière conférence.

Ce soir-là, le public quitta l'église dans un état d'extase, car tous les auditeurs étaient certains que la nation afrikaner était sauvée et les Anglais et les Bantous probablement perdus. Plus de dix familles voulurent que Brongersma partage leur dîner, mais il décida d'aller chez les Van Doorn et il vit aussitôt dans quelles eaux dangereuses son jeune protégé et ami Detleef de Vrymeer était en train de se précipiter. Il ne dit rien ce soir-là, mais il se demanda quel bien pourrait résulter de l'amour aveugle de ce garçon de la campagne pour une jeune femme appartenant manifestement à un monde différent. Il retourna le problème sous tous ses angles. Detleef ne lui avait pas parlé de son affection profonde pour Clara, mais elle sautait aux yeux.

Au cours de sa dernière conférence, le prédikant apaisa toutes les tensions spirituelles, comme par un baume souverain, en retournant aux textes merveilleux de l'Ancien Testament, pour rappeler à ses Afrikaners qui ils étaient et les obligations spéciales qu'ils devaient à Dieu. Il débuta en leur affirmant qu'au sens calviniste du terme ils faisaient partie des élus, car Dieu l'avait dit sans ambiguïté :

> Maintenant donc, si vous obéissez à ma voix en vérité et si vous gardez mon Alliance, vous serez un trésor particulier pour moi, entre tous les peuples ; car toute la terre est à moi.

— Et qu'implique le fait d'être un trésor particulier ? demanda-t-il.

Un passage fulgurant du Lévitique lui fournit la réponse :

> Mais je vous ai dit : « Vous hériterez de leur terre et je vous la donnerai en possession, une terre qui déborde de lait et de miel ; je suis le Seigneur votre Dieu, qui vous a séparés des autres peuples. »

— Il est juste que vous soyez séparés, parce que vous avez des devoirs spéciaux à accomplir, tonna-t-il.

Et il se mit à les énumérer :

« Gouverner avec justice. Être équitable à l'égard de tous les hommes. Aimer son prochain comme soi-même.

Il poursuivit sans fin, indiquant aux futurs dirigeants du pays comment ils devraient se comporter lorsqu'ils assumeraient le pouvoir.

« Je vous expose ces règles, jeunes gens, cria-t-il de sa voix la plus puissante, penché en avant, les deux mains crispées sur ses revers, parce que Dieu est extrêmement précis sur le châtiment qu'il vous réserve si vous ignorez son enseignement.

Et il cita l'invocation rigoureuse à la soumission :

> Si vous abandonnez le Seigneur et servez d'autres dieux, il se retournera contre vous et vous consumera, après vous avoir fait du bien.

Il conclut la conférence et la série par vingt minutes émouvantes sur ce que tout cela signifiait pour la hiérarchie d'une Église et notamment pour l'Église hollandaise réformée d'Afrique du Sud. Il esquissa les problèmes les plus délicats et les balaya comme si l'adhésion aux principes de base éliminait les difficultés. Quand il en vint à la question : « Était-il normal que l'Église blanche empêche les Noirs d'assister aux services à côté des Blancs ? », il s'écria :

— Sans aucun doute. Que dit le Deutéronome ? « Quand le Très-Haut a divisé l'héritage entre les nations, quand Il a séparé les fils d'Adam, Il a fixé les limites des peuples. » Et les paroles finales (ou presque), de l'Ancien Testament, le dernier verset de Zacharie, traitent de ce problème : « En ce jour-là, il n'y aura plus de Cananéens dans la Maison du Seigneur des Armées. » Nous sommes séparés. Nous sommes les enfants de Dieu chacun à notre manière. Dieu nous a assigné l'endroit et les tâches qui conviennent. Vivons selon cette norme... Et je terminerai par les paroles de Jésus-Christ que j'ai citées en début même de ces entretiens : « Tu aimeras le Seigneur ton Dieu [...]. Tu aimeras ton prochain comme toi-même. Sur ces deux commandements reposent la Loi et les Prophètes. »

Au cours de ces quatre conférences, parmi les plus importantes qui furent jamais prononcées à Stellenbosch, Brongersma exprima clairement le dilemme de toute théocratie chrétienne : comment organiser une société permettant d'accéder à l'ordre de l'Ancien Testament et à la liberté du Nouveau ? Detleef Van Doorn, dont l'éducation supérieure débuta en fait avec ces conférences, n'entendit que la première moitié de cette question.

Quand les éléments philosophiques et spéculatifs de l'éducation de Detleef trouvèrent un cadre, grâce à la série de conférences pénétrantes de Barend Brongersma, et que sa situation à l'université fut solidement établie à cause de ses qualités de joueur de rygby — à Stellenbosch, ce serait toujours déterminant —, il sentit le moment venu de songer sérieusement à prendre femme. A vingt-trois ans, il avait largement dépassé l'âge du mariage en usage chez les Voortrekkers et ses pensées se tournèrent vers deux jeunes personnes.

Il n'avait pas beaucoup fréquenté Maria Steyn, car elle était restée dans la ferme familiale à Carolina. Avec sa mère morte dans les camps et son père fusillé comme traître, elle devait assumer de lourdes responsabilités et elle ne pouvait guère voyager. Elle ne s'était jamais rendue à l'université et, d'après le ton des rares lettres de Detleef, elle avait conclu qu'ils s'éloignaient de plus en plus l'un de l'autre ; elle se demanda quelle serait la meilleure façon de lui révéler dans sa correspondance l'affection qu'elle continuait de ressentir pour lui. Elle ne pouvait pas lui écrire de but en blanc : « Je t'aime profondément. Je t'en prie, viens me délivrer de cette prison de l'esprit. » Mais c'était ce qu'elle ressentait et, à mesure que passaient les années, elle se rendait compte qu'elle n'aurait jamais envie d'épouser un autre que lui et elle vivait toutes les angoisses que peut ressentir une jeune femme de vingt ans torturée de doutes. Elle attendait les lettres de Detleef le cœur battant et elle en soupesait chaque phrase, à l'affût de sens cachés — sans trouver grand-chose pour se consoler. Chaque matin, en s'éveillant dans sa chambre de la ferme, elle redoutait d'apprendre ce jour-là qu'il en avait épousé une autre.

Dans un recoin obscur de son esprit, Detleef savait bien quels étaient les sentiments de Maria et il reconnaissait parfois que, dans un monde bien fait, il aurait épousé depuis longtemps cette jeune fille robuste qui lui avait tellement plu, par une lointaine journée de printemps, à Bloemfontein. Chaque fois qu'il lui envoyait une lettre, il l'imaginait mariée, à l'église ou bien en train de vaquer à ses devoirs ou de s'occuper des enfants. Jamais il ne songeait à elle comme à une beauté — elle n'était pas belle —, mais comme à un être humain solide et bon, pour lequel il conservait une affection durable.

Mais il y avait Clara. Quelle différence ! Tout d'abord elle était là, à Stellenbosch, et non dans un village lointain du Transvaal. Elle était pétillante de nouveauté, toujours éveillée aux changements survenant dans le pays. Sa famille avait une voiture automobile neuve, importée d'Amérique, et elle aimait partir en balade de l'autre côté des montagnes jusqu'à Fransch Hoek, l'ancien village huguenot, ou bien vers le sud, à Somerset West, dont les maisons étaient si jolies... Elle fut une des premières à apprendre que la guerre s'était terminée en Europe non par une victoire allemande comme beaucoup l'avaient supposé, mais par un triomphe éclatant des Alliés. Elle avait ses raisons d'en être particulièrement satisfaite, mais elle se gardait bien d'agacer son père ou ses frères en exprimant ses préférences.

Au cours des festivités de la victoire, où les colons anglais des environs se montrèrent carrément déplaisants, Detleef lui avoua sa déception.

— Il aurait bien mieux valu que les Allemands gagnent. Ils auraient mis de l'ordre en Europe.

— Et ici aussi, je suppose ?

Comprenant qu'elle se moquait de lui, il se tut. Mais il se tint à l'écart des services religieux célébrés à l'université pour la cessation des combats.

Il commença à faire sérieusement la cour à Clara au moment de Noël, en 1918, et il dépensa presque tout son argent de poche pour lui offrir un présent. Après mainte réflexion, il opta pour une belle petite Bible reliée cuir, publiée à Amsterdam, sur laquelle il inscrivit, en face de la page où seraient notés leur mariage et les naissances de leurs enfants : *A Clara, la plus belle fleur des Van Doorn.*

Ce cadeau la mit dans l'embarras et elle voulut le lui renvoyer, le jugeant tout à fait déplacé, mais son père le lui interdit :

— Il te l'a offert en toute sincérité. Accepte-le par égard à ses sentiments.

— Si je l'accepte, dit-elle, cela ne peut que l'induire en erreur.

— C'est le risque que nous prenons tous quand nous donnons ou acceptons des présents.

Et, le soir au dîner, il dit à Detleef :

« Je ne peux pas imaginer un plus beau cadeau.

Quand l'année toucha à sa fin, Detleef, de plus en plus tendu, se mit à calculer la meilleure façon de faire sa déclaration à cette jeune fille troublante. « J'ai à coup sûr les moyens de faire vivre une femme, se disait-il. Même Piet Krause, qui n'est pas bon fermier, fait des bénéfices avec Vrymeer. J'ai de l'éducation, je peux donc converser avec elle. J'ai acquis une certaine renommée à cause du rugby. Et je suis bon chrétien. »

Mais ensuite, en toute honnêteté, il énumérait ses points faibles et il avait bien peur qu'ils ne pèsent plus lourd dans la balance. Pourtant, il décida de faire le plongeon. Mais ce ne serait pas pour les fêtes du Nouvel An, car les Van Doorn de Trianon étaient tous partis au Cap en voiture pour accueillir un transport de troupes, le premier depuis la fin des combats. Il ramenait en Afrique du Sud les hommes courageux qui s'étaient portés volontaires et avaient combattu « pour le roi et le pays », selon l'expression consacrée. Parmi eux se trouvaient une quarantaine de héros de Delville Wood.

Lorsqu'ils descendirent des passerelles — Timothy Saltwood, Victoria Cross, à leur tête —, il se fit un silence étrange. La plupart des hommes et des femmes de la foule, Afrikaners comme Anglais, avaient la gorge nouée. Quelques Afrikaners pourtant, comme Detleef, gardaient le silence, parce qu'ils ne parvenaient pas à comprendre. Ces hommes étaient des héros, à n'en pas douter, mais ils s'étaient battus dans le mauvais camp. Puis, au moment où les hommes posèrent le pied sur le sol natal, une vague d'émotion souleva la foule et les vivats assourdirent les Van Doorn qui applaudissaient à tout rompre.

Quand la famille rentra à Trianon, les beaux bâtiments blancs semblaient plus solides et accueillants que jamais. Il y eut des fêtes, auxquelles Detleef ne fut pas convié, mais, le 3 janvier 1919, il partit à bicyclette jusqu'au vignoble, bien décidé à présenter sa demande dans les règles. Il parlerait d'abord à Coenraad, puis à la mère de Clara, et, quand il aurait leur permission, il se déclarerait à Clara elle-même. Mais, tandis qu'il pédalait le long de la longue allée, il aperçut, au bout des petits bâtiments sur la gauche, une jeune femme qui ressemblait beaucoup à Clara, en train d'embrasser avec beaucoup d'ardeur un jeune homme en uniforme. Troublé, il continua de pédaler en regardant droit devant lui, mais il remarqua du coin de l'œil que la jeune femme s'écartait brusquement en le voyant arriver, puis revenait dans les bras du jeune homme pour un nouveau baiser.

— Ah, c'est vous ! s'écria joyeusement Coenraad depuis le stoep. Entrez, Detleef. C'est une vraie fête. Timothy Saltwood est à la maison, couvert de médailles.

— En uniforme ?

— Bien entendu. Pourquoi ?

Quand Clara et le jeune Saltwood parurent dans le vestibule, Detleef se sentit faible soudain. L'officier était un bel homme mince, à l'air vif. Et ses décorations...

— Je vous présente Timothy Saltwood de De Kraal, lui dit Clara. Il m'a appris que votre famille était autrefois propriétaire de sa ferme.

— Il y a longtemps, balbutia Detleef.

Dès qu'il en eut l'occasion, il chuchota à Clara :

« Puis-je vous parler ?

— Bien sûr ! Quoi ?

Elle avait certainement deviné ce qu'il allait lui dire, mais elle ne l'aida en rien : elle demeura immobile au milieu de la pièce.

— Je veux dire, pouvons-nous parler... seuls ?

— Bien sûr, répondit-elle d'un ton léger en l'entraînant dans le bureau de son père.

— Clara, dit-il. Je vous ai donné la Bible... Je veux dire...

— Quoi ? demanda-t-elle.

— Je veux vous épouser...

Elle posa le doigt sur les lèvres de Detleef.

— Ne dites rien...

— ... vous demander de m'épouser, murmura-t-il.

— Detleef, je suis tellement désolée. Je vais épouser Timothy.

Il s'écarta, stupéfait.

— Mais c'est un Anglais !

— C'est un jeune homme très courageux.

Comme Detleef voulait répondre, elle posa la main sur sa bouche et lui dit fermement :

« Si vous avez un peu d'affection pour moi, partez sur-le-champ et conduisez-vous en *gentleman*.

— Je ne suis pas un *gentleman*, répliqua-t-il d'une voix âpre en repoussant sa main. Je ne suis pas un de ces freluquets d'Anglais.

Il la regarda, furieux, accusateur.

« Vous l'aviez décidé depuis le début, hein ? Vous m'avez laissé me ridiculiser...

Les mots lui manquèrent et il ne trouva à dire qu'une sottise.

« Vous m'avez laissé vous donner cette Bible.

— Je crois, dit-elle d'un ton sec, que vous feriez mieux de la reprendre, votre maudite Bible !

Et elle quitta la pièce.

Il n'en croyait pas ses oreilles. Comment une jeune fille qu'il aimait pouvait-elle utiliser un mot pareil pour qualifier une Bible ! Elle réapparut presque aussitôt dans le bureau et poussa la Bible dans les mains de Detleef qui se refermèrent machinalement. Mais, tout de suite, elle la reprit, l'ouvrit et arracha la page où il avait calligraphié sa dédicace.

« Offrez-la à une autre ! dit-elle froidement en quittant la pièce.

Pendant plusieurs minutes, il ne bougea pas, les yeux fixés sur le livre mutilé. Il ne savait que faire. Il entendit des voix dans la maison : des gens parlaient gaiement comme si rien d'embarrassant ne s'était passé. Puis il se décida. Il sortit de la pièce, ne regarda personne et franchit la porte de cette maison pour la dernière fois de sa vie. Il reprit sa bicyclette. Tenant la Bible d'abord dans sa main droite, puis dans sa main gauche, il descendit la longue allée. Au bout, il glissa le Livre sous sa ceinture et pédala jusqu'à Stellenbosch.

Deux jours plus tard, Coenraad Van Doorn vint le voir.

— Detleef, lui dit-il d'une voix amicale, ce sont des choses qui arrivent à tout le monde. Ma femme et moi désirons que vous assistiez à la noce. Clara y tient beaucoup, car elle vous considère comme un ami.

Avec toute la haine qui lui brûlait la gorge, Detleef répondit :

— Vous serez tous chassés du pouvoir, tous les lèche-bottes des Anglais...

Coenraad avait travaillé dur toute sa vie pour maintenir ses vignes prospères, dans la guerre comme dans la paix. Pour lui, de tels propos étaient scandaleux, car les Afrikaners avaient tout intérêt à coopérer avec les Anglais qui choisissaient l'Afrique du Sud pour patrie. Il était ravi, quant à lui, de voir sa fille s'allier à l'une des plus solides familles sud-africaines d'expression anglaise. Il aurait voulu que cet esprit de conciliation se répande dans tout le pays. Il estimait nécessaire que les jeunes Afrikaners comme Detleef le comprennent et il avala l'insulte, suppliant le jeune homme de revenir sur sa position.

— Mon petit, ne voyez-vous pas que parfois un fossé peut être trop large pour se combler de lui-même et qu'il faut l'aider ? Vous avez vu Christofell Steyn fusillé parce qu'il s'était rangé dans le camp de l'Allemagne. Les Saltwood ont vu leurs hommes périr à Delville Wood parce qu'ils se sont rangés dans le camp de l'Angleterre. Des blessures pareilles ne peuvent être guéries que par des hommes de bonne volonté — comme vous et moi.

— L'Angleterre peut crever.

Coenraad ne pouvait en tolérer davantage. Il lui lança avec mépris :

— Detleef, vous êtes un imbécile à l'esprit étroit. Sortez donc un peu voir le monde. Je ne veux plus rien avoir à faire avec vous.

Comme Detleef aurait pu s'en douter, le mariage Van Doorn-Saltwood n'eut pas lieu à Stellenbosch. Il fut célébré en grande pompe dans la cathédrale anglaise du Cap.

De même que plus d'un jeune homme avant lui, Detleef prit sa revanche dans le sport. Il joua au rugby avec une fureur qui stupéfia tout le monde, se dépensant sans réserve quand il était opposé à des équipes comme Somerset West, qui comprenaient plus de joueurs anglais que la moyenne. Contre les Ikeys, il joua comme un fou, car il soupçonnait les juifs d'être pour quelque chose dans sa perte de Clara. En fait, il joua si bien que plusieurs journaux prédirent sa sélection dans l'équipe d'Afrique du Sud quand recommenceraient les tournées en Grande-Bretagne et en France : « Tout bien pesé, c'est peut-être le meilleur avant sur terrain en ce moment. »

Parallèlement, il réussissait dans ses études et l'on songeait de nouveau à lui pour le sacerdoce. Le révérend Brongersma descendit même à Stellenbosch pour lui parler — mais pas de ce problème. En fait, pendant la première demi-heure de conversation, Detleef ne parvint pas à deviner l'objet de la visite imprévue du dominee.

— Votre beau-frère Piet n'est pas un fermier, Detleef. Il faut que vous reveniez prendre les choses en main, parce qu'il désire suivre une autre voie.

— Il ne s'occupe pas bien de la ferme ?

— Oh, il n'y a pas de quoi s'inquiéter...

Le révérend toussa, puis reprit sur un ton tout à fait différent :

« Ce dont vous devriez vous inquiéter, c'est de trouver une épouse.

Et, avant que le jeune homme stupéfait n'ait pu répondre, Brongersma se hâta de glisser :

« Detleef, j'ai beaucoup d'affection pour vous. Aucun enfant de Venloo n'a jamais eu un avenir aussi prometteur. J'ai appris ce qui s'était passé pour Clara Van Doorn. J'avais vu venir les choses, lors de mes conférences. Vous vous êtes conduit de façon pitoyable, Detleef. Comme un fichu idiot, si vous me pardonnez l'expression. Oui, vous avez agi comme un fichu idiot et j'ai honte pour vous.

C'était un choc auquel Detleef ne s'attendait pas. Sur le terrain de rugby, il avait reçu des coups de toute sorte — lèvres fendues, yeux au beurre noir, arcades sourcilières déchirées —, mais les paroles du dominee étaient des blessures à son orgueil et il demeura sans voix.

— Il y a à Carolina une jeune femme parfaite qui gaspille sa vie par amour pour vous, Maria Steyn, dont la mère et le père étaient des héros et qui est une héroïne elle-même. Pour l'amour de Dieu, Detleef, ouvrez les yeux. Jamais il n'a été dans l'intention de Dieu que vous épousiez Clara Van Doorn. Ce n'aurait pu être au mieux qu'une erreur. Vous auriez ruiné votre vie à vous heurter contre un mur. Pendant tout ce temps, vous aviez une femme douce et bonne, qui vous attendait, et vous étiez trop aveugle pour le voir.

Au bout d'un long silence, Detleef demanda d'une voix faible :

— C'est elle qui vous envoie ?

— J'ai entendu parler d'elle et je suis venu de mon propre chef, parce que je me considère comme votre ami.

Detleef ne répondit pas. Le prédikant lui demanda à mi-voix.

« Detleef, nous allons prier, voulez-vous !

Il s'agenouilla près du jeune homme en qui il avait placé tant d'espoirs et il parla avec Dieu de toutes les difficultés que rencontrent les hommes quand ils veulent mener une vie chrétienne.

Le mariage devait avoir lieu dans l'église hollandaise réformée de Carolina, car les nombreux Steyn de la région se rassembleraient pour honorer la mémoire de Christoffel. Sur la proposition du révérend Brongersma, on demanda au prédikant de Maria de célébrer la cérémonie, mais, la veille de la noce, Detleef se rendit à l'église de Venloo et dit :

— Révérend Brongersma, je ne me sentirais pas vraiment marié si vous n'y assistez pas.

Le pasteur accepta de conduire Detleef au mariage. Le jeune homme sortit alors un paquet et demanda d'une voix hésitante :

« Dominee, dites-moi... j'ai payé cette Bible très cher. Pourrais-je la donner à Maria ?

Brongersma prit le Livre, l'ouvrit et vit aussitôt qu'une page manquait ; il en déduisit sans peine ce qui avait dû se passer. Il réfléchit un instant.

— Ne croyez-vous pas qu'une fille intelligente comme Maria pourrait deviner, pour Clara ?

— Je le crains.

— Je vais vous dire ce que nous allons faire, Detleef. J'ai toujours eu envie d'une Bible reliée cuir. Je vais vous l'échanger contre une des miennes, toute neuve.

Et, le lendemain, Brongersma inscrivit en belles lettres moulées, sur la page réservée aux notes de famille :

DETLEEF VAN DOORN — MARIA STEYN

Kinders van ons helde. Getroud 14 Maart 1919.
(Enfants de nos héros. Mariés le 14 mars 1919.)

Et bientôt, Detleef allait être projeté dans le monde, exactement comme Coenraad Van Doorn de Trianon le lui avait conseillé : la commission de sélection de l'équipe de rugby partant en tournée en Nouvelle-Zélande l'avait désigné dans sa ligne d'avants. Venloo en fut plus fier que s'il avait été choisi comme général commandant en chef. Pour une petite ville, avoir un Springbok était une gloire extrêmement rare.

Un Springbok était, dans n'importe quelle discipline, un athlète de classe mondiale qui portait le maillot vert décoré du springbok d'or représentant l'Afrique du Sud dans les rencontres internationales. Un joueur de cricket pouvait être Springbok, ainsi qu'un coureur de fond olympique, et, à ce titre, ils se voyaient accorder tous les honneurs. Mais, d'une manière générale, il était entendu que seul un Springbok de rugby accédait à la véritable immortalité. Et c'était d'autant plus vrai en 1921, parce que les All Blacks de Nouvelle-Zélande (ainsi nommés d'après la couleur sinistre de leurs maillots) passaient pour le meilleur quinze ayant jamais évolué sur un terrain de rugby. Sans nul doute, les vainqueurs des matchs qui allaient avoir lieu seraient les champions du monde.

Cette année-là, Detleef avait vingt-six ans, était père d'un petit garçon et à la tête d'une ferme prospère. Quand sa photo parut dans les journaux de la ville, elle montra un paysan robuste, les pieds bien campés sur la terre, avec une corde autour de la taille en guise de ceinture. On aurait juré qu'il n'avait pas de cou : la ligne du bas de son oreille à l'épaule était droite. S'il avait posé auprès de sa plus lourde paire de bœufs, il leur aurait ressemblé.

Le problème des soins à donner à la ferme pendant son absence fut aisément résolu : à son départ de Venloo, Piet Krause avait cru pouvoir trouver rapidement du travail à Johannesburg, mais les temps étaient durs et l'un après l'autre tous ses espoirs s'étaient effondrés. Écœuré, il avait accepté avec joie le logement et le couvert que lui offrait Detleef, ainsi qu'à Johanna.

— Mais seulement pour la tournée de rugby. Je suis sûr de

pouvoir trouver du travail à Johannesburg. Le pays a besoin d'hommes comme moi.

Quand Detleef débarqua à Auckland, entouré par cinq des horribles Morkel, il ouvrit de grands yeux comme un enfant. Le peuple de Nouvelle-Zélande était saisi de folie à la perspective de cette série de tests-matchs. Les Sud-Africains eurent bien entendu l'occasion de s'échauffer un peu contre des équipes régionales et, au cours du premier match, Detleef découvrit à qui il allait avoir affaire. Quand il leva les bras pour la première entrée en mêlée, il se retrouva en face d'un gigantesque Néo-Zélandais aux épaules tombantes qui avait les mouvements vifs d'un véritable athlète : c'était Tom Heeney, qui allait bientôt affronter Gene Tunney pour le titre de champion du monde de boxe. Il entra « en bélier » et Detleef sentit ses talons reculer. Au cours des samedis après-midi qui allaient suivre, il se retrouverait souvent avec Heeney en face de lui.

Après les matchs régionaux, les deux équipes s'affrontèrent au cours de trois tests, le premier à Dunedin dans l'île du Sud, les deux autres dans l'île du Nord, à Auckland et à Wellington. Detleef n'oublierait jamais le premier match.

— Quand nous nous sommes mis en ligne pour les photographes, j'étais comme un petit garçon. Il a fallu que j'aille aux toilettes. Je suis parti et j'ai failli arriver en retard pour le coup d'envoi. Je ne me souviens pas du tout de la première mi-temps. Sauf que je n'ai cessé de rentrer la tête la première dans des hommes très forts. Au coup de sifflet, nous menions par cinq à zéro.

Chaque fois qu'il racontait cette partie, il s'arrêtait à ces mots et riait de bon cœur avant de répondre :

— Mais je me souviens de la deuxième mi-temps, oui ! Les All Blacks ont passé leur temps à courir en tous sens sur ma colonne vertébrale. La foule ne cessait de hurler. La balle ne cessait de nous glisser des mains et, à la fin de la partie, la Nouvelle-Zélande gagnait par treize à cinq.

C'était le baptême du feu. Comme un animal qui a attaqué un lion et qui en est ressorti vivant, il savait ce qu'était la peur. Il comprenait ce qu'est un rouleau compresseur d'avants et les rugissements de la foule le laissaient indifférent. Avant le coup d'envoi du deuxième test-match, il réunit les cinq Morkel de son équipe et leur dit :

— Pas de quartier.

Ce fut un combat épique, qui faillit se solder par cinq partout jusqu'à ce que les Morkel, en un effort surhumain, arrachent une victoire par huit à cinq.

— Ce jour-là fut le point culminant de ma vie, avouait souvent Detleef dans les années qui suivirent. Rien ne pourrait jamais surpasser cette victoire sur la Nouvelle-Zélande.

Le troisième match, celui de la décision, n'aurait jamais dû être joué : le terrain était si inondé et la pluie si torrentielle que la partie n'eut à peu près rien de commun avec le rugby. Le score fut un match nul décevant, zéro à zéro, mais les dernières secondes allaient être pour Detleef une sorte de triomphe. Un énorme Néo-Zélandais perça et s'élança vers ce qui semblait l'essai de la victoire. Van Doorn plongea : son plaquage mal assuré ralentit pourtant l'adversaire et Boy Morkel put le neutraliser. Six Néo-Zélandais leur tombèrent dessus. Quand Detleef se releva de la boue, il avait une jambe cassée. Sa carrière de rugbyman s'achevait, mais, tandis qu'on l'entraînait hors du terrain, refusant de se laisser aller à la douleur, il cria à Tom Heeney :

— Vous ne nous avez pas battus.

Et le Rocher des antipodes, comme on appelait Heeney, éclata de rire et répondit :

— Presque.

Dans les années qui suivirent, Detleef devait rester, partout où il irait, « l'homme qui avait sauvé la partie, en Nouvelle-Zélande ». Il garda précieusement son maillot vert à l'antilope d'or, sur un porte-manteau spécial de sa penderie, ne le sortant que pour les grandes occasions. Il devint un objet sacré — il remplaça le moule de céramique dans lequel les hommes de sa famille avaient fait, pendant des siècles, leurs gâteaux de pain.

L'œuvre d'un puritain

A son retour à la maison sur ses béquilles en 1921, la façon stupide dont Piet Krause avait géré Vrymeer pendant la tournée de rugby en Nouvelle-Zélande ne manqua pas de révolter Detleef. Maria le calma :

— Piet n'a pas cessé de s'occuper de Johannesburg. Ne lui reproche pas ce qu'il a négligé ici.

Krause avait trouvé — ou, plus exactement, Johanna avait trouvé pour lui — un emploi de second plan comme conseiller du gouvernement pour les questions de main-d'œuvre. Il allait se spécialiser dans les problèmes des mines d'or et, quand il rentra à Venloo en visite, Detleef constata qu'il se lançait dans sa nouvelle tâche avec passion et lui pardonna volontiers le reste.

— Tu n'as jamais été destiné à rester à la terre, Piet. Dis-moi, pourquoi entendons-nous tant de protestations venant de ta grande ville ?

C'était la question que Piet attendait. En un torrent de paroles, interrompu parfois par Johanna et ses interprétations personnelles, il expliqua pourquoi cette cité en plein essor était devenue le point focal du pays.

— C'est là que se livrent les vraies batailles. Les expéditions dans le nord auxquelles nous avons participé au moment de la mort du général de Groot n'étaient rien. Des échos du XVIIIe siècle. Tandis qu'à Johannesburg…

— Qui se bat ?

— L'Afrikaner. Il se bat pour son âme.

Il insista pour que Detleef revienne avec lui dans la ville de l'or, voir de ses yeux la lutte des ouvriers afrikaners blancs contre les propriétaires anglais des mines, le financier Hoggenheimer et surtout contre les travailleurs bantous. Detleef lui répondit que, ne pouvant se déplacer sans béquilles, il ne pouvait faire le voyage. Mais il avait bien l'intention de comprendre les mines d'or et il promit de lire tout ce que Piet lui enverrait jusqu'à sa visite suivante.

Ce fut Johanna qui fit le choix et ce qu'elle envoya était stupéfiant. Un groupe d'ouvriers voulait établir un soviet qui permettrait aux travailleurs de prendre le pouvoir dans les mines, de renverser le gouvernement et d'instaurer une dictature communiste du même style qu'en Russie. Un consortium de propriétaires de mines voulait renvoyer toute la main-d'œuvre blanche et n'utiliser que des Bantous pour l'extraction et le travail de l'or. Mais, quand Maria lut plus attentivement les textes, elle fit observer :

— Ce n'est pas ce que disent les propriétaires, Detleef. C'est ce que leurs ennemis mettent dans leur bouche.

Mais il reçut ensuite d'autres articles démontrant que de nombreux patrons voulaient réduire la main-d'œuvre blanche et augmenter le nombre de travailleurs noirs.

Vue de loin, la ville semblait une telle jungle d'intérêts en concurrence que Detleef devint de plus en plus impatient de s'y rendre. Dès que sa jambe alla mieux, il écrivit à Johanna qu'il était prêt. Elle lui répondit que, s'il prenait le train à Waterval-Boven, elle viendrait l'attendre avec Piet à la gare centrale de Johannesburg. Au jour dit, sa sœur et son beau-frère lui servirent de guides dans le septième cercle de l'horreur.

Jusqu'à ce moment-là, Chrissiesmeer mis à part, l'éducation de Detleef avait été, au fond, très romantique : vieux généraux livrant des batailles perdues, valeureux jeunes gens sur les terrains de sport de la Nouvelle-Zélande, souvenirs sentimentaux du Vrouemonument, un amour malheureux... Maintenant, sa formation réaliste commençait. Il la vécut tout d'abord dans le quartier de Johannesburg qui porte le nom de Vrededorp, où s'entassaient des milliers d'Afrikaners de la campagne chassés de leurs fermes par la peste bovine et la sécheresse. Avec Piet et Johanna, il se rendit dans la petite maison occupée par la famille Troxel : un mari immense et décharné, qui regrettait amèrement les espaces libres du veld ; une épouse desséchée, à la poitrine creuse, dont les seins tombaient comme des outres vides ; des enfants hirsutes aux visages défaits par la faim. Une demeure sans grand espoir.

— Voulez-vous nous conduire dans d'autres maisons ? demanda Piet à Troxel.

Ils allèrent ensemble dans de pires taudis, dont les occupants étaient encore plus miséreux. Après avoir parlé à ces déshérités, Detleef eut l'estomac soulevé, non au sens figuré mais au sens propre : il faillit vomir.

— Nous devons faire quelque chose, Piet. Ces gens vont mourir de faim.

— Demain, nous verrons ce qui se cache derrière cette faim, répondit Piet.

Le lendemain, il entraîna Detleef dans une salle de réunion, où l'on discutait avec animation des nouveaux règlements promulgués par la Chambre des mines.

— Ils diminuent la proportion des travailleurs blancs, expliqua un agitateur.

Quand Detleef demanda ce que cela signifiait, l'homme cria :

« Extermination, voilà ce que cela signifie ! C'est l'extermination des Afrikaners blancs.

Et il expliqua que, dans les mines d'or, la tradition voulait qu'il y ait un Blanc pour huit mineurs bantous.

« Maintenant, ils cherchent à imposer dix Noirs pour un Blanc. Nous ne pouvons l'accepter. Cela ferait perdre leur place à trop d'Afrikaners.

Un des bastions des partisans de la grève était Fordsburg, un quartier ouvrier voisin de Vrededorp, et l'on conduisit Detleef dans un hangar comme tous les autres, où se réunissait le futur « soviet ». Des Afrikaners enragés y rencontraient des mineurs importés de Cornouailles pour accomplir les travaux essentiels du fond des puits, ainsi que trois Anglais farouches déterminés à entraîner l'Afrique du Sud dans l'orbite du communisme.

— Cette fois, il y aura du sang ! Êtes-vous avec nous ?

Quand Detleef leur répondit qu'il ne travaillait pas dans les mines mais qu'il était paysan, quatre Afrikaners surexcités l'entourèrent, exigeant de savoir pourquoi il n'apportait pas de victuailles en ville pour nourrir ses compatriotes affamés.

Cette nuit-là, il ne put fermer l'œil. Il voyait les visages hâves penchés au-dessus de lui… Il savait ce que représente la faim. Le troisième jour, Piet le ramena à Vrededorp pour discuter plus posément, avec Troxel et les autres familles afrikaners ; il entendit leurs récits pitoyables d'espoirs déçus dans les fermes, le trek douloureux jusqu'à la grande ville, l'exploitation cruelle dans les mines et la lutte ininterrompue pour sauvegarder leurs droits contre la pression des Noirs. De nouveau, il eut mal au cœur et il déclara brusquement à Piet et à Johanna qu'il rentrait à Vrymeer. Quand ils l'accusèrent de rejeter son propre peuple, il leur assura :

— Je reviendrai.

Et il revint, avec un convoi de trois énormes chariots, qui apportaient tout l'excédent de nourriture qu'il avait pu réunir à Venloo. Il conduisait le chariot de tête, Micah Nxumalo le deuxième et le fils de Micah, Moïse, le dernier. Ils arrivèrent en plein centre de Vrededorp et se mirent à distribuer la nourriture, mais cela provoqua de tels désordres qu'il se serait sûrement produit une émeute si les travailleurs communistes n'étaient pas intervenus : ils prirent les choses en main et dirent aux mineurs affamés que ces provisions étaient destinées à leur comité...

Cette deuxième visite à Johannesburg eut une conséquence annexe que ni Detleef ni Piet n'avaient prévue ; Detleef confia à Micah les trois chariots vides et celui-ci les conduisit dans un autre quartier de Johannesburg, où il avait de la famille : Sophiatown. Quand il l'apprit, Van Doorn décida d'aller avec Micah voir dans quelles conditions vivaient les Noirs de la ville.

Sophiatown avait vu le jour une vingtaine d'années plus tôt. Ce devait être un quartier blanc, mais les Blancs boudèrent quand un déversoir d'égouts fut installé non loin. Ce n'était qu'à six ou sept kilomètres du centre de Johannesburg et le propriétaire des terrains devait les utiliser d'une manière ou d'une autre : il se mit à louer et à vendre des parcelles aux Noirs qui se déversaient alors de la campagne pour occuper les postes de travail crées par l'essor industriel de l'après-guerre.

Pour Detleef, ce fut un voyage en enfer. Sophiatown n'avait pas de rues à proprement parler, pas de maisons dignes de ce nom, pas d'adduction d'eau moderne. C'était un mélange de prostituées, de *tsotsis** et de mères de famille convenables essayant contre tout espoir de tenir convenablement leurs foyers pendant que leurs maris travaillaient — dix à douze heures par jour pour un salaire quotidien de vingt pennies.

En Sophiatown, Detleef vit une plaie infectée, une tumeur

maligne qui menaçait de se répandre sur une ville blanche propre. Et le faubourg s'étendait dangereusement vers les communautés afrikaners, comme s'il avait décidé de les engloutir. Il fut scandalisé d'apprendre que des Noirs pouvaient devenir propriétaires de terrains en cet endroit, ce qui signifiait qu'ils pourraient y rester en permacence.

— Un abcès affreux, murmura-t-il. Il faut le crever.

La maison occupée par les cousins de Nxumalo renforça ses convictions. Les Magubané possédaient une bâtisse avec de vrais murs de bois, couverte d'un toit étanche construit avec des bidons d'essence. L'un d'eux lui dit :

— Oui, quand notre peuple aura de l'argent, nous ferons de Sophiatown un beau quartier. Exactement comme les maisons des riches à Parktown.

— Où travaille votre peuple ? demanda Detleef.

— Dans des bureaux, dans des usines. Et si les nouveaux règlements sont appliqués pour les mines, des milliers d'entre nous viendront des kraals chercher du travail. Cinquante mille, cent mille si l'on a besoin d'eux.

Detleef quitta donc Sophiatown avec la certitude que les Noirs feraient tout pour améliorer leur sort. Mais il comprit que ce ne serait possible qu'aux dépens des Afrikaners blancs déjà pris au piège de la pauvreté. Il s'aperçut que Troxel et les autres mineurs blancs en étaient pleinement conscients : « Nous voulons que ce pays soit une nation blanche gouvernée par des Blancs, non une nation noire gouvernée par des Noirs. » Detleef ne parvenait pas à imaginer les Noirs entassés à Sophiatown en train de gouverner quoi que ce fût ; ils auraient de la chance s'ils survivaient. Ses sympathies allaient évidemment aux mineurs blancs et, quand les patrons avides annoncèrent des règlements encore plus stricts, qui coûteraient leurs places à quatre mille Blancs, il comprit que la grève se déchaînerait — sans pour autant avoir envie de supporter un mouvement risquant de transformer ce pays en soviet.

Quand la grève éclata, malgré son désir de gagner au plus vite la sécurité de Vrymeer, il resta en ville, hypnotisé par la complexité de la lutte et curieux de découvrir quelle en serait l'issue. Piet Krause, obligé par son travail de rester sur les lieux, avait demandé aux Troxel de l'héberger pendant les troubles et Detleef resta avec lui. Ces Afrikaners réduits à la misère n'étaient que trop heureux d'avoir des hôtes payants.

Ce fut une bataille beaucoup plus radicale que l'insurrection pro-allemande de 1914. Les mineurs luttaient pour leur survie ; les patrons défendaient leur contrôle financier ; et le gouvernement, avec Jan Christiaan Smuts à sa tête, luttait pour le maintien de l'ordre social. La haine que Krause et Van Doorn éprouvaient pour Smuts brouillait leur vision de ce qui était juste et ils avaient tendance à soutenir n'importe quel groupe opposé à lui.

Ce fut un véritable combat. Detleef, à un coin de rue, vit seize civils fauchés par un tir de mitrailleuse. Un bâtiment du gouvernement fut dynamité et quatorze soldats tués. La police servait de cible permanente et, un jour de sinistre mémoire, des avions survolèrent la ville en lançant des bombes sur les attroupements de mineurs.

Il y eut cinquante morts, puis cent, puis cent cinquante. La disette était générale et les incendies volontaires fréquents. On parla de couper l'eau et des enfants furent abattus dans les rues par des balles perdues.

— Pourquoi des Afrikaners se battent-ils contre des Afrikaners ? demanda Detleef, bouleversé.

— Parce que nous voulons que ce pays reste blanc, grommela Troxel.

C'était un homme courageux. Quand le général Smuts, au comble de l'exaspération, annonça que l'artillerie lourde pilonnerait le cœur de Vrededorp à onze heures le lendemain matin, il refusa de partir avec sa famille.

— Peu importent les obus, murmura-t-il.

Mais, quand ils commencèrent à tomber — des charges énormes capables d'ébranler des fortifications —, il se mit à trembler. Detleef, qui tentait de rassurer les enfants de Troxel, ne parvenait pas à croire que son gouvernement était en train d'agir ainsi. Les secousses terribles se succédèrent. Il songea : « C'est de la folie, il doit bien y avoir un moyen plus humain. »

Au milieu de ce tir de barrage, Troxel quitta son abri et traversa la place où tombaient les obus, pour se rendre au quartier général de la grève. A son retour, au milieu des décombres, il pleurait :

— Ils se sont suicidés !

— Qui ? demanda Detleef.

— Nos dirigeants. Les Anglais, les autres. Ils se sont fait sauter la cervelle.

L'insurrection armée était terminée, mais la rivalité entre les Afrikaners très pauvres de Vrededorp et les Noirs totalement pauvres de Sophiatown n'était pas plus proche de sa solution qu'au début de la grève. Un seul Afrikaner miséreux se trouva dans une meilleure situation à la fin de l'affaire que lorsqu'elle avait commencé : après le conflit, quand Nxumalo rassembla les chariots pour le voyage de retour à Vrymeer et que Detleef les eut sous les yeux, vides tous les trois, il se précipita chez Troxel et lui dit :

— Venez avec moi. Cette ville ne vaut rien pour un Afrikaner.

Et, sans plus réfléchir, Piet Krause et lui chargèrent sur un chariot les misérables biens que cette famille avait rassemblés en dix rudes années à Johannesburg : le chariot n'était pas plein, il s'en fallait de beaucoup.

— Ils pourront s'installer dans la maison de De Groot, dit Detleef quand la caravane, encore sous le coup de la surprise, s'ébranla vers l'est.

Il avait vu Johannesburg et il en repartait épouvanté.

Un dimanche, à l'église, Detleef eut l'impression très nette que le révérend Brongersma prêchait directement pour lui — non pas dans les longs passages classiques de son sermon, mais chaque fois qu'il disait une chose particulièrement importante. A ce moment-là, Brongersma regardait toujours dans sa direction, fixant parfois tel ou tel de ses voisins, mais revenant sans cesse à Detleef pour lancer son argument.

Il n'en parla pas à Maria. Peut-être ne s'en était-elle pas aperçue. Mais, les deux dimanches suivants, la même chose se produisit et, le lundi soir, il lui demanda, comme si de rien n'était :

— N'as-tu rien observé d'étrange, hier, à l'église ?

— Non, sauf que le révérend Brongersma avait l'air de prêcher pour toi plus que pour les autres.

— Tu l'as donc remarqué.

Elle hocha la tête.

« Tu ne l'avais pas vu les autres dimanches ? dit-il.

Elle répondit par l'affirmative.

« Pourquoi n'as-tu rien dit ?

— J'ai pensé que tu avais peut-être fait quelque chose de mal et que tu me le dirais quand tu le jugerais bon.

Furieux, il lui demanda quel mal croyait-elle donc qu'il ait fait. Elle éclata de rire.

« Detleef, j'ai dit « peut-être ». Tu n'es pas homme à mal faire. Et, si tu as mal fait, ce ne doit pas être très grave.

— Tu recommences ! Mais qu'ai-je donc fait ?

— Detleef, j'ai dit « si ».

Mais il en fut troublé et, chaque fois que son beau-frère venait en visite à la ferme et lui posait des questions agaçantes, il ne cessait de s'irriter — d'autant plus que le dominee continuait de prêcher en s'adressant à lui.

Il était sur le point de demander des comptes à ses deux tourmenteurs quand Piet lui dit brusquement un jour.

— Detleef, peux-tu venir à une réunion spéciale, ce soir ?

Espérant que le mystère serait révélé, il se hâta d'accepter et, ce soir-là, Piet l'emmena dans une maison qu'il n'avait jamais fréquentée. Le propriétaire, un nommé Frykénius, l'attendait assis dans un fauteuil. Le révérend Brongersma était debout près de la table.

— Asseyez-vous, Van Doorn, dit Frykénius. Nous voulons vous poser quelques questions.

— Qu'ai-je fait ?

— Rien, sauf vous comporter en bon citoyen. Nous voulons découvrir à quel point.

— Je n'ai rien fait de mal ! se défendit Detleef.

On ignora sa protestation.

— Dites-moi, dit Frykénius. Dans la rébellion contre la guerre en Europe, auriez-vous continué de vous battre bien que votre père ait été tué ?

— J'aurais combattu les Anglais jusqu'au bout.

— Vous parlez afrikaans chez vous ?

— Rien d'autre.

— Vous demandez à vos enfants de le parler ?

— Je ne leur permets pas de parler anglais.

Et les questions se succédèrent, couvrant tous les aspects de ce que l'on pouvait appeler sa vie politique, affective et patriotique. A la fin, ses trois interrogateurs lui demandèrent de sortir dans la cour et, tandis qu'il regardait la constellation magnifique de la Croix du Sud, ils se mirent à chuchoter entre eux. Un quart d'heure plus tard, Piet Krause vint lui dire, avec une joie visible :

— Detleef, entre donc, je t'en prie.

A son arrivée dans la pièce, Frykénius et Brongersma se levèrent tous les deux pour l'accueillir.

— Detleef, vous êtes l'un des nôtres.

Quand il demanda ce que cela signifiait, Frykénius lui dit :

— Asseyez-vous, frère.

Les trois hommes, tour à tour, lui apprirent qu'un *Broederbond*, une fraternité secrète très puissante, agissait dans l'ombre depuis cinq ans et faisait beaucoup de bien. Après un examen sévère de ses références par certains membres, à Pretoria, on lui offrait l'occasion de se joindre au mouvement.

— Êtes-vous membres ? demanda-t-il.

— J'ai contribué à la création du Bond, répondit Frykénius.

Detleef trouva la chose étrange, car il ne se souvenait d'aucune circonstance où cet homme paisible ait joué un rôle important ; il savait qu'il allait à l'église, mais il n'était même pas un ancien de la communauté. Il avait entendu dire qu'il avait combattu avec le commando Venloo, mais sans rien accomplir de remarquable. Il tenait la boucherie de la ville, mais, manifestement, il n'avait jamais gagné beaucoup d'argent. Et il ne parlait jamais en public...

Pourtant, de toute évidence, il était le chef.

— Le révérend Brongersma appartient à la fraternité presque depuis ses débuts, poursuivit Frykénius. Et Piet, un de nos meilleurs hommes, est avec nous depuis trois ans.

— Qu'attend-on de moi ?

— Un soutien aux Afrikaners, dit Frykénius.

— J'ai déjà essayé. Mais comment ?

Piet avait hâte d'expliquer, mais Frykénius le coupa.

— Je connais déjà les réponses à ces deux questions, mais nous devons avoir des déclarations sous serment. « Avez-vous divorcé ? — Non. — C'est bien. Votre femme est-elle anglaise ? — Non. — Vous êtes éligible. »

— Nous sommes très stricts sur le plan moral, dit Piet.

Les trois hommes, après avoir vérifié que Detleef n'avait commis aucun manquement grave, lui proposèrent un programme de simple intégrité :

— Quoi que vous fassiez depuis cet instant jusqu'à votre mort, vous devez vous efforcer de porter les Afrikaners à la tête de ce pays. En politique, vous devez élire des hommes qui vous libéreront de la domination anglaise.

— Je ne demande que ça, dit Detleef.

— En éducation, vous devez veiller à ce que chaque enseignant devienne un agent de la suprématie de l'afrikaans. Ils devront enseigner notre histoire nationale selon les principes que nous indiquerons.

— Pour les forces armées, dit Krause avec flamme, nous devons évincer tous les officiers anglais. En matière de gouvernement, nous devons nettoyer les hautes charges de tous les Anglais.

— Mais c'est dans le domaine spirituel que notre tâche sera la plus dure, dit Brongersma. Nous devons animer des associations culturelles, des groupes de travail, des festivals, des assemblées patriotiques. Et si quelqu'un prend la parole, ce doit être l'un de nous.

— Pouvons-nous chasser Slim Jannie de son poste ? demanda Detleef.

— Il le faut, dit Frykénius. Êtes-vous avec nous ?

Detleef acquiesça avec autant d'enthousiasme que s'il partait en guerre avec le général de Groot ou s'il entrait sur un terrain de rugby contre la Nouvelle-Zélande. Frykénius, de sa voix sèche, dénuée de toute émotion, lui lut le serment au Broederbond et Detleef jura de conserver son secret, de réaliser ses objectifs et de vivre chaque instant de sa vie de façon à assurer la domination des Afrikaners. Ce soir-là, il rentra chez lui avec une conscience de sa mission plus forte que jamais. L'autre guerre à laquelle le général de Groot avait si souvent fait allusion était en train de se livrer et il s'était engagé pour la vie.

Dans les semaines qui suivirent, Detleef acquit un respect immense pour son beau-frère. Ce n'était plus le maître d'école un peu écervelé des débuts ni l'homme qui avait quitté la ferme de Vrymeer en esquivant ses responsabilités. Non, Piet Krause était devenu un excellent stratège. Frykénius jouait le rôle d'administrateur sans défaut et Brongersma constituait la source de l'énergie spirituelle dont tout mouvement de cet ordre avait besoin, mais Krause se montrait vraiment brillant.

— Regardons en toute honnêteté la situation des deux

groupes. Les Anglais ont de l'éducation ; nous n'en avons pas. Les Anglais ont la mainmise sur l'argent ; nous ne contrôlons rien. Les Anglais sont à la tête des forces armées ; nous ne détenons aucun grade élevé. Les Anglais savent gérer ; nous n'avons aucune expérience de gestion. Et, pour couronner le tout, les Anglais sont soutenus par tout un Empire, alors que nous sommes seuls.

Frykénius répliqua que les Afrikaners eux aussi avaient certains points forts, mais Krause balaya l'objection. Detleef remarqua à ce propos que, sur le plan opérationnel, Frykénius donnait les ordres et Piet obéissait, mais que, dans le domaine des idées, Piet n'acceptait de directives de personne.

— Oui, nous avons des points forts, s'écria-t-il d'un ton impatient, mais aucun de ceux auxquels vous songez.

Et il esquissa un programme audacieux.

« Nous ne pouvons pas arracher le contrôle des affaires aux Anglais. Ils sont trop malins, ils ne nous laisseront jamais le champ libre. Et nous ne pouvons pas encore nous imposer en politique. Mais je vois deux domaines employant un grand nombre de personnes où nous pouvons dominer. Les trains et les écoles. A partir de maintenant, chaque nouveau cheminot engagé doit être un Afrikaner. Chaque maître d'école aussi.

Il expliqua que, si le Broederbond pouvait contrôler le syndicat des chemins de fer, il aurait une base solide, à partir de laquelle il pouvait opérer ; et, s'il contrôlait les instituteurs, il pourrait orienter ce qui serait enseigné aux enfants.

— Sur cent enfants quittant l'école, quatre-vingt-dix seraient des membres du Broederbond en puissance, dit-il.

— Non, répliqua Frykénius, nos membres doivent toujours rester en nombre limité.

Quand Detleef alla à des réunions dans des cellules d'autres districts, il put constater que c'était la vérité. Sur cent membres, trente étaient des enseignants, trente des prédikants et les quarante autres des fermiers, occupant pour la plupart des situations en vue dans leurs communautés. Il n'y avait bien entendu aucun membre banquier, avocat ou haut fonctionnaire, car rares étaient les Afrikaners occupant des postes de ce genre à l'époque.

Au bout de trois ans d'action exaltante, Detleef constata avec satisfaction que tous les enseignants nommés dans une vaste région étaient des Afrikaners. Onze d'entre eux, les meilleurs, avaient été acceptés dans le Broederbond. Sur cent nouveaux employés des chemins de fer, tous étaient afrikaners. Le Bond avait organisé des soirées musicales, des expositions de peinture, des kermesses, des séries de conférences et des rencontres sportives. Chaque fois qu'un Afrikaner de l'Afrique du Sud rurale sortait de sa maison, il se trouvait sans le savoir sous l'influence du Broederbond. Mais ce fut la nouvelle proposition présentée par Piet Krause à une séance plénière de Pretoria qui fit passer le Bond à un niveau encore plus efficace.

> Nous avons gagné les chemins de fer et nous avons triomphé dans la bataille de l'école. Pourtant, dans les affaires et en politique, nous n'avons rien accompli. Je ne sais pas encore comment nous pourrions obtenir des victoires politiques, mais je vois clairement comment nous pouvons obtenir le contrôle effectif des affaires. Nous ne sommes pas assez qualifiés pour diriger les compagnies d'assurances et les grandes banques. Laissons donc les Anglais continuer de contrôler les sociétés cotées en Bourse. Ce que nous contrôlerons, nous, c'est la Bourse elle-même. Et comment ? En devenant les responsables qui dictent les règlements, qui supervisent les opérations, qui restent à l'arrière-plan, comme des chiens de garde, mais qui agissent.

Il lança un programme astucieux visant à placer des Afrikaners à tous les postes administratifs disponibles.

— Bien entendu, les Anglais continueront d'occuper les bureaux de prestige. Nous prendrons les tâches obscures, qui ne sont ni alléchantes ni bien payées. Et, quand nous aurons suffisamment d'Afrikaners insérés dans le système, nous assurerons sans bruit leur promotion, jusqu'à ce qu'ils occupent les positions de pouvoir.

« Comprenez-vous ce qui se passera ensuite ? La compagnie d'assurances appartiendra toujours à des Anglais. Mais ce seront nos gens qui détermineront les petits règlements selon lesquels « ils » opèrent. Et, avec le temps, nous contrôlerons tout — nous ne posséderons pas, mais nous dirigerons.

Il déclara qu'un facteur essentiel de cette stratégie était la prolifération des postes administratifs mineurs.

« Quand il y a besoin d'un homme, nommons-en trois. Si

un service ancien n'est pas à la hauteur, établissons-en deux nouveaux, toujours avec nos gens. Des emplois, des emplois, des emplois. Qu'ils soient nécessaires ou non, créons des emplois, parce qu'« ils » devront payer pour eux. Et toujours, toujours dans la législation qui crée ces postes, insérons la phrase : « Le titulaire doit être bilingue. » Avec l'afrikaans, nous les étranglerons à mort.

Par suite de cette politique, l'Afrique du Sud deviendrait l'un des gouvernements de la terre ayant l'administration la plus nombreuse et, progressivement, en raison de l'exigence de bilinguisme, cette pléthore de fonctionnaires aboutirait à une domination afrikaner. Piet Krause avait fait preuve de sagesse et de perspicacité : les compagnies d'assurances demeurèrent anglaises et continuèrent à rapporter de l'argent, mais elles opérèrent selon les règles dictées par des responsables afrikaners, qui les rédigeaient en fonction des désirs de l'invisible Broederbond.

Tandis que, dans toute l'Afrique du Sud, des cellules du Broederbond se réunissaient en secret pour déterminer l'avenir du pays, des jeunes Noirs commençaient à se rencontrer, en secret eux aussi, pour décider de la voie qu'ils suivraient lorsqu'ils obtiendraient le pouvoir auquel ils estimaient avoir droit.

Nicah Nxumalo n'était pas un grand homme, mais il avait toujours côtoyé des grands hommes, et c'était presque la même chose. Paulus de Groot, Christoffel Steyn, les généraux de la guerre — il avait travaillé avec tous. La plupart du temps, ils n'avaient même pas remarqué sa présence ; mais il les avait, lui, beaucoup observés. Discrètement, selon son tempérament paisible. Et il avait appris d'eux des leçons qui les auraient stupéfiés s'ils avaient pu deviner la profondeur des vues de leur éclaireur cafre.

Les hommes blancs ne cessaient de l'étonner. Ils vivaient au milieu des Noirs sans faire le moindre effort pour les comprendre ou tirer profit de leur contact. Dans de nombreuses régions, le rapport numérique était de quarante contre un en faveur des Noirs, mais les Blancs continuaient de vivre comme s'ils étaient les seuls à posséder le paysage — et pour toujours. Il les regardait prendre des décisions qui allaient contre leur propre intérêt — et cela uniquement pour conserver la mainmise sur les grandes quantités de Noirs qui les entouraient.

Par exemple, Micah ne comprenait pas que les deux tribus blanches, les Boers et les Anglais, se soient combattues si longtemps et avec tant d'acharnement, alors qu'elles auraient pu négocier à tout moment l'accord consacré par le traité de paix — au prix de sacrifices bien moindres. A ses yeux, la folie de leur comportement était symbolisée par la bataille de Spion Kop, où il avait joué un rôle majeur.

— Je te le dis, Moïse, disait-il à son fils. Un camp est monté sur la colline, puis l'autre camp est monté sur la colline, puis le premier camp est descendu de la colline, puis le second camp est descendu de la colline. Ensuite, longtemps après minuit, le général de Groot et moi sommes montés et nous l'avons prise. Et, trois jours plus tard, la possession de la colline n'avait plus aucune importance. Seulement, des centaines de Blancs étaient morts ou blessés pour la colline.

Il sentait également qu'en réalité peu importait quel camp avait gagné. Cela faisait très peu de différence.

— Nous avons combattu pour les Boers, Moïse. C'étaient des braves gens en qui nous pouvions avoir confiance, des hommes comme Jakob de cette ferme et le vieux général. Mais, quand tout s'est terminé, personne ne nous a dit merci. Au contraire, on a fait des lois contre nous. Et ne crois pas que les Cafres ayant combattu du côté anglais s'en soient mieux sortis. Parce que les Anglais les ont laissé tomber au premier jour de la paix. « Nous ne vous abandonnerons jamais », avaient-ils promis en 1899, quand ils avaient besoin de l'aide des Noirs, mais, lors du traité de paix, ils ont oublié nos droits. Et maintenant, ils ont tout autant envie de nous empêcher de nous élever que les Afrikaners eux-mêmes.

Micah, qui ne savait ni lire ni écrire, était capable de formuler des analyses aussi subtiles parce que, depuis de nombreuses années, il était resté secrètement en relation avec le groupe remarquable de leaders noirs qui sillonnaient les campagnes en parlant de conditions de vie, de législation et de droits civiques. C'étaient des hommes ayant reçu une éducation supérieure, en Angleterre pour la plupart et quelques-uns dans les universités noires d'Amérique. Certains s'étaient même rendus au Parlement, à Londres, avec des pétitions pour attirer l'attention sur la situation de plus en plus mauvaise des Noirs en Afrique du Sud. On leur avait toujours répondu la même chose : « L'Angleterre n'a pas à se mêler des affaires internes d'un *dominion.* » Et ils avaient assisté, impuissants, à la dégradation.

Ces hommes, qui seraient les leaders de leur race dans les années à venir, avaient attiré l'attention de Nxumalo sur le problème des « petits Blancs », les Afrikaners pauvres, les nombreuses familles, comme les Troxel, que la peste bovine et la sécheresse avaient chassées de leurs fermes ancestrales et qui avaient cherché refuge à Johannesburg.

— Je vous assure, dit Sol Plaatje lors d'une réunion, ils vivent encore plus mal dans leurs taudis que les Noirs à Sophiatown. Toutes les lois qui nous empêchent de progresser les accablent de même. Dans un univers rationnel, les Troxel s'associeraient à nous pour améliorer leur condition et la nôtre, mais ils refuseront de s'allier, même les plus pauvres parmi les pauvres, aux dépossédés que nous sommes.

Ce qui surprenait le plus ces responsables noirs, c'était la politique contradictoire du gouvernement.

— Ils dépensent des sommes énormes pour attirer des colons blancs de Russie, d'Allemagne et de Pologne, alors qu'ils ont sur le pas de leur porte de la main-d'œuvre de meilleure qualité et meilleur marché — qu'ils refusent d'utiliser.

Et John Dube, au cours d'une de ces réunions, prononça ces paroles que Nxumalo n'oublierait jamais :

— Le pire tort qu'un pays puisse se faire est d'encourager et de maintenir l'existence d'un volant de main-d'œuvre bon marché. Quand les salaires demeurent bas, l'argent cesse de circuler, les impôts rapportent moins et tout le monde y perd. Les Blancs croient nous porter tort quand ils maintiennent nos salaires bas. En fait, ce sont eux qu'ils appauvrissent.

Lors d'une de ces assemblées, un jeune Swazi qui avait fait ses études à Londres déclara :

— Dans nos plus mauvaises industries, un Blanc gagne seize fois plus qu'un Noir effectuant le même genre de travail. Certes, je ne dis pas le même travail. Comme vous le savez, la loi a décidé que certains postes étaient trop complexes ou trop importants pour qu'un Noir les occupe. Ces postes sont réservés exclusivement aux Blancs. Ce que je veux dire, c'est que les Blancs et les Noirs travaillent ensemble, les Blancs à des postes prétendus « critiques », qu'un enfant de dix ans apprendrait à maîtriser en un quart d'heure, les Noirs occupés à des travaux manuels que les Blancs accompliraient plus efficacement parce qu'ils sont en général mieux nourris ou plus forts. Dans l'ensemble de l'industrie, le travailleur blanc reçoit en moyenne un salaire neuf fois supérieur à celui d'un Noir — et ils proposent de construire une société rationnelle sur cette base !

Nxumalo comprenait ces raisonnements. Jamais il n'aurait découvert ces idées tout seul, mais, quand on les lui exposait, il les approuvait. Pourtant, sur un point particulier, il se montrait aussi obtus que les Blancs : lorsqu'il réfléchissait à l'avenir à long terme de l'Afrique du Sud, il n'imaginait aucune place logique pour les « hommes de couleur ». Les Blancs avaient déclaré dans plus de cent lois différentes que les « hommes de couleur » n'étaient pas des Blancs ; les Noirs savaient intuitivement qu'ils ne pourraient jamais être des Blancs. On ne discutait presque jamais de ce problème ; une fois, en rentrant de Londres, Plaatje déclara :

— Si les Blancs avaient un peu de bon sens, ils absorberaient les « hommes de couleur » au lieu d'importer des immigrants blancs à grands frais.

— Devrions-nous les absorber, nous ? demanda Nxumalo.

Plaatje réfléchit longuement, puis dit :

— Je ne crois pas. Ils veulent s'élever vers la « blanchitude », comme ils disent. Jamais ils n'accepteront ce qu'ils appelleraient « retomber à l'état de Cafres ». Pourquoi perdre notre temps à nous soucier d'eux, alors que nous pouvons traiter directement avec les Blancs ?

C'étaient des discussions de ce genre qui expliquaient la grande obsession de Micah Nxumalo :

— Un jour, notre fils Moïse ira à l'université de Fort Hare.

Dans ce but, il mit fin à sa propre éducation pratique : il ne gaspillerait plus le moindre *rand* pour assister aux réunions secrètes de Johannesburg. Il économiserait cet argent pour son fils. Il alla demander aux Van Doorn de l'aider à payer le droit d'inscription de Moïse, mais Detleef grommela :

— Il n'a pas besoin de faire d'études, il a un travail ici.

Les maigres fonds que Micah pourrait accumuler ne suffiraient jamais à financer une aventure aussi téméraire et le rêve d'envoyer à l'université un adolescent noir de Vrymeer s'évanouit.

Mais non le rêve d'apprendre.

— Ce que tu dois faire, Moïse, c'est lire les livres qu'étudient les gens cultivés. Tu dois te lier avec des hommes qui ont voyagé en Amérique et en Europe et écouter ce qu'ils disent. Surtout, petit, tu dois quitter cette ferme. Tu n'es pas destiné à rester paysan.

Avec une partie de l'argent qu'il avait mis de côté, il revint voir ses amis de Johannesburg et leur demanda des livres susceptibles de lancer son fils, plein de dons naturels, sur la bonne voie. Ils lui donnèrent un livre de Marcus Garvey, le Noir américain ; deux ouvrages de Plaatje sur la condition des Noirs en Afrique du Sud ; un essai de George Bernard Shaw et un volume splendide sur l'âge d'or de la République hollandaise. Quand il prit congé, le jeune Swazi qui avait cité les statistiques sur les salaires relatifs des Blancs et des Noirs au cours d'une réunion précédente eut une nouvelle idée.

— Ce qui lui ferait le plus de bien, c'est ce roman sur Java...

— Java ? Qu'est-ce que c'est ?

— Autrefois, l'Afrique du Sud était placée sous l'autorité de Java.

— Pourquoi devrait-il lire ça ?

— Parce qu'on ne sait jamais, M. Nxumalo, ce qui peut enflammer l'esprit d'un jeune homme.

Il tendit à Micah un roman hollandais, *Max Havelaar,* écrit par un fonctionnaire vivant à Java au XIXe siècle. Il avait pris pour nom de plume Multatuli, qui signifie en latin « beaucoup de douleur », et, bien qu'il traitât uniquement de la situation à Java, tout ce qu'il disait s'appliquait à l'Afrique du Sud.

Les cinq livres d'étude que Micah rapporta à Vrymeer furent très utiles pour Moïse, mais *Max Havelaar* lui ouvrit l'esprit. Il avait vingt ans quand il le lut ; il était alors désorienté par le flot d'idées qu'il recevait sans cesse — de ses propres observations, de la sagesse pénétrante de son père, des leçons de ses livres sérieux — et le roman relia tous ces concepts d'origines diverses d'une façon presque magique. En réalité, c'était un ouvrage mal écrit, dispensant au lecteur beaucoup plus de détails sur la vie des plantations de Java qu'il n'était nécessaire. Mais, quand on le refermait, il vous laissait avec une sorte d'émotion et de certitude morale que vous n'auriez pas éprouvées sans cela. Après une absence de deux cents ans, la puissance de Java était revenue en Afrique du Sud...

Quand il eut terminé les six livres, Moïse dit à son père :

— Je veux « tenter le coup » à Johannesburg.

— Tu le dois, répliqua Micah. Et tu sais, je suppose, que tu as de grandes chances de mourir avant la fin de l'année.

— Je l'ai appris.

Dans *Max Havelaar*, un jeune Javanais ressemblant beaucoup à Moïse était parti dans son Johannesburg et était mort le ventre truffé de balles. Comme dans le passé, Java servait de leçon à l'Afrique.

Ainsi donc, au milieu des années trente, Moïse Nxumalo de Vrymeer quitta discrètement la ferme pour la grande ville — voyage de cent soixante-deux kilomètres dans l'espace, mais d'une distance incalculable sur le plan spirituel.

Il chercha son cousin, Jefferson Magubané, nettement plus âgé que lui, et il le trouva à Sophiatown. La première nuit où il était là, la police frappa à la porte branlante et demanda à chacun de montrer ses papiers. Par miracle, Jefferson parvint à pousser Moïse dans l'impasse conduisant à la fosse d'aisances commune, où il se cacha pendant que les autres présentaient leurs papiers d'identité au contrôle. La vie protégée qu'il avait menée à Vrymeer ne l'avait pas habitué à une telle indignité, mais les expériences qu'il avait vécues à travers *Max Havelaar* l'avaient préparé à tout. N'était-il pas étrange, songea-t-il, qu'un homme comme lui, dont les ancêtres vivaient depuis des millénaires sur cette terre, voie ses déplacements strictement limités par des nouveaux venus ?

Jefferson, nullement troublé par la visite de la police, car c'était monnaie courante, dit à Moïse d'un ton léger :

— Je crois que nous allons te trouver les permis nécessaires.

Il emmena son cousin à quelques kilomètres de là, plus loin du centre ville, dans une grande demeure de banlieue baptisée Nouveau-Sarum. Il se dirigea bien entendu vers la porte de derrière et annonça à la servante noire qui lui ouvrit qu'il lui amenait un « boy » de premier ordre. A coups de coude avec quelques clins d'œil, il indiqua à Moïse les bonnes réponses à donner. Résultat, la servante appela un autre Noir, qui fit traverser la cuisine au candidat et l'escorta jusqu'à une sorte de bureau où se trouvait un couple blanc. Ils se présentèrent : « M. et Mme Noel Saltwood », puis Mme Saltwood, une Anglaise élégante, de grande taille, lui posa un série de questions en utilisant avec la même aisance l'anglais, l'afrikaans et le zoulou.

— Savez-vous lire et écrire ? demanda-t-elle.

Il acquiesça. Elle l'interrogea sur sa résidence et il fut pris de panique, ne sachant que répondre. Elle s'en aperçut et enchaîna aussitôt :

« Je sais que vous n'avez pas de papiers. Jefferson nous l'a dit. Nous nous occuperons de votre permis.

Elle parlait sur un ton de conspirateur.

— Je suis de Vrymeer, dit Moïse.

— Je ne connais pas. C'est un village ?

— Une ferme près de Venloo.

— Ah, oui. Le commando Venloo. Qui n'en a pas entendu parler.

Elle lança à son mari un regard satisfait et Moïse se demanda s'il ne devrait pas fournir d'autres renseignements sans attendre de question. Ses doutes furent résolus par Laura Saltwood.

« Auriez-vous connu, par hasard... Non, vous étiez trop jeune. Mais il y avait à Venloo un homme très courageux. Le général de Groot.

— Mon père l'accompagnait partout. Je vivais chez lui.

Les deux Saltwood ne s'y attendaient guère. Pendant les quinze minutes qui suivirent, ils posèrent à Moïse des questions sur la vie de son père avec le commando, puis Mme Saltwood s'écria :

— Noel, nous devrions vraiment charger quelqu'un de compiler les souvenirs sur la participation des Noirs dans les commandos. Pour les deux camps. Il doit y avoir des histoires incroyables et elles seront perdues si nous ne faisons rien.

Puis elle en vint aux affaires :

« Nous vous obtiendrons vos papiers, Moïse, mais vous devez travailler fidèlement chez nous. Sinon, vous retournerez à la ferme. Est-ce bien compris ?

— Oui, baas.

— Pas de baas, ici. Je suis Madame et mon mari est Monsieur.

Le plaisir que lui causait la perspective d'un travail et de papiers en règle pour le prouver diminua de beaucoup ce soir-là : il était assis avec Jefferson dans la pièce surpeuplée que les Magubané appelaient leur maison, lorsqu'il entendit un bruit de course, puis des cris, des gémissements atroces et enfin d'autres cris.

Sans même comprendre ce qu'il se passait, il se leva pour intervenir, mais sa tante Mpéla l'arrêta d'un geste.

— Ce sont les tsotsis, dit-elle.

Elle n'avait pas encore baissé la main que jaillit le long cri de douleur d'une femme, puis l'écho de pas battant en retraite.

Au matin, la police parut, beaucoup trop tard, indifférente.

— Un autre meurtre « trois étoiles ».

Ils firent venir un fourgon pour enlever le cadavre. Après leur départ, Moïse alla voir la tache de sang, puis demanda ce qu'étaient ces « trois étoiles ».

— Les tsotsis ont des couteaux fabriqués en Angleterre. Il y a trois étoiles sur le manche.

— Comment les éviter ? demanda Moïse.

— En jouant les poltrons. Ils arrivent toujours en bandes. Si tu les vois venir, sors-toi de devant. Fais n'importe quoi — cache-toi, fuis, protège-toi derrière une femme —, mais ne reste pas sur leur chemin.

— Est-ce que la police ne pourrait pas...

— La police dit : « Les tsotsis font le travail à notre place. » Tu comprends, Moïse, ils ne tuent que des Bantous.

— Et cela arrive souvent ?

— Tout le temps, répondit Jefferson.

Et chaque fois que Moïse aperçut ces bandes de jeunes assassins, souteneurs, truands, voleurs, entôleurs et maîtres chanteurs dans les parages, il disparut sans demander son reste. Il tenait à rester sain et sauf, à cause de l'intérêt passionné qu'il portait à l'action entreprise par Jefferson : meetings politiques et longues discussions avec des hommes et des femmes aux connaissances vastes. Il se félicita d'avoir l'occasion de rencontrer une Noire, très belle et plus âgée que lui, qui était allée en Amérique, où elle avait obtenu un diplôme universitaire. Elle se nommait Gloria Mbéké et c'était un orateur plein de fougue et de conviction. Moïse était trop timide pour s'adresser à elle, mais il assistait souvent à ses discussions et il l'écoutait attentivement définir ses principes :

> La seule chose dont nous pouvons être certains, c'est que si nous nous attachons à affronter nos oppresseurs par la force, sous quelque forme que ce soit, ils n'hésiteront pas à nous faucher avec leurs mitrailleuses. Cette certitude doit être le fondement de notre politique.
>
> Quand Enoch Mgijima a encouragé ses « Israélites », selon leur interprétation personnelle de la Bible, à réclamer des terres à Bulhoek, la police leur a demandé de s'en aller. Une fois, deux fois, puis elle a ouvert le feu sur des gens qui n'avaient même pas des bâtons pour se défendre. Cent soixante-trois tués, cent vingt-neuf mutilés à vie.
>
> Il y a quelques années, quand une des dernières tribus de Hottentots a voulu continuer de vivre de chasse dans les déserts du Sud-Ouest africain, alors que le gouvernement désirait qu'ils travaillent dans les fermes, sans salaire ou presque, qu'a fait le gouvernement ? Il a édicté un impôt énorme sur les chiens et, quand les Hottentots ont refusé de payer, il a envoyé des avions pour les bombarder tandis qu'ils fuyaient dans le veld. Cent quinze tués, trois cents mutilés à vie.
>
> Notre politique doit être celle du mahatma Gandhi, qui l'a mise au point lorsqu'il vivait parmi nous. La non-violence, la résistance passive, la pression juridique et l'éducation constante des jeunes.

Au cours d'une autre réunion, il entendit Mlle Mbéké dire une chose qui l'influença profondément. Elle revenait au massacre des « Israélites » de Bulhoek.

> Nous devons tirer de cet événement deux leçons. La police blanche n'hésitera jamais à nous tirer dessus si les Blancs n'aiment pas ce que nous faisons. Mais aussi l'idée que nous nous attirons des ennuis chaque fois que nous écoutons des leaders messianiques. Vous souvenez-vous comment Nongqausé a poussé des milliers de Xhosas à une mort suicidaire en 1857 ? Vous pensez aujourd'hui, comme moi, que c'était de la folie. Mais comment Enoch Mgijima a-t-il acquis son autorité hypnotique sur ses « Israélites » ? Au moment du passage de la comète de Halley au-dessus de nos têtes en 1910, dans une longue traînée de poussière

scintillante, il a dit que c'était un message que Dieu lui adressait !

Ne prêtez pas foi aux messagers venus d'ailleurs. De nombreux mineurs d'or massacrés pendant la grève de Johannesburg écoutaient eux aussi des leaders comme Nongqausé et Mgijima — sauf que leurs révélations provenaient de Moscou. Le communisme ne nous sauvera pas en Afrique du Sud. Les enseignements stupides de Marcus Garvey en Amérique ne nous sauveront pas. Nous nous sauverons nous-mêmes.

Trente minutes après avoir entendu ce discours constructif, alors que Moïse et Jefferson rentraient paisiblement chez eux à travers les venelles de Sophiatown en discutant des thèses de Mlle Mbéké, une bande de seize tsotsis armés de couteaux « trois étoiles » se jeta soudain sur eux.

— Votre argent ! criaient les tsotsis comme pris de folie.

Très vite Jefferson obéit, mais Moïse hésita et, pendant cette fraction de seconde, les couteaux plongèrent vers lui. Il échappa à la mort par miracle, car, même quand il tomba à terre, avec des blessures horribles, les jeunes Noirs excités le tabassèrent à coups de pied. Ils l'auraient sûrement achevé si Jefferson ne s'était pas mis à hurler de toute sa voix :

— Police ! Par là !

Il n'y avait pas de police, mais les tsotsis ne voulurent pas en courir le risque.

De nombreux voisins avaient entendu les échos de la rixe, mais aucun ne viendrait en aide aux deux cousins. Derrière leurs portes closes, ils pensaient : « Demain matin, les Blancs viendront nettoyer. Ça ne nous regarde pas. »

Jefferson ramena Moïse à la maison sur son dos. La tante Mpéla était toujours prête pour un événement de ce genre. Elle lava les blessures et alla emprunter à un voisin une fiole de teinture d'iode. Moïse faillit s'évanouir, mais aucune artère vitale n'avait été touchée. Mpéla se recoucha et conseilla à son fils de faire de même.

Pendant les journées de sa convalescence, Moïse eut l'occasion de réfléchir à la cascade d'expériences qu'il venait de traverser. Il vit dans la ferme de Vrymeer un système permettant aux employeurs blancs de dominer la main-d'œuvre agricole noire grâce à des salaires absurdement bas. Des hommes de grand cœur comme le général de Groot n'avaient jamais de leur vie envisagé qu'ils perpétuaient en réalité l'esclavage de l'Ancien Testament. Et, si on le leur avait expliqué, ils n'auraient pas compris où était le mal. A présent, Detleef Van Doorn faisait à peu près la même chose, mais pour des motifs hypocrites — et Moïse s'aperçut qu'il éprouvait peu de respect pour l'employeur de son père. Il se rendait bien compte que les hommes comme Van Doorn pourraient le forcer, n'importe quand, à retourner à l'esclavage bénin de Vrymeer.

La générosité des Saltwood lui avait fait une vive impression et il espérait avoir la possibilité de travailler pour eux, mais il ne comptait pas du tout les voir se ranger de son côté quand surviendraient les confrontations annoncées par Mlle Mbéké. Les Anglais étaient des gens excellents, mais ils se souciaient trop de faire plaisir aux autres.

A ses yeux, Sophiatown n'était pas pire que Vrededorp : dans les deux quartiers, il avait vu des hommes forts et honnêtes combattre pour améliorer le sort de leurs semblables et leur donner de l'espoir. Sans cesse, le parallèle entre les Afrikaners pauvres et les Noirs pauvres le faisait réfléchir : les deux groupes cherchaient désespérément leurs racines dans une ville hostile et étrangère ; les deux groupes étaient aussi misérables et déshérités. Il espérait toujours, ainsi que le vieux Micah, que les Afrikaners, tout comme les Noirs, pourraient échapper à leur malédiction. Mais, même lorsqu'il constatait ces similitudes entre les deux groupes, il redoutait que la prédiction de Mlle Mbéké ne soit justifiée.

— La victoire des Afrikaners pauvres se fera aux dépens des Noirs.

De tous les jeunes intellectuels noirs qu'il avait écoutés, il s'aperçut à sa vive surprise que celui qu'il appréciait le plus n'était pas Mlle Mbéké, si riche d'éloquence et d'idées, mais le jeune Swazi, qui avait fait des études d'économie politique à Londres. Il parlait raison. Sans cesse, il définissait les limites d'un problème et précisait comment on pouvait le résoudre. C'était lui qui prononçait toujours les phrases exerçant sur Moïse l'influence la plus profonde.

— En Afrique du Sud, l'an dernier, des milliers de Noirs et de Noires ont été arrêtés parce qu'ils se déplaçaient sans papiers en règle dans un pays qui est le leur autant qu'il peut appartenir aux Blancs.

Et :

« Parfois, on a l'impression qu'il y a davantage d'enfants noirs dans les prisons que dans les écoles.

Peu de temps après la guérison de ses blessures au couteau, Moïse Nxumalo reçut ce qui allait être pour lui une blessure permanente. Un matin, la police l'arrêta sur Eloff Street, la prestigieuse avenue commerçante de Johannesburg. On lui demanda ses papiers.

— Je vois que vous n'avez pas payé votre taxe annuelle d'une livre. Venez avec nous.

Avec seize autres Noirs en défaut, on l'entassa dans un car de police. Mais il n'alla jamais en prison. A la place, on le conduisit sur un terrain vague ou un autre policier se mit à invectiver les Noirs.

— Écoutez-moi, bande de maudits Cafres. Demain, vous passez devant le juge et il vous envoie en prison pour trois mois. Vous savez comment c'est dans le trou, hein ?

— Oui, baas.

— Mais j'ai bien envie de vous donner une chance.

— Oui, baas.

— Vous voyez ce camion là-bas ? Il appartient à un paysan d'Hemelsdorp. Il a besoin de gars costauds et qui travaillent bien. Vous signez un contrat de deux mois avec lui, j'oublie le juge et vous pouvez oublier la prison.

Moïse et la plupart des autres choisirent Hemelsdorp (le village du ciel), mais la ferme où on les conduisit ne se trouvait pas au paradis. Pendant douze heures chaque jour, ils s'échinaient dans les champs et, la nuit, on les enfermait dans une étable puante, où les tenait éveillés la toux continuelle de deux d'entre eux, atteints de pneumonie. Un matin, le plus âgé des deux mourut.

Au bout d'un mois horrible, Moïse tenta de s'enfuir, mais on le reprit dans les collines derrière Hemelsdorp et on le ramena à la ferme.

— Salopard de Cafre ! cria le fermier. Il est temps que tu reçoives une leçon.

La punition fut administrée par deux des contremaîtres noirs. Ils dévêtirent Moïse et l'attachèrent à un bidon de deux cents litres. Sous les yeux des autres travailleurs, on le flagella à coups de sjambok jusqu'à ce qu'il s'évanouisse.

Deux jours plus tard, il repartit travailler dans les champs, mais, la nuit suivante, quand tout le monde fut endormi, il reprit le chemin de la liberté. Un des contremaîtres noirs le surprit, mais, avant qu'il ait pu donner l'alarme, Moïse l'étendit d'un coup de poing. L'homme tenta de se relever, Moïse saisit une grosse pierre, le frappa à la tempe et s'enfuit.

Pendant six mois, il se cacha dans la région du Limpopo, puis il traversa le fleuve, entra en Rhodésie et suivit une piste ancienne qui le conduisit aux ruines de Zimbabwe. Il ne s'y attarda pas. Pendant deux ans, il travailla comme « boy » dans les cuisines d'un hôtel de Bulawayo et ce fut là qu'un homme de Vrymeer le découvrit.

— Ton père est mort l'an dernier à Noël.

Moïse attendit la fin du mois, prit son salaire et partit vers le sud. En tant que chef des Nxumalo, sa place était avec son peuple. Il arriva discrètement et ne dit rien aux Van Doorn, qui n'avaient même pas remarqué son absence. Simplement, il montra à sa famille les cicatrices de son dos. Quelques semaines plus tard, il était le « boy » du patron et tout rêve de vie plus exaltante avait disparu.

Il parlait peu pendant son travail, mais, parfois, lorsqu'il était seul, il fixait le veld à l'horizon et jurait :

— Si j'ai un fils, il ira à l'université de Fort Hare et il débutera d'un bon pied dans la vie.

Cet espoir compensait la douleur cuisante de son propre échec.

Les Saltwood firent plusieurs tentatives pour trouver Moïse, mais, les mois passant, ils se dirent qu'il avait dû simplement retourner dans son kraal.

— On ne peut jamais faire confiance à un indigène, leur dit un voisin. Vous remuez ciel et terre pour un garçon comme votre Moïse et, dès que vous avez le dos tourné, il vous vole. Combien vous a-t-il pris ?

— Je crois plutôt qu'il lui est arrivé malheur, répondit Laura. Il était de si bonne volonté, si soucieux de plaire.

— Les tsotsis ont dû l'avoir.

— Peut-être.

Mais, pendant longtemps, elle se demanda ce qu'était devenu Moïse Nxumalo.

Dans l'atmosphère enivrante de Johannesburg au moment où les stratégies grandioses du Broederbond montraient les premiers signes de succès, Piet Krause se mit à songer à l'occasion favorable à un grand sursaut patriotique qui se présenterait en 1938, centième anniversaire de la bataille du Fleuve-de-Sang, événement culminant du Grand Trek.

— Nous devons trouver une idée, dit-il à Johanna sur le chemin de leur maison, au retour d'un meeting d'enseignants. Quelque chose qui secouera le pays et qui rappellera aux Afrikaners leur tradition culturelle.

Ils envisagèrent une immense manifestation sur le site de la bataille, mais le Fleuve-de-Sang était trop éloigné des grands centres de population et seuls quelques passionnés y assisteraient. Ils songèrent à une fête à Blaauwkrantz, mais, comme c'était dans la province du Natal, notoirement pro-anglaise, ils y renoncèrent aussitôt.

Ils ne trouvèrent rien d'original. Puis, un matin, Johanna lut qu'un comité d'Afrikaners envisageait l'érection d'un énorme monument sur une colline des environs de Pretoria, pour commémorer le Feuve-de-Sang et l'Alliance datant de cette journée sacrée. Piet se passionna pour l'idée et le couple parla d'inviter des foules énormes, et même des gens du Cap, pour l'inauguration de ce monument en projet. Quand ils virent une esquisse de ce que serait l'édifice — une construction splendide et massive rappelant l'architecture du Grand Zimbabwe —, ils se consacrèrent exclusivement à faire de ce projet un événement historique.

— Nous devons veiller à ce que tous les éléments de la nation coopèrent — tous les éléments afrikaners, bien entendu, expliqua Johanna.

Elle se mit à déterminer les grandes lignes de la cérémonie. En tant que femme, elle n'avait évidemment pas le droit de participer au Broederbond, mais, comme son mari discutait de tout avec elle et respectait ses opinions, il lui était facile de présenter ses idées par le truchement de Piet. Elle proposa de faire venir des chefs religieux du monde entier, mais elle y renonça quand Piet lui fit observer qu'il faudrait inviter le pape et certains rabbins.

« Voici ce que nous ferons, répliqua-t-elle ; nous inviterons les hauts fonctionnaires des Églises hollandaise et allemande à se joindre à nous.

Les projets se précisèrent. Puis, un jour, Piet proposa la meilleure de toutes les idées.

— Ce serait splendide... Il faut voir s'il existe encore des vieux chariots à bœufs. On trouvera des quantités de bœufs. Pourquoi ne pas construire des copies de chariots anciens? Nous connaissons les dimensions. Et nous en ferons remonter deux ou trois depuis Graaff-Reinet jusqu'au monument. Les gens pourraient s'habiller à l'ancienne mode... Les hommes se laisseraient pousser la barbe comme Piet Retief et Gert Maritz...

Pendant deux jours, les Krause rêvèrent de cette caravane serpentant vers le nord le long de l'ancienne piste. Puis Johanna proposa une idée brillante.

— Piet! Pas une caravane. Cinq ou six chariots séparés. Chacun partira d'un endroit important. En route, ils feront des détours dans toutes les petites villes. Et ils convergeront vers Pretoria pour le 16 décembre. Tous les Afrikaners du pays seront impliqués.

Ce fut ce projet que Piet Krause présenta aux dirigeants du Broederbond. Il découvrit, à sa vive surprise, que plusieurs membres éminents de l'Association culturelle des chemins de fer avaient proposé un programme identique, sauf qu'ils ne songeaient qu'à deux chariots partant du Cap. On reconnut les avantages du projet de cinq ou six chariots et Piet fut chargé de l'organisation du trek 1938.

A un journaliste anglais, le révérend Brongersma déclara :

— Ce sera peut-être l'occasion d'un grand sursaut de l'esprit afrikaner. Un événement qui peut en même temps unir et enflammer.

A un autre reporter, il dit :

« Rien d'autre ne saurait mieux provoquer un renouvellement radical de la politique afrikaner. Je m'attends que ce trek fasse merveille.

En privé, il ajoutait que, si cela engendrait suffisamment de passion, les Afrikaners pourraient enfin réussir à arracher l'Afrique du Sud à son statut actuel d'Union et en faire une république. Aux Afrikaners qui lui posaient la question, il répondit :

« C'est le but que nous recherchons.

Et s'ils voulaient savoir si cela signifiait un exode des

Anglais ou l'expulsion de l'Empire britannique, il répliquait :

« Pas nécessairement. L'Angleterre peut préférer nous avoir comme partenaires sur un pied d'égalité complète.

Il y avait cependant une question à laquelle il ne répondait jamais franchement. Un soir, Piet Krause, émoustillé par son succès dans l'affaire des chariots, lui demanda :

— Dominee, cette fois, nous rangerons-nous du côté de l'Allemagne quand la guerre éclatera ?

Brongersma n'aimait pas discuter de ce problème très délicat, car il voyait dans l'Allemagne du temps beaucoup de choses qui l'inquiétaient. En 1914, comme de nombreux Afrikaners intelligents, il avait eu l'impression très forte que l'avenir de son pays dépendrait de l'Allemagne du Kaiser Guillaume : le Reich possédait l'autorité, le pouvoir, les capacités intellectuelles et une tradition luthérienne forte. Même avec le recul du temps, il croyait encore qu'il aurait mieux valu pour le monde que l'Allemagne impériale triomphe et impose sa version de la paix dans les régions sujettes à des troubles. Mais il ne croyait certainement pas cela de l'Allemagne d'Adolf Hitler. Il voyait trop bien tout ce que cela détruirait. Dans sa grande série de conférences de Stellenbosch, il avait éduqué les jeunes responsables de sa nation — mais il s'était aussi éduqué lui-même. Il croyait en chaque mot prononcé dans ces quatre discours mûrement réfléchis, et maintenant plus que jamais. L'Afrique du Sud était un pays chrétien. Elle s'efforçait d'allier le meilleur de l'Ancien et du Nouveau Testament. Elle croyait en la justice pour tous les hommes et si elle insistait sur la séparation des races, c'était uniquement parce que Dieu avait fait de même. Oui, Brongersma croyait que son pays appliquait ce principe de séparation avec fermeté et avec justice. Il n'aimait pas ce que faisait Hitler et, si les idées du national-socialisme devaient être introduites en Afrique du Sud, il s'y opposerait sans hésiter.

— Nous rangerons-nous du côté de l'Allemagne, dominee ? répéta Piet Krause.

— Je prie pour que le monde entier puisse éviter la guerre, répondit-il.

Au début de 1938, Detleef stupéfia le comité supervisant le trek en annonçant qu'il avait découvert dans sa ferme le seul chariot à bœufs survivant qui ait été utilisé par un des grands leaders de la période de 1838. On exhuma le chariot dans lequel Detleef avait dormi pendant quelques semaines, à la fin de la guerre des Boers : ce n'était bien entendu qu'une ruine, mais les charpentiers assurèrent qu'on pourrait le restaurer facilement et ils se mirent à l'ouvrage. Au cours des semaines qui suivirent, plusieurs journaux publièrent des photographies montrant les progrès de la restauration et, quand on révéla la marque TC-43, des correspondants de Grahamstown purent expliquer sa signification et rappelèrent la générosité des colons anglais de l'époque à l'égard d'un homme en qui ils avaient confiance. Comme le chariot était né à Grahamstown, on proposa qu'il commence son voyage vers Pretoria depuis cette ville, mais Detleef s'y opposa. Il voulait que son chariot n'ait aucun contact avec des Anglais : il partirait de Graaff-Reinet.

Le voyage vers le nord, en ces journées hivernales d'août 1938, commença sur une note extrêmement émouvante. La place centrale de Graaff-Reinet ressemblait beaucoup à ce qu'elle était au moment des Nachtmaals historiques : tentes dressées, femmes en bonnets de soleil, enfants en train de jouer, hommes barbus portant bretelles. Au moment où le chariot prit la route, image fantastique de journées héroïques, les gens se déplacèrent de quatre-vingts kilomètres à la ronde pour le voir passer. Les seize bœufs avançaient lentement, comme leurs ancêtres un siècle plus tôt.

Le *Tjaart-Van-Doorn* n'alla pas à Bloemfontein, car un autre chariot partait de là, mais il traversa les grands sites historiques : Thaba Nchu, Veg Kop, l'endroit sur le Vaal où la famille de Groot avait été massacrée... Puis il obliqua vers les villes-camps de concentration de Standerton et de Chrissie Meer. Au début de décembre, il repartit vers l'ouest jusqu'à Carolina, où les membres de la famille de Christoffel Steyn vinrent le saluer, et il passa à Venloo où les descendants du commando de Paulus de Groot formèrent une garde d'honneur. Quand il atteignit Waterval-Boven, d'où Oom Paul Kruger était parti en exil, il souleva une émotion intense. Des milliers de personnes priaient le long des routes quand il passait. C'était un chariot avec lequel des femmes et des hommes remarquables avaient risqué leur vie et leur fortune pour construire une nation. Et, quand on le voyait s'avancer, avec une telle lenteur, au prix de tant d'efforts et avec si peu d'espace pour assurer la survie, les yeux s'emplissaient de larmes.

Le 13 décembre, le *Tjaart-Van-Doorn* arriva lentement sur le vaste terrain au pied de l'éminence où se dresserait le futur monument. Quand Detleef et Maria, dans leurs costumes de 1838, virent la foule immense qui les attendait, ils arrêtèrent le chariot et inclinèrent la tête. Ce qui avait débuté comme un sujet de conversation parmi d'autres avait pris les dimensions d'un vaste sursaut de l'esprit des Voortrekkers. Deux jours avant la cérémonie, plus de quatre-vingt mille Afrikaners campaient sur le site. Ce soir-là, Detleef conduisit son chariot auprès de six autres pour former un simulacre de laager. On détacha les bœufs pour les faire paître comme au bon vieux temps et les enfants apportèrent des buissons d'épine que l'on entrelaça entre les roues pour se protéger des Zoulous. Quand la lune se leva, très tard, les silhouettes des chariots se détachèrent sur l'horizon plus sombre : des hommes éveillèrent leurs enfants pour qu'ils profitent du spectacle et des chœurs improvisés se mirent à chanter des psaumes en afrikaans.

Le 17 décembre, Piet Krause se présenta à cheval au milieu des chariots déjà en place, assurant aux hommes que tout était en bon ordre ; les deux principaux chariots, celui de Pretoria et celui du Cap, arriveraient le lendemain matin. A ce moment-là, la foule comptait environ cent mille personnes — familles entières campant sur les pentes comme autrefois. Des amitiés négligées pendant des années se renouaient et on promettait de ne plus les oublier.

Puis les rumeurs se mirent à courir :

— Le maire de Benoui n'aura pas le droit de participer : il est juif. Ils ont dit au général de ne pas venir : il est anglais. Vous savez la meilleure nouvelle ? Jan Christiaan Smuts ne paraîtra pas. On ne veut pas de lui pour cette fête. Il est plus anglais qu'afrikaner. Et, demain, aucun discours en anglais.

Piet Krause, qui était à l'origine de la plupart de ces bruits, avait décrété personnellement que ce qui devait être le plus grand monument de l'Afrique du Sud ne pouvait être qu'une affaire purement afrikaner.

Le 18 décembre, deux cent mille personnes se rassemblèrent sur la colline au sud de Pretoria pour consacrer l'emplacement où s'élèverait leur monument. Si, malgré tout ce que l'on avait entendu dire, le général Smuts et d'autres Afrikaners soutenant le gouvernement se présentaient, la cérémonie deviendrait une affaire d'État et il faudrait jouer le *God Save the King*. Mais Piet Krause annonça ouvertement que, si l'orchestre jouait une seule note de cet hymne, il ferait écraser tous les instruments par une bande de jeunes durs. Conscient de toute cette hostilité, Smuts, prudemment, se garda de paraître et, à la joie des Afrikaners, on ne joua que *Die Stem van Suid-Afrika* (la Voix de l'Afrique du Sud). Plus d'un jura que ce serait bientôt l'hymne officiel de la république afrikaner, quand la nouvelle nation prendrait naissance.

Les sermons en afrikaans (dont l'un prononcé par le révérend Brongersma) furent pleins de dignité, mais lourds de sous-entendus graves. Il était impossible d'articuler un mot évoquant le passé sans soulever les vivats de la foule. Quand des noms symboles comme Slagter's Nek, le Circuit noir ou Christoffel Steyn étaient proférés, tout le monde applaudissait de façon automatique. Chaque fois que l'on rappelait des héros — Prétorius, Retief, de Groot —, la multitude hurlait à en perdre la voix. Quand la journée s'acheva, les responsables comprirent qu'ils avaient remporté un succès dépassant toutes leurs espérances. Chacun avait pris conscience qu'il ne s'agissait pas seulement d'une immense fête.

— C'est le premier coup de canon de notre campagne pour rompre avec l'Angleterre, lança Krause dans un cri de patriotisme exalté.

Cette assemblée de deux cent mille Afrikaners exerça sur lui un tel pouvoir hypnotique que, peu de temps après, il commença à rêver d'un vaste soulèvement national. Pour découvrir comment on pourrait l'orchestrer, il descendit au Cap, s'embarqua sur le premier bateau en partance pour l'Angleterre, puis passa discrètement en Allemagne, où il prit aussitôt contact avec la hiérarchie nazie.

Ce qu'il vit le confondit. Lors d'un fabuleux rassemblement dans le stade qui avait abrité les jeux Olympiques de 1936, il prit conscience du niveau d'amateurisme où était restée la manifestation voortrekker.

— Nous avions tous ces gens réunis en un même lieu, dit-il à son guide nazi, et nous n'avons rien fait avec eux. Ils sont repartis avec les mêmes idées qu'à leur arrivée. La prochaine fois, il faut que ce soit différent.

Il était intelligent et il semblait si haut placé dans la politique sud-africaine que ces hommes sur le point de lancer une guerre totale en Europe furent séduits par les possibilités qu'il offrait.

— Pourriez-vous organiser un soulèvement contre le gouvernement anglais — si la guerre se déclarait en Europe ?

— Regardez ce que nous avons fait en 1914, sans assistance et sans conseils de votre part, leur rappela-t-il.

Ils avouèrent qu'ils n'étaient pas au courant de cette affaire. Il leur raconta les efforts courageux d'hommes comme Paulus de Groot et Jakob Van Doorn, qui avaient consacré leur vie à la lutte pour la liberté.

« Van Doorn était mon beau-père. Vous avez entendu parler de De Groot, bien sûr...

Ils n'en avaient pas entendu parler et il n'insista pas.

— Mais que pouvez-vous faire cette fois ? demandèrent-ils.

— Je vous donne ma promesse solennelle que Jan Christiaan Smuts n'osera pas proclamer la mobilisation. Personne ne se présenterait.

— La police ?

— Ils se battront pour l'Allemagne.

Sans vergogne, il promit tout, en laissant entendre qu'il parlait pour tous les secteurs de la population. Peut-être ne convainquit-il pas les Allemands de ses interprétations de la politique sud-africaine, mais il les persuada en tout cas d'investir une certaine somme pour une éventuelle subversion contre le gouvernement. Ils accordèrent les fonds sans hésiter : n'était-il pas rationnel de briser la puissance anglaise partout, si le prix n'était pas trop élevé ? Ils n'espéraient nullement que l'extrémité méridionale de l'Afrique devienne une enclave allemande, mais ils pouvaient raisonnablement escompter des troubles susceptibles de gêner beaucoup l'effort de guerre.

Nanti de ces assurances, Piet Krause, dont l'allemand était très mauvais, se rendit à Nuremberg pour l'un des rassemblements frénétiques du milieu de l'année 1939 — les dirigeants savaient déjà que la guerre était inévitable, même si le peuple l'ignorait encore. Le stade était plein de jeunes gens extatiques, qui mourraient bientôt en Grèce, en Italie, en Russie, en

Scandinavie et dans les cieux de l'Angleterre. Il entendit onze discours préliminaires, qui lui enfoncèrent dans la tête la nécessité d'exterminer les juifs et de purifier le sang de la race. Il apprécia le recours constant au mot *Volk* et décida qu'il fallait l'utiliser de plus en plus en Afrique du Sud. Quand ces orateurs de second plan eurent terminé, Herr Goebbels parut et après lui Adolf Hitler, l'homme qui sauverait le monde.

Piet Krause écouta, captivé, Hitler exposer son plan de régénération : chaque mot qu'il prononçait, de l'avis de Piet, s'appliquait à la situation en Afrique du Sud. Il était hypnotisé par la violence de Hitler et par sa logique claire. Quand les vivats sauvages se turent, il demeura immobile, calculant déjà les meilleurs moyens d'aider cet homme, tout en apportant à l'Afrique du Sud le même genre d'ordre et d'enthousiasme.

Ce soir-là, dans sa chambre d'hôtel à Nuremberg, il rédigea le serment par le sang qu'il ferait prononcer plus tard à tous ceux qui se joindraient à son entreprise :

> En présence de Dieu tout-puissant et sur le sang sacré du Volk, je jure que mes supérieurs me trouveront fidèlement soumis et prêt à obéir en secret à tout ordre que je recevrai. Je lutterai constamment pour la victoire du national-socialisme, parce que je sais que la démocratie est devenue comme une vieille chaussure dont il faut se débarrasser.
>
> *Si j'avance, suivez-moi !*
> *Si je recule, tuez-moi !*
> *Si je meurs, vengez-moi !*
> *Aidez-moi, mon Dieu !*

Quand il rentra chez lui au début de l'hiver austral 1939, sa femme vit aussitôt qu'il avait vécu une expérience aussi radicale qu'inattendue : il n'était plus le même homme. Il lui confia les responsabilités qu'il venait d'assumer et elle comprit qu'il lui faudrait s'occuper toute seule de la famille, car il serait accablé sous une montagne de devoirs. Il commença par la police. Toujours discrètement, il s'éleva contre l'habitude locale de faire passer toutes les forces de police dans l'armée.

— Ne les laissez pas vous envoyer à la guerre. Si Jan Christiaan Smuts veut vous faire livrer ses batailles en Angleterre, ne le laissez pas faire. Cette fois, il faut que l'Angleterre perde — et, le jour venu, vous et des hommes comme vous seront au pouvoir.

Il était également actif auprès des groupes de jeunes Afrikaners.

« Ne laissez pas le gouvernement vous imposer l'uniforme. Et, pour l'amour de Dieu, ne vous portez pas volontaires. Quand les Allemands reprendront le Sud-Ouest africain, il y aura de la place pour vous dans une véritable armée.

Il demanda à certains pasteurs en qui il avait pleine confiance de prêcher contre la participation à la guerre imminente et il accomplit un travail efficace auprès des syndicats. Aux enseignants, il souffla ce qu'il fallait qu'ils disent à leurs élèves et, quand la guerre éclata en septembre, Smuts se trouva incapable d'ordonner la conscription ou de muter en bloc les hommes de la police dans les forces armées. Les jeunes gens refusèrent de se porter volontaires et, quand Smuts voulut entraîner son pays dans le conflit du côté de l'Angleterre, les partisans de la neutralité exercèrent une opposition très puissante. Au moment décisif, l'Afrique du Sud n'entra pas dans le camp des Alliés que par un vote de 80 voix contre 67.

Il nous entraîne du mauvais côté, criaient les principaux membres du Broederbond, désespérés.

Et certains futurs dirigeants du pays allèrent dans des camps de détention plutôt que de combattre contre l'Allemagne. Piet Krause, échappant aux recherches de la police, se lança dans l'action violente et organisa des brigades de subversion qui attaquèrent des installations militaires, des lignes de haute tension et même des camps d'entraînement de l'armée. Des hommes loyaux aux Alliés, et en particulier les jeunes Afrikaners, considérés comme traîtres au Volk, furent agressés et certains même tués.

Le gouvernement n'était guère en état de mener une guerre. Il n'osait pas lancer une conscription à l'échelle du pays et les soldats et les policiers qui acceptèrent de servir hors des frontières durent porter des écussons orangés qui les distinguaient de tous ceux qui refusaient de combattre à l'étranger. Cette mesure était destinée à séparer les hommes entre héros et lâches, mais le système avait un inconvénient : les jeunes vauriens de Piet Krause, opposés à la participation à la guerre, pouvaient repérer facilement les porteurs d'écussons, prêts à combattre dans les rangs des Alliés, et il devint à la mode de tabasser ces soldats ; certains en moururent.

Piet et sa femme firent tout ce qu'ils purent pour exacerber ces conflits. Et, aux jours enivrants des victoires nazies sur tous les fronts, ils reçurent de Berlin un message énigmatique : « Rencontrez Wyk Slotemaker à Mafeking. » C'était un petit acteur sud-africain qui avait joué dans plusieurs films allemands et qui, à cette occasion, avait absorbé la propagande nazie omniprésente. Quand Piet le rencontra, dans un hôtel qui menaçait ruine, l'acteur lui murmura :

— J'ai des armes, quinze mille dollars américains et un plan pour assassiner Smuts.

— L'heure est venue ! exulta Piet.

Ce fut une Afrique du Sud douloureusement divisée qui tenta de se lancer dans cette guerre. Johanna Van Doorn et sa belle-sœur Maria priaient tous les jours pour une victoire allemande et la souhaitaient assez totale pour que l'Angleterre soit écrasée à jamais. Detleef partageait leur opinion sur les principes, mais il restait très réservé sur Adolf Hitler et il se demandait si l'Afrique du Sud aurait beaucoup à gagner d'une victoire allemande en Europe.

Les Saltwood de Nouveau-Sarum, sous l'impulsion de Maud Turner Saltwood, l'aïeule de soixante-neuf ans, soutenaient sans réserve la cause des Alliés ; l'entrée en guerre des États-Unis les combla de joie. Sa belle-fille, Laura Saltwood la femme de Noel, organisa des ouvroirs pour aider l'Angleterre et fut scandalisée lorsque les sections d'assaut de Piet Krause saccagèrent l'un d'eux.

Les Saltwood de De Kraal et les Van Doorn de Trianon avaient beaucoup de mal à déterminer leur allégeance, car Timothy Saltwood, Victoria Cross, était marié à Clara Van Doorn, Afrikaner pur sang. Comme les nombreuses familles dans le même cas, ils priaient pour que la guerre s'achève, sans faire étalage de leurs sentiments.

Les Nxumalo étaient indécis. En tant que famille restée toujours loyale au général de Groot, ils penchèrent au début en faveur d'une victoire allemande. Mais, quand le Congrès national africain fit observer que Herr Hitler pensait encore moins de bien des Noirs que des juifs, ils comprirent qu'une victoire allemande leur vaudrait de nouveaux ennuis et ils apportèrent progressivement leur soutien moral aux Anglais. Les affrontements des éléments rivaux de la population blanche les stupéfiaient, mais ils se rendirent compte peu à peu qu'en Afrique du Sud les Afrikaners gagneraient. Ce jour-là serait sûrement un mauvais moment pour les Noirs. Le vieux Micah, à la fin d'une longue vie où il avait livré, sans armes, de fabuleuses batailles — Majuba, Spion Kop, le raid sur la province du Cap —, avait affirmé à sa famille, d'une voix sans espoir :

— Quel que soit le vainqueur, c'est toujours nous qui perdons !

De plus lourdes responsabilités morales accablaient le révérend Brongersma. Fils d'une famille ayant donné cinq de ses membres aux commandos pendant la guerre des Boers, il était fermement pro-afrikaner et toute sa sympathie allait aux aspirations nationalistes et républicaines. Ses conférences à Stellenbosch n'avaient pas traité de cet aspect de la vie sud-africaine ; il avait évité le problème pour ne pas offenser la moitié anglaise de sa communauté. Mais, quand il regardait les choses à l'échelle du monde entier tel qu'il pouvait le comprendre, il constatait qu'en réalité l'Angleterre n'avait guère fait preuve d'une grande supériorité morale. L'action anglaise aux Indes et en Afrique ne lui laissait pas une impression favorable et il soupçonnait que les concepts les plus recommandables ayant cours aux États-Unis provenaient des immigrants non anglais. Une victoire allemande l'aurait donc enchanté — sauf qu'aucun chrétien n'avait le droit de fermer les yeux sur les excès horribles de l'hitlérisme. Les nazis avaient perpétré des crimes contre la famille, l'Église, la jeunesse de la nation et bien entendu contre les juifs. Seul dans son bureau, son grand corps courbé sur la table de travail ou bien renversé en arrière lorsqu'il posait les pieds sur ses dossiers, il passait des heures à affronter le problème : le nazisme, à partir des impulsions les plus élevées de la race humaine, semblait déchaîner les instincts les plus bas de l'animal en l'homme. Oublions l'Allemagne un instant, se disait-il. Il doit y avoir partout dans le monde des millions de personnes qui seraient ravies de devenir gardes-chiourme dans une prison nazie. Dieu sait que nous pourrions en trouver beaucoup en Afrique du Sud. Et l'un des pires, j'en ai peur, est mon excellent ami Piet Krause. Comme un chien, il s'empare d'une idée, la ronge, la tourmente et la laisse tourner à l'obsession.

Il décida, par simple décence, mais aussi pour le bon renom du Broederbond (qui ne parrainait nullement ce genre de comportement), qu'il devait parler à Piet. Quand il tenta de le raisonner, il trouva l'ancien maître d'école complètement aveuglé par ses rêves et il finit par abandonner ; son cas était sans espoir. Mais, après cette discussion décevante, il consulta Frykénius, qui était encore le supérieur de Piet dans le Broederbond, et lui demanda de le convoquer à Venloo : ensemble ils pourraient lui faire entendre raison. Frykénius accepta, car les excès dont Piet était l'instigateur l'inquiétaient lui aussi.

Krause, membre obéissant du Broederbond, vint de Johannesburg. Mais, dès qu'il vit le révérend Brongersma aux côtés de Frykénius, il lança :

— Dominee, nous n'avons pas besoin de vos conseils.

— Piet, répondit Frykénius, asseyez-vous.

Les deux hommes plus âgés lui exposèrent leur analyse en soulignant tout le mal qu'il faisait, mais Piet refusa d'entendre leurs remontrances.

— Avez-vous une idée des grandes forces mises en branle par les chariots à bœufs ? Ce pays déborde de patriotisme.

— N'exploitez pas à des fins mauvaises une chose aussi précieuse que le patriotisme, l'avertit Brongersma.

— Dominee, il va se produire un grand soulèvement !

En entendant ces paroles, le prédikant s'enfonça dans son fauteuil et croisa ses mains sur ses genoux. Il le savait, ce que Piet venait de dire était vrai : on allait assister à un formidable sursaut de l'esprit afrikaner, si puissant qu'il balaierait Jan Christiaan Smuts et ses méthodes anglaises. Jamais il ne reviendrait au pouvoir. Oui, ce serait un soulèvement assez fort pour modifier tous les aspects de la vie du pays. A cause du mouvement spirituel engendré par les chariots à bœufs, les Afrikaners obtiendraient bientôt des victoires dont seuls des idéalistes avaient pu rêver. L'Afrique du Sud se séparerait de l'Empire. Aucune fanfare ne jouerait plus le *God Save the King*. Aucun Anglais ne siégerait plus au conseil des ministres. La nation afrikaner serait libre de résoudre ses problèmes raciaux de la manière qu'elle estimerait juste. Mais ce n'était pas pour le lendemain.

— Piet, dit le prédikant doucement, vous avez remporté votre victoire. Ne la salissez pas par de la violence.

— Dominee, la vraie victoire ne fait que commencer ! Herr Hitler va balayer bientôt les Anglais de toutes les mers. L'Amérique est impuissante, il coulera ses bateaux. Ce pays sera gouverné selon les principes du national-socialisme.

Frykénius essaya d'apaiser sa flamme, mais Piet lança :

« Messieurs, il va vous falloir faire un choix et très vite. Êtes-vous pour la révolution qui va éclater ou contre elle ?

— Piet, raisonna Frykénius, vous savez quels ont toujours été les objectifs du Broederbond. Nous sommes partisans d'un triomphe afrikaner, bien entendu. Mais pas dans le cadre de violence que vous préconisez. Les bagarres dans les rues doivent cesser.

Piet fit un pas en arrière comme pour se dissocier de l'attitude timide du Bond.

— Ah, vous, les hommes du Broederbond ! Je vois vos pareils à Pretoria et à Johannesburg tous les jours. Vous êtes comme une jolie fille qui accorde à un garçon un baiser, trois baisers, une douzaine, puis qui prend la fuite quand il veut passer aux affaires sérieuses. Eh bien, moi, je passe aux affaires sérieuses. J'ai du travail et je crois que nous ne nous rencontrerons plus.

Il quitta la pièce, furieux, et partit à Vrymeer. Il entra en coup de vent dans la cuisine et présenta un ultimatum à Detleef :

— Ou bien tu te joins à nous ce soir, ou bien tu perds ta chance d'être à la tête du pays quand nous triompherons.

Detleef lui demanda des précisions, mais Piet lui posa dans la main une carte de visite imprimée en s'écriant :

« Prononce ce serment. Tout de suite, et ce soir tu partiras avec nous... si nous recevons les instructions de Berlin.

Avant que Detleef ne puisse répondre, Piet dit soudain :

« Il faut que j'écoute ta radio.

A travers les parasites des ondes courtes, il reçut Radio-Zeesen :

> Chers et loyaux amis d'Afrique du Sud, bonsoir. Voici votre programme favori : *By kampfuur en ketel* (Près du feu

de camp et de la bouilloire). Aujourd'hui, notre glorieux Führer a remporté des victoires sur tous les fronts. Les démocraties décadentes plient les genoux et s'effondrent.

(Suivit une série d'instructions codées, qui firent bondir Piet Krause d'allégresse.)

Loyaux amis d'Afrique du Sud...

Ni Piet ni Detleef n'entendirent la suite, car Piet avait coupé la radio et il demandait brusquement :

— Eh bien, frère, veux-tu te joindre à notre révolution ?

A l'instant du grand choix, Detleef décida qu'en définitive Adolf Hitler ne lui inspirait pas confiance et qu'au fond de son cœur il ne souhaitait pas le voir vaincre.

— Je ne peux pas accepter un serment pareil, dit-il.

— Les héros le peuvent, répondit Piet en claquant la porte.

Sans perdre une seconde, il partit en voiture vers Waterval-Boven pour prendre deux conspirateurs qui avaient prêté serment, puis il continua vers l'ouest jusqu'à Pretoria où l'attendait Wyk Slotemaker, l'ancien acteur impatient d'assassiner Smuts. Ils descendirent ensuite jusqu'à une base militaire au sud de Johannesburg, où ils devaient faire sauter un important dépôt de munitions. En voyant le réseau de barbelés, l'acteur recula et les deux autres hommes hésitèrent, mais Piet, enflammé par les souvenirs de Nuremberg et de Berlin, les yeux fixés sur l'image d'une gloire semblable déferlant sur l'Afrique du Sud, s'élança seul, la dynamite fixée sur son dos.

Il commit une erreur en coupant les barbelés et une sonnerie d'alarme se déclencha dans le corps de garde. Sept tireurs d'élite prirent leurs postes tandis que d'énormes faisceaux lumineux s'allumaient. Un Afrikaner de Carolina qui s'était porté volontaire dans l'armée de Smuts distingua la silhouette sombre qui rampait vers les munitions et tira. Sa balle frappa le paquet sur le dos de Piet, la dynamite explosa et le déchiqueta.

Pour Krause, ce fut cependant une victoire, car il était arrivé si près du dépôt que l'explosion mit à feu les munitions et les combustibles. Tout au long de la nuit, des déflagrations fantastiques projetèrent des flammes vers le ciel.

En 1946, quand Detleef et Maria Van Doorn redevinrent de paisibles fermiers de Vrymeer, ils reçurent la visite de Johanna, qui occupait depuis son veuvage un emploi modeste à Johannesburg. Elle apportait une proposition d'un groupe de personnes très concernées par l'avenir de la nation et, bien que Detleef n'appréciât pas la plupart de ses activités à l'époque, il se força à l'écouter, car, à chacune de leurs rencontres, il était bouleversé par le souvenir de la soirée au camp de Chrissiesmeer où elle avait partagé la ration de la tante Sibylla qui venait de mourir. Il la voyait encore soupeser le pain dans ses mains pâles et lui donner la plus grosse part. S'il était en vie aujourd'hui, c'était grâce au courage et à la générosité de sa sœur.

— Detleef, et ceci te concerne aussi, Maria, les Anglais se sont avérés beaucoup plus malins en affaires que nous ne le supposions. Nous n'avons fait presque aucune percée dans les bureaux où ils exercent leur pouvoir. Nous n'avons pas assez de jeunes gens formés pour cela. Pis que tout, nos meilleurs jeunes descendent à Stellenbosch, et qu'étudient-ils ? La religion, dont nous avons beaucoup trop. La philosophie, qui ne sert à personne. Un peu d'histoire, un peu de littérature. Un peu de sciences. Nous avons besoin de comptables, de banquiers et de gestionnaires.

— Je n'ai aucune compétence dans ces domaines, se défendit Detleef.

— Bien entendu. Parce qu'à Stellenbosch tu as perdu ton temps. Et à quoi ? A jouer au rugby !

— Eh, une minute ! Pas un mot contre le rugby, hein ?

Quand elle avait attaqué la religion un peu plus tôt, il avait gardé le silence, mais, si elle disait du mal du rugby, il n'était pas question qu'il se taise.

— N'en parlons plus, enchaîna-t-elle. Nous avons décidé que la meilleure solution serait de mettre en place des hommes comme toi, qui parlent très bien anglais... Bref, ce que je veux dire, c'est que tu dois accepter un des postes de secrétaire permanent auprès des commissions parlementaires.

— C'est très mal payé !

— Bien sûr, c'est mal payé. C'est la clef de toute l'affaire. Nous te glissons là. Personne ne le remarque, parce qu'aucun Anglais n'a envie de la place. Et tu y resteras vingt-cinq ou trente ans...

— J'ai déjà cinquante et un ans.

— Tu y resteras vingt ans. Avec le temps, tu pourras faire des brèches énormes. Ce sera toi qui prépareras le texte des lois. Et nous gagnerons de façon indirecte ce que nous ne pouvons pas obtenir en fonçant tout droit.

Elle avait une liste : une quarantaine de postes vacants. Des postes d'ombre dont aucun journal ne parlerait quand leurs titulaires seraient désignés. Des places susceptibles de tenter des jeunes frais émoulus du lycée, mais sûrement pas Detleef. Ils se trouvaient pour la plupart dans des services du gouvernement traitant d'affaires financières et commerciales, pour lesquelles il ne se sentait aucune compétence. Pourtant, alors même qu'il rendait la feuille à sa sœur, son œil tomba sur une ligne isolée. Le service était si peu important qu'il n'offrait qu'une seule vacance : c'était la commission des Affaires raciales.

— Eh bien, l'homme qui acceptera ce poste... dit-il négligemment.

— Lequel ? s'écria-t-elle aussitôt.

— Celui-là.

— Un homme comme toi pourrait faire beaucoup de bien à ce poste, Detleef.

— Non ! Non !

Il refusa catégoriquement l'invitation et ne voulut pas en entendre parler davantage. Johanna rangea ses papiers, sourit à Maria et s'en fut.

Trois jours plus tard, Frykénius convoqua Detleef à Venloo. Les deux membres du Broederbond s'étaient beaucoup rapprochés depuis la mort lamentable de leur ami commun Piet Krause, et Frykénius attaqua le sujet sans préambule.

— Detleef, on veut que vous preniez le poste à la commission des Affaires raciales.

— Je ne peux pas quitter la ferme.

— Mais si, vous pouvez, voyons ! Les Troxel s'en occuperont. Maria et vous partagerez votre temps entre Pretoria et Le Cap.

— Sincèrement, je ne peux pas...

— Écoutez, nous avons très souvent discuté de ce qu'il faut faire pour les Bantous et les « hommes de couleur ». C'est une occasion de mettre nos principes en application.

— Je ne veux pas quitter Vrymeer.

— Detleef, il ne vous reste à vivre qu'un nombre d'années limité. Passez-les à des choses importantes.

Voyant Van Doorn hésiter, le boucher de Venloo insista :

« Vous vous souvenez de la vision de l'avenir de ce pays que vous m'avez racontée ? Le soleil tombant sur la coupe d'entremets. Chaque couche à sa place, nette et séparée. Vous avez aujourd'hui l'occasion de réaliser ce rêve.

— Il faut que j'en parle à Maria.

— Detleef, pour les questions essentielles, tenez les femmes à l'écart.

— Mais comment avez-vous entendu parler de ce poste ? C'est assurément ma sœur Johanna qui vous a mis au courant.

— Je ne parle jamais aux femmes. C'est un ordre venu de Pretoria.

Detleef sourit et songea : « Qui a dit à Pretoria d'envoyer l'ordre ? C'est forcément Johanna. » Et il se souvint de tout ce qu'il lui devait : « Elle partageait les rations par moitié, puis ajoutait un morceau et me le donnait. Elle m'a maintenu en vie. Elle a aidé mes opinions à se former. »

« ... C'est nous-mêmes qui avons créé le problème dont nous sommes victimes, était en train d'expliquer Frykénius. Pour obtenir les postes secondaires du gouvernement, nous avons exigé que tous les fonctionnaires soient bilingues. Cela a marché. Nous les avons tous obtenus, parce qu'aucun Anglais ne se souciait d'apprendre l'afrikaans. Mais maintenant les postes plus élevés s'ouvrent à nous et les maudits Afrikaners que nous sommes n'ont pas assez de gens brillants parlant anglais correctement. Nous les aurons quand nos universités nous les livreront, mais pour l'instant nous dépendons d'hommes comme vous.

Detleef garda le silence.

« J'ai écrit cette lettre pour vous, lui dit le boucher de Venloo. Signez-la.

Il tendit le document qui devait faire de Detleef Van Doorn l'un des hommes les plus influents de la nation.

Parce que les grandes villes s'étaient âprement disputées au moment où l'Union avait vu le jour en 1910, chacune désirant être la capitale, les nouvelles fonctions de Detleef lui imposaient l'entretien de trois foyers : sa ferme permanente, à Vrymeer, une maison pour six mois au Cap et deux chambres le reste de l'année dans un hôtel de Pretoria. Heureusement, il avait les moyens de s'offrir cette extravagance.

Les raisons de cette absence de centralisation étaient complexes. Le conflit pour la capitale avait été tranché de façon radicale : Pretoria hébergeait toutes les opérations de l'exécutif, Le Cap logeait le Parlement et Bloemfontein la Haute Cour. Les intérêts financiers et commerciaux, sans former une branche avouée du gouvernement, gouvernaient plus ou moins le pays depuis Johannesburg — ce qui laissait le pauvre Natal avec rien, hormis son climat, semi-tropical, et ses vues fabuleuses sur l'océan Indien.

En conséquence, le gouvernement sud-africain ressemblait beaucoup à celui de l'Inde impériale, où, pendant les mois chauds, tout le monde émigrait de la torride Delhi pour la fraîcheur de Simla, au pied de l'Himalaya. Pendant la moitié de l'année où le Parlement était en session, la plupart des services de l'exécutif prenaient le train du Cap et, l'autre moitié de l'année, les services parlementaires montaient à Pretoria.

La commission des Affaires raciales était alors un service banal du Cap, s'occupant essentiellement de logements. Son président était un membre du Parlement et elle se composait de hauts fonctionnaires sans panache. Il y avait un secrétaire, un Anglais enfermé depuis vingt ans dans sa routine, et un assistant tatillon datant de la même époque, dont la démission (parce que sa vue baissait) avait créé le vide que Detleef remplissait. Il recevait un salaire annuel de neuf cents livres — à peine de quoi vivre, à cheval sur les deux villes.

En 1946, la commission avait si peu de travail à faire que Detleef prit son poste sans qu'un seul journal fasse état de sa nomination; mais, au début de 1947, un événement allait attirer sur lui l'attention générale et, ensuite, rien de ce que ferait sa commission ne passerait inaperçu.

Cette année-là, Jan Christiaan Smuts, aussi comblé d'honneurs qu'un homme puisse l'être — Premier ministre d'Afrique du Sud, maréchal de l'Empire britannique, chancelier honoraire de l'université de Cambridge, cofondateur des Nations unies et corédacteur du noble préambule de sa charte —, décida de couronner sa carrière (tout en augmentant ses chances de réélection) en invitant le roi et la reine d'Angleterre à visiter leur dominion austral. Et il avait eu l'heureuse idée de leur demander d'emmener avec eux leurs deux charmantes filles, Elizabeth et Margaret. Tous les quatre acceptèrent et, à leur arrivée au Cap, on assista à de grandes démonstrations de loyauté à l'égard de la famille royale dans l'ensemble de la population (en dehors d'un groupe d'Afrikaners bien déterminés à arracher l'Afrique du Sud à l'Empire).

Detleef fut impliqué dans la visite royale lorsque son taureau primé, une bête gigantesque portant le nom d'Oom Paul, gagna le ruban bleu de l'Exposition agricole. Cela signifiait que Vrymeer pourrait faire payer beaucoup plus cher les saillies d'Oom Paul, et Detleef en était ravi.

Mais il découvrit bientôt que, pour recevoir son ruban bleu, il devait l'accepter des mains du roi George VI, qui assistait à l'Exposition. Cela le mit en fureur.

— Mon père a été exécuté par les soldats du roi, lui dit Maria d'une voix amère. Ton père a été tué par ses soldats. Comment peux-tu accepter un honneur venant de ces mains tachées de sang ?

— C'étaient des soldats du roi George V, corrigea Detleef.

Mais ce fut pire, car Maria répliqua :

— Les Anglais ont tué la plupart des membres de ta famille à Chrissiesmeer.

Ce mot le mit en rage.

— Chrissiesmeer ! Tu sais comment ils l'écrivent sur leurs cartes ? Chrissie Meer. Ils nous ont même volé nos noms.

— Detleef, tu ne peux rien accepter des mains de cet homme.

Douloureusement, conscient du sacrifice en argent que cela représentait, Detleef descendit aux parcs du bétail et dit à son régisseur :

— Troxel, ramenez Oom Paul à la maison.

— Mais... Le ruban bleu !

— Je n'accepterai jamais un prix des mains d'un roi sanguinaire.

Un journaliste entendit les cris et reconnut en Detleef un ancien grand du rugby. Devinant un bon sujet d'article, il appela son photographe, occupé au stand des moutons. Aussitôt, l'homme comprit la situation. Il poussa Detleef à côté de son champion et à cet instant Oom Paul, irrité par tout ce remue-ménage, meugla en prenant une pose presque aussi méprisante que celle de Detleef. Cette expression fut fixée sur la pellicule : un honnête Afrikaner et son taureau défiant l'Empire.

Pendant la campagne électorale de 1948, les maisons bourgeoises anglaises de la banlieue de Johannesburg s'ornèrent de portraits en couleur de la famille royale aux côtés de Jan Smuts et les Afrikaners affichèrent l'instantané de Detleef aux côtés d'Oom Paul. Quand l'attaché de l'ambassade américaine chargé des questions agricoles visita l'est du Transvaal pour inspecter les récoltes, il écouta pendant les deux premiers jours une litanie d'accusations mordantes contre Smuts, puis éclata de rire :

— Vous êtes exactement comme mon père dans l'Iowa. Smuts vous a gagné la guerre et vous voulez le fiche à la porte. Roosevelt nous avait gagné la guerre et des hommes comme mon père voulaient le pendre.

L'élection eut lieu le 26 mai 1948 et, ce soir-là, les Van Doorn invitèrent à Vrymeer leur sœur Johanna, M. Frykénius et leur dominee, le révérend Brongersma. Une fraîche nuit d'automne descendait sur les lacs et les cinq personnes sentirent que ce serait peut-être un instant de grand bouleversement. Le roi et la reine allaient être bannis. Le parti de Slim Jannie Smuts évincé du pouvoir. Les jours d'Anglais arrogants comme les Saltwood étaient comptés. Et les familles afrikaners hésitantes, comme les Van Doorn de Trianon, à moitié hollandaises, à moitié anglaises, seraient forcées de prendre parti et de hisser leurs couleurs aux yeux de tous.

— Je vois, dit Frykénius, un fantastique nationalisme prendre le pouvoir dans ce pays ce soir. Smuts ? Oubliez-le. Le roi ? Il n'y en aura plus dans dix ans. La langue anglaise ? Elle est déjà tombée au second rang. Ce soir, nous prendrons la revanche de Slagter's Nek et des camps de concentration. Je prie pour que nous ayons l'énergie de poursuivre sur la lancée de la victoire que nous allons remporter.

Les premiers résultats annoncés provenaient de circonscriptions fortement anglaises et Smuts semblait assuré de rester Premier ministre, mais, à mesure que la soirée se prolongeait, des nouvelles stupéfiantes survenaient : des hommes internés dans les camps pendant la guerre à cause de leurs prises de position en faveur de Hitler remportaient des victoires fracassantes. Quand il devint manifeste que le Parti national de Daniel Malan l'emportait, Detleef poussa des cris d'allégresse et dit à sa sœur :

— Je voudrais que Piet Krause soit ici ce soir. Tout ce dont il rêvait pour nous et sans un seul coup de feu...

Vers deux heures du matin, quand des voisins arrivèrent à l'improviste pour partager les sandwichs et le café, une nouvelle vraiment merveilleuse leur parvint :

— Jan Christiaan Smuts a même perdu son siège dans son fief de Standerton. Le maréchal quitte le champ de bataille.

— Merci, mon Dieu ! s'écria Maria Steyn Van Doorn en tombant à genoux.

Johanna se joignit à elle. Les deux femmes dirent des actions de grâces pour la chute de cet homme qui, croyaient-elles, leur avait fait tant de mal.

Quand elles se relevèrent, Frykénius se tourna vers Brongersma et lui demanda :

— Dominee, voulez-vous conduire la prière. C'est une nuit inoubliable.

Et l'homme qui allait bientôt quitter Venloo pour occuper la chaire de la principale église de Pretoria demanda à ses quatre amis de prier avec lui.

> *Almagtige God, ons dank U.* Depuis la première fois que les Hollandais ont perdu leur colonie au Cap en 1795, nous avons combattu au milieu de vicissitudes inouïes pour établir une société juste dans ce pays. Au cours de ces années troublées, Tu nous as accordé une Alliance et nous y avons été fidèles. Ce soir, Tu nous apportes une grande victoire et notre prière est que nous en soyons dignes. Aide-nous à construire, ici et maintenant, une nation à Ton image.

Avec ferveur, les autres répondirent *Amen* et, l'après-midi suivante, Detleef et Maria partirent au Cap, où, avec une nouvelle majorité au Parlement, ils commenceraient leur œuvre difficile de réorganisation du pays.

Tout d'abord, Detleef rendit la vie si insupportable à son supérieur anglais, le secrétaire en titre de la commission des Affaires raciales, que celui-ci n'eut d'autre solution raisonnable que de démissionner. Pendant plusieurs semaines, il essaya d'éviter cette décision radicale, persuadé d'obtenir la protection du nouveau membre du Parlement qui présiderait la commission ; mais ce fut un paysan obstiné de l'État libre d'Orange et, au lieu de défendre le secrétaire malmené, il le traita avec encore plus de mépris que Detleef. L'homme partit, écœuré. Il quitta complètement la fonction publique — début d'une hémorragie qui allait vider tous les ministères et les services jusqu'à ce que l'administration soit presque entièrement aux mains des Afrikaners et soumise à l'esprit afrikaner.

Une fois Detleef en place, la commission fut prête à s'attaquer au grand problème : mettre en forme les différents éléments de la société. La charge de Van Doorn l'amena à rédiger les directives préliminaires, puis à établir les propositions de lois qui convertiraient ces directives générales en textes juridiques permanents. Il travailla à ce but sans relâche, bureaucrate sans visage au début, puis, lorsque son action fut connue, en héros du mouvement de protection de la race, acclamé dans tout le pays.

Comme les puritains de partout, il commença par le sexe. Pour lui, dans une société convenable, les hommes blancs ne devaient épouser que des femmes blanches, les « hommes de couleur » que des « femmes de couleur » et ainsi de suite jusqu'aux Bantous qui se marieraient entre eux. Chaque fois qu'il réfléchissait à ces problèmes ou en discutait avec sa femme (qui approuvait de tout cœur ce qu'il essayait de faire), il commençait par ce qu'il se représentait comme le sommet — les Afrikaners — et descendait par échelons jusqu'aux Bantous qui constituaient la vaste majorité à la base. Les Afrikaners avaient droit à la position supérieure, parce qu'ils respectaient Dieu et demeuraient fidèles aux directives de Jean Calvin. Les « hommes de couleur » occupaient un niveau plus élevé que les Indiens pour deux raisons : ils avaient un peu de sang blanc ; et, en général, ils croyaient en Jésus-Christ (ceux-là mêmes qui n'étaient pas chrétiens suivaient l'enseignement de Mahomet, supérieur aux dieux hindous). Et les Bantous étaient tout en bas, parce qu'ils étaient noirs et païens. Bien entendu, une grande proportion d'entre eux étaient chrétiens, leurs églises hollandaises réformées en avaient enrôlé des centaines de milliers, mais c'était une subtilité dont Detleef ne tenait pas compte.

Sa première proposition était simple : aucun Blanc ou Blanche, quelle que soit sa situation, ne pourrait épouser un non-Blanc ou une non-Blanche. En cas de tentative, il serait jeté en prison et, si un mariage avait réellement lieu, il ne serait pas valide.

Cela ne présentait guère de difficultés dans les provinces afrikaners du Transvaal et de l'État libre d'Orange. Mais au Cap, dont plus de la moitié de la population était « de couleur », cela fit scandale et les protestations furent vives. Mais la même année, à Durban, les Noirs et les Indiens se lancèrent dans des bagarres de rue sauvages, où près de cent cinquante d'entre eux trouvèrent la mort.

— Vous voyez, put dire Detleef à sa commission, il faut maintenir les races à part.

A ceux qui étaient dans la confidence, il parlait souvent de sa vision : la coupe d'entremets avec les couches bien séparées.

En 1950, il apporta à l'ordonnance sur le mariage une nouvelle amélioration logique : il exhuma une vieille loi sur l'immoralité datant de 1927, qui n'avait jamais été appliquée efficacement, et il lui donna un nouveau mordant. Les relations sexuelles entre personnes de couleur non identiques devinrent délits. Tout homme fréquentant une femme de couleurs différente serait emprisonné. Sa femme et sa sœur approuvèrent cette loi et dirent qu'elle accomplirait des miracles pour la pureté de l'Union.

L'emploi du mot *Union* irritait Detleef et il se demandait quand la majorité afrikaner romprait officiellement ses attaches avec l'Angleterre. Quand il interrogea ses supérieurs sur les délais prévus pour l'accès à la liberté, ils lui répondirent d'un ton bourru :

— Une chose à la fois. Occupez-vous de vos affaires.

Il se détourna temporairement du problème quand Mme Pandit, de l'Inde, lança aux Nations unies une attaque violente contre la politique raciale de l'Afrique du Sud — évoquant en particulier la façon dont on y traitait les Indiens. Le fait qu'une femme ait l'audace de parler le mit en rage. Et, comble du ridicule, c'était une hindoue qui se mêlait de critiquer un pays chrétien ! Sur sa proposition, on lui confia la rédaction d'une réplique à Mme Pandit. Elle était si discourtoise à l'égard de l'ambassadeur d'un autre pays du Commonwealth qu'elle ne fut pas envoyée. Mais, pendant des semaines, il continua de grommeler à ses amis afrikaners :

— Vous vous rendez compte ? Une femme, et une hindoue en plus ! Oser dire des choses pareilles ! Il aurait fallu la museler.

Quand ses supérieurs lui ordonnèrent d'oublier l'Inde et de reprendre son travail, il leur présenta quatre projets de lois fantastiques, qui furent tous votés. Comme un journal l'écrivit après cet exploit : « Rarement, dans l'histoire du monde, un pays a ouvert les vannes d'un tel torrent de législation. » Et, quand Maria et lui firent le bilan de leur œuvre, ils purent se flatter d'avoir réalisé par l'application paisible de leurs talents ce que leurs pères n'avaient pu obtenir par les armes.

— Songe à ce que nous avons provoqué en si peu de temps ! dit Detleef au terme de six mois de travail acharné au Cap.

Et, comme un professeur, il énuméra les changements.

Un — il avait commencé à codifier des coutumes et des règles interdisant le contact entre Blancs et non-Blancs dans les lieux publics. Les toilettes, les restaurants, les transports en commun, les taxis, les ascenseurs, les guichets des postes où l'on vendait des timbres, les quais des gares et même les bancs des jardins et des squares devaient porter de grands panneaux indiquant clairement à qui ils étaient réservés. D'un bout à l'autre du pays les écriteaux WHITES ONLY (Réservé aux Blancs) proliféraient. Maria était particulièrement satisfaite de la restriction des postes.

— Je détestais faire la queue derrière un grand Bantou pour acheter mes timbres.

Deux — il avait contribué à faire voter par le Parlement une loi sur les « zones des groupes » (*groupe areas act*) qui permettrait au gouvernement de diviser le pays tout entier, et notamment les villes, en secteurs alloués à tel ou tel groupe particulier. Cela permettrait de nettoyer les quartiers du centre des villes de tous les Indiens et les Bantous pour que les Blancs soient les seuls à y vivre. D'immenses quartiers occupés jusque-là par des « hommes de couleur » au Cap allaient être réservés aux Blancs. Les « hommes de couleur » seraient déplacés et installés dans de nouvelles zones d'urbanisation sur les plateaux du Cap, balayés par le vent. Les

Bantous seraient confinés dans de vastes lotissements en dehors des limites des villes et des bourgades blanches et on ne leur permettrait de rester là que dans la mesure où ils fourniraient une main-d'œuvre utile aux intérêts des Blancs.

— Ces dispositions rationnelles, disait Van Doorn, définissent et mettent en application la pureté raciale, qui est la marque de toute société digne de ce nom.

Trois — il avait participé à la rédaction d'excellentes lois, très sévères, pour la suppression du communisme. Ces lois étaient si générales que presque toute activité non approuvée par la majorité afrikaner pouvait être sanctionnée par des peines de prison extrêmement longues, souvent sans procès dans les règles.

— C'est nécessaire, assurait-il à tous ceux qui s'en inquiétaient.

Et, quand certains libéraux, souvent anglais, firent remarquer que, pour tout communiste emprisonné sans procès, seize non-communistes luttant pour de meilleures écoles ou la liberté syndicale recevraient le même traitement, il répondit par une réflexion qu'il avait entendue peu de temps auparavant et adoptée aussitôt :

— On ne peut pas faire d'omelettes sans casser des œufs.

Quatre (son chef-d'œuvre) — il avait conçu la loi à laquelle il tiendrait toujours le plus. Longtemps avant qu'elle ne soit votée, pendant les phases préliminaires, Maria et Johanna avaient loué sans réserve la perspicacité de son projet.

— Ce que nous proposons, expliqua-t-il aux membres du Parlement qui feraient passer le décret, c'est que tout être humain résidant dans ce pays soit inscrit dans nos dossiers — toujours disponibles pour la police et le gouvernement — avec son identité raciale précise.

— Je pense, balbutia un député anglais, que si cette classification doit suivre un homme toute sa vie... Ne devrions-nous pas veiller très attentivement...

Detleef ne le laissa pas terminer.

— Monsieur, on procédera avec un soin extrême. La classification sera faite par des Blancs jouissant de la meilleure réputation. Bien entendu, il faudra s'attendre à quelques erreurs. Vous le savez et je ne l'ignore pas. Mais n'oubliez pas que tout homme pourra contester sa classification le cas échéant : une commission de trois Blancs responsables se réunira, convoquera le plaignant, examinera la couleur de sa peau, étudiera ses antécédents, recueillera même les témoignages de ses amis et de ses voisins et pourra faire remonter cet homme au niveau supérieur si les faits sont prouvés.

— Et si les faits ne sont pas clairs ?

— Dans ce cas, il vaudra mieux maintenir la classification.

— Et que se passera-t-il si un homme que vous classez comme Blanc demande à être classé « de couleur » ?

— Plus bas sur l'échelle ? demanda Detleef stupéfait.

La question était si absurde qu'il ne lui trouva aucune réponse. Mais ce qu'il expliqua était intéressant :

« Je peux imaginer le jour où un homme classé « de couleur » de justesse aura vécu une vie si exemplaire et acquis si manifestement des habitudes civilisées que sa communauté lui permettra de changer sa classification vers le haut et de devenir Blanc. Tout le monde peut aspirer à s'élever, surtout si sa peau est du côté clair.

Du fait que Detleef se réjouissait si fort de ces nouvelles lois, il ne faut pas déduire qu'il était directement impliqué dans leur vote par le Parlement. Il n'oubliait jamais sa position de simple bureaucrate travaillant dans un petit bureau du Cap. De nombreux membres du Parlement, surtout dans les partis de l'opposition, ignoraient même son existence, car il ne paraissait jamais à l'avant de la scène. Mais, à force de pressions constantes et parce qu'il conservait son poste alors que les parlementaires perdaient leurs sièges, il acquit peu à peu une puissance énorme, hors de proportion avec sa fonction réelle.

Pourtant, chaque fois que les cloches de Venloo sonnaient le début d'une nouvelle année, il savait qu'en dépit de ses victoires il n'avait pas réglé le point le plus délicat, le plus douloureux, qui tourmenterait sa nation pendant les cent années à venir. Le Jour de l'An 1951, il posa la question à Maria et à Johanna :

— Qu'allons-nous faire au sujet des « hommes de couleur » ?

C'était une question très troublante. Les Bantous étaient visiblement noirs, avec des régions historiques auxquelles ils étaient censés appartenir : le Transkei des Xhosas, le pays zoulou, les terres des Tswanas et des Sothos. Ce n'était pas aussi clair et net que ça, car il y avait des millions de Bantous dispersés d'un bout à l'autre du pays, mais cela restait un problème que l'on pouvait cerner et donc résoudre.

Comme les Indiens ne quittaient pas leurs ghettos surpeuplés, en majorité au Natal, on pouvait également régler leur problème de façon logique. L'ordonnance du Dr Detleef était : « Leur donner une boutique, les empêcher de bouger et ne pas leur accorder trop de libertés. »

Mais les « hommes de couleur » ? Que faire à leur sujet ? Ils n'appartenaient à aucune race définie — blanche, noire, malaise, indienne, hottentote — ni à aucune religion traditionnelle, bien qu'il y ait de nombreux musulmans parmi eux. Ils n'avaient pas de « sol natal », car ils vivaient partout. Et ce n'étaient certainement pas des primitifs, puisque la plupart d'entre eux avaient les mêmes capacités intellectuelles et techniques que les Blancs. Mais ils étaient en un sens « sans identité », sans espèce, et, à ce titre, on pouvait les ignorer.

Seulement, on avait besoin d'eux. Dans toutes les industries, il y avait des postes vacants, parce que les « hommes de couleur » n'étaient pas autorisés à les occuper. Dans tous les secteurs de la croissance, on assistait à des ralentissements, parce que les « hommes de couleur » n'avaient pas le droit de s'associer aux Blancs sur un pied d'égalité. Constamment, ils devaient se cantonner à des niveaux inférieurs, alors que de toute évidence ils auraient pu faire mieux. Une merveilleuse occasion était en train de se perdre...

Tous les pays commettent des fautes, des erreurs de calcul terribles qui, une fois entérinées, peuvent rarement être corrigées. En Angleterre, ce furent les divisions sociales qui firent obstacle au développement normal dans de nombreux domaines et créèrent des animosités qui envenimèrent tout. En Inde, ce fut la stratification rigide des castes, allant même jusqu'à l'intouchabilité. Au Japon, ce fut la persécution de l'État et les critiques des hommes d'Okinawa. Et, en Amérique, ce fut la maladresse, voire l'incapacité, avec laquelle on aborda le problème noir. En Afrique du Sud, l'erreur tragique se produisit au cours des quatre décennies 1920-1960 : les classes dirigeantes blanches auraient pu tendre la main aux « hommes de couleur », les amalgamer à eux et les accueillir sur un pied d'égalité et de respect.

C'est uniquement en suivant la logique de Detleef et des deux femmes, le Jour de l'An 1951, que l'on peut se faire une idée de l'énigme que représente ce refus d'un véritable trésor par les classes dirigeantes d'un pays.

— Il me semble que nous sommes loin d'avoir résolu le grand problème, commença Detleef.

— Les Bantous ? demanda Johanna.

Elle avait soixante et onze ans, elle n'était plus employée à Johannesburg, mais elle jouait encore un rôle important dans les cercles de femmes afrikaners.

« Nous savons très bien ce qu'il faut faire avec les Bantous, enchaîna-t-elle. Les traiter avec justice, mais en les maintenant à leur place.

— Je songeais aux « hommes de couleur ».

— C'est un problème, concéda Maria. Mais ce sont les enfants du péché et Dieu doit les mépriser.

Elle avait donné le ton de la conversation.

— Ce sont des bâtards, dit Johanna. J'aimerais bien nettoyer le pays de leur présence, comme nous avons fait des Chinois. Tu te souviens, Detleef, du jour où nous avons vu le dernier Chinois descendre la voie à crémaillère vers Waterval-Onder ? Une journée magnifique de notre histoire...

Elle se tut, toute à sa nostalgie, puis s'écria brusquement :

« L'autre jour, au Cap, j'ai traversé le district Six. On pourrait en faire l'un des meilleurs quartiers du Cap, mais c'est infesté d'« hommes de couleur ». Il faut tous les renvoyer.

— Où ? Johanna. Où ?

La conversation tombait dans une impasse et les trois puritains revinrent à la première phrase de Maria :

— Ce sont les enfants du péché, répéta Detleef. Une offense à tous les chrétiens craignant Dieu, un rappel des fautes de nos pères.

— Pas de nos pères, protesta Maria. C'étaient les marins des bateaux qui accostaient.

Detleef et sa sœur en convinrent. L'existence des « hommes de couleur » était à leurs yeux un affront. Dieu merci, songeaient-ils tous les trois, les premiers colons, hollandais et huguenots, n'étaient pas impliqués.

— C'étaient les marins, répéta Detleef.

Et, plus il réfléchissait à cette souillure de la nation, plus il avait envie de faire quelque chose. A son retour au Cap pour la nouvelle session du Parlement, il travailla pendant des semaines jusque très avant dans la nuit pour découvrir un moyen de cautériser cette blessure morale affreuse.

L'année était bien avancée lorsqu'il mit le doigt sur un domaine où il pourrait introduire une réforme, mais sa solution allait être si controversée qu'elle retiendrait l'attention pendant cinq ans. En 1910, quand l'Angleterre avait organisé l'Union entre ses colonies sud-africaines, deux clauses de la législation constituante avaient été particulièrement protégées de toute atteinte : on les avait jugées si vitales qu'elles ne pouvaient être modifiées que par un vote des deux tiers des deux chambres du Parlement en séance plénière. La section 137 protégeait l'anglais et le hollandais (ultérieurement l'afrikaans) comme langues de valeur légale identique ; et la section 35 assurait aux « hommes de couleur » qu'ils auraient toujours le droit de vote dans la province du Cap.

Bien qu'aucun « homme de couleur » ne se fût jamais présenté pour le Parlement — quelle horreur ! —, ils votaient et ils étaient inscrits sur les mêmes listes électorales que les Blancs ; en général, leurs voix se portaient sur le candidat blanc qui défendrait le mieux leurs intérêts. En 1948, plus de cinquante mille « hommes de couleur » avaient voté — presque tous pour le parti de Jan Smuts. Dans sept circonscriptions vitales, leurs bulletins avaient provoqué la défaite des nationalistes. Ils représentaient une puissance montante et il fallait leur retirer le droit de voter.

— Ils polluent le processus politique, répétait Detleef sans répit. Notre pays est un pays de Blancs et accorder le droit de vote à ces maudits « hommes de couleur » souille notre pureté.

Il rechercha des parlementaires susceptibles de présenter aux assemblées les lois qu'il avait conçues, mais les ennuis commencèrent.

— C'est cette misérable section 35, disait-il à sa femme et à sa sœur. J'ai bien peur que nous n'obtenions pas un vote des deux tiers.

Il avait raison. Quand ses amis présentèrent le projet de loi dépouillant les « hommes de couleur » de leur droit de vote, ils ne parvinrent pas à réunir la majorité requise et la tentative parut avortée, du moins pour la session de 1951.

Mais Detleef était un homme de ressource. Inspiré par une

suggestion de sa sœur, il convainquit ses partisans du Parlement de tenter un pari audacieux.

— Par suite des modifications des lois qui gouvernent l'Empire britannique, la section 35 n'est plus valide. Nous pouvons faire passer notre loi à la majorité simple.

D'enthousiasme, les parlementaires ravis souscrirent à sa proposition et les « hommes de couleur » se retrouvèrent privés de leurs droits. Mais la division d'appel de la Cour suprême, qui siégeait à Bloemfontein, loin des pressions du Cap, déclara la nouvelle loi inconstitutionnelle ; et l'année 1951 s'acheva avec les « hommes de couleur » toujours nantis du droit de vote — et dans un état d'esprit très offensif.

Detleef ne renonça pas. Son intervention suivante fut à tous égards ingénieuse. Personnellement, il ne détestait pas les « hommes de couleur » ; il en connaissait certains qui avaient une réputation excellente et à qui il souhaitait beaucoup de bien. Mais il était scandalisé que ces enfants du péché puissent avoir des droits égaux à ceux des Blancs. Un soir, il rentra avec son plan au point.

— Maria ! Je crois que j'ai trouvé ! Nous passerons par-dessus la cour d'appel !

— Je ne crois pas que ce soit possible. C'est dans la Constitution.

— Nous laisserons la Constitution et la cour d'appel où elles sont. Mais nous allons instituer le Parlement « Haute Cour de la nation ». Si les deux chambres siégeant ensemble approuvent une loi qu'elles ont votée — et il me semble qu'elles l'approuveront toujours puisqu'elles l'auront votée —, le texte aura force de loi et la cour d'appel n'aura plus voix au chapitre.

C'était net et simple. Le Parlement adopta le projet très vite et la Haute Cour, entièrement composée de parlementaires nationalistes, cassa la décision de la plus haute instance judiciaire du pays. A une vitesse fulgurante, les « hommes de couleur » furent rayés des listes électorales et, presque à la même vitesse, la cour d'appel annula tout le processus, en le traitant de mascarade. 1952 s'acheva donc encore sur une défaite.

Les élections de 1953 donnèrent au gouvernement un plus grand nombre de sièges afrikaners au Parlement et, une fois de plus, Detleef fit présenter sa loi. Une fois de plus, elle n'obtint pas la majorité des deux tiers requise. A ce stade, n'importe quel homme ordinaire aurait abandonné. Mais Detleef était si offensé par tous ceux qui résistaient à ses tentatives de simplifier les choses qu'il se lança aussitôt dans d'autres manigances.

— Ces maudits « hommes de couleur » ne semblent pas comprendre que nous faisons tout cela pour leur propre bien, dit-il à Johanna et à Maria après son troisième échec. En tant que Blancs, nous avons le devoir d'étudier la nation, de déterminer ce qui est le mieux pour tous, puis de faire voter les lois nécessaires.

— Il n'ont pas vraiment besoin du droit de vote, renchérit Maria. Pourquoi s'intéresseraient-ils aux choses qui nous concernent ? Ils devraient rester à leur place et se taire.

Johanna, qui sentait sa vie lui échapper chaque jour davantage, était encore plus acharnée.

— Detleef, il faut que tu les élimines de la vie nationale. Débarrasse les villes de leur présence. Limite-les au travail manuel. Ils sont un affront pour la nation et, si tu ne continues pas d'essayer de les exclure, j'aurai honte de toi.

— Tu parles comme si tu voulais que nous les jetions dehors.

— Comme les Chinois. Ça me plairait.

— Mais ne comprends-tu pas, Johanna, qu'il n'y a aucun endroit où les envoyer ? Ils n'ont pas de pays. Ce sont les bâtards du monde et nous sommes condamnés à les garder.

— Trouve quelque chose.

— Je trouverai. Je te promets de trouver. Mais il me faut du temps.

L'attention nationale se détourna de la question des « hommes de couleur » pour se porter sur la *Vertu triomphante*, statue allégorique de style un peu pompier que l'on dressa devant le siège du gouvernement à Pretoria. C'était l'œuvre d'un jeune sculpteur prometteur, très influencé par Michel-Ange et la statuaire du quattrocento. Elle représentait une femme de proportions héroïques triomphant de lions, de pythons et d'un homme politique ressemblant beaucoup à Hoggenheimer. Comme dans le cas de beaucoup de grandes sculptures, la femme était nue.

De nombreuses ménagères afrikaners, notamment dans les campagnes du Transvaal, remirent en question le choix de cette statue, et Johanna Krause Van Doorn, âgée maintenant de soixante-quatorze ans, descendit en toute hâte au Cap, où le Parlement était en session, pour faire partager à Detleef ses sentiments outragés.

— C'est immoral ! Rien dans la Bible n'autorise les femmes nues. Saint Paul est catégorique : elles doivent rester couvertes.

— Je crois que cela se rapporte aux chapeaux sur la tête pour entrer dans les églises, dit Detleef.

— S'il pouvait voir cette statue, il la condamnerait, crois-moi.

Elle n'aboutit à rien avec Detleef, mais sa fureur était si vive que Maria répondit :

— A notre retour à Pretoria, il faudra que je voie ça.

— Tu ne l'aimeras pas, lui prédit Johanna.

Effectivement, quand les deux femmes allèrent examiner la sculpture offensante, Maria fut encore plus scandalisée que sa belle-sœur. Dès son retour à l'hôtel, elle adressa une lettre acerbe à un journal en afrikaans :

> La présence d'une statue comme celle-là en un endroit pareil est une insulte à toutes les femmes afrikaners. Elle offense l'esprit de la Bible et traite avec mépris les nobles traditions de notre peuple. Les femmes des statues afrikaners devraient porter des robes longues, comme celles du Vrouemonument de Bloemfontein. Cette nudité est choquante non seulement pour toutes les femmes afrikaners, mais aussi pour la plupart des hommes. Le mal que cela fait aux enfants est incalculable. Au nom de toutes les femmes afrikaners, j'exige que cette statue soit enlevée ou bien que cette *Vertu* porte une robe.

Bien entendu, la presse en langue anglaise, toujours prompte à mettre dans l'embarras son opposition afrikaner, fit des gorges chaudes des propositions de Mme Van Doorn, et des dessins humoristiques montrèrent la *Vertu* portant une pèlerine ou une guirlande de feuilles de figuier, ou bien penchée en avant pour protéger sa nudité. Un dessin particulièrement ignoble montra, à la place de cette excellente statue,

Oom Paul Kruger entièrement nu hormis son haut-de-forme et une feuille de chêne de belle taille.

Les journaux étrangers, à l'affût d'un article susceptible de symboliser l'actualité pittoresque d'Afrique du Sud, citèrent les écrits de Mme Van Doorn sur l'art et quand, sous la pression des journalistes, elle accorda une interview à propos de la statue, les agences de presse du monde entier prirent du bon temps.

> Quatre-vingt-dix pour cent des femmes afrikaners éprouvent les mêmes sentiments que moi au sujet de cette statue horrible. Les rares critiques d'art sans vergogne qui la défendent prétendent que Michel-Ange a sculpté des statues dans la même tenue pour les esplanades de villes italiennes. Tout ce que je peux dire, c'est que Michel-Ange est peut-être très bien pour les Italiens qui ont des normes de moralité très basses, mais il n'a pas sa place ici, en Afrique du Sud. Et d'ailleurs qu'est-ce que cette femme a dans la tête ? Aller combattre un serpent sans vêtements sur le dos !

Elle gagna la bataille. Le problème fut résolu de façon assez intéressante : la *Vertu triomphante* devint un homme, qui combattit les mêmes ennemis tout nu, mais derrière un bouclier qui protégeait les sensibilités.

Tandis que sa femme défendait la pureté morale de la nation, Detleef s'acharnait de nouveau à sauver sa pureté politique ; cette fois, avec le concours de plusieurs parlementaires très capables, il attaqua avec un stratagème entièrement nouveau qu'il expliqua à l'état-major du parti en ces termes :

— Plus de bagarre sur des problèmes mineurs. Nous devrons prendre le taureau par les cornes. Nous avons besoin d'une majorité de deux tiers au Sénat et nous ne pouvons pas l'obtenir. Très simple. Créons quarante et un nouveaux sénateurs qui voteront comme nous. Et si vous avez encore peur que la Cour suprême censure le vote que ces hommes nouveaux nous donneront… Très simple : ajoutons six juges de plus, qui s'engageront à voter pour nous.

C'était, leur affirma-t-il, une solution facile. Un rouleau compresseur si puissant que toute opposition éventuelle serait écrasée. Le gouvernement se lança dans l'opération. Il aurait très bien pu réussir sans fracas ni publicité tapageuse sans l'intervention d'un groupe de femmes afrikaners ayant une conscience sociale, qui s'unirent à un autre groupe, composé de femmes anglaises, pour lancer un comité d'action politique, l'Écharpe noire (*Black Sash*) — aussi héroïque que n'importe quel groupe existant dans le monde à la même époque. Contre la marée écrasante de l'opinion nationaliste, ces femmes s'opposèrent à toutes les mesures restrictives et illégales de leur gouvernement — sans pousser de hauts cris, mais jamais sans objet. Elles protégèrent des gens qui ne pouvaient trouver aucune autre protection et elles exposèrent au grand jour, sans répit, les actes irresponsables de leurs gouvernants.

Leur présidente était une femme de tête, Laura Saltwood, de Nouveau-Sarum, la résidence de Johannesburg de cette importante famille d'industriels. Née à Salisbury, près de la cathédrale, elle avait rencontré Noel Saltwood, le fils du colonel Frank Saltwood, dans des circonstances tout à fait banales. Habitant Salisbury, elle connaissait évidemment les Saltwood d'Angleterre et elle ne les aimait pas. Sir Evelyn, un conservateur à tous crins, se rendait si ridicule au Parlement que Laura et son frère Wexton rêvaient de présenter un candidat libéral contre lui quand ils en auraient l'âge. Le frère de Laura faisait ses études à l'université de Cambridge, une ville qu'elle adorait, et, chaque fois qu'une occasion se présentait, elle allait lui rendre visite, ainsi qu'à ses camarades. Au cours d'un de ses séjours, en 1931, elle rencontra un jeune homme calme, venu d'Oxford, vers qui elle se sentit attirée.

— C'est tellement agréable d'être avec vous, lui dit-elle. Les autres parlent tellement et disent si peu de chose.

Il rougit. C'était Noel Saltwood, de la branche sud-africaine de la famille. Après une cour discrète dans deux des villes les plus enchanteresses de l'Angleterre, Cambridge et Oxford, ils se marièrent.

Elle eut la bonne fortune d'arriver à Johannesburg du vivant de Maud Turner Saltwood. Auprès de cette femme sans reproche, qui avait tant contribué à rendre l'Afrique du Sud habitable, elle avait acquis l'habitude de la parole directe et de l'intervention au moment le plus juste. Comme sa belle-mère, qu'elle vénérait, elle n'avait peur de rien : elle chassait les lions avec la même verve qu'elle traquait les récentes lois restrictives de Detleef Van Doorn. Ce dernier la méprisait en raison de l'opposition qu'elle organisait sans cesse contre ses meilleurs projets et, quant à l'Écharpe noire, il estimait que le groupe devrait être mis hors la loi et ses membres jetés en prison. Il étudierait cette possibilité après avoir réglé la question des « hommes de couleur »...

Pour l'heure, il se battait contre Mme Saltwood, qui avait reconnu en lui, à juste titre, une des grandes forces derrière la législation antérieure et les tentatives récentes de dépouiller les « hommes de couleur » de leur droit de vote. Elle prenait la parole à des réunions publiques, accordait des interwiews, lançait des apostrophes à la radio à toute occasion et demeurait constamment en éveil. C'était un adversaire si efficace que, lors d'une discussion sur la stratégie à suivre, dans la maison de Detleef à Pretoria, Johanna voulut savoir pourquoi on ne supprimait pas la liberté de parole à une femme de cet acabit. C'était une question intéressante, pour laquelle Detleef avait une réponse toute prête :

— Parce que ce pays n'est pas une dictature. Ton mari, Johanna, avait des idées dangereuses, sur Hitler et tout le reste, mais les hommes comme Brongersma et moi ne l'ont pas suivi. Nous ne voulions pas de Hitler à ce moment-là et nous n'en voulons pas davantage aujourd'hui.

Johanna se mit à pleurer, blessée de voir son frère dénigrer le martyre de son mari, mais Detleef la consola.

« En réalité, nous tendons aux mêmes buts, mais par des moyens légaux. Nous n'accomplissons aucun acte non chrétien, mais nous finirons quand même par établir une société d'ordre. Presque exactement comme nous en discutions, Piet et moi, il y a des années.

En 1956, Detleef Van Doorn lança un autre assaut contre les « hommes de couleur ». Et, cette fois, avec un Sénat fortement élargi et une Cour suprême plus que doublée, la loi fut votée par le Parlement et entérinée par le pouvoir judiciaire. Mais le triomphe — mérité — de Detleef fut assombri par la maladie grave de sa sœur. Il se trouvait près d'elle lorsqu'elle apprit la joyeuse nouvelle : les « hommes de couleur » seraient rayés des listes électorales communes, première étape de leur privation complète des droits civiques.

— Nous avons le devoir, Detleef, de prendre les décisions. Nous devons veiller à ce qu'elles soient justes, mais nous devons également les faire appliquer de façon stricte, pour pouvoir maintenir notre autorité.

Pendant un long moment, elle prononça des paroles inintelligibles, puis elle fit appeler Maria.

« Detleef manque de volonté, lui dit-elle. Quand le moment viendra, il n'aura pas envie de se battre pour arracher l'Afrique du Sud au Commonwealth. Pousse-le, Maria. Nous devons être libres.

Puis elle mourut, sans se rendre compte un seul instant que les « hommes de couleur » et les Noirs pouvaient eux aussi avoir envie de liberté.

Pendant la période de deuil qui suivit la mort de sa sœur, Detleef travailla sans relâche à la nouvelle série de lois destinées à resserrer les liens de la nation. Seuls les Blancs pourraient fréquenter les grandes universités. L'éducation bantou serait révisée de façon radicale et arrachée aux organisations religieuses et aux missionnaires pour être placée sous le contrôle d'hommes politiques.

— Les Noirs ne doivent pas être troublés par des sujets qu'ils n'ont pas la puissance intellectuelle de comprendre, ni formés à des postes de travail auxquels ils n'auront jamais accès. On ne doit leur enseigner que les aptitudes leur permettant de faire vivre la société dominante. L'instruction doit être donnée en afrikaans, car ce sera la langue de la nation dont ils formeront un élément utile.

Ensuite, il porta son attention sur les lieux de résidence, car il était furieux de voir des quartiers agréables des grandes villes encore occupés par des Bantous. Par une réglementation draconienne, qu'il rédigea mais qui fut publiée sous d'autres signatures, il organisa l'évacuation de ces zones — en s'attachant tout particulièrement à une verrue de Johannesburg, Sophiatown, où il fit venir les bulldozers pour niveler le terrain. Les habitants noirs étaient à chaque fois déplacés dans des lotissements prévus à cet effet, en pleine campagne. Ces Noirs, qui travaillaient tous pour des familles et des entreprises blanches de Johannesburg, se joignirent aux masses de travailleurs parqués ensemble au sud-ouest de la Ville de l'or. Des lignes de chemin de fer rapides transportèrent bientôt un demi-million de travailleurs noirs en ville chaque matin et en ramenèrent autant dans la campagne, au crépuscule.

En 1957, deux grandes décisions virent le jour, auxquelles Detleef Van Doorn n'eut aucune part. Mais il soutint sans réserve les hommes qui les prirent : le *God Save the King* fut abandonné comme hymne national et remplacé par *Die Stem van Suid-Afrika,* un beau chant entraînant. Et l'*Union Jack* anglais cessa d'être le drapeau national. Maria fut transportée par ces changements, car ils démontraient à tous que le pays allait devenir la république afrikaner qu'il aurait toujours dû être.

— Les mauvaises années, depuis la première intervention des Anglais en 1795, sont presque terminées. J'ai un peu honte d'avoir applaudi quand Jan Christiaan Smuts est mort, mais j'étais tout de même contente de le voir partir. Il avait trahi les Afrikaners et il méritait bien de mourir rejeté par son peuple.

Mais l'euphorie des Van Doorn allait être bientôt troublée par un acte qu'ils furent incapables de comprendre. Leur fils Marius, excellent joueur de rugby dans le quinze de Stellenbosch et qui promettait d'acquérir le statut de Springbok, fut sélectionné par le Conseil des bourses Cecil Rhodes : on lui offrit une somme coquette pour faire ses études à Oxford.

— Ma foi, c'est rassurant de savoir qu'il était éligible, dit Detleef à ses amis au Parlement. Il est l'un des meilleurs.

— Va-t-il accepter ?

— Sûrement pas. On parle de le sélectionner pour la nouvelle tournée en Nouvelle-Zélande.

— Springbok ? demandèrent les autres, tout excités.

L'un d'eux, qui suivait l'actualité sportive de très près, précisa :

— Detleef est trop modeste. Le bruit court que Marius serait capitaine.

— Oh, répondit le père d'un ton de désapprobation, il est un peu jeune pour ça. Ces Néo-Zélandais…

Et le reste de la soirée se passa à évoquer des souvenirs de la tournée de 1921, de la façon dont Detleef avait surclassé (ou n'avait pas surclassé) Tom Heeney, le Rocher des antipodes.

Maria était enchantée que la valeur de son fils ait été reconnue par le comité Cecil Rhodes, mais, comme son mari, elle serait très offensée si Marius songeait à accepter.

— Nous n'avons pas besoin qu'un de nos fils aille à Oxford... Comme certains Saltwood à la loyauté divisée... qui vivent ici et appellent Salisbury leur *home !*

Les deux Van Doorn écrivirent à Marius le soir même pour le féliciter de l'honneur, mais aussi pour lui apprendre que l'on parlait beaucoup de sa sélection dans les Springboks, peut-être même comme capitaine. Mais avant même que leurs lettres ne soient postées, Marius arrivait au Cap et leur annonçait qu'il avait accepté la bourse et qu'il partait pour l'Angleterre.

Detleef était si bouleversé que les mots ne parvenaient pas à sortir de ses lèvres :

— Tu ne vas pas... renoncer à un maillot de Springbok... pour une bourse de Rhodes !

Marius le confirma et Detleef éclata :

— Mais mon petit ! Des bourses, on en distribue tous les jours. Être springbok, ça n'arrive qu'une fois dans la vie.

Marius demeura ferme. Il avait vingt et un ans, il était plus grand que son père — et sans son cou de taureau. Il ne jouait pas avec le paquet d'avants, c'était un trois-quarts rapide et fuyant. Ses qualités intellectuelles remarquables, héritées surtout de son grand-père maternel, Christoffel Steyn, se lisaient sur son visage et il aurait été bien incapable de dissimuler la joie qu'il éprouvait à aller à Oxford affronter les meilleurs esprits.

— Mais Marius, supplia son père, tu peux apprendre des choses dans des livres n'importe où, alors que si tu as une chance réelle d'être le capitaine des Springboks... Ce serait l'immortalité.

— Il y a autre chose dans la vie que le rugby, papa, répondit le jeune homme.

— Quoi ? J'ai fait beaucoup de choses dans mon existence. J'ai vu les camps. J'ai eu un taureau primé à la foire exposition. J'ai combattu avec de Groot et Christoffel. Et j'ai été témoin du triomphe de mon peuple. Mais rien ne peut se comparer à l'instant où je suis entré sur le stade en Nouvelle-Zélande, avec le maillot des Springboks sur les épaules. Pour l'amour de Dieu, Marius, ne manque pas cette occasion unique pour je ne sais quelle combine de Cecil Rhodes destinée à séduire nos jeunes Afrikaners.

— Ça ne m'empêchera pas de jouer au rugby. Je jouerai avec Oxford.

— Tu feras quoi ?

Detleef, médusé, se tourna vers sa femme.

— Tu as dit que tu jouerais avec Oxford ? demanda Maria.

— Oui, si je peux entrer dans l'équipe.

— Un homme de la classe d'un Springbok... Jouer avec Oxford ! (Detleef faillit s'étouffer.) Est-ce que tu te rends compte que, dans la voie où tu t'engages, tu pourrais jouer un jour contre l'Afrique du Sud ?

— Mais ce n'est qu'un jeu, papa.

Toute la véhémence de Detleef se donna libre cours.

— Ce n'est pas un jeu. C'est à travers le rugby que nous avons installé le patriotisme dans ce pays. J'aimerais mieux être capitaine d'un quinze springbok en Nouvelle-Zélande que Premier ministre.

Aucun argument ne put dissuader Marius et, trois ans plus tard, quand il informa ses parents, par câble, qu'il allait épouser une jeune Anglaise, ils pleurèrent pendant trois jours.

Le mariage de Marius Van Doorn, étudiant et athlète d'Oriel, avec Clara Howard fut célébré le 20 mars 1960 chez les parents de la jeune fille, dans un village au nord-ouest d'Oxford. Les parents de Marius n'y assistèrent pas, bien qu'ils aient été invités : ils refusèrent de mettre le pied sur le sol anglais — et c'est ce qui explique pourquoi ils se trouvaient chez eux à Pretoria le lendemain, quand l'Afrique du Sud fut déchirée par une fusillade de la police à Sharpeville, une ville noire sur les bords du Vaal.

Au cours de l'année précédente, l'indignation des Noirs n'avait cessé de gronder contre les lois imposant des entraves de plus en plus sévères à leurs libertés. Albert Luthuli, qui allait bientôt recevoir le prix Nobel de la paix, était confiné à son district depuis cinq ans ; des femmes africaines avaient été chargées à la matraque au cours d'une manifestation au Transkei et, au Zululand, des soulèvements s'étaient soldés par des dizaines de morts et de blessés.

A Sharpeville, les Noirs tentèrent la contestation pacifique : ils rendraient leurs laissez-passer et se présenteraient d'eux-mêmes pour qu'on les arrête, estimant infamant de se voir imposer des papiers d'identité à l'intérieur de leur propre pays*; dix mille personnes se rendirent au poste de police. Sans un seul coup de feu en l'air pour leur permettre de rebrousser chemin, le premier cordon de policiers tira au milieu de la foule. Soixante-sept morts restèrent sur le terrain et plus de cent quatre-vingts hommes, femmes et enfants furent blessés.

— C'était inévitable, commenta Detleef en apprenant la nouvelle. Nous faisons ce qui est juste pour le pays et ils refusent de coopérer.

Quand le bruit courut que les Noirs se rassemblaient dans plusieurs autres villes, il dit à Maria que tout soulèvement serait écrasé sans merci. Ce n'était pas un homme méchant, mais il croyait en l'ordre, et, quand le Parlement, après avoir dûment délibéré, avait décidé que le pays devait être organisé d'une certaine façon, tout le monde avait le devoir de se conformer au décret.

— On ne peut pas laisser aux Bantous le choix d'obéir ou de ne pas obéir aux lois. Les lois ont été votées. Tout le monde doit s'y soumettre.

A son avis, les principaux responsables de ces troubles étaient des agitateurs blancs, notamment des femmes comme Laura Saltwood, et il commença à réfléchir à la façon dont on pourrait faire obstacle à ce genre d'indésirables.

Detleef avait soixante-cinq ans et il songeait à la retraite. Mais la cascade d'événements dramatiques de l'année 1960 le convainquit que son œuvre était loin d'être terminée. Peu de temps après Sharpeville, un fou, détraqué par les angoisses consécutives aux changements récents dans la vie du pays, tira un coup de revolver à bout portant sur la tête du Premier ministre Verwoerd. Par miracle, ce brillant leader politique survécut — et cela prouvait, dirent les Van Doorn, que Dieu voulait le sauver pour de nobles desseins. En octobre, Verwoerd accomplit l'un d'eux : il organisa un plébiscite qui

* Dans la plupart des pays de langue anglaise, où la carte d'identité est inconnue, l'obligation de posséder des papiers d'identité est ressentie comme une atteinte à la liberté personnelle de façon infiniment plus sensible qu'en France, où, si elle n'est pas légalement obligatoire, la carte d'identité est d'un usage si répandu que dans la pratique personne ne peut s'en passer. (*N.d.T.*)

autorisa le gouvernement à rompre toutes relations avec la Couronne d'Angleterre et à se déclarer République.

Avec une énergie colossale, Detleef et sa femme s'étaient efforcés d'effacer tout vestige de ce qu'ils appelaient « un siècle de domination anglaise ». Plus tôt, on avait accompli une série de changements modestes : plus de chevaliers, comme autrefois Sir Richard Saltwood ; le visage de Jan Van Riebeeck sur les pièces de monnaie et non celui du roi ou de la reine. Mais, maintenant, il s'agissait de franchir le pas décisif et Detleef se dépensa sans compter auprès de ses collègues.

— Nous devons éliminer la dernière trace de la honte du passé, prêcha-t-il. Nous devons quitter le Commonwealth, la Communauté britannique de nations, car ce n'est qu'un stratagème des Anglais pour nous garder sous leur coupe.

Ces paroles ne manquèrent pas de surprendre. Plus d'un Afrikaner s'étonna qu'il se laisse emporter par son obsession à ce point.

— Quand nous avons voté pour la rupture des liens avec la monarchie, nous n'avions certainement pas l'intention de quitter le Commonwealth.

A cette objection, il répondait sans hésiter :

— Quand on se lance sur la voie de l'honneur, il faut continuer jusqu'au bout. Le bout de notre voie, c'est l'indépendance totale.

Chaque fois qu'il en discutait, le soir, avec sa femme, elle l'encourageait.

— « Ils » ont fusillé mon père. « Ils » ont tué ma famille dans les camps. Nous devons couper tous les liens.

En mars 1961, la fantastique nouvelle leur parvint, au cours d'un de leurs séjours à Vrymeer. Un des collaborateurs de Van Doorn à Pretoria lui téléphona :

— Monsieur ! Monsieur ! Nous sommes enfin libres. Verwoerd nous a fait sortir du Commonwealth !

Prudemment, avant de partager le triomphe avec Maria, Detleef passa deux coups de téléphone pour se faire confirmer la nouvelle. Une fois convaincu que son pays était enfin indépendant, il ne courut pas vers sa femme le cœur plein d'allégresse, il n'ordonna pas aussitôt une grande fête. Au lieu de cela, il sortit. Il partit à pas lents vers l'endroit où se dressait la « cabane-bubale » du général de Groot au cours des années sombres qui avaient succédé à la guerre. Il crut entendre le vieux lutteur irréductible prédire : « Tu es la génération qui regagnera ce pays. Tu gagneras la guerre que ton père et moi avons perdue. »

Il leva le poing, comme des années plus tôt chaque fois qu'il célébrait une victoire au rugby, et il cria :

— Alors, le Vieux ! On a gagné, hein ? On a gagné !

Une fois à la retraite, sans bureau au Cap ou à Pretoria lui créant des obligations, Detleef aurait pu se reposer, car les lois qu'il avait parrainées spécifiaient maintenant un comportement rationnel pour tous les résidents de la République. Mais l'oisiveté n'était guère dans sa nature puritaine et il commença à s'atteler à une autre tâche gigantesque, qu'il jugeait nécessaire et urgente.

— Je mourrais heureux, Maria, si je savais que nous avons à Pretoria un vaste sommier contenant la classification raciale exacte de chacun. Les cartes d'identité vertes sont très bien. Mais le plus utile serait un document d'identité contenant toute la vie de la personne — tout ce qui la concerne. Elle le porterait sur elle en tout temps, pour que les autorités puissent voir qui elle était et ce qu'elle a fait.

Le petit livret qu'il conçut, de neuf centimètres sur douze, était un chef-d'œuvre d'ingéniosité. Il contenait quarante-huit pages — qui résumaient toute une vie et fournissaient en un document unique toutes sortes de renseignements utiles. De longs numéros codés indiquaient l'origine raciale, le statut et le domicile. Il y avait de la place pour une série de photographies correspondant à différents âges. Quatre pages étaient réservées aux indications relatives au(x) mariage(s), avec une petite phrase imprimée indiquant que, si le (ou la) détenteur(trice) arrivait au bout de ces pages à la suite d'une cascade de divorces, il (elle) pouvait demander un nouveau livret et recommencer depuis zéro. Il y avait également une page complète sur les vaccinations, les allergies, le groupe sanguin et tous les autres renseignements médicaux pouvant servir à un ambulancier ou une infirmière d'hôpital. Il incluait aussi le permis de conduire et les pages 18 à 21 étaient réservées aux procès-verbaux de police et aux arrestations. Il y avait aussi un permis de port d'armes avec quatre pages entières pour énumérer les armes. Les pages 26 et 46 étaient marquées « Usage officiel » sans préciser davantage, mais disponibles pour toute information que les autorités souhaiteraient inclure dans le livret à l'avenir. Les deux dernières pages servaient à noter les participations électorales ; et une poche, sur la couverture, était destinée à la liste de tous les biens immobiliers possédés par le détenteur.

Tout citoyen blanc, selon le projet de Detleef, serait obligé d'avoir ce document sur lui en tout temps.

— Comme cela, nous saurons qui est chacun de nous et nous aurons un état civil en bon ordre.

Il se félicitait de son idée lorsqu'une après-midi le révérend Brongesma, cheveux tout blancs, très affaibli, s'arrêta à Vrymeer pour passer le reste de la journée. Il avait cessé de prêcher, mais il continuait de suivre de son mieux les activités du Broederbond. Avec l'église, cette fraternité constituait toute sa vie.

— Je songe souvent aux jours où nous avions toute notre énergie, Detleef. Vous, Frykénius, Piet Krause et moi. Quatre forces de la nature. Nous avons accompli une œuvre fantastique.

Puis il dit, sans transition :

« Appelez Maria. Je veux voir cette jeune fille dont j'ai sauvé la vie.

Quand la vieille Maria, toute rassotée, entra dans la pièce, il se leva et l'embrassa.

« Je suis descendu jusqu'à Stellenbosch pour dire à ce jeune gredin de vous épouser et il en est résulté un magnifique foyer chrétien. J'aurais voulu pouvoir parler à Marius avant qu'il épouse cette Anglaise. Il ne pourra jamais entrer dans le Broederbond... ou jouer un rôle majeur dans notre société.

C'était tellement dommage...

Il parla aussi de Piet, puis il dit une chose qui troubla profondément Detleef.

« Piet était un radical de gauche et il s'est détruit. Vous étiez un radical de droite et vous avez détruit un grand nombre de nos libertés*.

* Il peut paraître étrange au lecteur français de voir un pasteur qualifier un pro-nazi de « radical de gauche ». Mais ici « gauche » signifie recours à l'action subversive, par rapport à la « droite », qui représente l'intervention dans le cadre de la légalité, le mot « radical » conservant son sens premier d' « extrémiste ». (*N.d.T.*)

— Que voulez-vous dire ?

— Detleef n'a agi que pour le bien du pays, s'écria Maria sur la défensive.

— J'en suis certain, dit le vieux prédikant. Mais j'ai peur qu'il ait provoqué des déséquilibres. La fraternité du Christ a pour but d'apporter la liberté, non la contrainte.

— Mais une société doit être disciplinée, protesta Detleef. Vous le savez mieux que personne.

— Certes. Pourtant, à lire l'Ancien Testament d'un regard trop sombre, on passe à côté de l'amour, de l'aventure, des triomphes effrénés, des danses et du son des flûtes. (Il secoua la tête.) Je ne suis pas exempt de tout reproche, moi non plus. J'ai désiré un monde nouveau avec tant de force que j'ai oublié le bien qu'il y a dans tous les mondes possibles. Savez-vous quel est mon verset préféré de toute la Bible, maintenant que me voici aux portes de la mort ? *Word wakker, word wakker, Debora. Word wakker, hef'n lied aan.* « Chante, chante Deborah, chante-nous un chant ! » Vous avez tué les chants, Detleef.

Quand il s'en alla, Maria dit :

— Le pauvre vieux, il radote.

Quelques instants plus tard, des hommes se précipitèrent dans la maison en criant :

— Le Premier ministre a été assassiné !

Les Van Doorn se ruèrent sur la radio en tremblant. Detleef tournait le bouton si nerveusement qu'il ne parvenait pas à se régler sur la station. Maria prit sa place...

« Aujourd'hui, alors qu'il procédait à ses fonctions à la chambre du Parlement, notre Premier ministre, Hendrik Verwoerd, a été poignardé à mort par un assassin qui s'est approché de lui déguisé en huissier. Trois coups de couteau l'ont atteint à la gorge et à la poitrine. Il est mort avant d'arriver à l'hôpital. »

Dans le noir, les Van Doorn gardèrent le silence, songeant à la Destinée implacable qui semblait planer sur leur nation : un patriote hors pair assassiné dans les enceintes mêmes du gouvernement ; des étrangers prononçant des discours accusateurs aux Nations unies ; les Noirs refusant obstinément d'accepter la position qui leur était assignée ; et Marius marié à une Anglaise.

Dans les journées qui suivirent, le monde strictement

organisé de Detleef sembla tomber en miettes. Les lois mêmes qu'il avait conçues pour défendre l'État avaient servi à priver la nation de son dirigeant élu.

— On dirait que Dieu Lui-même a voulu cette tragédie, gémit Detleef.

S'abandonnant à sa fureur, il prit sa femme à témoin.

« Sais-tu qui l'a tué ? Un homme qui n'aurait jamais dû avoir le droit d'entrer dans le pays. Un rien du tout de Mozambique.

— Comment s'est-il infiltré ? demanda Maria.

Deux millions et demi d'Afrikaners en colère se posaient la même question.

— Tu ne vas pas le croire. Quatre hommes que j'ai formés moi-même ! Les agents de l'Immigration chargés de vérifier tous les étrangers à l'entrée... Cet individu avait un dossier criminel. C'était inscrit dans ses papiers et personne ne l'a vu !

— Mais comment un homme comme celui-là a-t-il pu obtenir une place d'huissier au cœur même du Parlement ?

Detleef frissonna.

— Ses papiers établissaient sans ambiguïté qu'il était à moitié blanc et à moitié noir. Tout le monde au Mozambique le savait. Notre ambassade le savait. Mais que s'est-il passé ? Il est entré ici au culot, la tête haute, et mes services lui ont donné une carte d'identité attestant qu'il était blanc. Après quoi, tout était facile.

— Mais pourquoi a-t-il voulu tuer notre Premier ministre ?

Van Doorn baissa la tête et l'enfouit dans ses mains. Il n'avait nulle envie de répondre à cette question affreuse, mais d'une voix faible il avoua :

— Il a dit... Il n'admettait pas le fait qu'ayant une carte de Blanc il lui était désormais interdit d'avoir des relations sexuelles avec la fille « de couleur » qu'il aimait.

Saisi de rage froide, Detleef se mit à arpenter la cuisine où il avait reçu ses premières leçons. Il entendait encore la voix du vieux général de Groot qui n'avait jamais cessé de combattre. La voix de Piet Krause, qui avait de l'avenir une vision si claire. Et de l'autre angle de la pièce venait enfin la voix puissante de Johanna, épine dorsale de la famille et de la nation. Quelle ironie amère ! Ses propres lois utilisées contre lui !... Mais il ne trouvait rien à redire à ces lois :

« Ce que nous devons faire, affirma-t-il à sa femme, c'est voter des lois plus strictes. Et ensuite les appliquer mieux.

Apartheid

La trame complexe de vieilles coutumes et de nouvelles lois tissée par Detleef Van Doorn et ses pairs est connue sous le nom d'*apartheid*, exemple flagrant du peu de bonheur avec lequel les Afrikaners donnent des noms aux choses. Il exprime le fait d'être à part, mais il vaudrait mieux le transcrire en français *aparthaine* qu'*aparté*. *Apartheid* n'apparaît pas dans les anciens dictionnaires de la langue ; c'est un mot inventé pour exprimer le credo des Afrikaners : Dieu a voulu que les races soient maintenues séparées, chacune évoluant normalement à son propre rythme et dans ses propres confins.

Avec les années, les expressions employées pour définir l'apartheid ont évolué : *gestion tutélaire*, *développement séparé*, *libertés séparées*, *cadre séparé*, *développement indigène*, *développement multinational*, *autodétermination*, *démocratie plurale*. Mais, malgré leurs efforts les plus diligents, jamais les architectes de ces lois n'ont été capables d'effacer le premier nom, le nom exact, qu'ils avaient donné à leur vaste dessein.

Personne ne saurait étudier le rôle juridique joué par Van Doorn dans la rédaction de ces lois sans être frappé par l'affirmation souvent répétée de leur auteur : « J'ai agi pour le meilleur et le plus honnête des motifs, sans rancœur personnelle, en harmonie avec la volonté de Dieu. »

Il ne voulait à coup sûr aucun mal aux « hommes de couleur », aux Asiates et aux Noirs dont il limitait rigoureusement les existences. Il disait souvent : « Certains Bantous qui travaillent dans ma ferme comptent parmi mes meilleurs amis. » Bien entendu, il avait toujours refusé de modifier les conditions dans lesquelles ils travaillaient. Mais, quand il décidait ce qui était bon et mauvais pour eux, c'était toujours en toute conscience de bon chrétien. Souvent, il leur versait des salaires plus élevés que ceux qu'ils auraient obtenus ailleurs. Il répétait volontiers qu'il ne les considérait pas comme des êtres humains inférieurs en soi — mais simplement « différents ». Il n'avait aucun désir de les dominer, seulement d'agir à leur égard comme un tuteur bien intentionné.

Mais même les intentions sincères créent parfois des problèmes que le législateur ne saurait avoir prévus : l'apartheid devint si envahissant qu'il domina la vie des gens ordinaires de la naissance jusqu'à la mort et à la résurrection.

A LA NAISSANCE

Les Afrikaners n'ont jamais eu peur de voguer contre les vents de l'histoire et en général avec succès. D'autres nations ont appris à utiliser, et parfois à légitimer, le mélange de leurs races, avec des résultats enviables. Il n'existe pas dans le monde de peuple plus beau que les Chinois-Polynésiens, langoureux et capables, des mers du Sud. Le métissage Noir-Blanc du Brésil produit des souches d'une qualité extraordinaire, tandis que les enfants Japonais-Blancs d'Hawaii sont exceptionnels à la fois par leurs talents et par leur physique. Le mélange Indiens-Espagnols du Mexique est remarquable, ainsi que les métis Indiens-Noirs de Trinidad.

Les Afrikaners avaient vu la main de Dieu dans la création de leur petite nation et ils étaient déterminés à l'isoler de tout apport extérieur susceptible de souiller sa pureté. Et, à dire vrai, il était difficile de trouver un groupe démographique plus homogène, plus beau et plus passionné que ces Afrikaners forgés sur le veld et dans les vallées de l'extrémité méridionale du continent. Bien entendu, la souche hollandaise pure avait reçu plusieurs contributions : celle des huguenots, groupe doué qui ne s'était jamais infiltré en grand nombre. Celle des Allemands, plus nombreux parfois que les Hollandais eux-mêmes. Mais c'étaient des apports, à peu de chose près, de même origine physique et morale. La participation des Anglais avait été inévitable et ils formaient une partie importante de la communauté blanche. Les Afrikaners n'avaient pas pu éviter non plus tout contact avec les Hottentots, les Noirs et les « hommes de couleur ». A l'époque des pionniers, c'était un fait admis. Mais les descendants des pionniers étaient déterminés à empêcher toute pénétration ultérieure de leur laager blanc.

Ce soin jaloux de la pureté du sang coûta vraiment très cher à la société, car les « hommes de couleur » qui avaient vu le jour en Afrique du Sud, comme ailleurs dans le monde, furent sauvagement exclus de la vie nationale. Non seulement on leur interdit de se mêler aux Blancs sur le plan social, mais on les isola économiquement, professionnellement et sur le plan de la création. Pour la nation, ce fut une amputation déplorable. Qu'on pense à ce que les États-Unis auraient perdu s'ils s'étaient privés de l'apport de personnes que l'Afrique du Sud aurait classées « de couleur » à cause de leur peau : Frederick Douglass, Ralph Bunche, Martin Luther King, O.J Simpson, Harry Belafonte, Lena Horne, Diahann Carroll, le sénateur Brooke et le membre du Congrès Powell. Et combien le monde serait plus pauvre sans l'œuvre d'« hommes de couleur » comme le poète Pouchkine, le peintre Pissarro et le fabuleux conteur Alexandre Dumas.

L'Afrique du Sud étouffa au berceau toutes les contributions possibles de ses « hommes de couleur » Malais-Hottentots-Noirs-Afrikaners-Anglais. Et jamais cette perte ne fut plus grande que lorsqu'elle rejeta la jeune Heather Botha, âgée de vingt-trois ans et résultat d'un tel métissage. Elle était exotique comme un palmier se penchant sur un lagon bleu, ou une perle nacrée dans une main de Balinaise. Elle combinait les traits les plus attachants de tous les aventuriers qui figuraient dans sa généalogie : l'esclave malaise au tempérament farouche qui avait combattu son maître de la Jan Compagnie pendant neuf ans, puis couché avec son fils pendant douze autres années ; le capitaine de vaisseau hollandais qui s'était battu avec les tempêtes sur trop d'océans pour ne pas se moquer de ce que décrétaient les responsables de la Compagnie sur la fraternisation avec les filles de sang mêlé ; le pasteur hottentot qui avait protégé l'arme à la main les quarante-sept têtes de bétail qu'il possédait en propre, plus les cinquante-sept qu'il avait volées aux troupeaux de la Compagnie ; le guerrier noir qui s'était défendu à la fois contre les Zoulous et les Blancs ; l'officier anglais au visage rose, en route pour les Indes, qui avait murmuré des mots d'amour à une jeune servante « de couleur » près d'un ruisseau sur les pentes de la Table Mountain… Heather était la fille d'ancêtres pleins de vigueur et tous auraient été fiers d'elle : comme elle le disait à toute occasion, à l'instar de son marin hollandais d'ancêtre :

— Je m'en moque.

En 1953, à l'université, elle avait ouvertement accordé des rendez-vous à des Blancs, malgré les avertissements de ses professeurs, qui l'avaient prévenue du danger, et malgré la police, qui lui avait répété que c'était un délit... Elle aurait eu beaucoup de mal à refuser les nombreuses invitations qu'elle recevait d'étudiants blancs, car c'était une jeune femme sensationnelle et l'une des plus dynamiques du campus. Elle avait un rire très doux, une démarche provocante et un sourire qui montrait des dents éclatantes sur son teint doré.

Mais elle était condamnée. A la naissance, elle avait été classée « de couleur » et cela resterait sa caractéristique essentielle, plus déterminante que son intelligence, sa beauté et sa capacité de contribuer à la société. L'endroit où elle vivrait, la qualité de son éducation, le travail qu'elle pourrait obtenir, l'homme dont elle pourrait tomber amoureuse et le rôle qu'elle pourrait jouer dans la vie sud-africaine étaient prédéterminés de la façon la plus rigoureuse. Tout le monde dans la nation connaissait les limites d'Heather — tout le monde, en fait, sauf Heather elle-même.

La jeune étudiante avait vingt ans quand la police l'arrêta pour avoir « tenté des Blancs à avoir des rapports charnels interraciaux ou à commettre des actes d'indécence ». Rarement une accusation de mélange de races fut à la fois aussi justifiée (Heather était à coup sûr « tentante » pour les hommes, qu'ils soient blancs ou de toute autre couleur) et aussi fallacieuse (car ce n'était pas elle qui « tentait », c'étaient les hommes). Sous ce chef d'accusation, elle fut condamnée à trois mois de prison, avec sursis à condition que la « tentation » cesse. On la prévint que, si elle comparaissait de nouveau devant un magistrat sous une accusation d'immoralité, elle en subirait les conséquences.

— Je m'en moque, dit-elle à ses amies étudiantes après le procès.

Et elle continua de se comporter avec une insolence charmante pour ceux qui la connaissaient, mais insultante pour les observateurs extérieurs. En ville (au Cap), elle allait où il lui plaisait, elle mangeait où ses amis s'arrêtaient pour manger et, quand vint la fin du mois d'octobre, elle fréquenta les plages réservées aux Blancs, où sa silhouette étonnante, sa peau hâlée et ses manières pleines de vivacité lui valurent une certaine attention, pas toujours approbatrice. Deux fois, des baigneurs blancs la prévinrent qu'en se rendant sur des plages légalement réservées à leur groupe elle se mettait en infraction avec la loi. Elle rejeta la tête en arrière et leur sourit.

Pour les vacances de Noël, qui constituent toujours la pointe de la saison d'été, Heather se bronzait sur une plage de Blancs lorsque Craig Saltwood, vingt ans, rentra du collège Oriel d'Oxford pour passer quelque temps dans sa famille. Il était tout naturel qu'ils fassent connaissance. Ils parlèrent de leurs cours à la faculté et des événements récents en Afrique du Sud. Il versa du sable chaud sur les jambes de la jeune fille, puis se mit à l'ôter galamment, grain par grain. Elle lui dit de faire attention à l'endroit où il posait la main et bientôt ils s'embrassaient à l'abri des regards de la police. La troisième après-midi, le jeune Saltwood la raccompagna chez elle dans sa Morris Minor.

Les parents d'Heather lui plurent beaucoup. Simon Botha était un maçon expérimenté qui possédait sa propre entreprise de construction. Déborah, son épouse, femme d'intérieur très douce, mettait toute sa fierté à entourer de soins Simon et leurs trois enfants, dont Heather était l'aînée. Mme Botha quittait rarement la cuisine de leur maison d'Athlone, où elle préparait les boboties et les sucreries que sa famille avait toujours cuisinés avec goût. Comme sa fille, elle avait un teint splendide — mais, au contraire d'Heather, elle était très timide.

— Je m'inquiète souvent pour Heather, dit-elle doucement. Aller à la plage blanche ! Elle va s'attirer des ennuis.

— Je ne suis pas un ennui, dit Craig.

— Pour ma fille, si, répliqua Mme Botha.

Puis M. Botha parla de l'adjudication récente de contrats de construction dans une nouvelle zone urbanisée : les officiels blancs faisaicnt de la discrimination contre les artisans « de couleur » et accordaient des chantiers importants à certains entrepreneurs blancs manquant réellement de compétence et d'expérience.

— Ils ne veulent pas me laisser construire ces bicoques modernes, mais, quand de grandes demeures anciennes comme Trianon ont besoin d'être restaurées, c'est à moi qu'on fait appel. (Il rit.) On me dit : « Botha, pouvez-vous réparer ce pignon à la façon d'autrefois ? » Ou bien : « Botha, nous voulons restaurer cette grange construite au temps de la Jan Compagnie. Nous devons protéger notre héritage culturel, n'est-ce pas ? » Et qui protège « leur » héritage culturel ? C'est moi !

On riait beaucoup dans la maison Botha. Il y avait des livres partout et des disques de Wilhelm Furtwängler et d'Arturo Toscanini, avec toute une étagère d'opéras de « la Voix de son Maître ». Les Botha parlaient anglais, mais se débrouillaient bien en afrikaans ; le dimanche, ils fréquentaient l'église hollandaise réformée (« de couleur »), où Simon et Déborah avaient été mariés et leurs enfants confirmés.

La guerre de Corée venait de se terminer et Simon parlait avec fierté du rôle des chasseurs sud-africains en Extrême-Orient, mais il ne pouvait dissimuler la déception qu'il avait ressentie en ce qui concernait ses propres quatre ans d'armée, pendant la Seconde Guerre mondiale.

— Quand tout a été terminé, Jan Smuts est venu en personne remercier notre unité « de couleur » et je vois encore l'*Oubaas** debout devant moi, à moins de cinq mètres, nous disant qu'on avait besoin de nous, au pays, pour construire une Afrique du Sud nouvelle. « Dieu vous bénisse tous, nous dit-il, et que la paix vous soit plus favorable que ces années de conflit. » Cinquante mille hommes comme moi ont combattu contre Hitler. Pour la liberté, disaient-ils. Mais, à notre retour, Smuts a oublié toutes les promesses qu'il avait faites et, maintenant, ils essaient même de nous retirer notre droit de vote.

Quand Heather vit la sympathie avec laquelle Craig considérait sa famille, son emballement fut si vif que tout le monde se douta qu'elle passerait les nuits suivantes avec le jeune homme, dans la pension de Sea Point où il prenait ses vacances. La deuxième nuit, une femme soupçonneuse, qui occupait la chambre d'en face, téléphona à la police pour l'avertir qu'un délit était en train de se commettre dans la chambre 38. L'affaire fut confiée à deux agents, un sergent de cinquante-cinq ans que ce genre de mission révoltait et un jeune pète-sec de vingt-deux ans tout juste sorti de sa campagne, tout excité à la perspective de pénétrer dans une chambre où un couple nu serait au lit. Après avoir placé les lieux sous surveillance pendant plusieurs nuits, ils intervinrent un matin à quatre heures et quart, forcèrent la porte de la chambre, prirent des photographies et arrêtèrent le couple nu. Le plus âgé des deux policiers était rouge de honte.

— Les draps ! N'oubliez pas les draps ! cria le plus jeune sans quitter des yeux Heather qui se rhabillait.

Le sergent dut défaire le lit et empaqueter les draps. Les enquêteurs les enverraient à un institut de médecine légale, où des techniciens aux salaires élevés, utilisant un équipement ultra-moderne, confirmeraient scientifiquement qu'un mélange de races avait bien eu lieu.

— Je suis désolé... s'excusa le sergent tout en entraînant les amants dans le couloir.

Près d'une porte entrouverte, une femme triomphante affichait sa fierté d'avoir contribué à sauvegarder la morale de sa nation...

— Pauvre créature ! lança Heather à cette chienne de garde.

Cet « acte d'arrogance et de dépit à l'encontre d'un citoyen convenable » serait cité contre elle lors du procès.

— Insolente et sans remords, même après s'être rendue coupable d'un délit majeur ! tonna le magistrat contre la jeune femme.

Puis il rendit une sentence classique dans les cas de ce genre :

« Craig Saltwood, vous appartenez à une bonne famille et vous possédez un dossier universitaire valable. De toute évidence, vous avez été influencé par des idées étrangères pendant votre séjour en Angleterre et votre comportement est une honte. L'exemple donné par vous et d'autres Blancs du même acabit ne peut être tenu que pour révoltant aux yeux des personnes « de couleur » convenables, dont les filles doivent être protégées contre ce genre de liaisons. Trois mois avec sursis, sous réserve de trois ans de « bonne conduite ».

Le magistrat prit un air menaçant.

« Mais, si jamais vous avez de nouveau des rapports avec une femme en dehors de votre race, vous irez en prison.

Il fixa Heather longuement, d'un œil triste, puis il dit :

« Vous avez choisi de ne pas tenir compte de l'avertissement que je vous ai donné lors d'une audience précédente. J'ai pitié de vos parents : que doivent-ils ressentir du fait de votre comportement honteux ? Mais le tribunal n'a pas le choix. Trois mois de prison.

On supposait que le jeune Blanc, blessé par la censure de sa société, filerait doux et garderait bouche close. Mais Craig Saltwood était si écœuré par l'iniquité flagrante de la sentence d'Heather qu'au lieu de se hâter de rentrer à Oxford et d'oublier son escapade de vacances il téléphona à sa mère et lui demanda :

— Veux-tu contribuer à corriger une injustice grave ?

— Rien ne me plairait davantage, répondit Laura Saltwood.

Elle avait déjà guerroyé, sans grand succès, pour les droits des anciens combattants noirs et « de couleur » et elle était épouvantée par les injustices perpétrées sous couvert des nouvelles lois promulguées par les nationalistes depuis leur victoire de 1948. Quand Craig expliqua comment il avait obtenu le sursis alors qu'Heather était jetée en prison, sa mère fut scandalisée.

— Mettons bien les choses au point, Craig : est-ce une prostituée ?

— Grands dieux, non ! Elle ne m'a pas « tenté », comme a dit le tribunal. C'est moi qui l'ai poursuivie de mes assiduités.

— Es-tu allé chez elle ?

— J'ai dîné avec ses parents. Comme pour n'importe quelle fille qui m'aurait plu.

— Son père n'est-il pas le Simon Botha qui restaure les vieilles demeures hollandaises du Cap ?

— Si.

Cela suffisait à Laura Saltwood. Elle réunit le petit groupe de femmes qui s'étaient jointes à ses efforts pour protéger les droits des anciens combattants et elle leur exposa les faits. Elles furent révoltées. Mais, quand elle proposa de diffuser l'affaire dans les journaux, une certaine Mme Van Rensburg lui demanda si elle estimait cette démarche prudente.

— Votre fils n'a-t-il pas subi suffisamment de publicité ?

— Les Saltwood ne s'en sont jamais beaucoup souciés, répondit Laura.

Elle descendit aussitôt de Johannesburg au Cap, où elle déversa sa colère dans l'*Argus* et le *Times*. Elle rendit visite aux parents d'Heather et les invita à ne pas perdre courage, mais elle les avertit aussi que, si son combat pour faire révoquer cette sentence honteuse était un succès, Heather devrait quitter le pays.

— Pour aller où ? demanda Déborah Botha consternée.

— Au Canada. Là-bas, les gens se comportent comme des êtres humains.

Elle rendit également visite à Heather dans sa prison, sans écouter les remarques de mauvais aloi que lui lancèrent les autorités lorsqu'elle sollicita l'autorisation. Heather lui plut : toute mère se serait félicitée de voir son fils fréquenter une jeune fille comme elle — belle, saine, avec un vigoureux sens de l'humour.

— Nous vous sortirons d'ici, Heather.

— Dans trois mois, plaisanta-t-elle.

— Je veux dire : du pays. Il faut que vous partiez.

— Je me plais ici.

— Vous n'avez aucun avenir en Afrique du Sud, Heather. Ailleurs, vous pourrez mener une vie normale.

— Je mène une vie assez normale ici.

— Dans une cellule de prison ? Pour avoir aimé un jeune homme ? Ne soyez pas ridicule.

Heather n'eut qu'une semaine pour méditer cet avis. Craig Saltwood retourna à Oxford et sa mère s'adressa à la seule personne qu'elle croyait capable de l'écouter : Detleef Van Doorn, président de la commission des Affaires raciales, l'architecte des nouvelles lois. Il l'écouta. Et même avec une grande attention ; puis il expliqua patiemment que l'Afrique du Sud blanche devait protéger sa pureté raciale contre les hordes essayant de la détruire.

— La sentence d'Heather Botha est à la juste mesure du tort grave qu'elle aurait causé si elle avait donné naissance à un autre enfant « de couleur ».

— Mais... Et le délit de mon fils ?

— Elle l'a tenté.

Il cita plusieurs exemples tirés de la Bible, où de jeunes Israélites honnêtes avaient été tentés par les filles de Canaan. Comme Mme Saltwood lui adressait un sourire ironique, il ouvrit un tiroir de son bureau et en sortit une Bible anglaise, pourvue de nombreux signets de papier. Cherchant le verset le mieux indiqué, il ouvrit la Bible à Genèse XXVIII, 1, et il lut dans un bel anglais sonore :

— « Tu ne prendras pas femme parmi les filles de Canaan. »

Il referma la Bible d'un air triomphant et regarda Mme Saltwood.

— Autant que je sache, dit-elle, il n'avait pas l'intention de prendre Mlle Botha pour épouse.

Comme tout bon puritain, Van Doorn fut scandalisé par tant de désinvolture. Après un instant de silence, il dit d'une voix douce.

— Mme Saltwood, si vous continuez sur la voie que vous avez choisie, vous allez vous retrouver vous-même en grande difficulté.

— Tant pis, répondit-elle sur le même ton. J'ai l'intention de remuer ciel et terre partout où je pourrai au sujet de la condamnation honteuse d'Heather Botha.

Laura était une femme résolue que rien n'effrayait. Elle avait l'intention de consacrer les années qui lui restaient à des tâches utiles. Les contributions de sa famille à ce pays n'étaient pas sans gloire et elle n'avait pas l'intention de renoncer à ses convictions morales pour complaire à des nationalistes afrikaners qu'elle tenait pour extrémistes et sectaires.

Van Doorn, voyant cette femme tenace relever le menton, crut avoir devant lui Hilary Saltwood, le premier membre — et le pire — de ce clan difficile. Quand les trekkers avaient affronté ce missionnaire forcené, jamais ils ne s'en étaient sortis sans égratignure. Detleef craignit que, dans un conflit ouvert avec Laura Saltwood, il ne soit égratigné lui aussi.

— Je parlerai aux autorités responsables d'une commutation de peine, dit-il.

— Que concluons-nous aujourd'hui ?

— Je ne peux pas m'engager pour d'autres.

Puis il baissa la voix et demanda à cette femme obstinée : « Pouvons-nous garder tout ceci entre nous ?

— Certainement. Je sais que vous êtes un homme de bon sens.

— Non, non... Je suis un pauvre Boer, madame, incapable de résister aux *bedonderde* Saltwood comme vous.

Heather fut libérée. Six mois plus tard, au cours d'un voyage au Cap, Laura trouva la jeune femme en train de faire ses valises.

— Je file au Canada, lui dit-elle en riant.

Et elle embrassa Laura pour lui avoir montré comment une femme libre devait se conduire.

Elle s'installa dans la plus belle des villes canadiennes, Toronto, où son élégance et sa beauté plurent à tout le monde, notamment à des jeunes gens séduits par son style exotique, son humour et sa bonne humeur. Des amis l'aidèrent à trouver un emploi de secrétaire dans une entreprise travaillant avec l'étranger et son don pour les langues lui fut très utile.

A Toronto, elle fut appréciée pour les qualités mêmes qui avaient fait d'elle un gibier de prison dans son pays natal : une indifférence effrontée à l'égard des coutumes dépassées et une sympathie communicative pour tout le monde, sans tenir compte du statut social. Elle eut la liberté de contribuer à la vie du Canada dans la mesure de ses capacités, mais jamais elle ne se prit au sérieux ni ne se mit à militer. Quand des voyageurs bien intentionnés essayaient de la tenir au courant des événements en Afrique du Sud, elle souriait aimablement et disait :

— Je me moque de ce que ces pauvres malades peuvent bien fabriquer là-bas.

Mais elle mentait, car elle n'avait jamais jeté une petite carte d'identité de matière plastique verte démontrant qu'elle avait été citoyenne d'Afrique du Sud. En lettres rouges, la carte informait également le monde entier qu'elle était COLOURED-KLEURLING.

Heather Botha épousa un jeune avocat canadien, eut trois beaux enfants et participa à une commission d'encouragement des arts musicaux de Toronto. Elle conserva sa carte de plastique au fond d'un tiroir de sa chambre, comme un souvenir discret de la prison d'où elle s'était enfuie.

A L'ÉCOLE

A Venloo s'était ouvert, parallèlement à l'école fondée au lendemain de la guerre anglo-boer par M. Amberson, le joueur de rugby, un collège de filles qui avait acquis très vite la réputation remarquable de former d'excellentes diplômées de langue afrikaans, faisant ensuite de bonnes études universitaires. Le collège avait une tradition patriotique dont ses étudiantes et ses enseignants étaient fiers. Comme le disait le principal, Roelf Sterk :

— Mon grand-père a ouvert cette école dans une grange en 1913, quand notre peuple vivait ses pires années de souffrance. Il n'avait pas d'argent et ses élèves n'en avaient pas non plus. Mais il rassembla les fillettes des environs et leur dit : « Nous ne serons pas en mesure de construire une nation libre, où les Afrikaners pourront vivre dans la dignité, si vous, les futures mères, n'acquérez pas les mêmes compétences que les Anglaises. Vous devez apprendre à compter, à écrire et à raisonner. Vous devez étudier. » Aujourd'hui, je vous dis la même chose. Nous avons conquis la place qui nous revient de droit dans le gouvernement de ce pays. Mais, pour nous maintenir au-dessus de ces Anglais, nous devons étudier plus que jamais.

Il était particulièrement fier de la façon dont deux filles de deuxième année classique prenaient leurs leçons à cœur. Pétra Albertyn, âgée de neuf ans, et Minna Van Valck, âgée de dix ans, étaient le genre d'élèves dont rêvent tous les maîtres, à la fois curieuses d'esprit et appliquées. Elles se tenaient bien, sans qu'on ait besoin de les y contraindre ; elles avaient de bonnes notes dans les matières exigeant de la mémoire, mais aussi en chant et en dessin ; et, chaque fois qu'une bonne chose se préparait, on pouvait compter sur elles pour prendre l'initiative. En outre, comme si Dieu donnait parfois en excès à certaines personnes élues, les deux fillettes étaient d'une beauté hors du commun —, Pétra avait de beaux cheveux bruns et Minna était une blonde adorable, avec des traits hollandais classiques.

L'arithmétique fut à l'origine des ennuis. Plus âgée que Pétra, Minna était excellente dans la plupart des matières, ce qui ne désolait nullement la brune, qui disait à ses parents :

— J'adore Minna. Elle est tellement douce et gentille.

Mais, en arithmétique, Pétra possédait des dons hors du commun : elle était vraiment très brillante et son professeur, une femme de l'université de Pretoria qui savait reconnaître un cerveau quand elle le voyait en action, déclara :

— Cette fillette est un petit génie étonnant.

Bien entendu, elle obtenait les notes les plus élevées, supérieures à celles de son amie Minna.

Cela ne troublait nullement Minna, car elle dit à sa mère :

— De toute façon, je n'aime pas les chiffres et je ne suis pas très bonne en calcul.

— Mais tu as laissé Pétra te dépasser, se plaignit Mme Van Valck, courroucée. Tu n'as donc pas de fierté ?

— Je la bats pour tout le reste ! s'écria Minna.

Mais sa mère, persuadée qu'il s'était passé quelque chose de louche au collège, décida de tirer les choses au clair. Sa brillante fille avait-elle, oui ou non, été traitée selon ses mérites ? Elle marcha d'un pas résolu vers l'établissement et exigea d'être reçue par le principal.

Roelf Sterk avait l'habitude de recevoir des parents hors d'eux-mêmes. En fait, il se félicitait de les voir s'intéresser suffisamment aux progrès de leurs filles pour lui poser des questions, mais il ne s'attendait nullement à l'agressivité avec laquelle Mme Van Valck l'attaqua.

— Je suis convaincue que Minna doit avoir mieux réussi que cette Pétra je ne sais qui, parce que j'ai corrigé moi-même son cahier de devoirs tous les soirs.

— Vous voulez dire que vous l'avez aidée ?

— Pas du tout. J'ai dit que j'ai vérifié ses devoirs une fois qu'elle les avait terminés, pour être bien sûre qu'elle avait compris les problèmes. Et jamais elle n'a donné une solution inexacte.

— C'est ce qui explique son excellente note, répondit le principal.

— Mais cette Pétra a eu une note plus élevée. Ma fille a été pénalisée.

— Madame Van Valck, expliqua le principal d'un ton patient, Pétra Albertyn est presque un génie en arithmétique. Elle est extraordinaire. Il est hors de question que votre fille puisse l'égaler dans cette discipline. N'oubliez pas, Mme Van Valck, que votre fille a eu la meilleure note dans toutes les autres matières.

Mme Van Valck, que cette réponse ne pouvait satisfaire, exigea de voir cette fillette « supérieure » et le Dr Sterk y consentit, espérant apaiser ainsi les soupçons de la mère. Pétra, comme beaucoup d'élèves de l'école, habitait un village assez éloigné et prenait pension dans l'établissement, ce qui la différenciait d'autres enfants comme Minna, qui vivaient chez elles. Cela provoqua la méfiance de Mme Van Valck.

— Qui est-ce ? Pourquoi vient-elle au collège de si loin ?

Patiemment, le Dr Sterk lui expliqua que plus des deux tiers de ses meilleures élèves venaient de distances considérables.

— Il en était de même au temps de mon grand-père. La plupart des premières élèves qui valurent à ce collège sa bonne renommée arrivaient ici en chariot au mois de janvier et ne retournaient jamais chez elles avant juin.

Mme Van Valck aurait très bien pu se rendre compte de ce qui se passait au collège en jetant un simple coup d'œil par la porte vitrée de la classe, mais, lorsqu'elle arriva à l'endroit où elle aurait pu le faire, le Dr Sterk ouvrit la porte, interrompit le cours et déclara :

— Voici la mère de Minna.

Les élèves se levèrent et inclinèrent la tête, puis le Dr Sterk s'approcha d'une fillette au premier rang et dit :

— Et voici la meilleure amie de Minna, Pétra Albertyn.

Plus tard, quand il déposa devant la commission de Classification des races, il affirma :

— Dès que Mme Van Valck vit Pétra Albertyn pour la première fois, sa mâchoire tomba et elle se figea. Je le remarquai sur le moment, mais sans pouvoir deviner la raison de ce comportement étrange.

Ce matin-là, dans la classe, elle ne dit rien. Elle fixa Pétra puis se hâta de quitter l'école. Elle se dirigea tout droit vers le tribunal, traversa sans un regard les bureaux des greffiers, entra en coup de vent dans le cabinet du juge et se laissa tomber dans un fauteuil.

— Léopold, dit-elle. Il y a une fille « de couleur » à l'école de Minna.

— Peu probable, répondit son mari, le magistrat de Venloo.

— Léopold, je l'ai vue. Il n'y a pas dix minutes. Si cette fille n'est pas une Hottentote, je ne suis pas une Potgieter.

C'était son nom de jeune fille, un nom respecté de l'histoire afrikaner et la preuve éclatante de la pureté de sa lignée.

— Ma chère, répondit son mari sans hausser la voix, le Dr Sterk ne permet pas aux jeunes filles « de couleur » de fréquenter son collège. La loi l'interdit. Au moment de l'inscription, les parents doivent montrer leurs cartes d'identité de Blancs. Sterk et tous ses professeurs se montrent très prudents en ces matières. Si tu veux bien me laisser, je...

— Léopold ! Cette fille « de couleur » est devenue la meilleure amie de Minna. Minna parlait de l'inviter chez nous la semaine prochaine.

— Tu es encore furieuse au sujet de cette composition d'arithmétique ? Oublie cette accusation stupide et rentre à la maison.

Ce soir-là, les Van Valck interrogèrent Minna, qui répondit :

— Oh, elle est plus brune que moi. Mais elle parle comme moi.

— Pas un mot à personne, Minna, hein ? C'est un secret important. Mais demain, tu lui poseras des questions sur ses parents. Où ils vivent. Ce qu'ils font.

Et Minna se fit espionne. Après son enquête, elle put rapporter à ses parents :

— Sa famille est très bien. Son père est contremaître dans un garage. Sa mère tient un magasin. Elle dit que c'est là qu'elle a appris à additionner si vite... Dans le magasin.

Cela n'apaisa nullement Mme Van Valck, qui tint absolument à ce que son mari se rende à l'école, pour voir, lui aussi, la fillette « douteuse ». Or, quand il la vit, sa mâchoire tomba et il ne prononça pas un mot de plus avant d'avoir quitté le collège. Mais, lorsqu'il rejoignit son épouse dans la voiture, il s'écria :

— Mon Dieu. C'est une fille « de couleur ».

Les Van Valck n'en dormirent pas de la nuit. Quelle décision devaient-ils prendre, en toute conscience ? Le fait qu'une fillette « de couleur » passe pour blanche était immoral, illégal et extrêmement dangereux pour leur fille, puisque les deux enfants non seulement se trouvaient ensemble, mais avaient établi des liens de camaraderie, voire d'amitié. Une chose pareille pouvait ruiner la vie d'une jeune fille blanche, pouvait ternir définitivement sa réputation si la communauté l'apprenait. Et ce n'était pas un danger uniquement pour la famille Van Valck ; toute école devait veiller sans relâche à sa renommée et le meilleur moyen de la perdre était d'accueillir des enfants d'une mauvaise couleur.

Au matin, les Van Valck décidèrent qu'ils devaient confier ce problème au Dr Sterk, dont on ne pouvait mettre en doute la compétencce et qui avait toujours défendu ardemment l'*Afrikanerdom*. D'ailleurs, plus d'un citoyen de Venloo supposait qu'il était à la tête de la cellule locale du Broederbond. Dès que Minna fut partie pour le collège, ils s'y rendirent à leur tour sans se faire remarquer et frappèrent à la porte du principal.

— Dr Sterk, dit Mme Van Valck d'une voix sombre, nous avons des raisons de croire que Pétra Albertyn est « de couleur ».

Le principal faillit s'étouffer.

— Mevrou Van Valck ! C'est une accusation très grave.

— Nous le savons. Mais cette fille n'est pas blanche.

— C'est impossible.

Puis il sentit brusquement un frisson lui parcourir le dos. Les deux Van Valck étaient là, bien installés dans leurs fauteuils, poings serrés, les yeux fixés sur lui. Ils ne disaient rien, ne proféraient pas de menaces. Simplement, ils attendaient. Il toussa, puis demanda :

« Vous parlez sérieusement, n'est-ce pas ?

— Oui, répondit Léopold Van Valck.

— Vous accusez Pétra Albertyn d'être « de couleur » ?

— Oui.

— Vous êtes conscients de la gravité des conséquences ? Pour la fillette ? Pour ses parents ? Pour le collège ?

— Oui.

— Il faut que je consulte mes professeurs.

— C'est inutile, jappa Mme Van Valck. Un seul coup d'œil suffit. Elle essaie de « passer la ligne ». Et elle met notre fille en danger.

— Il faut que je réfléchisse. J'ai besoin de temps, répondit le principal d'un ton ferme. Rentrez chez vous. Je vous rendrai visite ce soir, après avoir parlé avec mon personnel.

Ce soir-là, à huit heures et demie, il frappa à leur porte, accepta le café et les biscuits qu'ils lui offrirent et rendit compte de son enquête.

— Aucun de nos professeurs n'a jamais soupçonné Pétra d'essayer de « passer la ligne ». C'est une fillette d'une grande beauté...

— Elle est « de couleur », dit Mme Van Valck sans vouloir en démordre.

— Nous ne voyons aucune preuve...

— Avez-vous vérifié sa famille ?

— Je ne connais pas ses parents, avoua le Dr Sterk. Leurs cartes d'identité indiquent qu'ils sont blancs.

— J'irai les voir demain, dit Mme Van Valck. Pouvez-vous me donner leur adresse ?

— Ils habitent à Blinkfontein.

Le vendredi après-midi, elle partit avec sa voiture à soixante-dix-huit kilomètres de Venloo, dans un hameau au croisement de deux routes, où il n'y avait qu'un seul magasin : l'*Albertyn Super Shop*. Elle rangea sa voiture et chercha des yeux le poste de police. Il n'y en avait pas. Elle alla au bureau de poste et demanda à parler au receveur, à qui elle fit promettre le secret.

— C'est une affaire très importante, Meneer. Des bruits ont couru au sujet des gens en face, les Albertyn. A Venloo. Leur fille Pétra est au collège là-bas...

— De quoi parlez-vous, Mevrou ?

— Que savez-vous de ces gens ?

Elle indiqua de l'épaule le magasin de l'autre côté de la rue.

— Ils habitent ici depuis...

— D'où venaient-ils ?

— Ils ont toujours vécu ici.

Ne recevant aucune aide de l'employé des postes elle entra carrément dans la boutique et demanda des confitures de fraise. L'homme, dont la peau brune invitait au soupçon, lui répondit qu'il n'y en avait pas.

— En aurez-vous demain, M. Albertyn ? demanda-t-elle.

— Je ne suis pas M. Albertyn. Il travaille au garage. Je suis le commis.

— Puis-je voir M. Albertyn ? Ou Madame ?

— Vous pouvez les voir tous les deux, ils sont dans la cour, à l'arrière.

Les parents de Pétra semblaient aussi blancs que n'importe quel Afrikaner, mais elle remarqua une chose qu'elle jugea très révélatrice : malgré le soleil, Mme Albertyn n'avait pas de taches de rousseur.

De retour chez elle, elle dit à son mari :

— Cette femme est « de couleur », aussi clair que les lignes dans la paume de la main.

— Comment peux-tu en être certaine ?

— Pas de taches de rousseur.

Les Van Valck revinrent au collège présenter leur preuve au Dr Sterk. Il leur répondit en riant :

— Vraiment, je ne peux pas intervenir pour des taches de rousseur.

Le ton du principal mit les Van Valck en colère. Ils se levèrent pour sortir.

— Mon mari sait ce qu'il faut faire, répondit Mme Van Valck. La vie de notre fille est en danger.

— Attendez ! s'écria le Dr Sterk en se glissant entre eux et la porte. Une accusation publique peut faire beaucoup de mal à cet établissement. Et même rejaillir sur votre fille.

— C'est à notre fille que nous pensons avant tout, dit Mme Van Valck.

— Voulez-vous m'accorder deux jours ?

— Nous vous accorderons même deux mois, dit Léopold Van Valck généreusement. Mais à condition que vous preniez l'affaire au sérieux.

— Certainement, certainement. Je songe au tort que cela risque de faire à la petite Pétra Albertyn si vos accusations sont rendues publiques et... (il tenta désespérément de trouver une bonne manière d'achever sa phrase, mais rien ne survint) et si elles se révèlent infondées, conclut-il de façon bancale.

Ses paroles avivèrent la colère des deux Van Valck, mais ce fut la femme qui répliqua :

— Elles sont fondées. Cette fille est « de couleur ». Chassez-la d'ici.

— Et il vaut mieux que ce soit d'ici deux jours, dit M. Van Valck d'un ton définitif.

Dans l'après-midi, le Dr Sterk réunit trois de ses professeurs les plus pondérés, deux femmes et un homme, bons Afrikaners tous les trois. Leur conseil fut clair et net :

— Les Van Valck sont des empêcheurs de tourner en rond, surtout la mère. Elle a remué ciel et terre l'an dernier quand Minna a eu un avertissement pour sa conduite. Si elle menace de lancer une accusation publique, elle le fera. Il vaut mieux mettre à la porte la petite Albertyn discrètement et oublier l'incident.

— Mais la fillette est-elle vraiment « de couleur » ?

— Pas le moindre signe, répondit la maîtresse d'arithmétique. Mais il vaut mieux qu'elle parte.

— Madame du Plessis, vous m'avez toujours dit que Pétra est une fillette remarquable.

— Certes. Et je l'aime beaucoup. Mais, dans un cas comme celui-ci, il vaut mieux qu'elle parte, c'est dans son intérêt.

Les trois professeurs étaient catégoriques. La renommée de ce collège devait l'emporter sur toute autre considération. L'expulsion serait peut-être un crève-cœur pour l'enfant, mais la simple rumeur qu'elle soit « de couleur » aurait des conséquences désastreuses pour l'établissement si elle était répandue par des gens résolus comme les Van Valck.

Le Dr Sterk refusa pourtant de suivre ce conseil. Le lendemain après-midi, il se rendit au magasin des Albertyn et demanda aux parents de monter dans sa voiture : il voulait les emmener dans un endroit isolé sur le veld, où ils pourraient parler en privé. Tandis qu'ils roulaient en silence, les Albertyn s'interrogèrent sur la faute grave que leur fille avait dû commettre au collège : elle devait mériter une punition et ils en étaient désolés, mais ils étaient prêts à se ranger derrière le Dr Sterk et à faire appliquer la discipline de l'établissement. Mme Albertyn posa la main sur celle de son mari. Quand la voiture s'arrêta, elle respira à fond. Le principal se tourna vers eux. Il avait l'air mal à l'aise, distant, et il mit longtemps à se décider à parler.

— On a accusé Pétra d'être « de couleur », dit-il.

— Oh, mon Dieu ! s'écria M. Albertyn.

— Des accusations très graves, par des personnes prêtes à engager des poursuites.

— Oh, mon Dieu ! répéta-t-il.

L'angoisse de M. Albertyn était à la mesure de la gravité de l'accusation. En Afrique du Sud, une déclaration de ce genre n'avait rien de commun avec, par exemple, celle d'un Hongrois disant en Hongrie : « Je crois que Lazlo est roumain. » Ou bien celle d'un homme de l'ouest de l'Angleterre lançant : « Si vous creusez au fond des choses, vous découvrirez que Masterson est en réalité irlandais. » Dans les pays normaux, des accusations de cet ordre relèvent des commérages de clocher. En Afrique du Sud, elles déterminent la vie et parfois la mort.

— Cette accusation est-elle fondée en quelque manière ? demanda le Dr Sterk.

— Absolument pas, dit M. Albertyn.

Et, dès cet instant, le grand soupçon se fit jour, car le principal remarqua que M. Albertyn s'était précipité pour défendre sa famille et sa fille, mais que Mme Albertyn n'avait pas réagi. Il se dit : « Pourquoi cette femme garde-t-elle le silence ? Elle doit cacher quelque chose. » Et il crut aussitôt que Pétra était « de couleur ».

Au terme de cet entretien sur le veld, le Dr Sterk proposa :

— Je pense que, dans ces circonstances, vous feriez mieux de retirer votre enfant de notre école.

— Je refuse, cria Albertyn. Avez-vous songé à ce que cela signifierait pour Pétra ? Chassée de l'école sans avoir rien fait de mal ?

— Je comprends votre susceptibilité, dit le Dr Sterk d'un ton onctueux. Mais avez-vous envisagé les conséquences d'une accusation publique ? Il y aurait forcément une enquête de la Classification des races. L'effet sur Pétra... (Il s'arrêta, sans se montrer vraiment menaçant, mais en laissant tout de même planer une ombre.) Les suites terribles pour vous-mêmes...

Enfin Mme Albertyn parla et elle le fit avec une force paisible :

— Avez-vous songé, de votre côté, aux conséquences, docteur Sterk ? Persécuter une pauvre fillette ?

Ces paroles eurent exactement l'effet contraire de ce que Mme Albertyn avait désiré. Le Dr Sterk les interpréta comme une atteinte à son intégrité.

— J'ai toujours veillé scrupuleusement à mes devoirs, madame Albertyn, répliqua-t-il sèchement. Que ce soit à l'égard de mes élèves ou à l'égard de mon pays. Si vous tentez de vous introduire dans une société blanche... C'est contraire aux lois de notre pays et une enquête déterminera les faits.

Il les ramena chez eux, puis rentra en toute hâte à Venloo où il convoqua une réunion du comité de l'établissement.

— Une accusation très grave, encore officieuse, a été portée à l'encontre d'une de mes élèves, Pétra Albertyn. Elle serait « de couleur ». L'un de vous a-t-il une preuve à ce sujet ?

Deux des professeurs de Pétra, qui avaient demandé d'assister à la réunion, déclarèrent aussitôt que Pétra Albertyn était une des meilleures élèves. Le Dr Sterk les coupa.

« Nous ne nous soucions pas de ses qualités. C'est sa race qui nous préoccupe.

A la façon dont il prononça ces paroles, tout le monde eut l'impression très nette qu'il estimait justifiées, à présent, les accusations contre l'enfant. Cela encouragea son adjoint à déclarer qu'il observait Pétra depuis un certain temps : non seulement elle semblait anormalement sombre, mais elle se comportait comme une personne « de couleur », c'était caractéristique...

— Expliquez-vous, demanda le Dr Sterk.

— Sa manière de prononcer certains mots.

Le révérend Classens, dominee de Venloo et membre du comité, invita à la prudence :

— Sommes-nous bien conscients de ce que nous faisons en ce moment ? C'est tout l'avenir de cet enfant qui est en jeu.

— Personne ne saurait se montrer plus compréhensif que nous ne le sommes, dominee, répliqua le Dr Sterk. Mais, si elle est « de couleur », c'est qu'un de ses parents doit être « de couleur » lui aussi. Ils peuvent avoir un avenir au sein de leur groupe. Pas ici, à Venloo.

— Cela signifie-t-il que vous vous proposez de passer au crible tous les enfants au teint un peu sombre ?

— Ils sont passés au crible tous les jours. Par leurs camarades de classe. Par tous ceux qui les regardent. Nous vivons dans un pays chrétien, dominee, et nous obéissons aux lois.

— C'est ce que je prêche. Mais je prêche aussi : « Laissez venir à moi tous les enfants... »

— Nous ne persécutons pas les enfants. Mais nous ne devons pas perdre de vue certaines priorités essentielles.

— Comme par exemple ?

— La santé morale de tous les élèves de cet établissement.

Après la réunion, le Dr Sterk, plus sévère que jamais, se rendit chez les Van Valck.

— J'ai vu les Albertyn et vos accusations ne me paraissent pas sans fondement. Mon adjoint avait égalemcnt des soupçons.

— Nous vous l'avions bien dit, répondit Mme Van Valck d'un air suffisant. Qu'allez-vous faire ?

— J'ai demandé aux Albertyn de retirer leur fille du collège.

— Et ils ont refusé ?

— Oui.

Le silence se prolongea. Chacun songeait à part soi à la démarche suivante, inévitable et qui allait semer le trouble dans la communauté. Deux fois le Dr Sterk fut sur le point de parler, puis il se ravisa. Pour une affaire aussi grave, la décision devait être prise par les personnes impliquées et il attendrait leur verdict.

Léopold Van Valck dit enfin à voix basse :

— Vous voulez savoir si nous sommes prêts à porter plainte dans les règles ?

— Nous le sommes ! coupa sa femme avec force.

Ayant pris la décision pour tout le monde, elle se redressa dans son fauteuil, très collet monté, mains croisées, menton en avant, comme si elle était déjà prête à déposer devant le bureau de Classification des races.

Le Dr Sterk comprit que dans cette désolante histoire il était le seul à évaluer clairement la confrontation terrible qui menaçait. Il était le seul à deviner les conséquences de cette avalanche sociale qui allait se déchaîner et il voulut donner aux Van Valck le temps de réfléchir. Il se tut et son silence aurait sûrement fait hésiter M. Van Valck — mais sa femme se leva soudain, lissa sa robe et dit :

« Eh bien, c'est clair. Nous avons le devoir de prévenir Pretoria.

— Êtes-vous sûrs d'en avoir envie ? demanda le Dr Sterk une dernière fois.

— Absolument, répondit-elle d'une voix ferme.

Le lendemain, en début de matinée, elle se rendit à la poste de Venloo pour retirer une formule de mandat-lettre de dix livres, qu'elle apporta au bureau de son mari. Depuis sept heures, il préparait deux dépositions sous serment détaillant les raisons de leur plainte. Elle signa et revint à la poste envoyer le tout au directeur du cens à Pretoria. De retour chez elle, elle dit à son mari :

— Je sais que j'ai raison. Ils essaient de « passer la ligne », de s'introduire dans la société blanche. Et, quand le verdict sera acquis, on me rendra mes dix livres.

Le gouvernement exigeait ce dépôt, car il constituait, disait-il, une garantie de bonne foi de la part des dénonciateurs : il empêche les personnes malintentionnées de porter des plaintes par vengeance ou sans fondement.

Au collège, la tornade éclata très vite : le bruit courut que Pétra était « de couleur ». Son père était un Blanc, mais elle avait une mère « de couleur », peut-être même bantou. Et comme les enfants ont toujours tendance à exagérer les choses, au milieu de l'après-midi, tout le collège était polarisé en deux camps : quelques élèves plus âgées et deux jeunes professeurs défendaient Pétra, le reste la mettait au ban. Deux professeurs excessivement sourcilleux sur les lois raciales prévinrent le principal qu'ils ne voulaient pas d'enfants « de couleur » dans leurs classes et que leur présence était non seulement illégale, mais une insulte personnelle.

De toute évidence, une situation de cet ordre ne pouvait être tolérée pendant les semaines nécessaires à la convocation d'un bureau de Classification raciale. De nouveau, le Dr Sterk partit donc chez les Albertyn et les supplia, dans l'intérêt de leur fille, de la retirer de l'école. M. Albertyn, clairement conscient de ce qui pouvait arriver à sa famille si sa fille était déclarée « de couleur », était disposé à se soumettre, mais sa femme répondit :

— Non. Si une accusation cruelle comme celle-là peut être lancée contre Pétra cette semaine, elle se renouvellera contre d'autres enfants innocents la semaine prochaine. Réglons les choses une fois pour toutes.

Le lendemain, une délégation de parents se présenta en force dans le bureau de Sterk, exigeant que la fillette soit expulsée sans délai. L'une des mères offensées était la femme du sergent de police de Venloo et ce dernier prit l'initiative.

— Ne vaudrait-il mieux pas pour tout le monde que je reconduise Pétratjie chez elle ?

On rassembla les affaires de Pétra et on les apporta dans la voiture du sergent. Pendant le trajet jusqu'à Blinkfontein, il parla peu, mais il lui offrit plusieurs de ses pastilles blanches à la menthe.

— Ne t'en fais pas, Pétratjie. Ces choses-là s'arrangent toujours pour le mieux. Tu seras beaucoup plus heureuse avec des gens comme toi.

Le bureau de Classification raciale fut nommé par Pretoria, car c'était l'un des premiers cas qui seraient examinés selon les nouveaux règlements et il était important d'établir des précédents. Sa composition était curieuse. Les trois personnes désignées furent : Detleef Van Doorn (président), le législateur lui-même, qui avait à un moment ou un autre présidé l'une ou l'autre des organisations locales et qui demeurait encore président du comité de l'École supérieure Paulus-de-Groot ; M. Léopold Van Valck, le juge, qui dans tout autre pays aurait été frappé d'incapacité puisque associé personnellement à la plainte ; et enfin le dentiste de Venloo, qui portait le nom bien anglais de John Adams, nommé pour que l'on n'accuse pas la commission de n'être composée que d'Afrikaners jugeant selon leurs propres lois spéciales.

Ils se réunirent dans l'une des deux salles d'audience de la ville et passèrent les deux premiers jours à recueillir les témoignages de toutes les parties intéressées : professeurs qui avaient toujours soupçonné l'enfant, camarades de jeu qui auraient pu observer un comportement louche, commères de village qui s'intéressaient aux faits et gestes des Albertyn. Leur intention était d'apprendre si les amis de la famille douteuse (et les autres) les considéraient vraiment comme des Blancs. Les dépositions furent concluantes : aux yeux de tous, ils étaient blancs.

Mais l'audience cruciale eut lieu de troisième jour et toute la communauté était à l'affût quand une voiture déposa les Albertyn (dont deux autres enfants plus âgés) pour l'« inspection visuelle » par les trois membres du bureau. C'était déterminant, car cela devait permettre aux enquêteurs de décider si oui ou non l'ensemble des Albertyn était « de couleur » — les regarder serait, semblait-il, l'un des meilleurs moyens d'en juger.

Les quatre Albertyn (sans Pétra) se mirent en ligne devant le bureau qui les étudia longuement avant de poser des questions. M. Van Valck (dont le nom signifie *faucon*) quitta sa chaire derrière la table utilisée normalement par le procureur, où siégeaient les trois sages, et proposa de s'installer sur l'estrade des juges « pour avoir l'air plus impressionnants ».

— Non, objecta Detleef, c'est une simple affaire familiale, traitons-la comme telle. Nous avons pour tâche de passer notre pays au crible et de mettre chacun à sa place. Ce n'aurait pas été nécessaire si les Anglais avaient maintenu les groupes séparés, mais, une fois accomplies les premières erreurs fatales du mélange des races, le mal était fait. Maintenant, il nous appartient de revenir à une base franche et solide.

Detleef lança l'interrogatoire :

« Qui étaient vos grands-parents ?

Il accordait beaucoup d'importance à la souche.

« Avez-vous des amis « de couleur » ?

« Quel est le nom de votre pasteur ? Ses prénoms ?

« Son église est-elle fréquentée uniquement par des Blancs ?

« Êtes-vous inscrits tous les deux sur des listes électorales ?

« Vos noms ont-ils déjà été retirés d'une liste électorale ?

Ici, le juge Van Valck intervint d'un ton sévère :

— N'oubliez pas que vous êtes sous serment. Toute réponse fausse vous vaudra la prison.

— Avez-vous déjà voyagé dans un train pour personnes « de couleur » ?

« Quand vous allez en vacances, où descendez-vous ? Dans quel hôtel ? Est-ce un hôtel pour Blancs ?

Et ainsi de suite, pendant trois heures. L'interrogatoire n'aboutit à rien. Les Albertyn étaient tout à fait semblables à n'importe quelle famille afrikaner : hollandaise pour l'essentiel, avec un fort courant allemand et peut-être un lointain ancêtre huguenot. Pas d'Anglais. Probablement aucun Malais, aucun Hottentot, aucun Bantou.

Et l'on en vint à la partie fascinante de l'enquête : l'inspection physique des corps des suspects par les membres du bureau. Chacun d'eux avait son ou ses critères particuliers pour détecter le sang « de couleur » — dans la plupart des cas, de simples survivances de superstitions rurales. M. Van Valck, dûment chapitré par son épouse, croyait aux taches de rousseur et aux lobes des oreilles.

— Les Blancs ont des taches de rousseur. Les personnes « de couleur », non. C'est aussi simple que ça.

Quand il examina les Albertyn, il découvrit que Mme Albertyn et l'un des fils n'avaient pas de taches de rousseur, mais que M. Albertyn et l'autre fils en étaient abondamment pourvus.

« Maintenant, les lobes des oreilles, expliqua-t-il à tout le monde dans la salle. Chez les Blancs, il y a une dentelure. Chez les « hommes de couleur », il n'y en a pas.

Mais, de nouveau, les Albertyn se divisèrent en deux et deux — mais non les mêmes que pour les taches.

Le dentiste avait entendu dire que les demi-lunes à la base des ongles fournissaient un indice d'origine raciale, mais il ne se souvenait jamais du détail précis. Il estimait un examen de ce genre très insultant, mais ne fallait-il pas qu'il suive le mouvement ? Il étudia donc avec soin les quarante ongles des Albertyn et dit :

— Hmmmmmmmm !

Les deux autres membres du bureau furent soulagés de le voir prendre sa mission au sérieux.

Van Doorn ne faisait confiance qu'aux poils, surtout à ceux du dos des mains, où l'on ne pouvait pas tricher comme souvent avec les cheveux.

— Les poils de la main qui vrillent d'une certaine façon...

Les huit mains des Albertyn furent de nouveau inspectées avec minutie. Ensuite, Detleef demanda un crayon, ce qui soulagea M. Van Valck, car il accordait une grande importance au test du crayon.

« Nous enroulons très serré sur ce crayon un cheveu du dessus de l'oreille, expliqua Detleef à tout le monde, et, si le sujet est un Blanc, le cheveu se déroule rapidement quand on ôte le crayon. Avec les Noirs, comme vous le savez, le cheveu reste en vrille.

Il vérifia que le cheveu était bien tendu sur le crayon, retira le crayon et regarda, content de lui, le cheveu réagir.

« Vous pouvez vous asseoir, dit-il aux Albertyn.

Et ce fut le moment d'interroger la fillette elle-même : c'était elle qui, techniquement, avait commis le délit. On fit venir Pétra dans la salle et on lui demanda de se tourner vers les enquêteurs. Ils se lancèrent dans la litanie fastidieuse des questions de fond, alors que nul n'ignorait que ce qui comptait, c'était l'examen physique.

La petite Pétra répondit de façon innocente et parfois charmante. Oui, elle comprenait que c'était une affaire grave. Oui, elle savait que, si elle était réellement « de couleur », il faudrait qu'elle aille dans un collège avec les gens comme elle. Oui, elle savait que chaque groupe avait sa place bien à lui en Afrique du Sud, dans l'intérêt et pour le bonheur de chacun. En fait, elle savait beaucoup de choses et elle fit la preuve de l'intelligence dont avaient parlé ses professeurs (même ceux qui désiraient son expulsion).

— Maintenant, Pétra, va jusqu'au fond de la pièce et reviens.

Pour M. Van Valck, il était évident qu'elle marchait comme une personne « de couleur ».

« Venons-en à la partie la plus importante.

La voix de M. Van Valck semblait presque conciliante, car il allait imposer l'unique inspection que certains jugeaient à toute épreuve.

« Ôte ta robe, dit-il aussi gentiment qu'il put.

Et la fillette, timidement mais sans gêne excessive, ôta sa robe, puis sa combinaison, pour se retrouver à peu près nue devant les membres de la commission. Comme ses seins n'étaient pas encore formés, elle n'éprouvait nul besoin de les cacher de ses mains. Nerveusement, elle tordait ses doigts sur son ventre maigre.

— Laisse tomber tes mains sur le côté, Pétra, pour que nous puissions voir comment tu te tiens, dit Detleef.

Les trois hommes l'examinèrent, en accordant un soin tout particulier au petit triangle à la base de la colonne vertébrale, car, selon les assurances de M. Van Valck :

— S'il est noir, vous pouvez être sûr qu'elle a du sang bantou.

Le Dr Adams, honteux de participer à un rituel aussi scandaleux, regarda le triangle et ne vit que le bas d'une colonne vertébrale de fillette en pleine croissance.

Quand les cinq Albertyn purent enfin quitter la salle d'audience, le bureau demanda au Dr Sterk et aux deux policiers de se retirer et commencèrent les délibérations. Très vite, il devint évident que M. Van Valck était résolu à trouver la famille Albertyn « de couleur », tandis que le Dr Adams, naturellement enclin à l'ironie, s'y refuserait catégoriquement — en fait, il semblait n'éprouver que mépris pour toute l'affaire. Le vote décisif serait donc celui de Van Doorn — et il avait l'intention de se montrer aussi juste que Salomon.

— Je crois que nous devons commencer nos délibérations par une prière, dit-il en afrikaans.

— Pourquoi ? demanda Adams en anglais.

— Parce que nous sommes sur le point de décider du destin d'une famille, répliqua Van Doorn.

— Il me semble que tout est très clair, dit Adams. Pas l'ombre d'une preuve que cette famille soit « de couleur ».

— Nous sommes ici pour en décider, lui rappela Van Doorn.

Et il se lança dans une longue et fervente supplique à Dieu, lui demandant d'orienter leurs délibérations, tandis qu'ils s'efforceraient en toute conscience de protéger la nation.

Avant le début du vote, un enquêteur des services de Detleef entra dans la salle sans y être invité et tendit un rapport au président.

— Voici ce que vous m'avez demandé, monsieur Van Doorn.

Pendant trois semaines, cet homme et quatre collaborateurs de Detleef à Pretoria avaient enquêté sur le passé des Albertyn, le gouvernement ayant résolu que cette importante audience de classification raciale devait être menée de façon à exercer le maximum d'impact.

« Monsieur Van Doorn... chuchota l'homme. Je crois qu'il vaudrait mieux que personne ne voie notre rapport.

— Les autres membres du bureau ont le droit...

— C'était aux autres membres que je pensais.

Detleef s'écarta de Van Valck et d'Adams pour lire le document. Il blêmit. Il était stupéfait que les détectives aient pu découvrir tant de choses et épouvanté des conséquences possibles de ce qu'ils avaient appris. L'enquêteur, voyant son désarroi, lui souffla :

« Dois-je brûler le rapport, monsieur ? Je n'en ai pas fait de copie.

Jamais Detleef n'avait vécu une épreuve morale aussi sévère. Tout son être le poussait à détruire ce rapport, mais la dignité de sa charge et son obligation de purifier la race passaient avant tout. Si, lors de cette première audience, il dissimulait des preuves, toutes les audiences suivantes seraient suspectes et tout le bien que pourraient accomplir ces procédures serait avorté. Il s'essuya le front, s'éclaircit la gorge et dit :

— Messieurs, je crois que nous devons prendre connaissance d'un rapport tout à fait remarquable. Il éclaire justement notre affaire. M. Op t'Hooft, que voici, est un enquêteur de mes services et il a fait des recherches sur le passé des Albertyn. Lisez, je vous prie, monsieur Op t'Hooft.

Le détective bomba le torse et se mit à lire un exposé succinct du dossier Albertyn :

Les allégations prétendant que Mme Albertyn est une « femme de couleur » sont complètement fausses. Il n'y a absolument aucune tache dans le dossier de sa famille. La possibilité qu'elle ait eu des rapports sexuels avec un Bantou est très faible, car non seulement elle a une réputation impeccable, mais nous n'avons découvert aucune occasion où elle aurait pu être en contact avec un Bantou. D'ailleurs, comme ses autres enfants ressemblent tous à Pétra, cela supposerait des actes sexuels répétés avec le même Noir, ce qui apparaît positivement impossible.

Mais, pour M. Albertyn, il en va autrement. Il est doublement contaminé et la preuve de sa contamination est fournie par sa généalogie, démontrable et ininterrompue depuis 1694, date où l'esclave « de couleur » Bezel Muhammad a épousé, à Trianon, une certaine Pétronella Van Doorn.

Bezel et Pétronella eurent quatre enfants qui ne portèrent aucun nom de famille et ils se seraient perdus dans la masse de la population « de couleur » si des voisins n'avaient pas conservé leurs traces. Ils les connaissaient sous le nom de Van Doorn. Nous avons découvert que de nombreuses familles honorablement considérées aujourd'hui contiennent du sang de Bezel et de Pétronella.

En outre, vers 1720, leur fille Fatima (c'était le prénom de la mère de Bezel) devint la troisième épouse d'un hors-la-loi bien connu de la frontière, Rooi Van Valck, qui avait quatre femmes, une Jaune, une Brune, une Noire et une Blanche. Fatima était la brune et elle mit au monde une nombreuse progéniture indisciplinée.

L'une de ses filles épousa un des premiers Albertyn et fut donc l'ancêtre direct de notre Henricus Albertyn. Il est incontestablement « de couleur » et sa fille Pétra doit donc incontestablement être classée « de couleur » elle aussi.

Nos enquêteurs n'ont pu s'empêcher de faire observer le fait extraordinaire que notre Pétra est la descendante en ligne directe de la première Pétronella, qui avait fait fi des règles de sa communauté. N'est-ce pas un exemple de l'intervention divine ?

Quand il eut terminé la lecture du rapport, M. Op t'Hooft attendit, sans trop savoir ce qu'il devait faire ensuite. Il se tourna vers le président Van Doorn, mais ce fut en vain : Detleef était trop bouleversé pour donner une instruction quelconque. Quant à M. Van Valck, dont le redoutable ancêtre Rooi venait d'être exhumé en tempête, il était en état de choc.

Le Dr Adams tendit la main vers le rapport, mais M. Op t'Hooft hésita à le remettre à un homme connu pour son peu de sympathie pour les affaires afrikaners. Le Dr Adams le tira de ses doutes en lui arrachant le papier des mains et en le tenant hors de sa portée.

— Vous avez dit que c'est le seul exemplaire ?

— Oui. Même pas de carbone.

— Très bien. Regardez donc ce qui va arriver à votre exemplaire unique.

Il le froissa dans sa main gauche, prit une allumette, la frotta sur le bord de la table cirée et mit le feu au rapport. Il le tint par un bout, tandis que les flammes montaient de plus en plus près de ses doigts, puis il le laissa tomber sur la table, où il finit de brûler. Le bois en garderait la marque.

« Je crois que nous devrions tous oublier ce rapport, dit Adams. Il ne peut faire aucun bien à quiconque dans cette pièce et il risque de nuire à d'excellents citoyens au-dehors.

Quand M. Op t'Hooft s'en fut, abasourdi, Adams s'écria :

« J'ai bien l'impression d'être le seul ici à n'avoir aucune parenté avec cette petite gamine « de couleur ».

Van Valck et Van Doorn lui lancèrent des regards outragés, mais il n'en tint aucun compte.

« Je propose que nous déclarions cette fillette « blanche » et que nous tirions le rideau sur cette farce grotesque, dit-il d'un ton léger.

Il supposait que les deux hommes bouleversés, pour dissimuler leur passé, tomberaient d'accord avec lui. Il sous-estimait la ténacité morale de Detleef.

Le président de la commission des Affaires raciales gardait le silence, tête baissée — méditant sur la décision à prendre. Dans son incertitude, il croyait entendre les voix de sa famille évoquant le problème des « hommes de couleur » :

Maria Van Doorn : Ce sont les enfants du péché et Dieu doit les mépriser.
Johanna Krause : Ce sont des bâtards !

Mais ensuite il entendit sa propre voix : « Ce sont... un rappel des fautes de nos pères. »

Il était fortement tenté de suivre le conseil du Dr Adams et de clore l'enquête, car il savait que, si les faits devenaient publics, les péchés de ses ancêtres remonteraient à la surface ; mais esquiver ses responsabilités serait lâche et il décida d'aller de l'avant.

Il était sur le point d'exprimer sa décision quand il vit, scintillante dans le vide devant lui, la page décorée de la Bible ancienne sur laquelle étaient inscrits les actes de sa famille. Il lut en lettres de feu la seconde inscription, dont on ne discutait jamais chez les Van Doorn : *Fils, Adam Van Doorn, né le 1er novembre 1655*. Des générations de Van Doorn avaient essayé d'ignorer cette ligne énigmatique, évitant de se demander de quelle mère pouvait bien être cet enfant. Et puis, plus tard, l'inscription *Pétronella* — sans préciser à qui elle était mariée... Les Van Doorn avaient toujours soupçonné qu'ils étaient liés par le sang à des « hommes de couleur » ; et ils avaient toujours enterré cette vérité. Maintenant, les commérages allaient se déchaîner et Detleef en était malade de honte...

Mais il appartenait à la commission des Affaires raciales, il était président de ce bureau de Classification des races, il avait un devoir à accomplir. D'une voix à peine plus forte qu'un murmure, il dit :

— De toute évidence, l'enfant Pétra a du sang contaminé, par ses lignées Van Valck et Van Doorn. De toute évidence, elle doit être classée « de couleur ».

Van Valck frissonna :

— Moi qui croyais que la souillure fatale provenait de Mme Albertyn...

— Que voulez-vous dire ? explosa le Dr Adams. Quel *sang contaminé ?* Quelle *souillure fatale ?*

— Nous parlons de la salissure du sang afrikaner, murmura Detleef. Nous avons tous été salis aujourd'hui.

Dès que la date de 1694 avait été mentionnée, le Dr Adams avait fait des calculs rapides.

— Au moins huit générations et peut-être davantage séparent l'esclave Bezel Muhammad de notre fillette...

— Ce n'est pas *ma* fillette, coupa M. Van Valck. C'est une

personne « de couleur » qui essaie de s'introduire dans notre communauté.

— Huit générations, cela signifie qu'en remontant à 1694 elle a eu au moins deux cent cinquante-six ancêtres, qui ont pour ainsi dire participé à son existence ! Et parce que deux d'entre eux étaient « de couleur »...

— Davantage, coupa Detleef. Vous oubliez Rooi Van Valck.

— J'y arrivais. A propos, Van Valck, de quelle femme de Rooi descendez-vous ? Ne répondez pas. De toute façon, Pétra est votre cousine.

Léopold bondit de son siège et il aurait pris le dentiste à la gorge si Van Doorn n'était pas intervenu.

— Asseyez-vous, messieurs. Nous devons voter. Les preuves contre cette fillette sont accablantes. Quelqu'un propose-t-il de la déclarer « de couleur » ?

— Je le propose, dit Van Valck d'une voix ferme.

— Une deuxième motion ?

Le Dr Adams fixa ses ongles, essayant de deviner ce qu'on penserait de lui dix ans plus tard quand ce mouvement en faveur de la pureté raciale serait devenu une manie et qu'un voisin bien intentionné le dénoncerait à une commission semblable à celle-ci...

« Dr Adams, une deuxième motion ?

— Aucune motion à présenter, dit-il.

— Je vous en prie, la réunion doit se dérouler dans les règles.

— Eh bien... Ma motion est que vous déclariez tous les deux que votre cousine Pétra Albertyn est blanche, car je suis certain qu'elle est aussi blanche que chacun de nous trois.

— Je m'associe à la première motion, dit Detleef.

Il était fou de rage : il se souviendrait de ce dénommé Adams. Il s'en occuperait plus tard. La commission de la Santé vérifierait les références de ce type.

« Motion confirmée. Le bureau déclare la fille Pétra Albertyn « de couleur ».

— Non ! dit Adams d'une voix forte.

— Je n'ai pas encore invité à voter, dit Detleef essayant de dominer sa colère. J'appelle à voter.

— *Ja*, lança Van Valck.

Van Doorn fit de même, puis se tourna vers le Dr Adams, qui, de nouveau, fixait ses ongles.

— Et vous, Adams ?

— Notez, je vous prie, que j'ai honte devant Dieu de voter sur une motion pareille. Je refuse de condamner votre cousine Pétra.

Il se leva pour quitter la pièce, mais Van Doorn l'arrêta.

— Je vous en prie, il est de première importance que cette procédure soit menée dans les règles. Vous devez vous trouver avec nous quand nous prononcerons notre décision.

A contrecœur, le Dr Adams se rassit. Les Albertyn et le public furent de nouveau admis dans la salle. La famille se rangea le long du mur, puis on demanda à la petite Pétra, les bras bien tendus de chaque côté de son corps, d'avancer devant ses juges. Ils baissèrent les yeux vers elle.

— Pétra Albertyn, vous êtes « de couleur ».

Elle ne réagit pas. Elle se tourna légèrement pour voir l'origine d'un bruit, sur sa gauche : sa mère venait de s'évanouir.

Cette décision fatale marqua pour les Albertyn le début d'une période de terreur. Pétra fut immédiatement renvoyée du collège et, quand sa famille fit appel aux tribunaux, on refusa sa plainte : « Manifestement de couleur. » Quelques mois plus tard, le bureau déclara Henricus Albertyn « de couleur » lui aussi et il dut cesser de travailler au garage, car son poste de contremaître était classé « réservé aux Blancs ». Il ne put trouver de travail ailleurs ; il allait rester chômeur pendant plus d'un an.

Il était absolument exclu que les Albertyn continuent de vivre où ils avaient vécu depuis plus de quarante ans. En tant que « personnes de couleur », ils devaient s'installer dans une zone urbaine réservée à leur race. Comme aucune zone de ce groupe n'existait à Venloo, toute la famille dut se déraciner et descendre au Cap, où vit la vaste majorité des « personnes de couleur ». Étant obligés de vendre leur maison dans des conditions de crise, ils reçurent 2 000 livres pour un investissement de 4 500.

A leur arrivée au Cap, le seul logement qu'ils purent trouver se situait dans un groupe de taudis de trois étages, conçus à l'origine pour servir de casernement militaire. C'était maintenant l'une des lèpres de l'Afrique du Sud, avec plusieurs familles entassées dans chaque appartement aux cloisons branlantes.

Quand les Albertyn s'installèrent dans cette « cité-jardin », ils songèrent à se suicider. Finie la propreté de Blinkfontein, la netteté de leur maison, la chaleur de leurs relations dans la petite communauté... Tout était perdu. A la place, la promiscuité, la crasse, la criminalité et la haine sociale. Que des gens soient forcés de vivre dans des conditions pareilles était une honte, mais que de bons citoyens confirmés y soient contraints par leur gouvernement agissant au nom de Dieu et de la pureté raciale était criminel.

Henricus Albertyn découvrit toute l'étendue de sa chute un soir, à son retour à la maison, après sa journée de travail (il était bouffe-cambouis dans un grand garage à l'autre bout du Cap). Tout en montant l'escalier jusqu'à sa cabane à lapins du troisième étage, au milieu des odeurs d'urine et de vin bon marché, il se creusait la tête pour découvrir un moyen de sauver une vie décente pour Pétra, car c'était vers elle maintenant que convergeaient tous ses rêves.

Mais, lorsqu'il atteignit sa porte, il entendit sangloter. Ce n'était pas Pétra, mais sa femme. Il se précipita dans la pièce : elle était dans un coin, tremblante, une paire de longs ciseaux couverts de sang à la main. Pendant un instant, il crut qu'un malheur était arrivé à sa fille. Mais non : il vit Pétra près de la fenêtre en train d'étudier. Quoi qu'il se fût passé, elle était indemne.

Il la prit dans ses bras.

— Que s'est-il produit ?

— Les *skollies* *, c'est tout, répondit la fillette, apparemment indifférente. Maman les a poignardés et ils se sont enfuis.

De son coin, Mme Albertyn dit doucement :

— Les skollies ne violeront pas ma fille. Nous ne céderons jamais, malgré cet horrible endroit.

Pétra posa son livre et montra à son père la longue aiguille à tricoter qu'elle cachait sous sa robe depuis plusieurs jours.

— Je les ai frappés moi aussi. Shamilah, du second, m'a appris à crever les yeux.

Sans le moindre signe d'émotion, elle se remit à ses devoirs.

Elle avait repris ses études dans un établissement beaucoup plus grand d'Athlone, non loin de là, dont les professeurs formaient un groupe d'hommes et de femmes « de couleur » désintéressés. Un jour où le père de Pétra assista à une réunion de parents d'élèves, le président du comité, un entrepreneur en bâtiment prospère, nommé Simon Botha, le prit à part et lui dit :

— Albertyn, nos professeurs me disent que votre petite Pétra est un vrai génie. Vous devriez songer à son avenir.

— Dans ce pays, quel avenir y a-t-il pour une personne « de couleur » ?

— Il ne faut pas limiter votre horizon à ce pays. Ma fille est au Canada. Elle me dit que les universités accordent de nombreuses bourses. Ils ont besoin d'enfants comme Pétra. L'Australie aussi, et même Londres.

De telles idées dépassaient l'horizon d'Albertyn, mais il sentit qu'il lui fallait se hausser à leur niveau, car, comme le disait Botha :

« Laisser une fillette comme Pétra dans ce pays, c'est la condamner à mort.

Bien que Venloo ait été purifié des Albertyn, les Van Valck ne crièrent pas victoire, car ils étaient hantés par des questions effrayantes. Un soir, Léopold demanda brusquement :

— Crois-tu que cet athée anglais oserait répandre des bruits à notre sujet ? Je veux dire sur Rooi Van Valck et ses trois femmes non blanches ?

Et une autre fois, il murmura, désespéré :

— Est-il possible que j'aie du sang contaminé ?

Ils passèrent des heures entières à inspecter les demi-lunes de ses ongles, sans rien en conclure, mais Mme Van Valck trouva un grand réconfort dans le fait qu'il avait de nombreuses taches de rousseur. Quand ils se furent convaincus qu'il était bien blanc, ils se détendirent un peu et invitèrent à dîner le principal Sterk. Il leur rendit compte de l'issue finale de leur croisade pour purifier la communauté. Quand ils apprirent les conditions dans lesquelles les Albertyn étaient forcés de vivre, Mme Van Valck s'écria, sans rancœur, et même en leur pardonnant presque les ennuis qu'ils avaient causés :

— C'est tout ce qu'ils méritaient. Quand on pense qu'ils essayaient de se faire passer pour meilleurs qu'ils ne sont.

Puis elle ajouta d'un ton joyeux :

« Hier, j'ai reçu une lettre de Pretoria. Ils m'ont renvoyé mon dépôt.

A LA MAISON

8 février 1955

Salutations,

Suite à notre correspondance précédente, nous vous informons que nos services fourniront le transport gratuit pour vous, les membres de votre famille et les biens vous appartenant le 9 février 1955.

Ayez l'amabilité d'emballer vos affaires pour être prêts à charger à six heures du matin.

Ci-joint une lettre que nous vous prions de remettre à votre employeur. Elle explique pourquoi vous ne pourrez pas vous présenter à votre lieu de travail le 9 février 1955.

I.P. Van Onselen
Secrétaire du bureau
de Relogement des indigènes.

Le 9 février était une de ces journées d'été orageuses comme Johannesburg en connaît souvent, mais rien de commun pourtant avec les autres années : le gouvernement avait annoncé, pour la dernière fois, que les bulldozers allaient se mettre à l'œuvre ; aucune nouvelle plainte légale ne serait tolérée. Le premier groupe de Noirs expulsés de Sophiatown devait obéir aux directives du secrétaire sans protester.

Barney Patel, bonnetier de quarante-six ans, et son ami Woodrow Desai, épicier de cinquante-neuf ans, avaient quitté leurs magasins de Pageview — le quartier commercial et résidentiel indien de Johannesburg depuis l'époque de Paul Kruger. Ils se trouvaient sur une éminence dominant Sophiatown, où les bulldozers attendaient, en ligne, le signal d'avancer. Depuis leur belvédère, les deux Indiens pouvaient voir le quartier que les Noirs occupaient depuis des décennies : cinquante-sept mille personnes vivaient maintenant à Sophiatown, certaines dans des taudis infâmes, d'autres dans de belles maisons dont ils étaient propriétaires. Dans un appel de dernière minute qui avait échoué, un expert en logement avait attesté : « Seul un bâtiment sur huit est dans un état d'insalubrité justifiant sa démolition. »

Il fallait cependant reconnaître que le secteur des taudis était un dédale stupéfiant de constructions, comportant cinq catégories facilement reconnaissables : tout en bas de l'échelle, les murs de carton obtenus en aplatissant des boîtes d'épicerie ; ensuite, les murs de fer-blanc, confectionnés avec des bidons d'essence martelés ; plus haut, la tôle ondulée ; plus haut encore, les revêtements de bois ; et enfin, des agglomérés pour remplacer tout le reste. Mais quel que fût le matériau utilisé, toutes les maisons se serraient les unes contre les autres le long de ruelles étroites ou d'impasses sombres. Et dans ce Capharnaüm vivaient non seulement des honnêtes travailleurs noirs de la ville, mais les jeunes tsotsis irrécupérables, les fourgues de *dagga* (comme on appelait la marijuana), les prostituées et toute la horde de la basse pègre.

Sophiatown était une communauté très unie et, pour chaque tsotsi qui traînait dans les rues, il y avait une douzaine de braves garçons ; pour chaque père qui rentrait ivre dans la cabane de bidons lui servant de maison, il y en avait une douzaine qui s'occupaient convenablement de leur famille, cotisaient à l'église et à l'école et payaient leurs notes chez les commerçants. Mais ce quartier noir avait eu la malencontreuse idée de s'établir au cœur de ce qui deviendrait une banlieue à prédominance blanche et afrikaner. Il fallait donc l'effacer de la face de la terre — non point dans le cadre d'un projet de rénovation urbaine (bien intentionné en dépit d'un certain excès de zèle, comme cela aurait pu se produire dans d'autres pays), mais parce que son existence faisait obstacle aux aspirations des Blancs.

— Que les choses soient bien claires, précisa un ministre : Sophiatown est un « point noir » sur nos terres.

Il expliqua ensuite qu'un « point noir » était un endroit où des Bantous avaient acquis des terres en toute propriété dans le cadre de lois périmées. Sous le régime de l'apartheid, ces anachronismes choquants devaient être corrigés. On avait réservé pour les Noirs les sites traditionnels des kraals, treize pour cent du pays, et ils pourraient être propriétaires là-bas.

« A Sophiatown et dans les autres endroits dont nous avons besoin, leur séjour temporaire au milieu de nous est terminé.

Les moteurs des bulldozers se mirent à gronder.

— Je ne peux pas croire qu'ils vont tout balayer, dit Barney Patel.

— Le journal dit qu'ils commencent aujourd'hui.

— Mais tous les gens qui vivent ici ?

— A la campagne. Dans les nouveaux lotissements.

— Vous voulez dire qu'il leur faudra faire tous ces kilomètres pour aller au travail ?

— Ce n'est pas le problème du gouvernement. Il faut qu'ils s'en aillent. Le gouvernement dit qu'ils n'auraient jamais dû venir ici au départ.

Une cloche se mit à sonner dans une église protestante, au beau milieu des taudis. Elle continua plusieurs minutes, puis un agent de police traversa la foule pour la faire taire.

— Ils ne veulent pas d'ennuis, dit Patel. Ils ont interdit les rassemblements de plus de douze personnes.

— Ils n'auront pas d'ennuis, répondit Desai. Vous avez vu la police ?

Pour les cent cinquante premières familles expulsées des maisons qu'elles possédaient, le gouvernement avait mobilisé deux mille policiers armés de mitraillettes Sten et de sagaies, disposant de camions de l'armée, d'unités des transmissions et de plusieurs sections de la police militaire.

Quand les bulldozers furent prêts, deux hommes par engin, un responsable du bureau de Relogement donna le signal et les puissantes machines avancèrent, lames basses, gueules affamées.

— Ce n'est pas possible, dit Patel, la gorge sèche soudain.

— Regardez ! dit le plus âgé des deux hommes.

Les engins monstrueux traçaient un chemin au milieu d'un groupe de taudis. Un bulldozer effaça à lui seul une maison entière, mais ce n'était guère un exploit, car il ne rencontra que cartons et mauvaises planches.

— Regardez par ici ! cria Desai.

Un bulldozer était en train d'avaler une grande maison de briques et de bois.

— Elle devait valoir au moins...

Patel n'acheva pas sa phrase, car le bulldozer, confronté à un obstacle trop difficile à soumettre, resta suspendu en l'air un instant, puis bascula sur le côté, mettant en danger la vie du conducteur, sans pourtant se renverser. Le conducteur, furieux, fit marche arrière, emballa son moteur et fonça de nouveau sur la maison, qui s'écroula dans un nuage de poussière.

— Regardez les gens ! dit Desai à mi-voix.

Les deux Indiens se retournèrent vers le sud, où des groupes de Noirs se rassemblaient en silence pour observer la démolition, inquiets à la pensée de ce qui les attendait. On pouvait lire l'angoisse sur leurs visages ; leurs poings se serraient. Mais comment auraient-ils pu faire obstacle aux bulldozers ou aux responsables qui donnaient les ordres ? Ce « point noir » ne pouvait plus être toléré par les Blancs du quartier voisin de Mayfair ; il fallait le nettoyer de sa vermine et le convertir à de plus hautes fins.

— Voici les camions ! s'écria Patel.

Une file de véhicules s'avançait pour emmener les résidents et, tandis que les bulldozers abattaient les maisons indésirables, les camions emportèrent les hommes indésirés — gratuitement, comme la lettre l'avait promis.

Bien entendu, quelques Noirs refusèrent de quitter leurs demeures ; la police les emmena de force, mais sans leur faire le moindre mal. D'une maison proche de l'endroit où Patel et Desai se tenaient, un groupe de soldats emporta un vieillard qui avait obstinément refusé de bouger.

— Venez, pépé, on n'a pas le temps ! disaient les soldats en afrikaans (*Kom, Oubaas, ons is haastig*).

Presque gentiment, ils le portèrent jusqu'à un camion qui attendait et l'installèrent au milieu des autres. A peine était-il assis qu'un bulldozer éliminait la maison où ses enfants et petits-enfants étaient nés.

Les deux Indiens demeurèrent à leur poste d'observation pendant la majeure partie de la matinée, bouleversés par le drame de ce fantastique déménagement — et ils se demandèrent s'ils ne seraient pas les suivants...

— Vous croyez qu'ils vont détruire nos maisons ? s'écria Patel, tandis que les bulldozers dévoraient Sophiatown.

— C'est la politique du gouvernement, dit Desai. Tous les Indiens hors de Johannesburg.

— Vous croyez qu'ils vont nous envoyer dans la campagne, à des kilomètres ?

— Écoutez, Barney. Mukerjee m'a dit hier que les arpenteurs du cadastre étaient déjà en train de prendre des relevés pour le tracé des rues.

— Qui croit ce que dit Mukerjee ?

— Moi. J'ai ri quand il nous a avertis qu'un jour Sophiatown serait rasé. Aujourd'hui je le crois.

— Mais ce sont des Noirs. Les Indiens, ce n'est pas pareil. Ils sont si nombreux et nous si peu.

— Les quantités n'entrent pas en ligne de compte dans l'apartheid. C'est seulement la couleur. Aujourd'hui, c'est ce point noir. Demain, ce sera un point brun et nous délogerons.

— Mais le gouvernement de Kruger nous a donné la terre que nous possédons. Je suis propriétaire de mon toit.

— Oui, ils nous ont mis là où nous sommes pour ce qu'ils appelaient des raisons « sanitaires ». Aujourd'hui, leurs petits-fils nous expulseront pour des raisons « économiques ». Croyez-moi, Barney, les bulldozers descendront aussi dans nos rues.

Ils gardèrent le silence, les yeux fixés sur la destruction et sur l'exode des familles noires. Et comme ils se savaient impuissants devant une manœuvre brutale comme celle-là, ils songeaient à leur propre histoire dans ce pays prospère...

Le grand-père de Woodrow Desai était l'un des trois frères Desai que Sir Richard Saltwood avait embarqués pour les plantations de canne à sucre du Natal. A la fin de leurs contrats, ils étaient restés. Les Patel, en revanche, étaient des « Indiens passagers », qui avaient payé leur billet jusqu'à Durban pour devenir les commerçants et les artisans de la communauté indienne en expansion rapide.

La plupart des immigrants indiens s'étaient installés au Natal, près du port de Durban — et ils s'étaient multipliés : Patel, Desai, Mukerjee, Vannarjee... A la différence des Hollandais avant eux et des Chinois, les Indiens refusaient tout rapport avec les femmes noires — et d'ailleurs avec les femmes blanches. Ils se tenaient strictement à part. Au cours des quarante premières années où ils travaillèrent dans les mines et dans les champs, rares furent les Indiens qui épousèrent des personnes d'une autre race. Certains, comme le père de Woodrow, partirent au Transvaal. Ils ouvrirent dans les petites villes des magasins où tous les clients étaient les bienvenus, mais, dans leurs maisons, ils restaient entre eux et mangeaient leurs plats : *ghee*, agneau, riz et curry. Ils étaient propres, généralement soumis aux lois — et les autres peuples d'Afrique du Sud les détestaient.

— Sans le Petit, songea Patel à haute voix, la situation des Indiens aurait été encore pire.

Le Petit était un avocat squelettique à la voix haut perchée et plaintive, qui avait émigré à Durban en 1893. Il s'appelait Mohandas Karamchand Gandhi. Son intelligence lui aurait permis de jouir d'une existence agréable en Afrique du Sud s'il avait eu la liberté d'y exercer ses talents. En fait, à son arrivée à l'âge de vingt-quatre ans, il avait bien l'intention de rester, mais les injustices dont souffraient les Indiens le révoltèrent tellement qu'il se retrouva sans cesse en guerre contre les autorités.

— C'était un lutteur, murmura Desai au souvenir de cet homme querelleur qui avait mis au défi l'ensemble de la bonne société blanche.

— Et un malin, dit Patel admiratif. Au pire moment de la guerre des Boers, qu'a-t-il fait ? Il a organisé une unité d'ambulanciers indiens. Il a aidé les Anglais malgré toutes leurs persécutions. Il était très brave, vous savez.

Il rit en songeant au petit Gandhi donnant des ordres au gouvernement blanc.

— Mon père le connaissait bien, répondit Desai. Mais mon père était comme moi : il ne voulait pas d'ennuis. Alors, quand Gandhi s'est mis à envoyer des lettres au général Smuts comme s'il était le chef du gouvernement indien, mon père l'a prévenu : « Attention, Mohandas, le gouvernement va te jeter en prison. » C'est à ce moment-là qu'il a inventé la *satyagraha*, ici même en Afrique du Sud.

— S'il assistait à ce scandale aujourd'hui, il ferait pour les Noirs ce qu'il a fait pour nous. La résistance pacifique. Il se coucherait devant les bulldozers.

— En Inde, les bulldozers étaient anglais. Ils se sont arrêtés. Ici, ce sont des bulldozers sud-africains et je crois qu'ils ne s'arrêteraient pas. Même pas pour un Gandhi.

— Je le respecte, dit Patel. Non pas pour ce qu'il a fait en Inde. Pour ce qu'il a fait ici. (Il s'arrêta et hocha la tête.) Je me suis souvent demandé ce qui se serait passé s'il était resté à Durban. Pour aider notre peuple.

— Il aurait été tué. Je ne crois pas que les Afrikaners puissent comprendre la satyagraha.

L'allusion à la mort attrista les Indiens, car les familles de Desai et de Patel, au Natal, avaient énormément souffert quand les Zoulous, enragés par les lois restrictives votées contre eux par le gouvernement, s'étaient vengés non sur les Blancs qui avaient élu ce gouvernement, mais sur les commerçants indiens qu'ils côtoyaient tous les jours. Pendant trois jours, les grands Zoulous avaient pourchassé les petits Indiens dans les rues, ils les avaient tabassés et tués, sous les regards approbateurs de certains Blancs, qui criaient même parfois : « Tue-les, Zoulou ! Tue-les ! » Plus de cinquante Indiens avaient trouvé la mort ; plus de sept cents avaient eu besoin de soins médicaux. Le lendemain, l'Afrique du Sud n'était plus la même et de nombreux Blancs murmuraient qu'il aurait mieux valu laisser aux Zoulous le champ libre pour régler la question indienne une fois pour toutes.

Desai, qui avait perdu un oncle au cours des émeutes, adressa à son ami un sourire ironique.

« On nous a tout de même donné une chance de partir. Vous vous souvenez du temps où le gouvernement offrait des billets gratuits et une prime de départ pour que chaque Indien puisse rentrer en Inde ? Je crois que trois vieillards ont accepté. Ils voulaient être enterrés dans leur village natal. Les autres...

— Mon père disait toujours qu'un Indien quittant l'Afrique du Sud pour l'Inde pouvait être déclaré fou. La vie était tellement meilleure ici que tout ce qu'il avait connu là-bas...

Le soleil approchait de son zénith, les maisons des Noirs tombaient en poussière... Les deux Indiens rentrèrent chez eux, à Pageview, sans un mot. Ils s'arrêtèrent à un croisement et regardèrent les rangées de maisons et de boutiques occupées par leurs compatriotes ; les Indiens préféraient toujours vivre dans des communautés resserrées pour assurer leur protection mutuelle.

« Croyez-vous qu'ils oseront abattre tout ça ? demanda Patel d'une voix angoissée. Cinq mille personnes, des maisons, des entreprises. Les assurances m'ont dit que cela représente au moins dix millions de livres.

Avant que Desai ait eu le temps de répondre, Cassem Mukerjee arriva en courant. C'était un petit bonhomme nerveux, qui ressemblait beaucoup à Gandhi sur le plan physique. Il parlait avec cet enthousiasme agité dont certaines gens font preuve quand ils répandent de mauvaises nouvelles.

— Mon cousin Morarji a vu les papiers dans son bureau. Ils vont passer tout le quartier au bulldozer, comme Sophiatown. Toutes nos maisons doivent disparaître. Et ils prendront aussi nos magasins.

Barney Patel n'aimait pas Mukerjee.

— Arrêtez tous ces commérages ! lui lança-t-il. Votre cousin n'y connaît rien.

— Il savait que Sophiatown serait rasée, dit le petit homme, presque rayonnant. Les maisons ne sont-elles pas parties ?

— Il a fallu des années, ricana Patel.

Mais Desai voulait en savoir plus long sur les prétendus « papiers ».

— Morarji a vraiment vu quelque chose ?

— Les instructions ont été rédigées. Johannesburg doit être nettoyée de tous les Indiens.

— Mon Dieu ! murmura Desai.

Il s'appuya au mur d'une maison de briques solidement construite. Il sentit son estomac se soulever. Trop de lumière, songea-t-il, puis il vit la poussière de l'avenir et il songea :

> Les bulldozers viendront ici et ces maisons de chaleur et d'amour tomberont. Les demeures de pierre comme la mienne et celle de Barney ne seront pas détruites, mais ils nous forceront à les vendre au prix du gouvernement — au cinquième de leur valeur. L'école que mes enfants ont fréquentée sera rasée, ainsi que toutes les petites maisons où les vieillards espéraient vivre jusqu'à leur mort. Nos magasins de la Quatorzième Rue... Mon Dieu, j'ai travaillé si dur.
>
> Et on va nous envoyer en rase campagne. A des kilomètres de tous nos amis, de tous nos clients. Il y aura de nouvelles maisons, à des prix que personne ne pourra se permettre de payer, et de nouveaux magasins sans clients, des heures et des heures de train chaque jour, et tout notre argent passera en frais de transports inutiles. Nous serons jetés dans un coin où personne ne pourra nous voir ; les rues que nous connaissions auront disparu — et dans quel grand dessein ?

Woodrow Desai décida ce soir-là de constituer un comité qui se rendrait à Pretoria pour parler sérieusement au haut fonctionnaire du gouvernement dont les services étaient responsables de la planification de la communauté indienne. Il emmena Barney Patel avec lui, mais non Cassem Mukerjee, jugé trop alarmiste. Patiemment, ils expliquèrent qu'une évacuation de ce genre serait une folie ne présentant absolument aucun avantage économique, mais le fonctionnaire chargé de leur répondre ne les laissa pas poursuivre.

— Il ne s'agit pas d'économie, vous savez. Il s'agit de mettre un peu d'ordre dans la communauté. Chaque groupe en sécurité à sa place.

— Mais si loin ! Nous perdrons des heures et de l'argent chaque jour.

— Mes chers amis, dit l'homme aimablement mais avec une certaine raideur (c'était un Anglais du Natal), notre pays n'a pas de meilleurs citoyens que les Indiens. Nous n'avons nul désir de prendre des mesures qui ne seraient pas à votre avantage. Mais nous devons mettre de l'ordre dans notre vie. Pageview est destiné aux Blancs. Regardez donc la carte !

Et il leur démontra que l'endroit où ils vivaient et faisaient leur commerce se trouvait abusivement dans des zones susceptibles d'être mieux utilisées par des Blancs.

« Et vous pourrez avoir de belles boutiques neuves, là-bas, leur assura-t-il en agitant la main dans une vague direction. Quand vous y serez, vous vous en trouverez mieux. (Il marqua un temps.) Nous faisons cela pour votre bien.

Avant qu'ils aient pu répondre, ils étaient à la porte du bureau.

— J'aimerais que Mohandas Gandhi soit encore ici, dit Patel entre ses dents. Il saurait mettre fin à tout ça.

AU TRAVAIL

Les mines de Golden Reef, au sud-ouest de Johannesburg, avaient besoin d'un afflux constant de travailleurs noirs pour les puits les plus profonds où l'on fait sauter le rocher. De tous les coins de l'Afrique méridionale, des avions, des trains et des autocars amenaient des Noirs presque illettrés dans les corons où ils vivraient pendant la durée de leurs contrats — de six à dix-huit mois. Certains critiques de ce système d'emploi ont comparé ces logements à des prisons impitoyables où les Noirs étaient incarcérés. La direction des mines les considérait comme des dortoirs bien gérés, où les travailleurs vivaient infiniment mieux que chez eux.

Entre ces deux affirmations contradictoires, où se trouvait la vérité ? Nous ne possédons qu'un indice : les Noirs de la brousse du Mozambique, du Malawi, de Rhodésie, du Lesotho et du Vwarda se battaient pour avoir l'occasion de travailler à Golden Reef... Ils avaient de bonnes raisons : le salaire, quoique minime, était largement supérieur à ce qu'ils pouvaient espérer gagner dans leurs villages natals ; la nourriture était meilleure ; il y en avait davantage ; les lits étaient pourvus de bonnes couvertures ; et des médecins veillaient sur leur santé. Les nationalistes noirs des pays environnants invectivaient publiquement l'Afrique du Sud, mais veillaient discrètement à ce que les avions décollant de leurs aéroports soient pleins de travailleurs noirs, car c'était souvent leur unique moyen de maintenir leur économie en équilibre. Les familles noires encourageaient également le départ des hommes au Golden Reef pour la bonne raison qu'un pourcentage important des salaires n'était payé qu'au retour du mineur chez lui, ce qui permettait à sa femme et à ses enfants d'échapper à la misère.

Pour que des Noirs de trente ou quarante tribus différentes, parlant des langues et des dialectes sans point commun, puissent travailler ensemble, il était nécessaire de définir une langue simple qu'ils pourraient tous comprendre. Le fanakalo fut une solution astucieuse. Le nom lui-même vient du zoulou et signifie à peu près « fais ça comme ça ». La *lingua franca* qu'il désigne est un mélange merveilleux de bantou, d'anglais, d'afrikaans et de portugais. Elle est surtout constituée par des substantifs, avec quelques verbes essentiels, quelques grossièretés pour remplacer les adjectifs et beaucoup de gestes. Un linguiste qui a tenté de l'analyser a écrit : « On ne parle pas fanakalo : on le danse en criant. »

Peu de choses au monde fonctionnent mieux que le fanakalo, car il permet à des hommes venant des tribus les plus reculées de comprendre des instructions simples en trois jours :

— Ça, là, clef à molette, *fanakalo* (tu fais comme ça).

Et, une fois apprise, la langue servait de passeport magique à tous les niveaux de la mine, de sorte qu'un mineur du Malawi ne parlant qu'un seul dialecte pouvait travailler au fond du puits avec un mineur du Vwarda ne comprenant que sa propre langue. Un contrôleur blanc demanda à un ami ce que voulaient dire les travailleurs de son équipe quand ils parlaient de « idonki ngo football jersey » (déformation de l'anglais : *âne aller maillot football*). L'ami lui répondit :

— Mais voyons ! C'est un zèbre...

Les mineurs pouvaient renouveler indéfiniment leur contrat, mais on jugeait préférable de les renvoyer chez eux après chaque séjour dans les mines. L'homme retrouvait sa famille, dans son village natal, et, quand il revenait, il était bien reposé. En règle générale, de retour au pays, tous les mineurs disaient du bien du Golden Reef, surtout de la nourriture. Un jour où le représentant du Vwarda aux Nations unies faisait au Conseil de sécurité un discours réclamant des sanctions contre l'Afrique du Sud, son gouvernement remplissait six avions de citoyens du Vwarda qui désiraient revenir travailler au Reef.

Tous les mineurs noirs ne venaient pas de l'étranger. Le Golden Reef, comme les autres mines, entretenait un vaste réseau de quarante agents recruteurs, ne s'occupant que de l'embauche des Noirs sud-africains — environ un tiers de la main-d'œuvre des mines. Un de ces recruteurs vint à Venloo, installa sa table pliante et offrit ses conseils aux jeunes Noirs de la région. Comme les emplois étaient rares, il put faire signer une vingtaine de travailleurs, dont Jonathan Nxumalo, le fils aîné de Moïse, toujours dans l'entourage des Van Doorn.

Jonathan était un jeune homme intelligent de vingt ans, désireux de ne pas limiter son univers à l'horizon étroit d'un garçon de ferme à Vrymeer. Mais, dès qu'il arriva dans l'enceinte du Golden Reef, où vivaient cinq mille Noirs comme lui, à seize par pièce, et qu'il entendit les grilles se refermer dans son dos, il comprit qu'il n'avait pas obtenu la liberté, mais une nouvelle forme de servitude. Apprendre le fanakalo était essentiel.

Au bout de quelques semaines, les surveillants blancs avaient reconnu en Jonathan le meilleur homme de son équipe et ils le choisirent pour le travail du fond, à plus de trois mille mètres au-dessous de l'éperon rocheux. C'était mieux payé, mais cela exigeait un travail plus intense, à une température constante de 45 degrés. L'eau pour rafraîchir le corps et le sel pour la fixer dans les cellules étaient aussi importants que la gigantesque perceuse à percussion que Jonathan manœuvrait. A la fin de la longue journée, quand les hommes du fond remontaient dans leurs ascenseurs express, ils pouvaient se flatter d'avoir accompli l'un des travaux les plus pénibles du monde.

Les Blancs partageaient la chaleur et le danger. Aucun Noir n'était jamais assigné à un poste de danger que son chef d'équipe blanc aurait refusé d'occuper. Une sorte de camaraderie s'établissait entre les hommes de l'équipe, et les Blancs s'appuyaient sur un ou deux Noirs supérieurs sur lesquels ils pouvaient compter. Jonathan devint l'homme de confiance de Roger Coetzee, Afrikaner ambitieux qui aimait les mines et deviendrait un jour le grand patron.

Le travail de Jonathan était passionnant. Au début de chaque journée, il entrait dans la cage avec le reste de son équipe, il verrouillait les portes et l'ascenseur tombait trois mille mètres plus bas, à une vitesse qui soulevait le cœur. De temps à autre, un visiteur de Johannesburg ou de l'étranger voulait assister au travail du fond ; dans ce cas, la cage descendait beaucoup plus lentement — ce qui irritait Nxumalo, car il aimait beaucoup cette chute vertigineuse. C'était la marque de sa profession : il pouvait la supporter alors qu'un étranger en était incapable.

En bas, il retrouvait Coetzee (qui descendait uniquement avec d'autres mineurs blancs). Les deux hommes et leur équipe parcouraient presque deux kilomètres à pied, le dos courbé, la tête protégée par des casques qui cognaient contre les rochers déchiquetés. Leurs corps transpiraient. Après une longue lampée d'eau et plusieurs cachets de sel, ils suivaient une galerie plus étroite où le bruit devenait fracassant. Ils étaient sur la « face » du gisement aurifère et les énormes perceuses pneumatiques envoyaient leurs mèches d'acier très loin dans le rocher, pour la mise en place des charges de dynamite.

C'était un travail d'enfer. Jonathan rampait dans le trou de travail, les pieds en avant, allongé sur le dos sans jamais pouvoir s'asseoir convenablement. Quand il atteignait la foreuse, un instrument pesant, avec des poignées fixées à une sorte de guidon et des étriers pour les pieds, il se mettait en position, vérifiait les lignes électriques, puis posait ses pieds dans les étriers et dirigeait la mèche à pointe de diamant longue de près de deux mètres vers le point à dynamiter. Puis, après une respiration profonde qui le stimulait toujours, il cherchait une position confortable, lançait les pieds en avant et appuyait sur l'interrupteur. Avec une puissance et un vacarme incroyables, la perceuse à percussion, refroidie à l'eau, rongeait le rocher et s'enfonçait en rejetant de la vapeur et de la boue — très vite Jonathan ressemblait à un Blanc...

Une fois le trou percé, Nxumalo rampait en arrière et faisait signe à Coetzee que tout était prêt. L'Afrikaner remplaçait alors Nxumalo dans la galerie minuscule et plaçait la dynamite, le détonateur et les fils électriques. Coups de sifflet. Plaintes de sirène. Tous les hommes battaient en retraite et Coetzee déclenchait le détonateur. La charge explosait, faisant éclater le chargement suivant de rocher aurifère.

Quand la poussière se dégageait et qu'il semblait probable qu'aucun bloc ne tomberait plus du nouveau plafond, Jonathan Nxumalo et Roger Coetzee rampaient de nouveau dans la galerie et calculaient le temps qu'il faudrait pour traîner le minerai de la galerie d'abattage jusqu'au concasseur, puis à l'affinage... C'était un travail harassant, au milieu de la poussière, mais très intéressant et, au fond, les deux hommes apprirent à estimer à leur juste valeur leurs capacités respectives. Bien entendu, dès qu'ils quittaient la zone de danger pour remonter à l'air libre, leurs vies divergeaient de façon radicale. Coetzee pouvait sauter dans sa voiture et se rendre où il désirait; Nxumalo ne pouvait quitter les corons des mineurs, où la compagnie pourvoyait à tous ses besoins.

Il n'était pas à proprement parler prisonnier. Au cours de leur contrat de dix-huit mois, les travailleurs avaient le droit d'aller à Johannesburg six fois, mais seulement en groupe, avec un Blanc comme Coetzee détenant les permis de trente-six mineurs. Quelqu'un voulait-il se séparer du groupe? Il pouvait toujours s'y risquer, mais il se retrouverait sans permis et, comme les vérifications étaient très fréquentes, tôt ou tard il serait repéré et jeté en prison.

Plusieurs fois cependant, grâce à l'intervention de Coetzee,

Jonathan obtint un permis spécial l'autorisant à rendre visite à un ami de Venloo qui avait réussi, par pure duplicité, à trouver un travail à Johannesburg sans papiers en règle.

— Sais-tu ce que j'ai fait ? confia-t-il à Jonathan. Je me suis accroché à une famille de Blancs qui avait besoin de moi. Ils m'ont protégé. Bien entendu, ajouta-t-il, comme nous étions en infraction, eux et moi, ils me paient au-dessous du tarif. Mais je ne me plains pas.

— Tu aimes Johannesburg ? demanda Jonathan.

— On mange bien. Le travail n'est pas trop dur. Et regarde ces vêtements !

Jonathan était si attiré par la vie en ville qu'il tenta au cours d'autres visites de trouver lui aussi un travail illégal. En vain. Au cours des dernières minutes d'une de ses permissions, il supplia son ami de lui donner plus de renseignements sur la façon de procéder.

— Connais-tu quelqu'un d'important qui pourrait t'aider à obtenir un permis ? lui demanda l'ami.

— Mon père travaille pour Detleef Van Doorn.

— Tu es fou ? C'est lui qui est derrière toutes ces lois. Ce n'est pas un allié. C'est ton pire ennemi.

De retour dans la mine, Jonathan supplia Coetzee de l'aider, mais celui-ci lui répliqua d'un ton rude :

— Tu es mineur à présent. Jamais tu ne pourras changer, parce que nous avons besoin de toi.

Quand Jonathan demanda au bureau des permis une autorisation qui lui permettrait de travailler à Johannesburg, le fonctionnaire lui lança :

— Vous avez des papiers de mineur. Vous n'aurez jamais rien d'autre.

Comme il était condamné à la mine, il décida d'obtenir le meilleur poste possible, mais, de nouveau, il se heurta à un mur :

— Vous êtes qualifié comme perceur. Ce serait une perte de temps de vous essayer ailleurs.

Dans son dortoir, Jonathan en discuta avec des hommes du Malawi et du Vwarda :

— Je vais me présenter pour une place comme celle de Coetzee. J'en sais aussi long que lui et que tous les autres Blancs qui travaillent au fond avec nous.

Mais, dans leur fanakalo, les travailleurs noirs, prudents,

l'avertirent de ne jamais évoquer, même à voix basse, cette possibilité.

— Ce travail n'est que pour les Blancs. Même les Blancs les plus idiots sont plus intelligents que nous. Aucun Noir n'est jamais chef.

Coetzee devait soupçonner les aspirations de Jonathan, car un jour, tandis qu'ils sortaient de la galerie en rampant côte à côte, il lui dit :

— Tu pourrais faire mon travail, Nxumalo, mais la loi est très stricte. Aucun Noir ne doit jamais occuper un poste où il pourrait donner des ordres à un Blanc.

Avant que Jonathan ne réponde, il lui rappela les règlements du Golden Reef qui stipulaient que les poseurs de dynamite devaient être blancs. Aucun Noir ne pourrait jamais postuler ce travail, parce que l'intelligence requise pour enfoncer de la dynamite dans un trou creusé par un Noir dépassait complètement la capacité des non-Blancs. On fermait les yeux sur le fait que dans le reste du monde des travailleurs noirs occupaient sans peine ce poste ; en Afrique du Sud, jamais ils ne pourraient en savoir assez pour placer la dynamite convenablement.

Parfois, les patrons blancs ne la plaçaient pas bien, eux non plus. Par une journée brûlante où la poussière étouffait tout, Roger Coetzee plaça sa dynamite sans soin. Jonathan Nxumalo allait lui en faire la remarque, mais, avant qu'il ait eu le temps de persuader Coetzee de corriger son erreur, la charge explosa et une feuille du plafond tomba, prenant l'Afrikaner au piège derrière une masse de décombres. Si le rocher était tombé sur lui, il aurait été écrasé. Une plaque glissa et lui brisa la jambe. Il se retrouva enfermé dans le noir absolu, au fond d'une crevasse sans air et sans eau, à une température de 45 degrés. Il était impératif que des tubes d'air et d'eau parviennent jusqu'à lui au plus vite et, sans chefs blancs dans les parages, ce fut Nxumalo qui s'en chargea. Il sonda les débris, écarta les rochers qu'il pouvait manipuler et appela d'autres Noirs pour l'aider à déplacer les gros blocs. Quelques minutes plus tard, les sauveteurs blancs entraient en scène et procédaient exactement comme Nxumalo l'avait prévu. Ils réussirent à sauver Coetzee et celui-ci, depuis son lit d'hôpital, demanda à voir Jonathan. Les infirmières qui indiquèrent le chemin au Noir n'apprécièrent pas du tout sa présence dans l'hôpital blanc.

Coetzee avait de la chance d'être en vie, car il n'existait pas de travail plus meurtrier en Afrique du Sud que le sien et celui de Nxumalo. Chaque année, plus de six cents hommes mouraient dans les mines — dix-neuf mille en trente ans —, dont quatre-vingt-dix pour cent de Noirs.

— Je sais que c'est grâce à toi que j'en suis sorti, dit Coetzee, ajoutant aussitôt : Et tu étais sur le point de me prévenir de m'y prendre autrement.

Il sourit et lui tendit la main.

« J'aimerais avoir un cousin à Johannesburg qui ait besoin d'un boy.

Nxumalo n'eut pas cette chance. Avec Coetzee à l'hôpital, l'équipe de Nxumalo passa sous les ordres d'un Afrikaner très dur qui méprisait les Noirs. Un jour, en voyant Jonathan souffler un peu après une percée particulièrement épuisante, il lui lança :

— Espèce de sale Nègre bon à rien, le travail te fait peur, hein ?

Une autre fois, alors que Nxumalo suggérait d'attaquer la « face » sous un angle différent, le chef cria :

— Ta gueule, sale Cafre.

Comme son contrat s'achevait cinq semaines plus tard, Nxumalo supporta les insultes du nouveau dynamiteur. A la fin de ses dix-huit mois, le directeur de son bloc lui dit :

— J'espère que tu signeras une autre fois.

Il ne répondit pas, mais une chose était certaine : il ne voulait plus entendre parler du Golden Reef. Que ferait-il ? Il l'ignorait.

A LA MORT

Le vieux Bloke, qui apportait les lettres des avocats de l'immeuble Cheston à Johannesburg, n'avait que cinquante-quatre ans, mais sa vie avait été si épuisante qu'on l'aurait cru beaucoup plus âgé. Il s'appelait Bloke Ngqika. Dans sa jeunesse, il avait travaillé en usine et acquis de nombreuses compétences que l'on aurait pu utiliser dans plusieurs postes élevés, mais, comme il était noir, il n'avait eu aucun avancement.

A la suite d'un accident dans une fonderie d'outillage, qui l'avait laissé, comme on dit, avec une patte folle, il avait eu une chance extrême de trouver du travail. Il livrait des papiers importants en main propre. C'était mal payé et les heures de déplacement, le matin et le soir, étaient intolérables, mais il n'osait pas quitter son emploi en raison d'une loi particulière, appliquée avec sévérité : un Noir n'avait droit à un permis légal de rester à Johannesburg et ne pouvait résider dans une maison de Soweto que s'il travaillait pour le même employeur pendant une période de dix ans. S'il s'en allait, ou s'il était mis à la porte, il perdait le privilège de son permis, ainsi que son logement et le droit de rester à Johannesburg. Il était comme un serf du Moyen Age, perpétuellement attaché non à la terre comme les serfs d'autrefois, mais à son emploi. Cela signifiait évidemment que son employeur pouvait ne lui verser qu'un salaire de misère et il était dans l'impossibilité de protester, car, s'il était mis à la porte, il perdait non seulement son travail, mais tout son cadre de vie. Comme son employeur le lui rappelait souvent :

— Bloke, ce n'est pas seulement un salaire que je vous donne. C'est votre maison, votre permis, l'autorisation de séjour de votre femme. Et son logement.

Par une journée très animée du mois d'août, il descendit imprudemment du trottoir dans Commissioner Street et se trouva sur le passage d'un camion. Pas tout à fait sur son passage en réalité et le chauffeur aurait pu l'éviter s'il avait fait attention. Le choc fut violent et les dernières paroles qu'il entendit avant de s'évanouir lui étaient très familières :

— Sale con de Cafre !

Il n'aurait pas dû en mourir. Il aurait pu être sauvé, mais la première ambulance qui arriva portait en grosses lettres : RÉSERVÉ AUX BLANCS, et, bien entendu, elle ne put rien faire. Elle appela une NON-BLANCS par radio, mais le vieux Bloke resta sur le trottoir pendant près d'une demi-heure avant l'arrivée de l'ambulance digne de lui. A son entrée au service des urgences « non-Blancs » de l'hôpital de Jo'burg, on constata son décès.

L'angoisse qui se peignit sur son visage juste avant qu'il ne perde conscience n'était pas provoquée — comme certains le pensèrent — par une douleur atroce ; ce n'était pas non plus la rancœur à la suite de l'insulte du chauffeur de poids lourd, car il en entendait de pires tous les jours. Non. En un bref instant, il avait pris conscience de tout ce que sa mort allait signifier pour Miriam, son épouse depuis plus de trente ans. En un éclair, il revit sa patience, soumise en face des difficultés du chemin qu'ils avaient parcouru : les années de séparation, le travail harassant, les enfants qu'elle avait dû élever seule. Des décennies entières s'étaient écoulées avec seulement de brèves visites de son mari ; elle ne pouvait pas aller le rejoindre, les lois sur l'apartheid l'interdisaient. Elle avait donc vécu une petite vie dans une région d'Afrique du Sud, pendant qu'il travaillait dans une autre. Et quand Bloke avait enfin obtenu le droit de la prendre avec lui, elle était si heureuse qu'elle lui avait conseillé d'accepter toutes les injustices concernant ses heures de travail et son salaire...

— Nous sommes enfin ensemble. Fais ton travail et taisons-nous.

Le troisième jour après les obsèques, Miriam fut convoquée au bureau de Pieter Grobbelaar, commissaire principal de l'arrondissement de Soweto où se trouvait le logement des Ngqika. Il lui apprit que, n'étant plus mariée à un travailleur légalement autorisé à demeurer à Soweto, elle était devenue ce que la loi appelait une « personne à charge superflue » et, à ce titre, elle perdait tout droit de rester à Johannesburg. L'homme parlait très bien et il lui expliqua clairement les conditions de son expulsion.

— Vous pouvez rester le temps de réunir vos affaires, mais ensuite il vous faudra partir à Soetgrond.

— Je n'y suis jamais allée. Je ne sais même pas où c'est.

— Mais vous êtes xhosa. Vos papiers l'affirment.

— Je suis née à Bloenfontein. Je ne suis jamais allée en pays xhosa.

— La loi dit que vous êtes maintenant en séjour temporaire...

Plus de dix fois, ce jour-là, M. Grobbelaar utilisa l'expression : « La loi dit que... » A chaque objection soulevée par Mme Ngqika, la loi avait répondu par avance. Désirait-elle conserver une maison que son mari et elle avaient occupée pendant dix ans et à laquelle ils avaient apporté des améliorations importantes ? M. Grobbelaar citait une loi précisant que la veuve d'un travailleur perdait tous ses droits à la mort de son mari. Désirait-elle rester six mois, le temps de trouver un autre endroit où aller ? M. Grobbelaar citait une loi précisant qu'il pouvait lui ordonner d'évacuer les lieux sous soixante-douze heures. Désirait-elle emporter le nouvel évier de cuisine que Bloke lui avait offert l'année précédente à Noël ? M. Grobbelaar citait une loi précisant qu'il fallait laisser tout ce qui était fixé aux murs d'une propriété d'État.

Le premier entretien n'avait pas eu d'effet positif. Après avoir quitté M. Grobbelaar et ses monceaux de dossiers, Mme Ngqika pleura pendant deux heures, puis envoya un jeune garçon à Johannesburg prévenir son fils, qui avait un « petit coin dans le ciel » — une chambre tout en haut de l'immeuble résidentiel où il travaillait comme balayeur. Quand le jeune homme apprit que sa mère était expulsée et envoyée dans un village de campagne qu'elle n'avait jamais vu, il se hâta de passer à Soweto.

— Maman, ils ne peuvent pas te reléguer dans un endroit comme Soetgrond. Ce n'est qu'une poignée de cabanes dans le veld.

— Le « super » dit qu'il faut que j'y aille.

— Au diable le super, je ne le permettrai pas.

— Il m'a dit de revenir à son bureau la semaine prochaine. Tu veux lui parler ?

C'était toute la difficulté. Le droit de séjour de son fils à Johannesburg, où il n'était pas né, dépendait de son aptitude à rester invisible aux yeux de la loi. S'il allait se plaindre au super, on contrôlerait ses papiers, on appellerait la police et il serait banni à Soetgrond lui aussi. Il était incapable d'aider sa mère.

— Maman, je ne peux rien faire pour toi.

Il repartit aussitôt vers son petit coin dans le ciel. S'il parvenait à tenir dix ans, il gagnerait un permis qui lui permettrait de rester dans la ville.

Lors de la deuxième visite, M. Grobbelaar se montra aussi patient et aussi compréhensif que pour la première. Il écoutait calmement chacune des requêtes douloureuses de Mme Ngqika, puis il feuilletait son carnet de toile grise jusqu'à ce qu'il trouve la loi correspondante, qu'il citait. Jamais il n'élevait la voix et il ne parlait pas en afrikaans, qu'elle n'aurait peut-être pas compris, mais en anglais. Il consultait ses papiers et lisait la loi, rien de plus. A son retour chez elle, elle se sentit très faible. Et elle n'avait plus que trois semaines avant d'être forcée de quitter cette maison, où elle avait mis tellement d'elle-même.

Elle n'était pas expulsée parce que Bloke n'avait pas su ménager son argent ; il était même allé demander au super s'il ne pourrait pas acheter leur petite maison, mais les textes légaux étaient catégoriques : « Aucun non-Blanc ne peut être propriétaire de terre à Soweto. » Et comme, à Johannesburg, les non-Blancs n'étaient autorisés à vivre nulle part en dehors de Soweto, être propriétaire de son toit était impossible. Comme M. Grobbelaar le lui avait expliqué :

— Bloke, vous n'êtes autorisé à demeurer ici que dans la mesure où vous accomplissez un travail valable et utile aux Blancs. Et votre femme n'est admise que dans la mesure où votre permis reste valide.

Ce soir-là, un groupe de femmes noires se réunit dans la cuisine de Miriam Ngqika pour la consoler et lui faire leurs adieux. La réunion ne fut pas gaie, car chacune d'elles savait qu'à la mort de leur mari elles seraient exilées, elles aussi, dans quelque village noir lointain, qu'elles n'auraient jamais vu et avec lequel elles n'avaient aucun lien, hormis celui que lui imposaient les nouvelles lois.

Mais il y avait dans le groupe une institutrice...

— Les dames de l'Écharpe noire nous ont demandé de trouver un cas social pour lequel elles pouvaient lutter. Je crois que c'en est un.

— Je ne veux pas lutter, dit Miriam à mi-voix.

— Mais il faut que nous luttions, insista l'institutrice.

Elle avertit les femmes noires que cela pourrait devenir très moche et que les Blancs chercheraient à salir la réputation de leur amie.

— Y a-t-il eu un scandale dans votre famille ? demanda-t-elle.

Très avant dans la nuit, les femmes examinèrent tout le passé de Miriam Ngqika. Il était sans reproche.

Le lendemain matin, l'institutrice alla expliquer l'affaire au siège de l'Écharpe noire. Il se trouva que Mme Laura Saltwood était présente pour la réunion du comité national et, lorsqu'elle apprit les faits de l'affaire Ngqika, elle s'écria :

— Exactement ce que nous attendions.

Le comité pensa que le passé sans tache de Bloke Ngqika serait un atout pour la protestation contre l'expulsion. La façon tout à fait respectable dont sa femme et lui avaient vécu serait également un facteur positif. Miriam Ngqika avait une excellente réputation dans son quartier et l'on supposait que le superintendant Grobbelaar ne serait pas en mesure de dire le contraire.

Il convint de tout. Il écouta attentivement Mme Saltwood présenter sa requête, puis il lui expliqua en bon anglais que la loi disait... Ici, il tourna les pages jusqu'à la loi applicable.

— Mme Ngqika a toujours eu une bonne conduite...

On aurait dit un instituteur de la maternelle parlant d'une de ses petites élèves ; en fait, il était en train d'approuver le comportement d'une femme plus âgée que lui de quinze ans !

« Elle est propre, elle ne boit pas et je n'ai jamais eu l'occasion de la rappeler à l'ordre.

— Alors pourquoi ne peut-elle pas rester ?

— Parce qu'en un sens tous les Bantous sont en séjour temporaire. Elle est devenue une personne à charge superflue et elle doit partir.

Pendant une heure, le commissaire Grobbelaar commenta la loi et expliqua patiemment que toute famille non blanche devait partir dès qu'elle cessait d'être utile à la communauté blanche.

— Mais elle n'est jamais allée à Soetgrond, protesta Mme Saltwood.

— Peut-être, peut-être, mais la loi précise que nous devons commencer à renvoyer ces gens inutiles dans leur patrie naturelle.

— Johannesburg est devenue sa patrie naturelle.

— Plus maintenant.

Dans son insistance pour une concession, au nom de l'humanité, Mme Saltwood se montra presque offensante, mais Grobbelaar ne perdit jamais son calme.

— Ne voyez-vous pas, monsieur Grobbelaar, que c'est une tragédie pour cette femme ? s'écria-t-elle outrée.

— Madame Saltwood ! répliqua le commissaire aimablement, sans la moindre agressivité, chacune des décisions que je suis forcé de prendre, chaque semaine, implique ce que les gens concernés semblent considérer comme une tragédie. Mais nous essayons de mettre de l'ordre dans notre société.

— A quel prix sur le plan humain !

— Le prix peut vous paraître excessif en ce moment. Mais, quand chacun sera à sa place, vous verrez que ce sera un pays splendide.

— Allez-vous expulser le million de personnes qui vit ici à Soweto ?

Le commissaire Grobbelaar sourit.

— Ah, vous, les Anglais ! Vous exagérez toujours. Il n'y en a que cinq cent cinquante mille.

— Vous ne comptez pas les illégaux.

— Nous nous en occuperons.

— Vous allez les expulser tous ?

— Certainement pas. Ceux qui sont essentiels à la bonne marche de nos affaires et de nos usines auront la permission de rester. Les autres ? Oui, nous les expulserons tous. Ils auront leurs villes à eux, dans leurs patries naturelles.

— Combien Mme Grobbelaar a-t-elle de serviteurs noirs ?

— Deux. Mais quelle relation ?

— Vous permettrez à ces deux personnes de rester ?

— Évidemment. Ils sont indispensables.

— Monsieur Grobbelaar, êtes-vous incapable de comprendre que, si vous expulsez les Noirs, Johannesburg s'effondrera ?

— Nous garderons ceux dont nous avons besoin.

— Mais ni les femmes ni les enfants ?

— Nous voulons éviter l'entassement. Ils resteront dans leurs patries.

— Il n'existe aucun recours que je puisse présenter dans cette affaire ?

— Mme Ngqika est le cas d'une personne que la loi appelle « en séjour temporaire » et elle doit partir.

Il n'accorda aucune concession. Sans jamais élever la voix ou exprimer la moindre irritation, il repoussa toutes les suggestions que proposa cette Anglaise difficile. Mais, dès qu'elle fut partie, son visage devint blême et il rugit à son adjoint :

— Mettez trois hommes sur le dossier de cette femme Ngqika. Je vais leur donner une leçon à ces deux-là.

Et, sur-le-champ, il téléphona à un de ses amis des services de sécurité.

« Je vous suggère d'étudier de près cette Laura Saltwood. Elle fraternise avec les Cafres.

Dans le cas de Mme Saltwood, la police secrète, omniprésente dans le pays, ne trouva que les faits publiés dans les journaux. Depuis plusieurs années, elle était une épine dans le pied des autorités : elle défendait des non-Blancs contre l'application des nouvelles lois, mais elle avait toujours agi ouvertement et l'on ne pouvait retenir contre elle aucune accusation sérieuse.

— Nous ne la perdons pas de vue, assurèrent les services de sécurité à la police de Johannesburg. Un de ces jours, elle va trébucher. Et à ce moment-là...

Dans le cas de Mme Ngqika, on trouva quelque chose : un Noir de Soweto moucharda à la police que Miriam avait un fils qui occupait un petit coin dans le ciel. Mais, quand ils se rendirent à l'adresse indiquée, ils tombèrent sur un haut fonctionnaire du gouvernement, dont l'épouse attesta que le fils de Miriam Ngqika était le meilleur employé de maison qu'elle ait eu. Il était essentiel qu'il conserve son emploi ; on l'autorisa donc à rester à Johannesburg pour le moment.

Un soir, pendant la troisième semaine — la dernière que Miriam Ngqika passerait dans la maison où elle avait vécu plus de dix ans sans avoir le droit d'en être la propriétaire —, les femmes noires se réunirent pour prier. Les Afrikaners croient et essaient de faire croire aux étrangers que les Noirs d'Afrique du Sud ne pourront jamais s'unir en raison de leur mentalité tribale (chaque groupe détestant les autres), mais, au cours de cette soirée, la cuisine de Miriam reçut des femmes xhosas, zoulous, pondos, sothos, tswanas et shonas. Assurément, elles étaient parfois méfiantes les unes à l'égard des autres : à peu près comme une épiscopalienne respectable peut bouder une baptiste endurcie, ou bien comme une catholique regarde une juive de haut. Parfois, la méfiance éclatait en conflits de factions, mais la thèse d'un combat à mort entre les tribus est absurde. Ces femmes partageaient le même destin et elles le savaient.

Mais, vers la fin de la soirée, il se passa un événement remarquable. L'institutrice, qui avait fait appel au concours (sans effet) de l'Écharpe noire, pilota dans les rues de Soweto, jusqu'à la maison de Miriam, une femme blanche dont la présence dans ce quartier noir était illégale. Le fait qu'elle ait accepté de venir là après le couvre-feu était révolutionnaire.

— Je vous présente Mme Saltwood, dit l'institutrice. Vous avez entendu parler d'elle.

Toutes les femmes en avaient effectivement entendu parler — et surtout la jeune Shona, que le commissaire Grobbelaar avait payée pour qu'elle assiste à cette réunion. Elle rendrait compte de cet acte délictueux et le dossier de Mme Saltwood contiendrait enfin la preuve que cette dangereuse Anglaise avait franchi la ligne qui sépare le défi ouvert de la conspiration criminelle.

En quoi consistait cette conspiration ? Voici que Mme Saltwood dit aux Noires :

— Partout dans le monde, des femmes se battent pour mettre un terme à des injustices comme celle-ci. Nous avons perdu cette bataille et Mme Ngqika devra s'en aller cette fois, mais…

Soudain la force parut lui manquer et elle sentit des larmes lui monter aux yeux. Elle se maîtrisa. « Ce soir, se dit-elle, elles n'ont nul besoin d'une femme blanche éplorée. » A voix plus basse, elle poursuivit :

« Miriam, nous prierons pour vous. Dans nos cœurs, vous aurez toujours une maison, même si l'on vous enlève celle-ci…

Elle pleurait presque, mais elle se mordit la lèvre et se tut. Les femmes noires ne remarquèrent pas trop son émotion.

Le lendemain, le commissaire Grobbelaar se présenta avec un camion du gouvernement. On entassa tous les biens de Miriam à l'arrière. Grobbelaar vérifia qu'elle n'avait pas emporté l'évier de la cuisine, devenu propriété de l'État, et, à dix heures, le camion s'ébranla avec Mme Ngqika et deux autres expulsées, assises au-dessus de leurs affaires.

Quand le camion parvint à la gare de Johannesburg, le chauffeur sursauta : Mme Laura Saltwood attendait Mme Ngqika pour l'accompagner dans sa nouvelle résidence. Bien entendu, elle serait obligée de voyager dans les wagons réservés aux Blancs, mais il n'existait aucun moyen de l'empêcher de veiller sur la femme expulsée ; si Mme Saltwood avait envie de perdre le prix d'un billet de chemin de fer pour pleurer sur le sort d'une Noire devenue inutile à la communauté blanche, elle en avait le droit. Mais le chauffeur prit note du fait et, quand il rendit compte au commissaire, Grobbelaar fit parvenir cette dernière preuve de rébellion à la police secrète.

Ce fut un voyage pénible. Dans les méchants compartiments de troisième classe réservés par les chemins de fer sud-africains à leur clientèle noire, des femmes de villes différentes dont les maris venaient de mourir partaient vers des villages qu'elles n'avaient jamais vus. Des jeunes gens qui avaient tenté leur chance dans des métropoles comme Pretoria et Johannesburg étaient renvoyés dans leurs bantoustans. Plus pitoyables à bien des égards étaient les jeunes épouses qui avaient voulu vivre avec leurs maris, dans un vrai foyer, mais qui se trouvaient expulsées : les hommes travailleraient à Johannesburg pendant six, huit ou dix ans sans leurs femmes. Peut-être obtiendraient-ils finalement les papiers légaux. Peut-être pas...

— Le pire... dit une jeune femme qui avait fait des études supérieures dans la nation noire du Lesotho, le pire, c'est qu'à Alexandra le gouvernement va construire un immeuble de six étages pour les hommes noirs travaillant dans la ville et, à deux kilomètres de là, entouré par une haute clôture, un autre bâtiment de six étages pour les femmes noires. Ils croient vraiment pouvoir enfermer la nuit les hommes dans un immeuble et les femmes dans l'autre, sans communication entre eux. Et ils se figurent que cela durera toujours. Des hommes et des femmes âgés de vingt ans devront vivre comme des abeilles dans ces cellules, sans amour entre eux, en un « séjour temporaire » susceptible de se prolonger pendant quarante ans...

A la fin de la deuxième journée, le train parvint à une petite gare — Hilary — dans l'est de la province du Cap. Les femmes à destination de Soetgrond reçurent l'ordre de monter dans des camions. Mme Saltwood était déterminée à rester avec Miriam, mais un agent de police blanc lui dit que c'était impossible et refusa de la laisser monter dans le camion du gouvernement. Furieuse, elle regarda sans protester les hommes jeter les quelques affaires de Miriam par terre. Elle téléphona aux Saltwood de De Kraal pour leur emprunter une de leurs voitures et, quand le véhicule arriva, elle prit le volant et fit asseoir Miriam près d'elle.

Elles suivirent le camion jusqu'à sa destination honteuse.

Le paysage était sinistre et elles frissonnèrent. Le soir tombait, il se mit à pleuvoir, Soetgrond devint plus lugubre. La voiture dérapait sans cesse sur la piste de terre détrempée.

Elles parvinrent enfin à un village : deux cents maisons légères, construites depuis peu sur une terre usée par l'érosion ; pas un arbre, pas un mètre carré d'herbe ou de jardin. Il y avait un magasin éclairé par des lampes à pétrole et le début de deux rues — en fait, de la boue. Des évacués déplacés au cours de l'année précédente s'étaient rassemblés pour accueillir les nouvelles venues et les encourager de leur mieux. Un fonctionnaire du gouvernement prit note de leurs noms. A Mme Ngqika, il dit :

— Vous avez le lot 243.

— Où est-ce ? demanda Mme Saltwood.

Il faisait déjà nuit. L'homme tendit le bras vers l'une des rues boueuses.

— Par là-bas. Vous verrez l'écriteau.

— Quelqu'un peut-il nous aider à porter tout ça ? demanda-t-elle.

— Vous aider ? (Il éclata de rire.) Chacun porte ses affaires. Par là...

Et les deux femmes, la Noire et la Blanche, soulevèrent leurs ballots et descendirent la rue presque impraticable. Dans certaines masures, il y avait de la lumière et cela les aida à trouver leur chemin, mais parfois tout était noir et Laura et Miriam ne savaient où poser les pieds. Elles trouvèrent la bicoque 239, puis la 240.

— Ce n'est sûrement pas loin, dit Laura.

Mais, après 241, il n'y avait plus de bâtiments. Uniquement les ténèbres et la boue.

« Nous nous sommes sûrement trompées de rue, dit Laura.

Elles retournèrent à la dernière maison et demandèrent où se trouvait le lot 243. Un vieillard répondit en xhosa :

— Juste là en bas.

Il tendait le bras vers le vide.

— Que dit-il ? demanda Laura.

— Mon lot est là.

— Mais il n'y a pas de maison ! s'écria Laura.

Dans le noir, les deux femmes s'avancèrent sur la parcelle vide. Laura était tentée de rebrousser chemin et de réclamer des éclaircissements, mais un morceau de carton délavé, cloué à un piquet branlant, indiquait sans ambiguïté : lot 243.

Mon Dieu ! C'était là. Cette femme qui avait travaillé tant d'années, qui avait élevé ses enfants et leur avait donné une éducation, qui avait reprisé les vêtements de son mari pour lui permettre de conserver son emploi précieux, recevait ainsi sa récompense...

« Il doit y avoir une erreur, dit Laura d'un ton léger. Je vais demander.

Elle laissa Miriam seule et pataugea jusqu'au fonctionnaire, encore près du camion. Il lui rit au nez.

— Tous commencent comme ça. On leur donne leur parcelle et ils en font ce qu'ils veulent.

— Mais où va-t-elle dormir ?

— C'est son problème.

— Non, dit Laura sans élever la voix. C'est mon problème et c'est aussi le vôtre.

— Écoutez, madame, montez dans votre voiture et rentrez chez vous. Ces gens-là se débrouillent.

Elle allait discuter, mais il lui tourna le dos et s'en fut. La pluie fine s'était remise à tomber. « C'est mon problème, songea-t-elle. Le gouvernement se propose de déplacer trois millions huit cent mille personnes, une personne sur six. (A l'échelle d'un pays comme la France, cela représenterait presque dix millions d'êtres déracinés de leurs logements de bonne qualité et contraints à vivre dans des conditions affreuses.) Et ce soir, je suis responsable d'une de ces personnes. »

Lentement, refusant de se laisser aller à pleurer, elle s'engagea de nouveau dans la rue de boue. Elle ne parvenait pas à croire que ce dont elle était le témoin puisse se produire dans une société civilisée. Un État souverain, dans la seconde moitié du vingtième siècle, croyait que c'était une solution valable pour un problème impliquant des êtres humains. Dans les ténèbres, sous la pluie fine qui lui giflait le visage, les pieds dans la boue, elle revit soudain le commissaire principal Grobbelaar en train de feuilleter son calepin de toile pour trouver la loi applicable... Elle existait et elle serait appliquée.

— Nous dormirons dans ma voiture, dit Laura doucement quand elle rejoignit Miriam.

Sous la pluie, les deux femmes pleuraient.

Dans une vallée vers le nord, tout près de là, sur une colline usée par l'érosion, se dressaient les deux *cairns* de pierres marquant les tombes de Mal Adriaan, l'homme qui parlait avec les hyènes, et de Seena Van Doorn, la fille intrépide du vieux Rooi Van Valck. Non loin se trouvait la tombe de Lodevicus le Marteau, à qui Dieu avait envoyé deux femmes fidèles. Ces pionniers afrikaners avaient payé un tribut terrible pour prendre pied dans ce pays. Et ils l'avaient fait au nom de la liberté. En condamnant Miriam Ngqika à cet endroit affreux, leurs descendants étaient devenus prisonniers de leur propres lois restrictives.

A LA RÉSURRECTION

Malgré les contraintes imposées par l'apartheid, les Noirs d'Afrique du Sud ne perdaient pas courage. Ils rêvaient d'une résurrection qui leur permettrait d'être de nouveau libres. Mais leurs rêves n'ont pas toujours eu la même nature et il est essentiel de distinguer la période précédant 1975 et celle qui suivit. Ce changement crucial apparaît clairement quand on compare les vies différentes de deux hommes de la région de Vrymeer : Daniel Nxumalo, le petit-fils de Micah qui avait guerroyé avec le général de Groot et servi les Van Doorn pendant de nombreuses années ; et Matthew Magubané, dont les parents travaillaient dans une ferme près de Venloo...

Dans son enfance, Daniel Nxumalo se montra si doué qu'au lieu de partir dans les mines comme son frère Jonathan il fréquenta, dès qu'il le put, le « collège » noir de Fort Hare. Depuis 1911, cette institution était passée du stade du lycée à celui d'une université à part entière, avec un corps d'enseignants sans équivalent dans toute l'Afrique noire, composé de Noirs bien informés qui envisageaient la possibilité d'un éveil de leur peuple.

« Enseignez comme si le destin d'une Afrique du Sud libre dépendait de vous seul. » Telle semblait être la devise tacite de ces professeurs. Ils trouvaient toujours le moyen d'exprimer les idées qui leur étaient chères et ils savaient se faire entendre de leurs meilleurs étudiants.

— La police ne me laisserait pas dire ce que je devrais vous apprendre après cela, mais demandez-vous si Napoléon est parvenu à détruire les aspirations nationales des pays qu'il a conquis temporairement...

A Fort Hare, un étudiant intelligent apprenait que ce qui s'était passé dans le reste du monde pouvait aussi bien se produire en Afrique du Sud.

Ce fut dans la classe d'histoire mondiale que Daniel perçut ces premiers sous-entendus. Une femme professeur, qui l'avait laissé plutôt indifférent jusque-là, donnait des leçons sur la conquête de l'Angleterre par les Normands (le programme était surchargé d'histoire de la Hollande et de l'Angleterre et l'on parlait peu d'événements permettant d'évoquer la vie en Afrique du Sud). Elle expliquait comment les Français avaient traversé la Manche pour imposer leur autorité aux paysans saxons d'Angleterre — et Nxumalo somnolait.

Elle parlait d'une voix chantante, récitant des dates et des généalogies sans grande importance. Puis, sans donner le moindre indice que ce soit, presque immobile devant sa classe, elle se mit à expliquer à sa manière ce que devait être la vie dans un petit village saxon à l'arrivée des conquérants. Ses images étaient si évocatrices et la situation si parallèle à celle de l'invasion des villages de la frontière par les trekboers que tous les étudiants prêtèrent l'oreille. Aucun papier ne frissonnait tandis qu'elle parlait des femmes saxonnes ayant des enfants en bas âge dépossédées de la vache qui leur permettait de les nourrir ; ou bien de l'avancée irrépressible des soudards normands et du paiement des impôts — et elle demeurait là, debout devant ses élèves, des larmes baignaient ses joues, pas un muscle de son corps ne bougeait et sa voix continuait de raconter avec une passion débordante l'histoire d'une occupation étrangère et de libertés perdues.

Pendant trois mois, il n'y eut pas d'autre cours comme celui-là, mais son influence dans la vie des étudiants était profonde et féconde ; on se passa le mot dans les dortoirs : cette femme « savait ». Elle savait aussi que, si elle évoquait de façon précise la condition des Noirs en Afrique du Sud, elle serait escamotée par les services de sécurité de l'État, le BOSS (*Bureau of State Security*), et qu'on ne la reverrait jamais. Il fallait donc qu'elle transmette ses convictions profondes sans jamais les énoncer, qu'elle éduque ses élèves tout en évitant les représailles du BOSS. Elle jouait un jeu complexe, consciente du fait que tous ses étudiants d'histoire attendaient avec passion un nouveau cours révélateur.

Ce fut quatorze semaines après son exposé de l'asservissement des Saxons... Elle traitait de la période difficile traversée par l'Amérique en 1861, lorsque la guerre de Sécession déchirait le pays. Elle évita avec soin la question de l'esclavage et des brutalités, insistant sur le déroulement des batailles comme il était de règle à cette époque. Mais, quand elle parvint à la fin de la guerre, elle se mit à parler de ce que cela signifiait pour les Noirs d'une petite ville de Caroline du Sud et, de nouveau, elle parut en transe. Très raide devant sa classe, elle décrivit l'impact de la liberté sur une communauté tenue en esclavage depuis longtemps et elle fit naître de telles visions d'un nouveau cadre de vie dans la tête de ses étudiants que toute sa petite classe devint comme une bombe, armée et impatiente d'exploser.

Aucun jeune Noir dans l'amphithéâtre ce jour-là ne pouvait manquer de comprendre son message et notamment l'étudiante placée là par le BOSS. Cette jeune fille rapporta en secret à la police les paroles subversives de son professeur. Il n'y eut pas de troisième cours de ce genre : des inspecteurs se présentèrent et emmenèrent le professeur. Elle fut libérée après trois jours d'interrogatoire, mais ce n'était que la première salve vengeresse. Avant la fin du semestre, elle disparut. Ses étudiants étaient convaincus qu'on l'avait envoyée à Robben Island ; en réalité, elle avait quitté le pays avec un faux visa de sortie et elle enseignait à l'université de Nairobi, où elle n'avait pas besoin de parler de Normands et de Saxons pour évoquer les trekkers et les Xhosas.

De cet incident, Daniel Nxumalo déduisit deux principes, qui détermineraient la trame de sa vie : il est impératif que j'apprenne ce qui arrive aux Noirs ailleurs dans le monde ; mais je dois le faire sans jamais attirer l'attention du BOSS. Le premier principe était plus facile à appliquer que le second, car plus il apprenait de choses sur l'Afrique et l'Europe et plus il se rapprochait de la ligne de danger.

Le BOSS était un service à demi secret, ayant le pouvoir d'arrêter et d'emprisonner des citoyens sans décision judiciaire d'aucune espèce. Tout Noir, tout « homme de couleur », tout Indien et même tout Blanc auteur d'un acte jugé dangereux pour la société pouvait faire l'objet d'une enquête et, si l'on découvrait qu'il constituait une menace pour l'apartheid, on l'emprisonnait à Robben Island, rocher isolé de la Table Bay jouissant de belles vues sur Table Mountain. En raison du mystère qui entourait l'îlot, la légende voulait que ce fût un endroit infernal. Un journaliste français a écrit : « A côté de Robben Island, l'île du Diable était une fête champêtre. » Il se trompait. Ce n'était qu'une prison extrêmement bien gardée pour dissidents politiques, beaucoup moins rigoureuse en réalité qu'Alcatraz ou même les meilleures prisons de Russie.

On y envoyait des Noirs avec une fréquence choquante — et ils y restaient. Certains pour avoir défendu l'idée que leur peuple devrait être libéré de sa servitude, d'autres pour avoir importé des mitraillettes du Mozambique. Certains étaient des révolutionnaires communistes, mais on avait souvent collé cette étiquette à des hommes dont la seule ambition était de devenir les Martin Luther King ou les Vernon Jordan d'Afrique du Sud. Si Andrew Young avait été citoyen du Transvaal, il aurait plus probablement fait carrière à Robben Island que comme ambassadeur aux Nations unies.

Un étudiant noir engagé avait peu de chances d'échapper à la vigilance du BOSS et, quand Daniel Nxumalo quitta Fort Hare, son nom s'était déjà inscrit quatre fois dans leurs dossiers :

1° Lors d'une réunion d'étudiants, selon le rapport de la même espionne qui avait dénoncé son professeur d'histoire, il avait parlé de façon très évocatrice quand un des autres étudiants avait fait allusion au Brésil ; s'il n'avait rien dit, le sujet même aurait suffi à attirer les soupçons, parce que la population du Brésil est en majorité noire, mais il avait présenté de façon élogieuse un ouvrage du professeur brésilien Gilberto Freyre, *les Maîtres et les Esclaves*, qui contenait des parallèles inadmissibles avec l'Afrique du Sud.

2° Lors d'une parodie de l'Assemblée des Nations unies, on lui avait donné le rôle de Gromyko ; il ne l'avait pas demandé, mais il fallait bien qu'il y ait un Russe et il avait donc accepté ; en bon étudiant, il avait pioché la vie et les opinions de Gromyko et son discours était très slave.

3° Lors d'un match de cricket à Port Elizabeth, on avait

remarqué qu'il avait encouragé bruyamment non l'équipe d'Afrique du Sud, mais celle d'Angleterre.

4° A plusieurs reprises, on l'avait vu chanter l'*Hymne à la liberté*, populaire parmi les étudiants, « avec un enthousiasme excessif ».

A la fin de ses études à Fort Hare, il semblait manifeste que Daniel Nxumalo serait envoyé un jour ou l'autre à Robben Island. Mais, lorsqu'il arriva à l'université de Witwatersrand pour passer sa maîtrise de sociologie, il tomba sur un professeur d'un genre très différent, un Blanc formé en Angleterre, qui le convoqua dans son bureau un jour et se mit à rugir.

— Espèce d'imbécile ! Ferme un peu ta grande gueule ! Comment comptes-tu exercer une influence si tu es en prison, hein ? Étudie, c'est ton devoir. Deviens le Noir le plus cultivé d'Afrique du Sud et enseigne aux autres ce que tu auras appris.

Le professeur évitait soigneusement de préciser à quelle fin servirait cette éducation. Jamais il n'expliquait ses idées de changement révolutionnaire par l'accès à une culture supérieure : il ne tenait pas à se retrouver sous les projecteurs du BOSS. Mais il réussit à convaincre Nxumalo de garder le silence et il fit de lui un étudiant solide et compétent.

Son séjour à « Wits » fut comme une belle journée estivale de février dans une bonne année : les enthousiasmes du printemps sont loin, on arrive à la saison où les fruits mûrissent. Daniel rencontra des étudiants de tout le pays et des professeurs extrêmement brillants, formés dans le monde entier. Un grand nombre d'étudiants étaient des juifs, groupe qu'il ne connaissait pas, et leur analyse pénétrante de choses qu'il tenait pour acquises fut pour lui une illumination. Il fut particulièrement marqué par la façon dont de nombreux étudiants de Wits ridiculisaient l'apartheid ; ils défiaient les lois de ségrégation raciale dans leur vie privée et ils faisaient enrager les citoyens conservateurs de Jo'burg : quand ceux-ci passaient devant l'université en rentrant de leur travail, les jeunes s'alignaient des deux côtés de l'avenue Jan-Smuts en brandissant des pancartes amusantes, mais de nature insultante.

Sa véritable éducation ne se fit pas à Wits, où il obtint sa maîtrise de lettres, mais dans une université particulière à l'Afrique du Sud, unique en son genre et l'une des inventions les plus louables de ce pays. L'université d'Afrique du Sud n'avait ni campus, ni bâtiments, ni amphithéâtres comme toute université normale. Son campus était une simple boîte postale de Pretoria et son corps d'enseignants des hommes et des femmes cultivés capables de diriger les études de jeunes gens dans toute la République. Nxumalo s'inscrivit aux cours et fit toutes ses études par correspondance. Il rencontrait rarement ses professeurs. Chaque semaine, il leur envoyait le résultat de ses efforts. Il travaillait en silence, dépensait des sommes importantes pour des livres publiés à Londres et à New York et, s'il n'avait pas l'avantage des discussions avec les autres étudiants dans les dortoirs, il recevait une stimulation intellectuelle comparable quand son professeur lui écrivait : « Intéressant, mais apparemment vous n'avez pas lu ce que Philip Tobiaz dit sur ce sujet » ; ou : « Peut-on écarter la théorie de Peter Garlake sur le Grand Zimbabwe ? » De fait, ses lectures furent beaucoup plus vastes que celles des jeunes gens de son âge à Stanford ou à la Sorbonne.

L'UNISA permettait à n'importe quel jeune intelligent d'obtenir un diplôme supérieur, même s'il vivait dans le village le plus reculé du pays. Et, du point de vue du gouvernement, elle avait deux résultats désirables : l'Afrique du Sud devenait l'une des nations les plus capables de la terre ; et l'absence de campus central empêchait les étudiants, rebelles en puissance, de se réunir en un seul point où pourraient germer des idées hostiles aux tenants de l'apartheid. L'UNISA évitait aussi les problèmes qui se poseraient lorsque le gouvernement ordonnerait aux autres universités, comme Wits et Le Cap, d'appliquer la ségrégation.

Au terme de son doctorat par correspondance, Daniel Nxumalo, après avoir utilisé au maximum le système en place, était un homme cultivé, ardemment résolu à provoquer des changements révolutionnaires dans son pays natal et encore plus décidé à éviter tout ennui avec le BOSS. Rares étaient les étudiants sortis d'Harvard ou d'Oxford la même année qui se soient fixé une mission aussi difficile, aussi délicate. Mais l'intervention inattendue de Matthew Magubané allait lui donner une chance de la remplir.

Au cours de ses jeunes années, ce Matthew n'annonçait rien de bon : c'était un garçon au cou de taureau qui ne supportait pas la discipline. Son éducation se serait probablement achevée à quatorze ans si son père n'avait pas connu les Nxumalo. Il demanda au jeune Daniel, déjà lancé dans ses études supérieures, de parler à son fils.

Nxumalo se retrouva en face d'un garçon buté, au caractère difficile, et il faillit conclure que lui faire continuer ses études serait une perte de temps. Mais, soudain, Matthew s'écria avec une grande arrogance :

— Un homme n'a pas besoin d'aller à l'université comme toi pour réaliser ce que tu désires.

— Ah bon ? Et qu'est-ce que je désire ?

— Changer les choses. Ça se lit sur ton visage.

— Et tu veux changer les choses, toi aussi ?

Le garçon ne bougea pas, refusant de répondre. Nxumalo eut envie de le secouer comme un enfant entêté, mais il domina son impulsion et dit calmement :

« Matthew, pour parvenir à ce que tu veux, toi, il te faut tout de même une éducation.

— Pourquoi ?

— Parce que je lis sur ton visage que tu veux commander aux autres. Et tu ne peux pas le faire si tu n'en sais pas au moins aussi long qu'eux.

Il s'occupa de l'inscription de Matthew au lycée noir de Thaba Nchu, construit sur le site même que Tjaart Van Doorn et ses Voortrekkers avaient occupé au cours de leur périple vers la liberté. Là, comme Nxumalo quelques années plus tôt, il tomba sous le charme d'une femme professeur inspirée, qui posait sur son bureau, gravée dans le bois, la devise : ENSEIGNE AUJOURD'HUI MIEUX QUE JAMAIS. Elle était convaincue qu'une révolution des valeurs était en gestation dans toute l'Afrique. Les Portugais venaient d'être chassés du Mozambique et de l'Angola. Le Sud-Ouest africain serait bientôt gouverné par des Noirs. La grande Rhodésie s'effondrait. Jamais elle n'évoquait à grands fracas ces vastes changements ; elle se bornait à afficher au mur, derrière elle, une carte de la région avec trois corrections symboliques : le Sud-Ouest africain était devenu la Namibie ; la Rhodésie était le Zimbabwe et le beau port de Lourenço Marques s'appelait maintenant Maputo. Chaque jour, ses étudiants avaient sous les yeux ces trois leçons.

— Vous ne resterez avec moi qu'une période très brève,

leur disait-elle. Or il faut que je fasse naître en vous un enthousiasme capable de durer toute une vie.

Et elle y parvenait, en rapportant tout son enseignement à un engagement visible pour la cause du changement révolutionnaire. Son influence ne s'exerça jamais de façon plus vive que sur Matthew Magubané, dont les notes restaient toujours très faibles, mais dont les convictions farouches atteignaient le plus haut niveau.

Magubané ne s'exprimait guère dans les sports, car il était maladroit, et il ne brillait pas non plus dans les discussions, car cela implique un esprit délié. Ce qui le captivait jusqu'au fond de l'âme, c'était la musique. Il avait une voix de basse sonore, exceptionnelle pour un lycéen, et il savait d'instinct en tirer le meilleur parti. Il chantait seul. Il chantait en quatuor. Et surtout il chantait dans la chorale. Quatre fois par an, les chemins de fer d'Afrique du Sud offraient des places gratuites aux lycées noirs, pour que les équipes de football et les chorales puissent concourir avec les autres lycées noirs. Ces voyages éveillèrent Matthew aux possibilités de son pays. Il vit les riches terres d'élevage du nord, le style indien du Durban, la majesté du Cap. Tandis que les autres potaches chahutaient dans les wagons, il demeurait le nez collé à la vitre, fixant l'infini du Karroo désertique, dont l'atmosphère sauvage le touchait au cœur. Cette prise de conscience du pays dont il avait hérité, même s'il n'était pas à lui pour le présent, lui permit de juger à sa juste valeur les paroles de Daniel Nxumalo : pour accomplir quoi que ce fût en Afrique du Sud, il fallait apprendre. Au cours de sa dernière année, il obtint les prix d'anglais et d'histoire.

Magubané et Nxumalo arrivèrent à l'université de Zululand au même mois d'avril. Le premier était un jeune étudiant trapu, avec le genre de coiffure en boule qui met les Blancs en fureur ; le second, un jeune professeur avec un complet trois pièces et des cheveux à la coupe irréprochable. Ils maintinrent entre eux une certaine distance jusque vers la fin du premier semestre. Nxumalo se rendit alors au dortoir de son jeune cousin et, ne le trouvant pas, laissa un petit mot : *Je serais content de te voir dans ma chambre à cinq heures. Daniel Nxumalo.*

A son arrivée, Magubané (emprunté dans ses vêtements pauvres) trouva deux étudiants des classes supérieures, assis par terre avec trois étudiantes. Ils buvaient tous du thé léger et discutaient de Gunnar Myrdal. Ce fut une expérience déconcertante pour Magubané : il n'était manifestement pas à sa place, mais il était content de voir le professeur Nxumalo s'intéresser encore à lui.

Il n'avait nulle envie de devenir comme ces jeunes gens « embourgeoisés » assis sur la moquette. Il était plus à son aise avec les étudiants extrémistes qu'il rencontrait au café, autour des tables du fond. Et ce fut parce qu'il les fréquentait qu'il attira l'attention du BOSS. Tout commença au cours d'une excursion à Durban où Matthew entraîna un groupe d'étudiants bruyants à entonner un choix de chansons révolutionnaires.

Il y a un soleil à l'est
Qui se lève, se lève.
Il y a une lune à l'ouest.
Qui s'enfonce, s'enfonce.
Je poursuis le soleil, je poursuis sa lumière,
Et la lune tombe dans la nuit.
Ô, gloire du soleil !

A la suite de cet incident, des officiers de police se présentèrent à l'université, car il y avait toujours des espions, et l'administration demanda au professeur Nxumalo d'avertir le jeune Magubané qu'il se lançait sur une voie dangereuse... Chanter des chansons pareilles et encourager les autres à se joindre à lui !

Quand ils furent seuls, Daniel se tourna vers Matthew.

— Tu cherches les ennuis, hein ? Apprends à tourner ta langue sept fois dans ta bouche.

— Il n'y a plus le temps, répondit Matthew.

— Que veux-tu dire ? demanda Nxumalo d'une voix égale. Il n'avait nulle envie d'entendre la réponse.

— Je crois que de nombreux jeunes comme moi devront partir en exil. Au Mozambique.

— Non ! cria Daniel. Ce n'est pas un moyen.

— Nous irons au Mozambique et nous prendrons les armes. Exactement comme les Noirs du Mozambique sont allés en Tanzanie pour combattre.

— L'Afrique du Sud n'a rien de commun avec le Mozambique. Les Portugais n'avaient pas la volonté de se défendre. Les Afrikaners l'ont.

— Alors, il nous faudra tuer les Afrikaners.

— Crois-moi : ce sont eux qui vous tueront.

— Les dix mille premiers. Les dix mille suivants, peut-être. Mais d'autres continueront d'avancer.

— Tu comptes faire partie des dix mille premiers ?

— Je n'en ai pas honte.

Ils parlaient zoulou et les phrases du jeune Magubané étaient comme l'écho des grands moments de l'histoire des Zoulous — des paroles d'un siècle passé appliquées à un siècle à venir. Il s'imaginait en train d'attaquer à la tête d'un *impi** qui ne reculerait jamais, même devant un anéantissement certain. « D'autres continueront d'avancer », disait Matthew. Il ne ferait pas partie de ces autres et il ne connaîtrait pas les victoires qu'ils remporteraient : il serait mort, mais ce seraient aussi ses victoires.

Le professeur et l'étudiant terminèrent cette conversation douloureuse à plusieurs siècles de distance l'un de l'autre, mais avec une grande admiration mutuelle. Quand le professeur Nxumalo rendit compte de leur entretien à l'administration, il utilisa des phrases creuses qui ne l'engageaient à rien.

— Je suis persuadé que Matthew Magubané a compris que la voie qu'il suivait était mauvaise... Il y a tout lieu de croire qu'il redeviendra un bon élève comme à Thaba Nchu... Je suis persuadé que ce jeune homme a un brillant avenir, car sa volonté est à la mesure de ses talents...

Avant la fin du deuxième semestre, Magubané fut arrêté par les agents du BOSS et transféré à un centre d'interrogatoire de la police, à Hemelsdorp, loin de tout, où avaient lieu des séances dignes de l'Inquisition. C'était là qu'officiait Jurgen Krause, le petit-fils de Piet Krause, bien résolu à écraser les moindres velléités d'une insurrection noire.

Il mesurait presque deux mètres, c'était un Afrikaner blond, aux épaules larges, avec un sourire généreux et des poings puissants. Dès que la porte se referma derrière Magubané et que les agents venus du nord eurent disparu, Krause dit à son adjoint, le sergent Krog :

— Fais-le avancer.

Le bras droit de Krog atterrit au milieu du dos de Magubané. Le Noir bascula en avant et trébucha vers le bureau de Krause. Celui-ci lança son poing droit de toute sa force : il éclata en plein visage de Matthew. Le Noir tomba. Krause et Krog se jetèrent sur lui et le bourrèrent de coups de poing et de coups de pied jusqu'à ce qu'il perde conscience.

Partout en Afrique du Sud, une enquête de sécurité était une affaire sérieuse. Au cours des années, plus de cinquante hommes étaient tombés par inadvertance du haut d'immeubles de huit étages ou bien s'étaient étranglés avec des couvertures appartenant à l'État. Mais, à Hemelsdorp, l'enquête était devenue l'un des beaux-arts et l'on évitait ce genre d'erreurs. Quand Magubané retrouva ses esprits, le visage trempé de l'eau dont on l'aspergeait, il avait devant lui le sergent Krog armé d'un aiguillon électrique à bétail.

— A poil ! dit Krog.

Comme Magubané n'obéissait pas assez vite, le sergent appela deux aides qui lui arrachèrent ses vêtements. Dès qu'il fut nu, Krog appliqua l'aiguillon électrique sur ses testicules, regardant d'un air satisfait le jeune homme bondir pour éviter la torture. Le Noir courut dans un coin et se pelotonna de dos pour protéger ses organes. Krog lui enfonça la pointe de l'électrode dans l'anus. La charge électrique était si forte que l'étudiant s'évanouit.

Au cours des années, un Noir sur quatre dans l'ensemble de la population était arrêté pour un délit ou un autre et ils avaient de la chance que tous les hommes de la police ne soient pas aussi déterminés et aussi sadiques que l'équipe Krause-Krog. On aurait pu trouver leurs pareils dans la plupart des pays : la Russie, l'Allemagne de l'Est, l'Iran, l'Argentine, le Brésil avaient des enquêteurs de la même trempe. La majorité des policiers d'Afrique du Sud essayaient d'agir en officiers de justice respectueux de la loi ; mais Krog et Krause étaient des agents de terreur.

Pendant trois jours, Magubané fut tabassé et torturé. Il était bien nourri, on lui permettait d'aller aux toilettes et de boire quand il le désirait, mais la torture ne cessait jamais. A la fin du quatrième jour, la seule accusation qu'il ait entendue était : « Espèce de sale Cafre prétentieux ! », insulte classique adressée à tout Noir ayant eu accès aux études secondaires ou qui refusait de s'aplatir devant les Blancs. C'était une accusation terrifiante, parce qu'elle s'accompagnait presque invariablement d'une brutalité. La phrase signifiait en fait :

« Attrape ça, espèce de sale Cafre prétentieux ! » — *ça* étant un coup de poing sur les lèvres ou une décharge électrique.

On avait dit à Matthew, dans les cours de récréation de Thaba Nchu, que « les officiers de police blancs s'occupaient des organes génitaux des Noirs », mais dans son innocence il n'avait nullement imaginé ce que cela signifiait. A présent, il apprenait : Krause et Krog prenaient plaisir à le forcer à rester nu devant eux pour pouvoir lui lancer des décharges de leur aiguillon dans les testicules. Une fois, alors qu'ils s'apprêtaient à le faire, Matthew éclata de rire ; il se rappelait ce que lui avait raconté un Noir après sa libération :

— Ils m'ont fichu tellement d'électricité que j'ai eu peur de m'allumer comme une ampoule.

Le rire de Matthew mit Krause et Krog dans une telle fureur qu'ils le tabassèrent jusqu'à l'évanouissement. Quand il revint à lui, toujours nu dans la pièce froide, il entendit la première accusation sérieuse contre lui. Les deux hommes chantaient d'une voix aigre, laide, le chant de la liberté :

Il y a un soleil à l'est
Qui se lève, se lève.
Il y a une lune à l'ouest
Qui s'enfonce, s'enfonce.

Matthew, encore à moitié étourdi, reconnut les paroles familières, mais non la musique, et il adressa aux deux policiers un regard de mépris : incapables de trouver la mélodie, ils chantaient leur propre hymne funèbre.

— Qu'est-ce que ça veut dire, à ton avis, « un soleil à l'est » ?

— Rien, Boer.

Un coup de poing sur le côté de la tête.

— Ça ne veut pas dire « Mozambique » ?

— Non, Boer.

Un autre coup derrière l'oreille.

— Ce ne seraient pas les porcs qui ont fui ce pays pour aller au Mozambique ?

— Non, Boer.

Nouveau coup de poing.

— Moi je crois, Magubané, que, quand tu chantais ça, tu pensais aux terroristes qui ont pris les armes là-bas.

— Non, Boer.

L'aiguillon électrique lui donna une décharge si forte qu'il dansa en l'air, bras et jambes convulsés en tous sens.

— Tu veux partir au Mozambique, hein ?

Il était trop secoué pour répondre et ils lui laissèrent l'aiguillon pendant presque deux minutes. Il s'évanouit.

Quand il reprit conscience, trop faible pour rester debout, ils l'adossèrent au mur. Du sang coulait de son nez. Il était sûr de ne pas avoir saigné avant de tomber sans connaisance ; ils avaient dû le rouer de coups de pied pendant qu'il gisait inerte. Il remua les membres pour voir si leurs bottes n'avaient rien brisé.

— Et que signifie, je vous prie, M. Magubané, « Qui s'enfonce, s'enfonce » ?

— Rien, Boer.

Nouvelle correction.

— Debout, espèce de sale Cafre prétentieux. Dis-nous ce que veut dire « Qui s'enfonce, s'enfonce ». Tu sais ce que je crois, Magubané ? Tu voulais dire que l'Afrique du Sud s'enfonce. C'est bien ça, hein ?

La correction continua, vengeance d'hommes soudain inquiets — et Matthew comprit qu'il était torturé avec une telle violence parce qu'on l'avait entendu chanter une chanson dont la police ne parvenait pas à interpréter les paroles !

« Très bien, sale merdeux effronté, chante-nous cette chanson.

Krause se mit à psalmodier les paroles sur une seule note, aussitôt accompagné par Krog, dont les efforts ne faisaient qu'augmenter la dissonance.

« Chante ! hurla Krog.

Lentement, de sa voix puissante, Magubané se joignit au chant, lui donnant tout son sens et sa beauté.

Je poursuis le soleil, je poursuis sa lumière
Et la lune tombe hors de vue.

Krog, qui suivait sur un texte dactylographié de la chanson, remarqua que Magubané avait changé les paroles et le coupa aussitôt :

— Ce ne sont pas les mêmes mots.

— Il y a plusieurs couplets, dit Magubané.

Le septième jour, il entendit la deuxième accusation sérieuse :

— Des gens disent que tu es un activiste de la prise de conscience noire.

— Oui, je suis pour le pouvoir noir.

Coup de poing sur la mâchoire.

— Tu es un Bantou, une saleté de Cafre bantou idiot sans aucun pouvoir.

— Oui, Boer, je suis un Africain.

Coup de poing sur les lèvres.

Les Afrikaners comme Marius Van Doorn, le fils de Detleef, attendaient impatiemment le jour où il n'y aurait en Afrique du Sud qu'une seule espèce de citoyens ; ils se sentaient hommes d'Afrique — Africains — et ils ne voulaient pas que cette épithète honorable ne s'applique qu'aux Noirs. Mais d'autres Afrikaners étaient furieux que des Noirs se prétendent africains (comme Magubané était en train de le faire), car ils y voyaient un grave danger : en se disant africains, les Noirs faisaient appel à l'aide extérieure de leurs frères, citoyens de pays noirs puissants, comme le Nigeria.

— M. Magubané, expliquez-moi donc, je vous prie, ce qui vous permet de croire que vous êtes africain.

Décharge électrique.

« Danse tant que tu voudras, mais j'attends ton explication.

Nouvelle décharge.

— Je suis né en Afrique comme vous. Nous sommes tous les deux africains.

Coup sur le visage.

« Je suis prêt à vous accepter et vous devez m'accepter.

Le lendemain matin, Magubané s'éveilla convaincu que ce jour-là Krause et Krog avaient l'intention de le tuer. Il se trompait. Le BOSS n'était pas inhumain au point de commettre des meurtres de sang-froid. Il ne cherchait qu'à intimider les fauteurs de trouble en puissance. Krause appelait ça « tailler la haie ».

— Quand un salopard de Cafre se croit malin et relève un peu trop la tête, comme une branche folle dans une haie, quelle est la seule réaction rationnelle ? Le faire rentrer dans la haie.

C'était un moyen efficace de prévenir des troubles ultérieurs et le BOSS avait mis au point sa technique : on mettait en garde à vue tout Noir qui commençait à jouer les meneurs, on le tabassait une bonne fois, puis on le relâchait. Le seul problème, c'était qu'après neuf ou dix jours d'interrogatoire le Noir risquait de ne plus pouvoir bénéficier de sa liberté : « Affaire n° 51. Résultat de l'enquête : décès au cours de tentative d'évasion. »

Telle aurait pu être la fin de Magubané sans l'intervention, hors de la prison, de deux hommes qui n'avaient jamais rencontré Matthew. Le premier se nommait André Malan, blanc, vingt-neuf ans, reporter à la *Durban Gazette*. C'était un garçon courageux, soucieux de donner à l'Afrique du Sud un journalisme de qualité. Il s'était demandé pourquoi un aussi grand nombre d'interrogatoires effectués à Hemelsdorp se soldaient par des tentatives d'évasions fatales.

Le jour de l'arrestation de Matthew Magubané, deux Noirs s'étaient glissés dans le bureau de Malan : ils estimaient que le jeune homme était exactement le genre d'étudiant dont l'attitude intraitable inviterait Jurgen Krause à oublier les instructions et les règlements limitant les excès.

— A suivre de près, conseillèrent les Noirs.

Et André Malan se mit à écrire des articles sur la détention de Magubané, demandant à la police de publier des rapports sur l'état du jeune homme. En fait, il exerça de telles pressions que les autorités s'énervèrent et décidèrent d'appliquer contre lui une de leurs lois.

En Afrique du Sud, une loi précisait que le BOSS pouvait perquisitionner au domicile d'un écrivain en tout temps sans mandat. Et, s'ils trouvaient des notes, des documents ou des photographies *susceptibles* d'être utilisés pour écrire un article *susceptible* d'être hostile au gouvernement, cet écrivain pouvait être détenu indéfiniment, sans qu'aucune accusation ait besoin d'être formulée.

Le matin du huitième jour, l'un des deux amis noirs de Malan entra en coup de vent dans son appartement en criant :

— Débarrassez-vous de vos papiers !

Le journaliste avait vu trois de ses collègues jetés en prison par le BOSS et il n'avait pas besoin de plus amples détails. Il détruisit les quelques papiers qu'il avait accumulés, y compris les éléments relatifs à Matthew Magubané, puis il parcourut rapidement sa bibliothèque pour vérifier qu'il ne s'y trouvait aucun des milliers de livres mis au ban par le gouvernement. A peu près sûr de son fait, il attendit.

Les hommes du BOSS ne tardèrent pas. Ils mirent l'appartement à sac. Et ils découvrirent un ouvrage publié par le Conseil mondial des Églises à Genève. Cela suffit à justifier l'arrestation de Malan, sans accusation, sans mandat, sans qu'il ait le droit de se défendre.

La presse cessa de parler de Matthew Magubané. La police était libre de continuer à son gré son enquête sur sa vie et ses opinions — sauf que, dans une ferme proche de Vrymeer, le jeune Noir rebelle Jonathan Nxumalo, ancien mineur du Golden Reef désormais sans emploi, avait suivi de près les comptes rendus de Malan sur la détention de son cousin Matthew. En apprenant l'arrestation du journaliste, il comprit que Magubané allait être probablement assassiné. Il réunit quatre amis et ils votèrent de la façon la plus simple du monde :

— Combien veulent essayer de sauver Magubané ?

Les cinq bras se levèrent.

« Et fuir ensuite en Mozambique ?

Cette fois, il n'y eut que quatre votes.

— Ma mère... expliqua l'homme qui refusait.

— Pas d'explication à donner. Demain, nous serons peut-être tous morts.

— Ou en route pour le Mozambique..

Ensuite, Jonathan s'éclaircit la gorge et dit d'une voix hésitante :

— Mon frère est à la maison, en vacances. Je crois que nous devrions lui demander conseil.

On envoya un enfant chercher le professeur. Quand il arriva à l'entrée de la petite pièce où les cinq hommes étaient réunis, Daniel Nxumalo comprit aussitôt qu'il s'agissait d'une conspiration. S'il avançait d'un seul pas dans cette pièce, il participait à un mouvement illégal — ce qui signifiait peut-être la prison à perpétuité ou même la mort. Toutes ses aspirations le poussaient à se détourner et à fuir, mais ce qu'il lut sur les cinq visages l'en empêcha. C'étaient des jeunes gens à qui il avait donné des leçons et, maintenant, ils allaient lui donner une leçon à leur tour. Il se joignit à eux.

— Nous allons attaquer la prison d'Hemelsdorp, dit son frère.

— Je m'en doutais.

— Nous avons un dépôt d'armes passées en fraude du Mozambique.

— J'aurais préféré que vous puissiez réussir sans armes.

— C'est l'Année du fusil, répondit Jonathan. Si nous parvenons au Mozambique, que crois-tu que nous devrions faire ?

S'il avait quitté la pièce en cet instant, il aurait peut-être pu éviter d'être inculpé, mais, comme beaucoup d'autres Noirs dans le pays, il songeait de plus en plus à l'avenir.

— Il ne faut pas attaquer la police. Vous serez tous tués.

A peine eut-il prononcé ces paroles qu'il comprit leur inutilité : ces jeunes gens étaient prêts à mourir.

— Au sujet du Mozambique ? répéta son frère.

— Je ne peux pas partir avec vous. Mon travail est de former des jeunes à l'université.

— Daniel ! s'écria son frère. Nous ne voulons pas que tu viennes ! Les hommes comme toi... restent ici pour construire. Les hommes comme nous... s'en vont pour pouvoir détruire.

Le professeur Nxumalo se sentit vieux et pas du tout à sa place. Le point d'aboutissement de ses leçons l'effrayait, mais il ressentait pourtant un enthousiasme profond pour leur entreprise.

— Quand vous arriverez au Mozambique — et vous y arriverez, j'en suis cer-tain —, il faudra consolider vos forces. Ne bougez pas tant que vous ne pourrez pas compter sur l'aide de toutes les frontières : Namibie, Zimbabwe, Botswana, Vwarda et surtout Mozambique. Ensuite de l'habileté : une percée ici, une retraite là. En dix ans, avec l'aide de la Russie, de l'Allemagne de l'Est et de Cuba, le monolithe s'écroulera.

— Nous donnerons le coup d'envoi demain, dit Jonathan en prenant son frère dans ses bras.

Quand le professeur fut parti, il distribua les armes.

Les cinq jeunes gens se rendirent à Hemelsdorp par des routes différentes. Ils avaient décidé d'attaquer le centre de détention à une heure de l'après-midi, quand les subalternes comme Krog seraient en train de déjeuner et que leurs supérieurs comme Krause, trop bien nourris, feraient la sieste. Les hommes de Jonathan seraient armés — ce qui leur vaudrait une condamnation à mort s'ils étaient pris.

Sans bruit, ils convergèrent vers les baraquements. Ils prirent position, puis attendirent cinq minutes interminables. Ensuite, sans la moindre fanfaronnade juvénile, ils entrèrent dans les bâtiments, prirent possession du bureau et des couloirs et fouillèrent les pièces jusqu'à ce qu'ils trouvent Magubané.

— Que se passe-t-il ? demanda celui-ci à travers ses lèvres enflées.

— En route pour le Mozambique.

Ils ressortirent des baraquements sans avoir tiré un seul coup de feu. Le jeune homme qui devait veiller sur sa mère partit vers le nord, où il mènerait une existence clandestine. Les autres cachèrent leurs armes et prirent le chemin de l'exil.

Le 16 décembre 1966 fut pour Detleef Van Doorn un jour de grande satisfaction : on l'invita à prononcer le discours le plus important des festivités du Jour de l'Alliance, dans la nouvelle zone résidentielle établie sous sa direction sur le site du faubourg rasé de Sophiatown. Le quartier avait été rebaptisé Triomf et il était occupé maintenant par des familles afrikaners blanches qui maintenaient leurs petites maisons impeccables et leurs parterres toujours fleuris.

Mais, tandis qu'il suivait les larges rues propres qui avaient remplacé les venelles desservant les taudis, il dit à son chauffeur blanc, non sans une certaine amertume :

— Je parierais que la plupart des gens dans ces maisons n'ont aucune idée de ce que signifie ce nouveau nom.

— Tout le monde sait quel triomphe ce fut, vous savez, s'empressa de répondre le chauffeur.

Van Doorn apprécia ce soutien.

— Sophiatown était une honte nationale. Le crime, la misère, les jeunes tsotsis incorrigibles.

— Aucun Blanc ne s'y serait risqué la nuit, convint le chauffeur.

— Dites-moi franchement, notre Triomf n'est-il pas cent fois mieux ?

Comme n'importe quel juge impartial, le chauffeur dut reconnaître que la nouvelle banlieue non seulement était plus belle, mais aussi habitée par des gens d'un niveau beaucoup plus élevé.

— Vous avez réussi quelque chose de splendide, monsieur Van Doorn.

Cette approbation encouragea Detleef et ce fut avec un enthousiasme sincère qu'il se dirigea vers l'estrade dressée dans l'église. Parmi les autres dignitaires sur le podium, se trouvaient quatre vieillards, *oudstryders* (anciens combattants) de la guerre des Boers, qui hochèrent la tête, satisfaits, chaque fois qu'il flagella les ennemis de la nation. A bien des égards, son discours traduisait sa vision de l'avenir du Volk :

> Nos Voortrekkers bien-aimés, Retief, Prétorius et Uys, qui ont répondu à l'appel de la liberté, ont sauvé cette nation à l'heure où elle était en danger de mort. C'est avec fierté que j'ajouterai mon propre grand-père, Tjaart Van Doorn, qui a contribué à nous transmettre le joyau précieux qu'est l'Afrique du Sud. Et ils nous ont donné davantage : leur vision du destin de la nation afrikaner guidée par la volonté de Dieu...
>
> Ne l'oubliez jamais, ce pays appartient à l'Afrikaner. Nous l'avons payé avec notre sang, nous l'avons fait naître par notre foi ! Quand le père de cette nation, Jan Van Riebeeck, a posé pour la première fois le pied sur ces terres en 1652, il les a trouvées vides, absolument vides, sans Xhosas ni Zoulous, qui n'étaient pas encore parvenus au sud du Limpopo. Oh, il y avait certes quelques Bochimans et Hottentots, mais ils devaient mourir tragiquement sous les coups de la petite vérole et d'autres maladies. Oui, ce pays était vide et nous l'avons pris...
>
> Pour protéger ce que Dieu nous a donné par Son Alliance, nous avons combattu, nous avons gagné de grandes batailles et nous serons toujours prêts à former le laager pour résister à tous les assauts contre nous. C'est notre devoir, parce que nous avons été placés ici par Dieu, pour accomplir Son œuvre...
>
> Mais demeurons vigilants ! Des forces mauvaises se sont mobilisées contre nous, impatientes de briser la détermination de notre petit peuple fier, qui brille comme un diamant entre toutes les nations de la terre. Ces ennemis acharnés refusent de voir la sagesse de ce que nous essayons d'accomplir. Qui sont-ils ? La bourgeoisie anti-afrikaner. Le parti prêtre. La bonne société anglaise. La presse sans conscience. Les libéraux aux poches pleines

qui nous dérobent encore notre glorieuse victoire nationale de 1948...

Quand nous avons occupé ce pays vide, nous n'étions qu'une misérable poignée de chrétiens dévots, incapables de nous opposer à l'infiltration des Xhosas et des Zoulous sur nos terres. Maintenant qu'ils sont ici, nous avons le devoir de les guider, de les discipliner et de les gouverner. Quand les Anglais avaient le pouvoir, les Noirs étaient comme du bétail errant d'un bout à l'autre du pays, faisant paître leurs troupeaux ici et là, détruisant la richesse du veld. Nous y avons mis un terme. Nous les avons fait revenir dans leurs kraals. Et, maintenant, nous les déplaçons d'endroits comme l'ancienne Sophiatown vers des nouvelles zones résidentielles bien à eux...

Mais on nous raconte aujourd'hui que le Cafre (c'était la première fois qu'il utilisait ce mot) doit recevoir de nos mains une part gratuite de tout ce pour quoi l'Afrikaner a travaillé, de tout ce pour quoi il a donné la vie. Je n'ai rien contre les Noirs. J'éprouve une sympathie profonde pour leur infériorité, mais je ne veux pas faire d'eux mes frères (rires dans le public). Et je ne veux certainement pas les entendre proclamer des absurdités comme « l'Afrique aux Africains ». Cette partie de l'Afrique est aux Afrikaners et à personne d'autre... (Tonnerre d'applaudissements. Detleef prit un verre d'eau. Il était en sueur, le visage écarlate et sa voix tremblait d'émotion.)

Mon message final, en ce jour sacré qui commémore la mort de nos héros à Kraal-de-Dingané, s'adresse à nos jeunes gens. Fils et filles ! Soyez préparés sur le plan physique et spirituel aux assauts de nos ennemis. Défendez votre identité comme nous avons défendu notre langue. Quand j'étais enfant, on m'a mis le bonnet d'âne sur la tête parce que je parlais hollandais. J'ai résisté. Vous aurez, vous aussi, à vous battre, comme ces vieux lutteurs, derrière moi, se sont battus. N'autorisez sur notre sol aucune horde terroriste, aucune propagande communiste, aucune faiblesse déguisée sous les oripeaux du libéralisme, aucun évêque anglican prêchant des mensonges. Et quand vous vous battrez, sachez bien que vous accomplissez la volonté de Dieu, car Il vous a ordonné d'être ici...

Si vous demeurez inébranlables, vous triompherez, comme nous avons triomphé de la misère et des taudis quand nous avons rasé Sophiatown pour faire place au splendide quartier résidentiel que vous voyez aujourd'hui, avec ses maisons blanches et ses jardins impeccables. Aux jours les plus sombres de la guerre, Oom Paul Kruger a déclaré : « Je vous l'assure, Dieu dit que cette nation survivra. Il est plus que certain que le Seigneur triomphera. » Aujourd'hui, jeunes gens, regardez autour de vous. C'est l'heure du triomphe afrikaner.

Au moment où il quitta la tribune, il sentit une douleur dans sa poitrine. Il chancela, la tête lourde, mais il parvint à sa place et s'assit. D'autres orateurs prirent la suite, évoquant le « Triomf sur Sophiatown », mais personne dans l'assemblée n'eut l'idée de demander de qui et de quoi on avait triomphé, au juste, en effaçant ce « point noir ». Des vieilles femmes qui s'étaient échinées pendant cinquante ans à faire les corvées des Blancs et qui espéraient trouver là un refuge pour mourir ? Des jeunes enfants noirs qui avaient commencé leur éducation dans les missions du père Huddleston ? Des robustes ouvriers noirs qui occupaient depuis longtemps des emplois essentiels à Johannesburg et qui devaient maintenant faire des dizaines de kilomètres matin et soir pour se rendre à leurs postes de travail ? Des prêtres qui avaient protesté, jugeant immoral de détruire des maisons utilisables pour épargner à des Blancs favorisés le spectacle de voisins noirs ? Des femmes blanches généreuses — Anglaises et Hollandaises — de l'Écharpe noire, qui avaient essayé de défendre les droits des mères noires et de leurs enfants ? Des tentatives de réconciliation qui auraient dû se réaliser en Afrique du Sud mais qui avaient échoué ?

De quoi avait donc triomphé le système de Van Doorn, hormis des forces de la raison ?

La douleur assaillit Detleef de nouveau, accompagnée cette fois d'une lourdeur de poitrine qu'il dut prendre au sérieux. Il se tourna vers son voisin, ancien combattant de la guerre des Boers.

— Malédiction ! murmura-t-il. Juste au moment où tout allait être en ordre.

On le conduisit dans une salle privée de l'hôpital général de Johannesburg et l'on fit venir sa famille de Vrymeer. Ils se réunirent au pied de son lit. Il respirait difficilement. Tout le monde attendit que Marius parle, mais Detleef n'avait aucun désir de l'entendre. Il n'avait pas vraiment confiance en son fils : comme beaucoup de vieilles gens, il sauta une génération et tendit sa main tremblante vers sa petite-fille, la jeune Susanna aux cheveux paille.

— Approche-toi, Sannie, murmura-t-il.

Quand il lui embrassa les mains, geste qui ne lui ressemblait pas du tout, les autres comprirent que la mort devait être proche. Marius quitta la pièce pour téléphoner à Vrymeer, demandant que l'on fasse venir sur-le-champ deux choses précieuses pour le vieil homme.

« Sannie, dit Detleef, tu dois toujours faire ce qui est bien pour ton pays.

Tel avait été le grand principe de sa vie : la décision juste, l'acte selon sa conscience. Il estimait que déterminer ce qui est juste et honnête appartenait à bon droit à des hommes comme lui, au-dessus de tout intérêt mesquin et de toute vanité, qui agissaient uniquement pour le bien de la société.

« Tu as hérité d'un pays noble, dit-il à la fillette. Maintenant, chacun a reçu sa place et des lois justes assureront la stabilité.

Il remarqua que Marius, de retour dans la pièce, fronçait les sourcils, sans pouvoir en comprendre la raison. Il ne pouvait concevoir que son fils songe à lui demander : « Qui a assigné les places ? Avait-on le droit de le faire sans consulter les personnes concernées ? » Les décisions avaient été prises par des hommes aux intentions pures, des hommes attentifs aux enseignements de Dieu. Detleef était convaincu que les remettre en question serait trahir la République. Il ne pouvait pas croire que son fils puisse attaquer à coups de bec, comme un corbeau, une trame aussi équitablement tressée.

Vers la fin de l'après-midi, il crut voir de nouveau les ennemis qui avaient mis son pays en danger. Adversaires immortels, ils s'étaient alignés le long du mur pour le regarder mourir. D'abord les Noirs, qui menaçaient d'engloutir la nation, héritiers maudits de Dingané et souillés, comme lui, de traîtrise... Non ! Non ! Au premier rang se trouvaient les Anglais. Les ennemis de toujours, avec leurs manières fourbes, leur supériorité de langue et de classe. « Dans deux mille ans, si la Grande Pretoria s'écroule en poussière, on peut être certain qu'un Anglais aura abattu ses murs », songea-t-il. Oui, les Anglais étaient l'ennemi permanent et Detleef faillit crier qu'il les détestait plus que jamais... Son esprit s'éclaircit soudain et il dit à tout le monde dans la pièce :

« Je n'ai jamais détesté personne. Je n'ai agi que par justice.

Il ne détestait pas les Anglais — il avait pitié d'eux depuis qu'ils avaient perdu leur Empire et que leur supériorité s'était effondrée. Il ne détestait pas non plus les Indiens : c'était une triste engeance entassée dans ses boutiques. Il était regrettable qu'on ne les ait pas expulsés comme les Chinois... Puis il sourit, car l'image du mahatma Gandhi flotta devant ses yeux.

« Nous nous sommes débarrassés de celui-là, dit-il.

Il ne détestait pas non plus les juifs, bien qu'ils aient volé les mines de diamants et d'or.

« Ils contaminent notre pays. Nous aurions dû les expulser eux aussi.

— Qui ? demanda sa femme.

Avant qu'il ne réponde, on entendit des pas précipités dans le couloir. Un responsable de l'hôpital se mit à crier. (Il suffisait d'entendre sa voix pour deviner ses responsabilités.)

— Vous ne pouvez pas entrer. Les Noirs n'ont pas accès à ces étages...

Marius sortit aussitôt, s'expliqua et fit entrer dans la chambre du malade Moïse Nxumalo, qui portait dans ses bras la grande Bible aux ferrures de cuivre. Lequel des deux présents venus de la campagne plut davantage à l'agonisant ? Il aimait profondément le vieux Moïse, qui avait partagé la plupart des grands moments de sa vie. Et il adorait la Bible sacrée qui contenait toute l'histoire de cette vie et remontait de génération en génération jusqu'au jeune voyageur qui avait enfoui ce Saint Livre comme une semence (au sens propre et au sens figuré) dans cette terre d'Afrique australe.

Detleef tendit les bras vers le Noir et vers la Bible.

— Je suis si content que tu sois venu, dit-il d'une voix faible.

— J'ai pleuré pour vous, dit Moïse. Mais maintenant mes yeux sont guéris, parce que je vous revois.

Ils parlèrent du passé, d'aventures communes. Le Noir ne parvenait pas à croire que c'était ce Blanc-là qui avait tant fait pour écraser ses enfants, qui avait promulgué tant de lois pour les asservir et les émasculer. Detleef n'était pour lui qu'un bon maître et le voir si près de la mort lui faisait de la peine.

Ce fut la Bible qui ramena Detleef à la réalité. Il se mit à feuilleter ses lourdes pages, imprimées à Amsterdam des siècles plus tôt et dont les grosses lettres gothiques définissaient une fois pour toutes les voies du bien et du mal. Il était inconcevable que Dieu ait révélé Sa parole autrement qu'en hollandais...

Il s'arrêta. Non, même au seuil de la mort, il ne pouvait pas pardonner à un ennemi insidieux qui avait combattu à la fois l'Afrique du Sud et Dieu : l'infâme Conseil mondial des Églises qui refusait de voir que l'œuvre de Van Doorn et de ses pareils était juste et qui accordait ouvertement des fonds à des assassins révolutionnaires.

— Comment peuvent-ils mépriser les bonnes choses que nous avons accomplies ?

— Qui nous méprise ? demanda Marius.

— Pourquoi nous persécutent-ils tous ? gémit-il.

Et il se mit à réciter la litanie de souffrances des Boers.

« Le Circuit noir, Slagter's Nek, Blaauwkrantz, Kraal-de-Dingané, l'expédition Jameson, le camp de Chrissiesmeer.

Amèrement, il répéta le nom ignoble.

« Chrissiesmeer !... Où est Sannie ?

D'une main impatiente, il fit signe à Moïse et à Marius de s'écarter. La fillette s'avança. Quand il vit son visage éclatant de santé se détacher sur les murs d'un blanc pur, il murmura :

« Sannie, n'oublie jamais ce qu'ils nous ont fait à Chrissiesmeer.

Le seul nom de cet endroit maudit le mit dans une telle rage que le sang cessa d'irriguer son cerveau. Il tomba dans une sorte de coma étrange : son lit n'était plus entouré des membres de sa famille mais bien des ennemis intemporels du Volk : Hilary Saltwood prenant le parti des Xhosas ; l'homme venu d'Amérique donnant des ordres au bourreau de Slagter's Nek ; Dingané lançant le signal du massacre sanglant ; Cecil Rhodes, le rival implacable ; l'instituteur Amberson, qui lui avait fait porter la pancarte J'AI PARLÉ HOLLANDAIS AUJOURD'HUI ; le juif Hoggenheimer, qui avait monopolisé les mines ; les catholiques, qui avaient tenté de détruire son église ; Martin Luther ; les représentants des Nations unies qui parlaient de sanctions... Quelle autre nation, dans toute l'histoire, s'était trouvée encerclée par autant d'ennemis ?... Et, parmi ces silhouettes d'ombres, Detleef reconnut même son fils, qui avait préféré une bourse dans la ville contaminatrice d'Oxford au titre de capitaine des Springboks... Des ennemis partout.

Le sang remonta dans son cerveau enfiévré, un rayon de lumière sembla pénétrer dans la pièce, pour éclairer le passé et l'avenir. Il se leva sur le coude et se mit à crier :

« *Laager toe, broers !* (Mettez les chariots en cercle !) Sannie... Sannie... Dis aux conducteurs de mettre...

Il retomba en arrière. Il avait de plus en plus de mal à respirer. Il chercha la main du vieux Moïse.

« Avertis tes fils... Chacun doit rester à la place qui lui a été fixée.

Il mourut. Marius se pencha pour embrasser son visage de lutteur, puis le recouvrit du drap blanc. Il referma la vieille Bible et dit :

— Il a de la chance. Il n'assistera pas aux conséquences de son œuvre.

Diamants

Trois cent cinquante-cinq jours par an, on pouvait sentir Pik Prinsloo à dix pas. Un vieux prospecteur qui avait travaillé aux mines de diamants avec lui disait :

— Pik se lave une fois par an. Le 24 décembre. Il dit que ça lui fait triple usage : Noël, le Nouvel An et la canicule. Alors, pendant dix jours, c'est supportable, mais, dès le milieu de janvier, il redevient le même bon vieux Pik.

S'il avait été marié, sa femme l'aurait probablement obligé à prendre un bain de temps en temps, mais il vivait avec une sœur aussi souillon que lui, dans une roulotte aux parois de tôle, style romanichel, tirée par huit ânes. Soixante et onze ans, édenté, barbu, voûté, yeux chassieux et cheveux en paquets. Toujours vêtu du même sous-vêtement, pantalon informe, souliers sans lacets, pieds sans chaussettes et chapeau kaki taché d'huile de vidange. Il hantait les terrains diamantifères depuis l'âge de dix ans.

Il se nourrissait de conserves, de bas morceaux de viande et de toute la bouillie de maïs que sa maritorne de sœur daignait préparer. Sa roulotte était une telle infection que les autres prospecteurs disaient :

— Même les poux ne veulent pas y entrer.

Mais il y vivait pourtant dans une sorte de gloire parfumée, parce que, six matins par semaine, année après année, il s'éveillait avec la conviction que, ce jour-là, enfin, la chance tournerait en sa faveur.

— Ce matin, je vais en trouver un, gros comme le poing...

Après une lampée de café tiède, datant de deux ou trois jours, il traînait les pieds jusqu'à la porte de la roulotte, restait debout dans la poussière le temps de se gratter le dessous des bras, puis criait :

« *Kom nou! Waar is die diamante?*

Et il courait presque vers l'endroit où l'attendaient, adossés à un arbre, ses cinq cribles, sa pioche et sa pelle. Il était perpétuellement convaincu qu'un jour il trouverait *son* diamant.

Son optimisme était peu justifié. A quatorze ans, il avait été à la tête d'une petite ferme afrikaner et il espérait alors pouvoir survivre avec sa sœur sur ces terres sans eau. Pendant quatre années de sécheresse, ils s'étaient battus pour arracher une maigre survie à ces arpents inhospitaliers, toujours encouragés par leur prédikant, qui n'était jamais à court de paraboles sur leur condition. Un dimanche, après être rentrés des prières pour la pluie, au cours d'un repas de midi fait de citrouille et de maïs, Pik et sa sœur conclurent que Dieu ne les avait pas créés pour se battre avec de la terre à laquelle Il n'envoyait pas d'eau. Ils abandonnèrent la ferme et achetèrent la roulotte et huit mulets.

En 1926, âgé de dix-huit ans, il se mit à chercher les diamants d'alluvion sur les gisements du Lichtenburg en suivant un affluent du Vaal et il trouva sa première pierre intéressante : un diamant de presque quatre carats (mais avec un « crapaud »), dont il obtint la somme enivrante de quarante-sept livres. Ce soir-là, pour la première fois, il se donna le titre de chercheur de diamants.

— Pik Prinsloo, diamants.

Sa chance ne dura pas. Pendant cinq années désespérantes, il arpenta le Lichtenburg sans mettre la main sur une deuxième pierre de bonne taille. Il trouvait de la « semence ». Il trouvait des pierres banales de moins d'un carat. Mais le diamant gros comme le poing semblait le fuir, ainsi d'ailleurs que ceux de la taille du petit doigt. En 1932, suprême indignité, il dut quitter les terrains diamantifères pour tenter sa chance dans les champs d'or du Transvaal oriental. Il ramassa dans son tamis quelques pépites vendables, mais il n'en tira que peu de satisfaction. Il était un homme du diamant ; les feux de ces belles pierres le fascinaient et il repartit avec sa sœur, ses mules et ses cribles essayer les petites rivières du nord.

Il n'eut pas de chance et l'année 1937 le vit sur les gisements d'émeraudes près de Gravelotte, à la limite occidentale du Parc national Kruger. Parfois, la nuit, dans un coin isolé, il lui arrivait d'entendre depuis sa roulotte les lions et les hyènes, mais, à la différence des autres prospecteurs, jamais il ne s'aventurait dans le parc pour voir les grands animaux.

— Je suis un homme du diamant, grognait-il. Je ne devrais même pas être ici. Une bassine d'émeraudes ne vaut pas un seul bon diamant, et un jour...

Où qu'il aille et quelle que soit sa malchance, il possédait un trésor qui le distinguait de la plupart des autres hommes et, dans les rares occasions où il quittait sa sœur pour se mêler à d'autres prospecteurs, dans tel ou tel bar de campagne, il pouvait, si des inconnus se montraient déplaisants, étaler sur le comptoir un petit objet plat enveloppé dans un chiffon sale et dire d'une voix de stentor :

— Regardez ça et vous saurez qui je suis.

L'inconnu curieux dépliait le chiffon et trouvait à l'intérieur un certificat de prospecteur, imprimé par le gouvernement en 1920, établissant que Pik Prinsloo, de Kroonstadt, dans l'État libre d'Orange, était un prospecteur agréé. Au dos de la licence, les inscriptions à l'encre de toutes les couleurs prouvaient qu'il avait renouvelé son précieux certificat chaque année, au prix de cinq shillings.

— Je suis un homme du diamant, expliquait Pik.

Et, si quelqu'un lui faisait observer qu'il travaillait dans les émeraudes, il s'excusait :

« En ce moment, je réunis des capitaux, parce que j'ai un œil sur un petit cours d'eau dans le Nord...

Il hésitait, tournait son regard humide vers l'inconnu et lui demandait :

« Vous avez peut-être envie de me financer ? Je sais où il y a des diamants, je le sais...

Ce fut ainsi qu'au cours de l'été 1977 Pik trouva son cinquième associé, un voyageur de commerce de Johannesburg qui avait toujours eu envie de participer à la folie du diamant. Ils s'étaient rencontrés dans un bar et, quand Pik montra son certificat de prospecteur, avec ses renouvellements sans fin, l'homme marmonna :

— Je cherchais justement quelqu'un comme vous. De combien avez-vous besoin ?

Dans la discussion animée qui suivit, l'homme de Johannesburg eut le bon sens de demander :

« A propos, quelqu'un d'autre vous a-t-il déjà financé ? Je

veux dire, quelqu'un possède-t-il sur vos découvertes éventuelles des droits antérieurs aux miens ?

Pik Prinsloo était incapable de mentir quand il s'agissait d'une affaire de diamant.

— Je dois des comptes à quatre hommes avant vous, dit-il.

Mais il ajouta aussitôt en saisissant le bras de l'inconnu : « C'était il y a longtemps, peut-être vingt ans.

L'homme de Johannesburg fit un pas en arrière, fixa le vieux prospecteur et hésita. Puis il vit le visage parcheminé, les lèvres sans dents de sorte que le nez et le menton semblaient se rencontrer, le tricot de corps déchiré, les pieds sans chaussettes et le feu intense qui brûlait dans son regard humide ; et il comprit que, s'il avait envie de parier sur un prospecteur de diamants illuminé, cet homme était exactement ce qu'il lui fallait.

— De combien avez-vous besoin pour monter vers le nord ? demanda-t-il simplement.

Sans hésitation, car cela faisait cinquante ans qu'il calculait ce genre de problèmes, Pik répondit :

— Trois cent cinquante rands*.

— Ils sont à vous, dit l'homme.

Et, au Nouvel An 1978, Prinsloo et sa querelleuse de sœur conduisirent leurs ânes vers le nord jusqu'au Swartstroom, arrêtèrent leur roulotte dans un champ à quelques kilomètres au nord des Tétons de Sannie et se mirent à prospecter.

Ce ruisseau attirait le vieux Pik à cause de certains signes qu'il avait repérés des années plus tôt, des détails laissant présager l'existence de diamants : des agates, des éclats de grenat rougeâtres mêlés à de l'ilménite — roche d'un noir de jais découverte pour la première fois en Russie dans les monts Ilmen, qui lui avaient prêté leur nom. Il avait suffisamment étudié ce cours d'eau à l'époque pour se convaincre qu'il devait être diamantifère.

— Les sédiments sont lourds et noirs, dit-il à sa sœur dans leur roulotte sale. Il y a sûrement des diamants ici.

— S'il y en avait, grommela-t-elle, quelqu'un d'autre les aurait déjà repérés depuis longtemps.

— Peut-être ce quelqu'un d'autre n'était-il pas aussi malin que moi ! répliqua-t-il.

* En 1977, le rand valait environ 5 francs. (*N.d.T.*)

Mais, quand les semaines passèrent sans une découverte, elle insista pour qu'ils partent vers le sud, sur des sites déjà reconnus.

Il lui restait encore plus de trois cents rands, assez (avec sa retraite de l'État) pour vivre pendant trois ans au régime frugal que lui imposait sa sœur. Une énorme boîte de haricots assaisonnés dont ils faisaient sauter le couvercle avec un ouvre-boîte émoussé, un pot de bouillie de maïs et un morceau de mouton coriace suffisaient à les nourrir trois jours.

— *Ek sê vir jou, Netje* (Je te le dis, Netje), il y a des diamants ici et c'est moi qui trouverai ces maudits cailloux.

Sa fourchette tordue continuait de gratter sa gamelle de fer-blanc...

Il enfonça son chapeau défoncé, aux larges bords déchirés, sur sa tête hirsute, courba les épaules comme s'il partait en guerre et s'élança de nouveau vers le Swartstroom.

Par bonheur, le niveau des eaux était bas et il put se concentrer sur les méandres de cet héritier des puissantes rivières qui avaient découpé et arraché la terre. Il ne travaillait que sur l'intérieur des courbes, à l'endroit où les eaux ralentissent et déposent les objets lourds qu'elles charrient. S'il y avait des diamants, ils seraient cachés là. Jour après jour, il creusait le gravier et le passait dans ses cribles. Il éliminait les plus gros cailloux après un coup d'œil rapide, pour ne laisser qu'un résidu susceptible de dissimuler un diamant. Il criblait alors avec soin, en utilisant beaucoup d'eau, d'un mouvement souple, poétique, qui faisait tourner le gravier de telle façon que les sédiments les plus lourds se déposaient au fond et au centre. Ainsi, lorsqu'il renverserait le crible sur une surface plate, le diamant éventuel serait au-dessus, au milieu.

Par une chaude matinée de janvier 1978, il apporta son tamis dans le coin ombragé où il faisait toujours son inspection, il le retourna et, avec un étrange grattoir en forme de couteau qu'il utilisait depuis plus de quarante ans, il tria les agates, certain qu'en ce jour de chance il était destiné à trouver un diamant. Aucun n'apparut. S'il y en avait eu un parmi les graviers, il aurait scintillé avec un tel éclat dans l'ombre qu'il l'aurait repéré en quelques secondes. Il n'y en avait pas. A la place, il vit une chose qui lui fit un plaisir intense et il quitta son tamis au pas de course en appelant sa sœur :

— Netje ! Regarde ce que nous avons !

Elle sortit de la roulotte en grommelant, toujours en savates et avec une robe de coton aux couleurs passées. Elle descendit la sente rocailleuse jusqu'au lit du ruisseau. Elle examina les résultats du tri et ricana :

— Des cailloux, mon pauvre. Rien !

— Les petits ! cria Pik de plus en plus excité.

Elle regarda les petits et ne vit rien.

« Les petits rouges ! hurla son frère, exaspéré. Ce sont des grenats.

A côté, elle vit de l'ilménite, d'un noir scintillant, et elle dut avouer que ce ruisseau méritait qu'on s'y arrête.

Janvier et février, les mois de sueur, se passèrent à prospecter les rives intérieures des méandres, à l'endroit où l'eau ralentissait. Pas le moindre éclat de diamant ne parut, mais les grenats et l'ilménite continuaient de se montrer en traces faibles, signes aussi positifs que si quelqu'un avait apposé l'écriteau : ICI DIAMANTS CACHÉS.

Il continua de chercher, puis, un matin d'octobre, après avoir avalé deux cuillerées de bouillie froide, il partit en traînant les pieds, le cœur en fête et le pantalon en accordéon, vers une nouvelle boucle du Swartstroom. Dans sa première criblée, au moment où il renversa le déchet, il y avait au milieu du petit tas une pierre scintillante plus grosse que le bout de son pouce.

Personne ne s'y serait trompé. La pierre se trouvait dans la pénombre, mais elle brillait comme une étoile dans la nuit, elle scintillait malgré la pellicule de dépôt boueux qui l'enveloppait. C'était un diamant, le plus gros que le vieux Pik ait mis à jour en cinquante-deux ans de recherche. Sa découverte le bouleversa à un point tel que, lorsqu'il essaya d'appeler Netje, aucun son ne sortit de sa gorge.

Et c'était aussi bien. Il soupesa le diamant, le nettoya et l'examina à la lumière. Il avait une forme pentagonale et ce qui lui parut une belle eau. Il comprit aussitôt qu'il devait garder le secret sur sa découverte tant qu'il n'avait pas exploré le voisinage. Mais cela posait un problème. La loi sud-africaine sur les diamants était extrêmement sévère en ce qui concernait les pierres brutes — et la profession la plus vile qu'un homme puisse choisir était celle d'IDB (*Illegal diamond buyer*, trafiquant de diamants).

La découverte du plus petit diamant faisait l'objet de formalités précises. Selon la loi, Pik devait sous vingt-quatre heures inscrire le diamant sur son registre personnel, indiquer le site de sa découverte, son poids approximatif et sa valeur présumée. Dans les trois jours, il devait apporter son diamant à un poste de police et le faire enregistrer. Il ne pouvait pas dire simplement qu'il avait trouvé une pierre de tel et tel poids. Il fallait qu'il la montre et qu'il permette aux agents de la décrire et de la peser. Ces détails étaient portés à la fois sur son registre et dans les dossiers de la police... Le monde entier apprendrait aussitôt que Pik Prinsloo avait découvert un ruisseau à diamants et une meute d'hommes avides envahirait l'endroit.

Pik connaissait bien cette procédure ; il avait souvent rêvé de chaperonner un vrai diamant à travers ces démarches complexes ; mais maintenant qu'il en possédait un, il ne songeait qu'à une chose : se protéger. Il aurait voulu quatre ou cinq jours pour inspecter ce méandre, au cas où il contiendrait quelques poignées de pierres semblables, mais tout retard impliquait d'entrer dans l'illégalité et il avait vu trop d'hommes aller en prison pour n'avoir pas tenu compte des règlements.

Que faire ? Il s'assit, le diamant dans la main, et il se convainquit qu'il était aussi beau qu'il l'avait estimé au premier regard. « Bon Dieu, il rapportera bien deux mille rands ! », se dit-il. Cette pensée lui fit tourner la tête et il examina de nouveau la pierre. C'était une bonne pierre et il pourrait vraiment en tirer deux mille rands. *God Almagtig !* Nous sommes riches. Ses mains tremblaient. Il cracha sur le diamant, le polit et s'assit au soleil pour le regarder. Il vit une goutte d'eau tomber sur la pierre : il s'aperçut qu'il transpirait. Il enterra le diamant sous un rocher facilement repérable et il se précipita vers le ruisseau, d'un pas fébrile.

Il creusa, tamisa et tira des cailloux toute la journée, mais sans rien trouver. Au crépuscule, il revint à la roulotte, entrava les ânes et s'installa pour dîner.

— Pourquoi es-tu si nerveux ? lui demanda sa sœur.

Il répondit qu'il avait mal à la tête. Mais, deux fois dans la nuit, il se leva pour vérifier, depuis le seuil de la roulotte, le rocher où se trouvait son diamant. A son retour, sa sœur murmura :

— Tu en as trouvé un, pas vrai ?

Il ne put dominer son excitation. Les mots se bousculaient entre ses gencives édentées : il raconta sa trouvaille de conte de fées.

— Plus gros que mon pouce. Et d'une belle eau ! D'une belle eau ! Netje, il nous rapportera deux mille rands.

— Ne dis pas de sottises, grogna-t-elle.

— C'est possible. Sincèrement. Quand tu le verras...

— Et tu l'as caché sous une pierre ?

— J'ai envie de fouiller la vallée.

— Tu as envie d'aller en prison, c'est ça ? Tu vas l'inscrire sur le cahier et l'apporter à la police...

— Il faut que je me protège.

Mais elle demeura intraitable et, dès que les premiers feux de l'aurore parurent à l'orient, elle entraîna son frère vers le rocher. Elle prit le diamant dans sa main. Son poids et sa qualité étaient évidents et des larmes lui montèrent aux yeux.

— C'est un vrai diamant, avoua-t-elle.

Mais elle était incapable d'imaginer deux mille rands.

Dans la roulotte, ce fut elle qui prit le registre de Pik. D'une main de quasi-illettrée, elle griffonna : « Swartstroom, près des trois acacias, 11 octobre 1978, environ cinq carats, belle eau. Peut-être deux mille rands. » Cette après-midi-là, Pik et elle se rendirent au poste de police, à huit kilomètres de là, pour enregistrer leur découverte.

Une fois le diamant enregistré légalement, il devenait la propriété de Pik Prinsloo. Il pouvait en disposer à son gré, mais uniquement par les canaux autorisés. S'il laissait la pierre tomber entre les mains d'un IDB, il irait en prison, ainsi que l'acheteur. Il devait l'apporter en personne au marché du diamant de Boskuil, à quatre cents kilomètres à l'ouest. On pouvait faire le voyage par le train — quatre heures jusqu'à Johannesburg et cinq heures de plus jusqu'à Boskuil —, mais le vieux Pik estimait qu'avec une pierre aussi impressionnante il se devait de voyager en voiture particulière. Non sans mal, car il détestait les téléphones, il appela son bailleur de fonds à Johannesburg.

— Nous possédons le plus gros diamant de ma vie. Allons à Boskuil, nous le vendrons deux mille rands.

L'homme répondit qu'il pourrait se libérer le vendredi en fin d'après-midi.

« Libérez-vous tout de suite ! cria Pik. Il faut être à Boskuil vendredi matin. C'est le seul jour où les acheteurs viennent.

Le jeudi matin, son commanditaire vint le chercher en voiture et ils partirent vers un endroit sans équivalent dans le monde : une ferme isolée, perdue dans les terres désertiques au sud de Johannesburg où, par tradition, les acheteurs de diamants de tout le pays se réunissent sous une rangée de hangars grossiers de tôle ondulée pour voir ce que les aventuriers ont trouvé. Ce ne fut pas un voyage facile, car, chaque fois que Pik et son diamant quittaient une juridiction pour entrer dans une autre, le prospecteur devait montrer son certificat d'enregistrement pour que les autorités puissent suivre le diamant à travers le pays et s'assurer qu'il parvenait entre les mains d'un acheteur agréé. Et, quand Pik parvint dans la juridiction où il devait le vendre, il dut l'enregistrer de nouveau.

Ces haltes étaient fastidieuses... Ce jour d'octobre fut un des plus chauds de la nouvelle saison printanière et, à l'intérieur de la voiture, la chaleur était intenable : les habitudes de toilette de Pik devinrent vite un problème accablant.

L'homme de Johannesburg baissa sa glace, puis celle de Pik, puis toutes les glaces, mais le courant d'air frais ne suffit pas à alléger l'odeur repoussante et il commença à se demander si un diamant de cinq carats valait cette torture. Ils arrivèrent enfin à la ferme Boskuil, à peu près à la même heure que le train du soir qui amenait les acheteurs pour le marché du vendredi. Depuis des années, le bureau n° 1 était occupé par H. Steyn, diamantaire agréé d'excellente réputation, et, le vendredi matin à la première heure, M. Steyn, petit homme à l'air compétent, tout de noir vêtu, accrocha sa licence à la porte extérieure, enfila ses manchettes de lustrine et posa sa loupe *made in Germany* sur la table où s'appuyaient ses coudes.

Le premier de la queue était Pik Prinsloo, chemise kaki en loques, pantalon informe, chapeau aux bords rongés. Les marchands de diamants le connaissaient depuis cinquante-deux ans : un diamant paillé par-ci, un éclat par-là, et toujours l'espoir qu'un de ces jours... Jamais un seul acheteur n'avait donné au vieux Pik plus de trois cents rands à la fois et il avait survécu avec ces maigres recettes.

En voyant s'avancer le vieux prospecteur, H. Steyn supposa qu'une fois de plus il avait trouvé une pierre d'un quart de carat, valant quelques rands, mais il remarqua que le vieillard parfumé tremblait et qu'une lueur farouche faisait briller ses yeux : ce serait donc un jour exceptionnel. Quand le commanditaire de Pik fit mine de le suivre dans l'appentis, Steyn remarqua que le prospecteur le chassait de la main.

— Restez dehors. C'est mon affaire.

Ils échangèrent quelques mots à mi-voix, puis le vieil homme cria :

« Bien entendu, je vous dirai combien et, si je ne le fais pas, M. Steyn vous le dira. Allez, dehors.

— Vous avez une pierre ? demanda Steyn.

Les mains de Pik tremblaient, mais, après un faux mouvement, il sortit de sa poche une boîte d'allumettes, qu'il ouvrit non sans mal, et il posa sur la table un diamant assez gros pour donner à H. Steyn une quinte de toux.

« Vous avez les papiers ? demanda-t-il.

— Les papiers ? cria le vieux Pik. Et comment, voyons, que j'ai les papiers.

Ses doigts gourds s'agitèrent de nouveau. Quand les documents habituels s'étalèrent devant M. Steyn, il fit semblant de les lire — prétexte pour se livrer à quelques calculs hâtifs dans sa tête : « Bonté divine, il a l'air de peser au moins cinq carats ! Il est taillable. Peut-être un brillant. Pas de crapaud visible. Et quelle eau ! Peut-être même un blanc glace. Il se taillera à un carat quatre. Je pourrai le vendre à Tel-Aviv... disons : dix mille dollars. Ils le revendront à New York quinze mille. Le dernier client le paiera vingt-huit mille dollars. Je peux donc me permettre de le lui payer quinze cents dollars le carat, soit sept mille cinq cents dollars en tout. Je vais lui offrir treize cent cinquante dollars le carat, soit six mille sept cent cinquante pour les cinq carats. Comme tous les acheteurs de diamants, il calculait en dollars, car l'Amérique était le marché où finiraient les pierres, mais, comme il devait payer en rands, il convertit aussitôt en fonction du taux de change, d'un dollar seize par rand. Son offre définitive de

6 750 dollars correspondait à environ 5 800 rands et ce fut ce chiffre qu'il garda à l'esprit lorsqu'il s'apprêta à parler.

Tandis que H. Steyn achevait ses calculs, le vieux Pik continuait les siens : « C'est une bonne pierre. Elle vaut ses deux mille rands. Et j'ai vu ses yeux s'éclairer quand je l'ai posée sur la table. Bon Dieu, je lui en demanderai deux mille cinq cents. Regardez-moi ce diamant ! Il n'en voit pas deux comme ça tous les mois. Je pourrais même monter jusqu'à deux mille six. Bon sang, je monterai jusqu'à deux mille six... »

H. Steyn était fier de sa réputation de prince des marchands de diamants — « l'homme qui n'a jamais trompé personne » —, mais il n'estimait pas que, pour soutenir cette réputation, il devait payer des prix exorbitants. Il trouvait plus efficace de fixer un prix honnête, légèrement au-dessous de ce que certains acheteurs ayant un besoin urgent de pierres pourraient offrir, puis d'augmenter légèrement son offre s'il avait vraiment envie du diamant.

Plus il examinait celui-ci et plus il en avait envie. « Ce sera sûrement une bonne pierre, se dit-il. La couleur sera peut-être bien meilleure que je ne crois. Il ne se taillera pas à plus d'un carat quatre, mais, quand ce sera fait, ce sera un diamant splendide. »

— Pik, dit-il de la voix grave qu'il avait toujours pour ce genre de négociations. Je ne tournerai pas autour du pot. Vous avez là une très bonne pierre. Je vais vous offrir le prix supérieur. Cinq mille huit cents rands.

Pik ne répondit pas. Rassemblant toutes ses forces, il ne put s'empêcher d'ouvrir la bouche et de chanceler en arrière. Il pencha la tête en avant et Steyn ne put voir que le rebord déchiré de son chapeau. Il demeura immobile jusqu'à ce qu'il retrouve sa maîtrise et, d'une voix qu'il supposait normale, il demanda :

— Bien entendu, c'est une offre ferme ?

Et ce fut au tour de Steyn de se maîtriser, non pour s'empêcher de trembler, mais pour éviter de rire aux éclats. Cet homme de plus de soixante-dix ans n'avait jamais eu un vrai diamant entre les mains ; il gagnerait sûrement avec celui-ci davantage que pour tous les éclats qu'il avait trouvés dans son crible en vingt ans — et il se mettait à chipoter !... Mais Steyn aimait ce genre d'hommes et ne leur voulait que du bien. Alors, si le vieux Pik avait envie de chipoter, qu'il chipote !

— Une minute ! dit-il avec une irritation feinte. Je vous fais une offre ferme de cinq mille huit cents rands maintenant. Et vous pouvez toujours remonter et descendre l'allée pour essayer de tirer de votre caillou trois ou quatre sous de plus. Mais je vous préviens tout de suite que vous n'y parviendrez pas. Alors, inutile de revenir ce soir me dire : « Je prends vos cinq mille huit cents rands, monsieur Steyn », parce que, ce soir, cette offre ne sera plus valable. Vous l'acceptez tout de suite ou je la retire.

Pik ne répondit pas. L'offre de Steyn était presque le triple de ce à quoi il s'attendait en toute sincérité ; plus du double de ses espérances les plus folles. Il avait une envie irrépressible de l'accepter, de rembourser ses cinq commanditaires et de rapporter à Netje de quoi vivre jusqu'à la fin de leurs jours. Mais c'était un homme du diamant et il avait envie de jouer le grand jeu, d'aller d'appentis en appentis montrer son incroyable trouvaille, d'entendre les autres murmurer : « Prinsloo a un diamant. » Non, il ne se priverait pas de ce dernier plaisir, même pour une offre tout à fait valable.

— Allons voir ce que disent les autres, murmura-t-il en refermant sa boîte d'allumettes.

M. Steyn se leva et le raccompagna à la porte. Sans craindre l'odeur horrible qui irradiait comme un halo, il posa le bras sur les épaules du vieil homme et lui dit :

— Je regrette de perdre cette pierre, Pik. Elle est bonne. Ne vous laissez pas duper.

— Je n'en ai pas l'intention.

Au milieu de l'après-midi, le bailleur de fonds de Johannesburg étais las de la comédie.

— Bon Dieu, Pik ! Vous avez eu trois bonnes propositions. Acceptez l'une d'elles et fichons le camp.

Mais Prinsloo était heureux comme jamais dans sa vie. Entrer dans l'appentis d'un vrai acheteur, ouvrir la boîte d'allumettes, regarder l'homme examiner la pierre sans en croire ses yeux, écouter les offres préliminaires puis le dernier prix... L'acheteur numéro cinq avait fait une offre de cinq mille neuf cents rands, ferme et définitive.

— J'aimerais acheter cette pierre, Pik. Revenez. Je sais que personne ne vous donnera un sou de plus.

Au septième appentis, Adams et Feinstein, le prix monta à six mille rands tout rond — offre ferme et définitive.

— Six mille rands ! répéta Pik à son commanditaire. Dieu tout-puissant, plus d'argent qu'on n'en gagne dans toute une vie de prospecteur.

— Nous acceptons, j'espère.

— Non.

L'homme de Johannesburg explosa, lança quelques jurons, puis écouta, stupéfait, Pik lui expliquer :

« Toute ma vie, j'ai rêvé d'entrer dans le bureau de M. Steyn et de lui vendre un diamant. Un vrai diamant.

Et malgré les protestations de son associé, le vieil homme revint voir Steyn.

« J'ai obtenu une offre de six mille rands. Acceptez-vous le diamant à ce prix ?

— Non, répondit Steyn sans hésitation.

Mais, quand il vit le visage du vieillard tourner au gris, il ajouta :

« Je vous ai fait une offre raisonnable, Pik. Mais laissez-moi revoir la couleur.

Aussitôt le vieux Pik sortit sa boîte d'allumettes, s'emmêla les doigts, puis posa la pierre sur la table. A grand renfort de professionnalisme calculé, Steyn leva sa loupe, prit le diamant entre les doigts de sa main gauche et l'étudia avec soin. Aucun crapaud visible. Une eau peut-être plus belle qu'il ne l'avait jugée au début. La pierre taillée à partir de ce diamant brut se vendrait en Amérique... Qui sait ce que pourraient tirer les gens de Harry Winston pour une pierre de ce genre ? Trente-deux mille dollars ?

Lentement, Steyn posa la loupe et repoussa le beau diamant vers le vieil homme.

« C'est tout ce que je peux faire, Pik. Cinq mille neuf cent cinquante.

— Vendu ! s'écria Pik tout joyeux.

Mais, quand il monta dans la voiture, son associé poussa les hauts cris.

— Espèce d'imbécile ! Adams et Feinstein vous ont offert six mille rands. Comptant, en espèces. Qu'est-ce qui vous a pris ?

— J'aime agir en gentleman, dit Pik. Je ne traite qu'avec les gentlemen. Vous devriez le savoir. Quand vous m'avez offert de me financer, dans le bar, est-ce que j'ai chipoté sur les conditions ?

L'homme de Johannesburg ne répondit pas.

« Demain, nous trouverons les autres, nous leur donnerons leur part. Puis nous nous partagerons une fortune.

— Puisque vous allez être riche, dit l'associé, vous n'envisagez pas de prendre un bain ?

Pik ne répondit pas. Il songeait à la tête de Netje quand elle apprendrait qu'il était entré tout droit dans le bureau de H. Steyn, qu'il lui avait demandé six mille rands... et qu'il les avait presque obtenus.

La nouvelle de la trouvaille du Swartstroom se répandit dans toute l'Afrique du Sud comme une traînée de poudre. Avant la tombée de la nuit, Tel-Aviv était au courant, ainsi qu'Amsterdam et New York. Cela donna l'éveil aux géologues des bureaux anglo-américains de Main Street, à Johannesburg — et aux responsables d'*Amalgamated Mines* à Pretoria.

— C'est notre chance, dit le président au conseil d'administration convoqué en assemblée extraordinaire le samedi matin. Que savons-nous sur le Swartstroom ?

Ses hommes savaient beaucoup de choses.

— Petit cours d'eau se dirigeant vers le Mozambique. Prospecté à plusieurs reprises. Négatif. Se trouve à proximité de la mine Premier mais ne semble pas lié à elle. Aucune zone où une cheminée ait normalement pu se former dans le voisinage et n'oubliez pas qu'il est séparé de la Premier par de basses montagnes.

— Vous croyez donc que la trouvaille de Prinsloo est accidentelle ?

— Aucune trouvaille n'est jamais accidentelle si elle a été déclarée de façon sincère.

— Que savons-nous de Prinsloo ?

— Cela fait plus de cinquante ans qu'il prospecte tous les cours d'eau possibles. Il n'a jamais perdu de temps quand il n'y avait pas de signes précis.

— Quels signes a-t-il pu voir ?

— Du diable si je le sais. J'ai remonté et descendu ce ruisseau six fois. Je n'ai pas vu un seul grenat.

— Il a dû voir quelque chose. Et nous ferions aussi bien de reprendre des recherches.

On discuta beaucoup de la personne à envoyer et le géologue qui avait effectué les six explorations précédentes tenait beaucoup à faire un nouvel essai, mais le président proposa :

« Il y a cet Américain expulsé de nos mines du Vwarda. N'est-il pas excellent ?

On alla chercher le dossier du jeune homme et le directeur du personnel le résuma rapidement.

— Né à Ypsilanti en 1948. Université de Michigan. Diplômé supérieur de l'École des mines du Colorado, à Golden. A travaillé à Broken Hill en Australie. Contrôleur à Mount Isa (Queensland). Nous lui avons accordé un poste sur la vive recommandation de ses professeurs et de ses supérieurs. Il a travaillé dans notre filiale de Sierra Leone, puis au Botswana et, enfin, comme chef de chantier au Vwarda.

— Son expulsion du Vwarda ? demanda le président. Quelle conséquence pour lui ? Moralement ?

— Rien à redire de notre part. Il a fait un travail magnifique.

— Je veux dire, y a-t-il eu un scandale public ? Ne risquons-nous pas d'être éclaboussés si...

— L'histoire classique, monsieur, répliqua le directeur du personnel d'une voix lasse. Comme d'habitude. Après l'indépendance, il est resté dans nos mines. Quand Richardson a été licencié pour cette affaire de trafic de devises montée de toutes pièces, il est devenu chef. Il a fait un travail de premier ordre pour nous et pour le Vwarda. Un des rares Blancs acceptés par le nouveau régime. Mais, un jour, un comité l'a accusé de racisme auprès du Premier ministre. Et il a été expulsé.

— Est-il raciste ? Ces Américains, dans le sud, vous savez...

— Je crois que le Michigan est dans le nord. Quand Richardson avait été fichu dehors, le gouvernement avait insisté pour placer à tous les échelons supérieurs des citoyens du Vwarda — des hommes qui savaient à peine lire et écrire, mais qui étaient cousins de tel ou tel ministre. Et, un jour, quand toute l'entreprise menaça de s'effondrer, notre homme les a tous flanqués à la porte. En disant qu'il n'avait pas besoin à des postes clefs d'hommes arrivant au travail en Mercedes à onze heures du matin.

— Et ces hommes, conclut le président, ont constitué le comité qui l'a accusé de racisme...

— Exactement.

— Comment s'appelle-t-il déjà ?

— Philip Saltwood.

— De la famille de cette Mme Saltwood qui ne cesse de provoquer le gouvernement ?

— Peu probable.

— Nous ne pouvons pas nous permettre de susciter un scandale, vous savez.

— Ce Saltwood est américain.

On le fit venir de Zambie, où il avait fui après son expulsion du Vwarda, et il arriva sur les bords du Swartstroom dans une Toyota blanche portant le sigle AMAL en lettres d'or. Deux autres voitures blanches ornées du même monogramme célèbre le suivaient, ainsi que deux camions blancs avec chacun cinq ouvriers. Dix-huit personnes allaient travailler dès cet instant sur les méandres de cette petite rivière, car il était impératif que l'industrie du diamant sache si une nouvelle source de diamants alluviaux venait d'être découverte et, si c'était le cas, où se cachait la cheminée principale qui les produisait. Philip Saltwood avait pour tâche de répondre à ces questions — on lui avait donné dix-sept collaborateurs et douze mois pour y parvenir.

A son arrivée sur les bords du Swartstroom, par une matinée ensoleillée de novembre 1978, il semblait vraiment l'homme de la situation. Après une excellente formation théorique de géologie en Amérique et en Australie, il avait acquis une vaste expérience dans les puits de pétrole du premier pays et dans les mines d'or du second. Au cours des années récentes, il s'était spécialisé dans le diamant et, après ses postes en Sierra Leone, au Botswana et au Vwarda, il abordait sa nouvelle mission avec une compétence considérable.

Il avait trente ans, il était intelligent et travailleur et son régime américain-australien avait fait de lui un homme beaucoup plus solide que la moyenne des Saltwood d'Afrique du Sud. Il avait toujours su de façon très vague que sa famille était originaire de Salisbury en Angleterre et possédait une branche importante en Afrique du Sud, mais aucun de ses proches parents n'était entré en contact avec les deux autres branches.

Il avait épousé une Australienne et il avait divorcé. Comme ils n'avaient pas d'enfants, aucun lien affectif ne se prolongeait. Ils s'étaient rencontrés pendant son séjour à Broken Hill et il lui avait fait la cour en chassant les chevaux sauvages dans l'Outback. Ils avaient passé leur lune de miel sur les pistes de ski de Nouvelle-Zélande et, tant que Philip avait travaillé aux antipodes, leur couple avait été très heureux.

Mais, quand il était reparti en Amérique, sa femme n'avait pas pu s'adapter. Les puits de pétrole de l'Oklahoma l'avaient démoralisée et elle n'avait pas pu supporter la prospection au centre du Wyoming. Une après-midi, elle quitta ces régions désolées, sauta dans le premier avion de Qantas en partance pour l'Australie et n'informa Philip de son départ qu'une fois en sécurité à Sydney la Civilisée — où elle obtint le divorce sans peine, puisqu'il l'avait « abandonnée ». Parfois, il ne parvenait plus à se souvenir de son nom.

Il établit son camp rapidement et annonça ses décisions :

— Pour commencer, nous allons travailler trois semaines sans interruption, puis une semaine de repos. Passez cette semaine où vous voudrez, mais ne revenez pas ivres. La journée de travail commence quarante minutes après le lever du soleil, alors levez-vous tôt si vous ne voulez pas rater la gamelle. Bonne chance.

Son discours était un amalgame de Texan, d'Australien et d'Africain des mines de diamants. Ses manières, celles de toutes les mines du monde. C'était un homme intrépide, bien décidé à tirer le meilleur parti de son équipe et de ce ruisseau. Il regarda les six tentes blanches où il vivrait avec ses hommes dans les semaines à venir et il constata avec satisfaction qu'elles étaient bien piquetées au sol et convenablement alignées. Il ne connaissait aucune autre manière de travailler.

Dans les petites villes des environs, comme Venloo, la nouvelle qu'Amalgamated Mines faisait des recherches sérieuses sur le Swartstroom provoqua de nombreux commentaires passionnés et des hommes d'affaires curieux tentèrent bientôt de découvrir si d'autres diamants n'avaient pas été mis au jour.

— Ils travaillent du lever au coucher du soleil et ils ont

toutes sortes de matériel. C'est un Américain qui commande et il les mène tambour battant.

— Mais ont-ils trouvé des diamants ?

— Pas que je sache. Dites-vous bien que ce ruisseau a déjà été prospecté. Dans les années trente, il paraît. On n'avait rien trouvé non plus.

Pourtant, le vieux Pik Prinsloo avait ramassé son diamant — le bruit courait maintenant qu'il faisait onze carats.

— Oui, mais parfois je me demande... C'est un vieux filou...

— Vous croyez qu'il a « salé » le Swartstroom ?

Pourquoi un vieillard de soixante et onze ans aurait-il « salé » un petit ruisseau du Transvaal ? Et où aurait-il pris le diamant ? De temps en temps, Saltwood entendait dire que le vieux Pik conduisait sa roulotte vers un autre endroit, mais en fait aucun membre de l'équipe n'avait vu le vieux dégoûtant. Ils s'occupaient de leurs pelles électriques et de leurs gravitateurs automatiques en remontant méthodiquement d'un méandre du ruisseau au suivant — sans rien trouver.

— Bon Dieu, grogna un ancien de l'Amalgamated, nous ne trouvons même pas de grenats ou d'ilménite.

Puis, fin novembre, Pik Prinsloo, travaillant tout seul sur un site peu prometteur, fit une trouvaille, à certains égards plus excitante que la première : en des lieux différents, il découvrit deux éclats de diamant. Le plus gros n'avait qu'un dixième de carat et, à eux deux, ils valaient à peine soixante-dix rands. L'importance de cette trouvaille, c'était qu'elle confirmait le caractère diamantifère du Swartstroom.

Les hommes de Saltwood, au camp de l'Amalgamated, furent encore plus enchantés de cette découverte inattendue que le vieux Pik lui-même. Ils étaient à la veille de leur semaine de congé, mais ils acceptèrent de continuer et de repousser leurs vacances jusqu'à décembre. Pendant les six premiers jours, ils ne trouvèrent rien. Puis, le samedi, ils mirent au jour un troisième éclat, d'environ un huitième de carat, si petit qu'un non-professionnel ne l'aurait même pas remarqué. Ils téléphonèrent la nouvelle encourageante à Pretoria. Le nouveau site diamantifère était confirmé.

Philip Saltwood passa sa semaine de vacances dans la petite ville de Venloo à déguster l'excellente cuisine d'un hôtel impeccable tenu par un couple de juifs. Comme il n'y avait absolument rien à faire à Venloo le dimanche, il se rendit au service religieux de l'église hollandaise réformée où, pour la première fois, il put observer l'Afrique du Sud authentique.

Il entra quelques minutes après le début du culte et, par un hasard heureux, les fidèles chantaient un hymne qu'il aimait beaucoup, populaire aussi bien en Australie qu'en Amérique. C'était *Ein Feste Burg ist Unser Gott* de Martin Luther et, bien qu'il fût chanté en afrikaans, il traduisait le même message noble que dans toute autre langue. Il se mit à chanter sa version anglaise à pleine voix et, soudain, il se rendit compte qu'une jeune fille afrikaner, tout à fait adorable avec ses tresses saxonnes, était en train de rire de lui. Il tourna rapidement la tête et croisa son regard. Elle rougit et baissa les yeux vers son psautier. Mais, comme elle connaissait par cœur le plus beau de tous les hymnes afrikaans, elle releva bientôt la tête et il entrevit le visage d'or qui allait le hanter pendant toute la durée des fouilles. C'était un visage carré, très hollandais, avec un front large, des yeux bleus, des lèvres généreuses et un menton prononcé. Sans être grande, elle donnait une impression de solidité extrême, comme une de ces belles fermes hollandaises de la province du Cap, nichées au pied du *berg*. Elle était vêtue de blanc, ce qui rehaussait ses cheveux blonds comme les blés et son teint doré. Jamais elle ne saurait imposer de discipline à son sourire malicieux...

Il termina l'hymne de Luther, véritable cri de guerre de la nouvelle religion, en donnant toute sa voix, puis il s'assit pour pouvoir admirer la fille aux nattes saxonnes. Mais, très vite, son attention se tourna vers la chaire qui dominait de très haut les fidèles. Un jeune prédikant, avec beaucoup de puissance et de conviction, venait de commencer son sermon. Drapé dans sa robe noire, il se penchait vers la foule et il châtiait, implorait, inspirait, se moquait, consolait, menaçait et bénissait.

« Je n'ai pas entendu prêcher comme ça depuis les Holy Rollers des puits de l'Oklahoma », se dit Saltwood et il en oublia la jeune fille pour tenter de suivre ce que le prédikant racontait. Il ne parlait guère afrikaans, uniquement ce qu'un ingénieur pouvait apprendre dans un camp de mineurs, mais cela lui permit tout de même de suivre les idées générales :

Josué était sur une colline dominant Jéricho, confronté à une grande mission dont le Seigneur l'avait chargé. Et tous les fidèles de cette assemblée, hommes, femmes et enfants, se trouvaient eux aussi, ce matin-là, sur une colline semblable, les yeux fixés sur leur devoir.

Le thème du sermon ne manquait pas de puissance, mais ce fut le ton qui frappa le plus Saltwood : « Rien à voir avec l'homélie épiscopalienne classique, se dit-il. On sent l'inspiration divine. Cet homme est le meilleur que j'aie jamais entendu. »

Ensuite, il remarqua une chose qui lui avait échappé au début. Dans une rangée spéciale de stalles, à la droite du prédikant, se tenait un groupe d'hommes plus âgés, au visage solennel et rigide, tous vêtus de noir avec des chemises blanches et des cravates d'un blanc éclatant. Chaque parole prononcée par le jeune prédikant semblait enregistrée mentalement par ces trente hommes, qui hochaient la tête quand ils approuvaient ou gardaient un silence lugubre quand ils n'approuvaient pas. Comme ils se trouvaient très bas au-dessous de la chaire, suspendue au plafond du temple, ils devaient lever le visage pour voir le prédikant et on eût dit une fresque florentine de Ghirlandajo, ou bien les silhouettes d'une terre cuite sombre de l'un des Della Robbia.

A la gauche du pasteur, dans une série semblable de stalles, se trouvait un groupe d'hommes beaucoup plus jeunes, vêtus de noir funèbre eux aussi et avec les mêmes chemises et les mêmes cravates blanches. Eux aussi suivaient le prédikant avec un intérêt tendu ; mais leur fonction spéciale ne devint claire que vers la fin du service : ils se levèrent tous en même temps et se dirigèrent vers le pied de la chaire où ils prirent de lourdes écuelles de bois pour collecter les offrandes. La chorale se mit à chanter, les jeunes gens passèrent rapidement dans les allées et, en voyant leur carrure, Saltwood songea : « Je n'aimerais pas avoir à les plaquer sur un terrain de rugby. » Il sourit, puis se tourna vers les hommes plus âgés : « Ou essayer de faire voter une loi qui ne plairait pas à ceux-là ! »

Le culte s'acheva par une prière brève et douce, de consolation et de réconciliation, et, quand il se tourna vers la sortie, Saltwood conclut : « C'est sûrement le plus beau service religieux auquel j'aie jamais assisté. » Il avait senti qu'une communauté existait vraiment : une assemblée de personnes aux convictions identiques qui recherchaient sincèrement le message que leur prédikant avait à cœur de leur offrir et dont les voix s'élevaient à l'unisson pour rendre grâces à un Dieu qui avait fait preuve, une fois de plus, de miséricorde et d'amour.

Il était perdu dans ces pensées lorsqu'il sentit une main ferme sur son bras. Une voix forte lui demanda :

— Ne seriez-vous pas Philip Saltwood, des mines ?

— Oui.

Il avait devant lui un homme robuste d'une quarantaine d'années, manifestement afrikaner. L'homme lui adressa le sourire chaleureux avec lequel les Afrikaners accueillent toujours les inconnus qui se rendent dans leurs églises.

— Je suis Marius Van Doorn. Nous vivons un peu plus loin, à l'ouest, et nous serions honorés de vous avoir à dîner.

Il tendit le bras en arrière, saisit le bras de sa femme et la fit avancer. A son tour, sa femme prit la main de leur fille et Saltwood reconnut, ravi, la jeune personne aux tresses saxonnes qui s'était moquée de lui.

« Ma fille Sannie, dit l'homme.

— Susanna Van Doorn, expliqua sa mère.

Ils prirent le chemin de Vrymeer.

La première invitation concernait un dîner après le service, un dimanche après-midi. Elle fut élargie à tous les repas de la semaine, chaque fois que Saltwood pourrait quitter le camp de prospection. Et, toutes les fois qu'il franchissait les quelques kilomètres de Venloo à Vrymeer, quand il parvenait en haut de la dernière colline, son cœur battait plus vite. Enfin apparaissaient les blesboks au visage blanc en train de paître en paix. On eût dit des licornes de légende, au service de l'adorable jeune femme qui l'attendait dans la ferme.

A cause du plan de la maison Van Doorn et du tournant de la route, les visiteurs étaient automatiquement attirés par le stoep de la cuisine, comme s'ils devinaient en elle le centre de la vie de la ferme. On utilisait rarement la porte principale et c'était compréhensible, car, chez les Van Doorn, la famille se rassemblait en général dans la vaste pièce accueillante de l'arrière. Elle était meublée d'une longue table de bois, de deux fauteuils confortables — un pour le maître, l'autre pour tout invité d'honneur — et de neuf chaises robustes, d'une dignité inférieure. Contre l'un des murs, de grandes étagères pleines de bocaux de fruits et de légumes. En face, une batterie de vieux cuivres. Il y avait aussi un gros bocal de verre, mais les visiteurs apprenaient rarement ce qu'il contenait : les restes du vieux moule hollandais, brun et or, qui avait appartenu à la famille Van Doorn pendant des générations. A l'autre bout de la cuisine, une plaque et un four électriques remplaçaient depuis longtemps le vieux monstre avaleur de charbon, mais les serviteurs qui l'avaient connu à l'époque étaient toujours là : une vieille Nxumalo et deux jeunes filles. Par-dessus tout, il émanait de la cuisine une impression de chaleur, on s'y sentait chez soi, comme si planait dans l'air le souvenir des innombrables repas dévorés et des sujets passionnants discutés autour de cette même table.

Sannie ne tenta pas de dissimuler le plaisir qu'elle éprouvait à avoir le géologue américain comme prétendant inattendu. Quand il arrivait à la ferme, elle courait sous le stoep pour l'accueillir, elle lui tendait les deux mains et l'entraînait dans la cuisine, où l'attendaient du café brûlant et de la bière glacée. A la fin du deuxième mois sur les bords du Swartstroom, il commençait à considérer Vrymeer comme son quartier général ; il se faisait même téléphoner là-bas.

C'était pour lui une découverte passionnante de tous les instants : non seulement Sannie était une jeune fille charmante, mais ses parents se montraient intéressants et obligeants. Mme Van Doorn était anglaise et elle représentait l'opinion d'une fraction importante de la population, mais son mari restait un vrai Afrikaner et ce fut à travers lui que Philip parvint à mieux pénétrer la pensée des hommes qui gouvernaient le pays. La discussion dans la cuisine des Van Doorn pouvait être longue et enflammée et, tout en écoutant les points de vue en conflit, Saltwood se rendait compte qu'il bénéficiait d'une introduction privilégiée à la vie sud-africaine : l'opinion afrikaner, l'opinion anglaise et, à travers les idées hardies de Sannie, l'opinion de la nouvelle vague, qui représentait le meilleur des deux vieilles souches.

Comme tous les visiteurs, Philip fut stupéfait de voir avec quelle liberté les citoyens d'Afrique du Sud discutaient de leurs problèmes. L'expression des idées et l'étude des solutions de remplacement étaient entièrement libres et ce que l'on ne disait pas dans la cuisine était publié en toutes lettres dans d'excellents journaux en langue anglaise. Rien de commun avec une dictature dans le style d'Idi Amin Dada en Ouganda ou de Franco en Espagne. Quinze minutes après avoir fait la connaissance d'une famille d'Afrikaners moyens, le visiteur pouvait s'attendre à la question :

— Monsieur Saltwood, croyez-vous que nous puissions éviter une révolution armée ?

Ou bien :

— Avez-vous entendu quelque chose de plus stupide que ce que notre Premier ministre a proposé hier ?

Grâce à ses travaux intensifs sur les fouilles (où il était en contact avec toutes sortes de Sud-Africains) et à ses discussions à Vrymeer, Philip apprit de plus en plus de choses sur le pays...

Mais, bien entendu, il ne se rendait pas à la ferme dans le but de s'instruire : il était tombé amoureux de Sannie Van Doorn et il avait toute raison de croire qu'elle s'intéressait sérieusement à lui. Au cours du troisième mois, avec le consentement de ses parents, elle accepta l'invitation de Philip pour une visite aux concessions de diamants, puis une promenade en voiture jusqu'au Parc national Kruger, où ils passeraient deux jours à observer les grands animaux.

Au campement, elle lui demanda :

— Philip, que faites-vous au juste ?

Il lui montra où ils avaient découvert des traces de diamant et, quand elle apprit à quel point les éclats étaient minuscules, elle s'écria :

« Mais... ils ne valent rien !

— Ce sont des signes précieux, répondit-il. Tous les experts en diamants du monde sont passionnés par notre trouvaille.

— Des signes de quoi ? demanda-t-elle.

Et il lui fit l'honneur d'un cours spécialisé sur les diamants. Elle n'en comprit que les grandes lignes, mais, lorsqu'il illustra sa conférence d'un croquis sommaire, elle mesura quel était l'enjeu.

— Voici le Swartstroom, la petite rivière que nous prospectons. Elle a donné des diamants, nous avons vérifié leur présence. Notre problème c'est : « D'où viennent-ils ? » Ils ne sont pas nés dans ce ruisseau, c'est certain. L'eau n'a fait que les transporter. Mais d'où ? Cet affluent est le Krokodilspruit. Quand nous aurons fini ici, nous le remonterons. Les diamants ont peut-être été charriés par ce ruisseau. Nous cherchons partout.

— Vous cherchez quoi ?

— La cheminée. Je passe ma vie à chercher la cheminée.

— Et qu'est-ce que c'est ?

— Il y a environ un milliard d'années, à un ou deux millions d'années près, il s'est formé, à deux cents kilomètres de profondeur, quelque part non loin d'ici, une sorte de grotte ou de nappe souterraine. Nous connaissons très bien ses caractéristiques : mille deux cents degrés Celsius, pression soixante-deux mille fois plus forte qu'ici à la surface. C'est dans ces conditions, et uniquement dans ces conditions, que le carbone se transforme en diamant. Dans certaines circonstances, sous terre, le carbone devient charbon ; dans d'autres, graphite. Dans notre cas, il devient diamant.

— Mais qu'est-ce que la cheminée ?

— Les diamants se forment dans une sorte d'argile bleue et, quand tout est parfait, cette argile — charriant ses diamants — se fraie un chemin vers le haut à travers deux cents kilomètres de matériaux lui faisant obstacle. Puis elle se libère, à peu près comme un volcan.

— Je ne vois toujours pas ce qu'est la cheminée.

— Le tuyau qu'elle laisse dans sa remontée vers le haut. Garni de cette argile bleue et parfois de diamants. L'argile bleue porte le nom de kimberlite, d'après Kimberley. Et mon travail consiste à trouver cette cheminée, bordée de kimberlite charriant des diamants.

— Où croyez-vous qu'elle soit ? demanda Sannie.

— Depuis le début de cette année, je ne me pose que deux questions : « Est-ce que Sannie Van Doorn acceptera de m'épouser ? » et : « Où diable est la cheminée qui a produit ces éclats ? »

— Où pourrait-elle être ?

Il revint au croquis.

— Regardez : elle ne peut pas se trouver au sud, vers Chrissie Meer. Ces montagnes empêchent la rivière de passer.

Cette région, là, est trop au nord. Et ça ne peut pas être vers Vrymeer à cause des deux petites collines...

Il s'arrêta, gêné.

— Vous voulez dire les Tétons de Sannie? demanda la jeune fille sans le moindre embarras.

— Ah vous, les Afrikaners! Vous employez n'importe quel mot sans vergogne! Nous ferions mieux de partir au Parc Kruger.

A la fin de leur première journée avec les animaux, ils s'arrêtèrent au terrain de camping et le gérant leur demanda machinalement :

— Une case?

— Deux, s'il vous plaît, se hâta de répondre Sannie.

Ce soir-là, ils dormirent séparés, mais, le deuxième jour, dans le parc, ils parvinrent à un vallon où des girafes se reposaient à l'ombre. Il y en avait soixante-dix environ et deux d'entre elles étaient d'humeur amoureuse. C'était un spectacle extraordinaire que ces grands animaux disgracieux, vestiges d'âges révolus conservés par quelque caprice de la nature, debout sous les arbres face à face et enroulant leurs cous en un geste adorable, lent, poétique, comme s'ils tissaient des rêves. C'était leur danse d'amour, sans équivalent dans toute la nature.

Tandis qu'ils regardaient, Sannie se rapprocha et, au terme du merveilleux spectacle des girafes, les deux humains se retrouvèrent en train d'imiter les animaux : ils se couchèrent, s'embrassèrent, se séparèrent, puis s'enlacèrent de nouveau. Ce soir-là, lorsqu'ils arrivèrent près du même terrain de camping que la veille, ce fut Sannie qui proposa :

— Allons jusqu'au suivant. Ce sera moins gênant.

Et, quand l'autre gérant leur demanda : « Une case? », elle répondit oui.

Dans les semaines qui suivirent, Sannie Van Doorn et Philip Saltwood firent diverses excursions dans le Transvaal oriental — au nord jusqu'à Waterval-Boven pour voir le train à crémaillère ; au sud jusqu'à Chrissiesmeer pour visiter le site du camp de concentration. Pendant un week-end, ils se rendirent à Pretoria, la capitale. La beauté sobre de cette ville du nord le surprit. La statue imposante d'Oom Paul Kruger au centre de la ville, avec quatre belles statues de burghers prêts à partir en commando, lui fit une forte impression.

— Elle est héroïque ! s'écriait-il. Comme devrait être tout statue patriotique.

— Attends d'être en face du Voortrekker Monument ! répliqua-t-elle, enchantée de le voir respecter les trésors des Afrikaners.

Une fois de plus, elle avait raison. Cette énorme masse menaçante sur sa colline, écho étonnant du Grand Zimbabwe, était une évocation si parfaite de l'esprit afrikaner qu'il eut presque peur d'entrer.

— Les Anglais sont autorisés ici ?

— Ils ne sont pas les bienvenus, plaisanta-t-elle, mais je dirai que tu es mon cousin afrikaner de Ceylan.

Quand ils entrèrent, Philip vit les bas-reliefs farouchement patriotiques représentant le Fleuve-de-Sang et les autres victoires de la tribu afrikaner. N'était-il pas étrange que le principal monument d'une nation fût un mémorial où seule une petite fraction de la population était la bienvenue ? Aucun Noir, aucun Anglais ne pouvait se sentir à l'aise en ces lieux — uniquement des Afrikaners se complaisant dans leurs victoires chèrement acquises.

— Quelle est la population de l'Afrique du Sud ? demanda-t-il lorsqu'ils s'assirent sur les bancs de pierre de la crypte inférieure.

— Environ trente et un millions, en tout.

— Et combien d'Afrikaners ?

— Disons trois millions au maximum.

— Moins d'un dixième du total. Ne trouves-tu pas étrange, Sannie, que votre principal monument national soit réservé à un dixième de la population ?

— Il n'est pas réservé. Certains jours, à certaines heures, les Noirs sont autorisés à entrer.

— Mais ont-ils envie d'entrer ? Dans un monument consacré à leur défaite ?

Elle s'écarta de lui pendant un instant et lui dit, très raide :

— Nous sommes une nation en laager et nous ne pouvons pas nier notre passé. Ce sont des scènes comme celles de ce bâtiment qui nous confèrent notre force.

De ce vaste édifice impressionnant, ils revinrent dans les quartiers résidentiels de la ville et ce fut là que Philip reçut sa plus grande émotion : des avenues entières et des dizaines de rues larges, s'étendant à perte de vue, étaient bordées de jacarandas d'un violet éclatant — non pas des centaines, mais des milliers et des milliers, transformant toute la capitale en un jardin fleuri. Jamais il n'avait vu un spectacle comparable à cette explosion de couleurs et d'élégance. Ce soir-là, lorsqu'il se glissa dans le lit, il murmura :

— Tu es un mélange de monument et de jacaranda : solidité farouche et douce élégance.

Sans répondre, elle se blottit plus près pour qu'il l'embrasse.

« Est-ce que nous nous marierons ? demanda-t-il.

Elle se recula. Elle n'était pas encore prête à un engagement de ce genre.

Partout où ils allaient au cours de leurs brèves excursions, elle lui offrait de nouvelles révélations sur son pays. Quand ils eurent visité une douzaine de petites villes, chacune avec sa statue de général de la guerre des Boers, ils revinrent à Pretoria, où elle le conduisit devant le beau monument du général Louis Botha, en face des bâtiments du gouvernement. Derrière le général se trouvait un mémorial aux 2 683 soldats sud-africains ayant perdu la vie au cours d'une seule bataille...

— N'était-ce pas Delville Wood, en 1916, la bataille la plus importante que vos troupes aient jamais livrée ? demanda Philip.

— Peut-être, répondit-elle de mauvaise grâce.

— Tant d'hommes sacrifiés...

— Tout était une erreur : la guerre, le continent où elle était livrée, le camp choisi.

Puis, revenant sur cette condamnation très sèche, elle ajouta, toute réflexion faite :

« C'était une affaire anglaise qui n'a joué aucun rôle dans notre histoire, un incident vite oublié.

La beauté éclatante de l'Afrique du Sud ne cessait de ravir Philip — le veld s'étendant sans limites, les immensités dénudées, les merveilleuses petites collines au sommet plat, les réserves avec leurs éléphants, leurs rhinocéros blancs, leurs élans du Cap et le ciel de feu.

— Vous savez que vos routes sont bien meilleures que celles des États-Unis, lui dit-il un jour où ils traversaient une vaste étendue de veld sur un macadam sans une seule ride.

Par-dessus tout, il aimait les petites villes avec leurs jardins publics, leurs bâtiments bas aux murs blancs et, partout, les jacarandas. Il apprit à reconnaître une douzaine d'autres arbres à fleurs, dont il ne se souvenait jamais des noms.

— C'est un pays de fleurs ! disait-il.

Et, de toutes les fleurs, celles qu'il préférait, même aux jacarandas, c'étaient les protées.

« Vous devez en avoir cent variétés !

— Davantage, je crois.

Son emploi du temps au camp du Swartstroom — trois semaines de l'aurore au couchant, puis une semaine de repos — lui permettait d'entreprendre ces excursions et, une fois, à l'occasion de son congé, elle lui dit :

— Nous avons un village remarquable que tu dois voir absolument.

Il sortit sa carte :

« Tu le trouveras sous le nom de Tulbagh, mais nous préférons l'appeler, comme autrefois, Rue-de-l'église-au-pays-de-Waveren.

— Quel nom magnifique.

Ils roulèrent pendant deux jours avant d'arriver dans une sorte de cirque au milieu de hautes collines, où se trouvait, dans une vallée fermée, cette Rue remarquable, aussi belle que toute autre au monde. Elle avait été fondée dès 1700 — une longue rue avec une église au bout, un presbytère à huit cents mètres de là et quinze maisons entre les deux. Les siècles passèrent, les maisons basses semblaient se tasser contre le sol et l'endroit ne serait resté dans les mémoires que comme l'écho affaibli d'un lointain passé si, le 29 septembre 1969, un tremblement de terre n'avait pas ravagé la région ; certaines demeures s'étaient écroulées, toutes avaient souffert.

— Sais-tu ce qui s'est passé ? expliqua Sannie. Des hommes et des femmes énergiques, dont mon père, se sont réunis et ont dit : « C'est une occasion de reconstruire la Rue comme elle était en 1750. » Et, crois-le ou non, Philip, c'est exactement ce qu'ils ont fait.

En arrivant aux abords du village, Philip vit une église d'une beauté très sobre et, au loin, un presbytère imposant. Mais, ce qui le captiva vraiment, ce fut la rangée de maisons blanches, sans le moindre ornement de mauvais goût, aussi pimpantes que deux siècles plus tôt. C'était comme si un magicien avait brandi sa baguette magique et ressuscité des cadres de vie depuis longtemps disparus. Ils passèrent la nuit dans une des maisons, dont les propriétaires furent désespérés de voir Sannie voyager avec un homme sans être mariée.

— Qu'en penserait votre grand-mère Maria Steyn ?

La femme avait des coupures de presse sur la fameuse altercation de Maria à propos de la statue nue de Pretoria. Philip ne put s'empêcher de pouffer de rire en lisant certaines déclarations de la vieille dame : « Si les Israélites ont pu détruire les statues d'un âne d'or, les femmes de l'Afrique du Sud seront capables de détruire cette statue de femme nue. » Elle avait également dit à un journaliste : « Un homme nu ne vaut pas beaucoup mieux qu'une femme nue, mais il est plus facile à cacher. »

— Les temps changent, répondit Sannie.

Mais la femme ne permit pas au couple de partager la même chambre. Tard dans la nuit, dans le noir absolu, Philip tenta de gagner la chambre de Sannie — il découvrit que l'on avait placé des seaux vides en travers du couloir. Cela fit un énorme fracas et le maître de maison parut avec une lampe de poche pour bien s'assurer que le jeune Américain regagnait sa chambre.

Dès la fin du petit déjeuner, ils prirent la route du nord et Philip s'écria :

— Sannie, il faut nous marier. Je peux trouver un bon travail presque n'importe où dans le monde et j'ai besoin de toi.

De nouveau, elle refusa.

Il se mit à faire des conjectures : elle devait aimer trop son pays pour le quitter — et il reconnaissait volontiers que c'était un pays magnifique, avec une sorte de grandeur et de violence différentes de tout ce qu'il avait vu jusque-là. Mais un voyageur observateur remarquait trois problèmes graves, qui retenaient son attention :

— Sannie, je suis géologue. Je vois qu'une grande partie de ton pays est désert et que, si l'on en croit les vieilles cartes, la zone désertique s'étend de plus en plus vers l'est.

— C'est vrai, reconnut-elle.

Ensuite, que ce soit dans la campagne ou dans les petites villes, il s'apercevait que les Blancs et les Noirs vivaient dans deux mondes radicalement différents. La ségrégation était constante, universelle et appliquée avec sévérité. Philip n'était absolument pas libéral. En tant qu'ingénieur de terrain, il savait que la séparation est parfois à conseiller.

— D'ailleurs, je n'ai jamais été partisan des fréquentations interraciales. Je l'ai remarqué dans ma classe, à la faculté : les garçons qui sortaient avec des filles d'une autre race — des Mexicaines, des Noires ou des Orientales — se ressemblaient tous. Des solitaires au teint terreux qui écrivaient des lettres aux journaux pour l'abolition des fraternités d'étudiants.

— Ici, ce serait intolérable, répondit-elle.

— Mais j'ai également observé que les pays entretenant un volant important de main-d'œuvre bon marché s'appauvrissent toujours.

— Nous ne sommes pas du tout appauvris, protesta-t-elle.

— Si. A bien des égards. Vous devriez payer à vos Noirs des salaires élevés et ensuite leur faire verser des impôts en proportion pour développer les services publics. C'est la voie de la civilisation.

— Philip ! Ils ne valent pas un sou de plus qu'on ne leur donne.

— Faux, répondit-il, d'une voix passionnée. J'ai travaillé dans trois pays noirs différents. Avec toutes sortes de Noirs. Et partout où il y avait dans l'encadrement un Noir d'Afrique du Sud, surtout si c'était un Zoulou ou un Xhosa, il devenait invariablement le meilleur homme de tout le lot. Si des Noirs ayant beaucoup moins d'expérience peuvent gouverner le Mozambique, le Vwarda et la Zambie, vos Noirs sont sûrement capables de gouverner ce pays.

C'était une déclaration stupéfiante, qu'elle n'avait nullement envie de discuter.

La troisième découverte désolante se produisait toujours le soir. Ils avaient fait un excellent dîner chez des amis que Sannie connaissait pour une raison ou une autre ; la conversation avait été animée (politique et économie), le repas délicieux et les vins locaux meilleurs encore ; puis, alors qu'ils étaient sur le point de partir, Philip remarquait sur le manteau de la cheminée trois belles photographies de jeunes gens de l'âge de Sannie.

— Je ne savais pas que vous aviez des enfants.

— Oh, si !

Et, lorsque la famille était d'origine anglaise, juive ou afrikaner éclairée, la mère ou le père répondait :

— Voici Victor, il est en Australie. Hélène est mariée à un jeune homme très bien, au Canada. Et voici Freddie, qui fait ses études d'économie à Londres.

Ils étaient partis. Ils étaient partis vers des continents lointains. Jamais ils ne reviendraient en Afrique du Sud, car les pressions étaient trop fortes et les perspectives trop sombres.

Quand les jeunes amoureux rentrèrent d'un de ces petits voyages, Mme Van Doorn prit Philip à part discrètement et lui dit tout à trac :

— Ne vous amourachez pas de Sannie. Vous perdez votre temps. Les fils Troxel vont rentrer bientôt de la frontière et tout sera différent.

— Qui sont les fils Troxel ?

— Leur famille est propriétaire de l'ancienne ferme de Groot. Leurs parents…

— Les gens qui vivent à l'autre bout du lac ?

— Oui, le père de Marius les a ramenés de Johannesburg il y a plus de cinquante ans. Des gens solides.

— Et il y a deux jeunes gens de l'âge de Sannie ?

— Oui. Ils sont cousins. Ils font leur service militaire en ce moment, mais, quand ils reviendront, tout changera.

— Sannie ne m'a rien dit.

— Je crois que si, Philip. A sa manière. Ne lui avez-vous pas demandé de l'épouser ?

— Deux fois.

— Pourquoi croyez-vous qu'elle a hésité ?

— Elle a promis quelque chose à l'un des deux ?

— Aux deux, je crois. En fait, quand ils sont partis, elle n'avait pas encore décidé lequel elle choisirait. Mais elle décidera, Philip. Elle est afrikaner jusqu'au fond de l'âme et elle épousera un Afrikaner. J'en suis convaincue.

— Moi non, répondit-il en riant pour atténuer son affirmation.

— C'est votre affaire. Mais vous êtes prévenu. Ne prenez pas tout cela au sérieux, parce que pour Sannie ce n'est qu'une aventure, croyez-moi.

Ses obligations au Swartstroom lui prirent soudain plus de temps et cela l'empêcha de ressasser ses malheurs. Ses hommes étaient parvenus dans une zone où le cours d'eau tournait brusquement sur la gauche, produisant un remblai où des diamants auraient dû se déposer s'il en existait sur ce territoire.

L'équipe trouva ce qu'elle cherchait, deux minuscules éclats de diamant, si scintillants, si purs sous le soleil qu'ils semblaient irradier jusqu'à Pretoria, Anvers et New York — où le bruit courut aussitôt qu'« Amalgamated avait sûrement quelque chose au Swartstroom ». Les deux fragments minuscules valaient environ quatre rands, juste de quoi payer la journée de travail d'un Noir, mais ils détenaient le pouvoir d'enflammer les imaginations des hommes, car, lorsqu'on les considérait en relation avec les trouvailles antérieures de Pik Prinsloo, ils confirmaient qu'à une époque lointaine ce petit cours d'eau avait été diamantifère. Le problème de Saltwood était de localiser la source ancienne, mais jusqu'ici il n'en apercevait aucun signe.

On lui envoya un hélicoptère pour qu'il puisse étudier d'en haut les régions voisines, mais cela ne révéla rien et il dut en revenir aux méthodes traditionnelles : suivre la rivière. Il ne découvrit plus d'éclats de diamants, mais il n'en avait plus besoin. Ceux qu'il avait trouvés démontraient que quelque part, non loin de l'endroit où il cherchait, une source de diamants avait existé. Avec le temps, il la découvrirait — à moins qu'un autre ne le devance.

Il resta donc sur les fouilles et pendant plusieurs semaines ne trouva aucune occasion de rendre visite à Sannie. Mais il ne perdit pas ses heures de liberté, car un jeune homme étonnant vint le voir et cette rencontre de hasard lui apprit sur l'Afrique du Sud beaucoup plus que n'en connaît en général un géologue étranger.

Son visiteur se nommait Daniel Nxumalo. C'était un Noir à peu près du même âge que Saltwood et il parlait l'anglais précis que confère une éducation dans un collège colonial où enseignent des professeurs itinérants de Dublin ou de Londres. Sa mission sur les bords du Swartstroom était pour le moins curieuse.

— Monsieur Philip Saltwood ? Je suis Daniel Nxumalo,

maître de conférences à l'université de Fort Hare. On m'a conseillé de venir vous voir.

— Qui ?

Saltwood avait les préjugés d'un ingénieur texan : il était prêt à engager un ouvrier de n'importe quelle race, mais il éprouvait une méfiance instinctive pour les Noirs qui parlaient comme un livre.

— Les gens de Venloo. Ils m'ont dit que vous vous intéressiez à tout ce qui touche l'Afrique du Sud.

— Comment l'ont-ils appris ?

— Ils vous ont vu à l'église. Ils ont écouté.

— Et que voulez-vous ?

— Comme vous avez déjà beaucoup vu de l'Afrique, monsieur Saltwood, j'ai pensé qu'il serait courtois de vous montrer le vrai côté — je veux dire le nôtre.

Après cette introduction passablement condescendante, Daniel Nxumalo, en vacances après son semestre à l'université, entraîna son invité américain vers de petites enclaves du Transvaal oriental occupées par des Noirs qui, comme ses propres ancêtres, avaient fui le Mfécané du roi Shaka et de Mzilikazi. Ils survivaient depuis cent cinquante ans dans des conditions diverses, certains attachés à des fermes blanches comme Vrymeer, d'autres isolés dans des vallées cachées. Un groupe assez important se trouvait aux environs de petites bourgades campagnardes comme Carolina et Ermelo, mais tous s'étaient sagement adaptés et Philip fut surpris de constater que certains avaient accumulé beaucoup de biens.

— Mais sous les nouvelles lois, dit Nxumalo, nous devrons tous nous installer dans un de nos bantoustans... A propos, avez-vous déjà rencontré des Xhosas ?

— Deux Xhosas travaillaient pour moi au Vwarda. Ils parlaient avec des clics.

— A certains égards, ils ont plus de chance que les Zoulous. A d'autres égards, moins de chance.

— Je m'étonne de voir un Zoulou avouer qu'un autre peut être meilleur.

— Je n'ai pas dit meilleur, répliqua Nxumalo en riant. J'ai dit qu'ils avaient plus de chance.

Quand il souriait, ses dents étaient d'une blancheur éclatante et ses yeux brillaient.

— Laissez-moi deviner, dit Saltwood, car il commençait à

apprécier ce garçon à l'esprit agile. C'est une chose que les Blancs ont faite aux Xhosas et à vous. Une chose très injuste pour les Zoulous.

— Vous avez de l'intuition, monsieur Saltwood. Les Afrikaners ont donné aux Xhosas un territoire magnifique, vaste et fertile. Le Transkei. Et tout près, un autre territoire important, le Ciskei. Sur ces terres, les Xhosas ont une chance de construire quelque chose de bien. Mais qu'ont-ils donné aux Zoulous ? Cinquante, cent fragments isolés. Ils ont appelé ça kwaZulu et c'est censé devenir la patrie de tous les Zoulous. En réalité, ce n'est qu'un ramassis d'ordures. Et ils veulent nous faire occuper ce territoire morcelé.

— Avec le temps, les petits bouts de terre se réuniront, si l'idée de base est bonne.

— L'idée est mauvaise et la terre est mauvaise. Parce que toutes les bonnes régions ont été prises par des Blancs.

— Ces choses-là peuvent changer.

— Vous ne vivez pas ici depuis très longtemps...

Il changea complètement de ton. Jusqu'ici, c'était un professeur d'université esquissant un problème général ; il devint soudain un être humain se plaignant d'un tort qu'on lui avait fait personnellement.

— Pour appliquer leur politique, monsieur Saltwood, ils veulent forcer les Zoulous qui mènent une existence agréable dans des endroits comme Vrymeer et Venloo à prendre tout ce qu'ils possèdent, à abandonner leurs amis et leur mode de vie et à s'installer sur un des fragments de leur kwaZulu morcelé.

— N'avez-vous pas dit que c'était votre bantoustan ?

— Nous n'en voulons pas. Cela n'a jamais été notre idée.

— Vous allez être évacués ?

— Oui, comme si un fléau avait frappé nos terres. Comme si des criquets avaient dévoré nos champs et que nous fussions contraints à partir.

Saltwood répondit que Nxumalo ne disait sûrement qu'une partie de l'histoire et le professeur en convint de tout cœur.

« Certes oui. Et la raison pour laquelle je suis venu vous voir, c'est que je me suis demandé si vous n'aviez pas envie de découvrir l'autre partie.

— Si, bien sûr.

Comme de nombreux jeunes techniciens travaillant hors de leurs frontières, qu'ils soient américains ou russes, chinois ou australiens, Philip Saltwood avait envie de savoir de qui se passait dans les pays qui les employaient provisoirement. Ces jeunes gens s'intéressaient souvent à des problèmes très éloignés de leurs spécialités et étudiaient des possibilités qui semblaient lointaines pour le moment, mais qui pourraient prendre une importance extrême dans l'avenir.

Avec Nxumalo pour guide, Philip prit la route de l'ouest vers Johannesburg. Ils parcoururent discrètement les belles avenues de cette ville animée, de style très américain. Comme il était quatre heures de l'après-midi, les rues étaient envahies de monde — et la moitié des passants étaient des Noirs ; des travailleurs manuels et des coursiers, des employés de bureau et des petits cadres, des vendeurs et des badauds. Exactement comme à Detroit ou à Houston.

— Regardez-les, dit Nxumalo avec fierté. Ce sont eux qui font tourner cette ville.

A cinq heures moins le quart, il conduisit Philip du côté de la gare centrale et, dans l'heure qui suivit, le jeune Américain vit une chose si choquante qu'elle en était incroyable ; de tous les quartiers du centre de Johannesburg convergeaient des flots d'hommes et de femmes noirs, plus d'un demi-million, qui se rassemblaient pour quitter la ville avant le coucher du soleil, car, aussitôt après, leur présence serait illégale. Comme des nuages de criquets abandonnant un champ dévoré, les travailleurs de Johannesburg se hâtaient vers les navettes qui sortaient de la ville le soir pour y revenir au lever du jour. C'était un mouvement de population d'une telle amplitude que Saltwood ne trouva aucune base de comparaison.

Au bout d'une heure, il songea : dans ce flux de Noirs se trouvent toutes les professions d'une grande ville. Des balayeurs de rue et des comptables, l'attaché-case à la main. Des bouchers et des assistantes médicales. Des camionneurs et des jeunes cadres. Et tous sont expulsés...

— Vous vous sentez d'attaque ? Vous voulez voir où ils se rendent ? demanda Nxumalo comme s'il lisait dans la tête de Philip.

— C'est interdit, n'est-ce pas ?

— Oui. C'est illégal pour les Blancs. Mais c'est faisable.

C'était le genre de défi qui se présentait souvent à un géologue hors de son pays : ce temple est interdit aux étrangers, il est consacré à Shiva. Ou bien : cette région de l'Afghanistan est taboue, trop près de la frontière russe...

Mais toujours les audacieux allaient de l'avant et Philip Saltwood se lança dans une visite clandestine de Soweto, ville non existante d'au moins un million et demi de Noirs. Son nom officiel était « urbanisations du sud-ouest » (*south western townships*) et l'on avait retenu les deux premières lettres de chaque mot.

Ils prirent la route — vingt kilomètres. Des cortèges de trains rapides les dépassaient sans cesse, pleins d'ouvriers, certains accrochés aux portières.

— C'est le même problème que vous avez pu voir, en tout petit, à Venloo. Les Afrikaners croient sincèrement qu'aucun Noir ne vit dans leurs villes toutes blanches. Ils croient que nous travaillons quelques heures durant la journée, puis que nous disparaissons. Soweto, où nous allons, n'a pas d'existence officielle. Le million et demi de personnes qui y vivent (dont cinquante pour cent illégalement) ne sont pas réellement ici. Ils sont censés y dormir temporairement pendant la durée de leur contrat de travail en ville, mais, s'ils perdent leurs emplois, ils sont obligés de retourner dans leurs bantoustans — alors que, pour la plupart, ils ne les ont jamais vus.

Comme Philip voulait répondre à ce conte de fées macabre d'une ville deux fois plus grande que Boston, mais qui n'existait pas, Nxumalo lui sourit et lui prit le bras.

— Je parie que vous n'avez pas remarqué le fait le plus important sur cet exode à la gare.

— Mais si. J'ai vu dans la cohue toutes sortes de personnes, depuis le balayeur de rue jusqu'au professeur d'université.

Nxumalo éclata de rire.

— Vous êtes recalé. Le fait le plus significatif, c'était que presque tout le monde portait un paquet, d'une forme ou d'une autre. Voyez-vous, comme Soweto n'existe pas, puisque tout n'y est que temporaire, éphémère, n'est-il pas logique qu'il n'y ait pas de magasins ? Je veux dire : pas de vrais magasins. Ils ne sont pas autorisés, parce qu'ils n'ont aucune place dans le projet des Blancs. Tout, en dehors de quelques petits produits de base, doit être acheté à Johannesburg dans les magasins appartenant à des Blancs. Soweto n'est pas une ville. C'est un dortoir.

La première impression de Saltwood fut inattendue et en un sens tout à fait absurde.

— Bon Dieu ! Regardez toutes ces églises. Jamais je n'en avais entendu parler.

A intervalles fréquents, dans des quartiers ne se composant que de rangées interminables de petites maisons d'une tristesse uniforme, un écriteau branlant indiquait que tel ou tel bâtiment était l'église de Sion, l'église de la Sainte-Volonté, l'église Xangu ou simplement la demeure d'un saint homme en contact direct avec Dieu.

— Après le débit de bière, expliqua Nxumalo, la religion est le meilleur racket de Soweto. Il y a peut-être quatre mille églises différentes, qui prêchent Dieu sait quoi.

Mais ils arrivaient à présent en face d'un énorme hangar entouré de clôtures, dénué de tout charme, où des centaines d'hommes, après leur travail, venaient s'asseoir à de longues tables nues pour engloutir de la bière cafre. Le mot « cafre » était officiellement banni et, si un Blanc traitait un Noir de Cafre, il pouvait être condamné pour insulte et mauvais traitement. Mais la bière cafre conservait son nom. C'était une boisson malsaine, assez forte pour être chère, assez faible pour que personne ne puisse s'enivrer et devenir dangereux.

« Le débit de bière est la meilleure force antirévolutionnaire de l'Afrique, dit Nxumalo.

Mais, tandis qu'il parlait, une force d'un caractère très différent passa près d'eux : une bande de tsotsis partant à un rendez-vous qui se solderait probablement par un vol ou un viol, ou même l'un des mille meurtres constatés à Soweto chaque année — dont cinquante pour cent restaient impunis parce que les victimes étaient des Noirs.

A travers les miasmes de cette ville maudite, ce purgatoire qui n'était ni l'enfer, car les maisons étaient vivables, ni le ciel, car il n'y avait ni bonheur ni espoir, Nxumalo conduisit Saltwood à la petite maison sombre qui constituait le centre d'intérêt de cette visite. Dans la cuisine aux rideaux tirés, neuf hommes formaient une sorte de cercle et Philip se trouva brusquement au milieu.

— Je vous présente mon ami Philip Saltwood, le géologue américain que tous ses hommes respectent, au Swartstroom. Il est en train d'achever son éducation.

Les hommes le saluèrent, puis se tournèrent aussitôt vers Nxumalo pour le presser de questions.

— Qu'avez-vous appris, pour Jonathan ? demanda l'un d'eux.

Philip ne pouvait deviner de quoi il s'agissait.

— Rien.

— Aucune nouvelle du Mozambique ?

— De ce côté, nous savons que les patrouilles de frontière pénètrent chaque semaine au Mozambique. Ils doivent faire des dégâts.

— Votre frère est toujours en vie ?

— Je n'ai aucune nouvelle de Jonathan.

Philip estima que Nxumalo s'en tenait peut-être à cette réponse pour ne rien dire de dangereux en présence d'un témoin blanc.

Ils discutèrent de la situation de part et d'autre des frontières, où, apparemment, il y avait des hommes de Soweto parmi les rebelles. Dans aucun secteur de l'immense frontière, leurs hommes ne semblaient accomplir de prouesses. Mais, lorsqu'il analysa ce qui avait été dit en réalité, Philip s'aperçut qu'au moins en paroles ces hommes ne complotaient pas contre le gouvernement ; ils discutaient simplement d'événements se passant sur la frontière, exactement comme les Blancs de Vrymeer qui suivaient ces affaires, mais avec un intérêt très différent.

La conversation restait très libre et abordait des sujets très divers. Ces hommes étaient des enseignants, des ecclésiastiques et des hommes d'affaires, et les orientations prises par leur pays les concernaient. L'élection présidentielle américaine de 1980 les inquiétait beaucoup et ils se demandaient si Andrew Young conserverait son poste élevé dans une nouvelle administration. Un aspect de la vie américaine les intéressait particulièrement :

— Qu'est-ce qui explique votre ambivalence ? demanda un instituteur. Vos grands journaux sont contre l'apartheid, ainsi que le président Carter et Andy Young, mais quatre-vingt-dix-huit pour cent des Américains qui se rendent dans notre pays l'approuvent. Presque tous les Américains qui viennent ici rentrent dans leur pays convaincus que les Afrikaners ont choisi une bonne solution.

— C'est simple, répondit Philip. Quels sont les Américains

qui viennent ici ? C'est loin, vous savez. Et très cher. Des hommes d'affaires font le voyage aux frais de leur société. De riches touristes. Des ingénieurs. Ils sont tous fortunés et conservateurs. Ce qu'ils voient leur plaît. Ils approuvent l'apartheid et ils aimeraient que des lois semblables soient appliquées en Amérique.

— Vous êtes ingénieur. Et vous n'êtes pas conservateur.

— Mais si ! Sur bien des points. Je ne suis pas libéral, c'est certain.

— Mais sur l'apartheid ?

— Je suis contre. Parce que je crois que ça ne marchera pas.

— Pensez-vous que le monde soit en train de devenir conservateur ? Le Canada, l'Angleterre, peut-être l'Amérique…

— Certainement.

Plus tard dans la soirée, on en vint aux sujets précis et Nxumalo prit la parole.

— J'ai réfléchi à ce que nous pourrions faire pour relever le moral de notre peuple. Il faut signaler à nos hommes du Mozambique que nous ne les abandonnerons pas. Et il me semble que la chose la plus efficace, dans les conditions actuelles, serait d'organiser une journée souvenir pour nos enfants morts sous les balles à Soweto, en 1976.

— C'est excellent.

— Je propose de déclarer le 16 juin de cette année jour de deuil national. Pas de troubles, une sorte de visualisation du souvenir.

— Est-ce que cela ne dérangera pas le gouvernement ? demanda un petit homme.

— Tout ce que nous faisons dérange le gouvernement.

— Je veux dire : au point qu'il exerce des représailles ?

Nxumalo garda le silence. C'était une question délicate, car la tactique des comités comme celui-ci était de protester jusqu'à la limite au-delà de laquelle les fusils afrikaners se mettraient à tirer, comme ils l'avaient fait à Sharpeville, à Soweto et dans vingt autres endroits. Puis il fit observer judicieusement :

— Si les Blancs peuvent faire une fête nationale du Fleuve-de-Sang où ils ont abattu des milliers de Zoulous, nous avons bien le droit de nous souvenir de Soweto 76. Je suis partisan d'aller de l'avant.

Tout le monde accepta la proposition et, quand Saltwood quitta la réunion et Soweto, il savait que son nouvel ami Daniel Nxumalo était engagé dans un jeu dangereux. Pourtant, il ne se doutait nullement que, par ce geste irritant pour le gouvernement, le jeune professeur mettrait sa vie en danger.

Quand Philip revint à Vrymeer, il se rendit compte aussitôt du changement : les Troxel venaient de rentrer de la frontière, leur service militaire était terminé. Au premier coup d'œil, Saltwood comprit qu'il aurait du mal : c'étaient deux beaux garçons, avec le regard franc et le sourire ouvert des vrais Afrikaners. Frikkie avait vingt-cinq ans. Il mesurait un mètre quatre-vingt-dix, était très mince, avec des gestes doux et un air assez grave. Quand M. Van Doorn le présenta, il dit :

— Frik joue demi d'ouverture et c'est un des meilleurs.

Jopie était différent. Il mesurait moins d'un mètre quatre-vingt-cinq, mais il était bâti comme un mur de Rome : à gros blocs massifs posés l'un sur l'autre. Il était large à tous égards : visage large et bouche large qui révélait de grosses dents carrées. Ses épaules et ses hanches étaient énormes. Beaucoup plus petit que Frikkie, il était aussi beaucoup plus lourd. Mais, ce qui frappa Philip, c'est que Jopie n'avait pas de cou. Comme de nombreux grands avants de rugby, Fanie Louw et Frik Du Préez par exemple, Jopie Troxel avait la tête plantée directement sur les épaules, ce qui donnait à son corps une puissance de bélier, dont il tirait parti dans les mêlées. Ce n'était nullement, cependant, une personne vulgaire ou insensible et il avait au milieu du menton une fossette profonde qui frémissait quand il éclatait de rire. Il avait un humour à toute épreuve et, de toute évidence, Sannie Van Doorn l'appréciait.

Son père avait présenté Frikkie ; ce fut elle qui se chargea de Jopie.

— C'est mon meilleur ami. Il coiffe ses cheveux en avant comme Jules César, bien qu'il n'ait rien à cacher.

Jopie saisit Philip de sa main droite énorme et lui dit :

— C'est Jimmy Carter et Andy Young qui vous ont envoyé ici pour nous dire comment gouverner le pays ?

Philip se raidit.

— Je suis venu chercher des diamants.

— Vous en avez trouvé ?

— Non. Vous, les Afrikaners, vous cachez toujours tout.

— Et nous faisons bien, répliqua Jopie. Sinon, nous nous ferions voler, par les Anglais ou par vous.

— Comment était-ce sur la frontière ? demanda Marius. Il sentait les trois jeunes gens tendus comme des taureaux saisis par les chaleurs du printemps. Et il se doutait que sa fille Sannie était sur le point de traverser des moments difficiles...

Frikkie se laissa tomber dans un fauteuil et accepta la bière que Sannie venait de servir.

— Un travail pourri. On patrouille quinze jours dans la brousse avant de voir un seul terroriste. Ta-ta-ta-ta. Il a disparu, mais on sait qu'il y en a une douzaine d'autres quelque part derrière.

— Mais nos Noirs ne passent pas ? dit Marius.

— Non. Vous savez, ce Cafre d'ici, Jonathan Nxumalo ? Il lance des menaces de temps en temps sur Radio-Maputo : en paroles, il va attaquer Johannesburg !... Seulement, il ne se risque pas dans les parages de nos patrouilles.

— Et il y a de vrais combats ? demanda Sannie.

— Chaque fois que ces salopards de Noirs nous en donnent l'occasion, répondit Jopie.

— Combien de temps êtes-vous restés sur la frontière ? dit Philip.

Jopie regarda son cousin pour savoir si ce n'était pas un renseignement à ne pas révéler.

— Six mois. C'est obligatoire.

— Vous avez manqué à l'équipe de rugby, dit Marius, tentant de détourner la conversation.

— Combien de temps cela va-t-il durer ? demanda Philip. Je veux dire, avec un si grand nombre de jeunes hommes retirés du circuit de production.

— Il n'y a vraiment qu'un Américain pour poser deux questions pareilles, répliqua Frikkie d'un ton vif. Combien de temps ? Comme si tout devait être terminé à la hâte. Nous pouvons garder nos frontières pendant les cent années qui viennent. Et est-ce productif ? Non, ça ne l'est pas, au sens où une usine produit des biens de consommation. Mais, en réalité, qu'est-ce qui est plus productif que de protéger son pays ?

— C'est tout sur ce sujet, dit Marius. Dites-moi maintenant, comment allez-vous vous remettre en forme pour les grands matchs qui nous attendent ?

— Sur la frontière, dit Jopie, on reste toujours en forme. Je pourrai jouer samedi.

— Vraiment ?

— Moi aussi, assura Frikkie.

Philip regarda les deux jeunes « commandos » : il comprit qu'ils disaient la vérité.

Ils rencontrèrent une équipe de Bloemfontein et, quand les Troxel entrèrent sur le terrain, la foule trépigna de joie, car la presse locale avait évoqué leurs exploits sur la frontière. Ils firent preuve de la générosité de jeu qui leur avait valu leur réputation, mais l'équipe perdit, assez sévèrement d'ailleurs, par 23 à 9. Ils s'amusèrent beaucoup et, au cours de la troisième mi-temps, le soir, il y eut un peu de verre brisé.

A leur retour à Vrymeer, ils parlèrent sérieusement de leur avenir. A sa vive surprise, Philip apprit que leur seule compétence était le travail de la ferme. Frikkie était allé à l'université de Potschefstroom, mais n'y avait acquis aucune connaissance pratique ni d'ailleurs théorique, tandis que Jopie n'avait montré aucun intérêt pour continuer ses études au-delà du lycée. Leurs deux familles, les descendants des Troxel que Van Doorn avait sauvés des taudis de Vrededorf, n'avaient pas acquis beaucoup de terres et les deux jeunes gens ne pouvaient pas songer à exploiter un domaine leur appartenant ; mais ils étaient capables et Marius leur proposa, à la stupéfaction de Philip, de prendre la responsabilité de la vaste propriété de Vrymeer. En toute logique, cela impliquait que l'un d'eux épouserait la fille Van Doorn — et ils ne demandaient pas mieux...

Les intentions de Sannie n'étaient pas du tout claires. Son géologue américain était pour elle plus qu'un petit béguin ; leurs excursions ensemble s'étaient révélées instructives pour elle aussi et elle gardait un souvenir ému des nuits dans les cases du Parc Kruger ou les chambres d'hôtels de campagne. Ce n'était nullement un prétendant sans la moindre chance : plus d'une jeune Sud-Africaine de sa génération avait poussé un soupir de soulagement quand un jeune étranger l'avait emmenée loin de ce chaudron bouillonnant; elle avait plusieurs amies qui se proposaient de passer le reste de leur vie dans des endroits comme Toronto ou l'université de Californie du Sud. Dans leurs lettres, elles parlaient souvent de leur mal du pays et de leur nostalgie du veld, mais plus souvent encore de la liberté dont elles jouissaient dans leurs patries d'adoption. Sannie pourrait très bien être heureuse au Texas et parfois elle avait sincèrement envie d'en prendre le risque.

Elle pouvait également être tentée d'émigrer avec Saltwood pour une raison étrange : elle se souvenait souvent, non sans tristesse, de son origine « mixte ». Son père était issu de souches afrikaners sans taches, mais il s'était prostitué pour une bourse Cecil Rhodes et, dans l'aventure, il avait épousé une Anglaise. Il n'était plus éligible pour le Broederbond et il n'avait pas été choisi comme ancien dans l'église du village. Mme Van Doorn était ouvertement pro-anglaise, mais Sannie n'éprouvait aucun attachement pour l'Angleterre et elle avait refusé deux occasions de passer ses vacances là-bas.

En devenant adulte, elle se sentait de plus en plus afrikaner. Elle comprenait pourquoi Frikkie et Jopie étaient allés combattre de bon cœur sur la frontière; et elle partageait leur amour pour ce pays. Elle connaissait ces jeunes gens depuis toujours, elle avait joué avec eux dans son enfance et elle comprenait qu'elle serait heureuse avec l'un ou l'autre, dans cette ferme enchanteresse, avec ses trois lacs brillants et ses blesboks farouches. Lequel des deux cousins préférait-elle? Elle n'aurait su le dire, car jusqu'à présent jamais elle n'avait eu besoin de choisir.

L'amour (ou presque) qu'elle ressentait pour Philip Saltwood était venu compliquer les choses. Son intuition lui disait que l'Américain était d'une meilleure étoffe que les Troxel : la vie, pour lui, était une chose grave. En outre, elle avait pris beaucoup de plaisir à sa présence. Elle préféra repousser encore les décisions à plus tard, espérant que les choses s'arrangeraient d'elles-mêmes.

Ils étaient dans la cuisine, en train de boire de la bière et de raconter des histoires de Van der Merwe...

— Van der Merwe, dit Frikkie, s'en va à Paris avec deux

vauriens de Krugersdorp pour cambrioler une banque. Mais, en se rendant sur les lieux, Van der Merwe laisse tomber la dynamite et les trois hommes sont arrêtés. On les condamne tous à la guillotine. Mais, quand le couperet tombe sur le premier, il se coince et l'homme est miraculeusement épargné. La loi française le déclare libre. On attache le deuxième, de nouveau le couperet tombe et de nouveau il se coince. On libère le condamné. Vient le tour de Van der Merwe. Il est tellement curieux de savoir ce qui s'est passé qu'il se tourne vers le haut quand on l'attache sur le billot ; et juste au moment où le bourreau va basculer le levier qui libère le couperet, Van der Merwe se met à crier : « Arrêtez tout ! Je vois ce qui ne va pas dans cette sacrée machine ! »

— Van der Merwe, vous vous en doutez, dit Jopie, n'a pas une très bonne opinion des Anglais. Un jour, il regarde écœuré trois d'entre eux passer plus de deux heures à creuser un trou et à planter un poteau de clôture. « Quels paresseux, ces salopards ! Deux heures pour un travail comme ça ! Je pourrais le faire tout seul en un quart d'heure avec mes neuf Cafres. »

— Jopie ! s'écria Sannie. Le gouvernement nous a interdit de les appeler « Cafres ». Leur nom légal est « Plurals ».

— Savez-vous comment Van der Merwe appelle les fresques des Bochimans ? dit Frikkie. Depuis la nouvelle loi, bien sûr ? Des peintures murales rurales plurales.

— Savez-vous ce que dit Van der Merwe à un Cafre qui tient une mitraillette ? dit Jopie. « Bonjour, baas. »

— Van der Merwe a une hampe de drapeau posée par terre, commença Frikkie. Il la plante dans son trou, se fait porter une échelle et un décamètre et essaie de grimper pour la mesurer. Mais la hampe tombe. Deux fois de suite, il la remet verticale et essaie de grimper. Finalement, un Cafre lui dit : « Baas, pourquoi ne la mesurez-vous pas quand elle est par terre ? — Imbécile de Cafre, répond Van der Merwe, je veux savoir sa hauteur, pas sa largeur. »

— A propos de largeur, dit Jopie. Air France envoie son plus grand pilote pour voir si Van der Merwe est prêt à assurer les vols sur Paris et Londres. Et Van der Merwe fait l'un des plus sublimes atterrissages de l'histoire de l'aviation : son 747 se pose juste sur le bord du tarmac et, dans un hurlement fantastique de freins, ses roues avant s'arrêtent à trois centimètres du gazon, de l'autre côté de la surface d'atterrissage. « Absolument magnifique ! s'écrie l'inspecteur d'Air France. Ce pilote est prêt pour tous les aéroports du monde. Mais dites-moi, pourquoi l'Afrique du Sud fait-elle des pistes si courtes ? — Je ne me l'explique pas, répond Van der Merwe. Et regardez le plus drôle : elle a bien huit kilomètres de large. »

Koos Van der Merwe était le prototype du lourdaud afrikaner à qui l'on attribuait toutes les blagues sur la stupidité campagnarde et la naïveté enfantine. Chacun avait sa préférée et, quand on se lançait dans ce genre d'histoires, cela pouvait durer des heures — une chaîne sans fin d'incursions humoristiques dans la mentalité un peu lourde et lente de l'Afrikaner. Détail intéressant, songea Philip, la plupart des histoires étaient racontées par les Afrikaners eux-mêmes et non par les Anglais. Il s'était pourtant rendu compte qu'en général il avait entendu les blagues les plus corrosives dans la bouche de ces derniers.

Quand Frikkie, Jopie et Sannie eurent épuisé leur provision d'histoires — dont certaines très dures pour leurs compatriotes afrikaners —, ils se tournèrent vers Philip pour lui demander sa blague favorite.

— J'aime beaucoup une histoire que j'ai entendue aux fouilles. « Qu'est-ce que les nombres 1066, 1492 et 1812 ont en commun ? »

Sannie fit remarquer que c'étaient des dates importantes de l'histoire.

« Faux, dit-il. Ce sont des chambres voisines à l'hôtel Van-der-Merwe.

Il leur demanda ensuite pourquoi ils racontaient ces blagues et chacun d'eux offrit une explication rationnelle. Frikkie estimait que les peuples essentiellement agricoles se réfugiaient dans deux formes d'humour :

— Les histoires grivoises de grange (et les Afrikaners ont certains chefs-d'œuvre du genre) et celles qui mettent en scène un lourdaud de la campagne. Dans la première catégorie, nous nous moquons du dominee et de l'autorité de l'Église. Dans la seconde, nous rions de nous-mêmes. Vous entendrez les mêmes plaisanteries de ces deux espèces, j'en suis certain, dans l'Allemagne rurale... Ou en Norvège.

Jopie avait une autre théorie.

— Nous savons que les Anglais se moquent de nous. Alors nous essayons de relever le gant et de faire mieux qu'eux.

Ce n'était pas l'avis de Sannie.

— Nous les racontons par tendresse. Chacun de nous a un Koos Van der Merwe dans sa famille. Il n'est jamais branché sur la bonne longueur d'ondes, mais nous l'aimons bien quand même. Combien y a-t-il de pièces dans le puzzle mille pièces de Van der Merwe ? Deux.

A ces mots, Jopie éclata d'un fou rire sans commune mesure avec l'humour de la blague. Frikkie se tourna vers lui :

— Tu deviens cinglé ou quoi ?

— Non ! Je viens de penser à une chose extrêmement drôle.

Les trois autres se tournèrent vers lui.

« J'étais à Pretoria quand Andy Young et deux de ses collaborateurs des Affaires étrangères faisaient des discours et accordaient des interviews sur les droits des Noirs. Et j'ai ri aux éclats.

— Pourquoi ? demanda Saltwood sur la défensive. Young dit parfois des choses sensées.

— Je vous l'accorde. Mais pas ce jour-là. Figurez-vous que je l'ai regardé. J'étais très près... Ce n'est pas du tout un Noir. Et ses collaborateurs n'étaient pas non plus des Noirs. En fait, je n'ai jamais vu un Noir américain. Tous ceux qui viennent ici sont des « hommes de couleur ».

Il éclata d'un rire convulsif et Frikkie se joignit à lui. Les deux athlètes se lancèrent des coups de poing et Philip crut qu'ils allaient s'étouffer de joie.

— Je ne comprends pas, dit-il.

— Mais comment ? expliqua Sannie tandis que ses deux prétendants essayaient de contrôler leur allégresse. Vous ne voyez donc pas ? Si Andy Young et vos autres leaders noirs d'Amérique vivaient en Afrique du Sud et s'ils obtenaient satisfaction — un homme, une voix —, quand les Noirs prendraient le pouvoir, les premiers à passer à la casserole seraient Andy Young et sa bande.

— Une minute ! s'écria Philip.

En bon Américain, il se sentait obligé de défendre le président Carter et l'ancien ambassadeur Young quand on les attaquait — ce qui était presque quotidien en Afrique du Sud.

« Je n'approuve pas Andy Young quand il part en croisade, mais sa politique de base en Afrique est tout à fait sensée.

— Sensée ? Un homme, une voix ? Le suffrage universel ? demanda Frikkie.

— Je parle de sa vision du continent dans son ensemble. Il y a tout au plus trois millions d'Afrikaners. Et au moins trois cents millions de Noirs. Devrions-nous soutenir le petit nombre contre le grand ?

— Évidemment. Parce que vos intérêts sont les mêmes que les nôtres, dit Frikkie.

— Mais pourquoi Young serait-il en danger ?

— Mon cher bêta d'Américain, répondit Frikkie en lançant un clin d'œil à Jopie. Ne savez-vous pas que les Zoulous, les Xhosas, les Fingos, les Pondos, etc. — toutes les tribus noires en fait —, détestent les « hommes de couleur » encore plus que les Blancs ?

— Pourquoi ?

— Parce qu'ils sentent qu'au moment du grand chambardement les « hommes de couleur » se rangeront du côté des Blancs. Ils les tiennent pour des traîtres à la cause noire.

— Vous en avez peut-être entendu parler, intervint Jopie. Quand les Noirs se sont révoltés à Paarl — un assez grand nombre de morts —, les « hommes de couleur » n'ont pas levé le petit doigt pour les aider. Croyez-moi, Philip, au moment de la vérité, Andy Young serait beaucoup plus en danger que moi. Les Noirs savent qu'ils auront besoin d'hommes comme moi pour les aider à organiser leur monde nouveau. Mais ils n'auront aucune place à offrir à Andrew Young et à ses « hommes de couleur » à la peau claire.

Frikkie devint très sérieux.

— Nous l'avons observé dans plusieurs anciennes colonies anglaises. Quand les indigènes prennent le pouvoir, ils ostracisent les peaux claires... lorsqu'ils ne les massacrent pas. La raison en est simple : « Si nous devons faire appel à d'autres que nous-mêmes, choisissons le dessus du panier : les vrais Blancs. » Les « hommes de couleur » de ce pays — combien y en a-t-il ? Trois millions peut-être ? — n'ont aucun avenir en dehors de nous. Alors, si votre ambassadeur Young a envie de sauver ses pareils, il ferait mieux de s'adresser à Jopie et à moi et de dire : « Afrikaners, sauvez-moi ! » parce que les Noirs ne lui feront pas de quartier.

Jopie rompit la tension en chatouillant Sannie sous le menton pendant qu'elle finissait sa bière.

— Vous savez, je crois que je n'ai jamais vu un Américain authentiquement noir. Je me demande si quelqu'un en a vu en Afrique du Sud. Nous faisons des tas de chichis pour Arthur Ashe, les musiciens de rock et je ne sais qui. Mais, après le grand soir des Noirs, tous les gens comme eux seront morts. Parce qu'il n'y aura pas de place pour ces métis dans l'Afrique du Sud nouvelle.

— Voulez-vous un cocktail Van-der-Merwe ? demanda Sannie. Moitié Perrier, moitié eau gazeuse ?

Ce fut pour le langage, qui nous tyrannise tous, que Laura Saltwood se mit hors la loi. Tout débuta par hasard, pendant un voyage en Angleterre. Elle avait fait des emplettes dans un magasin de Salisbury et le commerçant lui avait dit :

— Je ne peux pas vous livrer aujourd'hui, Mme Saltwood. Mon *temp* n'est pas venu.

— Votre quoi ?

— Mon *temp*. Le garçon qui vient de temps en temps. Le temporaire, quoi.

Elle rentra aux Sentinelles, le long d'un sentier qui traversait les jardins de la cathédrale, et, tout en regardant autour d'elle, elle songea : « Comme nous avons corrompu notre langue ! M. Dexon a un *temp*. Je vais me faire faire une *perm* chez le coiffeur. Mon cousin " coupe la *télé* " et " va au *frigo* se prendre un *snack* de *bif* ou de *fromton* ". C'est horrible. »

Au cours des journées qui suivirent, elle prêta davantage l'oreille à ce qui se disait autour d'elle et elle entendit des mots comme *perks* pour *perquisites* (les petits profits, la gratte), *grimgey* pour *objectionable* (répugnant) et — peut-être la plus laide de toutes les inventions verbales — *brolly* pour *umbrella* (pébroc pour parapluie).

Quand elle parla de cette dégradation à sa cousine, elle remarqua avec plaisir la syntaxe impeccable de la réponse de Lady Ellen.

— Faut-il que nous nous formalisions d'un tant soit peu d'invention verbale, ma chère ?

— Je pensais à la façon dont la langue hollandaise s'est dégradée au Cap. Elle s'est avilie, vous savez.

— J'aurais été surprise qu'ils eussent accompli une seule bonne chose, Laura. Mais n'oubliez pas que les langues évoluent. Vous prétendez que les Afrikaners ont fait des pâtés sur leurs copies. Je dis qu'ils sont de leur temps — et c'est également une bonne chose.

— Mais il y a de la grandeur dans la langue. Je n'aime pas la voir ravalée...

— Les petites améliorations ne font jamais de mal à une langue. J'adore certains changements apportés à l'anglais par les Américains. *Mortician* (américanisme pour *undertaker*, entrepreneur de pompes funèbres) est un mot adorable. *Custodian* a beaucoup plus de classe que *janitor* (concierge). Ne vous tracassez donc pas pour quelques petites modifications.

— Je suis choquée de voir dans ma boutique de mode l'inscription *Wear U get tru value* * et en afrikaans *U is welkom*. C'est peut-être du pédantisme, mais je trouve tout cela ridicule.

Comme Lady Ellen ne connaissait pas un mot d'afrikaans, Laura passa à un autre sujet de conversation. Mais, le surlendemain dans la soirée, quand elle se rendit à Stonehenge pour voir la Compagnie d'Oxford donner *le Roi Lear* au milieu des monolithes dont l'éclat semblait faire taire les ombres de la nuit, elle succomba aux splendeurs de Shakespeare et frissonna vraiment quand le vieux roi, blotti contre les colonnes les plus sombres, prit part à la douleur des plus malheureux des hommes :

Pauvres déchets nus, où que vous soyez,
Que se calme l'assaut de cet impitoyable orage...
Comment vos têtes sans toit et vos flancs sans pain,
Votre haillonnerie d'accrocs et de jours,
Se défendront-ils de tempêtes comme celle-ci ?

* A-peu-près phonétique de *Where you get true value* (Où vous en avez pour votre argent) avec un jeu de mots : *where/wear* (*women's wear*, vêtements pour dames) et *get true/get through* (enfiler un vêtement). Ces simplifications-calembours sont classiques, la plus courante et la plus ridicule étant *4 sale* (à vendre), où le chiffre quatre (en anglais *four*) remplace la préposition *for*. (*N.d.T.*)

Il lui sembla que jamais des mots ne pourraient être plus sublimes. Et plus tard, quand le jeune homme tenta de faire peur au comte de Gloster, aveugle et fou, en lui décrivant la falaise et l'homme qui descendait au milieu des périls, la puissance fantastique du verbe lui arracha un soupir.

... Redoutable,
La tête vous tourne quand les yeux se portent si bas!
Les corneilles et les freux qui planent à mi-pente
Sont à peine plus gros que des blattes : là, en suspens,
Un homme. Il ramasse des simples — horrible métier!
Ma foi, il ne semble pas plus gros que sa tête...

Sans se rendre compte de la voie dangereuse sur laquelle elle s'engageait, dans l'ombre de Stonehenge, elle s'abandonna à la magie des paroles sublimes proférées dans la nuit. Elle se laissa enivrer par elles et, quand le vieux Lear, à la fin, avoue sa faiblesse, les larmes lui montèrent aux yeux, car elle souffrait avec lui.

Je suis un bon vieux gâteux,
Quatre fois vingt ans et au-delà
Pas une heure de plus ou de moins;
Et pour tout dire simplement,
J'ai peur de ne plus avoir toute ma tête.

Trois jours plus tard, encore sous le charme hypnotique de Shakespeare, elle emprunta l'Austin de Lady Ellen et partit toute seule à Cambridge, où, à l'âge de vingt ans, elle avait passé tant de belles heures insouciantes avec son frère Wexton.

Elle gara la voiture dans un parking municipal et descendit King's Parade à pied, sans un regard à la noble chapelle de King's College, car elle voulait revoir d'abord l'entrée austère de Clare College, où son frère avait fait ses études. Marchant comme dans un rêve, elle pénétra dans les vieilles cours qui abritaient des étudiants depuis 1326. Elle s'arrêta, assaillie par le souvenir des longues journées de printemps où elle était venue voir Wexton et ses camarades. Comme ils étaient vivifiants, pleins d'idées bouillonnantes! Elle secoua la tête. C'était un souvenir de deuil. Elle quitta Clare. Quelle éducation brillante son frère avait reçue dans ces murs ! « Tu étais un garçon de premier plan, Wexton. Dieu, comme tu me manques... »

Elle marcha sans but vers le sud, jusqu'à l'entrée de King's College. Elle n'en avait nullement le désir, mais elle pénétra cependant dans la cour d'honneur, où Wexton avait connu des tentations auxquelles il n'avait pas pu résister... Elle avait l'intention de la traverser rapidement pour voir les Arrières, où elle avait passé tant d'heures agréables avec les amis de son frère, mais elle se sentit attirée sur la droite par la plus étonnante des chapelles intérieures d'Angleterre, dont les voûtes se déployaient vers le ciel et dont le chœur somptueux gardait le souvenir de princes et de rois. La chapelle lui parut souillée en quelque manière, depuis sa dernière visite, par la présence d'une des meilleures toiles que Rubens ait jamais peintes, une gigantesque *Adoration des mages* valant des millions dans toutes les monnaies du monde : un beau tableau, se dit-elle, peut-être son chef-d'œuvre, mais il n'appartient pas à un lieu comme celui-ci.

Elle s'assit dans l'une des stalles du chœur et elle crut voir les jours lointains où elle était venue écouter du plain-chant avec Wexton et ses amis : « Tes sacrés amis ! Tes maudits amis ! Oh, Wexton, toute la vie n'est qu'une longue chute, une triste chute... Mais pourquoi as-tu ?... »

Des larmes lui montèrent aux yeux et, pendant quelques instants, elle pleura, refusant d'utiliser son mouchoir, car ce n'étaient pas des larmes que l'on peut sécher. Elle les chassa en faisant glisser son index replié sur ses joues, puis elle quitta la chapelle pour descendre vers l'un des plus beaux décors d'Angleterre et peut-être d'Europe — un petit coin d'herbe verte bordé par les murs de Clare, la chapelle et King's College. Les bâtiments étaient en parfaite harmonie. Mais, ce qui conférait leur noblesse à ces lieux, c'était le vaste espace jusqu'à la Cam et, au-delà, les *Backs*, les Arrières. Assise dans l'herbe, un soir de mai — pendant cette semaine de frivolité qui s'achève en juin —, elle avait vu Noel Saltwood, du « collège » Oriel d'Oxford, glisser sur la rivière dans une barque, avec les amis à qui il rendait visite. Ils s'étaient rencontrés, ils s'étaient aimés, ils s'étaient liés par un mariage qu'elle n'avait jamais regretté un seul instant. La vie dans l'Afrique du Sud de Noel avait été assez fruste et les conversations de qualité lui avaient parfois manqué, mais Noel l'encourageait souvent à rentrer à Salisbury, à fréquenter les théâtres de Londres, à faire une petite excursion à Cambridge et cela l'avait soutenue.

— Oh, Wexton, au nom de Dieu, pourquoi as-tu fait ça ?

— Pardon, madame, n'avez-vous pas appelé ?

C'était un homme de petite taille, qui portait un manteau trop long bien que la journée fût tiède ; un brave homme seul, toujours prêt à rendre service, comme on en trouve dans tous les lieux publics.

— Non. Non. Je réfléchissais...

L'homme s'approcha pour s'assurer qu'elle allait bien, puis passa son chemin. Tandis qu'il s'éloignait, elle songea : « Oui, je réfléchissais. Aux années disparues et aux soirées de mes premières rencontres avec Noel sur ce gazon... A la façon simple et belle, sans affectation, dont il abordait la vie. Il écoutait, comme un naïf de la campagne, tout ce que disaient avec tant d'élégance Wexton, ses brillants amis et leur jeune professeur si doué... Et quand il m'a ramenée à ma pension, il a dit brusquement :

— Je crois que votre frère et ses copains sont zinzins.

— Comment osez-vous dire une chose pareille ?

— Leur façon de tourner tout en ridicule. Vous ne les avez donc jamais écoutés ?

Et, sur le conseil de Noel, elle les écouta. Wexton, ses amis et surtout le jeune maître. Oui, ils ridiculisaient tout. Ils méprisaient l'Australie. Pour eux, l'Afrique du Sud était une verrue. Et ils déchiraient à belles dents les États-Unis. Ils remettaient George Bernard Shaw à sa place et John Galsworthy était indigne de leur mépris.

Ce fut à ce moment-là seulement, sous l'influence de l'analyse pénétrante de Noel, qu'elle s'aperçut que son frère s'était laissé prendre au piège d'une clique qui idolâtrait le jeune professeur. Au cours des années qui suivirent, elle les vit, avec horreur, obtenir des postes élevés au gouvernement, parvenir très vite à des situations de responsabilité, puis filer en Russie avec des secrets d'État. Trois d'entre eux, dont Wexton, vivaient en ce moment, là-bas, un exil qui ne s'achèverait jamais. Deux autres avaient fini dans des prisons américaines et le dernier s'était suicidé pour éviter un procès en haute trahison. Aucun n'avait dénoncé le professeur qui les avait embrigadés, ainsi que bien d'autres, dans la révolution occulte qui se donne pour fin l'élimination de « verrues » comme l'Australie, l'Afrique du Sud et l'Amérique.

« Oh, Wexton, j'irais à Leningrad sur mes genoux si seulement j'avais une chance de te revoir ! » Une fois de plus, elle se mit à pleurer : elle songeait à l'élégance étourdissante avec laquelle ce groupe de jeunes gens brillants avait utilisé la langue anglaise — et aux traquenards dans lesquels ils étaient tombés. Pour eux, une belle phrase représentait les quatre cinquièmes de la vérité, se dit-elle. Et elle se souvint comment l'un d'eux avait balayé le problème de l'Afrique du Sud en une seule plaisanterie, bien qu'il la sût fiancée à un Sud-Africain.

— Nous avons eu la sagesse de laisser l'Amérique gagner sa guerre d'indépendance contre nous : cela nous a débarrassés de cette pomme pourrie. Nous avons été forcés de gagner notre maudite guerre contre les Boers et nous sommes condamnés à garder cette atrocité.

Elle enfouit sa tête dans ses mains, sans songer à dissimuler sa peine, et le petit homme au manteau trop long se précipita de nouveau vers elle.

— Madame, madame, vous n'allez pas bien ?

Elle était si préoccupée par sa douleur qu'elle ne remarqua pas qu'un autre homme, en complet sombre, l'observait depuis un méandre de la Cam.

Elle rentra, très lentement, à Salisbury. Elle éprouvait le vague pressentiment que ce serait probablement son dernier voyage à Cambridge, voire en Angleterre. « Je suis vieille maintenant. Je devrais revenir ici comme une vieille dame digne qui veut parler du bon vieux temps avec son frère. Mais il est à Leningrad. Dieu, comme il doit regretter le pays... »

Lorsqu'elle essaya d'analyser comment il avait pu se laisser tenter, comment il avait pu se résoudre à commettre son péché mortel — trahir son pays et ses pairs —, elle se mit à songer au rôle que jouent les mots dans la vie. « Notre famille raffolait tellement des jeux où interviennent les mots. Wexton et moi jouions sans cesse. Je crois que j'ai commencé à le soupçonner le jour où il a triché. Il a modifié le sens d'un mot pour pouvoir gagner. A Cambridge, il a altéré le sens des grands mots et il a fini comme traître... »

A son retour à Salisbury, dans l'ombre de la cathédrale, elle songea : « L'intégrité dans les mots protège l'intégrité dans la vie. Si on laisse les mots se corrompre, tout ce qui repose sur les mots sera mauvais. » Puis elle se rappela la façon dont on se servait des mots en Afrique du Sud — et elle prit aussitôt sa décision.

Dès son arrivée à Johannesburg, elle téléphona à son fils.

— Oui, ce soir. Je veux que tu viennes tout de suite avec Susan et les enfants.

Quand ils arrivèrent, elle prit son fils à part.

— Craig, lui dit-elle sans préambule, je croyais que tu gaspillais tes talents quand tu faisais tes études scientifiques à Oxford. Maintenant, je rends grâce à Dieu que tu aies obtenu tes diplômes.

— Où veux-tu en venir ?

— Ce sera ton salut. Je veux que tu câbles à Washington ce soir. Dis-leur que tu acceptes le poste qu'on t'a proposé à la NASA. Va en Amérique. Et emmène ta famille avec toi... pour toujours. Mais auparavant, il faut que tu passes à Salisbury organiser les études de Timothy.

— Mais pourquoi ? Tu as toujours dit que tu adorais ce pays.

— Certes, et c'est pour cela que tu dois partir.

— Dans quel but ?

— Sortir d'ici. J'ai mis des fonds de côté pour les études de Timothy à Oriel et Sir Martin pourra lui trouver quelque chose en Angleterre après ses diplômes.

Mme Saltwood demanda à Craig de faire venir sa femme et leurs enfants et, quand ils furent tous installés en face d'elle, elle dit, de façon énigmatique :

— Des choses très laides vont se produire dans ce pays. Elles nous échappent — elles échappent à toute raison. Si vous aviez une seule chance de les modifier, je vous demanderais de rester... Je resterai.

— Nous ne pouvons pas vous abandonner ici, Mère, dit la femme de Craig d'un ton ferme.

— Je suis sacrifiable. Vous, non. J'ai vécu ma vie. Vous, non. Et ce serait insensé d'essayer de la vivre dans cette atmosphère de folie.

— Qu'est-ce qui vous a tellement révoltée ?

— J'ai assisté à une représentation du *Roi Lear* à Stonehenge. J'ai entendu des mots sublimes. Et je n'ai plus le désir de tourner le dos.

— Maman, cela n'a pas de sens. Je ne comprends pas.

— Sache seulement ceci, Craig : après le 1er juin, aucun Saltwood n'aura intérêt à se trouver en Afrique du Sud.

— Que se passera-t-il le 1er juin ?

— J'irai jouer aux boules. J'irai jouer aux boules au Cap avec le club Lady Anne Barnard et je veux que vous soyez en sécurité à ce moment-là, chez nous, à Salisbury.

Elle n'en dirait pas plus. Elle prit quatre billets des South African Airways : « Ils ont les meilleurs avions, vous savez, et les meilleurs pilotes. » Et elle passa de nombreuses heures dans les bureaux de l'Écharpe noire à Johannesburg pour discuter de la situation avec les femmes qui s'efforçaient d'alléger les tragédies et les rigueurs engendrées par l'application de l'apartheid. Elle envoya également une lettre pressante à Sir Martin Saltwood, aux Sentinelles, pour lui expliquer la nécessité d'envoyer Timothy en Angleterre et lui demander de veiller sur l'enfant. Enfin, elle écrivit au directeur d'un lycée noir du Transvaal pour lui confirmer qu'elle prendrait la parole dans son établissement comme il le lui avait demandé. Ensuite, elle passa ses heures de liberté avec les sonnets de Shakespeare, jusqu'à ce qu'une séquence de ces vers sans pareils résonne dans sa tête, construisant un sonnet éclectique de son invention.

Aux heures de douce pensée muette
Seule, seule je pleure, répudiée, bannie,
Ruines de chapelles désertes, aux chants évanouis.
Les roses ont des épines ; les sources claires, de la boue.

Comme la vague sur les galets des grèves,
Quand les feuilles jaunes sont encore en suspens...
Non pas mes propres craintes ni l'âme prophétique
Du vaste monde rêvant de choses à venir...

En ces instants, la beauté absolue des mots la submergeait. Elle sentait que, si des hommes et des femmes donnent leur vie pour de nombreuses causes nobles et justes, aucune ne pouvait être plus sacrée que celle de maintenir en vie les mots qui tonnent, chantent et consolent.

C'était à cette mission qu'elle allait se consacrer.

Quand on apprit à Vrymeer que Craig Saltwood et sa famille quittaient le pays, les Van Doorn furent stupéfaits — un exemple de plus de l'hémorragie des cerveaux.

— Craig doit avoir perdu l'esprit, s'écria Marius. Il avait une bonne place. Un avenir assuré.

— Et des idées claires sur ce qui va se passer... ajouta sa femme.

Philip Saltwood était venu voir Sannie, mais elle était sortie avec les Troxel. Marius lui demanda :

— Vous auriez peur au point de quitter l'Afrique du Sud, vous ?

— Je resterai. Mais c'est parce que j'aime les situations de crise.

— Vous voulez dire qu'à la place de Craig vous partiriez ?

— Peut-être. Je me demande si un non-Afrikaner a beaucoup d'avenir dans ce pays. Je partirais probablement dans un pays où je serais le bienvenu.

— Ah, les étrangers ! grogna Marius.

— Je reste, dit sa femme, très anglaise. Mais, bien entendu, ma vie est ici. Sannie et le reste...

— Es-tu en train de raconter qu'à la place de Craig tu prendrais tes gosses et tu ficherais le camp ? lui demanda son mari.

— Oh, oui ! Pour les raisons que vient de citer Philip. Ce n'est pas agréable, Marius, de vivre dans un pays où l'on n'est pas désiré...

— Des histoires ! Tous mes amis t'adorent.

— Mais la moitié des juifs de notre entourage ont envoyé leurs enfants hors du pays. Ils ne reviendront jamais. Et nous connaissons des dizaines d'Anglais qui agissent de même.

Marius adopta une attitude philosophique.

— Tout organisme doit se purger de temps en temps. Les cerveaux que nous perdons seront remplacés par les jeunes d'ici.

— Mais comment ? demanda-t-elle. Comment remplir les vides ? Les Afrikaners méprisent la pensée abstraite parce qu'elle fabrique des extrémistes. As-tu entendu ce qu'enseignent les professeurs et les pasteurs afrikaners ces temps-ci ? Pas beaucoup de dynamisme de ce côté-là.

— Cela viendra, intervint Philip. J'ai rencontré des jeunes ingénieurs très brillants.

— Une chose m'inquiète beaucoup, dit Marius d'un ton pensif. De tous les endroits que j'ai vus dans le monde, celui qui m'a fait le plus d'effet est Princeton dans le New Jersey. Quand j'y étais, Einstein y enseignait, ainsi que John von Neumann ; et Lise Meitner y venait souvent. Tous les savants étonnants que l'Europe avait perdus dans les années trente. Ce sont eux qui ont préparé le terrain pour la bombe atomique. Fermi et les autres. Au moment de la Seconde Guerre mondiale, quand les Allemands en ont eu un pressant besoin, ils auraient aimé les appeler à leur aide, mais ils étaient partis. Je me demande si nous ne sommes pas en train de nous aliéner des talents de la même façon...

Mais, quand Frikkie et Jopie arrivèrent avec Sannie, ils replacèrent les choses dans la perspective afrikaner.

— Au diable tous ces fuyards anglais, dit Jopie. Ils n'ont plus le courage de se battre, à présent. Dans aucun domaine. Ils ne veulent même plus nous rencontrer sur un terrain de rugby.

Puis, se souvenant que Mme Van Doorn était anglaise, il ajouta :

« Ce n'est pas pour vous que je parle, bien sûr.

Et Frikkie poursuivit d'un ton léger :

— Que les défaitistes juifs et anglais aillent donc s'entasser à Harvard et à Yale. De toute façon, ils n'auraient jamais eu le cran de faire ce qu'il faut pour le pays. Mais nous le ferons.

Quand Craig Saltwood et sa famille furent sur le point de quitter le pays, Philip songea à aller les saluer à l'aéroport Jan-Smuts, car ce serait pour lui une occasion de rencontrer Laura Saltwood, dont on lui avait dit grand bien. Mais c'était un voyage de presque deux cents kilomètres et il ne l'aurait peut-être pas entrepris s'il n'avait pas reçu un télégramme surprenant de Craig Saltwood, qu'il n'avait jamais rencontré : DÉSIRE IMPÉRATIVEMENT VOUS VOIR AÉROPORT JAN-SMUTS AVANT MON DÉPART.

Frikkie et Jopie se proposèrent pour la promenade, car ils savaient que Sannie adorait voir les 747 décoller, même lorsqu'elle ne partait pas en voyage. Les quatre jeunes gens prirent donc la route vers le sud du Transvaal et arrivèrent à l'aéroport longtemps avant le décollage. Ils trouvèrent Craig

Saltwood en train d'attendre impatiemment son cousin américain. Frikkie salua l'Anglais, puis les trois Afrikaners se tinrent à l'écart.

Dès les premiers mots de Craig, Philip ne put dissimuler sa surprise.

— Je sais que nous sommes en fait des inconnus, Philip, mais.... je voulais vous demander de veiller sur ma mère. Je suis sûr qu'elle a décidé quelque chose de tragique, et du diable si je peux deviner de quoi il s'agit.

Philip resta sans voix. C'était une requête inattendue.

— Je ne pourrai guère veiller sur elle depuis Venloo, balbutia-t-il.

— Ce n'est pas ce que je voulais dire. De toute façon, on ne peut pas empêcher ma mère de faire ce qu'elle a dans la tête.

— A quoi songez-vous ?

— Je crois qu'elle va avoir des problèmes avec la justice. Tout ce qu'elle dit et fait renforce cette impression.

— Dans ce cas, pourquoi partez-vous ?

— Elle y tient absolument. Elle dit que la vie deviendrait un enfer... La voici.

Laura Saltwood avait soixante-sept ans ce jour-là. Elle était grande et mince, comme dans sa jeunesse. Cheveux blancs et regard clair. Elle était très heureuse de voir sa famille partir « vers un climat meilleur », selon ses termes, et elle n'avait nulle envie de pleurer à leur départ. La présence inattendue de Philip la déconcerta, car elle rendait ce départ plus solennel qu'elle ne l'aurait désiré ; elle le salua pourtant de façon très cordiale et l'invita à les accompagner dans la salle d'attente jusqu'à l'annonce du vol.

— Je suis avec des amis... dit-il, confus.

Il les appela et aussitôt Laura Saltwood élargit la conversation pour les inclure, passant à l'afrikaans dès que les présentations furent faites. La situation devint tendue, car Craig Saltwood avait honte de quitter le pays et Frikkie et Jopie avaient du mal à dissimuler le mépris qu'ils éprouvaient pour sa décision.

L'avion se mit en place. C'était une version modifiée du 747, raccourci pour pouvoir voler jusqu'à Londres sans se poser, car les avions sud-africains ne pouvaient faire d'escales techniques dans aucun aéroport d'Afrique noire. Un équipage de vol entièrement blanc arriva — dans un pays dont quatre-vingts pour cent de la population n'était pas blanche — et, après les derniers adieux, une famille de plus quitta le pays. Jamais ses enfants ne reverraient la terre qui les avait nourris et qui avait désespérément besoin de leurs efforts et de leurs talents, quels qu'ils soient.

Quand l'avion décolla, Jopie dit :

— Les Anglais... Derniers arrivés, premiers partis.

Et Frikkie ajouta :

— Le fermier sage jette ses graines les plus faibles.

Ils n'essayaient nullement de dissimuler leur rancœur.

Ils auraient été encore plus furieux s'ils avaient pu voir, tout au bout de l'aéroport, un Boeing dont l'horaire n'était pas affiché, vers lequel, pendant une bonne heure, se dirigèrent toute une série de petites automobiles. Les haut-parleurs n'annoncèrent rien sur ce vol, aucune hôtesse en uniforme ne traversa l'aéroport pour accueillir les passagers. Il se remplit sans bruit ; sans bruit, il glissa au bout de la piste d'envol ; et sans explication il décolla, obliqua et partit droit vers l'ouest, pour la longue traversée de l'Atlantique Sud. Il contenait cent quatre-vingts hommes d'affaires et agriculteurs, afrikaners pour la plupart, qui partaient avec leurs épouses en excursion à Rio de Janeiro et São Paulo pour prospecter les possibilités des exploitations agricoles de l'intérieur, en prévision du jour où ils auraient envie de quitter l'Afrique du Sud pour une nouvelle frontière. Sur ce nombre de passagers, quarante-trois familles aimeraient suffisamment le Brésil pour prendre les dispositions nécessaires à l'achat de vastes *fincas*, qu'ils garderaient en réserve jusqu'au jour où ils en auraient besoin. Les autres remettraient leur décision à plus tard.

Quant à l'avion lui-même, après un repos mérité, il se remplirait de médecins afrikaners et anglais, qu'il conduirait en Australie où ils se feraient inscrire à l'Ordre des médecins de ce pays, pour s'assurer un refuge... au moment du grand chambardement.

Le 30 mai, quand elle arriva au lycée noir du Transvaal où elle devait prendre la parole, Laura Saltwood s'aperçut que la publicité accordée à son intervention avait encouragé une trentaine ou une quarantaine de directeurs et de responsables de lycées à venir l'écouter, parfois de très loin. Ils savaient que c'était une femme remarquable et qu'elle avait, sans fracas, contribué à la défense d'une vingtaine de bonnes causes. Elle avait une réputation de bon sens, mais aussi de hardiesse, et ils savaient qu'elle n'aurait pas fait tout ce chemin si elle n'avait pas une chose importante à dire.

Elle avait écrit son discours en détail, persuadée que ce serait le plus important qu'elle prononcerait jamais et peut-être le dernier, mais elle ne se référa pas à ses notes, préférant improviser. Elle annonça qu'elle traiterait de la *langue*, un des sujets les plus délicats du monde, et elle calma les appréhensions des vieux conservateurs en chantant les louanges de l'afrikaans :

> Comme vous le savez pour avoir lu l'Ancien Testament, l'Afrique du Sud et Israël ont beaucoup en commun, notamment leur détermination à créer et à développer une nouvelle langue. Israël a eu recours à l'hébreu ancien, l'Afrique du Sud au hollandais classique, en lui ajoutant une merveilleuse gamme de mots nouveaux, d'orthographes nouvelles et de nouvelles formes syntaxiques.
>
> Ne laissez personne se moquer de l'afrikaans parce qu'il utilise des constructions plus brèves. La grandeur de l'anglais est d'avoir simplifié le haut allemand, pour le rendre à la portée de tous en éliminant les déclinaisons superflues. Un puriste allemand aurait eu tous les droits de mépriser l'anglais en le traitant de langue abâtardie, exactement comme les Hollandais accusent l'afrikaans d'être un succédané de leur langue. Ce n'est pas juste. Dans deux siècles, l'afrikaans sera peut-être une langue majeure, alors que le hollandais aura disparu, parce que l'afrikaans répond à des besoins simples et engendre donc sa propre vitalité.

Cette introduction conciliante ne manqua pas de décevoir les jeunes professeurs passionnés. Un professeur d'histoire chuchota :

— Elle est devenue le porte-parole des universités afrikaners, on dirait...

Mais, aussitôt, Laura Saltwood se lança au cœur de son message.

> Avant Soweto 1976, on conseillait aux enfants noirs d'Afrique du Sud, puisque leur avenir se trouvait dans ce

pays, d'adopter comme deuxième langue, non l'anglais, mais l'afrikaans. Et, dans la moitié des matières, on les obligeait à utiliser l'afrikaans comme langue d'enseignement, alors qu'ils préféraient manifestement employer l'anglais pour toutes les matières. Ils avaient raison de réclamer un enseignement en anglais. Leur refuser cette langue serait les priver d'une chose très importante. (Plusieurs professeurs applaudirent.)

L'anglais est une langue universelle, une *lingua franca* partout dans le monde. Les avions volent en anglais. Les communications scientifiques de tous les pays sont diffusées en anglais. Posséder cette langue, c'est posséder la clef de l'économie mondiale.

L'anglais bénéficie également d'une littérature probablement plus riche que celle de toute autre langue, parce qu'il a recueilli non seulement les contributions immortelles de Milton et de Shakespeare, de Dickens et de Jane Austen, mais aussi celles d'écrivains comme Ernest Hemingway d'Amérique, Patrick White d'Australie et William Butler Yeats d'Irlande. Renoncer à l'anglais quand on a une occasion de le posséder, c'est comme jeter la clef d'un trésor.

Apprenez l'afrikaans, il vous aidera dans la vie quotidienne de ce pays, mais apprenez l'anglais pour vous aider dans le monde entier. Le conquérant qui me force à apprendre sa langue fait de moi un esclave. La loi qui me force à apprendre une langue parlée par une poignée d'hommes m'enferme dans une cage. Le professeur qui me permet d'apprendre la *lingua franca* du monde entier me libère. Si vous apprenez l'afrikaans, vous serez capables de lire quelques beaux livres ; si vous apprenez l'anglais, vous aurez à votre portée la plus formidable somme de connaissance et de littérature existant au monde.

Les proviseurs applaudirent ; les professeurs crièrent des vivats ; les élèves sortirent et défilèrent dans les rues avec des calicots. La police rechercha activement Mme Saltwood, mais elle était rentrée à Johannesburg par un itinéraire détourné. Le lendemain, elle prit l'avion pour Le Cap avec une amie appartenant comme elle au bureau de l'Écharpe noire. Puis elles firent leurs préparatifs pour jouer aux boules le lendemain avec l'équipe Lady Anne Barnard.

Le 1er juin, Laura Saltwood se leva à sept heures, lut quelques lignes du petit livre des sonnets de Shakespeare qui ne la quittait plus et, après un petit déjeuner modeste dans la cuisine de son amie, elle se vêtit de son uniforme de bouliste : chaussettes blanches, souliers plats blancs avec un liséré bleu pâle, robe blanche aux plissés lestés, veste de laine blanche s'ornant des couleurs du club Lady Anne Barnard sur la poche, et chapeau de paille blanc, rigide, avec le ruban Barnard. Depuis quatre-vingts ans, les femmes de sa classe, appartenant pour la plupart à l'Église d'Angleterre, avaient porté fièrement cet uniforme ; et, ce jour-là, douze d'entre elles se dirigeaient, par des chemins différents, vers le terrain de boules du parc, où elles allaient rencontrer les honorables Ladies of the Castle. Presque depuis le début de l'histoire de l'Afrique du Sud, cette équipe se composait de dames de la noblesse anglaise.

La plupart des joueuses avaient pris position quand Laura arriva. Certaines étaient plus âgées qu'elle ; la plupart avaient dépassé la cinquantaine. C'était un beau groupe de femmes hâlées, dans de beaux uniformes immaculés, très habiles dans ce jeu qu'elles pratiquaient depuis des décennies. Les Ladies of the Castle se distinguaient nettement de l'équipe de Laura : elles portaient des souliers marron avec de très lourdes semelles de caoutchouc et leurs chapeaux avaient des bords plus larges, baissés à l'avant, relevés à l'arrière avec des rubans tombant sans un faux pli, sur la gauche. De toute évidence, elles avaient l'intention de gagner.

Aucune des joueuses, parmi les Barnard ou parmi les Castle, ne parla à Mme Saltwood autrement que d'habitude : simples salutations échangées par une matinée de juin où l'air était vif et où les plates-bandes entourant le terrain de boules s'ornaient des fleurs de l'automne. Pourtant, on les devinait un peu plus tendues que de coutume : ce n'était pas un jour ordinaire.

Laura fit équipe avec la meilleure joueuse des Barnard, Mme Grimsby, une femme au visage sévère qui intimidait ses adversaires en portant sur sa robe un râtelier de six médailles gagnées en compétitions internationales. Elle était redoutable. Elle serra fermement la main de Laura.

— Nous allons les avoir, hein ?

— C'est notre tour de gagner, répondit Laura.

Les équipes s'affrontaient par quatre, deux adversaires d'un côté du terrain et deux de l'autre. Ce jour-là, Laura affronterait Mme Phelps-Jones, qui la battait régulièrement, mais elle savait qu'avec Mme Grimsby en face la rencontre se solderait peut-être par une victoire surprise.

Laura gagna le droit de lancer la boule cible — le *jack*, qui correspond au cochonnet de la pétanque —, ce qu'elle fit avec une certaine habileté, presque exactement à la bonne distance de la planche d'arrêt, mais un peu trop sur la droite. Comme d'autres quadrettes jouaient en même temps sur les pistes voisines, on plaçait en général le jack au centre de la piste, à la distance déterminée par le lancer. Quand ce fut fait, le jeu commença.

Laura et Mme Phelps-Jones devaient lancer chacune quatre boules ; celles de Laura portaient un petit triangle bleu incrusté dans le bois, celles de son adversaire un cercle vert. On avait déposé une sorte de paillasson à l'endroit où les joueuses se tiendraient pendant toute la durée du jeu, pour protéger le gazon. Laura prit deux pas d'élan en lançant son bras droit et lâcha la boule avec de l'effet. Elle avait visé très à gauche de la cible, mais la boule n'était pas tout à fait sphérique et elle l'avait lancée au départ sur son axe le plus grand, si bien qu'elle obliqua peu à peu vers la droite et s'arrêta assez près du jack.

Mme Phelps-Jones ne se tint pas pour battue. Elle prit possession du paillasson et lança sa première boule très à droite, sans la quitter des yeux. La boule décrivit une large parabole vers la gauche et s'immobilisa plus près du jack que celle de Laura. A la fin de ce premier jeu, Mme Phelps-Jones marqua un point, car sa première boule demeura plus proche du jack que toutes celles que lança Laura par la suite, mais Laura échappa au désastre, car une de ses boules était meilleure que les autres boules de son adversaire.

Vint le tour de Mme Grimsby — ce fut la terreur. Elle lançait ses boules à droite pour aller à gauche. On aurait cru qu'elle avait placé un aimant dans le jack, car il attirait ses boules vers lui. A la fin du jeu, elle avait marqué trois points. La partie se jouait en vingt et un points et le jeu resta très serré, Mme Grimsby marquant les points que Laura perdait. C'était une compétition splendide et les quatre vieilles dames étaient ravies que la lutte fût si chaude.

Ce fut Mme Grimsby qui les vit la première. Elle avait lancé une boule décisive, avec effet contraire, pour écarter deux boules de son adversaire et, quand elle releva les yeux, ils étaient sur le côté du terrain : deux hommes en complet sombre, observant le jeu sans rien dire.

L'adversaire de Mme Grimsby les vit ensuite, puis toutes les dames de l'autre bout du terrain. Personne ne parla, mais peu à peu les expressions changèrent sur les visages, éveillant l'attention des femmes qui tournaient le dos aux hommes. Puis Mme Phelps-Jones dit sur le ton le plus banal :

— Laura, je crois qu'ils sont là.

Mme Saltwood ne leva pas les yeux. Elle vérifiait la position des boules envoyées depuis l'autre bout du terrain par Mme Grimsby et son adversaire. Elle répondit :

— Je crois qu'Esther a deux points. D'accord ?

Mme Phelps-Jones se pencha pour vérifier et dit :

— Deux, d'accord.

Le jeu continua. Les hommes n'avaient pas l'intention de l'interrompre. Laura joua assez mal, mais les lancers remarquables de Mme Grimsby permirent à leur équipe de gagner par 25 à 21. Quand Laura posa le genou à terre pour ramasser les boules, elle vit que Mme Phelps-Jones pleurait et, lorsqu'elle longea la piste pour féliciter Mme Grimsby, elle la trouva, elle aussi, en larmes.

Ce fut l'adversaire de Mme Grimsby qui parla :

— Laura, vous étiez la plus aimée de toutes les équipes. Puis-je vous embrasser ?

Les femmes en pleurs lui firent leurs adieux. Elles ne pourraient probablement jamais rejouer avec cette femme magnifique de volonté. Quand elles eurent terminé, les deux hommes s'avancèrent devant Mme Saltwood et lui dirent simplement :

— Laura Saltwood, vous êtes mise au ban.

Elle rentra chez elle toute seule. Pendant les cinq années à venir, jamais elle ne devrait être vue en présence de plus d'une personne. Elle ne pourrait assister à aucune réunion publique d'aucune sorte ni s'adresser à un groupe, même de trois personnes. Elle ne pourrait rien publier ni consulter personne en dehors de son docteur, son dentiste et son avocat — et même pas tous les trois en même temps.

On ne pourrait pas mentionner son nom dans la presse

publique ; rien de ce qu'elle avait pu dire, faire, écrire ou penser ne pourrait être cité où que ce fût. Elle ne pourrait ni recevoir d'argent de l'étranger ni parler à la radio ou à la télévision. Si elle sortait, elle ne devait jamais se trouver avec plus d'une autre personne et, si des amies s'arrêtaient pour bavarder avec elle, elle était obligée de les écarter.

C'était parce qu'elle avait prévu cette mise au ban qu'elle avait envoyé son fils et sa famille hors du pays. En tant que femme bannie, elle n'aurait pas été libre d'aller les voir, de passer les vacances avec eux et elle ne voulait pas leur faire partager ces contraintes.

Quand quelqu'un venait lui rendre visite, il fallait qu'elle laisse la porte ouverte pour que la police, ou même le premier venu, puisse constater qu'elle n'organisait pas un meeting ; et, si plus d'une personne se présentait chez elle en même temps — avec ses voisins espions sachant que ces gens étaient là —, elle devait mettre des chaises à l'extérieur pour que l'on voie bien que seule une personne à la fois lui rendait visite.

Comme on ne lui dirait jamais les charges retenues contre elle, elle n'avait aucun moyen de se défendre contre sa mise au ban ou de prouver son innocence une fois la décision appliquée. Quatre-vingts ou quatre-vingt-dix fonctionnaires subalternes avaient le droit de recommander aux autorités la mise au ban de personnes qui leur déplaisaient, mais les victimes ne sauraient jamais qui étaient les accusateurs et ce qui avait provoqué la procédure. Dans le cas de Laura, on avait accordé beaucoup d'importance au rapport des services secrets que le gouvernement sud-africain appointait à Londres.

> Notre agent 18-52 a suivi Mme Saltwood à l'université de Cambridge où son frère Wexton s'était affilié au Parti communiste avant de s'enfuir à Moscou. Elle a visité l'ancien établissement de son frère, puis s'est promenée dans King's College, sur les rives de la Cam, où un courrier portant un long manteau l'a accostée une fois, puis est allé téléphoner et l'a abordée une deuxième fois, pour lui transmettre des messages qui n'ont pas été entendus.

Les citoyens les plus divers pouvaient être mis au ban : les journalistes, les écrivains, les pasteurs qui ne suivaient pas à la lettre les consignes de l'Église hollandaise réformée, les femmes contestataires et, bien entendu, tout Noir faisant preuve d'éventuels talents de meneur d'hommes. Du point de vue du gouvernement, la mise au ban était une bonne chose : pas de procès à n'en plus finir, pas de publicité, pas de déclarations déplaisantes de l'accusé au cours de sa défense. C'était propre, efficace et sans appel.

La troisième nuit de sa mise au ban, Laura Saltwood ne s'étonna pas quand, à quatre heures du matin, une bombe explosa devant sa porte. Si le gouvernement déclarait indésirable une personne comme Mme Saltwood, elle devenait une cible autorisée pour tous les voyous du quartier et la police ne faisait pas grand-chose pour décourager les bombes et les coups de feu contre les maisons des bannis. Au cours des années précédentes, on avait compté six cent dix-sept bombes ou attaques de ce genre et pas une seule fois la police n'avait découvert les coupables. Les autorités répétaient : « Ces agressions sont méprisables. Nous faisons l'impossible pour identifier les responsables. » Dans certains cas, notamment celui de Mme Saltwood, les éclats de la bombe révélaient des numéros de série comparables à ceux que délivrait la police, mais les meilleurs détectives du pays ne parvenaient pas à mettre la main sur les coupables ! Ils pouvaient retrouver un stylo envoyé dans le pays par une église de Genève et remonter la chaîne des personnes qui l'avaient manipulé jusqu'à ce qu'il échoue dans la poche d'un professeur noir, mais ils ne parvenaient pas à percer le mystère d'une bombe dont le numéro de série indiquait son lieu de fabrication, son modèle et la personne qui avait signé lors de sa livraison !

Ces agressions se soldaient souvent par des incendies catastrophiques ; il y avait eu plusieurs personnes mutilées et même deux morts, mais aucun suspect n'avait été arrêté ni, à plus forte raison, inculpé. Dans le cas de Mme Saltwood, la bombe détruisit une porte et laissa une large traînée noire sur la façade, sans plus. Mais quelles seraient les conséquences de l'attaque suivante ? Car il y en aurait d'autres : la police ferait une enquête et les autorités de Pretoria déploreraient le vandalisme…

Mais l'aspect le plus révoltant de la mise au ban de Laura

Saltwood, c'était que, le matin où expireraient ses cinq années, les deux mêmes hommes pouvaient apparaître sur le seuil de sa porte et dire sur le même ton neutre :

— Laura Saltwood, vous êtes mise au ban pour cinq ans de plus.

Et ensuite, cinq autres années, et cinq autres…

C'était pour cette raison que les membres du club Lady Anne Barnard pleuraient en disant adieu à Laura Saltwood le 1er juin : elles n'espéraient plus la revoir libre.

Au cours de ses discussions avec les jeunes Afrikaners, aussi bien sur son chantier qu'à Vrymeer, Philip Saltwood s'était étonné de la façon cavalière dont ils faisaient fi de l'opinion mondiale. Les Nations unies votaient-elles une résolution condamnant l'Afrique du Sud pour sa politique raciale ou les traitements infligés aux Indiens ? Les Troxel éclataient de rire :

— Que peuvent-ils y changer ? Ils ont besoin de nos ressources naturelles. Qu'ils aillent au diable !

Les journaux de Londres et de New York publiaient-ils des éditoriaux agressifs ? Les jeunes géologues travaillant avec Philip ricanaient aussitôt :

— Que peuvent faire l'Angleterre et les États-Unis ? Ils doivent s'appuyer sur nous dans leur lutte contre le communisme. Tous ces folliculaires au cœur tendre peuvent crever !…

Aucune personne étrangère au conflit ne pouvait parler à ces jeunes gens, dont le rôle serait essentiel, sans se convaincre qu'ils avaient l'intention d'utiliser leur puissance militaire pour défendre leur mode de vie et qu'ils étaient prêts à prendre les armes contre toute menace, extérieure ou intérieure.

— Que leurs armées posent donc un seul pied de notre côté de la frontière, dit Frikkie, nous ferons sauter les têtes.

Le raisonnement de Jopie n'était pas tout à fait le même :

— Si ce Jonathan Nxumalo, ou tout autre de son espèce, essaie de s'infiltrer chez nous à partir du Mozambique, nous les abattrons à l'instant où ils passeront sur notre sol. Et nous tuerons tout Cafre dans notre pays qui oserait lever le petit doigt pour les aider.

— On croirait entendre le commando Götterdämmerung, leur dit Saltwood un samedi après-midi.

— Qu'est-ce que c'est que ça ? demanda Jopie.

— Le Crépuscule des dieux. Un mythe germanique. Les dieux ont tout gâché, alors ils forment le laager et, pour résoudre leurs problèmes, ils mettent le feu au ciel.

— Je me porte volontaire pour ce commando, dit Jopie.

— Moi aussi...

C'était la voix de Sannie.

— Vous voulez dire que vous prendriez le risque de détruire toute la structure de l'Afrique du Sud pour prolonger vos privilèges ?

C'était une question de pure rhétorique, qui aurait été efficace devant des étudiants à Paris ou à Berlin. A Vrymeer, elle provoqua une réponse de Frikkie qui laissa Saltwood sans voix.

— Aucun Américain ne peut comprendre notre situation. Vous avez, avec vos Noirs, un problème que vous résolvez en harmonie avec votre propre histoire. Mais ce que vous faites n'a rien à voir avec nous. Parce que Dieu nous a placés ici pour que nous accomplissions Son œuvre. Il a voulu que nous servions, ici, de rempart de la civilisation chrétienne. Nous devons rester.

Philip ne comprenait pas. Aux États-Unis, Frikkie et Jopie seraient des professionnels de rugby et il ne pouvait imaginer deux athlètes des Dallas Cowboys ou des Denver Broncos invoquant Dieu pour justifier leurs prises de position politique.

— Vous croyez vraiment ce que vous venez de dire ?

Ce fut Sannie qui répondit :

— Nous avons été placés ici pour accomplir la volonté de Dieu et nous l'accomplirons.

Philip voulut lui poser une question, mais Sannie le coupa : « Si Frikkie et Jopie devaient tomber au cours de la première bataille, je prendrais leurs fusils, dit-elle.

— Pour faire quoi ?

— Défendre notre mode de vie chrétien.

— Tu descendrais vers les cases et tu abattrais les Nxumalo ?

— Sans hésiter.

Presque imperceptiblement, elle se rapprocha des deux

cousins. Le silence se fit dans la cuisine. Pour la première fois, elle indiquait clairement qu'elle avait décidé de jouer sa vie avec les Troxel, contre l'intrus américain. Saltwood estima que discuter plus longtemps serait futile. Il était impossible de dire quel cousin, en fin de compte, elle préférerait, mais, de toute évidence, elle s'était engagée dans leur commando Götterdämmerung.

Plus tard, seul avec elle, il aborda de nouveau ce sujet délicat, mais, dès sa première question, elle exprima sa position sans ambiguïté.

— Philip, nous sommes un petit groupe de Blancs à la pointe d'un continent noir hostile. Dieu nous a placés ici dans un but précis et nous a chargés d'une mission. Je t'assure que nous péririons tous plutôt que de trahir ce devoir.

— Sannie, j'ai l'impression que tu te laisses abuser par l'attitude de Frikkie et de Jopie. Qu'en pensent tes parents ?

— Ce que pense ma mère ne compte pas : elle est anglaise. Mais si tu veux demander à mon père…

Ils se rendirent dans le bureau de Marius, une pièce tapissée de ses livres d'Oxford et d'autres ouvrages importés de Londres et de New York au cours des années.

— Du temps de mon père, dit-il, ce bureau ne contenait qu'un seul livre : cette vieille Bible. Maintenant, je ne peux même plus lire le hollandais ancien.

— Nous avons eu une discussion vive, papa. Philip nous accuse, les cousins et moi, d'être membres d'un commando Götterdämmerung. De vouloir mettre le feu à l'Afrique du Sud pour la sauver.

— Il a raison en ce qui concerne ton attitude actuelle. Mais quand tu vieilliras…

— Je serai plus convaincue que jamais. Je ne supporterai pas…

— Pas maintenant, mais quand tu seras placée devant le véritable choix…

— Entre quoi et quoi ?

Marius se pencha en arrière. Cela faisait quelque temps déjà que le militarisme de plus en plus accentué de Sannie l'inquiétait. Elle se comportait comme si elle pensait qu'un pistolet mitrailleur répond à toutes les questions. Mais il s'interrogeait aussi sur sa propre attitude. Ses années d'études à Oxford et son mariage avec une Anglaise ne l'avaient-ils pas contaminé ? Il se souvenait des paroles du dominee Brongersma concernant son mariage avec une non-Afrikaner, telles que son père les lui avait rapportées : « Maintenant, il ne pourra jamais appartenir au Broederbond... ni jouer un rôle majeur dans notre société. » Brongersma avait raison. Aucun homme ayant préféré Oxford au titre de capitaine des Springboks et une épouse anglaise à une Afrikaner loyale ne pouvait, dans le cadre de l'Afrique du Sud, être autre chose qu'un paria. Jamais il n'avait reçu de confidences d'une personne liée de près au gouvernement et il avait vécu pour ainsi dire dans des limbes — ni Afrikaner ni Anglais. Une fois, il s'était dit : « Je suis un *Afrikaner de couleur* », et, l'ayant admis, il comprenait que sa fille Sannie, qui semblait vouloir devenir une pure Afrikaner, ne ferait jamais entièrement confiance à ce qu'il pourrait dire.

— Je réfléchis sans cesse à cette question, dit-il lentement. J'ai songé à tout ce que mon père a accompli pendant les longues années qu'il a passées à la commission des Races et j'en suis arrivé à la conclusion que les Afrikaners comme Frikkie et Jopie ne changeront jamais.

— Bravo pour eux ! s'écria Sannie.

— Et, à sa propre requête, je suis obligé de placer ma fille dans leur camp.

— C'est là que je veux être.

— Voilà pourquoi, Philip, je serais très heureux, ainsi que ma femme, de vous voir épouser cette fille et de l'emmener avec vous.

Il parlait d'une voix grave, presque tragique.

« Je ne conçois aucun avenir heureux pour elle ici. Comme les enfants de tant de familles que nous connaissons, il faut qu'elle fonde son foyer à Montréal ou à Melbourne.

— Ne te fais donc pas de souci pour moi, répliqua Sannie d'un ton cassant. Je sais me débrouiller toute seule. Quel est l'avenir du pays à tes yeux ?

— Avec la chute du Mozambique aux mains des Noirs, sans parler de la Namibie, de la Zambie, du Vwarda et de la Rhodésie, pouvons-nous logiquement supposer que nous tiendrons indéfiniment contre...

— Moi, je le suppose, dit Sannie. Comme Frikkie, Jopie et tous les Afrikaners loyaux.

— Pendant toute votre vie, peut-être. Ou aussi longtemps

que vos fusils pourront trouver des balles. Mais, à longue échéance, au-delà de nos intérêts personnels mesquins...

Il hésitait à communiquer sa vision apocalyptique à un étranger qui n'avait pas d'intérêts directs dans le pays, ou même à sa fille, qu'il risquait de s'aliéner ainsi. Mais, comme tous les Sud-Africains, il aimait parler de l'avenir et il poursuivit malgré tout :

« Je pense que les Noirs, comme les frères Nxumalo — Jonathan au Mozambique, Daniel à l'université —, accepteront, au moment de leur triomphe...

— Tu crois qu'ils triompheront ? demanda Sannie d'un ton méprisant.

— Ou leurs fils, qui leur ressembleront beaucoup, dit son père.

— Mes fils les abattront, dit-elle.

— Ou leurs petits-fils. L'histoire a le temps... Elle peut attendre.

— Attendre quoi ? demanda Saltwood.

— Je pense que les Noirs vainqueurs se montreront généreux. Ils auront envie que nous restions. Dieu sait que leurs frères n'ont pas été très brillants dans les pays qu'ils gouvernent à présent. Ils s'apercevront qu'ils ont besoin de nous.

— Tu le crois vraiment ? demanda Sannie.

— Sans aucun doute. Les leaders noirs de ce pays ont été les plus patients de la terre, les plus compréhensifs. Un miracle de miséricorde et de tolérance et je crois que cela continuera dans la même veine.

— Alors où est le problème ? demanda Philip.

— Dans notre camp. Du côté de Sannie, de Frikkie et de Jopie. Nous ne serons pas capables d'accepter le changement. Nous lancerons le commando Götterdämmerung, comme vous l'avez prévu, mais nous nous en lasserons, même si le reste du monde ne s'interpose pas. Et ensuite...

Ce fut à contrecœur qu'il continua à exposer sa vision, et ni sa fille ni son hôte américain n'auraient pu prévoir ce qu'il allait dire :

« Au moment crucial, les Afrikaners et les Anglais qui se trouveront dans leur camp, comme ma femme, formeront le laager à perpétuité. De connivence avec les nouveaux dirigeants noirs, et même avec leur assistance, nous nous replierons dans la moitié occidentale de l'État libre d'Orange et dans la province du Cap à l'ouest de Grahamstown. Nous garderons les mines de diamants de Kimberley, mais nous renoncerons aux mines d'or de Johannesburg. Cette ville et Pretoria seront abandonnées au nouveau gouvernement noir et, dans notre petite zone comprimée, nous construirons notre afrikanerstan. Les rapports seront inversés. Quand nous étions au pouvoir, nous voulions concentrer tous les Noirs dans de petites régions tout en conservant les vastes espaces et les bonnes villes. A l'avenir, ils occuperont les espaces libres et les villes et nous serons compressés.

— Que se passera-t-il pour les « hommes de couleur » ? demanda Philip. Seront-ils avec vous, dans l'afrikanerstan ?

Marius Van Doorn donna la même réponse que son peuple répétait depuis trois cents ans :

— Nous nous occuperons de ce problème plus tard.

Quand Philip et Sannie (très abattue par les prédictions de son père) répétèrent ces paroles aux Troxel, les cousins éclatèrent de rire et Jopie s'écria :

— S'ils essaient d'attaquer Pretoria, ils nous trouveront dans les tranchées, autour du Monument, et ils feront bien de se préparer à mourir.

— Mon père dit que les véritables épreuves seront pour tes petits-enfants. Ils seront assez intelligents pour...

— Si un de mes petits-fils parle comme ton père, je lui broierai les os.

Frikkie aborda le problème en un sens plus théorique.

— Il n'y avait personne dans ce pays quand nous sommes arrivés. Dieu nous l'a donné. Nous avons trouvé un paradis primitif et nous en avons fait une grande nation.

— Une minute ! protesta Philip. Je suis sûr d'avoir lu quelque part que les indigènes vous ont accueillis quand vos bateaux ont accosté au Cap.

— Il n'y avait personne ici, insista Jopie. J'ai entendu le grand-père de Sannie le déclarer en réunion publique.

Ces paroles stupéfièrent Philip et il demanda à Marius de se joindre à eux pour clarifier les faits.

— Jopie prétend que votre père...

— A plusieurs occasions, ajouta Frikkie.

— ... a affirmé qu'à leur arrivée au Cap les Hollandais avaient trouvé le pays complètement vide.

Marius ne put s'empêcher de rire.

— Mon père aimait raconter ça dans ses discours. C'était l'un des credo de base de sa religion — et encore aujourd'hui, l'Afrikaner moyen en est convaincu.

— Vous voyez, il n'y avait personne ici ! s'écria Jopie, triomphant.

— Detleef avait raison selon ses définitions. Il n'y avait ni Anglais, ni Espagnols, ni Portugais. Et certainement pas de Noirs.

— Nous avons pris possession d'un pays vierge, dit Frikkie, sûr de lui.

— Pas exactement. Il y avait beaucoup de petits hommes bruns. Des Bochimans, des Hottentots.

— Ils ne comptent pas, protesta Jopie. Ils n'étaient pas humains.

— Ils se sont éteints, dit Frikkie. Les maladies les ont emportés. Les rares qui sont retournés dans le désert ne tarderont pas à disparaître à leur tour.

— C'est bien ce que nous disions, conclut Jopie, en lançant un regard farouche à Philip. Tout était vide. Dieu nous a appelés ici pour accomplir une mission en Son nom.

L'arrogance des Troxel allait être quelque peu ébranlée par deux événements qui se produisirent non pas en Afrique du Sud, mais à l'étranger, et, quand Philip vit comment réagissaient les cousins et les jeunes Afrikaners de son chantier, il songea : « Peut-être le monde extérieur commence-t-il à pénétrer, après tout ? »

La première secousse provint d'une source fort imprévisible. Le révérend Paulus Van den Berghe, porte-parole d'un groupe de calvinistes français et hollandais, vint en Afrique du Sud pour voir si la rupture entre l'Église mère de Hollande et l'Église afrikaner ne pouvait pas être réparée. Au cours de ses enquêtes, il demanda la permission de rencontrer le fils de l'un des principaux architectes de cette rupture : Detleef Van Doorn. Toujours ravi d'être en contact avec l'étranger, Marius accepta de recevoir l'éminent théologien à Vrymeer pendant quelques jours. Van den Berghe ne se borna pas à poser des questions à Marius ; il interrogea, sans jamais se départir de sa douceur, Frikkie, Jopie et même Daniel Nxumalo, en vacances à ce moment-là.

En quatre jours, Van den Berghe avait fait le tour de la

situation à Venloo, du point de vue des Blancs et du point de vue des Noirs. Lors de la dernière réunion, à laquelle on invita Philip et Nxumalo, il exprima quelques conclusions provisoires :

> Que croyez-vous que furent pour moi les deux surprises les plus vives ? Rencontrer deux joueurs de rugby de classe internationale et voir par moi-même quels jeunes gens solides ce sont. Mes chers Troxel, je vous souhaite bonne chance pour vos prochains tournois en Australie et en Nouvelle-Zélande... La seconde grande surprise, ce fut de me trouver sur la ferme qu'occupait, ou partageait, jadis Paulus de Groot, le héros de mon enfance. Je suis né l'année où il est mort. Combien de fois ai-je entendu mes parents parler de cet héroïque Hollandais — pour nous, les Boers étaient toujours des Hollandais — qui avait tenu tête à quatre mille Anglais ! C'est avec une profonde émotion que j'ai déposé des fleurs sur sa tombe.
>
> Quant au but même de ma visite, il est manifeste que des pasteurs comme moi, aux Pays-Bas et en France, sont troublés par la voie sur laquelle votre Église hollandaise réformée s'est engagée depuis que les Afrikaners ont assumé le gouvernement de la nation en 1948. Votre Église n'est plus au service d'une religion ni de la chose publique, mais d'un parti politique particulier, et c'est toujours regrettable. Une Eglise devrait être au service en premier lieu de Jésus-Christ et en second lieu de la société tout entière. S'aligner sur une fraction est toujours dangereux.
>
> En ce qui concerne les prises de position de votre Église concernant l'apartheid, il serait mal venu de ma part d'exprimer des opinions personnelles avant que l'ensemble de la commission ait eu l'occasion de les évaluer et de les corriger. Mais je dois avouer que je quitte votre pays avec le cœur gros. Je n'aurais jamais cru vous trouver éloignés à ce point de nous. Nous devrons tous nous consacrer, dorénavant, à concilier nos divergences.

Après son départ, Frikkie s'écria, avec une rage à peine voilée :

— Ce pays a toujours été maudit par les missionnaires. Cet homme est un agent du Conseil mondial des Églises ; j'aurais dû l'abattre comme espion.

— Oh, Frik ! protesta Mme Van Doorn.

— Je le pense. Qu'ont fait les Églises étrangères en Rhodésie ? Elles ont donné de l'argent aux terroristes. Et à quoi l'ont-ils dépensé ? A tuer des femmes, des enfants et des missionnaires ! C'est ça le christianisme ?

— Vous verrez ce qu'il écrira à son retour en Hollande ! avertit Jopie.

Les Troxel avaient raison. Quand le rapport de la commission fut publié, il contenait une attaque violente de l'Église sud-africaine :

> Avec la plus grande douleur, notre comité doit signaler que nos frères afrikaners de l'Église hollandaise réformée blanche d'Afrique du Sud se sont écartés de la voie de la morale chrétienne telle qu'elle s'exprime dans les enseignements de Jésus-Christ et de saint Paul, et avec une telle obstination que toute réunion entre notre Église et la leur serait en ce moment déplorable et improductive. Notre comité recommande donc de façon unanime que la rupture actuelle des liens soit maintenue jusqu'à ce que l'Église hollandaise réformée d'Afrique du Sud manifeste un scrupule chrétien en cessant de soutenir le système de répression connu sous le nom d'*apartheid*.

La violence avec laquelle les Troxel réagirent à cette censure prit Saltwood au dépourvu.

— Nous sommes la bête noire du monde entier. Mais nom de Dieu ! s'ils nous attaquent, nous leur arracherons les yeux.

Sannie était du même avis et, quand Saltwood avertit les jeunes gens qu'ils ne pourraient pas faire fi de l'opinion mondiale indéfiniment, Frikkie lui répondit :

— Nous le pourrons, si l'opinion mondiale se trompe.

Philip lui demanda si des jeunes comme Jopie et lui avaient jamais admis qu'une seule chose puisse être mauvaise en Afrique du Sud. Ils répondirent ensemble :

— Non.

Et Jopie ajouta :

— Nous avons mis au point un système décent et équitable d'équilibre des races dans notre société. Les lois ont été votées et il faut que tout le monde s'y soumette.

— Mais, dans la plupart des pays, des clauses sont prévues pour le réajustement de la loi, expliqua Philip, songeant aux changements radicaux intervenus aux États-Unis en quelques années. La loi a tendance à n'être applicable que pendant dix ou vingt ans. Sannie, les lois que ton grand-père a votées...

— Ils ne les a pas votées. Il les a proposées.

— N'ont-elles pas fait leur temps ? Ne devrait-on pas les révoquer ?

— Les révoquer ? répondirent les deux Troxel à l'unisson. Il faudrait les renforcer.

— Voyez-vous, Saltwood, expliqua Frikkie, nous connaissons les Noirs. Ce sont des créatures sauvages du veld, comme l'antilope, et nous ne permettrons pas que des idées modernes viennent les gâter, quoi que puissent conseiller des pasteurs hollandais.

Jopie se montra plus agressif.

— Au diable les pasteurs hollandais ! Ce sont les missionnaires de notre temps.

Et, sur ces paroles, Sannie prit ses deux jeunes galants par la main et se mit à danser en fredonnant une chanson improvisée :

Au diable les missionnaires !
Au diable les Hollandais !
Au diable tous les empêcheurs de tourner en rond !

Entendant les cris et les rires, Marius sortit de son bureau et Sannie dansa jusqu'à lui.

— Nous envoyons les missionnaires au diable, papa ! dit-elle.

— Il y a longtemps que c'est fait, répondit-il, et il prit une bière avec les jeunes gens.

Saltwood lui demanda son opinion sur le problème de l'Église et, après un temps de réflexion, il répondit :

— Quand j'ai accepté ma bourse Cecil Rhodes au lieu de jouer avec les Springboks contre la Nouvelle-Zélande, je savais que je faisais un gros sacrifice. (Il sourit aux Troxel.) Ces garçons partent en Nouvelle-Zélande le mois prochain. Ce sera la grande aventure de leur vie.

— Apparemment, vous avez des regrets, dit Philip.

— Un seul et vous ne devinerez pas lequel. A mon retour avec une épouse anglaise, je ne pouvais pas devenir membre du Broederbond, mais quelle importance ? Ce qui m'a fait mal, c'est que l'on m'a refusé le droit d'être membre à part entière de l'Église hollandaise réformée. Je n'ai jamais été Ancien, vous savez.

— Et cela compte beaucoup pour vous ? demanda Saltwood.

— Douloureusement. Je crois en toute sincérité que notre Église est la plus efficace sur terre aujourd'hui. Elle possède spiritualité, volonté et puissance. Elle obéit à la parole de Dieu et elle s'efforce, par la prière, de la mettre en application. C'est une vraie Église.

— Mais elle soutient l'apartheid. De toute façon...

Marius se leva et alla prendre une autre bière dans le réfrigérateur.

— Les Églises passent par des cycles. En Amérique, si je ne me trompe, votre Église catholique demeure intraitable sur le contrôle des naissances et l'avortement. C'est temporaire, une mode du moment. Cela n'a que très peu de chose à voir avec l'œuvre accomplie par l'Église. De même pour notre Église et l'apartheid. C'est un problème pour les années quatre-vingt. Dans cinquante ans, il sera complètement réglé.

— Vous soutenez donc votre Église dans tout ce qu'elle fait ? demanda Philip.

— Oui. Parce qu'elle est la force morale de l'Afrique du Sud. Elle le restera toujours.

— Et entre-temps, cria Jopie, au diable les visiteurs de Hollande !

— Et le Conseil mondial des Églises ! renchérit Sannie en se remettant à danser.

Quelques jours plus tard, Saltwood vit ces jeunes Afrikaners arrogants complètement abattus par une autre intervention étrangère, d'un genre très différent. Il était seul dans la cuisine des Van Doorn, où il attendait Sannie, quand Jopie et le père de la jeune fille entrèrent en coup de vent dans la pièce, avec des mines de déterrés. Sans un mot, ils se dirigèrent vers la radio et cherchèrent une station de Pretoria. La nouvelle était consternante : « Nous avons appris d'Auckland que les gouvernements d'Australie et de Nouvelle-Zélande seraient contraints d'annuler les tournées dans ces deux pays de l'équipe de rugby d'Afrique du Sud. L'information n'est pas confirmée, cependant... »

— Bon Dieu ! dit Marius, en regardant Jopie comme si on

venait d'amputer le jeune homme des deux bras. C'est votre maillot Springbok qui est en jeu !

— Attendez, attendez ! Ce n'est pas sérieux.

Il se trompait. Un autre poste annonça, dans un afrikaans tremblant (la voix du speaker se brisait) : « Nous ne savons encore rien de définitif, mais les gouvernements d'Australie et de Nouvelle-Zélande ont expliqué que des manifestations importantes contre la venue des rugbymen sud-africains ont rendu l'annulation préférable. »

— Vous avez entendu ? rugit Frikkie en entrant dans la cuisine. La tournée est annulée !

— Pas officiellement, répondit Jopie, les mains moites.

Puis ce fut le bulletin du désespoir : « Nous sommes en mesure de confirmer que la tournée des Springboks en Australie et en Nouvelle-Zélande a été annulée. »

Marius s'effondra sur une chaise, les yeux fixés sur les cousins.

— C'est comme tu le disais, Jopie. Le monde nous prend pour des brebis galeuses.

Les trois joueurs de rugby se rapprochèrent de la radio, bouleversés par les bulletins urgents qui ne cessaient de défiler à l'antenne. La réaction violente des trois hommes stupéfia Saltwood.

— C'est criminel ! hurla Marius. Utiliser le sport comme une arme politique. Un jeu est un jeu. La politique ne devrait jamais s'en mêler.

— Je leur apprendrai la politique, moi ! tonna Jopie. Je vais partir en Nouvelle-Zélande et casser tous ces manifestants en morceaux, un par un.

— Ce ne sont pas les gens de la rue, dit Marius. C'est cette maudite presse.

— La presse devrait être muselée dans tous les pays, s'écria Frikkie furieux.

A cet instant, le ministre des Sports passa à l'antenne pour consoler le pays. Il était en train de remonter le moral de tous, après ce revers douloureux, quand Sannie entra dans la cuisine en pleurant.

— Oh, Jopie ! Oh, mon cher Frikkie ! Ils vous ont volé votre glorieuse tournée !

Elle courut vers les cousins et les embrassa. Jopie avala sa salive, Philip crut qu'il allait éclater en sanglots, mais il se mit à arpenter la pièce, puis il martela le chambranle de la porte à coups de poing.

Vint enfin la nouvelle la plus choquante : « En Nouvelle-Zélande, l'agitation contre nos Springboks était orchestrée par un citoyen sud-africain, un nommé Fred Stabler, qui faisait autrefois partie du quinze de l'université Cecil-Rhodes à Grahamstown. Cet agitateur a parcouru l'île du Nord et l'île du Sud en répandant son venin sur ce qu'il appelle l'apartheid et il a provoqué une tempête si violente que le gouvernement néo-zélandais a dû intervenir et ordonner l'annulation de la tournée. En Australie, l'agitation était organisée par des gens du pays ; en Nouvelle-Zélande, l'un des nôtres en fut responsable. »

Une ombre tomba sur la cuisine des Van Doorn dès que les Afrikaners mesurèrent toute la portée de cette décision. Toute une génération de beaux athlètes ne sauraient jamais s'ils avaient un courage et un talent comparables à ceux des féroces All Blacks. Les grands sentiments qui voyaient le jour chaque fois qu'une équipe partait en tournée en Nouvelle-Zélande seraient perdus. Quand un joueur de tennis sud-africain était mis au ban de la compétition mondiale, c'était important et très regrettable, mais, quand toute une équipe de rugby se voyait refuser l'occasion de porter le maillot vert, cela devenait un scandale national — et des hommes de toute opinion finissaient par se demander si par malheur leur pays ne suivait pas une mauvaise voie...

Ce retour sur soi-même s'accentua le lendemain même, quand les journaux publièrent intégralement certains commentaires néo-zélandais. Un journal d'Auckland, qui défendait depuis longtemps les équipes sud-africaines, déclarait dans son éditorial :

> Tout au long des années, ce journal s'est flatté d'être un porte-parole de la modération en ce qui concerne le problème épineux du rugby sud-africain. En 1960, quand nos Maoris ont été menacés d'expulsion parce que leurs peaux n'étaient pas blanches, nous avons excusé les attitudes rétrogrades d'un pays en butte à un problème grave. En 1965, quand, dans le feu d'une de nos plus splendides victoires, le Premier ministre Verwoerd a annoncé qu'aucune équipe néo-zélandaise comprenant des

Maoris ne serait admise en Afrique du Sud à l'avenir, nous avons attribué cette menace au désespoir provoqué par la piètre démonstration de ses Springboks. Et, en 1976, quand le monde entier nous a condamnés parce que nous faisions jouer nos All Blacks sur les terrains d'un pays contaminé par la haine raciste, nous avons soutenu la tournée. Et même quand l'arbitrage se révéla honteusement partial, nous avons écrit que de toute façon un tournoi All Blacks-Springboks valait l'effort et nous avons invité nos joueurs et notre pays à y participer sans arrière-pensée.

Mais nous ne pouvons plus voir ce qu'il y a à gagner de permettre au sport, si noble que soient ses intentions, de servir de tremplin et de paravent à un régime raciste. Avec d'infinis regrets, nous avons dû nous résoudre enfin à soutenir la décision du gouvernement d'annuler cette tournée. Il existe dans ce monde des choses plus importantes qu'un match All Blacks-Springboks : par exemple l'humanité entre frères de couleur différente.

Jopie Troxel replia le journal et le poussa vers Sannie. Il avait envie de dire trop de choses et il avait peur que ses paroles ne dépassent sa pensée. « Ils ne nous comprennent pas, songea-t-il. Ils nous accusent de choses que nous n'avons jamais faites. Tout ce que nous voulons, c'est maintenir un ordre dans la société, et ils protestent. »

Tandis que Sannie et Frikkie préparaient des sandwichs et de la bière, il demeura les yeux baissés sur ses ongles, ressassant ses pensées. Les Nations unies avaient condamné l'Afrique du Sud, mais ce n'était qu'une bande de pays du Tiers Monde à la peau sombre, en train de fléchir leurs faibles muscles. On pouvait ne pas en tenir compte. Le Conseil mondial des Églises avait condamné l'apartheid, mais ce n'était qu'une bande d'extrémistes. La commission franco-hollandaise avait eu la dent dure, mais ils étaient vexés que l'Afrique du Sud ne suive pas aveuglément leur voie socialo-missionnaire... En revanche, quand l'Australie et la Nouvelle-Zélande annulaient une tournée de rugby, le cœur et l'esprit de la nation étaient soudain en danger.

— Pourquoi n'essaient-ils pas de nous comprendre ? s'écria Jopie.

Sannie et Frikkie continuèrent de couper des sandwichs.

Quelques jours plus tard, Saltwood découvrit un jeu sud-africain encore plus brutal, si c'est possible, que le rugby. Daniel Nxumalo passa à Swartstroom comme il faisait souvent et lui demanda :

— Vous êtes libre ce soir ?

— Je téléphone à Sannie...

Ce fut Mme Van Doorn qui décrocha. Sannie était partie à Pretoria avec les Troxel, et Philip imagina le trio en train de se promener sous les jacarandas.

« Je suis libre.

Par des chemins détournés, Nxumalo conduisit Philip à une sorte de hangar où trois grands Noirs attendaient.

— Mon frère Jonathan. Mon cousin Matthew Magubané. Et une nouvelle recrue : Abel Tubakwa.

Philip en eut le souffle coupé. Mille policiers recherchaient Jonathan et Matthew ; en fait, si les Troxel étaient partis sur la frontière, c'était avant tout pour poursuivre ces deux hommes jusqu'au Mozambique. Et pourtant, ils étaient là, devant lui, dans les mêmes collines que ceux qui les pourchassaient, sans peur.

« Ils étaient à Soweto la nuit dernière, dit Daniel. Et demain ils partent dans le nord. En tout cas, c'est ce qu'ils m'ont dit.

Les conspirateurs éclatèrent de rire.

— C'est nous qui avons proposé cette entrevue, dit Jonathan en afrikaans.

— Pourquoi ? demanda Philip.

— Pour que vous puissiez dire aux Américains, à votre retour, que nous sommes loin d'être battus.

— Il se peut que je ne rentre pas en Amérique.

— Vous feriez mieux de rentrer. D'ici à quelques années, ce pays risque d'être très moche.

— Épousez la fille et partez, intervint Magubané. Tous les jeunes Blancs intelligents s'en vont.

Il parlait afrikaans si vite que Saltwood ne comprit pas très bien ce qu'il voulait dire et Abel Tubakwa dut traduire en bon anglais.

— Comment imaginez-vous l'avenir ? demanda Philip en passant à l'anglais lui aussi.

Aussitôt, les autres n'utilisèrent plus que cette langue. De toute évidence, Jonathan était le tacticien.

— Si nous sommes pris cette nuit, nous serons tous tués. Mais on ne nous prendra pas. Nous nous déplaçons à peu près comme nous le voulons.

— Terrorisme ?

— Nous ne lui donnons pas ce nom-là. Attaques sporadiques. Harcèlement. Nous les ridiculisons. C'est la guerre des nerfs.

— Dans quel but ?

— Pour leur rappeler sans cesse que nous ne plaisantons pas. Jamais nous ne nous coucherons comme de bons chiens, sans grogner.

— Pour aboutir à quoi ?

— A leur ronger le moral. Saltwood, vous avez rencontré des Afrikaners éclairés. Ce ne sont pas des imbéciles. Ils savent qu'il faudra trouver un compromis. Je crois que, maintenant, ils sont prêts à nous accepter sur une base radicalement nouvelle. Pas l'égalité totale. Pas encore. Et pas « un homme, une voix ». Mais une association authentique.

— Regardez ce qui se passe à Pretoria en ce moment, dit Daniel avec animation. Ils ont construit un nouveau théâtre. Avec des fonds publics. Il paraît qu'il est aussi bon que les meilleurs théâtres du monde, celui de Berlin ou même celui de Minneapolis.

— J'ai déjà lu cette histoire, dit Philip. Des fonds publics, mais on a décidé que seuls les Blancs seront admis.

Jonathan frappa sur la table.

— Ils recommencent ?

— Oui, répondit son frère. Mais il y a eu de vives protestations. Dans tous les milieux. Des gens que l'on n'aurait jamais crus capables de protester sont intervenus et ont demandé que le théâtre soit ouvert à tous.

— Bon Dieu ! s'écria Jonathan.

Magubané se leva et arpenta la pièce, furieux. C'était la situation contre laquelle ils luttaient depuis trois ans.

— Nous ne voulons plus les miettes qui tombent de la table du maître, reprit Jonathan. Nous ne voulons pas une tranche de pain. Nous voulons la miche tout entière. Nous voulons toute la boulangerie. Et nous la voulons maintenant.

— Nous ne faisons pas partie de leur société, dit Magubané

d'un ton d'ironie amère. Nous n'apprécierions ni Shakespeare ni Goethe.

Il donna un coup de pied à la chaise qu'il venait de quitter.

— Je sais par cœur des pages entières d'*Othello*, mais je peux me passer de le voir sur scène.

Jonathan éclata de rire.

— Magubané, espèce d'idiot, *Othello* ne sera pas joué en Afrique du Sud. C'est un Noir, vieux ! C'est un Noir. Tu ne le savais pas ?

Magubané se frotta le menton, comme s'il avait honte de son ignorance, puis il s'approcha de la porte, la main droite sur sa poitrine.

— Je suis un Maure de Venise...

Et il se mit à déclamer :

... Si le ciel
M'avait mis à l'épreuve de la douleur ; s'il était tombé
Sur ma tête nue une pluie de maux et de hontes ;
Si l'on m'avait enfoncé dans la misère jusqu'aux lèvres,
Si l'on m'avait enchaîné, ainsi que mes derniers espoirs,
J'aurais cependant trouvé quelque part dans mon âme
Une goutte de patience...

Il abandonna sa déclamation et dit à mi-voix :

« Nous avons cette « goutte de patience », mais elle n'est pas éternelle.

— Ce que j'essayais de vous dire, reprit Daniel Nxumalo, c'est que dans de nombreuses rues de Pretoria des petits kiosques se sont installés. Tenus par des Blancs, surtout des femmes...

— Et pour quoi faire ? demanda Jonathan.

— Elles recueillent des signatures pour une pétition. Elles veulent que les autorités permettent aux non-Blancs d'assister aux représentations du nouveau théâtre. Et si j'ai bien compris, la réponse en faveur de cette libéralisation a été fantastique.

— Soit, avoua Jonathan à contrecœur. Des changements surviennent. Lentement, mais de façon inévitable.

Il se mit à se balancer d'avant en arrière, puis demanda :

« Dan, crois-tu que je serai libre un jour de revenir ici et de vivre comme un homme ordinaire ?

— Oui. Sans la moindre hésitation, je dis oui. Il y a du changement dans l'air. De bonnes choses se produisent et je crois sincèrement que nous pourrons atteindre nos objectifs.

— Moi, je ne le crois pas, répliqua Jonathan. Pas sans une révolution armée — qui ne se produira probablement pas avant que je sois un vieillard.

— Vous croyez que vous passerez toute votre vie en exil ? lui demanda Philip.

— Oui. Magubané ne reverra jamais librement l'endroit où il est né. Et quand Tubakwa nous rejoindra, de l'autre côté de la frontière, il ne rentrera plus jamais chez lui.

— Que ferez-vous ? demanda Philip.

— Nous maintiendrons la pression. Nous forcerons les Afrikaners à prendre une position ouvertement fasciste jusqu'à ce que le monde entier intervienne.

— Si le gouvernement vous proposait l'amnistie ?...

— Nous la refuserions, intervint Magubané. Nous menons une guerre à outrance. Il faut mettre fin aux mauvais coups de ces gens.

— Mais Frikkie et Jopie, les deux rugbymen, disent à peu près la même chose. Une guerre à mort. Pour défendre le style de gouvernement que Dieu a voulu qu'ils établissent.

Jonathan allait se lancer dans une réplique cynique, mais Magubané le coupa :

— C'est pourquoi, dit-il à Philip, je vous conseille d'épouser la fille et de ficher le camp. Vous avez prouvé... L'Amérique a prouvé au Vietnam qu'elle n'avait pas le cran de poursuivre un long combat. Les Troxel ont ce cran. Et nous aussi. Cette guerre durera quarante ans et elle ne peut que devenir plus violente, plus barbare. C'est pour cela que les avions sont pleins de jeunes gens qui partent. C'est pour cela que vous feriez mieux de partir.

Philip se tourna vers Daniel Nxumalo.

— Mais vous pensez, vous, qu'il y a encore de l'espoir ?

— Oui. Les gens qui signent ces pétitions à Pretoria en sont la preuve.

Mais, quand Philip revint à son campement, il trouva ses ouvriers tout excités par une nouvelle brève diffusée par Pretoria : des Afrikaners de la campagne, se faisant appeler les Vengeurs du veld, étaient descendus dans la capitale pour dynamiter les kiosques où l'on recueillait les signatures de la pétition pour le théâtre. Ils avaient mis le feu partout et menacé les femmes de violences si elles s'entêtaient dans leur tentative antipatriotique de mélanger les races. Le porte-parole des Vengeurs du veld avait expliqué : « Dieu nous a interdit d'accepter des Cananéens au milieu de nous et, si ces tentatives se poursuivent, nous mettrons le feu au théâtre. »

Quand Sannie et les Troxel rentrèrent chez eux, ils étaient au comble de l'allégresse.

Philip passa une bonne partie de ses loisirs sur le chantier à se demander pourquoi — entre toutes choses — les hommes de Vrymeer étaient si désespérés par l'annulation de la tournée en Nouvelle-Zélande. Il ne parvint à aucune conclusion jusqu'au jour où on le convoqua à Pretoria pour une réunion de travail avec les responsables d'Amalgamated Mines. Tout le monde devait se retrouver au Burgers Park Hotel et, tandis qu'il prenait un verre au bar, Philip vit arriver un homme dont le visage lui parut vaguement familier.

— Qui est-ce ? chuchota-t-il à l'un de ses supérieurs.

— Le ministre des Finances, répondit l'homme de Johannesburg sans en faire plus de cas.

De toute évidence, il devait y avoir une réunion politique importante, car, quelques instants plus tard, le nouveau Premier ministre entra en coup de vent. Il occupait le poste depuis peu de temps et Philip n'était pas sûr de l'avoir reconnu.

— Est-ce bien qui je pense ? murmura-t-il.

— Oui, c'est le Premier ministre.

Et de nouveau personne ne bougea.

Peu après, un homme extraordinaire passa près d'eux. Philip eut l'impression que l'un des monts Drakensberg s'était déplacé jusqu'à Pretoria, car l'homme était un géant — non en hauteur bien qu'il fût assez grand, mais par l'ensemble de son corps, ses hanches énormes, sa mâchoire inférieure qui s'avançait au moins dix centimètres plus loin que la normale. Il avait les cheveux noirs et de grands yeux sombres.

— Qui est... commença Philip.

— Mon Dieu ! s'écria le président d'Amalgamated. Mais c'est Frik Du Préez !

Tous les hommes d'affaires se levèrent et saluèrent de la

tête le grand Springbok qui avait joué davantage de matchs internationaux que tout autre Sud-Africain. Comme les Alpes dominant la Méditerranée, il s'avança majestueusement à travers le hall vers la salle à manger et tous les membres du groupe de Saltwood le suivirent des yeux.

« C'était Frik Du Préez, répéta le président.

— Je crois que ma famille est liée avec les Du Préez du Cap, dit Saltwood.

Et, à cette nouvelle, tout le monde le considéra avec un respect accru.

L'incident le plus révélateur concernant le rugby se produisit au campement, un matin où Philip reçut un journal de Pretoria datant de la veille avec, en première page, quatre excellentes photos du match du samedi contre Monument. La photo de gauche montrait Frakkie Troxel sauvagement plaqué par une brute de Monument nommée Spyker Swanepoel : il avait fait un « plaquage cravate » — l'homme qui court avec la balle dans une direction est saisi à la hauteur du cou par l'avant-bras de son adversaire, plus lourd, lancé dans la direction opposée. Sur la photo en question, on avait l'impression que Frikkie allait perdre la tête au sens propre.

Le deuxième instantané le montrait au sol, inconscient ; la balle roulait et Spyker Swanepoel lançait un coup de pied sauvage contre la tempe du joueur de Venloo. Le coup aurait tué n'importe quel être humain normal, mais les joueurs de rugby n'entrent pas dans cette catégorie.

La troisième photo était admirable. Frikkie était allongé, presque mort, écartelé au sol. Spyker s'éloignait, triomphant. Mais, un peu en retrait, on apercevait Jopie Troxel en équilibre tendu sur son pied gauche, le poing droit lancé avec une force terrifiante, prêt à frapper Spyker avec une telle férocité que, de toute évidence, la mâchoire sauterait d'une largeur de main.

Le quatrième cliché était de la folie pure. Frikkie gisait toujours au même endroit, mort ou presque. Spyker Swanepoel était allongé, inconscient, la mâchoire tordue en une sorte de sourire béat. Sept hommes de Monument entouraient Jopie et frappaient des poings et des pieds. Un peu plus loin sur le terrain, une demi-douzaine de bagarres se déroulaient et l'on voyait très nettement un joueur de Venloo lancer un coup de genou dans l'aine de son vis-à-vis. La série de photos était intitulée : JEU VIRIL À LOFTUS VERSFEELD.

Quand Frikkie reprit conscience à l'hôpital, les reporters sportifs lui demandèrent ce qu'il pensait de la partie :

— Nous aurions dû gagner, dit-il.

— Vous avez gagné, lui apprit-on.

— Bravo !

Il voulut sortir du lit, mais il ne pouvait coordonner ses gestes et il tomba en arrière.

— Vous savez que Spyker vous a donné un coup de pied ?

— Et après ?

— Vous avez vu les journaux ?

— Je n'ai même pas vu la lumière du jour.

Ils lui montrèrent les quatre clichés et il s'attarda sur le premier.

— Un sacré plaqueur, ce Spyker, hein ?

— Mais... le coup de pied ?

— Jopie s'en est occupé, dit-il en montrant le coup de poing sauvage de la troisième photo.

Il étudia la quatrième :

— Je tombe. Spyker tombe. Jopie tombe. Je suis content que nous ayons gagné.

Le coup de pied reçu dans la tête avait temporairement dérangé les mécanismes qui permettent à l'homme de se maintenir en équilibre. C'était comme si quelqu'un avait mis en mouvement un gyroscope tournant dans le même sens, quelles que soient les pressions latérales. Frikkie se mettait à marcher dans une direction donnée et, quand venait le moment de tourner, il continuait tout droit, rentrant parfois dans les murs.

Les docteurs étaient plus inquiets que lui.

— Je me reprendrai en main, disait-il.

Il avait la ferme intention de livrer le match du samedi contre une équipe de l'État libre d'Orange. Mais, au milieu de la semaine, il devint manifeste qu'il ne quitterait pas l'hôpital de si tôt. Ce fut alors que Sannie commença à lui rendre visite régulièrement et, en constatant son attitude imperturbable devant la douleur et sa détermination au cours de sa convalescence, elle se convainquit de plus en plus qu'il représentait ce que l'Afrique du Sud pouvait offrir de meilleur. Fallait-il accomplir une mission sur la frontière du Mozambique ? Il s'en chargeait. Fallait-il plaquer un adversaire redoutable ? Il n'hésitait pas. Le gouvernement avait-il besoin d'une nouvelle attitude sur des problèmes anciens ? Il était capable de la définir. C'était un homme direct, sans complications, un homme à qui l'on pouvait accorder sa confiance.

Elle était au chevet de Frikkie quand Spyker Swanepoel vint lui rendre visite. Sa mâchoire avait repris sa place habituelle.

— Un plaquage sec, Spyker, lui dit Troxel.

— Tu as encore les oreilles qui tintent ?

— Un truc a dû se coincer. Ça se remettra en ordre.

— Tu sais ce qu'il te faut, Frikkie ? J'ai vu ça des dizaines de fois. Un peu d'exercice violent et une goutte d'eau-de-vie.

— C'est bien mon avis.

Il laissa le gros Spyker l'aider à se mettre sur pieds, puis lui donner un petit verre et l'entraîner à l'autre bout de la pièce.

— Ouah ! cria Spyker.

Et les deux hommes s'élancèrent en sens inverse.

— Formidable ! dit Frikkie. Sortons dans le couloir.

— Frikkie ! protesta Sannie.

Mais comment aurait-elle arrêté ces deux colosses ? Ils sortirent dans le couloir. Elle les regarda s'éloigner à petites foulées comme s'ils entraient sur un terrain de rugby.

— Eh, eh ! grognait Spyker, pour encourager Frikkie.

Il le lâcha et prit quelques pas d'avance. Mais, comme avant, le gyroscope interne empêcha Frikkie de tourner et il percuta le mur du fond.

— Nom de Dieu ! hurla Spyker entre ses dents raccommodées. Ne cours pas dans ce sacré mur !

— Que se passe-t-il ? cria l'infirmière responsable de l'étage en voyant ces deux masses humaines redescendre le couloir. — Spyker devant, Frikkie trottinant derrière, dans une forme impeccable... jusqu'à ce qu'il percute de nouveau le mur.

— Il faut qu'on travaille un peu ça, dit Spyker en ramenant Frikkie vers son lit. Comment te sens-tu ?

— Cette saloperie de mur...

Le personnel de l'hôpital s'était rassemblé dans la chambre et le médecin chef reprocha amèrement à Sannie d'avoir autorisé ce dangereux coup d'éclat :

— Vous auriez dû les arrêter.

— Vous voulez essayer ? répondit-elle.

Quand Spyker repartit et qu'elle resta seule avec Frikkie, elle se leva pour fermer la porte à clef.

— Tu vas très bien, lui dit-elle en revenant vers le lit. Tu es un peu faible pour les virages à gauche, mais qui s'en soucie ?

Elle lui prit la main et l'attira vers elle. Puis elle se glissa dans le lit près de lui en lui murmurant :

— Dès que tu pourras marcher droit, nous nous marierons.

— Je joue samedi prochain, répondit-il.

Ce fut peut-être le résultat de la thérapie de Sannie, mais le fait est qu'il quitta l'hôpital le vendredi matin. Le samedi, il assista au match de son équipe depuis les tribunes, à côté de Sannie, mais, le samedi suivant, contre une équipe du Natal, il était sur le terrain. Ce fut au cours de la troisième mi-temps de ce match, qu'il avait joué comme un fantôme à la recherche d'un château perdu, que Sannie annonça leur mariage.

Jopie renversa une bouteille de champagne sur la tête de son rival, embrassa la future épouse et dit :

— J'ai toujours deviné que ce serait lui.

Mais, quand Philip Saltwood apprit la nouvelle, il quitta aussitôt son chantier pour supplier Sannie de revenir sur sa décision.

— Mais je suis revenue sur ma décision ! dit-elle. A l'hôpital... Je t'ai aimé, Philip, et je n'oublierai jamais quelle belle vie nous aurions pu mener ensemble. Mais Frikkie est l'Afrique du Sud. Et moi aussi !

Quand Sannie Van Doorn eut rejeté de façon ferme et définitive la demande en mariage de Philip Saltwood et indiqué qu'elle aurait accepté l'un ou l'autre des Troxel plutôt que lui-même, le jeune Américain sombra dans la mélancolie et la confusion : il n'était pas capable de trouver un sens à ses propres valeurs. Il se sentait rejeté non seulement en tant que prétendant, mais comme être humain. Cela faisait un certain nombre d'années qu'il travaillait pour ainsi dire en suspens, sans se lier à un pays déterminé, à une entreprise donnée ou à une femme. C'était un homme dans les limbes. Et l'affection de plus en plus vive qu'il avait ressentie pour Sannie était née en partie de son extraordinaire beauté, mais aussi du fait qu'elle aurait constitué une ancre solide pour sa barque à la dérive. Il l'aimait et il aimait son pays ; les défis que posait l'avenir de l'Afrique du Sud ne lui faisaient pas peur et il aurait pris plaisir à participer à son développement malgré la violence prévisible.

Même sans Sannie, il avait envie de rester et il consacra donc toutes ses énergies à la recherche de la source cachée des diamants. Un jour, en consultant la carte, il eut l'idée de chercher dans les premières eaux du Krokodilspruit, affluent insignifiant du Swartstroom. Il consulta les directeurs de Pretoria, qui acceptèrent. Comme Daniel Nxumalo connaissait bien ces étendues inhabitées, Philip l'invita. Détail mémorable de leur expédition, quand ils quittèrent la piste pour descendre à pied vers le torrent ils tombèrent sur une petite vallée enserrée entre des collines basses et là, pour la première fois de sa vie, Philip vit un troupeau d'élans du Cap — une trentaine de bêtes majestueuses, à la robe brun doré s'ornant de traînées blanches sur le dos et les pattes. Ils étaient tellement plus gros que les antilopes qu'il avait pu voir au Wyoming et au Colorado qu'il retint son souffle et tendit le bras droit pour arrêter Nxumalo. C'était bien inutile : personne aimant le veld d'Afrique n'aurait pu passer devant ce troupeau comme si de rien n'était.

— Regardez les fanons ! chuchota Philip.

Certains mâles avaient sur leur poitrail de longues peaux flasques qui s'agitaient doucement à chacun de leurs pas — les fanons.

Pendant une dizaine de minutes, les deux hommes demeurèrent immmobiles et observèrent ces nobles bêtes, à la fois sombres et étincelantes sous le soleil, symboles de l'Afrique qui demeurait toujours un mystère — pour les étrangers, mais aussi pour ceux qui la connaissaient bien. A tous égards, c'étaient des animaux remarquables ; ils ne semblaient pas gigantesques comme les énormes éléphants, ni redoutables comme les rhinocéros, ni éthérés comme les flamants, ni utilitaires comme le cheval, ni repoussants comme le serpent noir mamba. Ils faisaient partie des animaux royaux du monde.

— Dieu, qu'ils sont beaux ! dit Philip.

Et, pour des raisons qu'il aurait été bien en peine d'expliquer, il se mit à courir vers eux en criant et en agitant les bras comme pour effacer cette vision. Au début, seuls ceux de l'arrière s'aperçurent de sa présence, mais, lorsqu'ils se mirent à marcher, sans hâte, vers les berges du Krokodilspruit, les autres comprirent que quelque chose se produisait et se mirent en mouvement à leur tour. Bientôt tout le troupeau partit, sans frayeur, sans bonds en tous sens, avec la dignité qu'impliquait leur rang élevé dans le règne animal.

Comme Philip continuait sa course, ils décidèrent avec dédain de faire quelque chose pour se protéger du danger qu'il représentait. D'un trot léger, ils s'éloignèrent du torrent vers un bosquet peu dense d'arbres bas où, mystérieusement, leurs taches brunes et blanches se mêlèrent aux ombres avec une telle perfection qu'ils devinrent invisibles.

— Ils ont disparu ! dit Philip.

Mais, quand Nxumalo le rejoignit, le Noir vit des couleurs que le Blanc ne percevait pas et il tendit le bras vers les grands mâles s'attardant à l'arrière pour protéger le troupeau. Nxumalo affirma qu'ils étaient toujours là et Philip put enfin les voir… Il fallait les yeux de l'Afrique pour voir l'Afrique.

Daniel fut si favorablement touché par la réaction enthousiaste de Saltwood devant les élans qu'à la fin de leur exploration du Krokodilspruit il étudia le Blanc comme pour déterminer s'il pouvait lui faire confiance, puis il lui dit brusquement :

— Saltwood, j'aimerais vous faire partager une chose.

— Quoi ?

— Une chose extrêmement précieuse. Une surprise.

Il dirigea Philip sur d'étroites pistes non revêtues. Au cours de leur longue route, les deux hommes parlèrent sérieusement de sujets qu'ils n'avaient fait qu'esquisser à l'occasion de leurs rencontres précédentes. Nxumalo avait trente ans cet été-là ; Saltwood était son aîné d'un an. Ce fut lui qui parla le premier.

— Quand on fait la cour à une fille dans un pays inconnu — je veux dire, de façon sérieuse — et que…

— Je comprends. J'ai bien vu…

— Eh bien, cela vous renvoie au plus simple niveau du bon sens et c'est un sacré choc. Voir ces élans cachés, dans la vallée, m'a fait le même effet. Bon Dieu, Nxumalo, que va-t-il arriver à ce pays ?

— Il est soumis à ses propres forces internes, vous savez. La Terre tourne... La démographie est une réalité inévitable. Il y a des limites au-delà desquelles personne ne peut aller. Et il y a des directions que nous sommes forcés de prendre...

— Êtes-vous fataliste ?

— Non, déterministe.

— Marxiste ?

— Non. Mais, dans certaines analyses, Marx est convaincant. De même que Frantz Fanon. Ou Thomas Jefferson.

— Quel avenir voyez-vous ?

— Dois-je partager ma vision avec un Blanc ?

Philip lui lança un regard surpris.

« Je dois tenir compte d'une possibilité, vous savez : je peux être arrêté demain. Et si l'on vous demande de répéter sous serment ce que je vous ai dit le matin d'été où nous sommes allés voir le rhinocéros...

Philip garda le silence, certain que son ami ne disait que la vérité : pour un Noir, *tout*, de jour et de nuit, dans le travail ou le loisir, était sujet à caution ; la mort et la vie demeuraient en suspens et leur équilibre était arbitraire. Philip n'avait jamais connu ce genre de contrainte, dans son pays ou dans les autres pays où il avait séjourné, et telle était la différence irréductible entre être blanc en Amérique et être noir en Afrique du Sud.

« Ne pouvez-vous imaginer le procureur vous assenant question sur question : « Pour quelle raison au monde, monsieur Saltwood, êtes-vous allé avec ce Noir suspect voir un rhinocéros ? » — sauf qu'il l'appellerait *renoster*. Et que pourriez-vous lui raconter ?

Philip ne chercha pas de réponse. A la place, il demanda :

— Quel sera l'avenir des « hommes de couleur » ?

— Pourquoi cette question ?

— Parce que Frikkie et Jopie prétendent que, si les Noirs prenaient le pouvoir, les « hommes de couleur » seraient massacrés.

— Frikkie et Jopie ont raison. Il n'y aura pas de place pour eux. Ils ont eu l'occasion de se ranger dans notre camp, mais ils se sont bêtement accrochés à l'espoir que les Blancs les accepteront un jour. Ils ont préféré s'élever pour rattraper les Blancs au lieu de redescendre dans nos rangs. Une décision fatale.

— Ne pourrait-on la corriger ?

— Je ne crois pas. Mais ils auront peut-être une seconde chance de se sauver...

— Et les Indiens ?

— Qui, en Afrique, a pu résoudre le problème des Indiens ? Au Malawi, en Ouganda, au Burundi... Dehors ! On les a jetés dehors. J'imagine quelque chose comme le départ des Viet...

Il s'arrêta. Il se confiait trop. Il avait eu récemment la vision de bateaux quittant les côtes du Natal. Des Indiens expulsés du pays s'entassaient dans les cales. L'Angleterre n'en voudrait plus. Aucun pays africain ne les autoriserait à entrer. Madagascar tirerait sur les bateaux s'ils tentaient d'accoster. Et l'Inde, leur patrie d'origine, les refuserait, car elle contenait déjà trois fois plus d'êtres humains qu'elle ne pouvait en nourrir sur son espace disponible.

— Comment va votre frère au Mozambique ?

Encore une question à laquelle il valait mieux ne pas répondre.

« Imaginez-vous un espace permanent pour les Blancs ?

— Pour les Afrikaners authentiques, oui. Ils appartiennent à l'Afrique et ils peuvent apprendre à vivre avec nous. Pour les autres, j'ai peur que non. Ils ne se consacreront jamais entièrement à notre pays.

— Quelle langue utiliserez-vous ?

— Ah !... Nous y sommes...

Il frappa la portière de la voiture de son poing crispé, puis il poussa un long soupir.

— Ce devrait être l'afrikaans, sincèrement. C'est une langue splendide, fonctionnelle. La plupart de mes amis la parlent, même si cela ne leur plaît guère. Je vais vous dire ce qu'est l'afrikaans. Vous connaissez le fanakalo, la langue des mines ? L'afrikaans est le fanakalo de la classe supérieure.

— Vous abandonneriez l'anglais ?

Nxumalo changea brusquement de sujet.

— Avez-vous suivi l'affaire de Mme Saltwood, à Johannesburg ? Ce doit être une de vos parentes lointaines.

— Oui. Les Afrikaners qui méprisent ses prises de position n'ont cessé de me rappeler ce qui lui est arrivé.

— Écoutez-la, Philip. Suivez son opinion. C'est une des rares femmes de Dieu.

Pendant un instant fugitif, Philip songea à la requête de Craig Saltwood — non sans un pincement de culpabilité.

— Mais elle a été mise au ban, n'est-ce pas ?

— Elle est assise aux pieds de Dieu, en silence.

Il inclina la tête, puis dit vivement :

« Quand notre groupe d'étudiants s'est réuni l'autre jour à Bloemfontein — des étudiants noirs, bien sûr —, nous parlions neuf langues différentes : zoulou, xhosa, swazi, sotho, tswana, fingo, pondo, venda et tonga. Il nous a fallu utiliser l'anglais comme langue fonctionnelle.

— Pourquoi pas l'afrikaans ?

— Qui peut choisir l'afrikaans pour discuter de liberté ?

— Les Afrikaners. Ils iraient jusqu'à la mort pour défendre leur liberté.

— N'est-ce pas étrange ? s'écria Nxumalo. Du premier jour où les Hollandais ont débarqué au Cap, ils ont lutté pour la liberté. Toute leur histoire, telle qu'ils nous l'enseignent, a été une lutte incessante pour être libres. Mais, quand les Noirs disent : « En tant que population majoritaire de ce pays, nous aimerions être libres », ils nous regardent avec horreur, nous traitent de communistes et saisissent leurs fusils pour nous massacrer.

Pendant plusieurs minutes, ils roulèrent à travers le veld sans un mot. Les fleurs minuscules, de mille couleurs, semblaient des pierres précieuses magiques scintillant dans la poussière.

— Philip, répéta Nxumalo, avez-vous médité sur la mise au ban de Laura Saltwood ? Savez-vous pourquoi le gouvernement l'a accablée ainsi ?

— Non. Je n'ai vu que l'annonce officielle et ensuite plus rien.

— C'est justement ça, la mise au ban : « Et ensuite plus rien... » Elle conseillait aux Noirs de s'accrocher à l'anglais et de ne pas laisser le gouvernement leur imposer l'afrikaans.

Il s'interrompit, puis éclata de rire.

« Vous voyez le dilemme : l'afrikaans pourrait être pour nous une langue utile. Et vous savez aussi, je suppose, que c'est la langue de base des « hommes de couleur ». Ils ont contribué à l'inventer et la plupart d'entre eux la parlent.

— Cela me semble très confus.

— C'est confus. Sur tous les plans. Philologique, historique, social et politique.

— Quelle langue gagnera, l'afrikaans ou l'anglais ?

— Les conflits entre les langues ont toujours été réglés par les poètes. La plupart des poètes « de couleur » écrivent en afrikaans et de façon très émouvante. Mais quel poète noir voudrait s'y résoudre ?

Ils longeaient maintenant une crête depuis laquelle le panorama était immense. Au sud, Philip vit une petite éminence conique. C'était vers elle que Nxumalo le dirigeait.

« Il n'y a qu'une petite piste. Si tout le monde était au courant, il faudrait des cordons de protection. C'est un trésor, vous savez.

Après une petite côte, les deux hommes parvinrent sur un terre-plein limité d'un côté par un vaste rocher en surplomb. Au début, Philip avait supposé que Nxumalo le conduisait à une grotte importante du point de vue archéologique, mais il n'aperçut aucune trace de fouilles, récente ou passée. Puis, progressivement, il vit sur le rocher en pente le contour précis d'un rhinocéros, énorme, avec des taches de couleur définissant encore sa robe, quinze mille ans après sa création. L'aridité et l'éloignement avaient protégé ce chef-d'œuvre et il ne semblait pas différent, pour l'essentiel, de ce qu'il avait été au départ.

Philip se pencha contre un rocher et étudia cette œuvre stupéfiante. Il connaissait bien les techniques et il était en mesure d'apprécier la façon délicate avec laquelle l'artiste depuis longtemps défunt — Gao des Bochimans — avait exprimé tant de choses avec une telle économie de traits.

— Regardez ça ! Une ligne continue de la gueule à la queue ! Regardez ! Toute la patte arrière d'un seul trait ! Cela valait la longue piste...

Il réunit quelques rochers pour former une sorte de siège où il pourrait s'installer pour admirer ce merveilleux rhinocéros et, une ou deux fois, il éclata de rire.

« Eh ! Eh ! Rhino ! Regardez-le donc galoper !

Puis, au bout d'une heure, il enfouit son visage entre ses mains, comme s'il voulait voir le mur de rocher d'un œil neuf, sans aucune idée préconçue.

« C'est stupéfiant, Daniel. Je le pense...

Il étudia dans un silence admiratif cette autre vision de l'Afrique : la beauté hors du temps galopant au fond de grottes sombres, les merveilles inconnues de l'âme noire, le trait continu qui captive les sens et qui vous donne l'impression exaltante d'être en présence des hommes disparus qui ont marché sur la même piste...

« Cours, salopard !... Cours, sinon ils t'auront !

Il pencha de nouveau la tête et songea à Sannie, aux lacs paisibles de Vrymeer et aux paroles terrifiantes de Nxumalo : « Je dois tenir compte d'une possibilité... On vous demandera de répéter sous serment ce que je vous ai dit le matin d'été où... » L'Afrique vous donnait l'impression d'avoir les yeux plus grands que le ventre.

Quand ils quittèrent le rhinocéros, toujours galopant à travers son veld intemporel, Philip fit le tour de la colline et s'aperçut, à sa plus vive surprise, qu'à peu de distance vers l'ouest se trouvaient les bâtiments et les lacs des Van Doorn, à Vrymeer. Nxumalo ne put se retenir de rire.

— C'est pour cela que je vous ai conduit ici par les petites routes. Oui, nous sommes sur l'un des Tétons de Sannie.

— Pourquoi ne m'en ont-ils pas parlé ?

— Nous le gardons pour nous. Les Zoulous, je veux dire. C'est notre rhinocéros. Les Van Doorn sont en Afrique, mais ils ne sont pas l'Afrique.

Les louanges de Nxumalo pour Laura Saltwood donnèrent à Philip un vif désir de rendre visite à cette femme qu'il n'avait fait qu'entrevoir à l'aéroport et dont le fils lui avait demandé de « veiller sur elle ». Il n'était pas intervenu, mais, de toute façon, il n'aurait rien pu faire pour modifier son sort. Il se disait qu'elle devait être, en son genre, une sorte de rhinocéros...

Il demanda à ses supérieurs de Pretoria l'autorisation de se rendre à Johannesburg pour « affaires personnelles » — l'Afrique l'avait déjà contaminé et il jugeait plus prudent de ne pas avouer qu'il avait l'intention de parler à une personne mise au ban.

Quand il arriva près du domicile de Laura, il remarqua que la maison avait été récemment victime du feu, car la façade portait des traces. Il frappa. Aussitôt, il entendit des pas derrière lui. Il se retourna : de l'autre côté de la rue, un agent de police prenait des notes. Puis la porte s'ouvrit.

Montrant la façade endommagée, la femme aux cheveux blancs dit simplement :

— Une bombe. Cette fois-ci, ils ont mis le feu à la maison. Je suis sûre qu'ils espéraient me voir brûler avec elle, mais, comme l'a dit Louis Bromfield dans son beau roman sur l'Inde : « Les pluies sont venues. »

— Vous voulez dire qu'on a placé une bombe à votre porte ?

— Trois de suite. Quand on est mis au ban, la crème des patriotes se croit obligée de vous attaquer à la bombe, de vous tirer dessus, ou que sais-je ? Le gouvernement encourage les voyous.

— Tout de même pas !

Mme Saltwood n'avait pas fait un geste pour l'inviter à entrer. Il supposa que c'était à cause des dégâts subis par la maison, mais elle le détrompa :

— En réalité, les bombes ont fait peu de mal. J'ai eu peur, oui. Très peur, mais c'est secondaire à côté de la grande indignité du ban.

Elle toussa et ajouta :

« Je vais vous recevoir ici, Philip. Dehors, parce que l'agent, là-bas, doit s'assurer que je rencontre une seule personne. C'est mon allocation, vous savez.

Elle l'entraîna vers une petite pelouse où se dressaient une table et deux chaises.

« Il y en avait quatre. Pour le thé l'après-midi, aux jours heureux. Mais il n'y en aura plus jamais quatre (pour la première fois sa voix trembla). Si vous voulez me pardonner un petit instant...

Elle rentra dans la maison et Philip ressentit soudain l'envie irrépressible de donner le change au policier qui observait. Il se leva, l'air très préoccupé, marcha vers l'endroit où la dernière bombe avait explosé et sortit une feuille de papier de sa poche. Il se maudit de n'avoir sur lui ni crayon ni stylo, mais il fit semblant de prendre de nombreuses notes sur les dégâts, reculant de temps à autre comme pour vérifier ce qu'il avait noté. Du coin de l'œil, il remarqua que le policier s'agitait, il rangea donc sa feuille, puis, tournant le dos à l'agent, il fit semblant de sortir un appareil de photo et de prendre des clichés des dégâts. L'homme se mit à courir.

— Vous ne pouvez pas faire ça, monsieur ! cria-t-il en anglais, avec un accent à couper au couteau.

— Je ne faisais rien, dit Philip montrant ses mains vides.

— Vous preniez une photo. C'est interdit, vous savez, sur un site mis au ban.

— Non, monsieur, répondit Philip avec une grande déférence. Je suis architecte. J'évaluais simplement les proportions.

Il fit un cadre avec ses pouces et ses index.

— C'est permis, dit l'agent.

— Que se passe-t-il ? demanda Laura lorsqu'elle apparut sur le seuil, avec le thé servi sur un plateau d'argent.

— Je suis tout à fait désolé, répondit Philip, davantage au policier qu'à Laura. Je me suis montré stupide. Ce brave homme a cru que j'avais un appareil de photo. Je suis désolé, monsieur.

Quand l'agent s'éloigna, il chuchota à Laura :

— Je l'ai fait exprès pour lui flanquer la frousse.

— Bravo ! Mais ne rions pas ouvertement. Il a le pouvoir de devenir très désagréable si l'envie lui en prend.

— Pourquoi toute cette histoire pour une photo ?

— Du moment que je suis au ban, ma maison est au ban. La preuve qu'elle a reçu des bombes est au ban.

Elle interrompit brusquement ses plaintes et invita Philip à s'asseoir près d'elle. En voyant le magnifique service en argent — plateau, théière, pot de crème, sucrier, petit plateau à biscuits, petit confiturier, beurrier, petites cuillères, petites fourchettes pour le citron —, les larmes faillirent lui monter aux yeux. Ce plateau exprimait le legs lointain de son propre peuple et, pour la première fois de sa vie, il se sentit anglais en quelque manière.

« Et maintenant, dites-moi, s'écria Laura d'un ton léger. Comment un Saltwood qui se respecte a-t-il pu échouer un jour dans un endroit maudit comme l'Amérique ?

Elle éclata de rire.

— Autant que je sache, il y a eu dans le passé un frère renégat. Les Anglais sont merveilleux pour la production de frères renégats.

— Toutes les forêts du monde en sont pleines.

— Donc, à peu près au moment où votre branche est venue ici, notre branche — peu brillante à coup sûr — est arrivée en Amérique. Massachusetts, Ohio, Indiana, Michigan. Si vous avez la carte dans la tête, ce sont les premières étapes vers l'ouest. Ma famille a toujours été à la pointe du mouvement

— Des ennuis avec les shérifs ?

— Peut-être. En tout cas, j'ai continué la tradition : Colorado, Texas.

— Vous êtes un vrai Américain. Dites-moi, êtes-vous jamais allé à Salisbury, la vieille ville évêché à l'ouest de Londres ? Non ? Eh bien, vous devriez. Les Saltwood possèdent là-bas une très ancienne demeure, avec des tuiles à l'envers ou je ne sais quoi. Tout à fait adorable, vous savez. Avec une rivière devant le seuil et une cathédrale au fond du pré.

— Cette argenterie…

— Cadeau de mariage à Salisbury, il y a bien des années. Mon mari et moi avons baptisé cette maison Nouveau-Sarum d'après une petite colline où l'on élisait jadis les membres du Parlement. Un bourg pourri. Vous connaissez ? Oh, nous en parlerons plus tard. Nous aimions recevoir et nous avions beaucoup de domestiques. A l'époque, les Blancs de ce pays semblaient toujours avoir une armada de domestiques. Et ma vanité était de posséder cinq services à thé complets en argent.

— Pourquoi ?

— Parce que, le matin, nous aimions faire servir le thé à nos invités dans leur chambre. A sept heures précises, des pieds nus descendaient le couloir. Cinq domestiques, cinq services à thé. Des coups à la porte. « Le thé, baas », et chacun avait son thé.

Elle montra de l'ongle les pièces d'argenterie.

« Le thé ici, l'eau chaude là, les tartines grillées sur le petit râtelier, le sucre, la crème, le citron, un biscuit sucré.

Elle se leva soudain et entra dans la maison pour en ressortir presque aussitôt avec quatre théières qu'elle posa sur le plateau.

« C'était ma seule vanité. Je voulais me rappeler Salisbury et le thé dans l'ombre de la cathédrale. Ces services me permettaient de le faire. Mais je voulais aussi rompre avec tout cet enfantillage et m'engager dans l'Afrique. Alors j'ai dit ce que j'avais à dire et j'ai été mise au ban. Pour la vie, je pense.

Philip n'osa pas répondre. Les yeux fixés sur les cinq théières étincelantes, il sentait un chaos de pensées envahir son esprit, mais il n'avait aucune envie de les exprimer.

— Comment faites-vous pour conserver ces sacrés machins toujours brillants ? demanda-t-il enfin.

Elle répondit de façon très curieuse.

— Savez-vous ce qui me manque le plus ? Pas les réunions publiques, car les gens y rabâchent toujours la même chose. Pas l'amitié, car des gens comme vous viennent me voir souvent. Non, ce qui me manque vraiment, ce sont les boules. Quel jeu merveilleux pour se détendre — l'uniforme impeccable, vous savez, le gazon vert, toujours ras, du terrain. Oui, cela me manque.

— Je ne vous suis pas du tout.

— Je ne peux plus jouer aux boules, bien entendu ; alors, chaque fois que l'envie m'en prend, j'astique mon argenterie. J'astique, j'astique. C'est obligatoire, vous savez. Je sers le thé à tous mes visiteurs et je tiens à utiliser chaque jour une théière différente. Celle-ci, puis celle-ci, puis celle-ci...

Philip se leva et fit quelques pas sur la pelouse pour dissimuler son émotion. Bien entendu, Laura devina la raison de sa réaction.

« Il faut bien s'occuper d'une manière ou d'une autre, ajouta-t-elle gaiement. On ne peut pas lire Soljénitsyne pendant des semaines d'affilée.

— Bon Dieu ! Qu'est-ce que c'est ?

— Des traces de balles, répondit-elle le plus naturellement du monde. Parfois, la nuit, ils tirent sur moi.

Il s'essuya le front et s'assit.

— Savez-vous ce qui me plairait ? dit-il en s'efforçant de rester naturel. Une autre tasse de thé... servie avec celle-ci.

Il montra l'une des théières rutilantes.

— C'est facile, dit-elle.

D'un geste plein d'élégance, elle vida le thé de la théière pleine dans celle que Philip lui avait indiquée, puis elle lui versa une tasse.

« Mais je me servirai avec l'autre, dit-elle.

De nouveau, elle transvasa le thé. Le policier prenait des notes...

— Que va-t-il se passer, madame Saltwood ?

— Laura. Nous sommes cousins, n'est-ce pas ?

— Comment voyez-vous les choses ?

— Pour moi, cela continuera jusqu'à ma mort. Pour le pays, je garde un peu d'espoir. Et savez-vous pourquoi ? Parce que tous les hommes et toutes les femmes normaux et raisonnables savent qu'un changement doit se produire. Les Afrikaners qui votent ces lois horribles ne sont pas des imbéciles. Ils savent que c'est un dernier soupir. Nos Noirs comptent parmi les plus brillants de toute l'Afrique. Ils savent que le temps et les forces de pression sont de leur côté. Il existe dans ce pays une sagesse colossale et Dieu veuille qu'on lui laisse le temps de se manifester.

— Est-ce possible ? Avec le Mozambique, le Zimbabwe, le Vwarda, la Zambie et la Namibie qui exercent des pressions dans toutes les directions.

— Les mitrailleuses ménageront, je crois, un délai raisonnable. A votre retour en Amérique, dites bien à votre peuple que les Afrikaners se serviront de leurs mitrailleuses si on les y contraint. Ce n'est pas la Rhodésie, avec ses épidémies de reculs et de lâchetés. C'est l'Afrique du Sud et les armes font la loi.

— Cela me paraît tout à fait sans espoir.

— Oh, mais non...

Elle lui proposa d'utiliser les deux dernières théières et, à la stupéfaction totale du policier, elle transvasa rapidement de l'une dans l'autre le thé qui refroidissait.

« Ce que je veux dire, c'est que l'on utilisera les mitrailleuses pour gagner du temps. Probablement jusqu'à la fin de ce siècle. Mais chaque instant de gagné est un peu de sagesse acquise. Et le jour viendra où les jeunes gens formés à Stellenbosch et à Potchefstroom prendront la tête du mouvement de conciliation.

— Pourront-ils le faire assez tôt ?

— L'autre grand atout que nous possédons est la stabilité de nos Zoulous et de nos Xhosas. Ce sont les peuples les plus patients, les plus admirables de la terre. Ils se comportent si bien, et depuis si longtemps, que je m'incline humblement devant eux. A côté d'eux, je suis une paysanne sans civilisation. Je les crois capables d'attendre, intelligemment, que le Blanc malade ait fait la part des choses.

— Malade ?

Laura Saltwood tendit l'index vers elle, puis vers le policier qui guettait, la cour fermée et la façade de sa maison attaquée à la bombe.

— Est-ce qu'une société pourrait inventer la mise au ban si elle n'était pas malade ?

Ce fut pour Philip une période de leçons accélérées sur les réalités de l'Afrique, car, à son retour à l'hôtel, un message urgent l'attendait. Il provenait des bureaux de Pretoria : INSURRECTION FAVORABLE AU VWARDA. RENDEZ-VOUS IMMÉDIATEMENT À KATOMBÉ EN MISSION TEMPORAIRE POUR PROTÉGER NOS INTÉRÊTS. PRÉVOYEZ DEUX MOIS D'ABSENCE À VRYMEER. INSTRUCTIONS VOUS ATTENDENT SUR PLACE. PETERSEN. Il prit un avion qui le déposa en Zambie, où attendait un appareil plus petit, appartenant au gouvernement du Vwarda. Deux autres Anglo-Saxons qui avaient travaillé autrefois dans cette République étaient déjà à bord. Ils le mirent au courant de la décision révolutionnaire prise par le président M'Bélé le vendredi précédent.

— Il a informé Londres, Genève et les Nations unies que son pays sombrait dans le chaos — industriel et financier — et qu'il invitait à revenir, avec plein salaire et les primes, environ cinq cents techniciens étrangers, anglais pour la plupart, qui occupaient il y a quelques années des postes clefs de l'économie. Je vais organiser la distribution de farine.

— Pourquoi cette décision soudaine ?

— Voyez-vous, j'ai été expulsé du pays il y a trois ans. A peu près comme vous, Saltwood, si j'ai bien compris votre histoire. Un de mes sous-fifres indigènes m'a accusé de racisme parce que je lui cassais du sucre sur le dos. Et savez-vous pourquoi je criais ? Il était censé surveiller les niveaux des greniers dans tout le pays. Or, dans les districts des tribus autres que la sienne, il avait laissé les réserves tomber à zéro. Je l'ai fichu à la porte avec pertes et fracas — et j'ai été expulsé.

— Que s'est-il passé après votre départ ?

— Il a pris ma place à la tête des services de répartition des céréales, et que je sois pendu s'il n'a pas continué à laisser crever de faim les tribus rivales de la sienne !

L'autre homme s'occupait autrefois du parc automobile de

Jeeps et de Landrovers. Il avait constitué un service de pièces détachées fonctionnant selon ses estimations du degré d'usure des véhicules, dans un pays aux conditions routières primitives. Après avoir établi un tableau résumant ses calculs précis, il avait proposé une loi interdisant l'importation de Jeeps et de Landrovers tant que des stocks de pièces détachées n'auraient pas été accumulés dans neuf dépôts répartis dans le pays — ce qui permettrait de les distribuer efficacement aux véhicules en panne, inutilisables sans ces pièces.

— Mais un neveu du président a obtenu le monopole d'importation des Jeeps et il a exigé qu'on lui permette d'en faire venir autant qu'il désirait. Et au diable les pièces détachées ! Alors, qu'ont-ils fait ? Ils ont « désossé » des Jeeps excellentes pour prendre ici un démarreur, là un différentiel. Le reste de la Jeep rouille sur place, mais le neveu du président s'en moque, les poches pleines.

Quand leur avion atterrit à Katombé, on les conduisit dans un bel hôtel neuf construit avec des capitaux suédois, où plus de quatre cents conseillers techniques avaient été réunis pour entendre une allocution du président M'Bélé. Il parla avec un tel bon sens que même des hommes comme Saltwood, qui lui en voulaient à juste titre pour la façon dont ils avaient été traités lors d'un précédent séjour, l'applaudirent sans réserve. De toute évidence, le président et les conseillers avaient des intérêts identiques — c'étaient des hommes d'Afrique :

Messieurs,

Je suis ravi du fond du cœur de vous voir ici. Vous avez tous une grande expérience du fonctionnement de notre société. Vous avez tous beaucoup accompli dans le passé et je suis sûr que vous ferez aussi bien à l'avenir. Si j'avais douté de vous un seul instant, je ne vous aurais pas appelés à notre aide.

Car nous avons réellement besoin de votre aide. Les rouages productifs de ce pays tournent à vide ou s'arrêtent. Et pourquoi ? Nous ne manquons pas de cerveaux capables de les faire tourner. Nous ne sommes ni paresseux ni indifférents. La raison est simple. Il faut du temps et un long apprentissage pour pouvoir maîtriser les techniques nécessaires au maintien en bonne marche d'une machine complexe. La meilleure volonté du monde ne saurait remplacer le « savoir-faire », comme on dit en Occident. Nos hommes ne l'ont pas. Vous l'avez. Nous avons donc besoin de vous.

Prenons l'exemple du pain. Les citoyens de plusieurs villes sont au bord de la rébellion parce qu'ils manquent de pain. Nous avons les céréales. Qu'est-ce donc qui nous arrête ? Personne ne s'est souvenu qu'il fallait commander de la levure de boulanger. Personne n'a acheté les moules à pain pour remplacer ceux qui s'usent. Et cette sacrée farine est stockée aux mauvais endroits. Combien y a-t-il d'experts en céréales et en boulangerie dans cette pièce ?... Messieurs, mettez-vous au travail avant le coucher du soleil.

Une chose extrêmement importante, que vous devez comprendre et dont il faudra vous souvenir en reprenant vos postes : le Vwarda n'a pas modifié d'une ligne son attitude à l'égard de l'égalité raciale. Nous ne vous invitons pas à revenir parce que vous êtes des Blancs supérieurs. Nous vous demandons de nous aider parce que vous êtes compétents dans des domaines pour lesquels nous n'avons pas été formés. Nous ne tolérerons aucune idée inepte sur la suprématie raciale et, si vous trompez notre peuple, il vous faudra partir. Nous sommes un pays noir et fier de l'être.

Mais je vous promets ceci : nos juges, nos comités et mes services n'écouteront pas d'accusations non fondées de discrimination raciale. Je sais que, dans le passé, certains d'entre vous ont été victimes d'injustices. Cela ne se reproduira pas. La bonne marche de nos boulangeries est plus importante que les promenades de mon gendre en Mercedes d'une usine à l'autre.

Saltwood repartit dans les mines qu'il avait dirigées et, à son arrivée, il fut ravi de voir que son absence n'avait pas provoqué de chaos. On manipulait la dynamite correctement et les consignes de sécurité étaient observées. Les ascenseurs qui descendaient et remontaient à des vitesses incroyables les mineurs des équipes du fond étaient en bon état de marche. Les problèmes se situaient au niveau de l'organisation — permutations délicates de la main-d'œuvre et mouvements des minerais de façon logique. A la fin de la semaine, il rendit compte au président M'Bélé :

> Quand je suis arrivé aux mines, elles étaient efficaces à quatre-vingt-quinze pour cent sur le plan technique. Vos travailleurs accomplissaient leurs tâches avec compétence et de façon responsable. Aucun mineur de Cornouailles n'aurait pu mieux faire. Comme vous le savez, il y avait de graves erreurs de planification. Nous avons besoin de huit ou neuf hommes d'envergure et d'autorité. Ce sont des qualités difficiles à trouver au Vwarda — comme partout dans le monde.

Il mit la main sur un jeune garçon qui avait l'air de comprendre vite les problèmes. Il possédait une certaine compétence acquise dans les mines d'or de Johannesburg. Saltwood lui demanda s'il connaissait des amis ayant vécu les mêmes expériences. Quatre hommes se présentèrent. Deux d'entre eux n'avaient rien appris en Afrique du Sud, mais les deux autres étaient aussi intelligents que le premier et ce fut autour de ces trois jeunes gens qu'il commença à bâtir son équipe de gestion. Par bonheur, il trouva un homme plus âgé qui avait suivi trois années de cours à l'École d'économie de Londres. De même que les usines de South Bend, dans l'Indiana, tiraient parti de la présence de jeunes gens ayant fréquenté des écoles stimulantes du même style, de même les mines du Vwarda commencèrent à mieux fonctionner dès que cet homme assuma une partie des responsabilités de gestion.

L'autorité suprême demeurait entre les mains du gendre du président M'Bélé, principal responsable du renvoi de Saltwood en 1978. Il avait beaucoup changé. Ayant conduit ses mines au bord de la faillite, il savait maintenant qu'il n'avait plus le droit de prendre des décisions sur des bases tribales étroites. Il avait peur, car il tenait beaucoup à sa Mercedes et il était prêt à accueillir toute suggestion qui lui permettrait de la conserver. Cette fois, quand Philip lui expliqua la nécessité de voir les choses d'un point de vue planétaire, il écouta l'Américain.

— Vous devez savoir ce que fait le Japon avec sa métallurgie et deviner les projets des Russes. Vous devez surveiller les marchés et vous n'avez pas besoin d'un ordinateur pour le faire. Votre but doit être une production constante. Et maintenir tous les facteurs en équilibre.

Au bout de deux mois, il était en mesure de repartir. Il

recommanda, pour prendre sa place, un ingénieur belge ayant acquis une vaste expérience au Zaïre, dans la province du Katanga.

— C'est un homme compétent. Il travaille bien avec les pays noirs. Et il est mieux informé que moi de vos problèmes.

Le président M'Bélé demanda à Philip de rester jusqu'à ce que le Belge soit bien au courant de la mine. C'était naturel et l'Américain accepta de prolonger son séjour — mais seulement de trois semaines.

Passé ce délai, quand il fut certain que le Belge était tout à fait qualifié, il demanda la permission de repartir à Johannesburg. Mais, à l'atterrissage de l'appareil, trois officiers du BOSS l'attendaient et il ne put se rendre directement sur son lieu de travail, à Venloo.

— Accompagnez-nous, je vous prie.

Ils l'entraînèrent dans une petite pièce de l'aéroport.

« Nous n'avons absolument rien à vous reprocher, monsieur Saltwood. Nous savons pourquoi vous avez été rappelé au Vwarda et nous connaissons vos compétences professionnelles. Mais nous devons vous interroger pour un procès important et nous préférons que personne n'ait pu vous parler avant.

— Le procès de qui ?

— De Daniel Nxumalo. Haute trahison.

La loi sur le terrorisme de 1967, fondée sur des travaux préliminaires minutieux supervisés par Detleef Van Doorn l'année de son décès, était à la fois merveilleusement vague et douloureusement précise. Elle était vague, parce qu'elle interdisait tout acte ou tentative d'acte susceptible de gêner l'État d'une manière ou d'une autre. Presque toute attitude contestant l'apartheid pouvait tomber sous le coup de cette loi et les preuves à fournir étaient, elles aussi, extrêmement floues. Qu'avait-elle donc de précis ? La peine minimale que le tribunal puisse imposer : cinq ans de détention, très probablement à Robben Island. Le maximum était la mort.

Douze catégories d'attitudes relevaient de la loi. Et, sur ce nombre, le gouvernement admettait que neuf chefs d'accusation ne s'appliquaient pas au cas de Nxumalo. Il n'avait pas fait obstruction à la police ; il n'avait usé de menaces envers personne ; il n'avait pas porté tort à la production ; il n'avait pas dirigé d'insurrection ; il n'avait pas préconisé la collaboration avec un gouvernement étranger ; il n'avait provoqué aucune blessure physique, ni suscité de pertes financières pour l'État, ni mis en danger ses services essentiels, ni fait obstacle à la circulation terrestre, maritime ou aérienne. Sur tous ces chefs, il était manifestement innocent et l'acte d'accusation n'en faisait pas mention.

Mais, sur trois autres points, très dangereux pour la sécurité de l'État, il était présumé coupable : tout d'abord, il avait suscité de l'agitation parmi les Noirs en posant des questions troublantes — on l'accusait donc d'avoir provoqué du désordre ; deuxièmement, en rappelant aux Noirs des malheurs passés, il avait encouragé l'hostilité entre les races ; enfin, en diverses circonstances, il avait gêné le gouvernement. Et, pour ces trois délits, il allait être jugé. S'il était reconnu coupable, il serait jeté en prison ou pendu.

Philip Saltwood apprit que le procès aurait lieu à Pretoria, sous la présidence d'un vieux juge hargneux, Herman Broodryk, qui s'occupait d'affaires du même ordre depuis plus de vingt ans. Avant sa nomination comme magistrat en 1958, c'était un brillant avocat et il avait attiré l'attention sur lui dans les années quarante en défendant les Afrikaners extrémistes qui tentaient de saboter les efforts de Jan Christiaan Smuts pour entraîner le pays dans la guerre du côté de l'Angleterre. C'était un ami personnel de tous les Premiers ministres récents et Philip jugeait troublant qu'un magistrat ayant un tel passé puisse siéger dans une affaire pareille. Mais un avocat des Amalgamated Mines lui déclara :

— La haute magistrature sud-africaine est irréprochable. Nous pouvons nous targuer de deux libertés : les juges comme Broodryk et notre presse indépendante.

Philip fit bientôt une découverte encore plus stupéfiante.

— Est-ce exact que le juge Broodryk entendra l'affaire tout seul ?... Sans jury ?

Son ami avocat défendit de nouveau le système.

— Une des meilleures choses que nous ayons faites : l'abolition du système de jury. Quelle chance aurait ce Nxumalo en face d'un jury de douze Blancs ? Je vous laisse imaginer ce qui se passerait au tribunal de Venloo, par exemple, si un Noir comparaissait sur l'accusation d'avoir molesté la fille d'un fermier blanc, avec un jury entièrement blanc !

Daniel Nxumalo devait être défendu par Me Simon Kaplan, avocat de Johannesburg qui possédait une grande expérience dans la défense de Noirs ayant contrevenu aux règles de l'apartheid. Les accusations d'activité terroriste seraient présentées par Me Martin Scheepers, spécialiste de la loi contre le terrorisme. Il avait instruit dix-neuf affaires du même ordre ; il en avait gagné quatorze et envoyé quatre-vingt-sept hommes et femmes en prison. Au cours de trois affaires récentes impliquant l'insurrection armée, il avait obtenu la sentence de mort.

En Angleterre, en Amérique et dans la plupart des pays occidentaux, un juge peut passer toute une vie en cour d'assises sans condamner un seul homme à mort ; chaque année, en Afrique du Sud, environ quatre-vingts personnes sont exécutées, davantage que dans tout le reste du monde occidental. Quand Saltwood posa la question, l'avocat de l'Amalgamated lui dit :

— La plupart d'entre eux sont des Noirs. Pour assassinat, pour viol. Nous sommes contraints d'agir ainsi pour maintenir l'ordre. Nous sommes quatre millions, ils sont vingt millions.

Quand le juge Broodryk prit place, la salle d'audience était pleine de monde. C'était un homme grand et gros, avec des sourcils épais, en broussaille, des bajoues tremblantes et un air redoutable. Mais, à mesure que le procès se déroula, Philip le trouva patient, attentif et plein d'égards. Quand un magistrat n'est pas confronté à un jury, il se doit d'être impartial, de découvrir les faits et d'évaluer les caractères, car c'est sur lui seul que repose la décision entre innocence et culpabilité, mort ou vie. Au cours de ses années passées dans les mines, Philip avait assisté à des procès dans plusieurs pays d'Afrique. Dans aucun d'eux, il n'avait vu un juge plus sage.

Broodryk traitait Nxumalo avec toute la courtoisie possible et, chaque fois que l'accusé parlait, il l'écoutait avec une attention visible. Dans sa première intervention, le procureur Scheepers exposa à la cour l'essentiel de ses accusations contre Daniel :

L'État prouvera que c'est cet homme qui a conçu l'idée de faire se réunir les Noirs de ce pays en vastes assemblées pour célébrer l'anniversaire de ce qu'il a appelé « Soweto 76 ». De quoi s'agissait-il, sinon d'une combinaison pour engendrer de mauvaises relations entre les races ? Les témoignages démontreront que, d'une manière consciemment provocante et incitatrice au désordre, il a organisé un rassemblement de ce genre à Bloemfontein, où il a pris la parole. Et pourquoi, je vous prie, M. Nxumalo a-t-il choisi Bloemfontein pour tenir cette réunion ? Parce qu'il savait que c'est la plus loyale de nos villes, où ce qu'il avait à dire créerait la réaction la plus enflammée.

C'est sur un autre chef d'accusation qu'il sera démontré le plus coupable. Chacun de ses actes est soigneusement prémédité pour mettre notre gouvernement dans l'embarras. Il a fait appel aux émotions les plus perverses de nos critiques les plus cruels de Londres et de New York. Il a fait appel aans vergogne à des organismes comme le Conseil mondial des Églises et nous démontrerons que ses actes et ses intentions étaient de susciter le discrédit contre nous, en prétendant, comme il le fait, que nos lois sont injustes et notre système d'apartheid non équitable. C'est un homme mauvais et il faut mettre un terme à ses activités.

De prime abord, le ton du conflit entre Nxumalo et Scheepers était donné : un affrontement acharné entre deux hommes capables, qui éclata la première matinée du procès dès que Nxumalo lança son propre réquisitoire soigneusement concerté pour dénoncer dans le dossier les souffrances de son peuple.

INCULPÉ NXUMALO : C'est seulement au cours des années récentes que notre peuple a commencé à se découvrir, à chercher une identité différente de celle que les Blancs prétendent nous contraindre à adopter. Nous sommes dans la situation où se trouvaient les Afrikaners avant qu'ils ne se dégagent de la domination anglaise et nous respectons leur lutte pour leur *Volksidentiteit*. Mais, à partir de ce raisonnement, je conclus que, si les Afrikaners sont libres de célébrer leur victoire sur Dingané au Fleuve-de-Sang, nous devrions, nous les Noirs, avoir le droit de commémorer les événements déterminants qui ont secoué Soweto en juin 1976.

PROCUREUR SCHEEPERS : A quels événements songez-vous ?

NXUMALO : A la mort de nos enfants qui protestaient contre l'apartheid.

SCHEEPERS : Monsieur Nxumalo, ces étudiants se sont insurgés dans les rues, ont incendié des immeubles, tué des civils innocents et défié le pouvoir. Vous considérez que cela peut se comparer à une bataille rangée entre deux armées ?

NXUMALO : Les circonstances ne sont pas les mêmes — pas entièrement les mêmes —, j'en conviens, mais le résultat ? Mon peuple est resté avec sa colère et sa douleur.

SCHEEPERS : Et vous voulez exploiter cette colère pour engendrer le désordre.

AVOCAT DE LA DÉFENSE KAPLAN : Je suis obligé d'objecter à la façon dont mon honorable ami formule sa question.

SCHEEPERS : Cette colère et cette douleur étaient-elles à la base de votre désir de célébrer l'anniversaire de Soweto 76 comme journée du souvenir ?

NXUMALO : Je crois que nous devons beaucoup à ces enfants. Ils nous ont montré que les changements dans ce pays doivent provenir de l'intérieur. Et que nous devons prendre position contre un système que nous avons en horreur.

SCHEEPERS : Vous prétendez parler pour tous les Noirs ?

NXUMALO : Il faut que quelqu'un le fasse. Nous avons trop longtemps gardé le silence.

SCHEEPERS : En célébrant leur grande victoire sur Dingané, les Afrikaners observent le Jour de l'Alliance : nous prions pour la paix, non pour le désordre ; pour l'unité, non pour le chaos. Aviez-vous les mêmes buts en provoquant la fête anniversaire de Soweto 76 ?

NXUMALO : Nous désirions nous aussi la paix et l'unité pour tous. Et nous désirions prier pour les enfants tombés à Soweto, victimes d'un système injuste qui les prive de leurs droits de citoyen dans le pays où ils sont nés.

JUGE BROODRYK : Monsieur Nxumalo, la cour ne siège pas pour débattre des événements de Soweto en 1976. Il ne nous appartient pas de décider si ces étudiants ont été ou non les victimes d'une injustice. Bornez-vous à répondre aux questions de M. Scheepers.

NXUMALO : Votre Honneur, dans leurs écoles et leurs églises, pour les fêtes du Jour de l'Alliance, les Afrikaners s'entendent rappeler par leurs enseignants, leurs pasteurs et leurs leaders politiques Slagter's Nek, le verre pilé dans la bouillie de maïs et l'exécution de Christoffel Steyn. Avec le plus profond respect, j'aimerais rappeler que l'évocation constante du sang versé dans le passé engendre de l'hostilité entre les races.

BROODRYK : Monsieur Nxumalo, les Afrikaners et les Anglais appartiennent à la même race, donc votre accusation ne saurait être fondée. Nous ne nous occupons que de l'équilibre délicat entre les races blanche et noire dans ce pays et du risque d'engendrer de l'agressivité entre elles. Par vos discours irresponsables, par exemple.

NXUMALO : Je ne crois pas que l'on puisse dénier aux Noirs de ce pays le droit de se souvenir des Slagter's Nek de leur histoire. Je pense à Sharpeville et à Soweto 76. Tant que nous n'aurons pas trouvé notre dignité et notre identité, nous ne pourrons jamais être libres.

SCHEEPERS : Que faudrait-il qu'il se produise, monsieur Nxumalo, pour que vous vous considériez comme un homme libre ?

NXUMALO : Il faudrait que l'apartheid prenne fin. Et que les Noirs aient leur mot à dire dans le gouvernement de ce pays.

SCHEEPERS : Ah ! Un homme, une voix, c'est bien ça ?

NXUMALO : Oui. Je suppose.

SCHEEPERS : Croyez-vous obtenir votre droit de vote en encourageant l'agressivité dans votre peuple et en brandissant sous leurs yeux Soweto 76 ?

NXUMALO : Tout homme a le droit de se souvenir des choses affreuses qui lui sont arrivées. Pour nous, les enfants morts de Soweto étaient des héros.

SCHEEPERS : Votre raisonnement est impossible à suivre. Ces jeunes gens étaient des émeutiers rebelles. Et ils avaient à leur tête des agitateurs professionnels.

NXUMALO : Je suis forcé de vous contredire. Les jeunes Noirs de Soweto étaient comme les jeunes Boers qui ont combattu les Anglais en 1899 — en prenant les armes contre leurs oppresseurs anglais.

SCHEEPERS : Ah, ah ! Vous préconisez donc que les jeunes Noirs prennent les armes contre les Afrikaners ? Contre le gouvernement légal ?

KAPLAN : Votre Honneur, mon client n'a rien dit de semblable. Je suis contraint d'objecter avec vigueur à la façon dont mon honorable ami tente de placer la déposition sous un jour erroné.

BROODRYK : Objection accordée. Monsieur Nxumalo, j'apprécie certains de vos arguments, mais il me semble que, si vos remarques incendiaires sont constamment jetées à la face du public, un climat révolutionnaire risque de se créer partout dans ce pays.

NXUMALO : Oui, Votre Honneur, ce risque existe.

BROODRYK : Vous convenez donc qu'en agissant par l'entremise de procédures légales — et elles sont nombreuses — on pourrait éviter un soulèvement des masses ?

A cet instant, le juge était si raisonnable et si conciliant que Saltwood, sensible à toutes les nuances, aurait juré que, si Nxumalo adoptait lui aussi une attitude souple, le juge Broodryk ne le reconnaîtrait coupable qu'à un degré limité. Sa vie serait épargnée, car tout le monde dans la salle d'audience savait que Nxumalo ne s'était livré à aucun acte révolutionnaire réel et délibéré. Mais, à la stupeur de Saltwood, son ami repoussa le rameau d'olivier que le juge venait de lui tendre. Et son refus allait être froid et total.

NXUMALO : Votre Honneur, nous ne pouvons pas accepter le *statu quo*, parce que nous n'avons eu aucune part à sa définition. Nous ne l'accepterons jamais, car ce pays est aussi le nôtre et notre génération ne peut pas compromettre les droits de ses enfants à naître. Nous sommes opposés à l'apartheid maintenant et à jamais.

BROODRYK : Mais, monsieur Nxumalo, on peut s'y opposer autrement que par des actes de terrorisme destinés à saper ce que le gouvernement a ordonné avec clémence et justice.

NXUMALO : Pas avec justice, Votre Honneur.

KAPLAN : Ce qu'il veut dire, Votre Honneur...

BROODRYK : Je sais ce qu'il veut dire. Qu'il continue !

NXUMALO : Je me présente devant cette cour accusé d'activités terroristes. Chaque jour, en Afrique du Sud, des actes de terrorisme sont commis contre mon peuple par l'entremise de l'application rigoureuse de lois ordonnées sans justice. Pour moi, bannir une vieille femme dans un camp de relogement est un acte terroriste. C'est un acte terroriste de priver de culture un jeune esprit avide d'apprendre. C'est un acte de terrorisme de contraindre à se séparer un homme et une femme qui s'aiment. C'est un acte de terrorisme de dire à un Noir né en un lieu donné : « Vous ne pouvez pas vivre ici, parce que les Blancs ont envie de cette terre. » Ou d'interdire à un homme de se rendre dans une ville où il pourrait gagner une vie décente pour sa famille.

BROODRYK (*avec beaucoup de patience*) : J'attends votre conclusion, monsieur Nxumalo.

NXUMALO : Je la formulerai en toute sincérité, Votre Honneur. Nous nions que les lois de l'apartheid soient justes et que la société où nous vivons soit juste. Nous la considérons comme une société n'ayant qu'une seule ambition : le maintien de la suprématie des Blancs.

BROODRYK : Mais c'est l'objectif déclaré de notre société. Si vous connaissez une solution meilleure pour tout le monde, la cour aimerait l'entendre.

NXUMALO : Nous pourrions commencer par la justice pour la majorité des hommes vivant ici.

BROODRYK : Et les minorités, ne méritent-elles pas protection, elles aussi ?

NXUMALO : La minorité qui possède les mitrailleuses peut toujours se protéger.

Le juge Broodryk accordait scrupuleusement à Daniel toutes les occasions de se défendre. Certaines répliques du jeune professeur l'avaient à coup sûr mis en fureur, mais il ne trahit aucune émotion, et Saltwood se rendit compte que Nxumalo, pour contrer le juge, allait plus loin qu'il n'aurait dû. Quelle était la stratégie du jeune homme ? Philip ne parvint pas à la déterminer. L'audience se poursuivit.

Le procureur Scheepers tourna son attention vers deux aspects curieux de l'affaire — et il y revint sans cesse au cours des quatre journées où il interrogea le jeune professeur.

SCHEEPERS : Où avez-vous entendu prononcer pour la première fois les expressions « pouvoir noir » et « conscience noire » ?

NXUMALO : Je ne saurais le dire. Ces idées étaient dans l'air.

SCHEEPERS : Puis-je affirmer que vous les avez entendues dans la bouche d'agitateurs communistes ? D'hommes infiltrés ici pour pousser à l'insurrection les Noirs sans discernement.

NXUMALO : Les Noirs n'ont pas besoin de communistes pour les stimuler. L'apartheid le fait tous les jours.

SCHEEPERS : Mais que signifie l'expression « pouvoir noir » ? N'implique-t-elle pas que les Noirs s'opposent aux Blancs ? Comme votre ancien cri de ralliement : « L'Afrique aux Africains » ?

NXUMALO : Il n'y a rien de subversif dans cette phrase. Vous êtes un homme de l'Afrique. Mon avocat est un homme de l'Afrique. L'honorable juge...

BROODRYK : Je me déterminerai moi-même.

SCHEEPERS : Si nous sommes tous africains, pourquoi le pouvoir aux Africains noirs ?

NXUMALO : Comme je l'ai déjà expliqué, il faut que notre peuple apprenne à être fier de lui-même — c'est la « conscience noire ». Et, si vous me forcez à le dire, le « pouvoir noir ». Nous ne pouvons pas négocier avec les Blancs si nous restons dans une position d'infériorité.

SCHEEPERS : Je ne vois dans votre pouvoir noir qu'un moyen d'affronter les Blancs et de faire tort au gouvernement.

NXUMALO : Aux yeux du monde civilisé, ce gouvernement se fait tort à lui-même.

BROODRYK (*sévère*) : Un peu de sérieux, jeune homme !

NXUMALO : Les protestations du monde entier contre ces façons de procéder sont sérieuses. Elles sont très réelles et un jour...

BROODRYK : Nous ne tolérerons aucune menace révolutionnaire. Monsieur Kaplan, veuillez conseiller à votre client de surveiller son langage.

KAPLAN : Croyez-moi, Votre Honneur, mon client s'exprime sans que je lui souffle ses mots.

BROODRYK : Je vous crois, Maître, car cette cour a toujours trouvé en vous un homme prudent, loyal et patriote. Mais vous devez avertir votre client qu'il aggrave son cas en s'engageant dans des menaces révolutionnaires. La Cour ne se laisse pas impressionner par ce qui se passe « dans le monde entier », comme il dit. Depuis un certain nombre de décennies, ce pays s'efforce d'agir en harmonie avec les commandements de Dieu et non selon les palinodies du Conseil mondial des Églises.

Sur cette déclaration bien sentie, le juge Broodryk ordonna

une suspension de séance. Saltwood aurait voulu parler à Nxumalo, mais aucune personne étrangère n'avait le droit de communiquer avec le prévenu, de peur qu'on ne lui donne des conseils. C'était en fait le désir de Philip, car il avait décelé à certains signes que Broodryk désirait éviter une sentence sévère — si seulement Nxumalo se reconnaissait coupable à un degré mineur et faisait appel à la clémence du magistrat. Mais il était presque sûr que, pour quelque raison mystérieuse, Nxumalo refuserait de prendre une attitude humble et cela devint évident dès que le procureur l'attaqua sur la question de la langue.

SCHEEPERS : Puis-je affirmer, monsieur Nxumalo, que vous avez emprunté vos idées sur la langue à Mme Laura Saltwood ? Ce sont ses discours, n'est-ce pas, qui vous ont encouragé à conseiller à vos étudiants de ne pas accepter l'éducation en afrikaans ?

NXUMALO : Avec votre permission, monsieur, il y a deux erreurs dans votre question.

SCHEEPERS : Lesquelles ?

NXUMALO : J'ai donné mon avis à mes étudiants longtemps avant la mise au ban de Mme Saltwood. Et rien dans mon avis n'était contraire à l'afrikaans. J'ai dit simplement : « Apprenez l'anglais en premier, parce que c'est la langue de la communication internationale. »

SCHEEPERS : Mais pourquoi un Bantou... Excusez-moi, Votre Honneur. Pourquoi un enfant noir dont la vie se passera en Afrique du Sud devrait-il se soucier de communication internationale ?

NXUMALO : Parce que nos liens internationaux — je ne parle pas de comités internationaux, je pense aux contacts que nous établissons avec des hommes à l'étranger — contribueront de façon capitale à déterminer la nature de notre gouvernement futur.

SCHEEPERS : Vous songez bien entendu à la Russie communiste ?

NXUMALO : Je songe au monde civilisé. Nous ne pouvons parler à personne en afrikaans, parce que personne dans le monde ne comprend cette langue.

BROODRYK : Vous semblez résolu à insulter la nation,

monsieur Nxumalo. Tout d'abord, vous tournez en ridicule notre fête la plus sacrée. Maintenant, c'est le tour de notre langue.

NXUMALO : Je me borne à dire la vérité. A savoir que l'afrikaans n'est utilisé nulle part en dehors de ce petit pays.

BROODRYK : Vous considérez que l'Afrique du Sud est un petit pays ? Comparé par exemple à la Belgique ?

NXUMALO : Par rapport au Brésil et à l'Indonésie. Par rapport au reste de l'Afrique.

SCHEEPERS : Quand avez-vous conseillé à vos étudiants de ne pas étudier l'afrikaans ?

NXUMALO : Jamais je ne le leur ai conseillé, monsieur.

SCHEEPERS : Puis-je lire un extrait de votre discours à Bloemfontein ?

> Notre programme doit être d'insister pour que l'instruction de base soit donnée en anglais, car cela permettra à nos jeunes de communiquer avec le monde entier et non pas seulement avec quelques Afrikaners sectaires enfermés dans leur petit recoin.

N'est-ce pas une déclaration incendiaire, monsieur Nxumalo ? N'est-ce pas inciter des Noirs à ne pas tenir compte des lois de ce pays ?

KAPLAN : Votre Honneur, je désire que vous demandiez à l'honorable procureur de lire les phrases qui suivent dans son rapport de police.

SCHEEPERS : J'ai lu tout ce que je possède et je vous assure que c'est...

KAPLAN : Votre Honneur, il se trouve que j'ai sous les yeux le texte complet. Avec votre permission, puis-je lire quelques phrases de plus ? Je crois que vous les trouverez instructives :

> Je désire que tous les étudiants apprennent l'afrikaans, car c'est un excellent moyen de communication pour nos affaires dans ce pays. Je parle afrikaans, je l'utilise tout le temps, à mon plus grand avantage. Mais il ne me permet de communiquer qu'avec moins de trois millions de personnes. Quand je parle anglais, je communique avec le monde entier.

SCHEEPERS : Pourquoi un enfant noir de Venloo aurait-il envie de communiquer avec le monde entier ?

NXUMALO : Parce que nous sommes citoyens du monde entier.

SCHEEPERS : Mais, à maintes reprises, nous avons eu la preuve que vous vous déclarez africain. N'est-ce pas votre théorie ?...

NXUMALO : Je suis citoyen de Venloo, ce qui fait de moi un citoyen du Transvaal oriental. Et cela me donne le titre de citoyen d'Afrique du Sud.

SCHEEPERS : Pas d'Afrique du Sud. Vous êtes zoulou, je crois. Vous appartenez au kwaZulu, le bantoustan des Zoulous.

NXUMALO : Je suis né dans la ferme de Vrymeer. J'ai enseigné à l'université du Zululand, mais Vrymeer est ma patrie.

SCHEEPERS : Vous êtes néanmoins citoyen du kwaZulu et vous devrez ultérieurement établir votre résidence là-bas. C'est la loi.

NXUMALO : Je n'en suis pas moins citoyen d'Afrique du Sud.

SCHEEPERS : Votre Honneur, je proteste contre cette attitude insultante.

BROODRYK : Laissez-le énoncer son argument.

NXUMALO : En tant que citoyen d'Afrique du Sud, je deviens automatiquement citoyen de l'Afrique dans son ensemble. Et, en tant que citoyen d'Afrique, je suis obligé de me comporter en citoyen du monde.

SCHEEPERS : En rendant allégeance à la Russie communiste ?

NXUMALO : En rendant allégeance à toute l'espèce humaine. C'est parce que je veux partager des idées avec le monde que je préconise l'éducation en anglais.

SCHEEPERS : Votre langue n'est pas assez bonne pour vous ?

NXUMALO : C'est de *votre* langue qu'il s'agit. Et elle est sûrement assez bonne pour communiquer avec Pretoria et Le Cap. Mais, Votre Honneur, personne ne la comprend à Paris, à Madrid ou à Rio de Janeiro. Et, dans certaines circonstances, nous avons également besoin de parler avec les hommes de là-bas.

Le procès suivit son bonhomme de chemin, sans preuve solide, comme s'il s'agissait d'infliger un blâme à un étudiant turbulent après un chahut de lycée... Et Saltwood comprit bientôt que le nom du vrai coupable ne serait jamais mentionné dans cette salle d'audience. Daniel Nxumalo était poursuivi non pour ce qu'il avait fait, mais parce que son frère Jonathan, au Mozambique, était une épine dans le pied du régime. Le procureur Scheepers ne déclara jamais : « Vous êtes coupable, Daniel Nxumalo, parce que votre frère est un révolutionnaire. » Philip en déduisit que le ministère public ne devait avoir aucune preuve de complicité et, comme le juge Broodryk ne tonna pas : « Nous allons vous jeter en prison, Daniel Nxumalo, parce que nous ne pouvons pas mettre la main sur votre frère », Philip supposa que l'État désirait que cet aspect de l'affaire reste dans la pénombre. Mais Daniel était attaqué à cause de Jonathan, cela ne faisait aucun doute.

Et cela souleva une question intéressante, à laquelle Philip ne cessa de songer tandis que le procès se poursuivait : Daniel avait effectivement reçu Jonathan chez lui, à Venloo. Il avait effectivement conspiré avec lui, en un sens. N'était-il pas coupable — si l'on acceptait la loi sud-africaine ? Et, quand on avait répondu par l'affirmative à cette question de pure rhétorique, une autre question, beaucoup plus troublante encore, se présentait : Philip était là-bas cette nuit-là. Il avait assisté à la réunion clandestine de Soweto. N'était-il pas, lui aussi, coupable de conspiration ? A l'instant où cette question lui vint à l'esprit, il avait les yeux fixés sur le juge Broodryk et il ne put s'empêcher de penser, avec horreur, que, sur la base des faits, le juge serait en mesure de le condamner, lui, Philip Saltwood, à l'emprisonnement... C'est ainsi, au moment où il s'y attend le moins, que le visiteur de l'Afrique du Sud ressent au fond de son cœur les réalités du pays. C'est en homme déjà condamné que Saltwood assista aux deux dernières journées d'un procès dont il était devenu, subtilement, un coaccusé.

Ce sens de condamnation vague prit davantage d'intensité lorsque M. et Mme Frikkie Troxel, accompagnés par leur cousin Jopie, entrèrent dans la salle d'audience pour entendre la fin des débats contre leur voisin, le fils de Moïse Nxumalo. L'arrivée de ces deux athlètes bien connus provoqua des sourires approbateurs et le juge Broodryk leur souhaita la bienvenue. Ils ne s'installèrent pas à côté de Philip, mais en face, indiquant ainsi leur opposition à ses opinions « socialistes » étrangères. Cela lui permit de constater leur satisfaction sans mélange chaque fois que l'accusation marquait un point important contre le Noir qui menaçait leur mode de vie privilégié. Ils adoraient leur liberté, ces trois Troxel ! Et ils étaient prêts à sacrifier leur vie pour la conserver, cela ne faisait aucun doute. Ce qu'ils refusaient de comprendre, c'était que Daniel Nxumalo puisse éprouver les mêmes sentiments au sujet de la sienne.

Il était vraiment déplorable, songea Philip, que ces trois Blancs de valeur connaissent si peu de chose sur la famille Nxumalo, qui vivait sur les mêmes fermes qu'eux. S'ils avaient tendu la main à Daniel et à son frère Jonathan pour former une association sincère, ils auraient pu construire une réelle puissance, capable d'entraîner leur secteur du pays vers une meilleure compréhension et des compromis plus logiques. Mais ils étaient demeurés ennemis. Pis encore, ils étaient restés des inconnus les uns pour les autres.

Ils écoutaient à présent l'interrogatoire de Nxumalo sur sa politique :

SCHEEPERS : Revenons à votre expression provocante : « pouvoir noir ». Cela ne signifie-t-il pas suprématie noire et expulsion des Blancs ?

NXUMALO : Vous semblez avoir sur moi un dossier complet, monsieur Scheepers. Nulle part dans ce dossier vous ne trouverez une seule parole de ma bouche préconisant l'expulsion, à un moment ou un autre, de la totalité des Blancs. Dans la société que je conçois, les Blancs seront nécessaires, tout à fait nécessaires. Dans vingt ans, lorsque les…

KAPLAN : Je dois mettre en garde mon client contre ce qu'il s'apprête à déclarer.

BROODRYK : J'ai grande envie d'apprendre ce qui nous attend dans vingt ans.

NXUMALO : Dans vingt ans, quand les Noirs auront le droit de vote — peut-être pas « un homme, une voix », mais une concession raisonnable, en attendant —, je suis persuadé que le procureur Scheepers occupera le même poste qu'aujourd'hui et que l'avocat de la défense Kaplan défendra tel ou tel homme d'affaires...

BROODRYK : Et le juge ?

NXUMALO : Je pense que le juge de cette cour sera noir. (*Rires.*)

BROODRYK : Je l'aurais juré.

NXUMALO : A ce moment-là, Votre Honneur, vous serez peut-être membre de la Cour suprême, avec trois magistrats noirs. (*Rires prolongés.*)

BROODRYK : Et c'est vous, en tant que dictateur, qui m'aurez désigné ?

NXUMALO : Une association de citoyens blancs et noirs aurait besoin des meilleurs juges possible.

BROODRYK : Une « association de citoyens » ? C'est le communisme, n'est-ce pas ?

NXUMALO : Non, Votre Honneur. C'est la démocratie.

BROODRYK : On dirait plutôt la dictature.

NXUMALO : Non, la dictature, c'est ce que nous avons en ce moment.

BROODRYK (*dans un état de fureur croissante*) : Je ne peux pas vous permettre de dénigrer notre gouvernement.

NXUMALO : Je n'avais nulle intention insultante, Votre Honneur. Je disais simplement la vérité. Les grandes élections de 1948, qui ont chassé Jan Christiaan Smuts pour donner le pouvoir à votre parti, n'exprimaient pas les désirs de la majorité des Blancs. On peut considérer que vous avez manigancé un coup d'État légal, comme les communistes en Tchécoslovaquie.

SCHEEPERS : C'est un mensonge. Nous avons gagné cette élection de façon juste et honnête.

NXUMALO : Non. Il faut dire la vérité sans ambages. Vous avez obtenu soixante-dix-neuf sièges au Parlement contre soixante et onze.

SCHEEPERS : Une majorité de huit, comme je le disais.

NXUMALO : Mais, dans le décompte des suffrages, vous étiez loin d'avoir la majorité : environ quatre cent mille voix pour et six cent mille contre. De nombreux Blancs ne voulaient pas de votre système de gouvernement.

SCHEEPERS : Comment pouvez-vous...

NXUMALO : Vous le savez très bien. Dans ce pays, le

découpage électoral donne un avantage certain aux campagnes, au détriment des habitants des villes. Une voix de paysan vaut jusqu'à trente-cinq pour cent de plus que celle d'un citadin.

SCHEEPERS : Et c'est à juste titre. La vertu d'une nation repose sur ses paysans. La pourriture qui détruit un pays fleurit dans les villes.

NXUMALO : Dans ce cas, les Noirs, qui sont en majorité des paysans, devraient avoir des voix plus importantes que quiconque.

SCHEEPERS : Nous parlons de votants civilisés.

Et l'on en resta là. Daniel Nxumalo avait froissé le juge, le procureur, son propre avocat et la majorité du public. Même Philip Saltwood devait concéder qu'il était aussi coupable que l'enfer — mais de quoi ? Aucun acte manifeste de trahison n'avait été démontré ; il n'avait été en contact avec aucune puissance étrangère. Il avait exprimé des idées que les professeurs de faculté et les étudiants soutenaient partout dans le monde, sauf en Russie et en Ouganda. Il avait organisé une journée du souvenir pour les morts de Soweto. Il avait pris la défense de l'anglais comme première langue des études. Il avait prononcé les expressions « pouvoir noir » et « conscience noire ». Et il avait fait certaines choses susceptibles de gêner le gouvernement, qui essayait de dissimuler les pires conséquences de l'apartheid.

Pour ces délits mineurs, fallait-il le jeter en prison ?

Toujours selon la même ligne de pensée, Saltwood dut pourtant reconnaître son ami coupable de deux autres délits, beaucoup moins mineurs : il avait rendu visite à des révolutionnaires à Soweto et il avait donné asile à son frère renégat. Mais ces faits n'avaient pas été évoqués au procès. La preuve finale, décisive, c'était que Nxumalo était entré en relation avec des leaders noirs — et cela revenait à peu près à de la collusion avec une puissance étrangère. De plus, Nxumalo avait tenu le raisonnement impudent qu'en honorant Soweto 76 les Noirs se bornaient à imiter les Blancs lorsqu'ils célébraient le Jour de l'Alliance. C'était un blasphème ; et, dans une théocratie, une faute capitale.

Il était essentiel pour la sûreté de l'État que Daniel Nxumalo soit sévèrement puni, peut-être même pendu. Mais, lorsque la séance reprit, dans un silence tendu, et que le juge Broodryk — créature du système chargée de défendre le système — énonça sa sentence, il surprit tout le monde :

> Prévenu Daniel Nxumalo, cette cour vous estime coupable de tous les chefs d'accusation portés contre vous. Chaque fois qu'une occasion s'est présentée, vous avez tenté de mettre en péril la sécurité de cet État en promouvant les objectifs de groupes révolutionnaires qui complotent pour renverser le gouvernement de cette République. La Cour a écouté avec patience vos exposés sur la conscience noire et sur l'identité des Noirs, mais les bonnes gens de ce pays ont mis au point un système complexe qui assure l'équité pour tous. La nation a défini des lois rationnelles auxquelles vous devez vous soumettre ; et, pour un homme de votre éducation, les combattre est criminel. La peine la plus élevée que prévoit la loi contre le terrorisme est la mort, mais, par votre attitude au cours de ce procès, vous avez à maintes reprises fait preuve d'un esprit supérieur et de fermeté de caractère. Or, dans notre monde, ce sont des qualités qui entrent en ligne de compte. Je vous condamne à dix années de détention criminelle.

Ainsi donc Daniel Nxumalo, âgé de trente ans, dont le seul crime réel était d'avoir parlé dans les mêmes termes que Jean-Jacques Rousseau, Abraham Lincoln et Winston Churchill, fut condamné à passer une décennie à Robben Island.

La perspective de la prison ne lui faisait pas peur. Il était persuadé qu'avant longtemps la voix de la raison se ferait entendre dans ce pays et, même s'il était mis au ban pendant cinq ans après sa libération, il savait qu'avant la fin de ce siècle les Noirs comme lui connaîtraient une vraie liberté. A ce moment-là, son martyre lui vaudrait une situation privilégiée, comme les anciens détenus Nehru, Mussolini, de Valera, Vorster, Kenyatta, Lénine, Hitler et Gandhi avant lui. Il mettrait à profit ses années de prison exactement comme eux : il allait parfaire ses théories du gouvernement et il en ressortirait beaucoup plus fort qu'il n'était entré. Les nations ont tendance à être gouvernées par des hommes contraints par l'adversité à clarifier leur pensée ; ceux qui n'ont jamais connu de vents adverses sont souvent trop paresseux pour réfléchir à la façon dont ils manœuvreront leur bateau pendant la tempête.

Dans la prison militaire de Chrissie Meer, Detleef Van Doorn avait commencé son éducation, axée sur un puritanisme de contrainte ; dans la prison politique de Robbel Island, Daniel Nxumalo accomplirait son apprentissage des stratégies de la liberté.

Quand Philip Saltwood avait obtenu son poste à l'Amalgamated Mines, il avait promis à son professeur préféré, Gideon Vandenberg, de l'université du Michigan, de ne pas formuler de conclusions rigides sur l'Afrique du Sud avant d'y avoir travaillé une année entière. Il songea donc à faire son rapport au professeur, membre de la famille éminente qui a donné aux États-Unis le sénateur Vandenberg et le général Hoyt Vandenberg. Il passait ses étés à Holland (Michigan), capitale de la tulipe aux États-Unis, et c'était une sorte de Hollandais professionnel. Le sénateur s'était présenté à son électorat sous les traits d'un Hollandais incorruptible, conservateur mais prudent ; et, chaque année, Gideon proposait un cours sur « l'Age d'or des Pays-Bas, 1560-1690 », qui lui permettait de dégager les tensions créatrices qui avaient fait de ce pays minuscule l'un des maîtres du monde, possesseur de Java et du Cap. Il voulait savoir ce qui se passait dans cette ancienne colonie et il avait demandé à Saltwood de tout lui dire.

> Cher professeur,
>
> Un des meilleurs conseils que vous m'ayez jamais donnés fut d'attendre un an avant de vouloir tirer des conclusions sur l'Afrique du Sud. Dix ans auraient été une période d'étude plus justifiée. Mais j'ai travaillé activement avec des Afrikaners, des Anglais et beaucoup de Noirs. Je me suis rendu dans toutes les régions du pays. Et j'ai renoué des relations avec les Saltwood sud-africains, séparés de notre branche depuis 1810. Vous trouverez ci-dessous mes réflexions personnelles provisoires.
>
> L'Afrique du Sud doit être l'un des plus beaux pays de la terre ; à ma connaissance, seule la Nouvelle-Zélande est plus belle. Toute réflexion doit partir de là : c'est un pays qui mérite d'être conservé. Pour les Blancs, c'est aussi un

des pays du monde où le niveau de vie est le plus élevé et, si en Europe et en Amérique les gens savaient à quel point la vie quotidienne est fastueuse, ils émigreraient tous. A côté des Blancs sud-africains de la classe supérieure, les millionnaires du Texas et de l'Oregon vivent comme des serfs. Si vous étiez professeur là-bas, avec le même salaire qu'aux États-Unis, vous auriez quatre domestiques, une vie facile et tout le confort imaginable. Oui, le mode de vie sud-africain mérite d'être conservé (pour les Blancs), même au prix de durs combats. Jamais je n'ai vécu aussi bien.

Pour les Noirs des villes, le niveau de vie est également plus élevé que celui constaté de mes yeux au Nigeria, en Zambie et au Vwarda ; beaucoup plus élevé, m'assure-t-on, que dans tous les pays noirs voisins. C'est la raison pour laquelle des centaines de milliers de Noirs de ces pays aimeraient émigrer en Afrique du Sud. En ce qui concerne les libertés personnelles, bien sûr, c'est une tout autre affaire et une bonne partie de ce que l'on entend dire dans une université libérale comme celle du Michigan est la vérité.

Les gens d'Afrique du Sud m'étonnent. L'enquête la plus superficielle démontre que ce que l'on appelle un Afrikaner est rarement de pure ascendance hollandaise. La combinaison moyenne semble : ancêtres hollandais, trente-cinq pour cent ; ancêtres allemands, presque trente pour cent ; huguenots, vingt ; anglais, cinq ; autres pays européens, cinq ; et — submergés et niés — cinq pour cent provenant du mélange racial avec les esclaves de Madagascar, d'Angola, de Java, de Ceylan, ainsi que beaucoup de Malais, avec un saupoudrage généreux de Hottentots à la peau brune. Mais, apparemment, une goutte de sang hollandais suffit à dominer toutes les autres origines européennes et peut même masquer des transfusions noires, si elles se sont produites il y a suffisamment longtemps. Un homme dont on peut démontrer qu'il est aux sept huitièmes allemand, huguenot et anglais dira fièrement : « Mes ancêtres étaient hollandais. »

Mais, au cours des périodes récentes, le processus semble s'être inversé, car maintenant une goutte de sang noir suffit à contaminer quatre-vingt-dix pour cent de sang blanc — ce qui rend compte de la croissance constante de la population « de couleur ». Vous pourriez vivre mille ans, Vandenberg, et ne jamais comprendre ce problème. Les « hommes de couleur », qui devraient être par nature les alliés des Blancs purs — si jamais il existe un seul Blanc pur —, sont maintenus dans des limbes, sans aucune place déterminée dans la société. La langue afrikaans s'est fixée dans une large mesure à partir de la diversité des langues parlées par les « hommes de couleur », de même que de nombreux us et coutumes du pays — comme l'amour des Afrikaners pour la cuisine épicée. Toute personne possédant une culture historique, comme vous, est forcée de conclure qu'une des erreurs les plus désolantes commises par les Afrikaners a été de se séparer de ces gens capables qui sont en réalité leurs demi-frères : les « hommes de couleur ».

Ce raisonnement fait enrager les Afrikaners, absolument convaincus par leurs historiens, leurs professeurs et leurs prédikants que le métissage des Blancs et des esclaves a été exclusivement le fait de marins et de soldats en bordée au Cap, au cours de leurs escales. Ils croient sincèrement qu'aucun Hollandais ayant le respect de lui-même n'a jamais touché une esclave. Un étudiant polisson de l'université de Witwatersrand a calculé que, pour parvenir à la quantité de croisements ayant manifestement eu lieu, chaque soldat et marin aurait dû débarquer avec son pantalon déjà à moitié baissé pour se mettre à l'ouvrage sans délai et ne s'arrêter qu'au coup de sifflet du bosco pour le rappeler à bord…

Vous pourrez peut-être concevoir, grâce à vos antécédents hollandais, un phénomène que je ne parviens pas à comprendre : la croyance inébranlable des Afrikaners que Dieu en personne préside à leur État et à leurs traditions. Je ne peux pas vous dire à quel point j'ai été choqué l'autre jour, au cours d'une discussion sur un problème de gestion avec deux diplômés d'université, quand l'un d'eux m'a déclaré tout net : « Mais Dieu veut que nous fassions les choses ainsi. Il a conclu son Alliance avec nous dans ce but. » Quand un Premier ministre prend ses pouvoirs, il assure au peuple qu'il maintiendra la nation sur la voie tracée par Dieu. On enseigne aux enfants des écoles que Dieu a conçu l'apartheid; et j'ai même entendu un passionné de rugby prétendre que Dieu combinait les victoires de l'Afrique du Sud, parce qu'il voulait voir triompher Son peuple élu. Tout observateur extérieur qui minimise l'influence de ce credo dans la politique sud-africaine passe à côté du cœur du problème. Sur la cinquantaine d'Afrikaners que je connais bien, quarante-neuf croient sincèrement que Dieu leur a ordonné de rester dans ce pays, de le gouverner exactement comme ils le gouvernent et de le défendre contre les Noirs et le communisme. Jamais je n'ai connu un seul Américain aussi certain que Dieu veille en personne sur les intérêts de l'Amérique — ce qu'il ne manque pas de faire, évidemment.

Comme la plupart des Américains, je connais peu de chose sur la religion, mais ici on ne peut pas la négliger : elle domine le gouvernement et accorde sa sanction à tout ce que le parti politique au pouvoir décide. Les presbytériens ne sont-ils pas calvinistes eux aussi ? Je ne me rappelle pas les avoir vus se comporter ainsi chez nous. Vous le savez, les calvinistes de Hollande ont rejeté l'Église sud-africaine et un théologien hollandais réputé est venu récemment ici pour tenter un raccommodage. J'ai assisté à une conférence remarquable qu'il a donnée, où il a déclaré que Jean Calvin était très strict en ce qui concerne le gouvernement, et il a cité Calvin lui-même. En voici l'esprit : tous les hommes doivent de toute évidence se soumettre aux magistrats qui les gouvernent, mais uniquement dans la mesure où les magistrats obéissent aux règles fondamentales de Dieu. S'ils agissent autrement, les citoyens ne leur doivent aucun respect ni ne doivent s'en laisser imposer par la dignité attachée à leur fonction de gouvernants. Sans aller jusqu'à réclamer une révolution, tout visiteur sincère est enclin à inviter le gouvernement à réévaluer sa politique.

A vrai dire, tous les Sud-Africains intelligents que j'ai rencontrés, qu'ils soient afrikaners, anglais ou noirs, savent que de grandes réformes doivent être accomplies — et ils savent lesquelles. Mais quatre-vingt-cinq pour cent des Afrikaners de la campagne préféreraient mourir plutôt que d'accepter ne serait-ce qu'une seule de ces concessions. Et leurs leaders réactionnaires — laïcs et religieux — leur assurent qu'ils ont raison. La tragédie, c'est que les sages de tous les camps en présence sont prêts à effectuer ces changements tout de suite, mais ce sera impossible ; et, dans dix ans, lorsque les réformes seront concédées par force, à la pointe des fusils, elles ne seront plus suffisantes. Dans toutes les conversations, j'ai entendu des comparaisons avec la Rhodésie. Il y a dix ans, les Blancs de Rhodésie auraient dû faire certaines concessions, mais ils ont refusé. Quand ils ont voulu les accorder, il était trop tard pour que ces changements modestes soient acceptables.

Il me semble qu'il y a quatre possibilités. Tout d'abord, une évolution pacifique, progressive, vers un État multiracial moderne. Les Blancs irréductibles prétendent qu'ils ne l'accepteront jamais. En second lieu, une révolution noire qui balayerait les Blancs du pouvoir et peut-être, du même coup, de l'Afrique. Les Noirs n'en semblent pas capables, en tout cas pour l'instant. Troisièmement, une domination blanche prolongée avec des réactions de plus en plus répressives à mesure que les pays noirs « de la ligne de front » pourront soutenir des infiltrations de guérilleros. La nation actuelle deviendra un laager blanc se défendant contre l'Afrique noire. La plupart des hommes de mon chantier, Blancs et Noirs, pensent que c'est ce qui se produira et que les Blancs pourront tenir ainsi jusqu'à la fin du siècle. Mais, s'ils persistent à rejeter les « hommes de couleur » — ce qui contraint ces derniers à s'allier avec les Noirs —, les Blancs mettront en péril les chances qu'il leur reste. A court terme, en tout cas, les événements seront fortement influencés par l'attitude des « hommes de couleur ».

La quatrième possibilité m'a choqué, mais, comme elle était proposée par le meilleur cerveau que j'ai rencontré ici, Blanc ou Noir, Afrikaner ou Anglais, je suis obligé de la prendre au sérieux. Il estime que les choses vont si vite que les Afrikaners ne seront pas capables de conserver leur pays contre la combinaison des pressions extérieures et de la guérilla urbaine intérieure — s'ils le tentaient, l'ensemble sombrerait dans une révolution effroyable. Il préconise que les Blancs, tous les Blancs, se retirent volontairement dans l'ancienne province du Cap pour y établir une vraie République où les Afrikaners, les Anglais et les « hommes de couleur » travailleraient côte à côte, comme citoyens à part entière. J'ai été réellement surpris lorsqu'il a tracé les frontières sur une carte. Pretoria et Johannesburg seraient abandonnées, ainsi que Durban. Port Elizabeth et Grahamstown seraient conservées, ainsi que Kimberley et Bloemfontein. Ce beau domaine, rationnel, aurait la taille du Texas. Il serait gouverné par les Blancs qui refuseraient de coopérer avec le gouvernement noir du nord, ainsi que par les nombreux « hommes de couleur ». En sécurité à l'extrême pointe de l'Afrique, il deviendrait un nouveau Hong Kong. Quand j'ai demandé si les Noirs triomphants permettraient un retrait de ce genre et la fortification du sanctuaire, mon interlocuteur m'a répondu une chose profonde, dont j'aimerais que vous discutiez avec vos étudiants et tous ceux qui s'intéressent à l'Afrique. Je vais essayer de vous transcrire ses propres termes :

« Si les Noirs d'Afrique refusent, comme ils semblent l'avoir fait ailleurs, toute association raisonnable avec les Blancs indigènes, le résultat ne serait pas seulement catastrophique pour l'Afrique, mais désastreux pour les États-Unis, parce que votre pays est sur le point d'accepter et de définir une justice pour sa minorité noire. S'il voit une majorité noire en Afrique refuser à des Blancs une justice comparable dans les pays qu'ils dominent, s'il assiste à un massacre sur ses écrans de télévision, le coup de fouet en retour sera effrayant. »

J'ai répondu qu'il demandait aux Noirs de définir leur comportement en tant que majorité, avant qu'ils ne soient parvenus à l'égalité. Il m'a dit : « C'est à ce moment-là qu'il faut établir les définitions. »

Lequel de ces quatre scénarios a-t-il mes faveurs ? Comme ingénieur, j'ai toujours eu beaucoup de chance en travaillant selon le principe que, si je suis assez malin pour voir une chose, les gens intimement impliqués devaient eux aussi l'avoir remarqué. Si tous les hommes intelligents savent quelles concessions il faudrait faire en ce moment même, je conserve l'espoir de voir ces concessions entrer dans les faits. Je penche donc en faveur de la première solution, un changement pacifique accéléré, qui aboutira à une nation où la majorité noire réservera une place aux participants blancs — même s'ils ne les aiment pas —, parce qu'ils sont indispensables. Exactement comme l'Afrikaner accepte aujourd'hui comme associé l'anglophone dont il a combattu avec tant d'acharnement les ancêtres.

Je laisserai de côté l'Afrikaner à tous crins, du type mitraillette au poing, qui ne cesse de crier : « Il faudra passer sur mon cadavre. » Les leaders afrikaners que j'ai rencontrés sont au moins aussi prudents que les hommes politiques américains de ma connaissance. Je leur accorde toute ma confiance. Et je tiens à clarifier une chose, dont on ne parle jamais dans la presse sud-africaine : les Noirs d'Afrique du Sud sont aussi capables que tous les gens avec qui j'ai travaillé. Partout où j'ai dirigé un chantier, j'ai été soulagé quand j'ai trouvé un Noir sud-africain pour prendre les choses en main, parce que j'étais sûr d'avoir un homme intelligent, travailleur et bien informé. Si des Noirs inférieurs à eux peuvent gouverner la Zambie, la Tanzanie et le Vwarda — si maladroitement qu'ils le fassent pour le moment —, les Noirs sud-africains pourront sûrement gouverner l'Afrique du Sud. A vrai dire, une grande coalition des capacités noires, de l'adaptabilité des « hommes de couleur », des compétences anglaises et de la force afrikaner pourrait forger une nation comptant parmi les plus puissantes de la terre, située dans l'un des meilleurs endroits possibles et possédant un niveau de vie que la plupart des autres peuples lui envieraient. C'est cela que j'espère.

Si, comme certains le redoutent, toute solution rationnelle demeure impossible parce que les Afrikaners obstinés refuseront de renoncer à la moindre de leurs prérogatives, je vois de fortes pressions s'exercer sur toutes les frontières, encouragées et parfois orchestrées par des pays du bloc communiste. A l'intérieur des frontières régnera une guerre larvée ou réelle et les Afrikaners pourront sûrement se défendre jusqu'à la fin de notre siècle ; au-delà, d'autres pressions, que nous ne saurions prévoir, modifieront la situation de façon radicale. On m'a convaincu cependant d'une chose : les jeunes Afrikaners que je connais feront parler leurs fusils. Ils se lanceront dans la lutte armée pour défendre un mode de vie ordonné par Dieu Lui-même et qui est à leurs yeux l'un des meilleurs de la terre. Ils n'hésiteront pas à massacrer, parce que Dieu a assuré aux Israélites, qui leur servent de modèle : « Un homme d'entre vous en pourchassera mille ; car c'est le Seigneur votre Dieu qui se bat pour vous, comme Il vous l'a promis. » Et, ce qui est encore plus effrayant : « Ils ont entièrement détruit tout ce qui se trouvait dans la ville ; hommes et femmes, jeunes et vieux, bœufs, moutons et ânes, ils les ont passés au fil de l'épée. »

Le principal obstacle à une solution rationnelle est l'obstination des Afrikaners, mais ce n'est pas le seul. La division regrettable au sein de la communauté blanche jouera un rôle déterminant. Les victoires électorales éclatantes des Afrikaners leur ont permis de ne pas tenir compte des autres segments de la communauté et de les chasser de toutes les positions de responsabilité. Il n'y a aucun Anglais au Conseil des ministres ou à la tête d'unités importantes de la police ou des forces armées. J'ai demandé à un Afrikaner de premier plan si la nation qu'il envisageait à l'avenir réserverait une place aux Anglais et il m'a répondu sans hésiter : « Pas vraiment. » Puis il s'est souvenu que j'avais des parents anglais dans le pays et il a concédé : « En fait, s'ils cessent de repartir en Angleterre chaque fois qu'il y a un ennui, nous leur trouverons peut-être une place et nous leur ferons même confiance, quand viendra le grand chambardement. »

La phrase clef de toute discussion sérieuse est : « Quand viendra le grand chambardement. » Tout le monde s'y attend. Les ultra-patriotes prétendent qu'à ce moment-là les Anglais s'enfuiront comme des poules mouillées. Tout le monde est convaincu qu'on ne pourra faire confiance qu'aux Afrikaners. Mais qu'est-ce donc que ce mystérieux « grand chambardement » ? La rébellion armée des Noirs.

Après mon troisième voyage dans le pays, certains amis m'ont demandé l'impression la plus durable que j'en gardais. J'ai dit ceci : « J'aurais aimé, ne serait-ce qu'une fois, entrer dans une ville sud-africaine et voir la statue de quelqu'un ayant écrit un livre, peint un tableau ou composé une chanson. » J'étais las de tous ces monuments affreux à des généraux de pacotille ayant livré des batailles impliquant trente-huit hommes. C'était comme si notre pays était envahi de statues de Francis Marion, de Pierre Beauregard et James Van Fleet. Je suis sûr que c'étaient des hommes de valeur et qu'ils méritent de ne pas être oubliés, mais ils constituent une base fragile pour édifier une hagiographie nationale.

Quant à ma dernière conjecture, si les Afrikaners du commando Götterdämmerung utilisent vraiment leurs armes pour protéger leurs privilèges pendant le reste de ce siècle, je suis persuadé qu'ils réussiront. Mais tout espoir de réconciliation ultérieure sera évidemment compromis. Je suppose donc qu'aux environs de 2010 ils battront en retraite, sous toutes les pressions conjuguées, jusque dans l'enclave de la province du Cap, où ils deviendront l'Israël de l'Afrique, entourés non par des Arabes, mais par des Noirs. Je n'imagine pas qu'ils quittent l'Afrique. A quel titre ? Ils n'ont pas d'autre patrie. Ils ont vécu ici beaucoup plus longtemps que la majorité des familles américaines ont vécu aux États-Unis.

Vous avez probablement décelé que j'écris avec plus de ferveur que je n'aurais jamais osé en montrer dans votre classe. La raison en est simple. Je suis tombé amoureux d'une jeune Afrikaner adorable, beaucoup plus jolie que les modèles professionnels que l'on voit en sabots de bois sur les cartes postales de votre Holland (Michigan). A travers elle, j'ai vu le meilleur de l'Afrikanerdom et je l'ai davantage apprécié que le milieu anglais, auquel pourtant j'appartiens en quelque manière. J'ai vu dans les Afrikaners un peuple excellent essayant de trouver sa voie. Hélas, la jeune belle a épousé l'autre — celui avec la mitraillette à la hanche — et je me demande ce que l'avenir lui réserve. Je suis meurtri, découragé.

Philip Saltwood.

Il était vraiment découragé. Il était venu en Afrique du Sud pour chercher des diamants et il n'avait rien trouvé. Il avait essayé d'épouser une belle jeune femme et il avait échoué. Plus agaçant encore, il avait tenté de comprendre un pays avec lequel sa famille demeurait liée, mais il terminait son périple aussi ignorant de sa structure réelle qu'au premier jour.

Il ne savait pas pourquoi Frikkie et Jopie étaient si déterminés à régler les problèmes avec leurs mitraillettes et il n'aurait su dire pendant combien de temps Nxumalo accepterait de faire des concessions. Indiens, « hommes de couleur », Zoulous, Xhosas, Afrikaners — tous les groupes le déconcertaient et Craig Saltwood plus que les autres : pourquoi avait-il accepté l'exil ? A la place de Craig, il ne se serait pas enfui.

Et pourtant, il partait. Son travail s'achevait sur une cascade de notes mourantes s'égrenant comme la chanson d'une boîte à musique dont le ressort finit de se détendre. Il ne lui restait plus qu'un dernier pas à franchir — vers la sortie. Il rangea son matériel sur le chantier, notifia à Pretoria que tous les comptes du personnel devraient être soldés le samedi et il se renseigna sur les vols de retour vers New York, où un groupe pétrolier désirait lui parler de certains problèmes au Texas.

Le mercredi, tout était en ordre et les travaux de la levée du camp répartis entre tous les hommes encore salariés. Il parla à chacun de ses projets, de sa femme et de ses enfants. Les Noirs lui faisaient entièrement confiance à présent et ils lui expliquèrent de bon cœur leurs incertitudes du lendemain : « Peut-être un poste ici. Peut-être irons-nous au Zimbabwe pour aider le pays à remettre ses mines en ordre. » Ces Zoulous et ces Xhosas étaient des hommes merveilleusement souples et Philip ne put s'empêcher de penser que, même si les dirigeants politiques, Noirs et Blancs, faisaient de l'Afrique du Sud un immense gâchis, ces techniciens conserveraient leurs compétences et les mettraient au service du gouvernement qui prendrait la suite, quel qu'il soit. Ils ne semblaient pas déplorer son départ, mais ils respectaient sans aucun doute le niveau élevé de son travail — ils l'avaient constaté : c'était un homme qui connaissait bien son affaire.

En général, les Blancs savaient ce qu'ils allaient faire ensuite. Comme les Noirs, ils ne regrettaient pas le départ de l'Américain. Il n'avait jamais été vraiment dans la note, il n'avait jamais compris entièrement les raisons pour lesquelles ils devaient maintenir les Noirs « à leur place ».

— Attention aux gangsters, lui dirent-ils.

— Dites à Jimmy Carter que nous attendons impatiemment ses nouveaux conseils.

— Si vous voyez Andy Young, souhaitez-lui bon voyage.

C'était une drôle de bande, des hommes difficiles mais compétents, avec qui il serait ravi de travailler n'importe où et n'importe quand. Mais ils ne représentaient pas l'Afrique du Sud qu'il avait appris à aimer. Cette Afrique-là était axée sur Vrymeer et, quand tout fut à peu près rangé dans le campement, il traversa les collines jusqu'à Venloo, puis continua vers la ferme nichée près du lac. Quand il parvint aux abords du domaine des Van Doorn, il vit une fois de plus les bâtiments accueillants, les cinq cases, les lacs en gradins et le troupeau de blesboks. Il arrêta sa voiture, pour bien étudier la relation de chaque élément avec l'ensemble, et il songea : « C'est un paradis taillé dans le roc, et toujours riche, même en période de sécheresse. »

Il remarqua que plusieurs mois sans pluie avaient abaissé considérablement le niveau du lac. Les berges assez abruptes étaient découvertes et l'on apercevait des couches successives de roches qui semblaient différentes. C'était très probablement la même roche, mais qui avait pris des couleurs variées à la suite de diverses expositions à l'eau et à l'air. Il était sur le point de songer à une chose précise lorsqu'un groupe nombreux de flamants roses tournoya pendant plusieurs minutes en dessinant des arabesques stupéfiantes, puis atterrit délicatement sur un des petits lacs, troublant un troupeau de pintades qui picoraient non loin, sur le sable. Toutes les pensées qu'il aurait pu avoir sur le lac disparurent, il descendit vers la cour de la ferme, gara la voiture et cria :

— Marius !

Avant qu'il n'arrive sur le seuil, Van Doorn ouvrait la porte en riant aux éclats. Il brandit un journal :

— Philip ! Je suis content que vous arriviez. C'est trop fort, il faut que je vous raconte.

— Qu'ont encore fait les Américains ?

— N'ayez aucune crainte. C'est l'Afrikanerdom à l'état pur.

Il entraîna Saltwood dans la pièce principale et la première chose que le jeune homme remarqua fut une photo en couleurs de Sannie dans sa robe de mariée. Très vite, il se détourna, mais il remarqua que Marius l'observait et il lui demanda d'un ton qui se voulait indifférent :

— Comment va-t-elle ?

— Bien. Frikkie a un poste dans l'administration. Tout le monde a un poste dans l'administration...

— Et pourquoi votre allégresse à mon arrivée ?

— La sécheresse.

— Je ne vois pas l'humour. Tout a l'air plutôt désolé dans le coin.

— Ce n'est pas ici. C'est au nord, à Blinkfontein.

— Voyons un peu... dit Saltwood en tendant la main vers le journal pour comprendre.

— Non. Il faut que vous lisiez d'abord la première histoire, pour l'ambiance. Je dois l'avoir quelque part.

Marius garda le journal qui avait provoqué son hilarité et se mit à farfouiller dans un tas de vieux journaux près de la fenêtre.

« Le voilà.

Lorsque Philip eut le vieux journal entre les mains, il comprit ce qui avait provoqué tant de joie : en première page, sur quatre colonnes, trônait la photographie d'un homme entièrement nu, accompagné du titre : UN NUDISTE IDENTIFIÉ COMME LA CAUSE DE LA SÉCHERESSE. L'article, sans le moindre humour, expliquait que Mme Léopold Van Valck, présidente du Comité d'action morale de Blinkfontein, parlant au nom de ses quarante-trois membres, avait décidé que la sécheresse prolongée ayant si douloureusement touché la région était provoquée par la colère de Dieu contre un homme nommé Victor Victoria, qui invitait des couples, pas toujours mariés, dans sa ferme proche de Blinkfontein, où ils se livraient à des bains de soleil tout nus. Mme Van Valck croyait que, si l'on permettait à M. Victoria de continuer ses bains de soleil, Dieu continuerait d'affliger Blinkfontein ; et son comité avait présenté un ultimatum : « Mettez des vêtements ou affrontez les conséquences. » Elle ne précisait pas quelles seraient ces conséquences, mais laissait entendre qu'elles n'auraient rien d'agréable. En revanche, si M. Victoria consentait à s'habiller, elle lui assurait, ainsi qu'aux autres citoyens de Blinkfontein, que la pluie tomberait très prochainement, en accord avec II Chroniques, chapitre 7, verset 14 :

> Si ceux de mon peuple [...] s'humilient et prient [...] et se détournent de leurs voies mauvaises, je les entendrai des cieux, je pardonnerai leurs péchés et je guérirai leur pays.

Elle concluait : « Tout dépend de vous, monsieur Victoria. Mettez vos vêtements et apportez-nous la pluie. »

Philip rendit le journal à Van Doorn avec un soupir.

— Nous avons des fous dans notre pays, nous aussi. Vous devriez voir ce qui se passe au Texas !

— Mais ce n'est pas la question ! s'écria Marius en glissant le journal du jour dans les mains de Saltwood.

Il y avait en première page une autre photo de M. Victoria, complètement habillé cette fois, avec le titre : NUDISTES REPENTIS, LE CIEL NOUS BÉNIT. Dans l'après-midi suivant la matinée où les invités de M. Victor Victoria avaient remis leurs vêtements, une pluie torrentielle s'était déchaînée. Non seulement elle avait mis fin à la sécheresse, mais les eaux avaient entraîné deux petits ponts. Mme Van Valck, présidente du Comité d'action morale de Blinkfontein, avait déclaré au milieu de l'orage : « M. Victoria est un bon voisin. Il paie ses factures. Et il a écouté la voix de la raison. » Il y avait un deuxième cliché de M. Victoria près d'un des ponts détruits, avec la légende : « JE ME SUIS SÛREMENT TROP COUVERT. »

— Un épilogue parfait à mon séjour.

— Vous nous quittez vraiment ?

— A regret.

— Amalgamated vous trouverait certainement une place, le prix de l'or étant ce qu'il est — sans parler des diamants.

— Oui, mais...

Il montra la photo de la fille de Van Doorn.

— Je connais à Pretoria deux bonnes douzaines de filles plus jolies que Sannie, dit Marius.

— Mais elles ne sont pas Sannie. Si tout s'était passé autrement...

Il était debout devant la grande fenêtre, les yeux posés sur le lac et les stries laissées sur ses rives par la sécheresse.

« S'il a plu à Blinkfontein, l'eau descendra vers ici dans les deux jours qui viennent et votre lac devrait se remplir de nouveau.

— Il s'est toujours rempli. J'ai le sentiment qu'il est ici depuis mille ans, peut-être un million d'années.

— Les choses, ici, sont très anciennes, dit Saltwood en pensant à autre chose.

Puis il se retourna brusquement vers son ami :

« Qu'avez-vous dit, Marius ?

— Eh bien, qu'à mes yeux... Je n'entends rien à ces choses-là, bien sûr, mais j'ai toujours pensé que le lac était ici depuis des milliers ou même des millions d'années.

Philip prit Marius par le bras et courut vers le lac. Lorsqu'ils parvinrent tout au bord, le géologue dit à Van Doorn :

— Supposons que ce lac existe depuis des millénaires. Pourquoi s'est-il formé ici, à mi-pente ?

— Pourquoi pas ?

— Il n'y a qu'une explication : il est empli par un écoulement naturel souterrain. Et qu'est-ce qui a provoqué cet écoulement ? L'ouverture d'une ancienne cheminée.

Il s'agenouilla et donna des petits coups aux couches striées, sans but particulier, car elles ne pouvaient rien lui révéler. En se relevant, il s'écria :

« Marius ! Ce que je cherchais se trouve peut-être ici même.

Il se tourna vers l'est, vers l'endroit où le vieux Pik Prinsloo avait découvert ses diamants, bien au-delà des collines faisant obstacle. D'un geste du bras, il balaya les collines, car il supposait à juste titre qu'elles s'étaient formées des millions d'années après la naissance du lac.

Une fois les collines supprimées, il pouvait très bien visualiser le tracé de la rivière qui avait charrié les diamants vers l'aval. Elle venait probablement de l'ouest, le long de cette chaîne de petits lacs et elle courait vers l'est par-dessus le socle des collines actuelles, sans obliquer vers le nord comme le lit du cours d'eau existant à présent, toujours vers l'est, dans la direction logique, entraînant les diamants avec elle.

« Marius ! cria-t-il. Je crois que je l'ai trouvée.

— Quoi ?

— Le cheminée qui a produit ces diamants. J'ai perdu un an à chercher dans la mauvaise direction.

— Vous croyez qu'elle serait ici ?

— J'en suis convaincu. Non pas à cause de ce que j'ai vu ici aujourd'hui, mais parce que j'ai épuisé toutes les autres possibilités.

Ces paroles eurent un impact très violent sur Van Doorn, car il voyait son pays en train d'épuiser, lui aussi, toutes les possibilités, avant de se décider à affronter le problème angoissant qui menaçait son existence même. Mais, de même que Saltwood pour les diamants, l'exploration préliminaire demandait du temps — et la cautérisation d'animosités anciennes. Si Philip avait perdu une année à rechercher ses diamants, l'Afrique du Sud ne pouvait-elle pas s'accorder dix ou vingt ans pour la mise au point de sa solution ?

« Disons : dix ans à tourner autour de l'idée d'une répression totale, de style militaire ; puis peut-être cinq années de plus avec une sorte de néo-fascisme ; puis encore cinq ans de convalescence pour recouvrer la santé ; enfin dix ans encore de recherches tâtonnantes pour une formule de démocratie partagée. Oui, le temps avance en vastes cycles, mais tout sera probablement résolu de mon vivant. A l'âge des cheveux blancs, je verrai ici une société splendide. Nous n'aurons pas à nous blottir dans l'enclave du Cap. Noirs et Blancs, Indiens et “ hommes de couleur ” pourront participer, dans l'égalité... »

« Marius, vous m'entendez ?

— Pardon ?

— Je disais que j'aimerais creuser un dernier forage expérimental. Par là, sur le bord de votre lac.

— Dans quel but ?

— Je suis convaincu que je trouverai de la kimberlite. Peut-être à cent cinquante mètres sous la surface, au-dessous des détritus.

« Détritus... C'est bien le mot. L'horrible sédimentation de décisions erronées, de volte-face injustifiées. En grattant les excroissances de l'histoire — les pendus de Slagter's Nek, l'horreur des camps, les fautes que nous avons commises avec l'apartheid —, peut-être parviendra-t-on au socle même de la société humaine, là où se cachent les diamants. Dieu de mes pères, comme j'ai envie que nous creusions enfin les forages psychologiques pour mettre à jour le socle… ! »

« Alors ? J'ai votre autorisation ?

— De faire quoi ?

— De creuser le forage d'essai… jusqu'à la kimberlite ?

« La kimberlite ! Cette nation de mines est capable de risquer un milliard de rands pour trouver la couche de kimberlite, dans l'espoir d'y découvrir des diamants… Ne dépensera-t-elle pas dix rands à rechercher la kimberlite de l'âme humaine ? Nous revenons en arrière d'un milliard d'années pour trouver des pierres qui ne vaudraient absolument rien dans un monde rationnel et raisonnable, mais nous laissons de côté les joyaux plus précieux de la conscience humaine, qui valent tout l'argent du monde. Notre société est folle. Et si Saltwood trouve la nouvelle cache de diamants, tout le monde dira, à Pretoria, à Londres, à Amsterdan et à New York : “ L'Afrique du Sud s'est sauvée une fois de plus, en cette période de crise. ” Nous achetons des crédits financiers, mais non de l'intelligence… »

« J'occasionnerai le minimum de dérangement, disait Philip tout excité. Je limiterai le nombre des véhicules. Et le lac ne pose aucun problème. Nous descendrons à soixante ou cent mètres, puis nous forerons en oblique vers le nord et le sud.

— Et les détritus ? Il va y en avoir beaucoup.

— Il y en a toujours beaucoup quand on trouve des diamants. Dix tonnes de tout-venant par carat. Nous ferons un tas par ici. Vous ne le verrez jamais depuis la maison.

Les flamants s'envolèrent de leur petit lac et dessinèrent leur ballet aérien, dansant dans le ciel pour célébrer les découvertes qui allaient être faites. Après une vaste arabesque pleine de majesté, plumes roses éclatantes sous le soleil, ils passèrent au-dessus du point où Philip placerait sa sonde, puis obliquèrent vers le nord. L'an prochain, quand ils reviendraient, le lac serait différent.

Glossaire

Lorsqu'on écrit sur un peuple ayant une langue aussi évocatrice que l'afrikaans, on est tenté de truffer le récit d'une foison de vocables brefs et colorés comme *kloof* (ravin) ou de mots composés stupéfiants comme *onderwyskollegesportsterreine* (éducation-collège-sports-terrains). J'ai essayé d'éviter ce travers : ce ne serait que pédantisme, sans utilité pour le lecteur. Cependant, parler des Afrikaners sans ajouter une pincée de leur langue serait une injustice. J'ai donc utilisé quelques mots sans lesquels le récit manquerait de vraisemblance ; on trouvera ci-dessous le sens exact et l'origine de ces mots lorsqu'elle n'est pas hollandaise.

BAAS : maître ; *boss*.

BAOBAB : arbre au tronc énorme (*bantou*).

BAYETE : salut royal (*zoulou*).

BILTONG : lanières de viande salée et séchée au soleil (*pemmican*).

BOBOTIE : plat de viande hachée, curry, œufs et lait (*malais*).

BOER : litt. fermier ; Sud-Africain d'ascendance hollandaise ou huguenote.

COMMANDO : unité militaire des Boers.

DAGGA : marijuana (*hottentot*).

DANKIE : merci.

DISSELBOOM : timon principal des chariots à bœufs.

DOMINEE : pasteur de l'Église afrikaner.

FONTEIN : source naturelle.

HARTEBEEST HUT : « cabane-bubale » de torchis ; murs bas, sans fenêtres.

IMPI : régiment de guerriers zoulous (*bantou*).

JA : oui.

KNOBKERRIE : massue à tête bombée (*hottentot*).

KOPJE : petite colline, souvent à cime plate.

KRAAL : village africain ; enclos à bétail (*portugais*).

LAAGER : camp défensif entouré de chariots.

LOBOLA : dot payée en bétail (*bantou*).

MEERKAT : petit mammifère ressemblant au chien de prairie américain.

MEJUFFROUW : mademoiselle ; jeune fille non mariée.

MEVROUW : madame ; est devenu MEVROU.

MFÉCANÉ : l'écrasement (migration forcée à la suite de l'expansion des Zoulous) (*bantou*).

MIJNHEER : monsieur ; est devenu MYNHEER, puis MENEER.

MORGEN : mesure agraire, environ 80 ares.

NACHTMAAL : litt. repas de nuit ; Sainte Communion ; est devenu NAGMAAL en afrikaans.

OUBAAS : vieux baas ; vieillard, grand-père.

OUMA : grand-mère.

PRÉDIKANT : ecclésiastique (notamment de l'Église hollandaise réformée).

RAND : unité de monnaie valant un peu plus d'un dollar américain (abréviation de Witwatersrand).

SJAMBOK : fouet court en cuir de rhinocéros ou d'hippopotame (*malais*, d'origine *persane*).

SKOLLIE : voyou (surtout parmi les « hommes de couleur » du Cap).

SLIM : malin, rusé, perspicace, fourbe.

SMOUS : marchand itinérant (colporteur) (*allemand*).

STOEP : porche.

TREK : migration (en particulier en chariots à bœufs).

TREKBOER : éleveur nomade.

TSOTSI : membre d'une bande de voyous (*bantou*).

UITLANDER : étranger ; notamment sur les mines d'or.

VELD : savane arbustive (VELDT est archaïque).

VELDKORNET : fonctionnaire de district ; dans l'armée : lieutenant.

VELDSKOEN : chaussures fabriquées avec des peaux brutes.

VERDOMDE : maudit.

VOC : Vereerrigde Oostindische Compagnie, la Jan Compagnie.

VOLK : nation, peuple.

VOORTREKKER : membre du Grand Trek de 1834-1837.

VRYMEER (en hollandais : VRIJMEER) : lac de la Liberté.

Prononciation : En général, les mots se prononcent comme ils s'écrivent, sauf que J = Y, V = F, OE = OU, U = OU, OU = O-OU. Par exemple, le nom Van Wyck = Fan Vyke ; Vrymeer = Fraïmer.

Remerciements

Au cours de mon dernier séjour en Afrique du Sud, j'ai été traité avec une courtoisie constante et, quand on a appris que je me proposais d'écrire un roman sur le pays, mon téléphone n'a cessé de sonner : offres d'assistance, informations érudites, discussions sans contraintes. Quand je rentrais à mon hôtel le soir, des gens m'attendaient pour évoquer tel ou tel sujet avec moi, d'autres me proposaient de visiter des endroits que je n'aurais jamais vus sans eux. Tous les secteurs de la société m'ont aidé : Noirs, « hommes de couleur », Indiens, Afrikaners et Anglais. Le nombre des personnes à qui je dois beaucoup s'élève à plusieurs centaines. Je me bornerai à citer ici ceux dont la contribution a été la plus déterminante.

Généralités : Philip C. Bateman, écrivain indépendant, auteur de plusieurs ouvrages de qualité, m'a servi de guide pendant sept semaines d'un bout à l'autre de son pays, au cours de mon voyage de recherche. Nous avons parcouru environ huit mille kilomètres et c'est lui qui m'a présenté la plupart des spécialistes cités ci-dessous. Je n'aurais pas pu venir à bout de mon entreprise sans ses conseils compétents et sympathiques.

Diamants : John Woolbridge, Barry Hawthorne, Alex Hall, George Louw, Dr Louis Murray (de De Beers). Peter Van Blommestein m'a emmené au fond des puits de mine. J'ai eu le rare privilège de passer une matinée avec Lou Botes, vieux prospecteur solitaire opérant encore dans la région de Kimberley ; et de partager une après-midi avec J.S. Mills sur son chantier moderne. L'historien Derek Schaeffer m'a beaucoup aidé et Jack Young a passé une journée à m'expliquer comment les diamants sont mis sur le marché. Le Dr John Gurney, directeur du Centre de recherches sur la kimberlite à l'université du Cap, a vérifié les détails de façon très constructive. Le Dr John A. Van Couvering, du Muséum américain d'histoire naturelle, a attiré mon attention sur certaines théories récentes.

Préhistoire : Le professeur Philip Tobias m'a permis de passer une journée avec lui sur l'un de ses sites archéologiques et Alun Hughes m'a montré les fossiles des grandes découvertes. Le Dr C.K. Brain, directeur du Muséum du Transvaal, m'a beaucoup aidé. Le professeur Nikolaas Van der Merwe, directeur d'études d'archéologie à l'université du Cap, a organisé pour moi une tournée approfondie des sites, en liaison notamment avec sa collaboratrice Janette Deacon. A l'Africana Museum de Johannesburg, Mme L.J. de Wet et Hilary Bruce m'ont apporté un concours précieux concernant les San (Bochimans). Johannes Oberholzer, directeur du Muséum national de Bloemfontein, a passé de longues heures à me communiquer ses conclusions.

Zimbabwe : Le conservateur Peter Wright a consacré deux jours à me faire comprendre les complexités du monument. Le professeur Tom Huffman, directeur d'études d'archéologie à l'université Witwatersrand, m'a été également très précieux.

Colonisation du Cap : Le Dr Anna Böeseken m'a beaucoup aidé à la fois par ses conversations et ses documents imprimés remarquables. C'est la plus éminente érudite du pays. Plusieurs Hollandais et Indonésiens m'ont exposé la vie à Java. Des hauts fonctionnaires du gouvernement de Malaisie m'ont offert leur concours pour ce qui concerne Malacca. Peter Klein de Rotterdam m'a été très précieux pour la VOC. James Klosser et Arthur Doble m'ont emmené en une longue promenade sur les sites de Table Mountain. Le Dr I. Norwich m'a montré sa collection de cartes anciennes. Christine Van Zyl m'a fait visiter Groot Constantia et le musée Koopmans-de-Wet. Victor de Kock, ancien chef archiviste, m'a également aidé. Le professeur Eric Axelson, éminent spécialiste d'histoire de l'époque, m'a fourni des intuitions précieuses.

Huguenots : Mme Elizabeth Le Roux, de Fransch Hoek, et le Dr Jan P. Van Doorn, de La Haye, m'ont fourni les données de base. Jan Walta a passé trois jours à me montrer les mémoriaux des huguenots à Amsterdam. Les propriétaires de deux vignobles historiques, M. et Mme Nico Myburgh, de Meerlust, et M. et Mme Nicolas Krone, de Twee Jonge Gezellen, près de Tulbagh, se sont montrés particulièrement accueillants et documentés. Le professeur M. Boucher, du département d'histoire à l'université d'Afrique du Sud, m'a fourni des commentaires pertinents.

Trekboers : Gwen Fagan a organisé pour moi un trek mémorable à Rue-de-l'Église, Tulbagh (Land Van Waveren). Colin

Cochrane a passé une journée à recréer à mon intention les fastes anciens de Swellendam. Le Dr Jan Knappert, de l'École des langues orientales de Londres, m'a présenté des perspectives précieuses. Le Dr D.J. Van Zyl, maître d'études d'histoire à l'université de Stellenbosch, m'a fait des critiques enrichissantes.

Le Mfécané : Le Dr Peter Becker ne m'a épargné ni son temps ni son inspiration. En 1971, j'ai eu l'occasion de rencontrer plusieurs leaders zoulous au cours d'une visite complète du pays zoulou.

Le Grand Trek : Le professeur C.F.J. Müller, spécialiste éminent, m'a fait partager ses idées. Le Dr Willem Punt, Sheila Henderson et le professeur Jack Gledhill de Grahamstown, qui a écrit une biographie de Piet Retief, ont évoqué avec moi de nombreux détails.

Salisbury et Vieux-Sarum : Mme J. Llewellyn-Lloyd, Surrey.

Collège d'Oriel (Oxford) : Donald Grubin, étudiant de cette institution.

Les Afrikaners : P.J. Wassenaar ; professeur Geoffrey Opland ; Brand Fourié. Martin Spring s'est montré particulièrement aimable en acceptant de discuter de son livre sur le différend Afrique du Sud-États-Unis ; Colin Legum ; Harry Oppenheimer ; l'honorable John Vorster, qui m'a consacré une heure de discussion à cœur ouvert ; Jan Marais, membre du Parlement, qui m'a fait partager sa table et ses idées. Le Dr Albert Hertzog a consacré une longue soirée à m'exposer ses vues.

Les Anglais : Le Dr Eily Gledhill, de Grahamstown, m'a fait visiter longuement les sites des guerres xhosas. Le professeur Guy Butler, de l'université Cecil-Rhodes, s'est montré d'une lucidité remarquable. Le Dr Mooneen Buys, des cadres de De Beers, a discuté avec moi de sa thèse de doctorat ; et les services de l'université Rhodes m'ont fourni idées, archives et photographies. Le professeur P.H. Kapp, maître d'études d'histoire à l'université Afrikaans Rand, a vérifié les textes concernant l'effort missionnaire.

Vie des Noirs : Je me suis sans cesse efforcé de rencontrer et de comprendre des porte-parole noirs. Certains, comme l'écrivain Bloke Modisané, étaient en exil à Londres. D'autres, comme le brillant sociologue Ben Magubané, de l'université du Connecticut, poursuivaient leur carrière hors d'Afrique du Sud. J'ai passé trois jours avec Magubané et il m'a offert des commentaires percutants sur le chapitre de Shaka. Sheena Duncan m'a été très utile. Credo Mutwa m'a montré son établissement de médecin-sorcier. Le juge A.R. « Jaap » Jacobs, du district nord du Cap, m'a conseillé. J'ai séjourné cinq fois à Soweto, trois jours sous le contrôle du gouvernement et deux nuits tout seul. Au cours de ces visites, j'ai rencontré de nombreux leaders noirs, certains qui soutenaient la politique du gouvernement et d'autres qui étaient déterminés à y mettre un terme.

Communauté indienne : J'ai pu visiter plusieurs sites où des commerçants indiens étaient expulsés des zones réservées aux Blancs. A Durban, j'ai rencontré des leaders de la communauté indienne pour évoquer avec eux ces mesures. Je tiens également à remercier A.R. Koor, de Fordsburg.

Communautés « de couleur » : Mes contacts ont été fréquents, notamment au Cap, où Brian Rees et Paul Andrews m'ont montré les zones lépreuses ; j'ai visité des taudis et beaucoup discuté.

Guerre des Boers : Fiona Barbour, ethnologue de l'Alexander McGregor Memorial Museum de Kimberley, a analysé pour moi les batailles ; Benjamin et Eileen Christopher m'ont fait visiter en deux jours Spion Kop, Blaauwkrantz et les reliques historiques de Ladysmith ; le major Philip Erskine, de Stellenbosch, m'a montré son extraordinaire collection de souvenirs, comprenant de nombreux documents sur le général Buller.

Camps de concentration : Mme Johanna Christina Mulder, qui a survécu au camp de Standerton, m'a aidé de façon merveilleuse ; Johan Loock, de l'université de l'État libre d'Orange, m'a communiqué une documentation utile.

Mise au ban : J'ai passé, à Londres, une après-midi avec le père Cosmos Desmond, qui venait de terminer une longue période de mise au ban. En 1971, j'ai rencontré quatre personnes mises au ban, deux Blancs et deux Noirs. En 1978, j'ai passé une matinée avec le révérend Beyers Naudé.

Sports : Morne Du Plessis, la grande vedette du rugby sud-africain, m'a donné des indications précieuses ; Louis Wessels, rédacteur en chef d'un grand magazine de sports ; Dawie de Villiers, le célèbre capitaine des Springboks en 1971 ; et Gary Player, avec qui j'ai eu une très longue conversation aux États-Unis.

Mines : Je remercie particulièrement Norman Kern, qui a passé une journée à me montrer les niveaux les plus bas des mines d'or de Welkom.

Animaux : Graeme Innes m'a fait visiter durant trois jours le Parc national Kruger ; Nick Steele m'a montré Hluhluwe et a organisé ma visite de l'Umfolozi. Ken Tindley, naturaliste sud-africain qui dirige le Gorongoza au Mozambique, m'a permis de travailler avec lui pendant une semaine. John Owen et Miles Turner m'ont fait faire une visite aérienne sans équivalent au Sérengeti.

Vrymeer : Je remercie particulièrement A.A. « Tony » Rajchrt, qui m'a permis d'étudier dans le détail sa ferme de Chrissiesmeer, son fonctionnement, ses lacs en gradins et son troupeau de blesboks.

Divers érudits m'ont fait l'honneur de relire les chapitres correspondant à leur domaine de spécialisation. J'ai recherché leurs critiques les plus sévères et accueilli toutes leurs suggestions. Partout où une erreur a été reconnue, j'ai apporté des corrections. Mais, en ce qui concerne les interprétations, je n'ai pas toujours tenu compte de leurs conseils. Toute erreur qui subsisterait ne saurait donc être reprochée qu'à moi-même.

Pour chaque chapitre, j'ai consulté la plupart des études historiques disponibles et découvert une foison de matériaux. Certains ouvrages vont dans le sens de ce que j'ai écrit ; d'autres le contestent. Comme de nombreux biographes de Cecil Rhodes glissent sur l'épisode avec la princesse Radziwill ou le suppriment carrément, je n'ai disposé que de trois sources : deux déclarations brèves émanant de deux de ses « jeunes messieurs » et un excellent exposé détaillé de Brian Roberts : *Cecil Rhodes and the Princess*.

J'ai écrit le bref passage du chapitre « Diamants » concernant l'université de Cambridge deux ans avant que Sir Anthony Blunt ne soit démasqué. Mes recherches m'avaient mis sur sa piste ou sur celle d'une personne exactement comme lui.

Généalogies
et cartes

Les Van Doorn

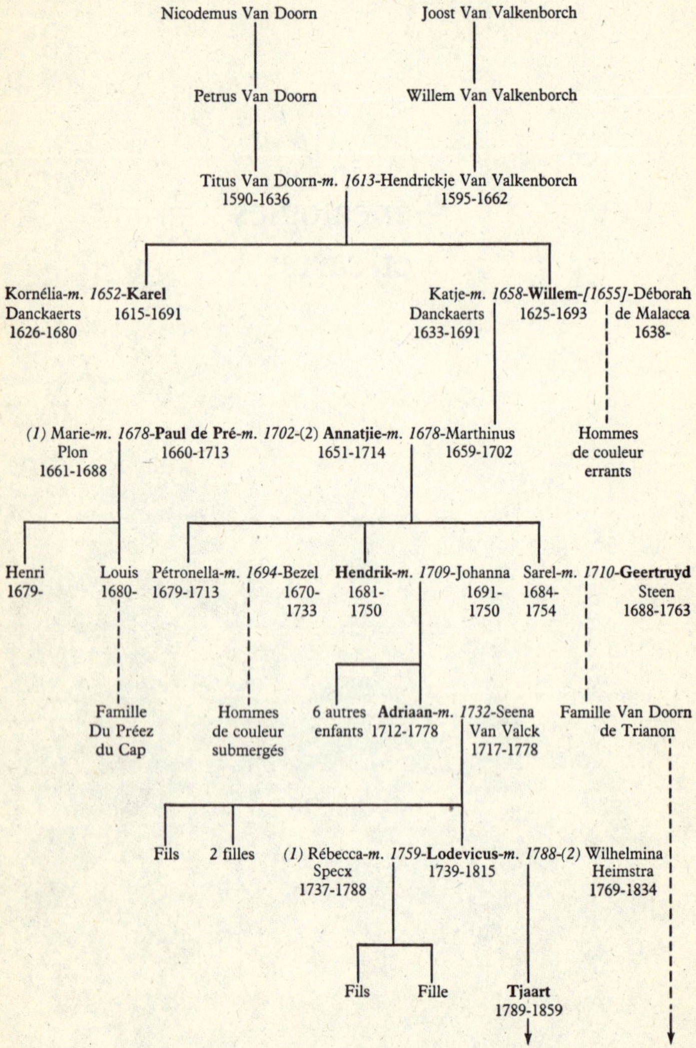

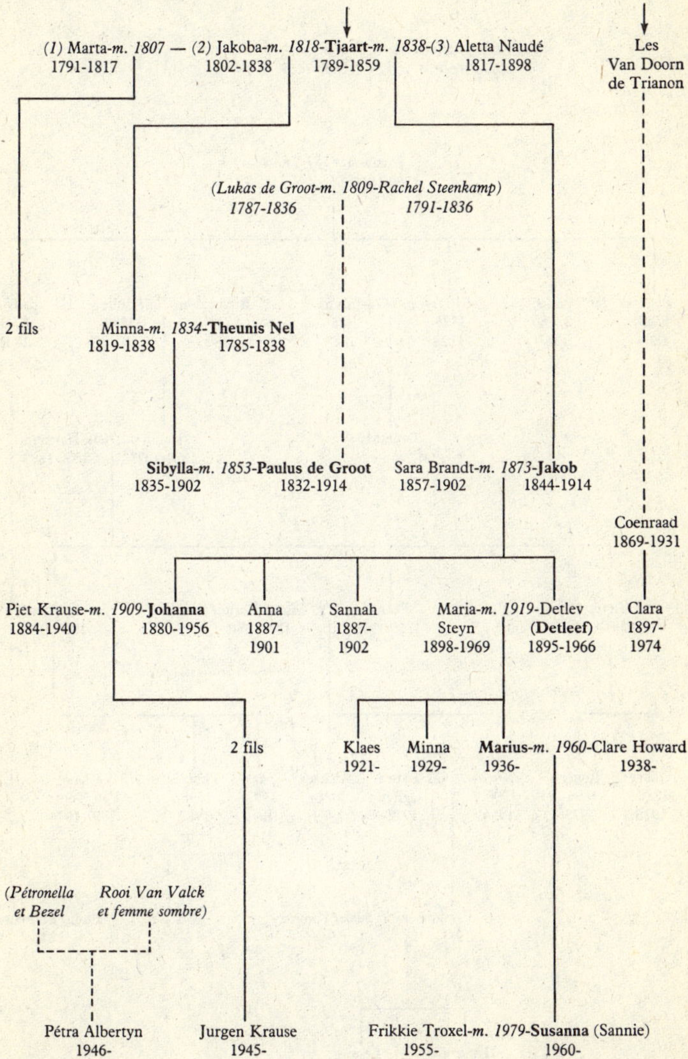
(1) Marta-m. 1807 — (2) Jakoba-m. 1818-Tjaart-m. 1838-(3) Aletta Naudé
1791-1817
1802-1838
1789-1859
1817-1898
Les Van Doorn de Trianon
(Lukas de Groot-m. 1809-Rachel Steenkamp)
1787-1836
1791-1836
2 fils
Minna-m. 1834-Theunis Nel
1819-1838
1785-1838
Sibylla-m. 1853-Paulus de Groot
1835-1902
1832-1914
Sara Brandt-m. 1873-Jakob
1857-1902
1844-1914
Coenraad
1869-1931
Piet Krause-m. 1909-Johanna
1884-1940
1880-1956
Anna
1887-1901
Sannah
1887-1902
Maria-m. 1919-Detlev (Detleef)
Steyn
1898-1969
1895-1966
Clara
1897-1974
2 fils
Klaes
1921-
Minna
1929-
Marius-m. 1960-Clare Howard
1936-
1938-
(Pétronella et Bezel
Rooi Van Valck et femme sombre)
Pétra Albertyn
1946-
Jurgen Krause
1945-
Frikkie Troxel-m. 1979-Susanna (Sannie)
1955-
1960-

Les Saltwood

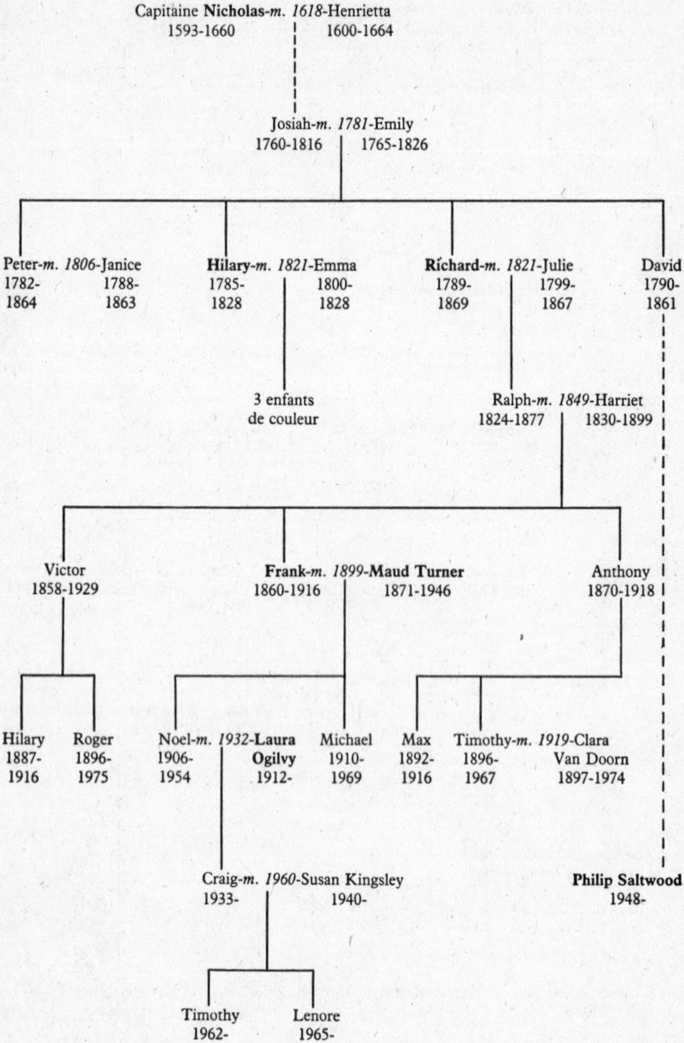

Les Nxumalo

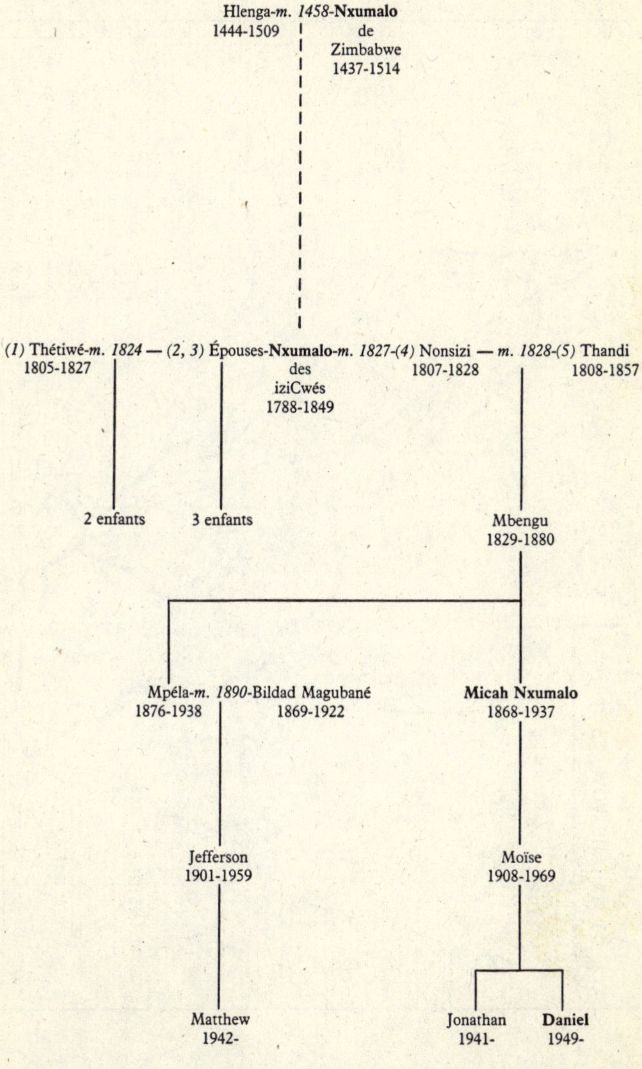
Hlenga-*m. 1458*-**Nxumalo**
1444-1509
de
Zimbabwe
1437-1514
(1) Thétiwé-*m. 1824* — *(2, 3)* Épouses-**Nxumalo**-*m. 1827-(4)* Nonsizi — *m. 1828-(5)* Thandi
1805-1827
des
iziCwés
1788-1849
1807-1828
1808-1857
2 enfants
3 enfants
Mbengu
1829-1880
Mpéla-*m. 1890*-Bildad Magubané
1876-1938
1869-1922
Micah Nxumalo
1868-1937
Jefferson
1901-1959
Moïse
1908-1969
Matthew
1942-
Jonathan
1941-
Daniel
1949-

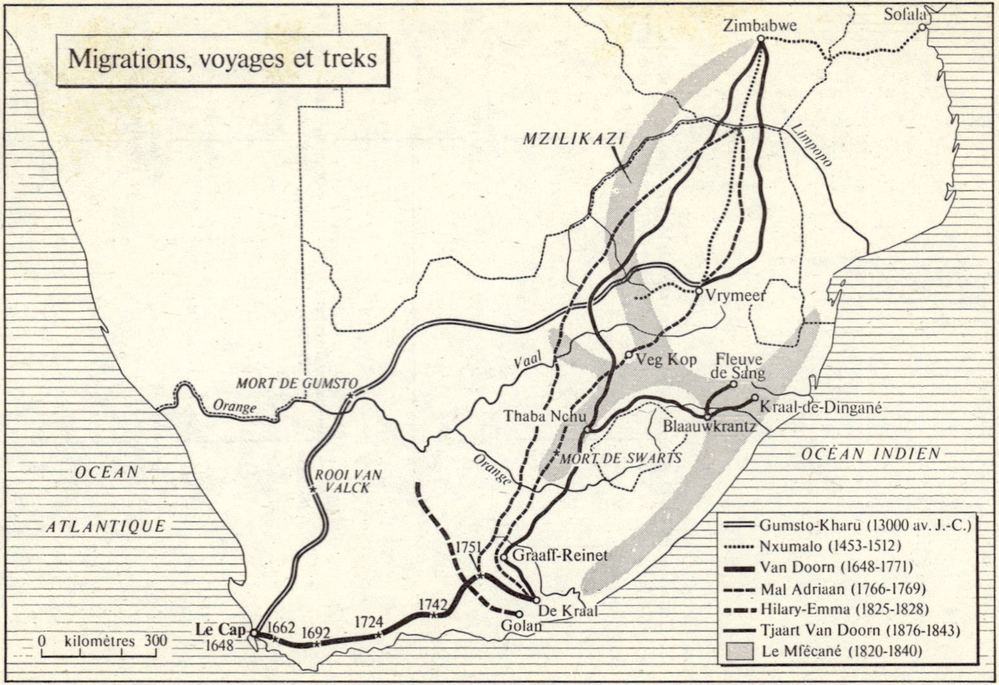
Migrations, voyages et treks
Zimbabwe
Sofala
Limpopo
MZILIKAZI
Vrymeer
Veg Kop
Fleuve de Sang
Kraal-de-Dinganė
Blaauwkrantz
Thaba Nchu
MORT DE SWARTS
Vaal
Orange
MORT DE GUMSTO
Orange
OCEAN
ROOI VAN VALCK
ATLANTIQUE
OCÉAN INDIEN
1751
Graaff-Reinet
De Kraal
Golan
1742
1724
1692
1662
Le Cap
1648
0 kilomètres 300
Gumsto-Kharu (13000 av. J.-C.)
Nxumalo (1453-1512)
Van Doorn (1648-1771)
Mal Adriaan (1766-1769)
Hilary-Emma (1825-1828)
Tjaart Van Doorn (1876-1843)
Le Mfécané (1820-1840)

Nations d'Afrique du Sud et pays voisins
Zimbabwe
(Ruines)
RHODÉSIE
(ZIMBABWE)
Sofala
MOZAMBIQUE
Limpopo
BOTSWANA
NAMIBIE
Phalaborwa
Transvaal
Mosega
Pretoria
Waterval-Boven
Lourenço Marques
Johannesburg
Vrymeer
Venloo
Chrissie
Meer
SWAZI
LAND
Vaal
Veg Kop
AFRIQUE
État libre
d'Orange
Fleuve
de Sang
Umfo ozi
Kimberley
Kerkenberg
Spion
Kop
Kraal-de-Dingané
Tugela
Orange
Bloemfontein
Blaauwkrantz
Thaba Nchu
LESOTHO
DU
SUD
Natal
Durban
(Port Natal)
OCÉAN
ATLANTIQUE
DRAKENSBERG
Province du Cap
Grand
Graaff-Reinet
Slagter's Nek
GRAND KARROO
Poisson
Tulbagh
De Kraal
Golan
Grahamstown
OCÉAN — INDIEN
Trianon
Le Cap
Swellendam
Stellenbosch
Table Mountain
Port Elizabeth
0
300 kilomètres

Table

IMPRIMERIE B.C.I. À SAINT-AMAND (CHER)
DÉPÔT LÉGAL MAI 1995. N° 25375 (4/378)